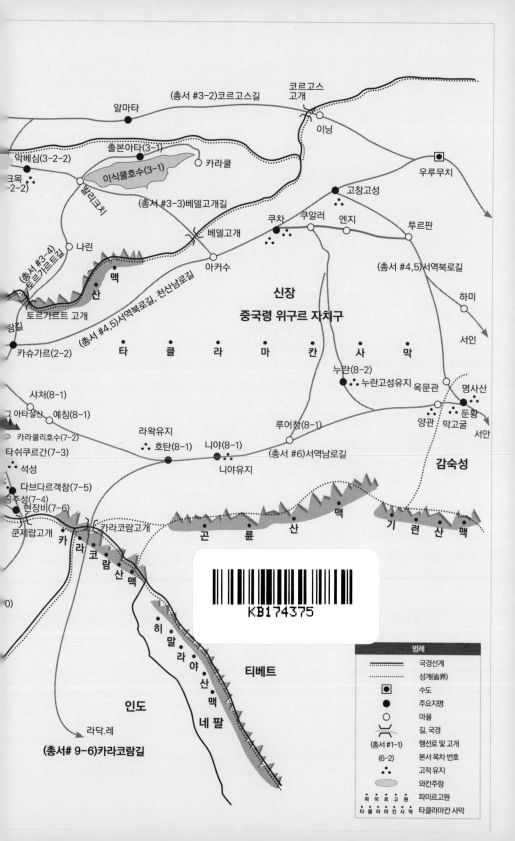

실크로드 고전여행기 6
파미르고원 종횡기

파미르고원의
역사와 문화산책

지은이 **다정 김규현**

서울에서 태어나 성균관대학교(화공과 자퇴)와 해인불교전문강원을 거쳐 베이징의 중앙미술대학, 티베트 라싸의 티베트대학에서 수인목판화와 탕카를 연구하고, 1993년부터 '쌍어문 화두'를 들고 양자강, 황하, 갠지스, 인더스 강과 티베트고원을 종주하면서 그 여행기를 신문 잡지에 연재하였다. 1997년 강원도 홍천강 '수리재(水里齋)'에 한국티베트문화연구소를 설립하여 우리 문화와 티베트 문화의 연결고리에 관련된 저술에 몰두하여 『티베트의 신비와 명상』(2000), 『티베트 역사산책』, 『티베트의 문화산책』, 『혜초 따라 5만리』(상·하), 『바람의 땅, 티베트』(상·하) 저술하고 한편 국내외에서 개인전 [공간미술관(1989년), 경인미술관, 티베트 라싸예총 초대전] 등을 열었고, 화집으로 〈월인천강별곡(月印千江別曲)시리즈〉, 〈신다르타의 꿈〉 등에서 다수의 작품을 발표하였다. 또한 지난 2013년에는 〈실크로드 고전여행기〉 총서 권1~권5(권1 『대당서역기』, 권2 『왕오천축국전』, 권3 『불국기』, 권4 『대당서역구법고승전』, 권5 『송운행기』)를 엮고 번역하고 주석을 달아 완간하였다. 또한 근래에는 KBS다큐 〈차마고도〉(6부작), KBS역사기행 〈당번고도〉(2부작), KBS역사스페셜 〈혜초〉(2부작), KBS다큐 〈티베트고원을 가다〉(6부작), MBC다큐 〈샤먼로드〉 같은 다큐를 기획하는 등 리포터 및 고문역을 맡아 왔다.

실크로드 고전여행기 6

파미르고원의 역사와 문화산책

© 김규현, 2015

1판 1쇄 발행__ 2015년 08월 20일
1판 3쇄 발행__ 2023년 07월 10일

지은이__ 김규현
펴낸이__ 홍정표
펴낸곳__ 글로벌콘텐츠
　　　　등록__제25100-2008-000024호

공급처__ (주)글로벌콘텐츠출판그룹
　　　　대표_홍정표 이사_김미미 편집_임세원 강민욱 백승민 권군오 기획·마케팅__이종훈 홍민지
　　　　주소__서울특별시 강동구 풍성로 87-6
　　　　전화__02) 488-3280 팩스__02) 488-3281
　　　　홈페이지__http://www.gcbook.co.kr
　　　　이메일__edit@gcbook.co.kr

값 25,000원
ISBN 979-11-85650-89-0　03910

실크로드 고전여행기 6
파미르고원 종횡기

파미르고원의
역사와 문화산책

다정 김규현 지음

글로벌콘텐츠

목 차

현재의 파미르(Pamir)고원을 옛적에는 '파의 고개'란 뜻의 '총령
(蔥嶺)'이라 불렀다는 사실은 이제는 새삼스러운 일이 아니다. 그래
서 나는 언제부터인가 파미르답사길에서 꼭 해보고 싶은 일을 파미
르 산기슭에서 야생파를 찾아서 그 자리에서 직접 한 입 먹어보는 것
으로 정했다. 정말 그 야생파라는 것이 우리들이 먹는 파와 같은 종인
지 몸소 확인하고 싶었던 것이다. 그래서 그곳에 갈 때마다 비행기에
서 얻은 튜브형 고추장을 소중하게 끼고 다니면서 그날을 기다린 지
오래다.

도시의 바자르에서는 허여멀쑥한 대파들이 진열되어 있었지만, 그
것들은 한눈에도 개량된 중국산이 분명하였다. 그래서 야생파를 찾
기 위해서는 아주 깊은 산골마을 같은 곳을 뒤져보아야 하는데, 그
런데 문제는 막상 야생파를 현지인들에게 설명하는 일이 어려웠다.

물론 중국문화권 같았으면 한문으로 '野生蔥'이라고 써서 보여주
면 간단하겠지만, 한문이 안 통하는 파미르에서는 나의 알량한 생존
어 수준의 중앙아시아 말 실력으로는 그것이 불가능하였다. 그래서
생각한 것이, 파 사진을 몇 장 뽑아 가지고 올 걸 하고 후회했지만, 이
미 때는 늦어버렸기에 그 미션은 매번 다음 기회로 늦춰질 수밖에 없
었다.

토크목 인근 불교 사원 인근의 야생파의 자생지

　그런데 며칠 전 반가운 메일이 한 통 날아들었다. 파미르고원 기슭에 있는 아름다운 나라 키르기즈스탄의 수도 비슈케크에서 온 것이었는데, 바로 그토록 기다리던 야생파 사진 몇 장이 첨부메일로 붙어 있었다.

　그 사진들은 비슈케크에서 목회활동을 하시는 최갈렙 목사님이 보내주신 것으로, 님은 고대 기독교의 일파인 네스토리우스교(Nestorius/ 景敎)의 동방 전교에 대한 궤적을 연구하시는 분이다. 한편 내 책의 애독자이시기도 해서 작년 비슈케크를 지날 때 연락이 닿아 자택에서 하루 밤 신세를 진 적이 있었다. 그때 2층 서재를 구경할 기회가 있었는데, 그 방대한 장서에 놀라움을 금치 못하였지만, 여러 나라의 언어로 된 묵직한 고서들도 많아서 인상적이었다. 특히 티베트 전문가인 나도 처음 보는 티베트의 〈사부의전(四部醫典) 러시아본〉 같은 희귀본에서는 눈길을 거둘 수가 없었다.

　그런 인연으로 님과 나는 서로에게 필요한 자료들을 교환하는 사이

뿌리가 들어난 야생파

가 되었는데, 나는 중국이나 우리나라에서 구할 수 있는 경교에 대한
자료를 보내드렸고 님에게는 야생파의 사진을 구해달라는 어려운 부
탁을 드렸다.

그러나 벌써 일 년 가까이 소식이 없어서 포기를 하고 있던 참이었
는데, 기다리던 사진들이 도착하였으니 그 반가움이야 이루 말할 수
가 없었기에 심기일전의 기회로 삼아 마무리 교정을 끝내고 이제 머
리말을 다듬을 정도로 진전되었다. 개인적인 신상발언이지만, 요즘
은 내 상황이 별로 좋지 않을 때이다. 그동안 집안에 우환이 있어서
간병 차 몇 달 간 병원에 머물고 있었기에, 비록 겨울 동안 틈틈이 휴
게실 귀퉁이에서 어렵게 탈고는 하였으나, 마무리 교정작업에서 가속
도가 붙지 않을 때였기에 그 사진들이 내게 큰 자극이 되었던 것이다.

그만큼 그 사진은 의미가 특별하였다. 뿌리가 드러나게 찍은 한 움
큼의 파 다발은 한눈에도 뿌리 부분을 개량시킨 양파와 잎을 개량한
대파의 중간쯤 되는 모양새였다. 그리고 많은 사진중에는 드넓은 야
생파 군락지로 보이는 것들도 여러 장 섞여 있었다. 그 사진의 무대는
비슈케크 인근의 '크라스나야 레치카'라는 곳이라고 하는데, 그 주변
에 7~8세기 때의 불교사원 유지가 있다고 최목사님이 부언 설명을 해
주셨다.

그러니 역사적 개연성도 충분하였다. 왜냐하면 그곳은 바로 현장

토크목의 불교 사원 대운사 유지

(玄奘)의 인도행 루트인 '천산북로(天山北路)'의 길목인 소엽성(素葉城/ Tokmark) 인근이었기 때문이다. 그러니까 실크로드가 활성화되었던 시대적 대상들이나 순례승들이 하루 밤 묵어갔던 역사(驛舍/ Caravanseray) 주위에 식용으로 쓰려고 옮겨서 가꾸었던 파미르고원의 토종 야생파가 토착화하면서 현재처럼 아무도 돌보지 않은 들판에서 군락지로 변하지 않았나 하는 가설이 설득력이 있어 보인다는 것이다.

결론적으로 말하자면 이 야생파 사진은 기원전 한나라 때의 역사서에서부터 언급된 총령(蔥嶺)의 어원이 되는 실물사진이다. 기록상으로 야생파는 『한서(漢書)』 「서역전」 '총령조'에 처음 등장한다.

양관을 나가서 뤄창을 지나가면 '총령'에 이르는데, (…중략…) 이 이름은 산중에 야생파(野蔥)가 자라기에 붙여진 이름이다.

총령에 대한 기록은 우리 실크로드 고전여행기 총서의 주인공들인

5세기 초의 법현율사와 6세기의 송운, 혜생이 바통을 이어 받아서 하나 같이 기록하고 있다.

이곳에서 서쪽으로 북천축국으로 향해 한 달을 가서 마침내 총령을 넘을 수가 있었다. 총령에는 겨울이나 여름이나 눈이 쌓여 있었고….

그 다음으로 현장법사가 기존의 한나라 때부터의 '총령설'을 수록하면서 총령과 야생파의 관계를 다음과 같이 설명하고 있다. 그리고 결정적으로 우리의 혜초 스님도 카슈가르 조에서 "고기와 파, 부추 등을 먹으며(喫肉及蔥 韮等)"라는 기록에서 파와 부추를 따로 구분하고 있다.

총령은 첨부주 가운데 있는데, 남으로는 대설산과 접하고, (…중략…) 산에서 야생파가 많이 나므로 총령이라 부른다.

그러나 현장은 인도에서 돌아오는 귀로에서는, 앞에서 자신이 소개한 '총령설'을 완전히 무시하고, 이번에는 페르시아어의 '파미르'를 중국어로 음사(音寫)하여 '파미라(波謎羅)'로 불렀다. 이는 중국역사상 처음으로 등장하는 새로운 이름이었다.

그리고 뒤를 이어 우리의 혜초사문도 같은 방법으로 현지 음을 음사하여 '파밀천(播蜜川)'이라 표기하여 현장의 외국지명 표기법에 무게를 실어주고 있다. 그러니까 중화권에서는 '부주산(不周山)'-'총령'-'파미르'로 이름이 바뀐 것이다.

파미르라는 거대한 은산철벽을 넘는 키워드는 여러 가지일 수 있다. 물론 앞에서 이야기한 '파'에 대한 이야기도 그 중 하나이겠지만, '역마살'이란 일종의 여행병도 빠질 수 없는 것 중의 하나일 것이다. 그러나 진정한 의미에서의 파미르의 무게감은 동서양을 잇는 인류역사상

가장 오래되고 가장 장대한 로드다큐멘터리의 클라이맥스라는 사실
일 것이다.

사실 실크로드는 여러 갈래길로 나뉘어져 있다. 요즘은 우리나라
신라의 경주도 실크로드의 동쪽 시발점이라는 가설이 제기되어 지금
활발하게 국제적으로 설득력을 얻어 나가고 있는 중이다.

그러나 뭐니 뭐니 해도 그 장대한 실크로드 길의 백미는 파미르고
원을 넘나드는 루트일 것이다. 그것은 기원 전부터 동서양의 문화와
종교가 소통하던 생생한 역사의 현장으로 인류문화사상 가장 비중
있는 곳 중의 하나였다. 파미르를 넘지 못한다면 실크로드 그 자체가
의미가 없다는 점이 그 사실을 뒷받침한다.

그러나 국내외적으로 '실크로드학'이 뿌리를 내린 현 시점에서도,
막상 파미르고원에 대한 고급 정보는 별로 보이지 않는다. 그동안 수
많은 이들의 노력에 의해서 실크로드 다른 루트들이 이설이 없을 정
도로 밝혀진 것과 비교하면 더욱 그러하다.

그 이유를 꼽는다면, 우선 파미르에 관한 역사적 자료들이 너무 단
편적이고 빈곤한 탓도 있었지만, 그보다도 파미르고원의 범위가 현재
도 중국, 키르기즈스탄, 타지키스탄, 아프가니스탄, 파키스탄에 걸친
광범위한 지역에 위치하고 있고 위의 여러 나라들의 이해관계로 말미
암아 근대에 들어와서는 국경선이 수시로 폐쇄되었다가 열렸다가를
되풀이하였기에 그동안 관심 있는 이들의 출입이 거의 불가능하였던
이유도 있을 것이다.

특히 와칸주랑을 점령하고 있는, 아프가니스탄의 사정은 실로 복
잡다단하다. 러시아의 중앙아시아 남진정책으로부터는 힘겹게 국토
를 지켜내었지만, 그 뒤 이슬람 원리주의자들인 탈레반(Taleban) 세
력에 의해 수도를 점령당함으로써 극우파적 정부가 들어서면서 과
거 수십 년 동안 외부로부터 철저히 차단된 금단의 땅이 되어 버렸다.

그러다가 2002년 미국 무역센터 폭파의 주범의 은신처로 주목받

동대문 역사공원에 있는 파미르 이정표

아 연합국의 공격을 받아 마침내 탈레반 정권은 붕괴되고 친미주의
적 정권이 들어서면서 외국에 문호를 열였지만, 당시 국내 모 종교단
체의 무분별한 선교행위의 결과로 지금은 우리에게만 다시 금단의 땅
이 되어 버렸다.

　지금으로서는 와칸주랑에 접근하기 위해서는 차선책으로, 파미르
천(Pamir川)을 사이로 마주한 구소련 중아독립연합(CIS)의 일원인
타지키즈스탄의 고르노바닥샨주로 통해 접근하는 방법밖에 없게 되
어 버렸다.

　그러나 중아연합도 국내 정세가 불안하여 무력충돌이 자주 벌어져
서 외부인의 출입이 봉쇄되었지만, 운이 좋다면 일단 인근 나라의 타
직영사관으로 가서 '비자'와 '파미르허가증(GBAO Permit)' 그리고
아무다리아의 발원지인 '조르쿨(Zorkul) 허가증'을 받아서 파미르천
을 따라 종주는 할 수 있다.

　내가 여러 번 중앙아시아를 드나들며, '세계의 지붕'이라는 어마어

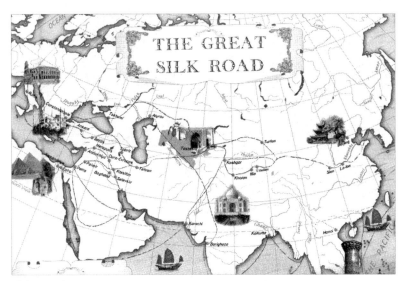

대실크로드 지도

마한 별칭을 가진 파미르고원을 기웃대었던 이유는 단순하다. 그곳
에 졸저인 〈실크로드 고전여행기〉 총서(5권)의 주인공들의 체취가
진하게 남아 있기 때문이다.

사실 작년에 발간한 총서는 오롯한 번역물이기에 '내 이야기'는 끼
어 넣을 곳이 별로 없었다. 그러나 20여 년간 축적돼 온 아깝고 소중
한 자료들은 여전히 산더미같이 쌓여 있었다. 그래서 그 중 가장 할 말
이 많은 꼭지인 '파미르고원 편'을 따로 단행본으로 묶어낼 생각을 하
게 되었다.

이번 책의 전체적인 내용은 총서처럼 오롯한 번역물은 아니고 파미르
고원 골짜기와 능선마다 서려 있는 옛 선인들의 발자취를 더듬어가는
일종의 역사, 문화적 인문답사기의 형태이다. 또한 총서에서 살리지 못
한 풍부한 사진과 정성들여 그린 지도를 곁들인 볼거리 있는 책이라는
점이 두드러지는 점이라 하겠다. 말하자면 가이드북을 겸한 총서의 총
부록인 셈이다. 누구라도 그러하겠지만, 인상이 깊은 곳을 여행하고 그

곳을 떠날 때 쯤엔 뭔가 아쉬운 느낌이 들게 마련이다. '언제 다시 이곳에 올 수 있을까?' 하는 아련한 그리움에다가 비록 오늘 이곳에서의 시간들이 의미가 있었다고 하더라도 언젠가는 점차로 무뎌가는 기억으로 사라져 버릴 것이라는 사실을 잘 알기 때문일 것이다. 이런 감정을 한 마디로 표현하자면 범어 '아니차(Aniccha)'라고 표현할 수 있을 것이다. '덧없다' 또는 '무상(無常)'으로 번역되는 바로 그 말이다.

필자는 이번 생에 상근기(上根氣)로 태어나지 못한 탓으로 오롯이 수행자로서도 살지 못하고, 티끌세상에서 이리저리 떠돌며 지내다가 가정을 꾸미고 그런 대로 살았지만, 그래도 이번 생을 아파트 평수 넓히는 데 올인하지 않고, 그래도 영혼이란 화두를 품고 눈은 늘 서쪽 하늘을 바라보며 살아 왔으니 그나마 다행이라 생각하면서 이제 다시 길을 떠날 준비를 한다.

서방정토로 이어져 있다는 저 서쪽 나라로, 눈매 선한 낙타를 한 마리 골라 타고서…

먼 길을 떠난 아내 이승실의 명복을 빌면서 삼가 아내 영전에 바친다.

2015년 3월 15일 아내 49제일에…
다정거사 삼가 두 손 모음

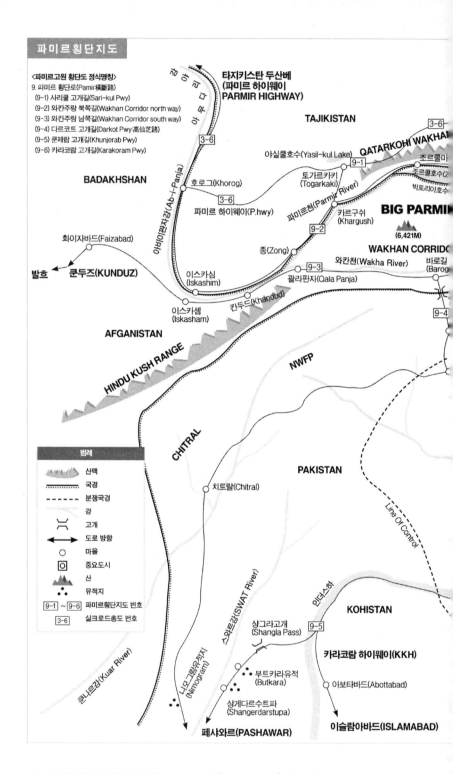

파미르횡단지도

<파미르고원 횡단도 정식명칭>
9. 파미르 횡단로(Pamir 橫斷路)
 (9-1) 사리쿨 고개길(Sari-kul Pwy)
 (9-2) 와칸주랑 북쪽길(Wakhan Corridor north way)
 (9-3) 와칸주랑 남쪽길(Wakhan Corridor south way)
 (9-4) 다르코트 고개길(Darkot Pwy:高仙芝路)
 (9-5) 쿤제랍 고개길(Khunjerab Pwy)
 (9-6) 카라코람 고개길(Karakoram Pwy)

타지키스탄 두산베
(파미르 하이웨이)
PARMIR HIGHWAY)

TAJIKISTAN

3-6

QATARKOHI WAKHA

조르쿨마

조르쿨호수(Z

빅토리아호수(

야실쿨호수(Yasil-kul Lake)

9-1

BADAKHSHAN

호로그(Khorog)

토가르카키
(Togarkaki)

파미르천(Parmir River)

카르구쉬
(Khargush)

BIG PARMI

(6,421M)

3-6
파미르 하이웨이(P.hwy)

9-2

화이자바드(Faizabad)

종(Zong)

WAKHAN CORRIDO

와칸천(Wakha River)

바로길
(Barog

발흐 쿤두즈(KUNDUZ)

이스카심
(Iskashim)

9-3

괄라판자(Qala Panja)

이스카셈
(Iskasham)

칸두드(Khandud)

9-4

AFGANISTAN

HINDU KUSH RANGE

NWFP

범례

⛰	산맥
⋯	국경
- - -	분쟁국경
	강
⎵	고개
↔	도로 방향
○	마을
▣	중요도시
▲	산
∴	유적지
9-1 ~ 9-6	파미르횡단지도 번호
3-6	실크로드총도 번호

CHITRAL

PAKISTAN

치트랄(Chitral)

Line Of Control

KOHISTAN

쿠나르강(Kuar River)

스왓트강(SWAT River)

님그람유적지
(Nimogram)

상그라고개
(Shangla Pass)

9-5

카라코람 하이웨이(KKH)

부트카라유적
(Butkara)

아보타바드(Abottabad)

상게다르수트파
(Shangerdarstupa)

이슬람아바드(ISLAMABAD)

페샤와르(PASHAWAR)

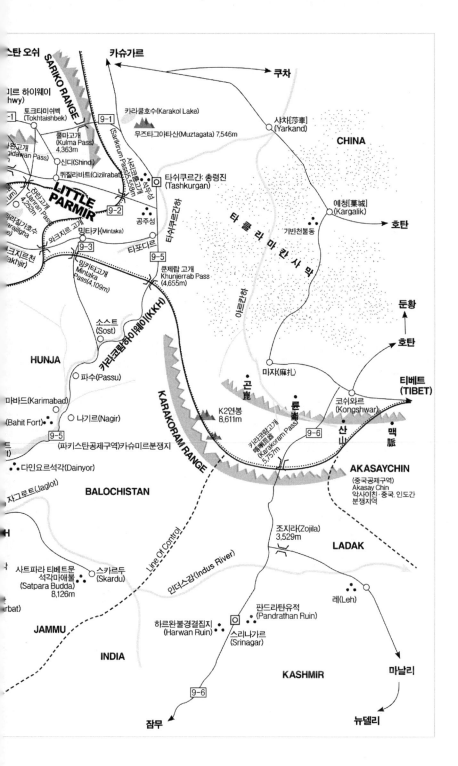

스탄 오쉬
SARIKO RANGE
카슈가르
쿠차
미르 하이웨이
hwy)
-1
토크타미쉬벡
(Tokhtaishbek)
9-1
카라쿨호수(Karakol Lake)
샤차[莎車]
(Yarkand)
CHINA
쿨마고개
(Kulma Pass)
4,363m
무즈타그아타산(Muztagata) 7,546m
온고개
idawan Pass)
신디(Shindi)
퀴질라바트(Qizilrabat)
타쉬쿠르간: 총령진
(Tashkurgan)
예청[葉城]
(Kargalik)
호탄
LITTLE
PARMIR
m
amran Pass)
4.25m
9-2
공주성
타
클
라
마
칸
사
막
기반천불동
르칼가호수
arajilgha)
크지르천
akhjir)
9-3
외지르고개
민타카(Mintaka)
티포디르
타쉬쿠르간하
9-5
쿤제랍 고개
Khunjerrab Pass
(4,655m)
둔황
밍카타고개
Mintaka
Pass(4,109m)
아르간하
호탄
소스트
(Sost)
카라코람하이웨이(KKH)
HUNJA
파수(Passu)
마쟈[麻扎]
티베트
(TIBET)
마바드(Karimabad)
KARAKORAM RANGE
곤
륜
코쉬와르
(Kongshwar)
(Bahit Fort)
나기르(Nagir)
K2연봉
8,611m
산
맥
9-5
(파키스탄공제구역)카슈미르분쟁지
카라코람고개
(Karakoram Pass)
5,575m
9-6
맥
脈
AKASAYCHIN
다인요르석각(Dainyor)
(중국공제구역)
Akasay Chin
악사이친·중국·인도간
분쟁지역
자그로트(Jaglot)
BALOCHISTAN
Line Of Control
조지라(Zojila)
3,529m
LADAK
사트파라 티베트문
석각마애불
(Satpara Budda)
8,126m
스카르두
(Skardu)
인더스강(Indus River)
레(Leh)
rbat)
판드라탄유적
(Pandrathan Ruin)
JAMMU
하르완불경결집지
(Harwan Ruin)
스리나가르
(Srinagar)
INDIA
KASHMIR
마날리
9-6
뉴델리
잠무

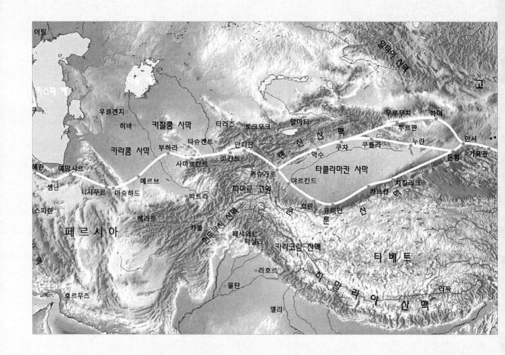

파미르고원의 역사와 문화산책

: 파미르고원 종횡기

제1장
프롤로그

1. 아, '밤-이-둔야(Bam-i-dunya)'

떠나지 않으면 어찌 나그네일까?

자, 그럼 서쪽으로, 서쪽으로, 함께 파미르고원으로 떠나기를 재촉하는, 흘러가는 흰 구름을 따라 길을 떠나기로 하자.

참 그전에 먼저 파미르의 어원부터 정리하고 떠나는 것도 의미가 있을 것이리라….

여러 사전과 자료를 종합해보면 동·서양을 막론하고, 중국문화권조차도 파미르는 '파의 고개'라는 뜻의 '총령'이라는 의미보다도 현재 우리가 알고 있는 '파미르고원'을 가리키는 고유명사로 인식되어 있는 것이 일반적이다. 그러나 '파미르'의 어원 자체는 다소 엉뚱하다. 좀 더 그 어원을 추적해 들어가면 다음과 같다. 옛 페르시아의 국교였던 조로아스터교[1]의 태양신 이름이 '미트라'인데, 여기에서 '미트라

---

1) 조로아스터교(Zoroastrianism) 혹은 마즈다교(Mazdaism) 혹은 배화교(拜火敎)로 부르며, 그 창시는 기원전 1800년에서 기원전 640년경으로 다양하다. 이 종교는 중

(Mitra)의 궁전'이라는 뜻의 '파-이-미히르(Pa-i-mihr)'가 생겨서 그 뜻과 음이 '파미르'로 변했다는 것이다. 그러니까 파미르는 우리들이 알고 있는 '세계의 지붕'이라는 의미보다는 '태양신의 궁전'이라는 뜻이 더 강하다고 할 것이다.

그리고 파미르 이외의 또 다른 이름이 하나 더 있기는 하다. 현지에서 필자가 확인해 본 바로는, 현지인들은 오히려 파미르란 말보다는 오히려 '밤-이-둔야'라는 이름이 더 일반적이란 사실은 다소 의외의 결과였다. 이는 페르시아 말로 '평평한 지붕'이라는 뜻이라고 한다. 그러니까 우리가 흔히 쓰는 '세계의 지붕(the Roof of the World)'과 상통하는 현지어인 셈이다

그러니까 '파미르'의 음은 '파-이-미히르'에서 파생되어 고착화되었고 그 뜻은 '밤-이-둔야'의 뜻인 '세계의 지붕'이라는 결론에 도달하지만, 어쨌든 그 어원은 고대 인도보다는 옛 페르시아 문화의 영향을 더 많이 받은 것은 확실하다.

한편 중화문화권에서는 이 산을 다르게 불렀다. 기원전 춘추전국 시대에 편찬된 고대 신화집인 『산해경(山海經)』[2] 「대황서경(大荒西經)」에

동의 박트리아 지방에서 짜라투슈트라(조로아스터)에 의해 세워진 종교이다. 기원전 600년경에 페르시아의 왕 다리우스 1세를 통해 오늘날 이란 전역에 퍼졌으며 기원전 5세기에는 이미 그리스 지방에까지 전해진 것으로 보인다. 조로아스터교는 창조신 아후라 마즈다(Ahura Masda)를 중심으로 선과 악의 질서 및 세계를 구분하는 것이 특징이다. 조로아스터교는 유대교에 영향을 주었다는 설과 역으로 기독교나 이슬람처럼 유대교에 영향을 받아 창시되었다는 설이 양립한다.

2) 『산해경(山海經)』은 중국 선진(先秦)시대에 저술되었다고 추정되는 대표적인 신화집 및 지리서이다. 우(禹)의 협력자 백익(伯益)의 저서라고도 전하나 이것은 가설이고, 춘추 시대부터 한대(漢代) 초기까지 걸쳐서 호기심 많은 학자들이 한 가지씩 첨가한 것인데, 남산경(南山經)에서 시작하여 해내경(海內經)으로 끝나는 총 18권으로 이루어져 있다. 진(晉)나라(265~420)의 곽박(郭璞)이 기존의 자료를 모아 편찬하여 주(註)를 달았다. 본래 『산해경』은 인문지리지로 분류되었으나, 현대 신화학의 발전과 함께 신화집의 하나로 인식되고 연구되기도 한다. 『초사』의 〈천문〉과 함께 중국 신화를 기록한 귀한 고전이다. 고대 천문학의 개론서라고 한다.

는 대지의 여신인 여와(女媧)의 창세기의 전설이 깃든 산이라 하여 부주산(不周山)으로 불렀다. 또한 춘추전국 시기의 초(楚)나라의 시인인 굴원(屈原)도 『이소(離騷)』에서 같은 이름으로 불렀고, 다음으로 『회남자(淮南子)』「도원훈(道原訓)」에서도 역시 그렇게 불렀다.

그러다가 『한서(漢書)』「서역전」에서 드디어 총령이라는 이름이 등장한다. 이른바 총령 시대의 서막이 열린 것이다.

"양관(陽關)을 나가서 뤄창(若羌)을 지나가면 '총령'에 이르는데, (…중략…) 이 이름은 산중에 야생파(野蔥)가 자라기에 붙여진 이름이다."

다음으로는 5세기 초의 법현이, 6세기의 송운, 혜생이 '총령설'의 바통을 이어 받는다.

"이곳에서 서쪽으로 북천축국으로 향해 한 달을 가서 마침내 총령을 넘었다. 총령에는 겨울이나 여름이나 눈이 쌓여 있었고 또한 독룡(毒龍)이 있어서 만약 그가 노하면 혹독한 바람과 눈비를 토하여 모래와 자갈이 날리므로 이를 만나는 사람은 한 사람도 온전할 수가 없었다."

이어서 7세기 이르러는 현장법사가 등장하는데, 『대당서역기』 권1 서문에서는 기존의 '총령설'을 수록하면서 예의 야생파에서 유래된 총령의 이름에 대해서도 친절하게 부연설명을 하고 있다.

"총령은 첨부주(贍部洲/ Jambudipa) 중에 가운데 자리하고 있는데, 남으로는 대설산과 접하고, 북으로는 열해와 천천, 서로는 활국, 동으로는 오단국에 이르며, 동서남북이 각각 수천 리나 된다. (…중략…) 이 산에서 야생파가 많이 나므로 총령이라 부른다."

그러나 인도에서 돌아오는 귀로편 『대당서역기』 권12에서는 현장은 앞에서 자신이 소개한 '총령설'과 다르게 이번에는 현지에서 들은 이름을 그대로 페르시아어의 '파미르'를 중국어로 음사(音寫)하여 '파미라(波謎羅)'로 부르고 있다. 이는 중국역사상 처음으로 등장하는 새로운 이름의 등장이었다.

그리고 뒤를 이어 우리의 혜초사문도 같은 방법으로 현지 음을 음사하여 '파밀천(播蜜川)'이라 표기하여 현장의 외국지명 표기법에 보조를 맞추고 있다. 현지를 직접 주파하면서 얻은 확신이 없으면 쓸 수 없는 고유명사인 것이다. 그 후로 중국 문헌에서 총령은 파미르로 굳어져 버린다. 그러니까 중화권에서는 고대 선사시대에는 부주산으로 부르다가 총령으로 다시 파미르로 이름이 바뀐 것으로 정리된다.

2. 파미르 매듭(Pamir Knot)

사실 파미르고원은 평균고도와 면적상으로 티베트 고원에는 미치지 못하는 것이 사실이다. 말하자면 수치적으로는 지구별 '최고'는 아니지만, 옛날부터 '세계의 지붕'이란 인상적인 호칭으로 불려오며 언제부터인가 자연스럽게 "세상에서 가장 높고 넓은 땅"이란 이미지로 굳어졌다.

그 이유 중에 하나가 바로 '매듭'이란 호칭에서 찾을 수 있는데, 일반적으로 파미르는 산이나 산맥이라 부르지 않고 '매듭(Knot)' 또는 '고원(Plateau)'이라 부른다. 여기서 매듭의 의미는 보다 함축적으로 동서양의 분수령이라는 뜻과 더불어 세계의 대산맥이 모두 파미르에서 갈라져 나왔다는 사실도 포함하고 있다.

그리고 실제로 세계에서 가장 높은, 히말라야 산맥과 티베트 고원이 근대 삼각측량법에 의한 측량결과에 따라 '최고'라는 제 자리를 찾기 이전에는 수천 년 동안 지도상으로 미지의 공백 상태에 있었지

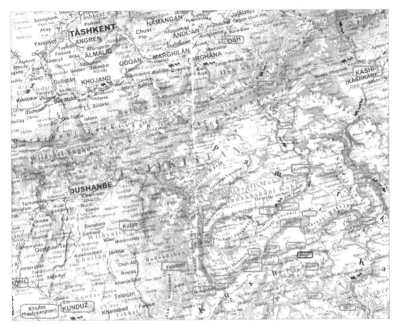

파미르고원 등고선도

만, 반면 파미르는 기원전부터 동서양을 잇는 대동맥이었던 실크로
드의 필수적인 경유지였기에 동서양 양쪽으로부터, 일찍부터 '세계의
지붕'으로 각인되어 내려온 이유도 작용하고 있었다.

그럼 파미르는 대체 얼마큼 높고 그리고 넓은가를 수치적으로 개
괄해보자. 넓은 의미의 파미르는 인도, 파키스탄, 중국, 아프간, 타지
키스탄, 키르기즈스탄 등이 분할하여 차지하고 있는 지구상에서 가
장 높고 넓은 고원으로 힌두쿠시, 카라코람, 쿤룬, 히말라야 산맥 같
은—이름만 들어도 기가 질릴—대 산맥들이 동서남북으로 겹쳐져 있
는 곳이다.

한편 근대 중국자료는 천산 산맥의 중서부인 신장자치구의 이리(伊
犁), 온숙(溫宿) 사이의 능산(凌山)과 쿤제랍 고개 일대의 카라코람
산맥과 히말라야 서쪽 끝 일부까지도 파미르고원으로 포함시켜서 파

미르를 8개 권역[3]으로 분류하고 있다.

그러나 현대 지리학에서는 좁은 의미로 보아 현 타지키스탄의 동부인 고르노바닥샨주에 위치한 '대·소파미르(Great, Little Pamir)'만을 파미르로 규정하고 있다.

실제로, 지도를 보아도 알 수 있듯이 파미르는 아시아의 중앙부에 갈색으로 표시되어 우뚝 솟아 있는데 여기서부터 천산(Tien Shan), 곤륜(Kunlun Shan), 히말라야, 힌두쿠시(Hindukusch), 그리고 8천m급의 연봉을 5개나 거느린 카라코람(Karakorum) 산맥[4] 같은 거대한 산맥 등이 사방으로 뻗어나간다.

특히 일반적으로는 히말라야 산맥으로 분류하는, 카라코람 산계에는 세계에서 두 번째로 높은 K2봉(8,611m)과 역시 8천m급의 가셔브룸 연봉(Gasherbrum) 등이 솟아 있다. 그 중 히말라야 연봉 중에서 가장 아름다운 산으로 꼽히며, 또한 등반성공률이 가장 낮고 등반희생자를 가장 많이 낸 악명이 높은 산인 K2봉에 얽힌 일화는 유명하다.

'K2'라는 이름은 1856년 영국의 측량장교인 몽고메리 대위가 새로 발견한 무명봉들을 카라코람의 이니셜인 K1, K2, K3이라는 방법으로 일련번호를 부여했다가[5] 후에 이 산들의 높이가 범상치 않음을 확

---

3) 塔克敦巴什帕米爾、小帕米爾、大帕米爾、瓦罕帕米爾、阿爾楚帕米爾、薩雷兹帕米爾、郎庫裡帕米爾、和什珠帕米爾。

4) K2봉(8,611m)과 가셔브룸1봉(Gasherbrum1, Hidden Peak, 8,068m), 가셔브룸2봉(8,035m), 브로드피크(Broad Peak, 8,047m), 낭가파르밧 등이다.

5) 1855년에 정치적으로 민감한 부분인 인도 북부 국경선에서 영국의 광범위한 삼각측량이 시작되었다. 1856년 인도 스리나가르의 삼각측량점 하라묵(Haramukh, 5,190m)에서 인더스 강 저편(Trans-Indus)의 산들, 즉 카라코람의 산들이 관찰되고 높이가 측정되었다. 젊은 측량기사였던 몽고메리는 그곳에서 8,620m의 고도를 지닌 산을 발견하고 흥분을 감추지 못하였다. 그는 36개의 정상을 발견하고 여기에 인도측량국은 카라코람의 이니셜 K를 따서 K1~K32까지 서쪽에서부터 일련번호를 붙였다.

파미르 동남부의 카라코람산계의 세계 2봉인 K2봉의 웅자

인한 영국이 새로운 이름을 모색하다가 영국의 탐험가인 고드윈오스턴산(Godwin Austen) 등으로 명명하였다. 그러나 세계산악계는 여전히 K2라고 부르기를 즐겨하고 있는 실정으로 이는 원래 '초고리(Chogo Ri)'라는 티베트어 원명이 있음에도 불구하고 서양식으로 개명을 하는 것은 강대국의 횡포라는 여론 때문이라는 설도 있다. 같은 처지로 원래 '쪼모랑마'라는 원명이 있음에도 불구하고 영국 측량국장의 이름인 에베레스트로 둔갑한 경우와 함께 원명찾기 운동이라도 벌려야 할 판이다.

한편 타지키스탄 동남부의 자치주인 고르노바닥샨주에 속하는 원(原) 파미르에는 이스마일소모니봉(7,495m), 레닌봉(7,165m), 코르체네프스키봉(7,105m)이 솟아 있는데, 이들 이름도 수난을 겪기는 마찬가지였다. 구러시아 시절에는 스탈린봉, 코뮤니즘(사회주의봉)으로 불렸었기 때문이다.

파미르의 동쪽 중국의 신장자치구 쪽에는 무즈타그아타(7,646m, Muztagh Ata)와 콘구루(7,719m, Kongur) 등이 솟아 있는데, 이들 산맥과 산맥 사이에는 끝없는 광야가 펼쳐져 있어서 파미르고원을 가로지르는 나그네들로 하여금 마치 외계의 혹성 같은 원초의 느낌

무즈타그 아타봉과 카라쿨리 호수

카라쿨리 호숫가의 유르트 천막

마르코 폴로 영양의 암각화

파미르의 상징인 마르코 폴로 영양의 조소상

을 맛보게 해준다. 그들 만년설이 덮여 있는 산기슭에는 거대한 빙하가 영겁의 시간 속에서 흘러내리며 카라쿨리 호수같이, 보석같이 빛나는 신화적인 빙하호를 만들어 내고 있어서 조물주의 안배에 머리 숙이게 된다.

대부분 식물한계선 위에 있는 파미르고원은 황량하여 일체의 생명체가 살 것 같지 않아 보여도 희귀한 동식물들이 살고 있다고 학계에 보고되고 있다. 파미르의 원래 주인들은 늑대, 설치류, 산까마귀류, 독수리, 불곰, 흰 표범, 그리고 고대 암각화의 주된 소재로 등장하는 마르코 폴로 영양 등인데, 이들 중생들은 만년설이 녹아 흘러내리는 물을 감로수로 삼아 생명을 영위하고 있다. 또한 전설처럼 끊임없이 회자되는 이야기는 '거대한 설인'의 존재도 파미르를 더욱 파미르답게 풍성하게 하는 소재거리일 것이다.

3. 다른 버전으로서의 이름 '파내류산(波奈留山)'

한편 여기서 잠시 우리들의 본 주제를 내려 놓고 잠시 쉬어 가면서 '파미르'와 연결고리가 있는 것처럼 보이는 우리 한민족의 근원을 생각해보는 것도 의미가 있을 것 같다. 다름 아닌 우리의 고대사에 대한 문헌인 『한단고기』 「삼성기」에서 묘사하고 있는 파미르, 즉 '파내류산'에 대해서이다.

고기에 이르기를 파내류산 아래에 환인(桓仁)씨의 나라가 있는데(古記云 波奈留之山下有桓仁氏之國)…

한단고기   부도지

환인 제국 최초의 신시 정경

물론 위의 구절이 아직 일반적으로 역사서로서 대접을 받지 못하는 문헌의 내용이기는 해도, 요즘 일부 재야 측 연구자들의 활발한 연구결과를 무조건 백안시만 할 성격도 아니기에 일단 학문적인 '가설(假說)'의 범주로 이 문제를 접근해보자.

이 요지는 바로 필자가 작년인가 본 카페에 연재한[6] 〈초본아타의 길(Chopon Atha's Road)〉, 즉 "금성(金星)을 좇아 파미르고원까지"라는 부제의 글을 말한다.

천산 산맥 너머의 대초원에 반월처럼 생긴 커다란 이식쿨 호숫가 있다. 그 북쪽 기슭에 '초본아타'라는 아담한 마을이 있는데, 그 뜻이 '금성(金星)의 고향 또는 아버지'라고 한다. 이곳을 시발점으로 해서 중국 대륙에 산재한 여러 곳의 금성이란 지명을 가진 곳을[7] 연결하고 요동반도에 이르러 고구려의 '졸본성'과, 나아가 신라의 금성, 즉 서라벌과 연결하면 어떤 대하 다큐멘터리가 그려질 것이다. 그 결론이란 바로 이 파미르고원 아래의 초폰아타가 우리 원(原)한민족의 선조라는 환인족(桓因族)이 한때 신시(神市)를 중심으로 살았던 곳이며 나아가 여러 곳의 '금성'을 연결하는 루트가 바로 유목민족인 배달민족의 이동경로라는 가설이다.

그 배경되는 문헌이 바로 신라 때 박제상(朴堤上, 363~419?)이 지었다는 『부도지(符都誌)』인데, 물론 이 책도 『한단고기』 같은 야사이기는 하지만, 그 내용에 원한민족의 근원을 설명해 줄 수 있는 의미심장한 내용을 담고 있어서 이채를 띄는 문헌이다.

이를 요약해보면 파미르고원의 마고성에서 출발한 우리민족은 천산, 적석산, 태백산, 만주벌판 그리고 한반도로 이주하면서 천문역산,

---

6) '초본아타' 연재 http://cafe.daum.net/tibetsociety?t__nil_cafemy=item

7) 신장성, 감숙성, 산동성에도 금성이란 지명이 눈에 띄지만, 필자 역시 이 문제는 난제이기에 풀기 어려운 화두로 남아 있다.

거석문화, 적석목곽형 고분, 피라미드, 빗살무늬 토기, 토템적 신화 등의 분야에서 그 흔적을 남겨 놓았다는 것이다. 말하자면 피라미드나 지구라트와 같은 높은 탑이나 계단이 마고성에서 '소(巢)'를 만들던 옛 풍속에서 유래하였다고 하는 것이다.

이와 같은 맥락에서 위의 '파내류의 어원을 분석해보면 '내류'는 〈'나 또는 내'류=노례=나례=낙랑=유리=내 등〉으로 음차된 알타이로 해석되어, 결국 '파(波)의 나라'가 된다는 것이다. 물론 여기서 '파(波)'라는 글자가 지금 우리가 먹는 학명(Allium fistulosum)으로 알려진 그 '파'와 같은 것인지에 대해서는 전거가 부족한 것이 사실이기에 간단하게 결론을 내릴 수 없지만, 여러 방면의 인접 자료가 가세하면 파와 파미르는 분명 어떤 연결고리가 있어 보이기는 하다. 특히 이웃나라들이 '동북공정' 같은 국수주의적 성격을 띤 논리로 우리 역사를 훼손시키고 있는 현실에서 우리도 우리민족의 뿌리찾기의 대안으로 이 문제를 화두로 삼을 가치가 있다고 생각된다.

4. 와칸 계곡 브랑 스투파(Vrang Stupa)에 휘날리는 오색 깃발

높고 넓고 험난한 파미르고원에도 인간들은 옛적부터 사람과 물건이 오갈 수 있는 여러 갈래의 '길'을 만들어서 넘나들었다. 그 중 역사적으로 가장 자주 거론되었던 루트가 바로 파미르고원의 인후(咽喉)에 해당되는 '와칸주랑(Wakhan走廊)'이다. 실크로드의 수많은 지류에서도 가장 중요한 목줄기에 해당되는 곳이다.

물론 와칸주랑을 종주하기 위해서는 간다라문화를 꽃피웠던 아프간 땅을 경유하는 방법이 정공법이다. 그러나 그곳은 지금은 우리 한국인들에게 출입금지 지역으로 낙인찍혀 버린 지 오래다.

원래 근래에 들어와서 아프간은 오랫동안 금단의 땅이었다. 그러다가 한때 탈레반 정권의 몰락하고 친미정권에 들어서면서 2003년 잠

필자가 직접 만들어 브랑 스투파에 걸어 놓은 오색 깃발-다르촉

깐 동안 우리 여권으로도 비자를 얻어 입국할 수 있었을 때도 있었다. 필자도 파키스탄의 페샤와르(Peshwar)에서 아프간비자를 받고 당당이 통한의 카이버(Kiber) 고개를 넘어 수도인 카블(Kable)에 입성하는 감격을 맛보았다. 여기서 통한이라 함은 그 고개마루에서 이미 2번씩이나 뒤돌아섰던 아픈 경험이 있었기 때문이었다.

그렇게 입성한 카블 시가지는 해만 떨어지면 통행금지가 되는데다가 또한 간헐적으로 여기저기에 포탄이 떨어지는 상황이었지만 그렇다고 '방콕'만 할 수 없는 노릇이라 다음날 차편을 수배하여 바미얀(Bamyan)으로 달려갔다. 물론 당시 대석굴은 이미 텅 비어 있었지만….

카블로 돌아온 다음 비장한 각오를 하고 단신으로 힌두쿠쉬 산맥

발흐의 고대유적 발라 히사르 전경

의 싸랑고개를 넘어서 북부의 발흐(Balkh)로 올라가기로 했다. 그곳
은 탈레반의 근거지이고, 또한 아무다리아 강을 사이로 우즈벡과의
접경지대였기에 대단히 위험한 곳이었다. 그러나 내겐 그곳이 헬레니
즘과 간다라 문화의 근원지인 옛 토화라국(吐火羅國)의 도읍지였고,
혜초 스님이 절창 2수(首)나 지은 곳이라는 중요한 사실과, 법현, 송

아프간 비자

운, 혜생, 현장 같은 대개의 순례승의 발길이 스쳐갔던 곳인지라 어떤 위험도 감수하고서라도 가야만 했다.

그러나 그곳에서 나를 맞는 것은 허탈감뿐이었다. 찬란한 헬레니즘의 향취는커녕 한때 소왕사성(小王舍城)[8]이라 불리며 천불천탑이나 되었다는 불국토에 불교적인 것이라곤 흔적조차도 남아 있지 않을 정도로 텅 비어 있었다. 그래도 너무 늦게 왔지만, 마침내 그곳에 왔었다는 사실 그 하나만을 위안 삼을 수밖에 없었다.

더구나 그곳 발흐에서 아프간 최동북단 바닥샨 지방을 경유하여 현 중국령 타쉬쿠르간에 이르는 와칸주랑 루트는 특히 혜초와 현장의 귀국로였기에 어떻게 해서라도 강행군을 하고 싶었지만. 당시 와칸주랑은 뉴욕 무역센터의 폭파범이라고 알려져 있던 빈 라덴이 은신하고 있었다고 알려지고 있어 외국인은커녕 현지인도 출입이 철저히 통제되고 있었다. 그야말로 도저히 어찌할 방도가 없었다. 그래서

---

8) 동서로 8백여 리이고 남북으로 4백여 리이다. 북쪽은 아무다리야에 접해 있고 나라의 큰 도성의 둘레는 20여 리이다. 사람들은 모두 이곳을 가리켜서 '소왕사성(小王舍城)'이라고 부른다. 그 성은 매우 견고하지만 그곳에 사는 사람은 매우 적다. 그 땅에서 나는 토산품의 종류는 매우 많으며, 물이나 뭍에서 나는 갖가지 꽃들은 그 종류가 너무나 많아서 일일이 열거하기가 어려울 정도이다. 가람은 백여 곳에 있으며 승려들의 수도 3천여 명에 달하는데, 모두가 소승의 가르침을 배우고 익히고 있다.

아프간과 우즈벡의 국경선인 아무다리아 강의 다리

후일을 기약하며 차선책을 택했다. 바로 아무다리아 강을 건너 우즈
벡으로 넘어가려고 하였다. 당시 필자는 차선책을 준비하여 한국에
서 우즈벡 비자와 호텔예약증도 준비를 해두었기에 다리를 건너 우
즈벡의 남쪽 국경도시 테르메즈(Termez)로 건너가려고 했다. 그러나
다리 중간쯤 건너갔을 때 강 건너 우즈벡의 경비병들이 총구를 들이
대며 돌아가라고 윽박지른다. 그러나 이미 아프간 출국도장을 찍고
출국한 사람인지라 역시 아프간 군인들도 못 돌아온다고 총구를 들
이대는 것이 아닌가. 진퇴양난의 상황은 한참의 대치 끝에 아프간 출
국 스탬프를 정정하는 것으로 타협이 되어 필자는 군용차량으로 수
도 카블로 호송되어 비행장으로 추방되는 신세가 되었다. 어쩌는 수
없이 인도 뉴델리를 경유하여 우즈벡의 타슈켄트로 날아갔다. 그리
고 다시 버스를 타고 며칠 전 강 건너에서 바라보았던 그 테르무즈

의 '우정의 다리'에 도착하여 이번에는 강 건너 아프간의 땅을 바라볼 수 있었다.[9]

그토록 아프간은 필자에게 우여곡절이 많은 곳이었지만, 혜초의 길을 완주하기 위해서는 와칸 계곡은 반드시 주파해야 했기에 다시 배낭을 꾸려 놓고 기회를 엿보고 있었을 때, 아 그런데 그즈음 바로 샘물교회 선교단의 비극이 발생했다.

그리고 그 후유증으로 아프간이 다시 금단의 땅이 된 지 벌써 10여 년이나 되었지만, 금족령은 여전하여 지금도 특수한 신분 이외에는 아프간 입국 자체가 불가능하기에 와칸주랑을 종주하여 파미르를 넘는 것은 지도를 펴놓고 더듬어 가는 것만 가능한 상황에서 한 치의 변동도 없게 되었다.

그렇게 배낭을 꾸려 놓고 하염없이 기다린 지 10년. 겨우 차선책을 하나 찾게 되었다. 바로 구소련 중앙아시아 독립연합(CIS)의 일원인 타지키즈스탄의 고르노바닥샨주로 통해 접근하여 파미르강을 사이에 두고 와칸주랑을 종주하는 방법이었다. 그나마 이 방법도 타지크와 이웃나라의 국내외 정세에 따라 외지인의 출입이 봉쇄되었다가 개방되기를 되풀이하고 있어서 재작년 여름 필자가 갔을 때는 고르노바닥샨 주의 거점도시 호로그(Khrog)에서 총격전이 벌어져 근처에서 열흘간 기다리다 허망하게 철수하였다.

그리고 마침내 작년 가을 다시 배낭을 꾸려 별 탈없이 '타지크의 비자'와 '파미르여행허가증(GBAO)' 그리고 아무다리아의 발원지인 '조르쿨(Zorkul)여행허가증'을 받아서 무사히 와칸주랑을 주파하여 보름간 답사를 끝낼 수 있었다. 아마도 불보살의 가피력 덕분이었을 것이리라….

---

9) 당시의 상황은 역시 졸저 『혜초따라 5만리』 하권(여시아문, 2003) 아프간과 우즈벡 편에 적혀 있다.

그리하여 마침내 손수 제작하여 2년 동안 가지고 다녔던 〈실크로드 총서 타르촉〉 108장을 와칸 계곡의 유일한 불탑인 브랑(Vrang) 스투파에 걸어 놓고 선현들에게 오체투지의 삼배를 드릴 수 있었다. 그리고 한 보따리 귀중한 자료를 안고서 귀국하게 되었다. 그래서 그것들을 바탕으로 이 책의 빈곳을 채우고 마침내 탈고를 하게 되었다.

5. 파미르고원 종횡로(縱橫路) 개괄

필자가 〈실크로드 고전여행기〉 총서에서 정리한 천산의 끝자락 및 파미르고원을 넘는 옛 실크로드는 크게는 다음과 같이 (2+6)갈래로 나눌 수 있다.

1) 이르케쉬탐 고갯길(Irkeshitam Pwy/ 伊爾克什坦)

이 고갯길은 타클라마칸 사막의 북쪽경계를 따라 길게 동서로 뻗어 내린 대 천산(天山/ Tienshan) 산맥이 파미르고원과 만나는 지점에 있는 중국과 키르기즈스탄과의 국경선으로 '서역북로'의 서쪽 끝자락 십자로인 카슈가르(喀什/ Kashgar)에서 A351번 도로를 타고 서행하여 도중에 해발 3,536m를 넘는 비교적 평탄한 길을 지나 사리타쉬(Sari Tash)라는 분기점에서 4갈래로 갈라진다.

첫 번째는 북쪽으로 키르기즈스탄의 오쉬(Osh) 쪽으로 올라가 페르가나 계곡을 따라 소그드(Sogd) 지방의 중심지인 사마르칸트로 나아가는 루트이다. 두 번째는 사리타쉬에서 바로 직진(西行)하여 타지키스탄의 수도인 두샨베(Dushanbe)를 거쳐 우즈벡의 테르메즈(Termez)로 가거나 바로 아무다리아 강을 건너 아프간으로 들어가는 루트이다. 세 번째는 M41번 도로, 이른바 '파미르 하이웨이'를 타고 남쪽으로 내려가 무르갑과 알리추르를 지나 타지키스탄의 고르노바닥샨주(GBAO)를 관통하여 호로그에 이른 다음 다시 두샨베로 나아가는 길이다. 네 번째는 M41번 도로의 중간 지점인 알리추르에서 남쪽으로 카르구쉬 고개를 넘어 파미르 천변의 랑가르에 도착하여 와칸주랑과 나란히 파미르천 북안을 따라 내려가 이쉬카심(Iskashim)에서 판지 강을 건너 아프간령 바닥샨주로 내려가 카블로 이어지는 루트이다.

이 길은 현재(2014년 6월) 역시 중국과 키르기즈의 무역이 활발한 곳으로 동절기만 제외하고는 외국관광객들에게 열려진 유일한 국경선이고 카슈가르나 오쉬에서 국제버스도 이용할 수 있다. 단 두 번째 사리타쉬에서 두산베로 가는 직행길은 외국인에게 열려 있지 않다.

2) 파미르 하이웨이(Pamir Hwy, 일명 M41번 도로)

역시 카슈가르에서 위의 루트들을 이용하여 키르키즈로 들어간 뒤 오쉬를 기점으로 일명 '파미르 하이웨이'를 타고 남서행하여 아래 목록의 〈9번 파미르 횡단루트〉와 만나 아무다리야 강의 발원천이자, 파미르천과 와칸천이 합류하는 판지 강을 따라 고르노바닥샨의 중심지인 호로그(Khorg)까지 장장 727km의 고원을 달리는 루트로 다시 타지키스탄의 수도 두산베(Dushanbe)까지 이어진다.

이 길은 최근 타지크 영사관에서 비자와 함께 받을 수 있는 〈파미르 여행허가증(P. Permit: GBAO)〉를 받은 외국관만 가능한 루트로 현장법사와 우리의 혜초사문 등의 체취가 묻어 있는, 유서 깊은 와칸주랑의 일부가 겹쳐져 있어 의미가 깊은 루트이다. 단 파미르천의 발원지이며 자연보호구역인 조르쿨 호수로의 여행허가는 따로 호로그에서 허가를 받아야 하는데, 일반 교통편이 없기에 만만치 않은 가격의 대절차를 이용해야 한다.

'파미르 하이웨이(PHy)'는 약칭 'M41번' 도로로 불리는데, 구러시아 시절에 건설한 정략도로로써 지금도 곳곳에 당시의 상징물인 러시아제 탱크의 잔해들이 뒹굴고 있다.

3) 쿨마 고갯길(Kulma, Sari-kul Pwy)

서역남, 북로가 합쳐지는 카슈가르에서 남쪽으로 내려오다가 옛 총령진이라 불렸던, 현 중국의 국경도시인 타쉬쿠르간 못 미친 곳에 자리 잡은 카라쿨리 호수와 무즈타그아타산 근처에서 서쪽으로 맞은편에 길게 뻗어 있는 사리쿨 산맥의 쿨마 고개(Kulma Pass, 4,363m)를 넘는 루트를 말한다.

그 다음 전통적인 천산북로상의 실크로드의 요충지인 키르기즈스탄의 오쉬(Osh)에서 내려오는 옛 대상로의 마을들인 무르갑→나이쟈타쉬 고개(Nizatash pass, 4,137m)→바쉬굼바즈→알리츄르로 내려와 야실쿨 호수에서 발원하여 서행하여 판지 강과 합류하는 군트(Gunt) 강을 따라 서행하여 타지키스탄 고르노바닥샨주 중심지인 호로그에서 판지 강(Ab-i-Panj/ 噴赤河)을 건너 현 아프간 바닥샨주의 정부청사가 있는 화이자바드에서 소그드(Sogd)에서 아무다리야 강을 건너서 내려오는 길과 만나는 십자로인 쿤두즈로 나가서 다시 동·서양으로 갈라지는 루트를 가리킨다.

이 길은 지금도 마찬가지이지만, 순례로보다는 대상로로 주로 사용되었고 현재 외국인에게는 열려 있지 않지만 곧 열린다는 소식은 들린다.

4) 와칸주랑 북쪽길(Wakhan Corridor north way/ 玄獎路, 慧超路)

타쉬쿠르간을 지나 현 아프가니스탄의 와칸 계곡의 입구인 사리콜 계곡의 북쪽 사리코람 고개(Sarikoram pass, 5,558m)를 넘어 퀴질라바드(Qizilrabad)→자티굼바즈(Jarty Gumbaz) 마을을 지나 서쪽으로 조르쿨(Zorkul Lake/ 大龍池: 鵝湖/ Victoria Lake) 호수를 따라 돌아 다시 파미르천의 북안 길을 따라 대(大)파미르고원을 지나 서남쪽으로 내려가면서 카르구쉬(Kargush)→랑가르(Langar)→종(Zong)→이쉬카심(Iskashim/ 伊什卡辛)에서 '와칸남로'와 합류하는 루트이다. 그런 다음 다시 바닥샨주로 내려가 화이쟈바드, 쿤두즈, 발흐로 나간다.

현장법사와 혜초사문이 당나라로 돌아올 때 경유한 루트에 해당되며 일반적으로 많이 이용된 남쪽길의 상황변화에 따른 우회로에 해당된다. 또한 당나라 고선지 장군의 원정로에 해당된다.

5) 와칸주랑 남쪽길(Wakhan Corridor south way/ 法顯路)

타쉬쿠르간에서 카라코람 하이웨이를 따라 남쪽으로 조금 더 내려오다가 서쪽으로 타쉬쿠르간 하천을 거슬러올라가 신장자치구의 마지막 마을인 밍타카(Mingtaka/ 明鐵蓋)를 지나 역시 파미르 고개의 분수령의 하나인 와크지르(Wakhjir) 고개를 넘어 와칸주랑의 소(小)파미르고원에 올라서서는 와크지르천을 따라 서쪽으로 흐르다가 부로길(Brogil) 마을을 지나 와칸천으로 이름을 바꾸어 북로와 나란히 내달리다가 이름을 다시 판지 강(Ab-i-Panj/ 噴赤河)으로 바꾸어 콸라판자(Qala-e-Panja/ 喀剌噴札)→칸두드(Khandud/ 昏馱多城)→아프간 측의 이스카셈(Iskashem/ 伊什卡辛)을 지나서는 역시 북로의 루트들과 같은 궤적을 그리며 화이자바드(Fayzabad)→쿤두즈(Kunduz)로 나가 동서양으로 갈라진다.

이 루트는 파미르를 넘는 직통로이기에 예부터 일반 대상들이 즐겨 이용하였고 5세기 법현(法顯)을 시작으로 순례 길로 주로 이용되었었지만, 7세기 전후로 토번의 점령으로 인하여 통행이 어려워져 그 후로는 북로가 활성화되었다. 그것은 현재도 마찬가지로 아프간과 중국의 관계 악화로 인해 통행이 금지된 고갯길이다.

6) 다르코트 고갯길(Darkot Pwy/ 高仙芝路)

위의 남로의 바로길 마을에서 남으로 힌두쿠시 산맥의 바로길 고개(Barogil, 3,882m)와 다르코트 고개(4,703m, 坦駒嶺)를 넘어 다

르코트 마을과 구피스(Gupis)를 지나서 둘로 갈라져, 한 길은 스와트
(Swat) 계곡으로 내려가 파키스탄의 밍고라(Mingaora)→페샤와르
(Peshawar)→카이버(Kiber) 고개 넘어 아프간으로 가거나, 혹은 인
더스 계곡의 카라코람 하이웨이(KKH)의 길깃트(Gilgit)를 거쳐 현
파키스탄의 수도 이슬람아바드(Islamabad) 또는 페샤와르에서 역시
동·서양으로 갈라지는 길이다.

북위(北魏)의 송운(宋雲), 혜생(惠生) 등이 이용하였고, 일부는
747년 고선지 장군이 소발율(小勃律/ Gilgit)을 점령할 때의 2차 원
정로에 해당되기도 한다. 역시 현재는 일체 통행이 금지된 길이다.

7) 쿤제랍 고갯길(Khunjerab Pwy/ 카라코람 하이웨이(KKH))

타쉬쿠르간에서 위의 와칸로 입구를 지나 조금 더 남쪽으로 내려
와 쿤제랍(Khunjerab Pass, 4,730m) 고개를 넘어 파키스탄 길깃트에
이르는 410km의 도로를 '카라코람 하이웨이(KKH)'라 부른다.

이 도로는 1964년에 양국간의 협정에 의해 30년간의 난공사 끝에
개통되어 1986년부터는 외국 관광객에게도 열려 이런 코스를 좋아하
는 오지 마니아들을 손짓하고 있지만, 이 길은 전통적인 실크로드와
일치하지는 않는다. 파키스탄령으로 들어와서는 인더스 계곡의 국경
마을인 소스트→훈자→길깃트를 거쳐 현 파키스탄의 수도 인 이슬라
마바드 또는 서쪽의 간다라의 중심도시인 페샤와르로 내려가서 다시
동·서양으로 갈라지는 길이다. 그리고 카라코람 산맥을 넘는 고개이
름이 쿤제랍이라는 것을 유의할 필요가 있다. 왜냐하면 졸저 부록의
〈파미르를 넘는 횡단도〉의 카라코람 고개(#9-6)와는 별개이기 때문
이다. 또한 이 두 길은 전통적인 실크로드와 일치하지는 않는다는 점
도 유의해야 한다. 앞에서 말한 것과 같이 그냥 '신실크로드'일 뿐이다.

현재(2014년 6월) 중국과 파키스탄의 국경무역이 활발한 곳으로
결빙기만을 제외하고는, 6개의 파미르 횡단로 중에서, 유일하게 외국

관광객들에게 열려진 국경이다.

8) 카라코람 고갯길(Karakoram Pwy/ 玄照路)

파미르고원의 동쪽 끝의 카라코람 산맥의 카라코람 고개(Karakoram Pass/ 磧石嶺, 5,575m)을 넘어 바로 인도 서북부의 카슈미르로 가는 루트로 그 시발점은 서역남로 서쪽 끝에 있는 예칭(葉城/ Karghalik)이나 호탄에서 출발하여 현 '신장공로(新藏公路)'를 이용하여 티베트로 넘어가다가 콩쉬와르(Kongshwar)에서 남으로 방향을 틀어 카라코람 고개를 넘어 인도 서북부로 들어가 카슈미르주의 주도인 스리나가르 또는 조지라(Zojila, 3,290m) 고개를 넘어 라다크의 레(Leh)로 가는 옛 길이다.

8세기 '토번로'를 통해 인도를 3차례나 들락거렸던 현조법사의 루트에 해당되지만, 역시 현재 중국과 인도의 국경분쟁으로 통행이 금지된 루트이다.

6. 파미르를 넘나들던 순례승들

1) 5세기 초, 최초로 파미르를 넘은 법현율사(法顯律師)

파미르고원을 비행기를 타고 날면서 아래를 내려다보면 만년설이 덮힌 고산준령 사이로 한 가닥 실낱 같은 띠가 뱀처럼 굽이치며 늘어져 있는 것을 볼 수 있다. 바로 수천 년 동안 사람과 그리고 낙타와 말, 노새, 양떼 등의 발길에 의해 만들어진 길이다. 그 길을 통해 부자의 꿈, 무지개의 꿈, 정복자의 꿈, 역마살의 꿈 같은 인간의 온갖 욕망들이 피어나거나 때로는 처절한 좌절을 맛보기도, 또는 목숨까지 잃기도 했을 것이다.

그들 중에는 물론 종교적인 열정에 휩싸인 유무명의 출가 사문들도 섞여 있었다. 부처님의 나라인 천축의 꿈을 가진 구법승에게도 역시

법현의 초상

불국기

왕오천축국전

이 파미르는 피해갈 수 없는 필수코스였다. 중화권의 입축구법승(入竺求法僧)의 통계를 보면 3~11세기까지 약 180여 명에 달하는 이름을 확인할 수 있지만, 그 중 몇 명 정도가 자신의 꿈을 이루었는지? 나아가 몇 명만이 파미르라는 최대의 난관을 넘었는지 확인할 수는 없다. 아쉽게도 그들 중 대부분은 여행기라는 기록유산을 남기지 않았기에 그냥 역사의 뒤안길로 사라져 버렸을 것이다.

이 책에서는 그들 중 우리 〈실크로드 고전여행기〉 총서의 주인공들을 우선 소개하겠지만, 이 역시 중복을 피하기 위해서 간략한 설명으로 대신할 생각이다. 그러므로 좀 더 구체적인 자료가 필요한 독자제위는 〈실크로드 고전여행기〉 총서를 참조하시기 바란다.

기록상의 선두 주자로 동진(東晉)의 법현율사가 먼저 등장한다. 그는 중국에 전래된 불경 중에서 율장(律藏)이 빠진 것을 한탄하다가 직접 그것을 구하고자 혜경(慧景) 등 4명의 도반과 함께 399년 장안을 출발하여 고생 끝에 파미르를 넘어 스와트 계곡을 타고 내려가 불국토였던 오장국(烏長國/ Uddiyana)[10]에 도착하였다. 그는 이 고원을 넘어가면서 그 길의 험난함을 다음과 같이 묘사하고 있다.

서쪽으로 천축을 향해 떠난 뒤 한 달 만에 총령을 넘었다. 총령은 겨울은 물론 여름에도 눈에 덮여 있었고 독룡(毒龍)이 있어서 만약 그것이 한 번 노하면 바람과 눈과 비를 토하며 모래와 자갈을 날리므로 이를 만나는 사람은 온전할 수가 없었다. 원주민들은 그것을 설인(雪人)이라 하였다. 총령을 지나면 북천축국에 도착한다.

그러나 총령, 파미르는 무사히 넘어 아프간 땅에 도착하였지만 그들이 소설산이라 불렀던 인도와 아프간을 가로 막고 있는 힌두쿠시 산맥[11]을 넘을 때 생사를 같이 하던 도반(道伴)을 잃게 되는데, 그때의 비통함을 법현은 다음과 같이 적고 있다.

법현 등 세 사람은 남쪽으로 내려가 소설산을 넘었다. 소설산은 겨울이나 여름이나 눈으로 덮여 있었다. 산 북쪽을 올라가고 있을 때 찬바람이 사납게 휘몰아치자 모두 숨소리도 못 내고 무서움에 어쩔 줄 몰라했다. 일행 가운데 혜경은 더 이상 걸을 수 없게 되고 입에서는 흰 거품을 토하면서 다음과 같이 말하였다.

---

10) 현 파키스탄 스와트 계곡 속의 작은 마을 밍고라(Mingora)를 중심으로 하는 산악 지방을 말한다. 우디야나, 즉 오장국은 현지인들이 부르는 울지인나(鬱地引那/ Uddiyana)의 음역이다. 현재 이곳에는 '천불천탑의 계곡'이란 이름이 어울리게 붓다의 본생담 〈자타카〉의 고사가 생생하게 살아 있는 간다라식의 스투파과 사원유지와 마애불이 즐비하다. 현장은 자세하게 이를 기록하였다.

11) 엄밀히 말하자면 술레이만 산맥에 해당된다.

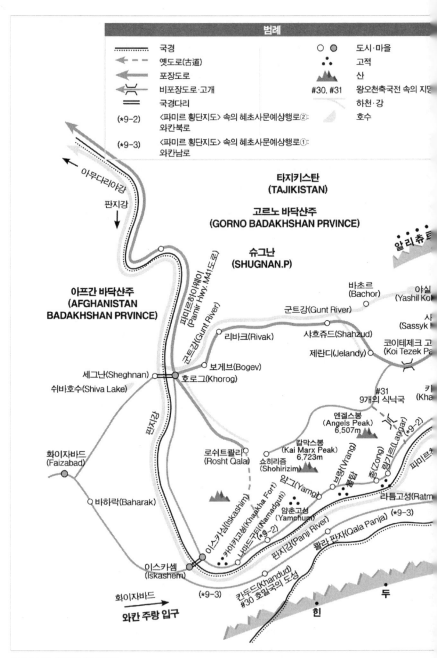

범례

=====	국경	○ ◉	도시·마을
←---	옛도로(古道)	∴	고적
←	포장도로	▲	산
←	비포장도로·고개	#30, #31	왕오천축국전 속의 지명
==	국경다리		하천·강
(*9-2)	〈파미르 횡단지도〉 속의 혜초사문예상행로②: 와칸북로		호수
(*9-3)	〈파미르 횡단지도〉 속의 혜초사문예상행로①: 와칸남로		

아무다리야강

판지강

타지키스탄
(TAJIKISTAN)

고르노 바닥샨주
(GORNO BADAKHSHAN PRVINCE)

알리츄트

슈그난
(SHUGNAN.P)

아프간 바닥샨주
(AFGHANISTAN
BADAKHSHAN PRVINCE)

파미르하이웨이
(Pamir Hwy. M41도로)

군트강(Gunt River)

바초르
(Bachor)

야실
(Yashil Ko

군트강(Gunt River)

리바크(Rivak)

사흐쥬드(Shahzud)

사
(Sassyk

보게브(Bogev)

제란디(Jelandy) ○

코이테제크 고
(Koi Tezek Pa

세그난(Sheghnan)

호로그(Khorog)

쉬바호수(Shiva Lake)

#31
9개의 식닉국

키
(Kha

판지강

엔겔스봉
(Angels Peak)
6,507m

화이자바드
(Faizabad)

로쉬트콸라
(Rosht Qala)

칼막스봉
(Kai Marx Peak)
6,723m

쇼히리즘
(Shohirizim)

브랑(Vrang)

종(Zong)

랑가르(Langar)

파미르강

바하락(Baharak)

이스카심(Iskashim)

카아카고성(Khaaka Fort)

얌그(Yamg)

라틈고성(Ratm

나믿드구티(Namadguti)

얌춘고성
(Yamchun)

(*9-2)

판지강(Panji River)

콸라 판지(Qala Panja)

(*9-3)

이스카셈
(Iskashem)

칸두드(Khandud)
#30 호밀국의 도성

힌

두

화이자바드

와칸 주랑 입구

(*9-3)

순례승들의 파미르 횡단 지도

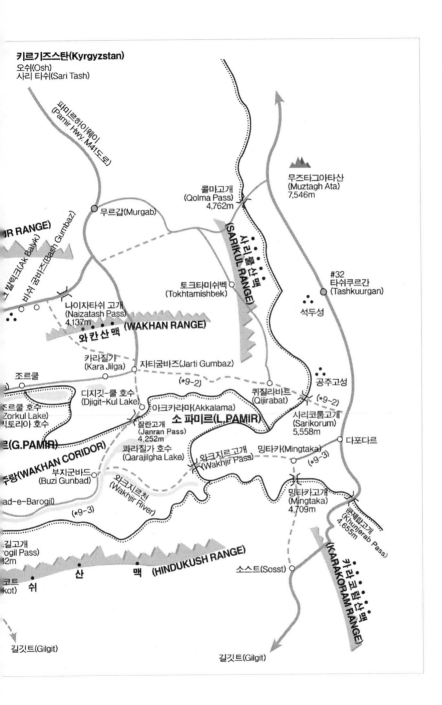

키르기즈스탄(Kyrgyzstan)
오쉬(Osh)
사리 타쉬(Sari Tash)

피미르하이웨이
(Pamir Hwy. M41도로)

무즈타그아타산
(Muztagh Ata)
7,546m

콜마고개
(Qolma Pass)
4,762m

무르갑(Murgab)

IR RANGE)

사리콜산맥
(SARIKUL RANGE)

아크 발릭(Ak Balyk)
바쉬 굼바즈(Bash Gumbaz)

토크타미쉬벡
(Tokhtamishbek)

#32
타쉬쿠르간
(Tashkuurgan)

석두성

나이자타쉬 고개
(Naizatash Pass)
4,137m

와칸산맥 (WAKHAN RANGE)

카라질가
(Kara Jilga)

자티굼바즈(Jarti Gumbaz)

조르쿨

(*9~2)

공주고성

디지깃-쿨 호수
(Djigit-Kul Lake)

퀴질라바트
(Qijirabat)

(*9~2)

조르쿨 호수
Zorkul Lake)
빅토리아 호수

아크카라마(Akkalama)

소 파미르(L.PAMIR)

사리코룸고개
(Sarikorum)
5,558m

다포다르

(G.PAMIR)

잘란고개
(Janran Pass)
4,252m

콰라질가 호수
(Qarajilgha Lake)

와크지르고개
(Wakhjir Pass)

밍타카(Mingtaka)

대랑(WAKHAN CORIDOR)

부지굼바드
(Buzi Gunbad)

(*9~3)

ad-e-Barogil)

와크지르천
(Wakhjir River)

밍타카고개
(Mingtaka)
4,709m

쿤제랍고개
(Khunjerab Pass)
4,655m

(*9~3)

길고개
ogil Pass)
2m

산   맥 (HINDUKUSH RANGE)

코트
kot)   쉬

소스트(Sosst)

카라코람산맥
(KARAKORAM RANGE)

길깃트(Gilgit)

길깃트(Gilgit)

"나 또한 살아날 수가 없을 것 같군요. 빨리 가십시오. 여기서 우물쭈물 하다가 함께 죽어서는 안 됩니다."

그리고는 마침내 혜경은 마지막 숨을 거두었다. 법현은 그의 몸을 어루만지며 비통해 하였다. "우리들이 아직 본래 목적을 이루지 못했는데 이런 곳에서 먼저 죽다니…" 하면서 울음을 터트렸다.

도반의 시신을 묻은 법현일행은 다시 길을 재촉하여 간다라국을 경유하여 마침내 중천축국으로 들어가 불교의 성지들을 순례한 후 경전의 사경(寫經) 및 연구를 하게 된다.

그 후 법현은 천축에 남겠다는 도정을 뒤로하고 15년 만에 혼자서 이번에는 바닷길을 이용해 중국으로 돌아가 『불국기(佛國記)』를 저술하여 인도구법여행기의 서막을 열었다.

2) 6세기의 공백을 채운 북위(北魏)의 송운(宋云)과 혜생(惠生)

서역경영에 나라의 국력을 기울였던 한(漢)나라가 쇄망하고 난 뒤 중원 대륙이 위촉오(魏蜀吳) 삼국시대로 들어서자, 시대적 혼란으로 인해 법현의 뒤를 잇는 뛰어난 순례승이 한 세기 동안 출현하지 못했다. 그러다가 위나라가 중원의 패권을 차지하고 새 왕조의 이상을 불교에서 찾으려는 새로운 기운이 일어나자, 일단의 사신단과 구법승의 대규모 연합순례단이 서역 순방에 나섰다. 법현 후에 한 세기가 지난 518년에 일이었다.

이들은 한나라 때의 외교전략을 모방하여 서역의 새로운 패자인 에프탈국(Ephthall/ 嚈噠國)12)과 수교와 교역을 증대하고자 하는 송

---

12) 고대 월지족의 후예로 백흉노(白匈奴) 또는 엡탈리트, 갈달, 읍달, 하이탈, 타프탈레 등으로 기록된 유목민족으로 5세기 경부터 유라시아에서 큰 세력을 이루어 6세기 초에는 헬레니즘을 계승한 마지막 국가인 토카리스탄(吐火羅國)을 멸망시키면서 중앙아시아에 정착하여 동쪽으로는 호탄, 서쪽으로는 사산조페르시아 까지 미

운으로 지칭되는 사신단과 함께 황태후의 명에 따라 불경을 얻기 위해 천축으로 파견된 혜생으로 지칭되는 구법승으로 이루어졌다. 일행은 청해호(靑海湖)에서 차이담 분지를 가로지르는 새로운 루트를 경유해 '서역남로'로 나아가 코탄을 지나 마침내 총령에 이르러 고생 끝에 파미르를 넘어서 두 방향으로 갈라졌다.

서역의 나라들과 국교 타개를 위한 사신의 신분인 송운은 임무 때문에 서쪽으로 향해 아프간 방향의 에프탈, 즉 현 발흐로 나가고 혜생사문은 곧장 남하하여 힌두쿠쉬 산맥의 다르코트 고개를 넘어 스와트 계곡의 오장국을 거쳐 중천축으로 들어가는 구법승의 일반적인 루트를 이용하였다. 『낙양가람기』「송운행기」에는 그들이 파미르를 넘는 고행담이 이렇게 수록되어 있다.

… 서쪽으로 간 지 엿새되어 총령(蔥嶺)에 올랐다. 다시 서쪽으로 사흘 가서 발우성(鉢盂城)에 이르렀다. (…중략…) 그곳은 매우 추워서 여름이나 겨울이나 눈이 쌓여 있었다. 총령은 높고 험준하여 초목이 자라지 못했다. 때가 8월인데도 벌써 날씨가 차서 북풍은 기러기를 내몰고 눈이 천리를 덮었다. 산에 독룡이 사는 연못이 있었다. …

3) 인류역사상 최대의 여행기를 남긴 현장(玄奘)

현장의 사후 황제칙명에 의해 편찬된 『대자은사 삼장법사전(大慈恩寺三藏法師傳)』[13]은 『대당서역기』와 쌍벽을 이루는 문헌이다. 이

치는 판도를 형성하여 인도, 중국, 페르시아 그리고 남러시아를 잇는 교역루트의 차지함으로써 당시 실크로드의 실권을 장악하다가 560년경 페르시아와 연합한 돌궐에게 멸망되었다. 송운의 에프탈에 대한 기록은 사서의 그것과 정확하게 일치하고 있다.

13) 저자는 혜립(慧立)과 언종(彦悰)두 사람인데, 혜립이 5권까지 저술(664~683)하다가 입적하자, 뒤를 이어 언종(彦悰)이 보충 편찬하여 688년 10권으로 묶어냈다. 그

지게형 책장인 '급(笈)'을 멘 현장삼장상(玄奘三藏像, 602~664)

일본 가마쿠라(鎌倉時代, 1192~1333) 시대 작품인 이 초상화의 제목은 〈현장삼장〉이다. 현장은 삼장법사로 더 많이 알려졌는데 경율논(經律論)의 삼장에 능했기 때문이다. 이 초상화의 형식은 현장법사의 사리탑이 세워진 중국 시안의 흥교사비(興敎寺碑)의 탑본을 모본으로 하고 있다. 법상종의 종조(宗祖)로서 현장법사의 탄생에서 열반까지의 일생을 12권의 두루마리 그림으로 그린 〈현장삼장회(玄奘三藏繪)〉는 일본의 국보로 전해지고 있다.

한 행각승이 등에 덮개가 있는 대나무 책장을 등에 메고, 양손에는 불자(拂子)와 두루마리 경전을 들고 앞을 향해 뚜벅뚜벅 걸어가고 있는데, 급에는 촛대가 매달려 있어서 길을 밝히고 목에는 해골을 꿴 목걸이를 두르고 귀에는 금귀걸이를 차고 있다. 해골은 주인공이 삶의 무상함을 잊지 않는 수행승임을, 금귀걸이는 보살이나 나한처럼 고귀한 존재임을 상징하는 표식이다.

기록에는 현장의 프로필과 천축행의 동기가 자세하게 기록되어 있다. 13세 때의 낙양의 정토사로 출가하여 젊은 시절 번민의 세월을 보내다가 태종(太宗) 정관 3년 8월 가을에 나라의 국법을 어기고 장안을 출발하여 서역으로 향하는 고난의 고행길이 자세하게 그려지고

들은 모두 현장의 제자로서 늘 곁에서 보고 들은 내용을 상세하게 기록하여 『대당서역기』를 보완하는 귀중한 사료를 편찬하였다.

국경 동북으로 산을 넘고 골짜기를 지나 위험하고 험한 곳을 7백여 리를 가면 파미라천에 이른다. (vertical Chinese text)

国境東北踰山越谷經危履險行七百餘里
至波謎羅川東西千餘里南北百餘里狹隘
之處不踰十里據兩雪山間故寒風慘烈春
夏飛靈震夜飄風雜地絨雪多礫石播植不滋
草木稀少遂致空絕無人止
波謎羅川中有大龍池東西三百餘里南北
五十餘里據大慈嶺内當瞻部洲中其地最
高也水多澄清皎鏡莫測其深匜帶青黑味
甚甘美瀉居則蛟螭魚龍黿鼉龜鼈浮遊乍
鷲鶩鴻雁鸀鳿諸鳥大卵遺穀荒野或
潭開或沙渚上池西派一大流西至達摩
悉鐵帝國東界與縛芻河合而西流故此巳
右水皆西流池東派一大流東北至佉沙國

파미라천 속에는 커다란 용이 사는 못이 있는데 동서로 3백여 리이고 남북으로 50여 리이다. 대총령 속에 자리 잡고 있으며 염부주 중에서도 이 땅이 가장 높다.

있다. 그렇게 어렵게 떠난 그의 천축행은 둔황을 나서면서 바로 고비사막에서 첫 번째 시련을 맞는다.

아무리 주위를 둘러보아도 인적은 물론 하늘을 나는 날짐승도 없는 망망한 천지가 벌어지고 있을 뿐이다. 밤에는 귀신불이 별처럼 휘황하고 낮에는 모래바람이 모래를 휘몰아 소나기처럼 퍼부었다. 이런 일이 일어나도 두려운 줄 몰랐다. 다만 물이 없어 심한 갈증 때문에 걸을 수조차 없는 것이 안타까울 뿐이었다. 5일 동안 물 한 방울 먹지 못하여 입과 배가 말라붙고 당장 숨이 끊어질 것 같아 한 걸음도 걸을 수 없었다. 법사는 마침내 모래 위에 엎드려 수없이 관세음보살을 외었다.

그리하여 구사일생으로 고창국왕(高昌國王) 국문태(麴文泰)를 만나 왕성에서 설법을 해주며 한 달 동안 머무르게 된다. 국왕은 그 보답으로 현장이 '천산북로'를 통해 바로 소그드(Sogd) 지방의 소엽성, 즉 현 토크모크로 갈 수 있게 일체의 후원을 해준다. 그렇게 해서 현장은 이른바 현장로(玄奘路)[14]를 따라 어렵지 않게 파미르고원을 우회하여 바로 인도로 직행하게 된다. 그리고 당시 세계불교학의 중심지인 나란다(Nalanda/ 那爛陀) 대학에서 학문에 매진하여 큰 성취

---

14) 가칭, '현장로'에 대해서는 이 책의 부록으로 〈실크로드와 그 지류들〉에서 실크로드를 10여 개로 나누어 자세히 설명하였으니, 이를 참조하시기 바란다.

조르쿨 호숫가의 구러시아 초소 잔해들

를 이루게 된다.

그 후 17년 뒤, 645년 2월 수많은 불경과 불교용품, 그리고 많은 나라들의 생생한 정보들을 들고서 장안성으로 돌아오게 된다. 여기서 특기할만한 사항이 있는데, 그의 귀국로는 입축로와는 전혀 다른, 파미르고원을 정면으로 주파하는, 와칸주랑의 북쪽길을 통해 총령진 타쉬쿠르간으로 나아가는 정공법적 루트인 서역남로를 통해 귀국하게 된다는 점이다.

『대당서역기』권12에는 파미르고원의 랜드마크적인 두 곳의 지점인 파미르천과 조르쿨(Zorkul)[15] 호수에 기록이 있다. 필자가 몸소 확인한 바에 의하면 거리와 방향 등이 아주 정확하여 현장의 치밀함에 놀라움을 금치 못하게 한다.

---

15) 파밀천, 판지 강, 아무다리아의 발원지인 오늘날의 빅토리아 호수를 말한다. 이곳에서 서쪽에서 파미르천이 서남쪽으로 흘러서, 칼라판쟈(kala Panja/ 객랄분찰/ 喀剌噴札)의 상류가되어 다시 소파미르 지방의 호수로부터 흘러온 아비이판자(Ab-i-Panja/ 분적하/ 噴赤河)와 합류하여 서쪽으로 흘러서 아무다리야가 된다.

국경의 동북쪽으로 산을 넘고 계곡을 건너 위험한 길을 따라서 7백 여 리를 가면 파미라천(波謎羅川/ Pamir)[16]에 도착한다. 동서로 천여 리, 남북으로 백여 리이며 폭이 좁은 곳은 10리를 넘지 못한다. 두 설산 사이에 자리하고 있는 까닭에 찬바람이 매섭게 분다. 파미라천 속에는 커다란 용이 사는 못[17]이 있는데 동서로 3백여 리이고 남북으로 50여 리이다. 대총령 속에 자리 잡고 있으며 염부주 중에서도 이 땅이 가장 높다. 물은 맑디맑아서 거울처럼 비치는데 그 깊이

현장취경동귀고도비

를 알 수 없을 정도이다. (…중략…)

이 파미라천으로부터 동남쪽으로 산을 올라 험한 길을 걸어가면 사람들이 사는 마을은 없고 오직 얼음과 눈뿐인데 이곳으로 5백여 리를 가다보면 걸반타국(Tashkurghan/ 塔什庫爾干/ 揭盤陀國)[18]에 이른다.

중국 대륙의 서쪽 끝이며 파미르고원의 중턱에 해당되는 고원의 국

---

16) 현장은 파미라천(波謎羅川/ Pamir)으로, 혜초가 '파밀천(播蜜川)'으로 부른 곳은 모두 조르쿨 호수, 즉 빅토리아 호수를 가리키는 것이다.

17) 오늘날의 빅토리아 호수를 말하지만, 이 부분에 대한 현장의 기술에는 일부 착오가 있는 것으로 보인다. 왜냐하면, 현장은 카슈가르 서쪽 경계로 흘러서 야르칸드 강과 합류하는 강을 현 타쉬쿠르간 강으로 보았는데, 이 강의 서쪽 상류의 하나인 카라츄쿠르(Kara Chukur) 강의 발원지는 파미르와칸 산 속에 있으며 빅토리아 호수에서 발원하지는 않기 때문이다.

18) 현 중국령 신장(新疆)위구르의 파키스탄과의 접경도시인 타쉬쿠르간으로 파키스탄과의 연결도로인 카라코람 하이웨이(KKH)의 국제버스가 다니는 출발지점이기도 하다. 현재는 통행이 끊긴 지 오래되었지만, 와칸(Wakhkhān) 계곡으로 연결되는 사리콜(Sar-i Kol) 계곡에 위치한다. 총령의 유래는, "총령은 둔황 서쪽 8천 리 거리에 있는 높은 산인데, 산상에서 파(葱)가 나므로 옛날에 총령이라고 하였다."라고 한 것을 보면 '파(葱)'에 관련된 지명으로, 현장도 "땅에서는 파가 많이 나므로 총령이라 부른다."고 하였다. 현재까지도 파미르고원의 설선(雪線) 이상의 암석 틈에서 야생파가 자라고 있다고 하니 이 유래가 신빙성이 있다고 하겠다.

대상들의 숙소에서의 필자

경도시 타쉬쿠르간 인근에는 현장의 귀국을 기념하는 비석이 하나 서 있다. 이름하여 〈현장취경동귀고도비(玄奘取經東歸古道碑)〉이다. 풀이하면 '현장이 불경을 가지고 동쪽으로 온 옛길을 기념하는 비'란 뜻인데, 2005년 8월 15일에 세웠다는 이 비석은 높이가 1.4m에 무게가 500kg되는 비석으로 후면에는 이 고도의 역사와 그 과정을 새겨 놓았다.

4) 혜초 스님의 물음 "어찌 파미르고원을 넘을 것인가?"

〈실크로드 고전여행기〉 총서를 보면 5세기 법현사문을 필두로 송운, 혜생, 현장, 그리고 우리의 혜초사문이 모두 파미르고원을 넘었다. 그러면 그들은 그 많은 갈래길 중에서 정확하게 '어느 코스 어떤 고개를 통하여 파미르를 횡단했을까'라는 의문은 자연스럽게 제기된다. 필자 또한 근래 몇 년 동안 이런 화두를 들고 파미르를 헤맸다고 앞에서 이야기한 바 있다.

필자에게 그 의문의 시작은 혜초로부터 시작되었다. 그리고 그 해답의 실마리도 혜초로부터 풀어낼 수 있었다. 혜초는 비록 "어찌 파미르고원을 넘을 것인가?"[19]라고 한탄하였지만, 그 속에는 "도대체 어느 길로 넘을 것인가?"라는 실질적인 물음이 포함되어 있었기 때문이다.

혜초는 짧은 천축순례를 끝내고 장안으로의 귀환하기 위해 다양

---

19) 원문은 다음과 같다. "伴火上肷歌 焉能度波蜜"

한 루트를 모색한 것으로 보인다. 그러나 새롭게 찾아낸 길마저 여의치 않았는지 그는 계속 서쪽으로 서쪽으로 가서 전혀 예상 외의 땅인 옛 페르시아의 영토까지 가게 되었다.

'왜 혜초가 그곳까지 가게 되었는지?'에 대한 의문은 『왕오천축국전』 최대의 미스터리이지만, 현재까지의 '혜초학'에서는 그 의문을 풀어낼 실마리마저 없는 실정이다.

아무튼 혜초에게도 파미르는 반드시 넘어야 할 난관이었다. 그래야만 스승과 도반들이 기다리는 제2의 고향 장안으로 돌아갈 수 있었기 때문이다. 말하자면 살기 위해서는 반드시 넘어야 하는 절대절명의 고개였다. 그러므로 혜초는 파미르를 넘기 위해서 여러 곳을 기웃거렸다.

필자의 견해로는 첫 번째 시도로 현 인도령 카슈미르에서 카라코람 고개를 넘어 서역남로의 호탄으로 가는 길—그러니까 실크로드 총서 부록의 〈파미르 횡단도 #9-6〉—에 해당되는 루트에 해당되는 길이다.

두 번째로는 현 파키스탄 북부 길깃트에서 카라코람 고개 또는 쿤제랍 고개—〈파미르 횡단도 #9-5〉—를 넘어 총령진으로 넘는 루트를 모색한 것으로 보인다. 세 번째, 네 번째로는 역시 현 파키스탄령 밍고라 또는 치트랄에서 스와트 계곡 또는 치트랄 계곡을 타고 힌두쿠시 산맥의 다르코트 고개—〈파미르 횡단도 #9-4〉[20]—를 넘어 역시 와칸 계곡의 끝자락을 경유해 총령진으로 가려고 시도한 것으로 보인다.

다섯 번째가 이란과 중앙아시아에서 돌아오다가 현 우즈베키스탄의 페르가나 계곡에서 천산 산맥의 베델 고개—그러니까 〈파미르 횡단도 #3-3〉 또는 역시 천산 산맥의 토르가르트 〈파미르 횡단도 #3-4〉—를 넘어 바로 카슈가르로 가려고 했던 것으로 보인다.

---

20) 이 코스는 고선지 장군의 원정로와 일부가 겹치는 루트이다.

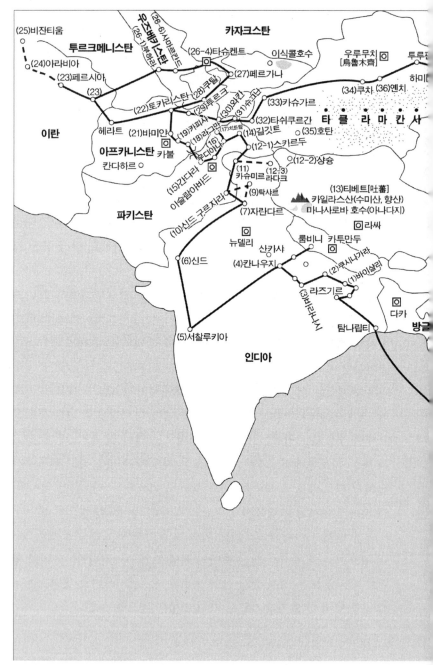

혜초사문 왕오천축국전 순례도

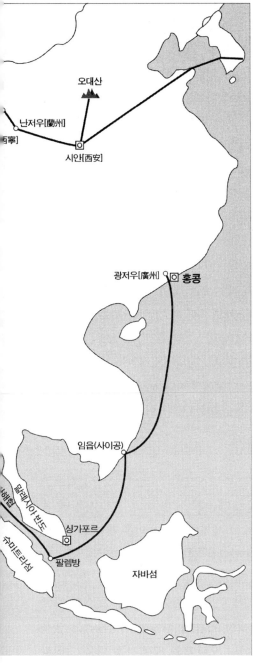

··· 정식명칭 ···

1. 바이샬리국(Vaishali/ 폐사리국/ 吠舍離國)
2. 쿠시나가라(Kusinagara/ 구시나국/ 拘尸那國)
3. 바라나시(Varanasi/ 파라스국/ 波羅斯國)
4. 칸나우지(Kanauji/ 중천축국/ 中天竺國/ 갈나급
자/ 葛那及自)
5. 서찰루키아(西Ch lukya/ 남천축국/ 南天竺國/
서차루기/ 西遮婁其)
6. 신드(Sindh/ 서천축국/ 西天竺國/ 신덕/ 信德)
7. 자란다르(Jalandar/ 북천축국/ 北天竺國/ 사란
달라국/ 闍蘭達羅國)
8. 수바르나고트라(Suvarnagotra/ 소발나구달라
국/ 蘇跋那具怛羅國)
9. 탁샤르(Takshar/ 탁사국/ 吒社國)
10. 신드 구르자라(Sindh-Gurjjara/ 신두고라국/
新頭故羅國)
11. 카슈미르(Kashmir/ 가섭미라국/ 迦葉彌羅國)
12-1. 볼로르(Bolor/ Skardu/ 대발률국/ 大勃律國)
12-2. 샹슝(Zhang-zhung/ 양동국/ 楊同國: 羊同)
12-3. 라다크(Ladak/ 사파자국/ 娑播慈國)
13. 티베트(Tibet/ 토번/ 吐蕃)
14. 볼로르(Bolor/ 소발률/ 小勃律國)
15. 간다라(Gandhra/ 건타라국/ 建馱羅國)
16. 우디야나(Uddiyana/ 오장국/ 烏長國)
17. 치트랄(Chitral/ 구위국/ 拘衛國)
18. 라그만(Laghman/ 남파국/ 覽波國)
19. 카피샤(Kapisa/ 계빈국/ 罽賓國)
20. 가즈니(Ghazzni/ 사률국/ 謝䫻國)
21. 바미얀(Bamiyan/ 범인국/ 犯引國)
22. 토카리스탄(Tokharistan/ 토화라국/ 吐火羅國)
23. 페르시아(Persia/ 파사국/ 波斯國)
24. 아라비아(Arabia/ 대식국/ 大寔國)
25. 비잔티움(Byzantium/ 대불림국/ 大拂臨國)
26. 여러 호국(胡國)들
26-1. 부하라(Bukhara/ 안국/ 安國)
26-2. 카부단(Kabudhan/ 조국/ 曹國)
26-3. 키시시(Kishsh/ 사국/ 史國)
26-4. 타슈켄트(Tashkent/ 석라국/ 石騾國)
26-5. 펜지켄트(Penjikent/ 미국/ 米國)
26-6. 사마르칸드(Samarqand/ 강국/ 康國)
27. 페르가나(Ferghana/ 발하나국/ 跋賀那國)
28. 쿠탈(Khuttal/ 골돌국/ 骨咄國)
29. 투르크(Turq/ 돌궐/ 突厥)
30. 와칸(Wakhan/ 호밀국/ 胡蜜國)
31. 슈그난(Shighnan/ 식닉국/ 識匿國)
32. 타쉬쿠르간(Tashkurghan/ 탐십고이간/ 塔什
庫爾干/ 총령진/ 葱嶺鎭)
33. 카슈가르(Kashgar/ 객십/ 喀什/ 소륵/ 疎勒))
34. 쿠차(庫車/ Kucha/ 귀자/ 龜玆)
35. 호탄(Khotan/ 우전/ 于闐)
36. 엔치(Karashar/ Arki/ 언기/ 焉耆)

그러나 이 또한 여의치 않았는지 결국 '유턴(U-turn)'을 하여 동남쪽으로 내려와 결국 발흐에서 바로 와칸 계곡의 파미르천을 타고 총령진으로 넘어가는 '와칸북로', 그러니까 총서 〈파미르 횡단도 #9-2〉를 택하여 귀환을 할 수 있었다. 말하자면 혜초로서는 6번째 시도에서 성공하였다고 보인다. 마치 아무 설명도 없이 처음부터 그 길로 귀국행로를 정해 놓은 것처럼 말이다.

그럼 혜초는 왜 그렇게 한 번에 파미르를 넘지 않고 몇 천 리를 돌고 돌아가며 여러 곳을 기웃거렸을까? 필자는 이에 대해 여러 가지 가설을 세우고 수정하고 지우기를 반복하다가 겨우 다음 대목에서 그 실마리를 찾을 수 있었다. 아니 '찾아냈다'라기보다는 혜초 스스로 중요한 힌트를 남겨 놓고 있는 것을 눈여겨보지 못했다고나 할까? 여기서 첫 번째 귀환 시도애 해당되는 〈#15 간다라국〉조의 예문을 곰곰이 읽어본 다음에 이야기를 풀어보도록 하자.

> 이 돌궐왕은 (…중략…) 낙타와 노새와 당나귀 등도 매우 많다. 중국 땅인데 오랑캐가 많고 …(6자 缺字)… 돌아서 지나가지 못하고 남쪽으로 가려 하면 도로가 험악하고 겁탈하는 도적이 많다. 이 북쪽으로 가면 악업을 자행하는 자가 많아서 ……

이 글에는 귀환루트를 변경할 수밖에 없는 이유를 직간접적으로 표현하고 있는데, 그 이유가 바로 결손된 '6자' 속과 전후 문장에 들어 있다고 볼 수 있다. 그러므로 그 행로변경의 원인은 자연스레 오랑캐 '胡', '도적', '악행'가 관계가 있다는 결론에 도달한다.

혼자 몸으로 순례길에 나선 혜초로서는 제일 염두에 두었던 것이 신변안전이었을 것이고, 그렇기에 큰 고개를 넘을 때는 당연히 자체 호위병력을 대동하는 대규모 대상들 틈에 섞여서 넘어가려고 했을 것이다. 이는 불교도의 땅이 아닌 오랑캐의 땅에서는 더욱 그러할

왕오천축국전

수밖에 없었을 것이라는 추정은 설득력이 아주 높다. 더구나 한 세기 전 이슬람의 세력이 아직 중앙아시아에 밀려오기 전의 현장법사 때보다 상황이 더욱 악화되었을 것이다. 그러므로 결국 혜초는 좀 더 안전한 일행과 루트를 찾느라고 여러 곳을 두루 헤맨 것이라는 결론을 내릴 수 있는 것이다.

그럼 위와 같은 가설 아래 혜초는 마지막으로 결국 어떤 코스를 택해 파미르를 넘었을까? 이 질문의 해답은 지금까지의 그의 노정과 다음의 두 구절을 참조하면 해답이 나온다.

마침 토화라국에서 왔을 때 서번(西蕃)에 가는 중국 사신을 만났다. 그래서 간략하게 넉 자의 운자를 써서 오언시를 지었다.

그리고 다음 구절을 연결하면 답이 나올 것이다.

또 호밀국에서 동쪽으로 15일을 가서 파미르천을 넘으면 바로 총령진에 도착한다. 이곳은 중국에 속한 지역으로 지금 중국 병력이 지키고 있다.

거두절미하고 나온 결론은 바로 이렇다. 호밀국은 현재 아프간 북부의 와칸 계곡의 입구인 이스카심(Ishkashim)이고 총령진은 현재의 신장위구르자치구의 타쉬쿠르간이다. 또한 현재 아프간과 타지키스탄을 가르는 경계인 파미르천이 두 번이나 『왕오천축국전』 본문에 나타나는 것을 보면 그의 귀국행로는 바로 파미르천을 타고 와칸주랑을 넘는 '와칸북로', 즉 총서 부록의 ⟨파미르 횡단로 #9-2⟩의 두 번째 길이 되는 것이다.

물론 처절한 고통을 겪었겠지만, 결국 살아서 세상의 지붕을 넘었고, 그 여행기를 꼼꼼히 기록해 놓았기에 혜초는 우리나라 청사에 찬연히 빛나게 되었지만, 오만 리 길을 혼자서 걸어다녔던 철인 같은 혜초도 파미르를 넘는 일은 두려운 일이었던지 눈물까지 보이고 만 대목은 후인들로 하여금 가슴을 뭉클하게 만든다.

그때의 심정을 혜초는 "어찌 파미르고원을 넘을 것인가?"라고 자기 자신에게 스스로 물어가면서 엄청난 대자연 앞에서 두려움을 드러내고 있다.

> 그대는 서쪽의 길이 멀다고 한탄하나
> 나는 동쪽으로 가는 길이 먼 것을 슬퍼하노라.
> <u>길은 거칠고 산마루에는 눈도 많이 쌓였고</u>
> <u>험한 골짜기에는 도적 떼도 많다고 하네.</u>
> 새도 날아오르다 깎아지른 산에 놀라고
> 사람은 좁은 다리 지나가기 어렵네.
> 내 한 평생 살아가며 눈물 흘리지 않았는데
> 오늘따라 눈물 주체하기가 힘드는구나.

제2장
타클라마칸 사막의 끝자락에서

1. 동(東)투르키스탄의 강역, 신장위구르 지역

엄청나게 넓은 영토를 차지하고 있는 중국이지만 그리니치(GMT) 표준시간에 의한 '시차(時差)제도'는 공식적으로는 인정하고 있지 않다. 그러나 최서단의 신장위구르자치구(新疆維吾爾自治區/ Wéiwú'ěr)에서는 별도의 시간이 공공연히 사용되는 것은 사실이다.

바로 신강시간(新疆時間)이라 불리는 로컬타임(Local Time)인데, 공식적 표준시간인 '베이징 시간'과 2시간의 시차(時差)가 있다. 억지규정대로 현지 생활시간을 베이징에 맞추다보니 불편함이 생겨 이런 별도의 시간을 사용할 수밖에 없다는 이야기이다. 예를 들자면, 중국 대륙 전체에 정해진 출근시간이 9시인데 실제로 신장 지방에서의 이 시간은 베이징의 7시쯤에 해당되는 새벽녘이기에 2시간의 시차를 두어 현지시간으로 사용한다는 것이다.

물론 전국적인 표준이 필요한 비행기나 기차시간 같은 것을 제외한 일상생활에서 사용되지만, 번거로움을 무릅쓰고 이런 두 가지 시간제를 사용해야 하는 이유는 이곳이 그만큼 수도 베이징이 멀리 떨

신장위구르자치구 국경선 지도

어져 있으며 또한 이 지역이 그만큼 드넓다는 것을 말해주는 것이라 하겠다.

　이런 '광대함'을 말해주는 사례는 또 있다. 우선 신장자치구가 맞대고 있는 나라가 무려 일곱이라는 사실도 그 중 하나이다. 한 나라도 아닌 일개 '자치구'란 행정구역이 7개국과 접경을 이루고 있다는 사실은 우리처럼 좁은 나라에서는 선뜻 이해가 되지 않는 일이다. 그 나라들을 북쪽에서부터 시계방향 순서로 열거해보면 러시아, 몽골 그리고 국내의 3성(칭하이성, 간쑤성, 티베트자치구)을 건너뛰어 그 다음으로 인도, 파키스탄, 타지키스스탄, 키르기즈스스탄, 카자흐스탄에 접해 있다.[1]

---

1) '新疆'이란 새로운(新) 강토(疆土)란 뜻인데, 이 '疆'자의 파자(破字)풀이가 흥미롭

각설하고, 내가 이 지방에 정신이 팔려서 기회가 있을 때 마다 이곳을 찾는 이유는 단순하다. 또한 이 〈신장위구르자치구 항목〉을 이번 단행본의 첫 부분에 두어 강조하고자 하는 뜻도 마찬가지이지만….

이곳이 시공간적으로 과거와 현재에 있어서 '서역(西域)'[2]의 배꼽 옴파로스에 해당되고, 여러 갈래의 '실크로드'가 만나고 갈라지는 길목이기 때문이다. 사실 '서역'이란 용어는 누구에게도 그러하겠지만, 특히 '역마살'을 타고 났다고 자타가 공인하는 마니아들에게는 뭔가 아련한, 몽환적인 매력이 있는 말이다. 그곳을 떠올리면 자동적으로 '실크로드'란 말이 따라오고 눈앞에는 신기루 같은 안개가 피어오르며 막막한 사막이 펼쳐지고 이어서 귓가에는 대상들이 타고 다녔던 낙타방울 소리가 들려오기 시작하는 것이다.

그렇듯 실크로드가 활성화되었던 옛날은 차지하고라도 현재에도 이곳, 즉 동투르케스탄의 옛 땅은 여전히 매력적이다. 물론 중국에

고 절묘하다. 弓의 가로 3획은 위에서부터 곤륜산, 천산, 알타이산 등의 3개산을 나타내고, 그 사이 두 개의 田은 타림 분지와 준가르 분지를 의미하여 그래서 국경선이 7국이 되었다는 풀이다.

2) 중국에 인접한 서쪽지역을 총칭하는 명칭으로 보통 천산과 곤륜 산맥에 둘러싸인 타림 분지의 일대와 파미르고원을 중심으로 하여 이에 연속된 투르케스탄(Turkestan) 지역을 포함한다. 이 지방은 동서교통의 요충지로써 옛날부터 문화가 꽃피어 중국의 한나라(漢) 시대에서 '서역 36국(西域三十六國)'의 이름이 알려졌다. 이후 국제적인 교류가 많아지면서 중국인들은 서역을 더 먼 거리의 나라에도 적용하여 현재 서방세계에까지 포함시켰다. 역사적으로, 서역(西域)은 전한(前漢, B.C. 206~A.D. 8) 때 한족들이 옥문관(玉門關)과 양관(陽關) 밖의 자신들의 경계를 벗어난 서쪽 지역을 일컫는 말이다. 전한 무제 때의 장건의 서역 사행 이후에 생겨난 말로 이 지역은 대월지(大月氏)·오손(烏孫)·대완(大宛)·강거(康居)·안식(安息)·조지(條支)·대하(大夏) 등의 나라들을 포함하는 지역을 일컫는 말이다. 후한의 반고는 『한서』「서역전」에서 서역의 나라들을 둘로 나누었는데, 거국(居國)과 행국(行國)으로 나누었다. 거국은 오아시스에 정주하는 민족이 사는 나라로서 성곽이 있기 때문에 성곽국이라고도 불렀는데, 거국에는 누란(楼蘭)·대완(大宛)·고사·대하(大夏)·안식(安息)·조지(條支) 등이 있었다. 행국은 유목민으로 오손(烏孫)·강거(康居)·엄채(奄蔡)·대월지(大月氏) 등의 나라들이다.

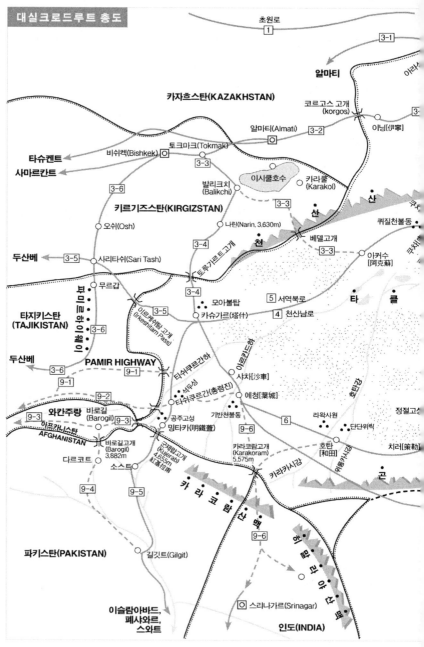

대실크로드루트 총도

〈대 실크로드 루트 총도 정식명칭〉

1. 초원로(Steppe Road) / 2. 하서주랑로(河西走廊路) / 3. 천산북로(天山北路) (3-1) 아라산(阿拉山) 고개길 (3-2) 코르고스(霍爾果斯) 고개길 (3-3) 베델(別
개길: 일명 현장법사(玄奘法師) 길 (3-4) 토루가르트(吐爾葛特) 고개길 (3-5) 이르케쉬탐 고개길(Irkeshitam Hwy) (3-6) 파미르 하이웨이(Pamir Hwy: 일명 ᐯ
도로) / 4, 5. 천산남로(天山南路)=서역북로(西域北路) / 6. 서역남로(西域南路) / 7. 토욕혼로(吐浴渾路) / 8. 토번로(吐蕃路·唐蕃古道) / 9. 파미르 횡단로(Pamir

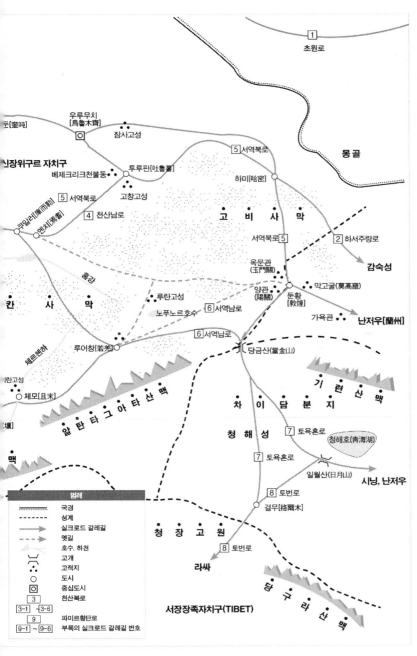

1) 사리쿨 고개길(Sari-kul Pwy) (9-2) 와칸주랑 북쪽길(Wakhan Corridor north way) (9-3) 와칸주랑 남쪽길(Wakhan Corridor south way) (9-4) 다르 코트길(Darkot Pwy/ 高仙芝路) (9-5) 쿤제랍 고개길(Khunjerab Pwy) (9-6) 카라코람 고개길(Karakoram Pwy) / 10. 서남아로(西南亞路/ 中東路) (10-1) 우 즈베키스탄의 사마르칸드→부하라(Bukhara)→히바(Kiva)→투르크메니스탄의 메르브(Merv)→파르티아(Parthia)→이란→이라크 메소포타미아 지방→지중해 연안 (10-2) 파키스탄의 페샤와르(Peshawar)→카이버(Kiber)고개→아프칸 카불→이란→이라크-로마 / 11. 해양로(海洋路)

합병된 후 그 색깔이 많이 퇴색되었다 하더라도, 그럼에도 불구하고 아직은 '중국적'이지 않고 '서역적' 냄새를 맡을 수 있는 '0순위' 여행지로 손꼽히고 있다.

이미 잘 알려져 있는 대로 중국은 56개 소수민족으로 이루어진 다민족의 나라이기에 소수민족마다 다름대로의 특색이 있지만, '한족화'되지 않고 스스로의 선명한 문화와 혈통을 지켜 가며 버텨내고 있는 민족은 그리 많지 않다. 그 중 첫·두 번째를 다투는 민족이 바로 위구르족과 티베트족이다.

그런 사실을 보여주듯이 중국 내에서 사용하는 '신장위구르자지구'[3]라는 공식명칭이 있지만, 이곳의 위구르족[4]은 오히려 '세르기이(Shergiy (東) Trukestan)'이라 부르기를 즐겨한다. 이 이름이야말로 이들에게 잃어버린 조국에 대한 향수를 불러일으키는 대명사이기 때문이다. 마치 우리들에게 고구려나 백제나 신라처럼….

이처럼 한족 치하에서 공화국체제의 일원으로 살면서도 위구르족은 물과 기름처럼 완전히 동화되지 못하고 있다. 이 같은 갈등의 배경에는 물론 위구르의 뿌리 깊은 '반중국' 감정이 자리하고 있다.

투르크족의 후예인, 위구르인들은 태생적으로 '호모 노마드(Homo Nomad)'[5]로 태어나 고대에서부터 이 드넓은 초원을 무대로 자유롭게 살면서 같은 계통의 유목민족들과 이합집산을 되풀이하며 살아왔다. 물론 간헐적으로 중원의 역대 왕조들의 팽창주의에 점령되어 피지배계

---

3) 여기서 이 '신장위구르자지구'의 뜻은 '새로운 영토(疆)'를 뜻하며 '위구르'의 뜻은 민족의 이름이기도 하며 '단결'과 '연합'을 의미한다. 신장위구르자치구에는 위구르족(45%)과 한족(41%)이 백중세를 이룬 가운데 카자흐족, 회족, 키르기스족, 몽골족 등 10개가 넘는 소수민족이 살고 있다.

4) 회흘족(回紇族)이라고도 표기된다.

5) 프랑스의 석학인 자크 아탈리(Jacques Attali)가 쓴 「호모 노마드(Homo Nomad)」에서 나온 용어로 '정착민'과 '유목민'으로 구별되는 새로운 문화어로 널리 쓰이고 있다.

급으로 전락한 세월도 있었지만 그들은 아직까지도 한족을 동족으로,
중국을 조국으로 그리고 중원 땅을 고향으로 생각하지 않는다. 말하자
면 몸은 유랑을 끝낸 정주족(定住族)이 되었지만, 그들의 영혼은 늘 푸
른 초원을 스쳐가는 바람처럼 떠돌고 있는 것이다. 그것이 그들이 현재
짊어지고 있는 운명이다.

그런 복합적인 원인과 이유로 해서 현재도 가끔씩 분리독립운동[6]
이 일어나고 있다. 2013년 10월 28일 베이징 천안문광장에서의 차량
돌진과 2014년 3월 1일 쿤밍역 테러사건 같은 것이 그 좋은 실례인
데, 처음에는 증오의 대상이 공안원이나 무장경찰 같은 제한된 표적
이었으나 최근에는 중국 전역을 무대로 '묻지마' 공격으로 변하는 양
상을 보이고 있다. 말하자면 신장 자체가 '중국의 화약고'로 새로 떠
오르는 셈이다.

외신의 보도에 의하면 이들의 배후는 '동투르키스탄 이슬람운동
(ETIM)'이란 단체라고 하는데, 국제적인 이슬람테러조직인 '알카에
다'나 '탈레반' 등과도 연계가 되어 있는 것으로 알려져 있어서 중국
당국뿐만 아니라 전 세계의 비상한 관심을 모으고 있다.

문제는 그들의 행동이 같은 처지에 있는 티베트의 그것과 사뭇 다
르다는 데 있다. 티베트의 저항이 스스로의 몸을 불사르는 분신[7] 같

---

6) 다음은 2007년 이후 위구르인들의 분리독립 관련 주요 사건 정리.
  ◆2007/ 중국 공안국이 파미르고원 산악지대서 동투르키스탄 이슬람운동(ETIM)
    테러훈련기지 급습, 18명 사살하고 17명 체포한 후.
  ◆2008/ 카슈가르(喀什)에서 무장경찰을 향해 수류탄 던져 17명 사망하고 15명 부상.
  ◆2009/ 우루무치에서 분리독립 요구하는 유혈 시위 발생해 140명 사망하고 828명
    부상.
  ◆2013/ 베이징 천안문에서 위구르인 일가족 차량 돌진 사건 발생, 5명 사망.
  ◆2014/ 아커쑤(阿克蘇)지구에서 경찰 공격, 12명 사망.
  ◆2014/ 운남성 쿤밍(昆明)시 철도역에서 무차별 테러 발생, 29명 사망, 170여 명 부상.

7) 2014년 봄을 기준으로 한 통계에 의하면 현재 130여 명이 분신한 것으로 알려지고
  있어서 이 역시 국제적인 이슈가 되고 있다.

은 방법을 택하기에 평화적이고 소극적인 반면에 위구르의 그것은 테러 같은 폭력적이고 적극적이라는 차이가 있어서 중국 당국을 바짝 긴장시키고 있다.

중국이 신장위구르에 대해 강경책을 고집할 수밖에 없는 속사정은 여러 가지이다. 면적상으로 신장과 티베트를 합치면 중국 전체의 3분의 1을 차지할 정도로 넓은 지역이고 여기에다 지정학적 가치도 한 몫 한다. 신장이나 티베트가 석유와 천연가스의 매장량이 무한정한 곳이고 군사전략적으로도 중요하기에 중국으로서는 절대 포기할 수 없는데다가 나아가 구러시아와 같은 분리독립사태와 같은 도미노 현상이 발생해서는 안 된다는 위기의식도 작용하고 있기 때문이다.

중국 당국은 최근 빈번해지고 무차별적으로 벌어지고 있는 테러의 수단이나 요인이 될 수 있다는 이유를 들어 이슬람의 성월(聖月)인 라마단(Ramadan) 기간[8] 내의 단식행위를 금지조치 했다고 한다. 라마단은 이슬람교도가 반드시 지켜야 할 종교적 의무로 임신이나 투병 같은 경우를 제외하고는 동 틀 무렵부터 해질녘까지 음식을 섭취해선 안 되는 성스러운 규율인데, 이를 금지시켰으니 국제적으로 퍼지고 있던 '반중정서'에 기름을 부은 셈이다.

이런 사태에 대해서 최근'서투르키스탄'의 계승자를 자처하는 터키에서는 "동투르키스탄을 불법 점령한 중국은 위구르인 학살을 중단하라"는 현수막을 내걸고 '반중집회'를 열고 있다고 한다.

원래 천산 산맥을 중심으로 펼쳐져 있는 드넓은 초원지대는 유목

---

8) 아랍어로 라마단은 더운 달을 뜻하는데 유대교의 금식일 규정을 본 떠 제정한 것으로 선지자 마호메트가 아라비아반도 서쪽의 동굴에서 알라로부터 코란의 계시를 받은 것을 기념하여 헤지라 2년인 서기 623년부터 9번째 달의 시작을 알리는 초생달이 나타난 다음날부터 한 달 동안 해가 떠 있는 동안 음식뿐만 아니라 담배, 물, 성관계도 금지된다. 다만 여행자나 병자, 음신부 등은 면제되는 대신 후에 별도로 금식을 해야한다. 라마단이 끝난 다음날부터 '이드알피트르'라는 축제가 3일간 열려 맛있는 음식과 선물을 주고 받는다. 2014년은 6월 28일~7월 27일이다.

신당서 서역전 돌궐조

민족이 살기 적합한 초원지대였기에 예부터 여러 유목민족이 명멸했던 땅이다. 흉노, 강거, 오손, 돌궐, 몽골, 위구르 민족 등이 바로 그 주인공으로 비록 일시적으로는 중국의 여러 왕조의 점령 아래 놓이기도 했었지만, 8세기 고선지 장군의 탈라스 전투(Talas, 怛羅斯會戰)[9] 이후에는 다시 투르크계의 유목민의 영역이 되었다.

원래 위구르족의 선조들은 현재 외몽골 땅에 있는 초원지대에서 살던 유목민족이었는데, 제국이 붕괴되면서 그 유민들의 일부가 신장 지역으로 들어와 선주민들인 다른 투르크족들과 함께 카라한 왕조(喀拉汗, 840~1230)를 건설하고 이슬람교를 받아들여 찬란한 '투르크-이슬람 문화'를 꽃피웠다.

그 뒤 동쪽에서 밀려온 요나라의 유민들에게 정복당해 서요(西遼/ Kara-Khitai)라는 나라를 세웠지만, 이어서 칭기즈 칸의 둘째 아들의 봉지인 차카타이 칸국(汗國)과 티무르 왕조의 지배를 연이어 받았다.

---

9) 중앙아시아의 탈라스 강 근처에서 벌어진 고대의 전투. 751년 7월~8월에 당나라와 티베트 연합군과 압바스, 카르룩 연합군이 상대로 지금의 카자흐스탄과 키르기스스탄 접경을 흐르는 탈라스 강 근처에서 격돌한다. 이때 당군에 속해 있던 천산 산맥 북쪽에 유목생활을 하는 유목민 카를룩족이 아바스 왕조로 돌아섰기 때문에 당나라군은 패배했다. 그 결과로 실크로드 교역로를 포함한 중앙아시아가 이슬람 세력권에 넘어가게 되었고 중국이 독점하고 있던 종이를 제조하는 기술인 제지술이 이슬람 문명으로 전파되어 유럽까지 퍼지게 된 계기가 되었다고 한다. 포로 중에는 『경행기(經行記)』의 저자인 두환(杜環)도 있었다. 민간인 신분이었던 두환은 전쟁 포로가 되어 지중해까지 끌려가 유럽 관광까지 한 뒤 이슬람 제국의 여러 곳을 전전하다가 762년 페르시아만에서 상선에 편승해 광주를 거쳐 다시 장안으로 돌아와 책을 쓰게 되었다. 중국판 마르코 폴로인 셈이다.

그러나 만주족이 명나라를 대신해 중원에 자리를 잡으면서 위구르족의 비극은 다시 시작되었다. 청의 영걸 건륭제(乾隆帝)[10]는 팔기군이라는 막강한 군사력으로 타림 분지를 점령하고는, 신강성(新疆省)-'새로운 강역'이란 이름으로 자신들의 영토로 편입시켰다. 바로 '신강'이란 명칭의 시작이었다.

그러나 청나라 말기와 중화민국 초창기에 중앙의 장악력이 느슨해진 틈을 타 1933년에는 이슬람주의로 무장한 위구르족을 중심으로 '세르게이(東)투르키스탄'이란 이름의 나라를 세웠지만, 16년 뒤 이번에는 중국 대륙을 통일한 붉은 인민군대의 침략을 받아 현재와 같은 위구르족의 자치구로 전락하고 말았다.

2. 실크로드의 진주, 카슈가르(喀什噶爾/ Kashgar)[11]

1) 두 가지 이름을 가진 유서 깊은 고도(古都)

타클라마칸 서쪽 끝자락의 이 국경도시를 위구르인은 예부터 '카슈가르'라고 부르고 있는 반면에 중국인들은 그냥 줄여서 '카스(喀什/ Kāshí)'라고 부르기를 좋아한다. 그러므로 외국인들도 눈치껏 명칭을 골라 써야 곤란한 상황에 빠지지 않을 수 있다. 물론 우루무

10) 청나라의 제6대 황제(재위 1735~1796)로 제4대 강희제(康熙帝), 제5대 옹정제(雍正帝)의 넷째 아들로 황위에 올라 먼저 만주족과 한족 대신들의 갈등을 조정하며 내치를 다진 후 대규모 정복 사업과 문화 사업을 펼쳤다. 또한 10차례에 걸친 정복 사업을 펼쳐 준가르와 위구르를 복속시키고 티베트, 버마, 베트남, 네팔까지 진출하는 등 현재 중국 영토의 틀을 만들었다. 중국 최후의 태평성세인 강건성세(康乾盛世)의 마지막을 장식한 황제이다.

11) 현 신장위구르의 끝자락의 국경도시인 카슈가르로 동서교통의 요충지로 서로는 파미르고원을 넘어 서역과 천축에 이르고, 동으로는 사막을 지나 옥문관과 양관을 거쳐 장안에 이른다. 한 무제 때 서역통로가 열린 이래 급속히 발전하여 서역 36국 중의 일국으로 중요시되어 지금까지도 그 명성을 유지하면서 파키스탄, 키르키즈스탄, 타지크스탄 등과 국경을 맞대고 있다.

치(烏魯木齊)가 신장위구르자치구의 행정중심지이기는 해도 진정한 위구르민족의 영원한 마음의 고향은 역시 카슈가르라고 할 수 있다.

우선 한족 대비 인구비례가 그 사실을 증명하고 있다.

신장 지방이 표면상으로는 위구르족의 자치구라고 하지만, 그동안 꾸준한 한족들의 이주정책으로 인해, 실제로 자치구 전체적으로 보면 한족과 위구르족의 인구비례는 과반수 정도밖에 되지 않는다. 심지어는 퀴이둔(奎屯) 같은 몇몇 신흥공업도시의 위구르족은 1%밖에 안 되는 것과 비교하면 더욱 그러하다.

그런데 카슈가르는 총인구 25만 명 중 위구르족이 75%를 차지한다. 이는 서역남로의 호탄(93%)에 이어 두 번째로 높은 점유수치이다. 이런 인구비율은 1999년 10월 우루무치에서 타클라마칸 사막을 동서로 가로지르는 남강철로(南疆铁路)가 카슈가르까지 개통된 후 한족들이 대거 이주해 온 사실을 감안하면 의미 있는 수치가 아닐 수 없다.

그러므로 위구르족으로서는 이곳을 민족혼을 고수할 마지막 '마지노선'으로 여기고 있는 것이 이해가 된다.

과거 천여 년 동안 '오아시스 루트'의 진주로써 번영을 누려오던 카슈가르는 실크로드가 그 기능을 상실한 후로는 점차로 역사에서 잊혀 갔다. 그러나 과거 수천 년 동안 불교, 조로아스터교, 마니교, 경교, 이슬람교 등 여러 종교가 충돌하면서 만들어낸 카슈가르의 문화유산들은 근대에 와서야 그 중요성이 알려지며 다시 주목받기 시작하고 있다.

'대실크로드(G. Silk Road/ 絲繰之路/ 뵈유크 이페크 율루(yolu))'[12]는 여러 갈래로 분류되지만, 크게는 거대한 천산 산맥 북녘의 초원을 동서로 가로지르는 '스텝로'와 타클라마칸 사막의 오아시스 마을을 건

---

12) 부록 〈실크로드의 갈래길〉 〈파미르고원 횡단길〉 참조

너가는 '사막로' 또는 '오아시스로'로 나뉜다. 그 중 후자는 둔황에서 다시 두 갈래로 갈라져 사막의 북쪽 가장자리를 통과하는 '서역북로' 와 남쪽 가장자리를 건너는 '서역남로'로 나뉜다.

이 두 루트는 일단 대 사막을 위·아래로 우회하여 일단 신장 위구르 지방의 서북쪽 끝자락의 유서 깊은 도시 카슈가르로 합류하게 된다. 그리고는 휴식과 기력을 충전한 대상들은 험난한 파미르고원을 넘어 갔다.

여러 가지 옛 자료[13]에서 카슈가르는 소륵국(疏勒國), 가사기리(伽師祇離), 가사라서(迦舍邏逝), 객십(喀什), 거사(佉沙) 등으로 표기되어 왔다. 우선 이곳을 카슈가르[14]라고 표기했던 유일한 기록을 남긴 우리의 혜초사문의 기행록을 먼저 살펴보자.

> 또 총령에서 걸어서 한 달을 가면 '소륵국'에 이른다. 외국인들은 카슈가르국(伽師祇離國)[15]이라고 부른다. 이곳도 중국 군대가 지키고 있다.

---

13) 5세기 『법현전』에서는 갈차(竭叉), 『신당서』에서는 구사(佉沙), 거사(渠沙), 가사(迦師)', 현장의 『대당서역기』에서는 구사(佉沙), 실리흘율다저(室利訖栗多底), 혜초의 『왕오천축국전』에서는 가사기리(伽師祇離), 혜림의 『일체경음의』에서는 가사길려(迦師佶黎), 『원비사(元秘史)』에서는 걸사합아(乞思合兒), 가실합이(可失哈耳), 『명사(明史)』에서는 합실합아(哈實哈兒)로 불러왔다.

14) 폴 펠리오에 의하면 서양인들은 13세기경부터 소륵이란 지명을 거론했는데, 라틴어로는 Chassar, Casahar, Chasahar, Chaschar, Cascar 등으로 표기하였다.

15) 『왕오천축국전』을 발견하고 세상에 소개한 프랑스의 뺄리오(P. Pelliot)도 다음과 같이 예외적으로 다른 여행기와 다르게 혜초가 현지명을 한자로 음역해 놓은 점을 크게 평가하고 있다. "혜초는 우리에게 8세기 전반기 인도에서의 불교의 상황을 전해주고 있다. 특히 서북인도, 아프가니스탄, 러시아령 투르케스탄, 중국령 투르케스탄에 관해서는 다른 기록에서는 볼 수 없는 지식을 많이 제공해준다. 중복되는 말이지만 그는 중앙아시아제국의 명칭을 통상적인 중국식 명칭과 함께 현지명을 기록해 놓고 있다. 예를 들면 '소륵'을 실제의 호칭인 '카슈가르'로 적은 같은 일이다. 이 점은 이 방면의 첫 번째이며 또한 마르코 폴로나 몽고시대의 기록보다 5세기나 앞서는 것이다."

사원도 있고 승려도 있으며 소승이 행해진다. 고기와 파, 부추 등을 먹으며 토착인은 면직 옷을 입는다.

위 기록에서 우리는 한두 가지 사실을 눈여겨 볼 수 있다. 우선 지적한 대로 혜초는 이곳을 중국식으로 '소륵'으로 부르지 않고 현지민의 호칭대로 '카슈가르'로 불렀다는 점이다. 또한 파 부추를 먹는다는 사실[16]도 부기하고 있는데, 이는 필자가 서문에서 이야기한, 파와 관련된 총령의 유래를 확인시키는 또 다른 근거자료여서 의미가 깊다고 하겠다.

또한 현장법사도 역시 이곳을 빼놓을 수 없었는지 역시 다음과 같은 기록을 남긴다.[17]

소륵국의 둘레는 5천여 리이고 모래와 자갈이 많고 토양은 적다. 농사는 번성하고 꽃과 과일도 풍성하다. 가는 모직물로 된 옷이나 양탄자를 짜는 기술이 훌륭하다. 기후는 온화하고 화창하며 비와 바람은 순조롭다. (…중략…)

불법에 대한 믿음이 굳고 부지런히 복과 이익을 베풀고 있다. 가람은 수백 곳이 있으며 승려들은 만여 명이 있는데, 이들은 소승의 가르침인 〈설일체유부〉를 배우고 있다.

그 외에도 현장이 이곳을 지날 때까지는 아직 불교가 성행하고 있었으나 한 세기 뒤 혜초 당시에는 이미 불교의 쇄락[18]이 느껴진다는

---

16) "喫肉 及 蔥韭 等"

17) 그러나 총령진 타쉬쿠르간을 떠난 현장의 발길이 향한 곳은 서역남로이기에, 일부 학자들은 카슈가르를 현장의 전문국으로 분류하고 있다.

18) 혜초는 불교가 왕성한 곳에는 '족사족승(足寺足僧)' 같은 표현을 즐겨 사용하고 있지만, 어떤 곳에서는 '유사유승(有寺有僧)'이라고 하여 불교의 상황을 은유적으로

점도 역사적 사실이라 하겠다.

실크로드 중심 교차로였던 카슈가르는 20세기 초반, 중앙아시아에서 팽창하고 있었던 영국과 러시아 두 제국의 소리 없는 전쟁터였다. 이른바 'Great Game'이라 불리는 파워게임이 벌어진 무대였다. 이 두 제국뿐만 아니라 독일, 일본 같은 열강들까지 가세하여 파미르고원을 횡단하는 루트와 타클라마칸 사막을 건너는 등의 탐험을 지원함으로써 지도 위의 빈칸을 채워 나가며 경쟁적으로 자신들의 영향력을 확대하였다.

사실은 고고학자로서 큰 성과를 올린 유명한 스벤 헤딘, 오렐 스타인, 폴 펠리오 같은 사람들도 학술탐험이나 고고학발굴을 빙자하여[19] 자신의 나라의 국익을 위한 첩보활동에 동원되었던 사람들이었다. 그래서 당시 중국인들은 외국인들 자체를 '외국도깨비(外國鬼子)'라는 명예롭지 못한 별명으로 부르기도 했다. 그러나 우리는 이들이 도굴범이냐, 학자이냐를 따지기 전에 중국인들의 자세도 지적하지 않을 수 없다. 과거에 당한 일들은 그렇다고 치고, 그렇게 서양 약탈자를 매도하면서도 천불동 막고굴의 제323호굴 등을 비롯한 수많은 석굴을, 예전도 아니고 바로 얼마 전인 1966년부터 시작된 10년간의 '문화혁명' 때, 그들 스스로 무참히 파괴했지만 지금도 그 정확한 통계 숫치를 공개하지 않고 있다. 그

표현하고 있다. 서역북로의 끝인 카슈가르에서는 대승불교가 유행하였던 것을 알려주는 구절이 있는데, 바로 유명한 역경승 구라마집에 대한 것이 바로 그런 예이다. 구마라십은 원래 소승불교를 신봉했으나 어머니를 따라 천축에서 돌아오는 길에 카슈가르에서 1년간 체류하면서 그는 사차(莎車) 왕자 야리소마(耶利蘇摩)를 가르쳤다고 한다. 그 후 그는 "내가 지난날 소승을 배운 것은 마치 사람이 황금을 알아보지 못한 것과 같다"라고 하며 소승을 따른 것을 후회하고 대승에 몰입하였다. 이는 4세기경 소륵에서 대승이 성행하고 있었음을 말해준다.

19) 특히 미국의 랭든워너(R. Wanner)와 독일의 르코크(LeCoq)는 동굴 벽에서 접착제가 묻은 천을 벽화에 발라 벽화를 떼어내거나 석굴에서 벽화를 톱질해서 절단하는 수법을 쓴 행위로 인해 지금까지도 지탄을 받고 있다.

카슈가르의 구시가지 입구

러나 같은 시기에 티베트에서 자행한 행동을—85%에 가까운 사원들을 파괴한 행위—미루어 보아, 또한 심지어는 전국의 공자(孔子)의 사당까지도 무차별 파괴한 것을 보면, 나머지 종교적 유물들은 말해 무엇하랴!

둔황 장경동 유물강탈 사건의 당사자인 왕도사의 뒤처리 문제도 그렇다. 1900년에 장경동을 발견한 뒤 그는 스타인이 오기 전에 이미 7년 동안이나 값 나가는 물건들을 임의대로 처분한 뒤였다. 그런 왕도사에게 중국정부는 사형을 언도했다지만, 그는 뇌물을 주고 무죄 방면되어 그 뒤로도 '유물 브로커' 노릇을 해 가며 천수를 누렸다고 한다. 그리고 현재 막고굴 앞에 그의 기념탑까지 세워져 있으니 이해하기 어려운 일이 아닐 수 없다.

그리고 문제는 그런 행위가 지금도 '진행형'이라는 데 있다. 고대 유적은 대개 짚을 썰어 넣어 흙벽돌을 만들었기에 천연비료로는 최고라는 인식이 있는데, 특히 채색벽화를 그린 부분의 흙은 더욱 인기가 많다고 한다. 그렇기에 유적이 우연히 발견되어도 신고하지 않고 우선 부셔서 비료로 쓴다고 한다. 또 다른 사례는 무슬림은 고대 석굴이 발견되면 대낮에 석굴로 찾아들어가 몰래 벽화 속의 인물들을 긁어내는데, 특히 눈과 입은 무조건 파낸다는 것이다. 불교유적을 혐오의 대상이라 여겨서 밤에 벽화 속의 인물들이 살아나서 그들을 해친다는 것이다.

얼마 전부터 중국 당국은 현상금제도를 시행한다고 했지만, 그들의 종교관이 바뀌기 전에는 실효를 보기 힘든 현실이다. 자기의 조상들이 심혈을 기울여 만들어 놓은 귀중한 유산을 단지 자기가 지금 믿고 있는 종교교리에 반한다고 해서 무차별 훼손하는 행위는 비단 그들만의 문제인가에 대해 우리도 곱씹어 볼 일이다.

2) 실크로드의 최대시장 '앵이바자르'

물론 카슈가르의 진정한 기능은 예나 지금이나 실크로드상의 오아시스 마을을 거쳐 가는 각종 수많은 대상들을 위한 유통형 물류도시이다. 이른바 실크로드의 '바자르형 도시'인 것이다.

카슈가르는 기원전의 한나라 때부터 당말, 송초까지 대실크로드에서 가장 중요한 요충지 역할을 한 대실크로드의 최고, 최대의 '허브 도시'였다. 그것은 지금도 별 변함이 없다. 비록 지금은 독자적 소왕국으로 중계무역을 통해 전성기를 누리던 과거의 영화는 사라지고, 중국 변방의 작은 도시로 전락하고 말았지만, 그럼에도 불구하고 오늘날에도 카슈가르 인근의 국경 세관 앞에는 인근 중앙아시아 제국으로 수출되는 엄청난 물건들을 실은 트럭들이 길게 줄을 서 있는 것을 볼 수 있다. 한 세기 전에도 상황은 비슷했다.

19세기 당시 타림 분지를 중심으로 한 신장 지방은 청 제국이 시들어가고 손문의 중화민국이 새로 들어서는 혼란기였기 때문에 중앙정부의 통치권이 미치지 못한 채, 여러 외국세력의 각축지가 되었다. 바로 위에서 이야기한 '그레이트 게임'이라는 제국주의들의 파워게임이다.

그런 지정학적 배경을 바탕으로 우선 러시아가 먼저 부유한 실크로드의 여러 군소 칸국들을 장악하여 자국의 상품시장으로 삼으려하자 영국도 역시 당시 영국령이던 인도를 보호하면서 러시아의 남하를 저지할 필요가 있기에 적극적으로 무대로 뛰어들었다. 그리하

카슈가르의 가축시장

여 양국은 각기 카슈가르에 자국의 국민들을 보호한다는 핑계를 대고 영사관이란 베이스캠프를 차렸다. 그럴 당시에도 카슈가르의 기능은 역시 유라시아, 중앙아시아, 러시아 그리고 중원을 잇는 유통형 물류창고에 바탕을 두었다.

이러한 역사의 흔적이 아직도 시내에 두 개의 호텔로 남아 있는데, 당시 러시아 영사관은 현재의 셔만호텔(色满宾馆) 안에, 영국의 영사관은 현재 치니와커(其尼瓦克宾馆/ Chini bagh Hotel)[20] 호텔 안에 자리를 잡고 다양한 활동을 하였는데, 그 흔적은 지금도 남아 있다.

카슈가르에서는 매주 일요일 유서 깊은 큰 시장인 일요시장, 즉 '앵이바자르'가 열린다. 카슈가르를 찾는 사람들에게 가장 많은 볼거리

20) 얼마 전까지 파키스탄이나 키르기즈스탄으로 넘어가는 수속을 대행해주는 중국 여행사 사무실이 있었고 개별 배낭여행자들을 위한 도미토리형 게스트하우스가 있기에 많은 여행자들에게 친근한 곳이다.

에이티칼 광장을 가득 메운 위구르 무슬림들

를 제공하는 곳인데, 인근 지방에서 생산된 비단, 카펫, 캐슈미어, 호탄옥, 기타 중앙아시아 원산의 귀금속과 또한 농민들이 직접 재배한 다양한 과일과 채소, 공예품 등도 거래되어 이역적인 풍물에 목말라 하는 나그네들의 눈길을 잡아끌고 있다. 원래는 일요일에만 열리는 비상설 시장이었지만, 최근에는 상설 바자르로 변해 가고 있다.

도시의 중심인 에이티칼 광장을 지나 옛 도시의 오른쪽 절반인 위구르인들의 전통적 거주지를 돌아나오면 '앵이바자르'가 나타나고 또한 남쪽으로 조금 내려가면 낙타나 노새와 양, 염소를 비롯한 온갖 동물이 거래되는 가축시장이 나온다. 이 구시가지 일대가 위구르족을 비롯한 기타 소수민족들의 삶 그리고 이국적인 풍물들이 널려 있는 곳이니 꼭 들려볼 '0순위' 구경거리이다.

에이티칼 모스크의 낙조

3) 신장 무슬림의 성지, 에이티칼 모스크(艾提朶爾 淸眞寺)

카슈가르의 구시가지의 무게중심은 '에이티칼(Aitiga'er)마스지드[21] 광장'이다. 1442년에 건립된 이 모스크는 신장 지방 최대, 최고의 것으로 엄청난 규모를 자랑한다.

평소에는 대충 4천 명 정도의 무슬림들이, 금요일에는 1만 명이 모여들어 '나마즈', 즉 알라신에게 기도를 올린다.

신장으로 전래된 이슬람교는 다시 중원 땅으로 들어가, 회흘족(回紇族)을 통하여 전래되었기에 회회교(回回敎) 또는 청진교라고 불렸는데, 독특한 전래방식으로 인해 짧은 시간 내에 굳게 뿌리를 내렸다.

---

21) 일명 '이드카 모스크(Id Kah Mosque)'라고도 불린다. 여기서 '마스지드'는 이마를 땅에 대고 절을 하는 곳이란 뜻이다.

일단 무슬림을 부모로 하여 태어난 이상 그들은 하루 다섯 번씩[22] 어느 곳에서든지 어떤 이유에도 불구하고 예언자 무함마드(Muhammad, 571~632)의 고향 아라비아반도의 메카(Meca)가 있는 방향을 향해 기도를 올려야 하는 태생적 의무를 지고 살아야 한다.

이곳에서의 기도광경은 평일보다 이슬람축제일에 장관을 이룬다. 특히 금식기간 '라마단(로자)'[23]이 끝나는 '로자헤이트'나 '쿠르반헤이트' 같은 축제[24]에는 무려 7만~8만 명이 모스크 바깥의 광장까지 가득 채워 예배를 드리는 광경을 연출한다. 만약 나그네가 그 기간에 그곳에 자리를 같이 할 기회가 있다면 일생일대의 인상적인 장면들을 맛볼 수 있을 것이다. 더구나 예배가 끝난 후에는 그 드넓은 광장 가득 수많은 군중들이 모여들어 태평소와 북 소리에 맞춰 '사마'라는 춤을 추는 광경은 더욱 그러하리라….

현재 에이티칼 모스크가 위치한 자리는 원래 9세기에는 궁정 관료

---

22) 첫 번째 기도—'파즈르'—새벽에서 해 뜨기 사이에
   두 번째—'주흐르'—정오에서 오후 중반 사이에
   세 번째—'아스르'—오후 중반에서 해지기 사이에
   네 번째—'마그리브'—해진 직후에
   다섯 번째—'이샤'—밤에서 새벽 사이에

23) '로자(라미잔)'는 금식이라는 뜻으로 한 달 동안 해가 떠 있는 낮에는 금식하고 해 뜨기 전과 해지고 난 다음에는 음식을 먹는 의식이 시작되었다고 한다.

24) 로자헤이트: 금식기간이 끝났음을 축하하는 다음날인 31일째 되는 날 벌이는 잔치로 공식적으로는 1~5일 정도눈 휴일이다. 이 날은 여자들은 아침 6시에 집에서 기도(나마즈)를 하고, 남자들은 아침 8시에 모스크에 모여 기도를 한다. 이렇게 나마즈를 끝내면 서로의 집을 방문하고 먹고 마시고 이야기하며 서로 라마단을 무사히 마친 것을 축하한다.
   쿠르반(희생양)헤이트: 위구르 무스림들의 초대 명절로 '로자헤이트'로 부터 70일 후가 되는데, 그 유래는 아브라함이 이삭을 바치려다가 알라께서 양을 준비해 두신 사건을 기념하여 열리게 되었다고 한다. 공식적으로 3일 동안 열리는데, 그 첫째날에는 집에서 가족들끼리 음식을 만들어 먹는데, 주로 양을 잡아서 케밥 등 온갖 요리를 한다. 둘째 날부터는 친지들의 집을 서로 방문하며 먹고 마시며 축복을 기원한다. 이때 어른들이 애들에게 용돈을 주기도 한다.

들과 아랍인, 페르시아 상인들의 묘지였는데, 그 후손들이 조그만 추모사원을 세우면서 역사가 시작되었다. 그러다가 대규모로 증축된 것은 두 명의 여인들[25]에 의해서였는데, 온 세계의 여인들이 다투어 '벗기내기'에 빠져 있는 세상에서 오직, 아직도 머리끝까지 '히잡'[26] 같은 베일을 뒤집어쓰고 살아야 하는 유일한 종교를 위해, 막상 그녀들은 출입할 수도 없는 모스크를 짓기 위해 두 여인들의 전 재산을 기부하였다니 아이러니가 아닐 수 없다.

각설하고, 그 뒤 도시가 점차로 확장되자 1839년에는 모스크가 성내로 편입되면서 무슬림들이 사원 주변에 거주하기 시작하면서 본격적으로 카슈가르의 시민들의 생활의 중심지로 뿌리를 내리게 되었다. 그러나 1901년에 발생한 대지진으로 모스크 양 측의 두 탑 중 하

---

25) 1798년 귈나르라는 여인이 파키스탄에 가려는 목적으로 카슈가르를 지나가다가 불행히 병에 걸려 많은 재물을 남기고 사망하였는데, 그녀의 일가친척이 없었기 때문에 그녀의 유산을 모스크 증축에 썼다. 또 줄피야라는 이름의 잉사르 출신의 여인이 메카로 성지순례를 떠나려고 바느질로 여비를 마련하여 길을 떠났으나 페르시아에 도착했을 때 전쟁이 일어나 카슈가르로 되돌아 자신의 오랜 숙원을 보상하기 위해 남은 여비를 털어 사원을 증축하고 토지를 구입하였다고 한다.

26) 서양에서 베일(veil)은 고대 메소포타미아의 풍습이었다. 강렬한 햇볕을 가리기 위한 수단으로 추정되는데 점차 '존중받아야 할 여성'과 '그렇지 않은 여성'을 나누는 용도로 쓰였다. 이후 모든 여성의 의무로 확장됐다.
　　같은 성격으로 이슬람국가 지역과 종교적 성향에 따라 크게는 3종류 작게는 65종류로 나뉜다.
　◆히잡(Hijab)은 아랍어로 '장막'이란 뜻이며 '자신을 가리고 숨긴다'는 동사 'hajaba'에서 나온 말이다.
　◆샤일라(Shayla)는 걸프지역에서 쓰는 긴 스카프다.
　◆알 아미라(Al-Amira)는 머리에 딱 붙는 모자에 튜브 모양의 스카프를 덧쓰는 베일이다.
　◆키마르(Khimar)는 머리칼, 어깨와 상반신만 가린다.
　◆차도르Chador)는 이란어로, 얼굴을 뺀 나머지 몸통을 가리는 외투다. 키마르(Khimar)도 있다.
　◆니캅(Niqab)은 부르카에서 망사 부분이 없다고 보면 된다.
　◆부르카(Burka) 아프간에서는 부르카 착용을 강요하며 사우디아라비아는 외국인에게도 베일 착용을 요구한다. '사우디행(行) 비행기에서 외국인들은 영공으로 진입하는 순간 베일을 꺼내 입는다'는 얘기가 나올 정도다.

나가 무너지고, 더구나 무신론자들의 붉은 중국에 점령되어 1960년
대에는 문화대혁명의 와중에 파괴될 위험을 맞았지만, 순교정신으로
맞선 무슬림들의 덕분으로 모스크를 사수할 수 있었고 그 뒤 1980년
대 개혁개방 이후의 햇빛정책으로 현재의 위용을 갖추게 되었다. 그
렇지만, 지금도 중국 최대의 모택동 석상을 앞세우고 팽창하는 인민
광장의 붉은 물결에 에이티칼 광장은 속수무책 잠식을 당하는 상황
이고 더구나 최근에는 광장 너머에 현대식 백화점이 들어서면서 일
찍이 경험해보지 못한 물질주의라는 새로운 괴물에 잠식되어 가면서
어쩌면 지금껏 지켜 왔던 세르게이 투르케스탄 무슬림들의 영혼마저
시들어버리는 것이 아닌가 염려되기도 한다.

4) 유구한 역사의 소륵성(疏勒城)은 어디에?

현재 카슈가르 주위에 '슈레셴(疎勒縣/ shū lè xian)'으로 불리는
현급(縣級) 도시가 따로 떨어져 있다. 대도시 '카슈가르 지구'에 속
한 11개 현 중 하나로 카슈가르에 부속된 조그만 위성도시 같은 곳이
지만, 대부분의 관광객들은 별로 관심을 두지 않는다. 그러나 카슈가
르의 역사에서는 매우 중요한 곳이다.

사실 이 슈레셴, 즉 소륵현은 원래는 카슈가르보다 더 오래된 구도
시였지만, 근래의 신중국의 정책에 따라 1952년 소륵의 신흥상업지
구가 비대해지며 소륵현에서 따로 카슈가르시(喀什市)가 분리되면
서 구도시로 남은 셈이다.

그러나 이 구도시 소륵현이 옛 '소륵국'의 수도였나?하는 문제는
아직 이견이 있다. '소륵국'[27]은 '서역남, 북로'의 분기점이기에 기원

---

27) '슈레', 즉 '소륵국'의 이름의 유래에 관해서는 두 가지 견해가 있고 구사(佉沙)의 유
    래에 관해서도 이론이 있다. 또한 현장법사는 〈소륵국〉조의 원문에 소륵을 실리흘
    률다저(室利訖栗多底)라고 불러야 한다는 병주(幷註)를 달아 놓았지만, 지금도
    소륵이란 지명이 오히려 보편적으로 쓰이고 있다.

카슈가르 인근 유적지 지도

전의 한나라 때부터 실크로드에서 요충지 역할을 한 성이었다.

소륵국이 역사에 나타난 시기는 기원전 2세기 서한(西漢) 무제(武帝)가 파견한 사신 장건(張騫, ?~B.C. 114)이 서역을 오가면서 기록을 남겨 알려지게 되면서 그 전략적 중요성이 부각되었다. 그렇게 한나라는 2세기 동안 눈독을 들이다가 동한(東漢) 시기에 이르러 반초(班超, 32~102)[28]를 보내 소륵국을 점령하고는 드디어 한나라의 서역경영의 전진기지로 삼았다. 그리하여 한참 때는 소륵국은 1천 5백호에 인구가 1만 8천여 명이고 2천여 명의 군사를 거느릴 정도로 거대한 실크로드의 전략적 전진기지로 확장되었다.

우선 『한서』 「서역전」의 기록을 읽어보자.

---

28) 중국 후한의 무장으로 한나라(漢) 때 역사가인 반표(班彪)의 아들이자, 『한서(漢書)』의 저자인 반고(班固)의 아우로 이 세 사람을 삼반이라 부른다. 전한의 장건의 활약 이후 끊겼던 실크로드를 다시 개척하여 후한과 서역의 교역길을 열었다. 그의 원정대는 파르티아와 카스피 해까지 이르렀다고 한다. 시내에는 반초가 이곳을 다스렸던 시기를 기념하는 '반초성'이라고 불리는 작은 기념공원이 있다.

소륵국의 치소는 소륵성으로 장안으로부터 9,350리 거리에 있으며 1,510호에 인구 1만 8,647명, 군사는 2,000명이다. 소륵후(疏勒侯), (…중략…) 좌우역장(左右譯長) 각 한 명씩이다. 동쪽으로 안서도호 치소까지는 2,210리이고, 남으로 사차(莎車)까지는 560리이다. 서쪽으로 대월지, 대원, 강거로 가는 길이 있다.

"좌우 역장(左右譯長)[29]이 각 한 명이고" 또한 "서쪽으로 대월지, 대원, 강거로 가는 길이 있다"라는 구절을 연결해보면 한나라가 얼마나 소륵을 중요시 하였나를 알 수 있다.

중원에서의 역참제도는 이미 B.C. 6세기 말 춘추시대 후반에 설치되어 진(秦)이 중국을 통일한 뒤 정착되면서 중앙집권제가 확립된 왕조들인 한(漢), 수(隋), 당(唐)나라로 계승되었다. 역참에는 숙박시설뿐만 아니라 말과 마차를 항시 준비하였다가 전쟁 같은 긴급사태나 중앙의 중요한 명령을 전달할 때에는 전문 역졸(驛卒, 驛使)이 말을 계속 갈아타고 달려서 하루에 무려 450km를 달릴 수 있었다고 한다. 불을 피워 연기로 위급을 알리는 봉화(烽火)나, 훈련된 비둘기 다리에 문서를 보내는 전서구(傳書鳩) 등이 위험 부담이 많은 것을 감안하면 가장 확실하고 빠른 국가 차원의 중요한 통신체계였다. 위의 『한서』에서의 '좌우역장' 운운은 당시 역참제도의 조직과 규모를 짐작해볼 수 있는 중요한 기록으로 평가되고 있다.

각설하고 한나라 말기 중앙의 장악력이 약해지면서 이런 지정학

---

29) 역장은 역참의 수장으로 중앙관서에서 파견된 관리이다. 이 역참제도는 몽골제국에 의해 전 세계적으로 네트워크를 구축하여 정착되었다고 하지만, 중원에서는 이미 B.C. 6세기 말 춘추시대 후반에 설치되어 후대로 계승되었다. 그리고 외국으로 오가는 사신들이나 고관의 부임행사 같은, 공무로 인한 왕래 시에는 말보다도 속력이 떨어지는 마차(傳)를 사용했다. 이른바 역전(驛傳)이다. 그러니까 넓게는 역참제도이지만, 엄격한 구별을 하자면 '역'은 긴급한 통신시설에 해당되며, '전'은 국가 차원의 기간산업인 교통시설에 해당된다.

최초로 카슈가르를 점령하고 주둔지를 두었던 반초성의 유지

적 중요성으로 인해 소륵국은 주위 여러 민족들의 각축장이 되었다
가 북위(北魏)[30] 때에는 중화권에서 떨어져나가 아프간 북부에서 일
어난 투르크족 계통인 에프탈국(Ephthall/ 嚈噠國)[31]으로 귀속되었
다. 이때 〈실크로드 고전여행기〉 총서의 한 권인 『송운행기』[32]의 두
주인공, 송운(宋雲) 혜생(慧生)이 북위의 사신으로 에프탈로 향하기

---

30) 『북사』 「소륵전」에 의하면 소륵왕은 금제 사자관을 쓰고 땅에서는 벼, 밤, 마, 맥류,
동, 철, 주석, 자황(雌黃) 등이 많이 난다고 기록하고 있다.

31) 고대 월지족의 후예로 백흉노, 에프탈, 갈달, 읍달, 하이탈, 타프탈레 등의 이름으로
역사에 기록된 유목민족으로 5세기 경부터 유라시아에서 큰 세력을 이루어 6세기
초에는 헬레니즘을 계승한 토화라(吐火羅國)을 멸망시키면서 중앙아시아에 정착
하였다. 동쪽으로는 호탄, 서쪽으로는 사산조페르시아까지 미치는 판도를 형성하
여 인도, 중국, 페르시아 그리고 남러시아를 잇는 교역루트의 차지함으로써 당시 실
크로드의 실권을 장악하다가 560년경 페르시아와 연합한 돌궐에게 멸망되었다. 송
운의 에프탈에 대한 기록은 그런 역사서와 정확하게 일치하고 있다.

32) 〈실크로드 고전여행기〉 제5권의 『송운행기』를 말한다.

도 했다. 그런 상태는 당 태종 정관(貞觀) 연간(627~649)까지 지속
되었다.

그러다가 당 태종 정관 이후에 적극적인 공략에 의해 다시 당나라
에 편입되어 당군의 서역수비군인 '안서도호부' 휘하의 안서사진
(安西四鎭)[33]의 하나였던 소륵진(鎭)이 되면서 중국화가 고착되기
는 했지만, 후에도 당과 토번[34]은 소륵과 서역의 패권을 놓고 몇 차례
나 엎치락뒤치락하는 우여곡절을 겪는다.

그럼 이렇게 전운이 그칠 날이 없었던 소륵국의 도읍지 가사성(迦
師城) 또는 소륵성은 과연 어디일까하는 의문이 생긴다.

우선 떠오르는 후보지로는, 옛 소륵국이란 이름을 계승한 현 '슈레
센(疎勒縣)'이라고 부르는 도시 인근에 옛 유적지가 몰려 있을 것 같
은 생각이 드나 필자가 여러 차례 확인한 바에 의하면, 현 소륵현에
는 그런 유적이 전혀 없다. 오히려 카슈가르 동북쪽 28km 지점에 있
는 유적들[35]이 옛 소륵국의 도읍지로 확인되고 있다.

일명 하누이고성(汗諾依 古城)으로 불리는 곳인데 '하누이'는 위구

---

33) 안서도호부에는 안서사진(安西四鎭)-귀자도독부(龜玆都督府)/ 비사도독부(毗沙都
督府)/ 소륵도독부(疏勒都督府)/ 언기도독부(焉耆都督府)가 있었다. 안서도호부는
전한시대 서역의 수호와 통상로의 보호를 위해 설치되었는데, 640년 9월에는 교하성
(交河城)에 처음 설치하고 648년 정관 22년에는 쿠차로 옮겼다. 당 고종, 측천무후, 현
종 때 이르러 절정을 이루다가 안사의 난 이후 급격히 쇠퇴하였다.

34) '안서사진'을 두고 당과 토번은 오랫동안 쟁탈전을 벌였다. 개원 16(728)년 교몽송
(喬夢松)을 파견해 아마지비안정(阿摩支斐安定)을 소륵 왕에 책봉하였으며, 천보
12(753)년에 소륵 수령 비국량(斐國良)이 내조한 후부터는 줄곧 당에 귀속되었다.
그리고 숙종(肅宗) 상원(上元) 연간(760~761)에 소륵도독부를 신설하였다. 이렇
게 당 고종 때부터 현종 때에 이르기까지 약 백 년간 당과 돌궐, 토번, 대식 사이에
안서사진을 쟁탈하기 위한 쟁탈전이 계속되었다.

35) 소륵성의 후보지로 하눠이고성 말고 한 곳 더 있다. 현 탁복심(托卜沁) 동남 6~7킬
로미터 지점의 흑태심(黑太心)의 일명 한인성(漢人城)이라는 곳인데, 둘레가 삼십
여 리나 되고 주위에 봉화대가 있으며 동전과 도자기 파편이 다수 출토되어 당대의
고성 유지로 추정되고 있다

옛 소륵성지였던 하누이고성 유적

르어로 왕궁이란 뜻으로 이 말 자체가 옛날부터 구전되어 내려오는 이 유적의 실체를 밝혀주는 실마리일 수 있다. 실제로 유명한 고고학자 황문필(黃文弼)을 비롯한 발굴단의 수차례 조사에 의하면, 모르불탑 인근의 작은 마을(伯什克勒木郷)에 있는 이 유지는 지형적으로 북으로는 뒷산(古玛塔格山)을 등지고 남으로는 카슈가르 녹지를 마주보고 서쪽으로는 차크막하(恰克瑪克河, 天河)를 두르고 있는 전략상의 요지로 현재까지 발굴된 고성의 규모는 동서 10km, 남북으로 6km의 장방형으로 그 안에 흙벽돌로 쌓은 성벽의 잔해, 군사용 보루, 성문, 왕성건물, 거주민용 방사, 수공예방, 사원과 불탑 유지, 하수구, 그리고 농사용 밭의 흔적이 확인되고 있고, 그곳에서 120kg의 고전, 동기, 철기, 옥기, 금폐, 금인 보석장식품 등과 각종 도기 및 잔편이 출토되었는데, 특히 항아리에는 고량면(高粱面)이 반쯤 들어 있었다고 한다. 현재 온라인에 올라와 있는 유적의 사진들을 보면 마치 불탑으로 보이는 둥근 복발형의 토성이 필자의 눈을 끄는데, 이는 인근의 모르불탑의 그것과 같이, 중국 대륙에는 유래가 없는, 간다라형식을 보여주고 있어서 그 개창 시기를 추정할 수 있게 한다.

또한 고고학적 발굴 상한선이 위로는 신석기 시대의 유물로부터 아래로는 청조 중기 때까지의 것들이, 지층의 단계별로 발굴되었다는 점을 들어 위로는 기원 전후의 서한시대부터 6~7세기의 당대의 왕성뿐만 아니라 중세의 카라한 왕조가 순차적으로 이곳에 도읍을 했다고 결론 내리면서 1957년 '중국중점문물보호단위'로 지정한 바 있다.[36]

---

36) 이 하누이고성을 중심으로 한 교외에 산재한 유적도 중요한 의미를 갖는다. 고성 인근의 산(胡瑪塔勒山) 위에는 거대한 불탑과 주위에 사원의 유지가 있다고 전하지

또한 카라한 왕조의 중기부터 시내의 서쪽을 흐르던 차크막 강의 수원이 급격히 감소되면서 이 유적지는 14세기 초기에 이르러 인적이 끊어진 폐허로 변한 것으로 설명하고 있다.[37]

5) 다시 찾은 모르 스투파(莫爾佛塔/ Mor Stupa)

'길'이 있음으로 모든 종교들이 새로운 땅으로 전래되니 천축에서 파미르를 넘어온 불교는 먼저 소륵에서 뿌리를 내리고 다시 중원으로 전파된다.

> 소륵국 왕이 사신을 보내 석가모니불 가사(袈裟)를 보내옴에 황제가 "만약 이것이 진짜 부처의 옷이라면 정말로 영험함이 있으리라"고 말하며 그것을 불 위에 올려 놓았다. 그러나 며칠이 지나도 타지 않았기에 놀라지 않는 자가 없었다.
>
> ―『위서(魏書)』「서역전 소륵국조」

이처럼 2천여 년 전의 소륵국은 중원에 불교를 전해준 불국토였지만, 현재 카슈가르 인근에서 유일하게 남아 있는 불교유적은 삼선동(三仙洞)석굴과 모르불탑뿐이다. 그러나 볼거리가 별로 없다는 이유로 관광업계 심지어 학계에서조차 관심을 가지지 않은 탓으로 방문객의 발길은 거의 없는 편이다. 간혹 필자 같이 옛 유적지에 목말라 하는 이들의 발길만 가끔 이어진다고 한다.

만, 그곳에 대한 자료는 확인할 수 없다.

37) "汗諾依"即維吾爾語"皇宮"之意, 說明這裏在古代確是當地政權的首府。據我國考古學家黃文弼實地考證, 認爲汗諾依古城就是唐朝疏勒國都"伽師城", 也是疏勒鎭及疏勒都督府治所。喀拉汗王朝初期王都也設于此, 後來改作夏季行宮。喀拉汗王朝末期至14世紀初期, 汗諾依遺址以西的恰克瑪克河水源斷絶, 又因戰亂頻繁, 古城漸趨沒落, 清中期遂最終荒廢。(王朝網路 wangchao.net.cn)

왼쪽의 모르 스투파와 오른쪽의 사원건물 유지 전경

이 모르 스투파는 카슈가르에서 동북쪽으로 30km 지점에, 하누이고성에서는 3km 떨어진 모르촌(伯什克然木乡 莫尔村) 인근 막막한 황무지에 외롭게 서 있다. 이 유적은 두 무더기로 되어 있는데, 그 하나는 스투파이고 다른 한 곳은 본 사원건축 유지로 알려져 있다. 먼저 스투파형 불탑을 살펴보면 4각형의 기단(길이가 12.3m)이 3단으로 쌓여진 위에 높이가 12.5m에 달하는 원주형(圓柱型)의 형태이다. 물론 둘 다 상륜부인 산개(傘蓋)가 남아 있지 않은 현 상태에서 둘을 비교, 속단할 수는 없지만, 한눈에도 라왁(Rawak/ 熱瓦克) 사원의[38] 스투파와 흡사하다. 현재 '서역남로'상의 또 하나의 실크로드의 요충지 호탄(Khotan/ 于闐) 인근에 있는 이 스투파는 현재 '모르'보다 좀 더 원형에 가까운 모습을 하고 있어서 좋은 비교가 되고 있다.

이런 형상은 불교사상 처음으로 출현한 산치대탑(Maha Sanchi)[39]이

---

38) 호탄시 동북쪽 50km 떨어진 곳에 있는 사원유적으로 1900년에 스타인에 의해서 처음 발굴되었는데 그 당시에는 서역 남로 최대의 탑이었다. 탑을 중심으로 이중으로 된 담장이 장방형으로 둘러싸고, 그 담장 안과 밖에는 거대한 소조불상들이 빽빽하게 자리잡고 있었다고 한다. 이것은 인도 간다라에서도 찾아볼 수 없는 서역만의 특징이라고 할 수 있다. 이 불상들은 5세기 경에 조성된 것으로 추정되며 옷 입은 형식과 옷주름 표현 등에 의해서 간다라 영향을 받은 불상조각과 굽타조각의 영향을 받은 불상 조각으로 나눌 수가 있다. 중심에 있는 탑은 사방에 층계가 놓여 있는 십자형 모양의 기단부와 둥근 탑신부를 가지고 있는 복잡한 구조의 복발탑이다.

39) 인도 중부 마드야 프라데쉬주의 수도 보팔 근처 북부 46km 지점에 자리한 산치 스투파는 기원전 3세기, 아소카왕 시대에 만들어진 수투파의 원형으로 불교예술 중의 극치를 이룬 것이다. 기원 후 1세기 후반 간다라 시대에 산치의 형식을 모방한 스투파(塔)가 전 세계로 퍼져 나갔다. 산치의 스투파는 크고 작은 것이 20여 개였으나 대부분 파괴되고 오늘날 남아 있는 것은 산치 대탑이라고 불리는 제1탑과 그 탑을

당대 초기의 건립된
모르 스투파

모르 스투파와 닮은 서역남로 호탄 인근 라왁 사원지의 스투파. 현장법사의 발길이 깃든 곳으로 알려져 있다.

대승불교의 전파와 함께 동점(東漸)하면서 간다라문화를 만나며 형성된 사발을 엎어 놓은 이른바 '반구형 스투파(半球形)'이다. 그래서 필자는 '탑'이란 용어보다 '스투파'⁴⁰⁾란 원어를 사용하고 싶다.

사방 동서남북으로 둘러싼 탑문(塔門/ torana) 그리고 제3탑이다.

40) 솔도파(率堵婆)는 산스크리트인 'stupa'를 한자로 음역(音譯)한 말이며, 탑파(塔婆)는 팔리어 'thpa'의 음역으로, 모두 '방분(方墳)', '고현처(高顯處)'로 의역된다. 현장의 『대당서역기』에서 사용된 용어이다. 그러나 스투파의 원래의 뜻은 '신골(身骨)'을 담고 토석(土石)을 쌓아올린, 불신골(佛身骨)을 봉안하는 묘(墓)'라는 의미를 갖고

라왁 스투파 축소복원도

모르 스투파 곁에는 사원의 중심 건축으로 추정되는 또 하나의 건물유지로 보이는 시각형의 흙무더기가 있다. 둘레가 25m, 두께가 23.6m 정도로 옆의 스투파보다는 몸체가 다소 큰 편이다. 담장의 정면과 양옆에는 불감(佛龕)의 흔적이 있지만 마모가 심해 그 구체적인 형체를 알아볼 수가 없어 아쉽기 그지없다.

나그네는 이 모르 스투파를 이미 두 차례나 와본 적이 있었다. 20여 년 전 당시 카슈가르에 처음 들렸을 때 인근에 알려지지 않은 탑이 하나 있다는 정보를 입수하여 어렵게 찾아왔지만, 허허벌판에 보이는 것이라는 게 너무 기대 이하였다. 물론 이슬람화된 지 천여 년, 불교유적이 제대로 보존되어 있으리라곤 기대하진 않았지만, 막상 막막한 사막에 서서 그것들을 바라보고 있으려니 허탈함에 몸을 주체하기 어려워서 발길을 돌린 적이 있었다.

그러나 이번에 20년 만에 다시 찾은 이번 답사길에는 필자 역시 그동안 인도 산치대탑에서부터 시작하여 보드가야대탑 그리고 파키스탄, 아프간 등지의 모든 불탑을 보아왔기에 '사각형의 불탑'과 사발을 엎어 놓은 '반구형 스투파'의 의미를 한눈에 간파할 수 있었고 더구나 근처의 위진남북조에 개창된 불교유적인 삼성동 석굴과 연계해 보니 더욱 그러하였다.

있다. 한편 미얀마 등에서는 '파고다'라고 하여 유럽이나 미국 등지에서도 같이 부르는데, 원래 이 말은 미얀마어인 바야와 스리랑카어인 다고바의 혼합어(混合語)로 스리랑카 같은 나라에서 탑을 다가바 또는 다고바라 부르고 있는 것은 다투가르바, 곧 '사리봉안의 장소'라는 말을 약(略)하여 부른 데서 비롯되었다는 것이다.

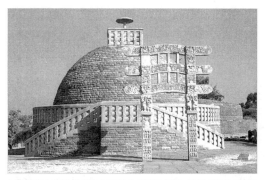

인도에서 나타난 최초의 탑은 기원전 3~1세기에 세워진 산치대탑과 같은 기단-복발(覆鉢)-평두(平頭)-산개(傘蓋) 순으로 이뤄진 반구형외관을 하고 있는데, 시기적으로 후대로 오면서 기단이 높아지고 탑신 위의 상륜(相輪)도 숫자가 늘어나며 높아져 갔다. 또한 지방적으로 간다라 지방을 거치며 동점하면서 탑신이 원주형으로 변하고 상륜부의 장식도 복잡해져 가면서 중원땅에 도착했을 때는 사각형화, 누각화가 진행되어 한반도에 이르렀다.[41]

기원전 아소카왕 시대에 세워진 스투파의 원조, 산치 스투파 1호분

그런 불교사적 변천사 분기점이 되는 실물이 바로 모르 스투파와 라왁 스투파인 것이다. 말하자면 여기까지는 그래도 인도적인 맛이 약간 남아 있지만, 감숙성 하서주랑으로 가면서 탑은 인도형 탑과는 전혀 다른 중국형 '누각식 탑'으로 변한 것이라는 이야기이다.

또 하나의 불교유적인 삼선동석굴[42]은 카슈가르 북쪽 18km 지점,

41) 한반도에 전래된 탑은, 비록 현존하는 것은 없지만 『삼국유사』 등에 의하면 적어도 4세기 말에는 황룡사 9층 목탑 같은 중국식의 고루형 목탑이 세워져 삼국 통일 이전까지 계속 건립됐다. 그러다 미륵사지석탑에서 보듯 '목탑식 석탑'으로 바뀌었고 통일신라시대 이후에는 지금 같은 '한국적 석탑'으로 굳어진다.

42) 在喀什市北18公里伯什克然木河南岸的峭壁上。为古佛教洞窟遗址。据考证, 开凿于东汉末期, 是目前所知我国西部保存下来的最古一处洞窟, 也是古代疏勒地区仅存的一处佛教遗迹, 异常珍贵。因河岸陡峭, 距地面20米左右, 难于登临, 维吾尔人称为"玉舒布尔杭", 即3个佛教洞窟之意。3个并列的洞口呈方形, 其中以中洞为最大, 高近2米, 宽约1.5米。洞中色调典雅质朴, 图案造型独特生动, 充分体现了古疏勒国人民高超的想象力和创作技巧。可惜洞中有不少精美绝伦的壁画被后人破坏, 佛像也被窃走。

기원전 후의 간다라시대에 세워진
파키스탄 스와트 계곡의 싱게다르 스투파

카이버 고개 위의 간다라 시대의 스폴라 스투파

동한 시기의 불교유적,
카슈가르 북쪽 차크막
강안의 삼선동석굴의 전경

차크막[43) 강변에 위치한다. 동한 시기 말기(약 A.D. 140년 전후)에 개창되었다고 하는데, 이 시기는 불교의 동점 초기에 해당되니 이 또한 불교사적 의미가 깊다고 하겠다. 석굴은 '위수푸르캉(玉舒布尔杭)이라 불리는데, 이는 위구르말로 '3개의 동굴'이란 뜻으로 강 남안 절벽에 3개가 나란히 파여 있기에 붙여진 이름이라 한다.

그런데 석굴 입구가 지면에서 20m 위에 있는 절벽 가운데 있어서 사람들의 출입이 어려워 직접 들어가 볼 수는 없었지만, 발굴조사 자료에 의하면 모두 전후실로 나뉘어져 있는 거주용의 비하라(Vihara)

---

43) 다른 자료에 의하면 '伯什克然木河'라고도 한다.

식 석굴이라 한다. 맨 오른쪽 동굴[44]의 전실(前室)은 사벽이 각기 다른 내용의 불화들이 그려져 있는데, 어떤 좌불상은 두 손을 가슴 앞에 모으고 있고, 불상의 후면에는 둥근 채색의 광배가 현란하고, 또 그 중 한기의 좌불은 채색된 네모난 가사를 입고 있다. 그리고 천장에는 연화문양이 그려져 있다고 한다.

전실에 이어 후실에는 빈 석상(石床)이 하나 있고 그 위에는 40cm 정도의 장방형의 구멍이 뚫려 있는데, 원래 그곳에 있던 불상을 세우기 위한 기단으로 보이나 현재 불상은 보이지 않는다.

규모가 제일 큰 중간 굴에는 한기의 입불상이 남아 있는데, 조형된 솜씨가 아름답고 생동감 있으며 입고 있는 복식은 흔히 보기 힘든 특별한 모양이고 복부 아래로는 녹·홍·남색의 3가지 가로무늬로 그려져 있다. 그리고 마지막 왼쪽 굴은 개창 때부터 미완성이어서 현재 아무것도 없다고 한다.

이 석굴의 조형물과 벽화들은 정교롭고 선명하여 다른 석굴에서 좀처럼 보기 어려운 수준 높은 것으로 평가되고 있어서 고대 소륵인 장인들의 높은 예술적 상상력과 창작기법을 엿볼 수 있다고 한다.

그러나 애석하게도 이들 불상들과 벽화들은 세월에 의한 훼손 이외에도 후인들에 의해 인위적으로 파괴되고 도난당하였고, 심지어는 벽화 위에는 후대에 쓰인 낙서들이 가득하다고 한다.

---

44) 东洞前室四壁绘满了大小不同的各种佛画, 顶部为莲花藻井, 藻井四周又绘有高50厘米的坐佛。佛盘腿而坐, 双手平放胸前, 佛像背后光环耀眼, 色彩斑斓, 其中有一座佛身着彩色方格袈裟。后室有一石床, 上有40厘米左右长方孔, 是当年固定佛像的底座, 但佛像早已无存。除此之外, 还保留着一尊立佛, 造型极其优美生动, 所着服饰奇特罕见, 腹部以下为绿、红、蓝三色相间的横纹绘成, 造型和用色在中国其他佛窟壁画中极少见。

제3장
천산 산맥을 넘어 소그드초원으로

1. 유목민족의 어미 호수, 이식쿨(Issy-kul Lake)

현장법사가 넘어간 천산 산맥(능산)으로 가는 길

천산 산맥의 주봉인 한텡그리(6,995m 봉의 옹자)

천산 산맥의 주봉인 한텡그리(6,995m)봉과 이식쿨 개념도

필자 일행이 천산 산맥의 중국과 키르기즈스탄의 토르가르트 국경선을 넘는다. 3월 초인데도 산 정상은 눈이 쌓여 있다.

천산 산맥을 넘어가는 고개들

앞에서 이미 이야기한 대로 현장은 파미르고원을 우회하여 천산 산맥의 능산(凌山)을 넘어 '현장법사로(玄奘法師路)'[1]라는 독특한 루트를 통해 소그드 지방을 경유하여 천축으로 들어갔다. 그 이유는 현장이 순례 초기에 고창국(高昌國)의 국왕으로부터 천축행로의 편의를 약속 받고, 당시 돌궐의 대칸(大汗)[2]의 주둔지인 이식쿨 호수 인근의 토크목(Tokmok)으로 가게 되었다고 『대자은사삼장법사전』은 그 사정을 전해주고 있다.

말하자면, 구법승들 중에서는 그 누구도 시도하지 않은 색다른 천산남, 북로를 넘나드는 길을 개척한 셈이다. 『대당서역기』는 이에 대하여 다음과 같이 기록하고 있다.

---

1) 전통적인 서역북로를 따라 내려오다가 종착지인 카슈가르 도착 직전 아커스(阿克蘇)에서 노선을 변경하여 신장의 베델(別達) 마을→보그콜도이 산맥의 베델 고개(4,284m)→키르기즈스탄의 베델 마을(Bedel)→카라세이(kara-say)→바르스쿤(Barskoon)→이식쿨 호수의 서쪽 발리크치(Balikchi)를 우회하여→키르기스탄의 비쉬켁→우즈벡의 타슈켄트 등의 전통적인 천산북로의 오아시스 도시를 따라 인도로 들어가는 루트이다.

2) 몽골어로 족장 또는 임금을 뜻한다. 중국과 서역에 분포되어 있는 돌궐(突厥)이나 회흘(回紇) 등 아시아 유목종족의 군주의 칭호이다.

토르가르트 정상 중국령 경계비 아래
보초병사가 눈을 치우고 있다.

토르가르트의 키르기즈 검문소

'아크수국(阿克蘇國)'의 서북쪽으로 3백여 리쯤에 있는 모래사막을
건너면 능산(凌山)[3]에 이른다. 이곳은 곧 총령의 북쪽으로 많은 물이 동

---

3) 능산은 곧 빙산(氷山)의 뜻으로, 천산의 칸텡그리(Khan tengri, 6,995m)연봉을 말하
며, 현 보그콜도이 산맥을 가리킨다. 중국 측 지리적으로 보면 신강위구르자치구 북부
의 이리(伊犁) 온수(溫宿) 사이의 산맥을 가리키는 지명으로 역시 파미르고원에 포함
된다. 최근(2012년 3월) 필자의 현지 확인에 의하면, 이 길은 현 신장위구르의 아커스
(阿克蘇)-우쉬(烏什)-신장의 베델(別達)마을-베델 고개(Bedel, 4,284m)-키르기즈
스탄의 베델 마을(Bedel)-카라세이(kara-say)-이식쿨 호반의 바르스쿤(Barskoon)-
토크목-비슈케크를 잇는 루트이다. 현재 천산 산맥을 넘는 방법은 5개인데, 이 중 3번
루트는 관광객에게 열려 있지 않다.
　1) 카슈가르-토르가르트-키르기스탄의 나린(Naryn)→이식쿨 호수와 비슈케크로…
　2) 카슈가르-기사르알라이 산맥→키르기스탄의 오쉬(Osh)→우즈벡의 안디쟌→
　　코칸드→페르가나로→ 타슈켄트로…
　3) 아커스(阿克蘇)→신장의 베델(別達) 마을→보그콜도이 산맥의 베델 고개(4,284m)→

쪽으로 흐른다. 산골짜기에는 눈이 쌓여 있는데 봄과 여름에도 얼음이 얼어있다. 이따금 얼음이 녹을 때도 있지만 이내 다시 결빙된다. 길은 몹시 험하고 찬바람이 매섭게 불어댄다. 사나운 용이 지나는 사람에게 해를 입히는 일이 많으므로 이 길을 지나는 사람은 검붉은 색의 옷을 입거나 조롱박을 갖고 있거나 큰 소리를 질러서는 안 된다. (…중략…)

이렇게 산길을 4백여 리를 가면 대청지에 이르게 된다. 둘레는 천여 리에 달하는데 동서로 길고 남북으로는 좁다. 4방이 산에 둘러싸여 있어서 수많은 물줄기들이 교차하며 모여든다. 물은 검푸른 색을 띠었고 쓴맛과 짠맛을 함께 지니고 있다. 호탕하게 흐르는 물은 큰 파도가 사납게 일어나 물보라를 일으키며 흐른다.
용과 물고기가 뒤섞여 살고 있으며 신령스럽고 괴이한 일들이 이따금 일어난다. 그러므로 오고 가는 나그네들은 그 복을 빌며 기도를 한다. 비록 물고기가 많으나 잡지 않는다.

그리고 또 하나의 기록인 『삼장법사전』은 그 능산을 넘는 길의 참담함을 다음과 같이 기록하고 있다.

7일이 지나서야 비로써 산을 지났는데, 도반들 가운데 얼어 죽은 사람이 13~14명이고 가축들의 피해는 더욱 심하다.

현장은 용이 사는 신령스러운 호수라고 외경을 표시했지만, 이식

키르기즈스탄의 베델 마을(Bedel)→카라세이(kara-say)→바르스쿤(Barskoon→이식쿨 호수를 우회하여→키르기스탄의 비슈케크로…
4) 이닝(伊寧市)→(국제버스)→코르고스 고개(Khorgos Pass)→카자흐스탄의 알마타로…
5) 우루무치→(국제기차)→아라산(阿拉山)고개→카자흐스탄 알마타로…

현장이 대청지라고 불렀던 이식쿨 호수와 천산 산맥의 설봉

쿨 호수[4]는 예부터 얼지 않는 호수로 유명하여 드넓은 소그드 초원
에 깃들어 사는 수많은 뭇 중생들의 생명수 노릇을 하고 있다. 『신
당서』「서역전」에도 이식쿨 호수는 얼지 않는 호수로 기록되어 있다.

　동쪽으로 대청지가 있는데, 추워도 물은 얼지 않는다. 서쪽에 쇄엽성이
　있으니 천보 7(748)년 북정절도사(北庭) 왕정견(王正見)이 안서를 정벌
　할 때 그곳을 격파했다.

---

4) 대청지는 현 키르기즈스탄의 이식쿨 호수(Issy-kul)인데, 깊이 720m, 둘레 500km
　에 달하는 소금 끼 있는 산악 호수로 겨울에도 얼지 않는 호수로 인해 휴양지로 개발
　되어 유명하다.

초폰아타박물관

천산북로상의 탐가벨리의 티베트문자석

현장은 이 호수에 대해서 더 이상의 기록을 남기지 않고 발길을 서둘러 지척거리에 있는 돌궐국 대칸의 장막이 있는 토크목으로 떠났을 것이다. 그의 가슴은 무엇보다 부처님의 나라 천축으로 하루 빨리 달려가고 싶었을 테니까.

그러나 우리는 현장을 따라 그가 넘어 갔던 능산고개를 넘을 수 없었다. 중국과 키르기즈스탄 사이의 폐쇄된 국경이기 때문이다. 다만 그 인근의 토르가르트(吐爾葛特/ Torugart, 3,630m) 국경선은 다행히 열렸기에 차선책으로 그곳으로 천산 산맥을 넘어 이식쿨로 달려갈 수밖에 없었다.

이 길은 '현장로' 대신으로 현대에 활성화된 루트로 카슈가르에서 곧장 서북쪽의 고개를 넘어 키르기즈스탄의 나린(Narin)을 경유하여 이식쿨 호수 서쪽 발리크치(Balikchi)를 지나 토크막 그리고 비슈케크로 나아가는 길이다. 그리고 다시 우즈베키스탄의 타슈켄트→사마르칸트→철문(鐵門)→테르메즈(Termez)→아프간의 발흐(Balkh)로 나가서 그곳에서 동·서양으로 갈라지는 전통적인 천산북로 길인 셈이다.

이 루트는 현재(2013년 6월) 중국과 키르기즈스탄의 국경무역이 활발한 곳으로 외국관광객들에게도 국제버스 또는 여행사를 통한 대절차에 한해 통과할 수 있기는 하지만 '카슈가르-오쉬(Osh)'행에 비해 상황변동이 심하니 카슈가르에서 확인해볼 필요가 있다.

2. 악베심 유적지가 있는 토크목(Tokmok)

1) 현장의 발길 오래 머문 소엽성(素葉城)[5]

이식쿨 호수에서 다시 서쪽으로 40km 정도 달리면 토크목이라는 삼거리가 나온다. 이곳에서 다시 서쪽으로 직진하면 키르기즈의 수도 비쉬켁에 도착하고 북쪽으로 올라가면 츄강(Chu)을 건너 카자흐스탄의 국경을 넘어 구수도였던 알마티(Alamaty)로 넘어간다. 그러니까 지형학적으로 보면 동쪽으로는 겨울에도 얼지 않는 천혜의 젖줄인 이식쿨 호수가 펼쳐지고 서쪽으로는 황금의 땅, 소그디아(Soghdia)[6]로 넘어가는 길목에 해당되는 지점이다.

다시 한 번 실크로드를 주제로 말하자면 천산 산맥의 베델 고개를

---

5) 『자은전』에는 '소엽성(素葉城)'이라고 되어 있는 이 도시는 현 이식쿨 서남방의 끝자락인 이시코클 마을에서 서북쪽으로 40km 떨어진 국경도시인 토크마크(Tokmark)인데, 지도상으로는 키르기즈의 수도 비슈케크(옛 후룬지)와 카자흐의 수도 알마티의 중간쯤에 위치하는 교통요지로 이식쿨을 찾는 관광객의 필수 경유지의 한 곳이다.

6) 이른바 일반적으로 '서역'이라 부르는 곳의 중심지로 실크로드 '천산북로'와 '초원로'가 합류하는 지방을 말한다. 현 아무다리야(옥수스) 강과 시르다리야(야크샤르) 강 사이의 오아시스 지역을 가리키는 고대지명으로 이는 현 우즈베키스탄 행정구역의 사마르칸드 주와 부하라 주, 그리고 타지키스탄 행정구역의 수그드 주와 대체로 일치하며 제라프샨(폴리티메투스, 那密水) 분지와 페르가나 분지를 포함한다.

넘는 '천산북로'와 중가리아 초원을 따라 내려온 '초원로'가 만나는 길목이 되는 셈이다.

또한 중앙아시아와 중국의 역사를 바꾼 대회전인 탈라스(Talas) 전투의 무대도 먼 거리에 있지 않다는 사실이 뭔가 거창한 사건이 벌어질 듯한 분위기를 풍기고 있는 곳이기도 하다.

넓고 푸른 초원 자체가 삶의 무대일 수밖에 없는 유목민족이라면 어느 누가 이런 노른자위 황금어장에 눈독을 들이지 않겠는가? 실제로 이 지방은 과거 수천 년 동안 비옥한 유라시아 평원의 패권을 노리는 자, 실크로드의 황금어장을 취하려는 유목민들의 각축장이었다. 이름하여 흉노족, 투르크족, 서요(西遼, 카라키타이), 몽골, 칼를록족, 위구르족 같은 역대 초원의 주인들과, 호시탐탐 실크로드의 패권을 노리던 중원 대륙의 한족 간의 뺏고 뺏기는 항상 전운이 감도는 풍운의 무대였다.

토크목의 서남쪽 8km 지점에는 고대 유적지들이 산재해 있다. 현지에서는 '악베심(Ak-beshim)'[7] 또는 '군막(軍幕/ ordu)의 도시(kent)'라는 의미의 '오르두켄트'라고도 부르는 곳인데, 역대 초원의 패자들이 한때 도읍지로 삼았던 곳이다.

'악베심'이라는 지명의 어원으로 추정해보아도 이곳이 여러 고대 왕국들의 도읍지였었다는 사실을 어렵지 않게 알 수 있다. 왜냐하면 악베심이란 말 자체가 '대두령(大頭領)'이란 뜻이기 때문이다.

현 악베심을 중국의 사서에서는 쇄엽, 세엽(細葉), 소엽(素葉)이라고 기록하고 있지만, 이는 '스이얍'을 소리 나는 대로 한자로 적는 과정에서의 오차범위일 뿐 모두 강 이름과 연관되었다는 점은 쉽게 간

---

7) 突厥词语里有这样的词, 如: ak-sakar(长者; 直译: 白胡子); ak-songek(贵族; 直译: 白骨头), ak-beshim(直译: 大头领), 这样看来过了千百年了, 当地人还称此地是大头领, 猜想这也是碎叶城当年驻扎着唐代屯守边关的队伍和首领所遗留的印迹啊。

파된다. 페르시아어로 '스이'는 강 이름이고 '얍'는 도시를 뜻하니 '강가의 도시'라는 뜻이 되는 셈이다. 이런 사실을 뒷받침할 기록이 『신당서』 「서역전」에 보인다.

쇄엽(碎葉)[8]은 쿠차(高車, 안서도호부) 서북 천 리에서 발원하여 (…중략…) 북으로 흐르는 줄기는 돌궐의 땅을 거쳐 발하시[9] 호수로 들어간다. (…중략…)
발달령(勃達嶺, Bedel P.)을 지나 북으로 천 리를 가면 세엽천(細葉川)에 이른다. 세엽천의 길이는 천 리이다. (…중략…) 이곳으로부터 물이 흘러 서해(西海, 아랄해)에 도달한다. 3월에서 9월까지 비가 오는 법이 없어 눈 녹은 물로 밭에 물을 댄다.

위 기록을 해석해보면 쇄엽성은 세엽천 동쪽에 위치해 있었음을 알 수 있다. 그렇다면 세엽천은 오늘날의 악베심 근처를 흐르는 '츄강(Chuy R.)'이 분명하다. 이 넓지 않은 강은 키르기즈와 카자흐스탄과 국경을 이루며 흐르다가 다시 북쪽으로 방향을 바꿔가며 다른 8개의 지류들과 합류해 카자흐스탄의 발하시 호수로 흘러들어간다.
그런데 여기서 하나의 의문이 생기는데, 그것은 왜 강의 이름이 '츄'이냐하는 것이다. 이는 티베트어의 강이나 시내를 말하는 단어가 분명하기 때문이다. 물론 한때 토번제국이 이곳을 점령한 적이 있었으나, 지금까지 이런 티베트식 이름을 사용한다는 것은 선뜻 납득이 가지 않는다.

---

8) 원문을 직역하면, "안서 서북 천 리되는 곳에서 흘러나와, 발달령(勃達嶺/ Bedel Pass)에 이르러, 남으로 중국에 이르고, 북으로 '돌기시' 땅의 남쪽 경계에 이르고 서남으로 총령까지 2천 리를 흘러간다(有碎葉者, 出安西西北千裏所, 得勃達嶺, 南抵上國, 北突騎施南鄙也, 西南直蔥嶺贏二千裏)"라고 해야 하나 이는 지리적으로 옳지 않아 생략한다.

9) 현 카자흐스탄의 남부에 있는 호수이다.

토크목의 츄강

하여간 구소련의 고고학자들이 1931년부터 10년 동안 소그디아나 광대한 초원을 조사하면서 고대의 도시와 성곽을 다수 발굴하였는데, 그 중 악베심 유적이 있는 츄강 유역에서만도 6~10세기 경의 크고 작은 성곽도시가 18개나 존재했다는 사실을 밝혀냈다. 당시 발굴팀을 총 지휘한 키즈라소프는 이 유적들의 성격에 대해 이렇게 결론지었다.

이 도시들은 소그디아나 북방 초원의 상업, 수공업, 농업 그리고 문화의 일대 중심지였음이 증명되었다. 도시의 기초는 화폐의 명문, 토기의 형식, 기타 고고학적 자료로 볼 때, 십중팔구 소그드인의 이민에 의해 구축된 것임이 틀림없다. 여기서 여러 종족이 거주하였는데, 소그드인뿐만 아니라 투르크인, 시리아인들도 있으며 중국인들도 거주하기도 했다. 이 도시는 소그디아나뿐 아니라 타림 분지의 오아시스, 중국 본토와도 긴밀한 통상적, 문화적 관계를 유지했다.

다시 현장법사의 발길을 따라 잡는다. 법사가 능산을 넘어와 서돌궐국의 칸(可汗/ Khan)인 엽호가한(葉護可汗/ Yabgu qaghan)을 만나서, 인도로 가는 순례의 편의를 제공받기 위해 오래 머물렀다는 곳이 바로 소엽수성이다.

대청지의 서북쪽으로 5백여 리를 가다 보면 소엽수성에 이른다. 성의 둘레는 6~7리이고 여러 나라의 오랑캐 상인들이 뒤섞여 살고 있다.

서돌궐의 칸은 그의 군막(軍幕)에서 현장을 환대하면서 불교에 대해서 호의적인 태도를 보였다고 한다. 현장이 오기 전 몇 해 전에 프라바카라미트라(prabhākaramitra)[10]라는 인도 승려가 중원으로 들어가려고 이곳에서 얼마 동안 머물면서 그들에게 불법을 전하려고 애쓴 결과 때문이었다고 한다.

아무튼 현장이 받은 칸의 첫인상은 사뭇 근엄하였다고 한다. 이 두 사람의 해후 장면은 『서역기』와 쌍벽을 이루는 또 하나의 대작인 『자은전』에 자세하다.

소엽성에 이르러 돌궐의 칸(葉護可汗)을 만났는데, 그는 초록색의 엷은 비단옷을 입었고, 머리카락은 한길이나 되었으며, 명주로 이마를 감싸서 뒤로 늘어뜨렸다. (…중략…) 천막은 눈이 현란할 정도로 화려하게 금화(金花)로 장식되어 있었다. 모든 군신(達官)[11]들은 천막 앞에 카펫을 깔고 두 줄로 앉아 있는데 모두 붉은 비단옷을 입고 있었으며 나머지 병사들은 천막 뒤에서 호위하며 서 있었다. 이것을 보니 비록 흉노(匈奴)의 군장(君長)이라고는 하나 매우 근엄하게 보였다.

---

10) 중인도 마가다국 출신의 학승으로 중국에서 활동한 역경승으로 미륵·무착·세친의 공동저술이라고 할 수 있는 『대승장엄경론』을 630~633년 사이에 번역하였다.
11) 돌궐(突厥)의 관명으로 칸의 시종을 말한다.

우리는 이미 현장이 전통적인 루트인 '천산남로'를 이탈하여 어렵게 설산을 넘은 이유가 고창국왕의 안배 때문이었다는 것을 앞에서 여러 차례 야기한 바 있다.

하여간 다시 칸의 군막으로 들어가 보자. 현장이 도착했을 당시 마침 외국 사신들이 도착했던지,

잠시 후 칸이 한나라와 고창에서 온 사신을 접견하였는데, 그들이 국서와 신물(信物)을 바치자 칸은 매우 기뻐하며 사신들을 자리에 앉도록 하고 주연을 베풀며 음악을 연주토록 명하였다. 그리고 그들과 더불어 술을 마시며 즐겼지만, 법사에게는 따로 포도즙을 올렸다. 이렇게 서로 주거니 받거니 하며 술잔이 계속 오가는 가운데 금말도리(僸秣兜離)라는 음악이 은은히 울려 퍼지면서 온갖 악기 소리가 울렸다. 이 역시 토번(吐蕃) 풍속의 음악이긴 하나 귀와 눈을 즐겁게 하고 마음을 기쁘게 하였다. 얼마 후에 다시 음식이 들어왔는데 삶은 양고기와 쇠고기로 만든 음식이 눈앞에 가득 쌓였다. 법사에게는 별도로 정식(淨食)을 바쳤는데 떡과 밥과 우유와 꿀과 포도 등이었다. 식사가 끝나자 다시 포도즙이 돌아가고 그런 후에 칸이 법사에게 불법을 설해주기를 청하였다.

칸의 군막에서의 극진한 손님 접대는, 유목민족들은 전통적인 풍속으로 예나 지금이나 별로 다르지 않아 보인다. 매일매일 즐거운 연회는 계속되었지만, 현장의 속은 타들어갔다.

여기서 여러 날을 머물렀는데 칸이 더 오래 머물기를 바랐다. 현장이 (…중략…) 이에 칸은 할 수 없이 나라에 명령을 내려 중국어와 다른 나라의 말을 할 줄 아는 통역을 찾게 했다. 마침 한 소년이 있었는데, 일찍이 장안에 가서 수년 동안 살았기에 중국어를 잘했다. 그래서 즉시 통역관인 마돌달관(摩咄達官)에 임명하고 여러 나라에 보낼 국서를 만들게 한 뒤,

그로 하여금 법사를 '가필시국(迦畢試國)'[12]에까지 모시고 가도록 했다. 그리고 비단으로 만든 법복 한 벌과 명주 50필을 보시하고 여러 신하들과 함께 10여 리 밖까지 전송하였다.

바로 위 밑줄 친 구절에서 우리는 왜 현장이 타림 분지로부터 곧바로 파미르를 넘어서 인도로 가지 않고 부득이 우회로를 택한 이유를 다시 한 번 확인할 수 있다.

아무튼 인류사적으로, 이방에서 온 한 젊은 순례승을 뒷바라지하여 인류 역사상 한 걸출한 인물을 탄생하게 한 이 서돌궐의 칸은 중국 사서에도 선명한 자취를 남기고 있다.

서돌궐을 통합한 엽호가칸과 고창왕이 파견사를 보내왔다. (…중략…) 그 아비 사궤칸이 죽고 아들 엽호칸이 왕위에 올랐다. 그는 용감하고 지모가 있어 북쪽의 철륵(鐵勒) 아래 활을 쏠 수 있는 자가 수십만을 거느렸다. 오손(烏孫)의 옛 땅에 거점을 만들었고 도읍을 석국(石國)[13]의 북쪽 천천(千泉)에 두었고 서역제국을 모두 신하로 만들었다.
　　　　　　　　　　　　　　　　　　　　　　　—『자치통감』권187「唐紀」3

---

12) 범어 Kāpiśi의 음역으로 고대 북인도, 건타라국(健馱羅國)의 서쪽에 자리했던 나라이며 현재 아프가니스탄의 카블(kabul) 지방에 해당한다.

13) 석국은 현재로서는 우즈벡의 수도인 타슈켄트(Tashkent)로 비정되고 있으나, 석라국(石騾國)은 『위서』, 『수서』, 『당서』 등 중국 쪽 자료 어디에도 나오지 않는 이름으로 그 비정에 관해 학계에서 의견이 분분하다. 아직까지 신빙성 있는 정설은 없지만, 대체로 석국과 같은 곳으로 무게가 기운다. 바로 고선지가 750년에 점령한 바로 그곳이다. 『신당서』 「서역전」은 좀 더 상세하게 "일명 자시(赭時)라고 하는 '석국'이 한대에 대원의 북변에 있었다. 운운." 또한 『대당서역기』에도 '자시국'이라 칭하면서 국토는 천여 리나 되고 동남이 좁고 남북이 길며, 땅이 비옥하고 기후가 좋으며, 성읍이 수십 개이고 성의 우두머리만 있고 국왕은 없으며, 돌궐에 예속되어 있다고 하였다.

돌궐 칸 진영에서의 구법승들

그러나 현장이 지나간 직후 카를룩(Karluk/ 葛邏祿)[14] 부족을 비롯한 3개 부족의 반란으로 인해 한동안 통일된 국가 형태를 이루었던 서돌궐국은 다시 분산되고 자신도 비극적인 최후를 맞는 것을 보면 초원의 흥망성쇠가 얼마나 무상한가를 말해준다.

2) 안서사진(安西四鎭)의 한 곳인 쇄엽성(碎葉城)
특히 6~7세기의 서역하늘은 피비린내 나는 전운이 개일 날이 거의 없었다. 그 소용돌이의 두 주역들은 중국 역사상 최대의 제국이었던 당나라, 그리고 코란을 앞세우고 반월도(半月刀)를 치켜들고 동쪽으

---

14) 카를룩 부족은 고선지 장군의 탈라스전투 때 배신을 한 부족이다. 세 부족의 연합으로 구성된 카를룩 부족은 각 부족장이 퀼-에르킨(Kül-Erkin)이라는 칭호를 사용했으나, 655년경 강력한 군대의 보유와 함께 '야브구'라는 한층 격상된 칭호를 사용하였다. 650년과 654년 당나라의 공격으로 나머지 부족은 천산 북부 지역을 관장하는 당나라의 북정(北庭)도호부에 편입되었다. 후에 새 이슬람 왕조인 압바스 왕조가 들어서며 당군과의 충돌은 불가피하여 751년 탈라스에서 대 전투가 벌어졌다. 카를룩은 처음에는 당군을 지원했으나, 정세가 압바스군에 유리하게 돌아가자 중국을 배후에서 공격하여 압바스군이 탈라스 전투를 승리로 이끄는 데 크게 기여하였다. 그 뒤 한때 발라사군(Balasaghun)에 도읍을 정하여 투르크 국가의 이슬람화에 주역이 되었다가 후에 위구르 부족과 함께 몽골제국에 복속되었다.

로 밀려오던 이슬람 세력이었다.

기원전부터 서역경영에 목말라하던 한나라의 기본 정책을 이어받은 당나라는 안서도호부와 '안서 4진(安西四鎭)'15)을 전진기지로 삼아 지속적으로 서역을 공략하였지만, 뚜렷한 성적표를 내지 못하고 있었다. 오히려 677년에는 마치 다크호스처럼 서역에 등장한 막강한 토번제국의 날쌘 기병들과 연합한 서돌궐국의 부족들에게 몰려서 당나라의 서역의 전진기지를 모두 뺏기는 사건까지 벌어졌다.

이에 위기의식을 느낀 당 고종(高宗)과 측천무후(測天武后)는 의봉(儀鳳) 4(679)년 국력을 기울여 서돌궐을 축출하기 위해 대군을 서역으로 파병하여 서돌궐의 칸을 포로로 잡아서 안서 4진을 수복한 다음 이들의 근거지에 최후의 일격을 가하려고 천산 산맥을 넘는다.

『구당서』「왕방익전(王方翼傳)」16)에 의하면, 당시의 상황은 다음과 같이 그려진다. 서돌궐의 칸인 아사나차박(阿史那车薄)이 궁월성(弓月城)17)을 포위하자 고종의 칙명을 받고 서돌궐 토벌에 나선 안

---

15) 당시 안서도호부는 당 태종 정관 14(640)년 국(麴)씨의 나라 고창국을 점령하고 그 자리에 설치되었다가 현종 현경 3(658)년 쿠차로 옮겼다. 또한 정관 22(649)년 안서 도호부 휘하에 '안서 4진'이 설치됐는데, 쿠자, 카슈가르, 호탄, 카라샤르(언기)가 바로 그곳이다. 그러나 함형(咸亨) 원년(670)에 이 일대를 토번에게 빼앗기자 언기를 버리고 쇄엽성을 4진의 하나로 삼았다. 그러다 장수 2(693)년에 토번을 격파하고 다시 쿠차를 사진으로 수복하였다. 그러나 719년에는 쇄엽성을 서돌궐에게 다시 내어주고 언기를 4진의 하나로 삼았으나 '안사의 난' 이후 토번에게 다시 뺏기면서 안서도호부는 완전히 폐지되고 역사의 뒤안길로 들어가 버렸다.

16) 王方翼(625~687)唐朝初年名将。唐高宗时 随裴行俭讨伐西突厥 兼检校安西都护, 修筑碎叶城。永淳初年, 西突厥阿史那车薄带兵围困弓月城, 王方翼率军与其 在伊犁河交战, 大获全胜。敌军援至, 又在热海交战, 杀敌七千, 擒其首领300人, 西域震服。

17) 弓月城是大唐统一西域的决胜地 位于伊宁县吐鲁番于孜乡东北 遗址分大、小二城。總面积约 8平方公里。当地称之为"阿勒吞勒克", 即"金城"。据史载, 弓月城 为今伊犁河谷最早的军事重镇, 一直是兵家必争之地, 也是唐代丝绸之路北线重要的军事、政治、商贸中心, 新旧唐书《突厥传》《资治通鉴》等记载。"雄鹰展开的翅膀 是为你在飞翔 大漠里悠扬的驼铃 也为你倾诉着衷肠 伊犁河静静流淌 琴

서도호 배행검(裴行檢)과 검교안서도호 왕방익은 이리하(伊犁河)에서 돌궐군을 맞아 큰 승리를 거두고 또한 이식쿨에서 적들의 구원병 7천 명을 베고 3백 명의 두령급을 사로잡는 개가를 올려 서역하늘을 진동케 하였다. 그리고 진군을 계속해 전통적인 요충지에 해당되는 스이얍 지역, 즉 현 토크목 지역을 점령하고 중국형 요새를 건설하고 '쇄엽진'이라고 명명하였다.

소그디아나 북방의 초원 세력을 제압하기 위해 축성한 이 성은 후에 '안서 4진'의 하나로 편입될 만큼 전략적으로 중요한 곳이다. 과거 수많은 유목제국의 패자들의 도읍지란 상징성 이외에 소그디아나의 길목이라는 전략적 요충지였기 때문이다.

이 성은 장안성을 본 따서 성곽의 사면에 12개의 문을 배치한 요새형 성곽이었다. 공사를 시작한 지 50일 만에 완공이 되자, 서역의 모든 돌궐 사람들이 몰려와서 구경을 하고 토산품을 진상하였다고 한다.

결과적으로 이 쇄엽성은 역사상 중국인이 세운, 가장 서쪽 끝에 해당되는 요새로 수천 년 동안 서역에 눈독을 드린 역대 중원 왕조들의 최고의 성적표였지만, 한 세기도 넘기지 못하고 탈라스전투의 패전으로 물거품이 되어 버렸다.

6세기 초의 서역은 삼각구도였다. 원래 서역초원의 주인이었던 돌궐제국이 쇠약해진 틈을 타서 주변의 세 제국들—당, 토번, 아랍—이 모두 서역의 패권을 노리고 중앙무대로 진출한 것이다. 중동을 통일하고 '이슬람화'를 끝낸 아랍제국이 그 여력을 몰아 파죽지세로 동쪽으로 밀려들어올 때, 마침 당나라도 모처럼 영걸이 나타나 한나라 때부터 일궈 놓은 서역의 고토를 다시 찾으려고 원대한 꿈을 펼치기

弦上散发着花香 再累再远的流浪 也会变安详"〈弓月城/作词: 任延俊/作曲: 于秋实 老兵阿革〉

시작하였다. 이른바 현종의 '개원(開元)의 치세'[18]였다. 또 한편 토번제국도 발 빠른 기병을 중심으로 실크로드의 길목에 눈독을 들이고 있었다.

이런 팽팽한 삼각구도를 먼저 깬 것은 당나라였다. 747년 고구려 유민장수 고선지(高仙芝, ?~755)는 전술적으로 무모하다고 할 만한 전략으로 파미르고원을 횡단하여 토번의 서역 전진기지인 연운보 요새[19]를 격파하고 소발율을 점령하는 개가를 올리며 인도로 나가는 실크로드의 지배권을 확보하였다. 그리고 그 여세를 몰아 750년에는 천산 산맥을 넘어 소그디아의 중심지였던 석국(石國)까지 점령하였다.

그러나 당나라의 석국 원정의 잔혹한 뒷처리[20]에 앙금이 쌓인 현지 투르크인들은 당나라에 등을 돌리고 대신 압바스(Abbasid dynasty)[21] 왕조에게 손을 내밀었다. 그리하여 압바스는 중국과 사이가 좋지 않은 토번과 연합하여 당군을 압박해 들어왔다. 한편 중국도 전통적으로 중국과의 관계가 좋은 위구르 부족과 연합하여 전선을 구축하였다.

그렇게 짙은 전운이 드리우다가 드디어 751년 여름 7월에 현 키르기즈탄 북쪽 탈라스(Talas) 강 유역에서 두 세력은 충돌하였지만 잘

---

18) 측천무후의 손자인 당 현종이 다스렸던, 713년부터 741년까지 28년간을 가리켜 개원의 치(開元之治)라고 하는데, 당나라 태평성대로 꼽힌다.

19) 후에 파미고고원의 〈랑가르 편〉에서 연운보의 위치비정이 자세하게 기술될 것이다.

20) 750년 제2차 원정 때 타슈켄트(石國)를 토벌하고 국왕을 잡아 장안(長安)으로 호송하였는데, 장안의 문신들이 타슈켄트 국왕을 참살하는 악수를 띠는 통에 서역제국들의 정서가 반중국으로 돌아섰다고 한다. 고선지는 3차 원정 때(751) 7만의 정벌군을 편성하였으나, 호라산군에게 크게 패하여, 7만의 군사 중 5만이 전사하고 2만이 포로가 되었으며, 고선지는 겨우 퇴로를 열고 후퇴하였다고 한다.

21) 아랍 제국의 두 번째 칼리파 왕조로 750년 첫 번째 우마위야 왕조를 무너뜨리고 이슬람 왕조로 군림하여 1258년 몽골족이 바그다드를 함락시킬 때까지 아랍 제국을 다스렸다. 압바스라는 이름은 예언자 무함마드의 숙부인 알아바스의 이름에서 유래했다.

토크목으로 가는 길

알려진 결과대로 이 전쟁은 예상 외로 고선지군의 참패로 끝났다. 당시 우군으로 여겼던 카를룩(Karluk) 부족이 오히려 배후를 공격하였기에 당군은 전투다운 전투도 해보지 못하고 괴멸되었다고 전사는 기록하고 있다.

이 전투 결과로 그간 천여 년 동안 이어왔던 서역에 대한 중국의 영향력이 완전히 사라지게 되면서 중앙아시아 역사는 중요한 전환점을 맞게 된다. 결국 압바스 왕조의 점령 아래 놓이게 된 중앙아시아는 자연적으로 이슬람교가 뿌리를 굳게 내려 오늘날에 이르게 되었다.

현재 악베심 유지로 알려진 곳에 쇄엽성 유지는 아무도 관심을 두지 않는 망각의 성터로 변해 있었다. 심지어 유적지 안에 사는 촌로들마저 그곳에 서린 천 년의 역사를 제대로 알지 못할 정도였다. 발굴보고서에 의하면 악베심 유적의 면적은 30만㎡이나 될 정도로 넓다. 그러나 보이는 것은 허허벌판에 그리 높지 않은 구릉들과 그리 깊지 않은 고랑이 이어지고 있었고 둔덕에는 이름 모를 야생화만 드문

토크목 삼거리

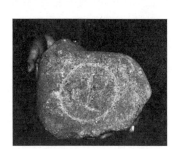

굔자 석각

돌 십자가

동방 기독교의 네스토리우스상

부라나공원 안의 박물관

악베심 유적지의 경교사원 유적지

발발공원에서 바라본 부라나 타워와 천
산 산맥의 설봉들

악베심 가는 길

부라나 타워

드문 피어 있을 뿐이다.

1938~1950년대에 이른 구러시아 학자들의 고고학적 발굴에 의하면 이곳은 11세기 이래로 계속 폐허로 남아 있음을 확인하였는데, 그 유지에서는 과거 쇄엽성의 다양하고 활기 넘치던 종교와 문화생활에 대한 증거로 당나라가 구축한 성곽유지, 불교사원과 불상과 연

부라나 타워 위에서 멀리 천산 산맥의 능선이 보인다.

화문양석, 비석들, 중국의 동전 등과 네스토리우스(景敎) 예배당 유지, 조로아스터교(拜火敎) 유지, 돌궐족의 석인상 같은 유물들이 대거 발굴되었다고 한다.[22] 특히 주목할 것은 소그드 문자와 위구르 문자로 기록된 비문에 의하면 당나라가 지배했을 당시 이곳 주민들은 여러 부류의 소그드인들과 중국인이 섞여 살았음을 증명하고 있다. 이는 "성의 둘레는 6~7리이고 여러 나라의 오랑캐 상인들이 뒤섞여 살고 있다."라는 현장의 기록과 같다고 하겠다.

무심한 나그네들은 천 년의 폐허 대신에 토크목 남서쪽 12km 지점에 있는 부라나 타워(Burana Tower)라는 볼거리를 대게 찾게 마련이다. 이 탑은 10~11세기 이 일대에 이슬람교를 앞세운 카라한조가 세워졌을 때 건조된 이슬람식 모스크로 원래는 더 높은 40m 정도였다지만 후에 지진으로 허물어져 현재는 21.7m만 남아 있지만, 허허

22) 이 유물들의 일부분은 현재 부라나 타워공원 안의 작은 임시박물관에 전시되고 있으나, 대개 문이 잠겨 있어서 운이 좋아야 유물을 관람할 수 있다.

부라나공원 안의 발발공원

벌판에 혼자 솟아 있으니 그 자태가 제법 당당하다.

그리고 부라나 타워 인근에는 수많은 '발발(Balbal/ 祖上)', 즉 돌궐석상들이 마치 조각공원처럼 수백 기가 늘어서 있어서 장관을 이룬다. 그것들은 시기적으로 선사시대부터 근래 이슬람시대에 이르기까지 다양하다. 발발공원과 근처의 폐허의 구릉지를 돌아보고 타워로 다가가 나선형의 계단을 올라 탑의 정상에 올랐다. 오호, 일망무제(一望無際)!

멀리 쇄엽성 폐허의 낮은 구릉들이, 그리고 아스라한 천산 산맥의 흰 띠 두른 능선이 이우는 저녁 햇살 속에 들어 있었다.

3) 요나라 유민의 나라, 서요(西遼)의 망향곡(望鄕曲)

중앙아시아에는 '카라'라는 단어가 들어가는 지명이 아주 많다. '검다'라는 뜻 이외에도 '크다' 또는 '위대하다' 뜻으로도 사용되는데, 예를 들면 검은 호수 '카라쿨'이란 같은 지명도 3개 이상이 있고 몽골의 옛 도읍지인 '카라발가순', 터키의 왕궁터인 '카라테페', 검은 모래 '카라쿰', 검은 바람 '카라부란', '카라수 시장', '카라수크' 문화 등이 그것들이다. 일부 우리 재야학자들의 주장에 의하면 이 '카라'라는 단어는 우리말의 '검다'의 어원이고 나아가 '가라', '검', '곰',

'금', '가마'와 적지 않은 연결고리가 있다고 하여 흥미를 끌고 있다.

이들 중 맨 마지막의 '카라-키타이(西遼/ Kara Kitan)' 왕조는 우리들이 눈여겨볼 필요가 있다. 악베심 지방을 근거지로 잠시 존속했던 왕조인데, 바로 '흑거란족(黑契丹族)'이란 한자명으로 불리는 왕조이기 때문이다.

여기서 우리의 고대사를 잠시 되살펴보면, 고구려를 이어 일어난 발해를 괴멸시키고 그 넓은 고토 위에 거란족이 세운 나라가 바로 요(遼)나라이다. 이 요나라는 태조 야율아보기에 이어 7대에 걸쳐 번성하다가 여진족의 금(金)나라에 의해 멸망당한 사실은 이미 알려진 사실이다. 단 시간에 드넓은 영토에 군림했던 것치고는 너무나 단명한 왕조였다. 그런데 여기에서 지리적으로 좀 엉뚱하긴 하지만 그 후일담이 이어진다.

요나라가 멸망한 직후 요 왕조의 황족이었던 야율대석(耶律大石, 德宗)은 자신을 따르는 무리를 이끌고 초원루트를 따라 유랑하다가 서역까지 흘러와서 현재의 악베심에 도읍하고 있던 카라한 왕조를 멸망시키고 새로운 나라를 세웠다. 때가 1132년이고 그 도읍지가 발라사군(Balasaghun, 八刺沙袞),[23] 즉 현재의 악베심이다.

이들이 '서요(西僚)' 또는 '카라키탄(1124~1218)'이라는 나라로 비록 4대 80년간의 단명한 왕조였지만, 이 나라는 중앙아시아뿐만 아니라 세계 역사에도 깊은 인상을 남겨 '거란'을 뜻하는 키타이(Kitai)에서

---

23) Balasagun was an ancient Soghdian city in modern-day Kyrgyzstan, located in the Chuy Valley between Bishkek and Issyk-Kul Lake. It was founded by Soghdians, wn till the 11th century. It was the capital of the Kara-Khanid Khanate from the 10th Century until it was taken by the Kara-Khitan Khanate in the twelfth century. It was then captured by the Mongols in 1218. The Mongols called it Gobalik ("pretty city"). It should not be confused with the city of Karabalghasun in Mongolia which was the capital of the Uyghur Khaganate.

나온 '캐새이(Cathay)'가 서양에서 지금의 중국을 뜻하는 이름으로 남게 되었을 정도이다.

사실 '요'라는 국호는 2대 태종 때 처음 썼는데, 거란인들은 '요'라는 중국식 국호보다는 '카라키탄' 또는 '카라키타이'를 즐겨 사용하였다. 이들은 황제를 '구르칸'이라 호칭하고 모국인 요나라와 구분하기 위해 방위명을 붙여 '카라키타이'라고 불렀던 것으로 보인다. 이는 투르크어로 '검은 거란'이라는 뜻인데, 아마도 '검다'라는 뜻보다는 '대(大)거란'이란 일부 학자들의 주장이 설득력이 있어 보인다. 말하자면 '키탄' 또는 '키타이'는 민족이름인 동시에 국호였던 셈이다.

이 서요는 실크로드의 요충지인 악베심을 중심으로 중계무역으로 부를 축적하여 동으로는 고국을 멸망시킨 원수의 나라인 금나라와 적대시하였고, 한편 소그디아의 여러 투르크계 국가들과 실크로드의 패권을 두고 다투었다. 하지만 결국 칭기즈 칸이 이끄는 몽골족에게 금나라와 같이 나란히 멸망했다. 카라키타이라는 소수의 거란인들이 원주민들인 투르크계를 지배한 정복 왕조로 중국식 년호와 제도를 가진 국가였다. 그리고 전 왕조인 카라한 왕조에 이어 이슬람교를 그대로 받아드렸다.

나라 살림은 중앙아시아 여러 나라로부터 공납(貢納)과 위구르 상인이나 이슬람 상인 등의 동서 무역에 의한 수입에 의존했고, 동서 교류의 요지에 위치하고 있었기 때문에 서방의 이슬람 세계와 동방 중국과의 문화교류에도 큰 역할을 했다.

한편 중세의 서양에는 자신들을 괴롭히는 셀주크 제국을 막기 위해 '프레스터 존'이란 왕이 동방에 기독교의 나라를 세웠다는 식의 풍문이 떠돌기도 했지만, 이 왕조에 대한 논란은 러시아, 중앙아시아, 유럽 쪽에 중국이 키탄의 변형인 끼따이라는 이름으로 알려지는 계기가 되었다.

참, 긴급 사족하나 달아야겠다. 이 책을 탈고하고 마지막 편집 중이

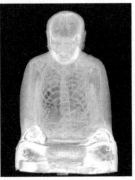

서요의 개국조인 야율대석의 스승의 등신불이 멀리 헝가리에서 공개되었는데, 놀랍게도 골격이 그대로 촬영되었다.

던 며칠 전(2015.2.22) 저녁 뉴스에 외신들이 놀라운 내용을 보도하여 필자를 긴장하게 만들었다. 다름 아닌 서요(西遼), 바로 여기 악베심에 도읍했던 그 카라키타이 왕조 시대의 등신불(等身佛)이 공개되었는데, 네덜란드 드렌츠 박물관이 최근 이 중국 불상을 컴퓨터 단층촬영(CT)한 결과 이 불상안에 인간의 오장육부는 모두 제거된 상태였지만 골격은 그대로 남아 있는 것이 확인되었다고 한다.

또한 등신불 내부에서 한자로 쓰인 문서도 발견되었기에 그 주인공이 서요(西遼) 야율대석(耶律大石, 재위 1132~1143)[24]의 스승인 류천(柳泉)일 가능성이 높다고 발표하였다는 것이다. 야율대석이면 바로 서요를 건국한 그 인물이니 더욱 그러하다.

이 불상은 헝가리 수도 부다페스트의 자연사박물관으로 옮겨져 오는 전시될 예정이라고 하니 놀라울 뿐이다. 사람이 이름만 남기는 것이 아니라 뼈까지 남길 수 있다니 말이다.

---

24) 요나라의 황족 출신이며, 서요(西遼)의 초대 황제로 요나라의 태조(太祖) 야율아보기(耶律阿保機)의 8대손이다. 금나라와의 전쟁으로 요나라가 망하자 남은 황족들을 데리고 서쪽으로 유랑을 떠나 여기 이식쿨 호수를 지나 현 토크목에다 터를 잡고 카라키타이라는 이름, 즉 서요를 세운 인물이다.

4) 이태백의 출생지는 어디인가?

이태백의 초상

붉은 중국 정착기에 활약한 유명한 문인 궈모뤄(郭沫若, 1892~1978)[25]에 의에 제기된 '이태백의 쇄엽고향설'은 요즘은 그대로 굳어져 토크목에 기념관을 건립하려는 운동으로 번지고 있다.

그의 주장에 의하면 이백(李白, 701~762)[26]은 이곳 악베심의 쇄엽성에서 태어나 어린 시절을 보냈다고 한다. 성이 '오얏이씨(李)'인 것으로 미루어 보면 쇄엽성이 건설된 후에 정략적 차원에서 이주시킨 한족 중에 이백의 조부도 있었다는 것이다. 아마도 그의 조부는 이재에 밝은 사람으로 추정된다. 왜냐하면 쇄엽성의 원주민은 모두 장사의 귀재라는 소그드인들, 즉 소그디안(Soghdians/ 粟特人)인데, 이들과 장사를 하여 돈을 벌 자신이 있었기에 그 속으로 들어간 것으로 보이기 때문이다.

범전생(范傳生)이 쓴 이백의 묘비명에 의하면 "이백은 원래 양(梁)의 무소왕(武昭王) 9대손이지만, 그의 가계는 수말(隨末)에 조상의

---

25) 궈모뤄는 20세기 초 중국의 주요 작가·학자·정치가로 전통적인 교육을 받은 후, 일본으로 건너가 의학을 공부하다가 문학에 열중하여 스피노자, 괴테, 벵골의 시인 타고르, 휘트먼 등의 작품에 심취했다. 그가 1922년 번역한 괴테의 〈젊은 베르테르의 슬픔〉은 대단한 인기를 얻었다. 이후 마르크스주의의 신봉자가 되어 1937년 중국으로 돌아와 항일운동에 참여했고 인민공화국의 요직을 두루 맡았다. 그는 역사와 철학에 관한 논문들도 남겼는데, 그 중 「殷周靑銅器銘文硏究」는 큰 업적으로 꼽히고 있다.

26) 字가 太白이며 호는 靑蓮居士이다. 수나라 말기에 그의 선조가 서역 쇄엽(碎叶/ Suyab)으로 이주해 갔다가, 유년시절 아버지와 함께 绵州 昌隆(현 四川省 江油) 靑蓮鄕에 옮겨와 거주했다고 하는데, 아마도 당시 그곳에서 벌어진 전란을 피해서 이주했을 것으로 추정되고 있다.

일부가 '쇄엽'으로 쫓겨가 방랑을 하며 뿔뿔이 흩어져 살면서 성명을 은밀하게 고쳤다"라고 기록하고 있다.

참 이야기가 나온 김에 장사의 달인이라는 소그디안의 기록을 한 번 살펴보자. 소그디안은 소그디아(Soghdia) 또는 트랜스옥시아나(Transoxiana)를 근거지로 하는 이란 계(系)의 민족을 말한다. 그들의 고향은 여러 개의 실크로드 지류들이 모여드는 교통의 요충지로 옛부터 동서양 교류사에 이름 높은 지역이기에 그들은 자연스럽게 중국과 인도, 동로마제국에 걸친 실크로드의 중계무역을 독점하여 막대한 재력을 쌓았다.

특히 그들의 전성기는 5~9세기였는데, 중국 사서에서는 그들을 속특(粟特), 속리(速利), 소리(蘇利), 소무구성(昭武九姓)[27]으로 불렀다. 그들은 선천적으로 상술의 달인으로 당시 로마나 중국 사서에 나타나고 있다. 『당회요(唐會要)』에는 이에 관한 흥미로운 기록이 보인다.

소그디안(康國人)은 자식을 낳으면 반드시 꿀을 먹이고 아교를 손 안에 쥐어 준다. 그것은 아이가 성장했을 때 입으로는 항상 감언을 놀리며 아교가 물건에 붙듯이 손에 돈을 가지게 되었으면 하는 염원이다.

그들은 장사를 잘하며 적은 이윤이라도 다툰다. 남자는 20세가 되면 다른 나라에 보내는데, 중국에도 온다. 그들은 이익이 있는 곳이면 어디라도 간다.

소그디안은 8세기 신라와도 교역을 하였다. 신라의 고분 속에서 쏟

---

27) 소그드인 성씨로는 강(康), 사(史), 안(安), 조(曹), 석(石), 미(米), 하(何), 화심(火尋), 무지(戊地)라는 성씨가 있어 중국에서는 소무구성이라고 하였다. 당나라 현종 때 난을 일으킨 안록산은 이란계 소그드인이며, 어머니는 돌궐족이라고 한다. 반란이 진압된 후 중앙아시아로 대거 이주하였다. 만약 안록산의 반란이 성공하였다면 중국의 운명은 어찌 되었을까?

아져 나오는 고고학적 유물들과 사서의 기록들이 그 사실을 입증하고 있다. 최치원의 '속독(束毒)'은 바로 속득(粟特)의 동의이자명(同意異字名)으로 소그드의 탈춤을 묘사한 것이고, 처용무의 주인공인 처용(處容)과 괘릉(掛陵)의 무인석상이 소그디안이라는 이야기는 이미 새삼스러운 가설이 아니다. 또한 신라 음악이 서역의 영향을 받았다는 것도 그렇다.[28]

특히 두 문화권의 금관들을 서로 비교해보면 절로 감탄사가 흘러 나오게 만들 정도로 닮았다. 아마도 소그디안의 선조인 스키타이의 금세공술이 신라로 전해졌음에 대한 근거가 아닐까 한다. 나아가 고구려 평강공주와 결혼한 온달(溫達)이나, 태종무열왕 김춘추의 호위 무사였던 온군해(溫軍海)도, 소그디아 왕족이라는 이야기도, 중국 측 기록인 '소그드 온(溫)씨'와 연결된다.

각설하고 시 한 수 읽어보고 다시 이태백의 '쇄엽고향설'로 다시 돌아가 보자.

〈변방의 노래(塞下曲)〉[29]
5월에도 눈 쌓인 천산엔 꽃은 없고 추위만이 있을 뿐.
절양류 피리 소리 들려오지만 봄빛은 아직 찾을 길 없다.
새벽엔 종과 북소리 따라 싸우고 밤에는 말안장 끼고 잠을 자노니
허리에 찬 칼 뽑아 곧 바로 누란왕을 베려 하노라.

---

28) 통일신라 때에 최치원이 지은 「향악잡영(鄕樂雜詠)」에 "수만 리를 걸어오느라고 먼지를 잔뜩 뒤집어썼구나"라는 구절이 있는데, 이는 북청사자놀이와 같은 서역에서 들어온 놀이극을 보고 지은 시구라고 한다.

29) 五月天山雪, 無花祈有寒.
笛中聞折柳, 春色未曾看.
曉戰隨金鼓, 宵眠抱玉鞍.
願將腰下劍, 直爲斬楼蘭.

이백이 정확히 몇 살에 고향을 떠났는지는 확인되지 않고 있지만, 쇄엽성이 703년 서돌궐족의 한 지파에게 점령당하는 시기를 전후해서 이백의 아버지도 식솔을 데리고 사천성으로 이주한 것으로 보면 이백이 701년에 쇄엽성에서 태어났다 하더라도 어린 아기였을 때 고향을 떠났을 것으로 추정된다.

그러니까 위의 〈쇄하곡〉과 아래의 〈전성남(戰城南)〉[30]이란 시구절에서 보이는 전쟁의 짙은 구름과 이식쿨과 천산으로 비유되는, 쇄엽성의 기억들을 부친을 통해 전해들은 기억의 저편 속의 편린들을 묶어 창작되었을 것이다.

지난해에는 상건 벌판에서 전쟁이 있었고
금년에는 카슈가르 강에서 전쟁이 일어났네.
이식쿨호 흐르는 물결에 병장기를 씻고
천산 눈 덮인 풀밭에 말을 풀어놓았네.

---

30) 〈戰城南〉
지난해에는 상건하(桑乾河) 상류에서, 올해는 타림강(蔥嶺河)을 건너 전투를 벌였네.
조지 호수 일렁이는 물결에 병기를 씻고, 天山 눈 덮인 초원에 말을 풀어 풀을 뜯긴다.
만리 머나먼 원정길에 삼군의 장병 모두 지치고 늙어가네.
흉노는 사람 죽이기를 밭 가는 것쯤으로 여겨, 예부터 보이는 것은 누런 모래밭에 드러난 백골뿐.
秦나라는 만리장성 쌓아 오랑캐를 막았건만, 우리 당나라는 전쟁 알리는 봉화(烽火)만 피어 올리는구나.
봉화가 꺼지지 않으니, 원정 나가는 전쟁이 그칠 새가 없음이라.
병사는 야전에서 격투 중에 전사하고, 주인 잃은 말은 하늘 향해 슬피 우네.
까마귀와 소리개가 죽은 사람의 창자를 쪼아대더니, 부리에 물고 날아올라, 죽은 나뭇가지에 걸어 놓는구나.
병사는 죽어 잡초 위에 버려졌으니, 장군이 공연한 짓을 하였구나.
이제 알겠노니 전쟁이 얼마나 흉악한지 성인은 부득이한 경우에만 전쟁을 벌인다는 것을.

해동의 나그네들이여!

혹시 토크목을 지날 기회가 있다면 이왕이면 보름에 맞추어 가시게나. 갈대 우거진 천 년의 폐허에서 바라보는 보름달의 정취도 그럴듯하겠지만, 혹시나 이태백이 고향의 달 속에서 놀고 있는 것을 볼 수 있을지 모르잖은가?

5) 삼이교(三夷敎)의 사원들이 즐비했던 소그드 지방

삼이교란 당(唐)나라 때 서방에서 유입되어 유행한 이방의 세 종교를 가리킨다. 먼저 고대 페르시아에서 발원한 현교(祆敎/ Zoroastrianism)[31] 와 마니교(摩尼敎/ Mani), 그리고 네스토리아교(Nestorian/ 景敎)를 말한다.

이방의 종교들에게 비교적 관대하였던 중원의 역대 왕조들은 인도에서 발원한 불교 이외에도 여러 종교들을 받아들였다. 특히 유라시아로부터 여러 민족으로 구성된 대상들이 실크로드를 따라 동쪽으로 옮겨오면서, 그들의 종교와 사원들도 그 동점 과정에서 도처에 뿌리를 내렸다. 그 중 현교는 파사사(波斯寺)라는 이름으로, 마니교는 대운광명사(大雲光明寺)로, 경교는 대진사(大秦寺)로 불렸다. 어찌보면 이들 종교는 이국적인 문화의 꽃에 해당되었기에 문화의 다양성을 훨씬 풍부하게 만들었을 것이다.

---

31) 조로아스터교(배화교, Zoroastrianism): 기원전 660년 경에 아프간 북부 박트리아 지방에서 조로아스터(본명 짜라투스트라 스피타마)에 의해 세워진 종교로 기원전 600년경에 오늘날 이란 전역에 퍼졌으며 기원전 5세기에는 이미 그리스 지방에까지 전해진 것으로 보인다. 조로아스터교는 창조신 아후라 마즈다(Ahura Masda)를 중심으로 선과 악의 질서 및 세계를 구분하는 게 특징으로, 이러한 이원론적 교리는 그리스도교, 유대교, 이슬람에 영향을 주었다. 현대 조로아스터교는 이슬람의 영향으로 교세가 쇠퇴하였는데, 2004년 통계에 의하면 전 세계의 조로아스터교인들의 숫자는 20만여 명이 되는 것으로 추정되는데, 인도와 파키스탄 그리고 이란에 살고 있다.

경교 사제도   경교 십자가

이들 세 가지 종교가 장안에 연착륙하는 과정에서 소그드라는 지방이 중계역할을 충실히 하였다는 사실은 고고학적 발굴로 증명이 되고 있다. 1931년부터 10년 동안 소그드 북방의 악베심 유적의 발굴 총 지휘자인 키즈라소프는 다음과 같이 소그드의 문화와 종교의 다양성을 지적한 바 있다.

여러 종교 공동체가 공존한 것을 발굴을 통해서 알 수 있었는데, 불교, 기독교, 소그디아나의 조로아스터교, 그리고 투르크민족의 샤머니즘 등 이 그것이다.

그럼 이 세 가지 종교 중에서 무엇보다 조로아스터교에 대해 이야기를 풀어가 보도록 하자. 이 종교는 일부 언어에서는 자라투스트라(Zarathustra)[32]라고도 불렸고 한역하여 배화교(拜火敎) 또는 천교(祆敎)라고도 불렸다.

---

32) 독일 철학자 프리드리히 니체가 저술한 책 『자라투스트라는 이렇게 말했다』로 더욱 유명해진 이름이지만, 사실 책 내용은 실존한 배화교 창시자 차라투스트라와는 전혀 무관하다. 이 책은 니체의 사상이 무르익은 후기에 쓰인 것으로, 초인, 권력에의 의지, 영겁회귀 등 니체의 중심사상을 문학적으로 풀어낸 대표적인 작품으로 꼽힌다.

『자은전』에서는 당시 서돌궐제국에 오직 배화교만이 마치 국교처럼 성행하고 있는 것처럼 쓰여 있으나, 이는 아마도 일시적인 상황이었고, 사실은 고고학적 고증에 의하면 소그드 지방에는 많은 종교들이 공정하게 성행하고 있었다. 『자은전』에서도 다음과 같이 기술하고 있다.

　돌궐(突厥)은 불을 섬기기 때문에 나무침상을 쓰질 않는다. 왜냐하면 나무는 불에 타기 때문에 상극이라 하여 쓰지 않고 다만 땅바닥에 겹으로 된 요를 깔 뿐이다. 그래서 (현장) 법사를 위해 쇠로 된 침상을 만들어 요를 깔고 앉도록 하였다.

　배화교에 대해서는 우리 혜초사문이 호국(胡國)조에서 다음과 같이 기록하고 있다.

　이 여섯 나라는 모두 '화천교(火祆敎)'를 섬기며 불법은 알지 못한다.

　혜초는 '화(火)'를 강조하여 화천교로 불렀지만, 혜초가 개인적으로 이 종교를 어떻게 보았느냐 하는 것은 유감스럽게도 더 이상의 언급이 없기에 알 수는 없다. 다만, 후에 와칸 계곡에서 읊은 시구절 중에, "불을 가지고 노래한다(伴火上胲歌)"라는 구절과 연결시켜 보면 혜초가 지나온 나라들이 배화교의 중심지였던 것을 감안하면 이 종교에 대한 상당한 인식을 가지고 있었던 것이 아닐까하는 정도로 비정될 뿐이다.

　이처럼 천교, 화천교, 배화교, 조로아스터교로 불리며 서역에서 맹위를 떨치던 이 종교의 실체는 과연 어떤 것이었을까?

　기원전 7세기경에 아프간 북부 발흐 출신이라고 알려진, 예언자 조로아스터를 교조로 하여 이원론적 일신교의 교리를 바탕으로 하고 고대 인도-이란적 신앙체제에 근간을 두며 '아후라 마즈다'를 최고신으로 하여 우주를 선과 악의 두 원리로 설명하고 있다. 〈아베스타(Avesta)〉가 그 경전인데, 수세기 동안 구비전승으로 보존되다가 A.D. 3~4세기 경 사산(Sasan) 왕조 시대에 집성되었다고 한다.

한편 조로아스터의 종말론은 후에 그리스도교, 불교, 이슬람교의 등의 종교에 큰 영향을 미쳤다고 하는데, 현재 원 고향인 페르시아, 즉 이란에서는 명맥만 유지하고 있으나 인도에서 '파르시교'라는 이름으로 10여 만 명의 교세를 자랑하고 있다고 한다.

필자의 경험담에 의하면, 한때 불교의 중간 전파경로로 큰 역할을 했던, 와칸의 현지인들은 '부디즘'이란 단어 자체를 이해하지 못하지만, 조로아스터교는 이 종교를 '시아포쉬(Siah-Posh)'[33]라고 부르며 친근하게 인식하고 있음을 확인할 수 있었다. '알라' 이외의 신을 철저히 부정하는 무슬림사회에서도 이런 관용적인 태도는 이례적이 아닐 수 없었다는 생각도 잠시 해보았다.

다음은 페르시아에서 전래되었다고 하여 대진교(大秦敎) 또는 메시아교(彌施訶敎) 등으로 불리다가 현종대(代)에 이르러 '태양처럼 빛나는 종교'라는 의미의 경교(景敎)로 불렸던 네스토리안 동방기독교에 대해서 살펴보자. 431년에 열린 에페수스공의회에서 이단으로 배척된 네스토리우스파의 기독교는 시리아에 근거지를 두고 635년 아라본(阿羅本)이라는 수석사제를 포함하여 대규모 선교단을 장안(長安)에 파견하였다. 당 태종(太宗) 때였는데, 당시 큰 배척을 받지 않고 당 태종으로부터 선교의 허가를 받고 638년 장안 근교에 대진사(大秦寺)라는 본부 사원을 건립하였다.

그 후 781년에는 페르시아 승려 경정(景淨)[34]이 '대진경교유행중국비(

---

33) '검은 두건'이란 뜻이라고 한다.

34) 페르시아 사제 경정(景淨)이란 인물은 고려대장경 「정원신정석교목록」에서 '미시

네스토리우스 초상

大秦景敎流行中國碑)'를 세웠는데, 이 비석은 그 실물이 현재 〈비림박물관〉에 보존되고 있어서 경교의 그 전성기의 모습을 말해주고 있다.

대진국(大溱國)에 아라본(阿羅本)이라는 높은 승려가 있었다. 그는 청운을 점쳐서 진리의 경전을 싣고, 바람의 흐름을 살피면서 힘들고 어려운 길을 달려, 정관(貞觀) 9년 장안에 도착했다. 황제는 제상 방현령을 시켜 의장대와 함께 서쪽 교외로 보내, 깍듯이 환영하여 대궐로 모셔 오게 했다. 황실 서각에서 경전을 번역케 하고 내전에서도 (경교의) 도를 물어 보았다. 그것이 옳고 참됨을 깊이 알게 되니 특별히 명령을 내렸다. 정관 12년 후 7월, 조칙을 내렸다

여기서 대진국은 당시 중동의 패자인 사산왕조 페르시아이다. 아라본은 시리아어의 '랍반(Rabban)'으로 '우리의 주인'이라는 뜻인데 사제에 대한 존칭을 말한다. 아라본이 장안에 도착했을 때 재상 방현령이 안내를 하고 의장대 사열을 받을 정도이면 주요 외국 사절단의 대우였을 것이다. 아라본 도착 3년 후 638년 당 태종은 경교를 공식으로 선교를 인정하는 조서를 내렸다. 현재 연구된 바에 의하면 그들은 만자형(卍字形) 비슷한 십자가를 심볼로 삼고 메시아를 '경전(景專), 신도를 경중(景衆), 경교회를 경문(景門)이라 불렀다.

여기서 아주 흥미로운 가설을 하나 제시하고자 한다. 바로 우리나라에 '기독교의 전래설'인데, 이 〈대진비〉가 세워진 해는 통일신라시

가교(彌尸訶敎/ 메시아교)'를 믿는 인물로 소개된 역사적 인물이다.

대의 선덕왕 2년에 해당되는데, 당시 당나라와 통일신라와의 밀접한 관계에 비추어 볼 때, 경교는 한국에도 영향을 미쳤을 것으로 추측된다.[35] 1956년 경주(慶州)에서 출토된 신라시대의 유물 중 석제·동제 십자가와 마리아관음상 등이 발견되어 통일신라시대의 경교 전래를 알려주는 좋은 근거자료로 거론되고 있다.

그러나 경교는 9세기 중엽에 이르러 무종(武宗) 대에 '회창법란'(845)[36]과 '황소의 난'(878) 등의 난세를 지나며 중원본토에서는 거의 사라져 버리고 일부 잔존세력이 몽골과 한반도의 인접지역인 만주 등 변방 지역으로 흩어졌다고 보인다.

경교에 관한 연구는 과거 물레(A. C. Moule)[37] 같은 외국학자뿐만 아니라 우리 기독교계의 여러분들의[38] 연구가 진행 중이어서 상당한

---

35) 영국의 여성 고고학자 고든여사는(E. A. Gorden)은 중국서 발견된 비와 동일한 모조비를 1906년 5월에 금강산 장안사 근처에 세웠다. 그런데 경교의 나대 전래의 가능성을 보다 분명하게 보여주는 고고학적 흔적이 1956년 경주 불국사 경내에서 발견되었다. 그것이 석제(石製)십자가(Stone cross, 24.5×24×9㎝)와 2점의 십자문장식(十字文裝飾) 그리고 마리아소상(塑像)으로 추정되는 고고학적 자료였다. 이런 기독교적 흔적들이 불교문화의 중심지였던 경주에서 발견된 것은 신비롭기만 하다. 7~8세기 통일신라시대의 유물로 추정되는 이 4점의 유물은 현재 숭실대학교 기독교 박물관에 보관되어 있다. 석제십자가는 좌우상하의 길이가 거의 대칭적이어서 그리스형 십자가로 불리는데 중국에서 발견된 형태와 동일하다. 2점의 철제 십자문 장식은 부착용 장식품으로 추정되고, 성모 소상은 양각으로 아기 예수를 품에 안은 구도로 보아 마리아상으로 추정하고 있다.

36) 삼이교 같은 외래종교 이외에도 오랜 뿌리를 내린 불교도 박해를 면하지를 못했다. 무종(武宗, 841~846)은 845년에 두 번째 칙령 '회창오년 폐불훼석지제(會昌午年廢佛毀釋之制)'란 것을 단행하였다. 『구당서(舊唐書)』에 의하면, "종교국은 제국 전체의 모든 사원들을 면밀히 조사할 것을 명령받았다…. 엄청난 불사 수는 4,600이고 은둔자가 40,000명이고 수사와 수녀들이 265,500명이였다…. (오직) 각 (현)에 한 수도원만 허용되었다…." 따라서 781년 덕종(德宗, 780~804) 때에 건립되었던 〈대진경교유행중국비〉는 이 박해 시기에 경교인들이 파괴를 면하고자 주질에 매몰하였을 것이다.

37) A. C. Moule, *Christians in China before the Year 1500*, 1930

38) 〈토크막 키르기즈스탄 리포트〉(최하늘 김안젤라 최성림)

성과가 있는 것으로 알려지고 있다. 현 토크목의 악베심 유적과 피슈렉(Pishpek) 유적에서 무려 610여 개의 비석들이 발견되었는데, 네스토리안 특유의 십자가가 새겨져 있고, 100여 개의 비문은 시리아어 또는 투르크어로 기록되어 있다. 연도를 알 수 있는 비석이 432개로, 가장 이른 것은 858년이고 그 다음이 911년이고, 나머지는 모두 13~14세기에 만들어졌고, 마지막은 1345년이다.[39]

이들 민족은 주로 타타르(Tartar)족이었고, 그외 중국인, 몽골인, 인도인, 위구르족 등도 있었다. 이것은 9세기부터 14세기까지의 상당한 기독교 투르크 공동체의 정착지를 보여준다. 840년 이후 흩어진 몽골 투르크계 유목민들 가운데 네스토리안 성도들과 845년 당 제국의 '회창의 법난'을 피해 이주한 경교의 일부 유민과 유목민들의 만남으로 복음화가 더 가속화되었을 것이다.

부라나 박물관이나 그 일대에서 발굴한 자료를 보면 네스토리우스파 선교사들과 이슬람들이 사이좋게 지냈던 흔적, 심지어 그들 중 무덤에까지 같이 간 자료도 있다. 역시 키르키스탄 부라나 박물관에서 12km 쯤 지점에 있는 악베심 유적지 답사 결과 자료에는 네스토리우스 교단 본부 예배당 구조에는 멀리서 온 신자들이 며칠씩 묵어가는 여사(旅舍) 곁에 별도로 배려한 마니교 선교사들이 그림 그리는 방까지 있었다.

A.D. 431년 네스토리우스에 대한 이단판결 이후 콘스탄티노플 황제는 그를 사면했다고 한다. 비록 중국과의 무역에서 페르시아가 중간 이익을 많이 보는 것이 싫어서 정략적으로 사면을 했다지만, 그러

---

39) 〈토크막 키르기즈스탄 리포트〉(최하늘 김안젤라 최성림 전재)
　　이 비석들에 관한 자세한 보고는 D. Chwolson, *Syrisch-Nestorianische Grabinschriften aus Semirjetschie*(St.-Petersbourg: Commissionnaires de l'Académie Impériale des sciences, 1890, 1897)이다. 그 일부 일본어 번역은 佐伯好郞, 『景教の研究』(東京文化學院 東京研究所, 1935), 790~888쪽.

악베심 유지의 불교사원
대원사 유지

나 콘스탄티노플의 주교단에서 이를 거부하여 기독교사에서는 여전히 이단으로 남아 있다.

일찍이 고향에서 배척당한 뒤 중국으로 눈을 돌린 네스토리안 동방기독교는 당나라 시기에는 서역과 장안에 뿌리를 내리는 듯 했으나, '회창법난' 이후 다시 소생하지는 못하고 1401년 이후 어떤 기록을 남기지 못하고 역사 속으로 사라졌다.

전체 기독교의 선교역사로 보면 네스토리우스파의 시대가 지나고 1260년대에 마르코 폴로가 쿠빌라이 칸의 심복이 되어 원나라 황실 깊숙이 들어가 선교의 좋은 기반을 마련했지만 그 역시 상인출신이란 한계를 넘지 못했다. 그리고 1580년대 마침내 예수회의 마테오리치가 청나라 수부인 연경에 교당을 세우기는 했지만, 이 역시 이방종교에 대한 한족의 뿌리 깊은 거부감을 이겨내지 못하고 붉은 중국 시대를 맞고 있다. 과연 기독교는 중국 대륙 선교에 성공할 수 있을 것인가?

6) 악베심에 세운 중국식 불교사원 대운사(大雲寺)

마지막으로 소그드에서의 '삼이교' 이외의 불교의 흔적도 찾아보자.

2007년 5월 일본의 후원으로 악베심 유적에서 '대운사(大雲寺)'[40]

---

40) 당 무측천 재초 원년(載初元年, 689年)에 무측천의 칙명으로 많은 사원들이 대운사로 사명을 바꾼 기록이 있는 것을 보면 대운사라는 이름은 일종의 국영 사찰이었

대운사 유지와 안내판

라는 이름을 가진 중국 사찰이 발굴되어 부분 복원되었는데, 이 사원은 당 고종 측천무후(則天武后, 624~705)[41] 시대부터 개원사와 마찬가지로 전국 각지에 일종의 황실사원으로 국태민안과 황실건안을 위한 기도용 사원으로 성행하였다. 『왕오천축국전』에서도 두 차

___

다. 혜초의 안서에서의 기록에서도 두 곳에 보인다.

41) 당나라 고종 이치의 황후이며 무주(武周)왕조의 여황제로 중국 역사상 최초이자 유일무이한 여황제이다. 중국에서는 그녀를 무측천(武則天)이라 부르기도 한다. 무능한 남편 고종을 도와, 불교의 이상적 보살인 관음보살의 환생으로 포장하여 나라를 훌륭히 다스린 위대한 여황제라는 칭송과 함께 유가쪽에서는 음탕하고 간악하여 황위를 찬탈한 요녀라는 비난을 같이 평가받고 있다.

악베심 유적에서 출토된 불상들

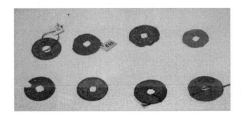

악베심 유적에서 출토된 당나라 동전

레나 대운사의 기록이 보이는 것을 보면 당시 당나라 전역에 대운사가 있었던 것으로 보인다.

> 또 안서에는 중국인 승려가 주지로 있는 절이 두 곳이 있고 대승이 행해져 고기를 먹지 않는다. 대운사(大雲寺) 주지는 수행(秀行)으로 설법을 잘하는데, 전에 장안 칠보대사(七寶臺寺)의 승려였다.
> 카슈가르에도 중국 절인 대운사(大雲寺)가 있고 중국 승려 한 사람이 주지하고 있으니 그는 민주(岷州) 사람이다.

비슈케크 박물관의 불상

또한 748년에도 당나라 장수 왕성건에 의해 악베심 유적지에 중국식 절을 지었다고 전한다.

토크목에서 비슈켁으로 향하다가 '크라스나야 레크카'라는 고성유지에서 우회전하여 북쪽으로 막막한 벌판을 가다보면, 한 유적지 간판이 보인다. 바로 악베심과는 성격이 다른 유적인 불교사원[42]이 있었던 곳이다.

2007년 5월 일본의 후원으로 대규모 고고학 발굴이 진행되어 그 전모가 밝혀졌는데, 그 결과에 의하면 이 사찰은 바로 '대운사(大雲寺)'라는 이름을 가진 중국 사찰이었다고 한다. 그런데 이 절은 후에 일본의 고쿠분사(國分寺)의 모델이 되었다고 한다.[43]

이 대원사에 대한 기록은 탈라스전투의 패전으로 포로가 되어 아랍까지 끌려갔다가 살아 돌아온 당나라 두환(杜環)의 여행기 『대식국경행기(大食國經行記)』에도 나타난다. 751년 당시 동서양의 패권이 걸린 대회전이었던 전투의 패배로 수많은 당나라 사람들이 포로가 되어 아랍까지 노예로 끌려갔는데, 그 중 두환도 포함되어 있었다. 그는 아랍의 여러 곳을 유랑하다가 762년 페르시아만에서 상선에 편승해 광주를 거쳐 다시 장안으로 돌아왔다.

이 기록에는 쇄엽성은 천보(天寶) 7년(748)의 전투에서 폐허로 변

---

42) 현판에는 〈2nd Buddhist Temple/ archeological Monument Under the Governmental protection〉이란 영어 설명문이 쓰여 있다.

43) 진순신, 조형균 역, 『페이퍼로드』, 예담, 106쪽.

이식쿨 동쪽 휴양도시 카라쿨 시가지에 있는 중국식과 이슬람식이 혼합된 모양의 불교사원 남아 있다.

했는데, 오직 교하공주(交河公主)의 집터에 있었던 대운사만 난을 피해 남아 있었다고 기록하고 있다.[44]

키르기즈탄 이식쿨 호반의 동쪽 도시 카라쿨 시가지에는 현재도 중국과 중앙아시아 건축이 혼합된 불교사원이 한곳 있는데, 자료로는 확인할 수는 없지만, 이 중앙아시아의 유일한 불교사원에서 옛 대원사의 모습을 그런 대로 그려볼 수 있지나 않을까 한다.

3. 고깔모자의 나라, 키르기즈스탄

1) 키르기즈스탄의 수도, 비슈케크

토크목에서 키르기즈의 수도 비슈케크는 지척이다. 천산북로의 주요통로이다. 비슈케크는 몇 년 동안 매년 오다시피하던 곳이라 그런지 마치 친척집에 놀러온 것처럼 익숙하고 편안하다. 만나는 사람들과 "아쌀러무 알레이쿰" 하고 인사를 주고 받는다. 자주 들렸던 게스트하우스에 배낭을 던져 놓고 바로 거리에 나가 카페에 들려 가볍게 맥주로 갈증을 달랜다. 이슬람권에서 술을 마음대로 마실 수 있다니 세상이 참 많이 변했구나 하는 생각이 든다. 요즘 와서 느끼는 것이지

---

44) 據杜環記載, 天寶七年(748年)碎葉城屢遭戰火摧毀, 邑居零落, 但在原來交河公主的居止之處所建大雲寺猶存, 清楚地反映了唐朝對碎葉的管轄和經營。

천산을 등에 지고 있는 비슈케크 시내

만, 중국의 대도시나 중앙아시아 일부 나라의 변화의 물결은 도도하기 그지없다. 이제 우리가 추월당할 일만 남은 것이 아닌가 생각도 든다.

비슈케크 거리를 거닐다보면 시내 어디서도 천산 산맥의 흰 능선을 바라볼 수 있다. 인구도 1백만 명 정도로 도시 자체가 그리 크지도 복잡하지도 않은 것이 마음에 드는 곳이다. 비슈케크는 키르기즈스탄의 수도로 구러시아 시절에는 후룬제(Frunze)라고 부르다가 독립하면서 비슈케크로 개명하였다. 이 이름은 '말 젖을 발효시키기 위한 효소'를 뜻한다니 수도 이름 치고는 좀 거시기한 이름이다.

내가 이곳을 가끔 오는 이유는 단 한 가지, 파미르고원을 가기 위한 필수 경유지이기 때문이다. 그래서 다음날 타지크행 비자와 파미르 하이웨이 허가증을 받으러 타지크영사관에 들렀다. 비자 담당자가 바뀌었는지, 이전처럼 까다롭게 굴지도 않고, 더구나 웃돈도 요구하지 않았다. 급하다고 하니 조금 비싼 급행비자와 '파미르허가증'에 도장을 쾅쾅 찍어준다. 그리고는 일주일에 2번 있다는 두산베행 티켓을 끊는 여행사까지 소개해주는 것이었다.

정월 초하루 '나로즈' 세시풍속을 보여주는 사진이다. 길가에 음식을 차려 놓고 지나가는 나그네에게 음식을 대접한다. 빨간 우모를 입고 '칼팍'이란 키르기스의 전통 고깔모자를 쓴 필자.

비슈케크의 무게 중심, 알라뚜 광장에서 고깔모자 칼팍축제가 열리고 있다.

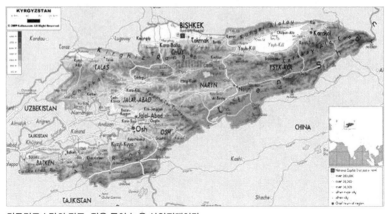

키르기즈스탄의 지도. 짙은 곳이 높은 산악지대이다.

참, 이 나라가 마음에 드는 이유가 하나 더 있다. 바로 얼마 전부터 우리와 비자 면제가 발효되었다는 사실이다. 중앙아시아 5개국의 비자정책은 악명 높기로 유명하였었는데, 그걸 키르기즈가 앞장서서 규제를 푼 것이다. 덕분에 경제가 호전되고 있다니 아주 잘 된 일이다.

키르기즈스탄(Kyrgyzstan)은 어떤 나라인가? 그리고 우리 한민족과는 어떤 연결고리가 있는가? 우리에게는 '고깔모자의 나라'로, 그리고 아름다운 이식쿨 호숫가 있는 산악국가라는 이미지로 알려져 있다. 천산 산맥의 대부분을 차지하는 이 나라는 키르기스스탄은 '중앙아시아의 스위스'라는 별칭을 가지고 있을 정도로 국토의 80% 이상이 해발 1,500m 이상이고 3,000m 이상도 40%나 된다니 그렇게 불릴 만도 하다.

현재 이 나라를 탄생시킨 산파는 구러시아였다. 1991년 중앙아시아의 옛 '돌궐족의 땅(Turkestan)'을 5개로 분리시키면서 이들에게는 '키르기즈(Kyrgyz)민족의 국가'라고 명명하여 주었다. 그러니까 이 이름만으로는 단일민족의 보수적 혈통주의적 국가로 연상하지만, 사실 키르기즈계 이외에 타지크계, 우즈벡계 러시아계, 몽골계 등 무려 120여 개 여러 소수민족이 혼합되어 살고 있어서 단일민족과는 거리가 멀어서 이들 다양한 민족들이 다양한 언어와 풍속 습관, 문화와 전통을 지닌 채 서로의 역사, 사회, 문화, 언어의 조화와 융합을 모색하는 복잡다단한 나라인 셈이다.

키르기즈의 어원은 '40개의 종족'이라는 의미인데, 키르기즈에서는 '40'이란 숫자를 많이 만날 수 있다. 행운과 행복을 가져다주는 길수(吉數)이기에 모든 행위를 40개에 연관시키는 관습이 있다. 국기에도 40가지 색깔의 빛이 비치는 도안이 들어 있고 사내아이가 태어나면 40일 만에 이슬람의 중요한 의식인 할례를 한다는 식이다. 그리고 키르기즈의 영웅서사시 〈마나스〉의 부하들도 40명이라는 것도 같은 맥락이리라. 이처럼 40이란 숫자는 이들 민족의 삶을 지배한다. 아마도 '알리바바와 40인의 도적'도 이런 의미에서 사용했을 것으로 보인다.

각설하고, 키르기즈민족은 기원전 2천년 경 최초로 역사에 등장하는데, 당시에는 '어머니의 강'이라는 에니세이강(Enesai)과 '많은 호수'의 의미라는 바이칼(Baikol) 지역에 거주하다가 이동을 시작하여 얼지 않는 호숫가 있는 이식쿨 호숫가에 이르러 정착하였다고 전한다.

이들이 머나먼 고향에서 스텝루트를 따라 오랜 세월 동안 민족 대이동을 하던 고난의 세월은 키르기즈의 민족영웅 서사시 〈마나스〉에 그대로 담겨 있다.

이들의 민족이동의 루트는 우리 배달민족의 선조들인 환인(桓因)제국이 원 고향인 파미르고원 아래 이식쿨 호수의 '샛별의 고향'이라는 초폰아타에서 동으로 이주하기 시작하여 바이칼 호수를 거쳐 한반도로 내려온 경로와 반대 루트여서 흥미롭기 짝이 없다.[45]

---

45) 〈부도지〉는 신라 눌지왕 때 박제상이 저술했다는 사서인 『징심록』의 일부이다. 1953년에 그 후손인 박금(朴錦)이 그 내용을 발표함으로써 일반에 공개되었고, 1986년 번역본이 출간되어 널리 알려졌다. 조선시대에 김시습에 의해 번역되었고, 그 필사본이 보관되고 있었다고 하지만 확인할 수 없다. 현존하는 『부도지』의 내용

탈라스의 마나스 박물관 전경

　앞에서 이야기한 대로 키르기즈 초원은 겨울에도 얼지 않는 천혜의 호수, 이식쿨을 차지하고 있기에 호시탐탐 이곳을 노리는 유목민들의 침략을 받게 된다. 1세기 이후부터 흉노, 월지, 오손, 선비 등에게, 6세기에는 돌궐족에게, 7세기에는 당나라에게, 8세기에는 위구르족에게 침략을 받았지만, 9세기에는 위구르족를 몰아내고 처음으로 자기 민족만의 나라를 건설하였다. 그러나 이것도 잠깐, 그 뒤 다시 13세기경 몽골제국에 정복됐으며 17세기에는 청나라에게, 19세기에는 러시아의 지배를 받았다. 그러다가 구러시아가 분리될 때, 중앙아시아 독립연합국(CIS)의 5개국의 일원으로 1991년 8월에 감격

은 원본의 내용을 연구했던 기억을 복원한 것이라고 한다. 각 지방의 전설로 남아있는 '마고'가 민족의 시조로서 등장하고 있으며, 소리에 의해 세상이 창조되고, "오미의 화"로 말미암아 12부족이 나뉘게 되는 과정, 대홍수, 황궁·유인·환인·환웅씨의 계승과, 요와 순 임금에 의해 동방(단군조선)과 화하(하나라)가 분리되는 과정이 자세하게 서술되었다. 단군조선의 치세는 1천 년 간이며, 1천 년에 걸쳐 각 부족이 자리잡은 이후로 '단군조선을 포함한 치세'가 7천 년으로 기록하고 있다. 즉, 『부도지』에 기록된 우리민족의 기원은 1만 1천 년보다 이전이 된다.

탈라스에 있는 마나스 무덤

스런 독립을 맞게 되면서 민주공화국으로 발을 내딛고 시장경제와 비자철패 등의 개방정책을 펴고 있다.

키르기즈의 영웅서사시 〈마나스(The Kyrgyz Epic Manas)〉 등장하는 키르기즈 사람들의 옷차림 중 특이한 것은 온통 고깔모자를 썼다는 점이다. 이른바 '칼팍'이란 모자인데 이 모자는 두개골을 뾰족하게 만든 편두(匾頭, cranial deformation)[46] 풍속에 알맞은 모자로 보인다. 고대 키르기즈인들은 천손의 직계후손들이란 자긍심이 있는 민족들로 이 고깔모자는 하늘의 뜻을 계시 받을 수 있는 특수한 계급을 강조하기 위해서 만들어진 것으로 보인다. 이들은 어린이가 태어나면 머리통을 눌러서 뾰족하게 만든다고 한다. 이 편두풍속은 고대에는 전 세계적으로 흔히 풍속이지만, 흥미롭게도 특히 키르

---

[46] '其俗生子押頭匾'이란 구절은 "자식을 낳으면 머리를 눌러서 평평하게 만드는 풍속"이라고 해석되는데, 우리 신라의 편두(匾頭)의 풍속과 같아서 흥미롭기 그지없다. 정형진의 『고깔모자쓴 단군』(백산자료원, 2003)에 우리민족의 이동 루트와 편두의 풍속을 고찰한 흥미로운 내용이 자세하다.

편두형 머리에 알맞은 고깔모자를 쓰고 수렵행위를 하는 고대 이식쿨의 원주민을 묘사한 촐폰아타의 암각화. 이 '칼팍'이란 모자는 천손족임을 강조하는 모자로 지금도 키르기즈인들의 민속모이다.

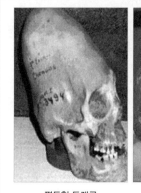

| 편두형 두개골 | 김해 예안리 출토 | 키르기즈 금복식 |

편두형 두개골의 비교

'고깔모자의 날' 행사에 참석한 키르기즈 젊은이들

기즈에서 그 특징이 두드러진다.

『위지(魏志)』「동이전(東夷傳)」에 의하면 우리나라에서도 진한(辰韓)과 변한(弁韓)의 편두(褊頭)와 문신(文身) 풍속이 있었다고 전하고 있다. 아이가 태어나면, 곧 돌로 머리를 눌러서 납작하게 만들어서 천손의 자손임을 강조한 것으로 보인다. 따라서 이 문헌이 편찬된 시점인 3세기 중반 무렵에는 한반도뿐만 아니라 천산 산맥 주위의 여러 민족에서 두드러지는 현상이었는데, 특히 키르기즈 민족의 그것이 지금까지 잘 보존되고 있어서 흥미롭다. 현장도 〈카슈가르〉조에서 이 편두풍속을 설명하고 있다.

 그들은 자식을 낳으면 머리를 눌러서 평평하게 만드는 풍속이 있다. 용모는 추하고 비천하며 문신을 새기고 눈동자가 녹색이다.

2) 천산 기슭에 살아 숨쉬는 〈마나스 설화〉

키르기스의 수도 비슈케크의 관문은 마나스공항이다. 키르기스를 여행하다 보면 도처에서 이 '마나스'라는 단어를 만날 수 있는데, 그

공항 내 마나스 여신상 벽화

마나스설화의 주인공들. 모두 칼팍이란 고깔모자를 쓰고 있는 것으로 묘사되고 있다.

첫 번째가 바로 공항인데, 그 건물 중앙홀의 벽에서 역시 마나스여신
이 외국의 나그네를 우선 맞이한다.

'마나스(Manas)'는 사유(思惟)라는 뜻의 산스크리트어로 알려져 있
지만, 여기서의 〈마나스〉는 키르기즈족 전설 중의 유명한 영웅설화의
주인공들의 이름이다. 이 설화는 천 년 전부터 신비로운 구전(口傳) 방

키르키즈의 여러 민속 의상

식으로 전해 내려왔다. 이들 전문 구전자들을 '마나스치(manaschi)'라고 부르는데, 여기서 '치'란 사람을 가리키는 몽골말의 지시대명사로 지금도 '장사치', '갖바치' 같은 우리말에서도 상용되고 있다. 현재까지 여러 명의 마나스치에게서 채록된 버전은 총 65종류에 달한다고 하는데, 그 중 가장 긴 것은 총 50만여 행에 달한다고 한다.

이는 길이에 있어 그리스의 대서사시 〈일리어드〉와 〈오딧세이〉를 합친 것의 18배, 인도의 대서사시 〈마하바라타(Mahabharata)〉의 두 배나 되고 역시 티베트 영웅서사시 〈게싸르 대왕 전(King Gesar)〉과 몽골의 〈장가르〉보다도 더 길다고 한다.[47] 그래서 국제적으로는 '초원의 일리아드'라는 별칭으로 부르기도 한다.

그 이유 중에 한 가지는 게싸르를 비롯한 다른 나라의 영웅서사시가 한 사람의 일대기를 그린 반면 〈마나스〉는 자손 8대가 모두 주인공임으로 8장으로 구성되어 있기에 더욱 방대할 수밖에 없다는 이야기도 있다.

필자는 오래 전에 이 〈게싸르〉를 초역(抄譯)한 적이 있기에 그 방

---

47) 혹자는 중앙아시아의 3대 영웅서사시로 게싸르, 장가르, 마나스를 꼽는다.

길은 소그드로 이어지고

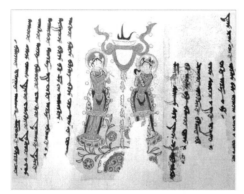
소그드 문자의 마니교 편지(9세기 경)

대함에 대하여 누구보다도 잘 이해할 수 있는데, 당시 직접 그 전승자를 만나서 그 염송 광경을 며칠 동안 구경한 경험이 있었기에 이 〈마나스〉의 분량이 더욱 실감이 날 수밖에 없다. 당시 필자가 가장 흥미로웠던 것은 그런 방대한 분량을 며칠 동안 줄줄 외워대며 노래하는 그들 구연자(口演者)들이 모두 일자무식의 문맹자였다는 사실이었다. 그들은 대게 꿈에서 현몽을 하거나 스승에게서 입으로 전승 받아 그런 신비한 능력을 지니게 되었다고 하였다.

물론 분량만으로 이런 대서사시 가치를 평가하거나 우열을 논할 수는 없다. 〈마나스〉나 〈게싸르〉는 모두 그들 유목민족의 오랜 역사와 문학, 철학, 종교, 무속 등이 모두 녹아 있는 그들 초원민족의 삶

자체라는 데 그 의미가 있을 것이다. 8세대 간에 걸친 이 서사시의 스토리는 주인공이 그들 부족을 이끌고 그들의 고향땅을 노리는 침략자를 피해 유랑을 하며 자유를 쟁취하기 위해 끊임없이 싸우는 내용으로 오랜 세월 외부민족에 침략에 시달려온 그들 부족의 평화에 대한 간절한 희망이 깃들어 있다고 보인다.

이런 가치를 인정받아 유네스코는 〈마나스〉를 세계문화유산으로 지정하고 1995년을 '국제 마나스의 해'로 정하여 여러 가지 활동을 펼치기도 했다. 실제로 키르기즈의 여행길에서 혹 이들 마나스치의 암송은 들을 기회가 되면 그 내용은 알 수 없다 치더라도 비장한 선율을 배경으로 펼쳐지는 그 서글프고 경쾌하며 때론 엄숙한, 마치 우리의 판소리같이, 일종의 사설을 곁들인, 구연에 흠뻑 빠져들 것이리라.

민족의 영웅 마나스가 실제 묻혀 있다고 알려진, 키르기즈 북부 알라투 산 기슭의 탈라스에서는 해마다 성대한 '마나스 축전'이 열린다고 하는데, 그때는 이 마나스치의 공연(?)을 마음껏 듣고 볼 수 있을 것이니 그때 지나는 나그네가 있다면 꼭 그곳을 방문해보기를 권한다.

3) 다시 길은 소그드 지방으로 이어지고

토크목을 떠난 현장의 발길은 다시 소그드(Soghd/ 窣利)[48] 지방

---

48) 이 지역은 천산북로를 비롯해서 여러 개의 실크로드 지류들이 모여드는 교통의 요충지로 옛부터 국제적인 상업도시로 동서양교류사에 이름 높은 트랜스옥시아나(Transoxiana) 또는 소그드(Soghd)라는 지역이며 중개상인으로 유명한 소그디안(Soghdian)도 같은 이유로 불리는 이름이다. 예전에는 속특(粟特)으로, 당대에는 속리(速利), 소리(蘇利) 등으로 표기되고 있다. '소그디안(Sogdian)'들은 막대한 중개 이윤을 독차지하였기에 이들의 이름은 당시 로마나 중국 모두에서 상술의 달인들이라는 평을 받고 있었다. 『당회요(唐會要)』 기록에는 이에 관한 흥미로운 기록이 있다. "강국인은 자식을 낳으면 반드시 꿀을 먹이고 아교를 손 안에 쥐어준다. 그것은 아이가 성장했을 때 입으로는 항상 감언을 놀리며 아교가 물건에 붙듯이 손에 돈을 가지게 되었으면 하는 염원이다. 그들은 장사를 잘하며 적은 이윤이라도 다툰

사마르칸트의 레기스탄 광장

현장의 서역, 아프간 지역 순방도

발흐의 유일한 고적인 파르샤 모스크

중세풍의 고도 부하라의 고풍스런 전경

상처 투성이의 아프간의 산하

아무다리아 강가의
우즈벡 국경도시 테르무즈의
박물관

아프간과 우즈벡 사이의 아무다리아 강에 걸쳐 있는 우정의 다리

으로 이어지고 드디어 아무다리아를 건너 아프간 깊숙이 내려가 거기서 인도 대륙으로 건너가게 된다. 그 노정을 현장은 다음과 같이 기록하고 있다.

소엽수성에서 갈상나국 사이의 땅 이름을 '소그드'라고 하며 사람들 또한 그렇게 [소그디안] 부른다. 문자와 언어도 그 명칭에 의거해서 같이 불리고 있다.[49]

다. 남자는 20세가 되면 다른 나라에 보내는데, 중국에도 온다. 그들은 이익이 있는 곳이면 어디라도 간다."

49) 소그드인은 이란계 민족으로 9세기 최전성기에 달해 동투르키스탄으로부터 몽골 초원과 중국 본토까지 거주하는 자가 많았고, 그 언어는 일종의 국제어로까지 되었지만 결국 13세기 징기스칸의 침입으로 멸망하여 각지로 피난 갔던 후손들만 겨우 살아남았다. 소그드 문자는 아랍문자를 기반으로 하였고 역시 그 토대로 지금의 위구르문자가 안출되었다. 보통 횡서로 쓰이는데 현장이 말하는 것처럼 세로 읽기도 사용되고 있었다.

바미얀의 대석불

실제로 현장이 소그드 지방을 거쳐가며 들린 오아시스 도시국가들의 이름은 다음과 같다. 우즈벡의 타슈켄트(Tashkent)-페르가나(Ferghna) -샤흐리스트나(Shahri-stna)-사마르칸트(Samarqand)-부하라 (Bukhara)-꽈리즘(Khwrizm)-키쉬쉬(Kishsh)에서 유명한 천헤의 요새 철문관(鐵門關)[50]을 통과하여 아무다리아(Amu Darya/ 縛芻

---

50) 옮긴이의 견해로는 여러 사료에서 보이는, '철문(鐵門)'은 두 곳으로 비정된다. 그 하나는 바로 현장과 혜초가 지나간 현 우즈베키스탄의 사마르칸트와 테르메즈 사이에 있는 자연적인 요새인 '철문'을 가리킨다. 이 철문에 관한 내용은 본 『대당서역기』를 비롯하여 『당서』「서역전(西域傳)」〈강국조(康國條)〉와 『자은전』에도 보이지만 후대의 15세기의 클라비호의 기록도 상세하다. "사람들의 말에 의하면 옛날에는 실제로 철로 덮여진 커다란 관소(關所)의 문이 있었으며 그 절벽 사이에 난 길은 폐쇄되어 있어서 아무도 허가가 없이는 다닐 수 없었다고 한다"라고 설명하고 있다. 또한 이 철문은 우리나라의 『지봉유설(芝峯類說)』 권2 제국부(諸國部)에도 나타나는데, "갈석(渴石)이 있는 살마아한(撒馬兒罕)에 철문이 있다고 하였다. 살마이한은 바로 사마르칸트(Samarkand)이다. 또 다른 한 곳은 서역북로(천산남로)의

河)[51]강을 건너 드디어 헬레니즘과 간다라문화의 중심지인 토화라
(Tukhra/ 도화라국/ 覩貨邏國)의 경내로 들어간다.

동남쪽으로 산길을 3백여 리 가면 철문(鐵門)으로 지나간다. 철문은
좌우로 산을 끼고 있는데 산은 매우 높고 험하다. 비록 길이 있기는 하지
만 좁은데다가 험하기까지 하다. 양쪽으로 돌로 만든 벽이 있는데 그 색이
철과 같다. 대문의 문짝에는 철로 만든 꺾쇠가 달려 있고 철로 만든 많은
방울도 매달려 있다. (…중략…)

철문을 나오면 토화라국에 이른다. 이 땅은 남북으로 천여 리이고 동
서로 3천여 리에 달한다. 동쪽은 총령으로 막혀 있고 서쪽은 페르시아
(Persia/ 波刺斯國)[52]에 접해 있다. 남쪽은 대설산이 있고 북쪽은 철문
에 의거해 있다. 아무다리야가 그 나라의 가운데를 가로지르면서 서쪽으
로 흐르고 있다.

그리고는 다시 우즈벡 최남단의 테르메즈(Termez)와 타지키스탄
의 쿠탈국(Khuttal)-다르와즈(Darwaz)-쿨름(Khulm)을 거쳐 드디
어 토화라국의 도읍지이며 소왕사성이라 불리던 발흐성(Balkh/ 박

현 신장 위구르의 엔치(焉耆) 인근의 쿠얼러(庫爾勒)란 곳에서 20분 거리에 있는
인공성곽을 가리키는데, 이곳은 한나라 때(B.C. 174)에 언기 동복도위(僮僕都尉)
를 두어 흉노를 수비했다는 첫 기록을 비롯하여 B.C. 138~119년 장건이 서역을 정
벌하게 갈 때도 두 번을 지나갔다고 하고 위진남북조시대에 성곽을 세웠고, 당나라
때 이곳에 관리들을 상주시켰다는 등의 기록이 있다. 현재 있는 '철문관(鐵門關)'
이란 관문은 고대의 성벽의 흔적만 남아 있는 곳에 근래에 새로 지은 것이다.

51) 아무다리야(Amu Darya)는 역사적으로는 박트리아 시대에는 옥수스(Oxus), 중국
에서는 규수(媯水) 또는 오호수(烏滸水)라고 불렀던 강이었다. 속디아나(소그드)
지방은 우즈벡 북쪽에 있는 내륙해인 아랄(Aral)해를 중심으로 북쪽에서 흘러드는
시르다리야(Syr Darya) 강과 남쪽에서 흘러드는 아무 강 사이에 있는 땅을 말한다.

52) 페르시아, 즉 이란을 말한다.

갈국/ 縛喝國)[53]으로 입성한다.

발흐는 동서로 8백여 리이고 남북으로 4백여 리이다. 북쪽은 아무다리 야에 접해 있고 나라의 큰 도성의 둘레는 20여 리이다. 사람들은 모두 이 곳을 가리켜서 '소왕사성(小王舍城)'이라고 부른다.

그리고 다시 남으로 내려가 현 아프간 카블 북쪽의 가즈니(Ghazzni)-바 미얀(Bamiyan)을 거쳐 동쪽으로 나아가 카피샤(Kapisa)[54]를 지나 드디어 서북인도로 들어간다.

바미얀 대석불에 대한 이야기는 이 책의 다음 장 타지키스탄 편 으로 넘기고 여기서는 불국토로서 옛 계빈국이라 불렀던 아프간 의 옛 모습과 불교를 크게 전파한 전륜성왕이란 칭송을 받고 있는 역사적인 두 인물인 아소카(Asoka, 268~B.C. 232)[55]와 카니슈카 (Kaniska, 78~144)[56]에 대한 현장의 언급을 읽어보고 우리는 잠시

---

53) 현 아프간 북부 마자리샤리프 근교의 작은 마을인 발흐(Balkh)이다. 역자가 간다라 문명의 근원지의 설렘을 안고 찾아간 발흐는, 불교유적이라고는 하나도 없는 '아니 차(無常)' 그 자체였다. 한(漢)나라 문헌에는 박저야(縛底耶)·발저정(拔底廷) 등으 로 나타나며 혜초는 토화라(吐火羅)라고 부르며 긴 설명을 하고 있다.

54) 카블의 북동쪽으로 약 72킬로미터 떨어진 지점에 있는 곳으로 카피시이다. 가필시 (迦畢試), 가비시(迦臂施)로도 쓰인다. 혜초사문도 〈19. 계빈국(罽賓國)〉이라 하 며 "또 이 남파국으로부터 서쪽으로 산으로 들어가 8일을 가면 계빈국에 이른다." 라고 기록하였다.

55) 인도 마우리아 왕조의 제3대왕이다. B.C. 2세기에 전 인도를 통일하고 불교를 보호 한 왕이다. 어려서 성품이 거칠고 사나워서 부왕의 사랑을 받지 못하다가 부왕이 죽은 후 배다른 형인 수사마를 죽이고 즉위하였다. 광폭함을 그치지 않다가 칼링 가를 정복하여 무수한 죽음의 대참사를 목격한 뒤, 불교에 귀의하여 법(Dharma) 에 의한 정치를 이상으로 삼고 이를 실현하는 데 진력하였다.

56) 월지족(月氏族)으로 알려진 쿠샨왕조의 제왕으로 1세기 경 불교를 옹호하여 불경 의 3차 결집을 후원하는 등 대승불교를 세계적으로 전파하는 업적으로 아쇼카대 왕과 함께 전륜성왕으로 꼽히고 있다. 혜초사문도 葛諾歌王이라고 부르며 많은 기

현장이 인도 대륙으로 들어가도록 배웅을 하도록 하자.

옛 선현들의 말에 의하면, 옛날에 간다라(Gandhra/ 健馱邏國)의 카니슈카(迦膩色迦)대왕은 그 위력이 주변 나라들에 미치고 먼 곳에까지 그의 교화가 두루 퍼졌는데, 병사를 일으켜서 영토를 확장하여 총령의 동쪽에까지 이르렀다. (…중략…) 아소카대왕(無憂王)이 곧 그 반석 위에 스투파를 세웠으니, 그 높이가 백여 척에 달하였다.

동쪽으로 6백여 리를 가다 보면 산골짜기가 잇달아 이어지며 바위와 봉우리들이 가파르고 험하다. 그리하여 흑령을 넘어서 북인도의 경계로 들어서게 되면 남파국에 도달하게 된다.[57]

록을 남겼다.

57) 현장은 베그람으로부터 카블을 지나지 않고 바로 남파국인 현 라그만(Laghman)으로 나와 인도로 향했던 것으로 보인다.

제4장
파미르고원의 나라, 타지키스탄

1. 월요일의 도시, 두산베

산악국가, 타지크의 로고

　타지키스탄(Tajikstan)공화국은 이른바 독립국가연합(CIS)의 회원이지만, 그 중 가장 낙후된 나라에 속한다. 면적은 그리 좁지 않지만, 총인구가 고작 우리나라 대도시 하나에 불과한 6백만 명 정도의 작은 나라로 중국, 아프가니스탄, 우즈베키스탄, 키르기스스탄과 국경을 접하고 있는데, 국토의 대부분이 산악지대로 이루어져 있다. 그래서 '산구경' 밖에는 볼 것 없는 곳이어서 역사나 문화적인 외형적

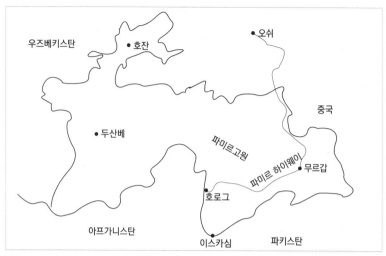

타지크 지도 및 파미르 하이웨이

볼거리만 찾아다니는 관광객들의 발길은 없다시피 한 곳이다.

그러나 나에게는 중요한 의미가 있는 곳이기에 틈만 나면 이곳을 찾게 된다. 왜냐하면 파미르고원으로 가기 위해서는 반드시 거쳐야만 하는 곳이기 때문이다.

타지키스탄은 '타지크민족의 땅'이라는 뜻이다. 이 말에서 의미하듯이 이 나라는 10세기 전후에 유목생활을 하는 타지크족을 중심으로 소그디아 지방에 모여 들면서 한 민족으로 형성되었다고 한다. 이들의 기원은 고대 헬레니즘의 계승자인 박트리아왕국(Bactria)[1]으로 소급해 올라간다고 전해지지만, 역사적으로 크게 두각을 나타낸 시기는 없었다. 그러다가 13세기에는 몽골에, 16세기에 우즈베크와 러시아의 지배를 연이어 받다가 1992년 러시아 붕괴 이후에야 타의

---

1) 박트리아왕국(大夏)은 힌두쿠시 산맥과 아무다리야 강 사이에 있는, 고대 그리스계 이민왕국의 후손으로 그 수도는 박트라(오늘날 아프간 북부 발흐)였다. 현재 박트리아인의 후손들은 아프가니스탄 북부와 타지키스탄, 우즈베키스탄 남부에 거주하고 있는 타지크족의 선조들의 일파로 추정되고 있다.

두산베로 입성하는 대로에 우뚝 선 관문아치 전경

적으로 분리독립하여 공화국으로 출범하였다.

그러나 정치적 불안으로 종종 내전이 일어나는데, 그것은 현재도 진행형이다. 예를 들면 최근 2012년 7월 파미르의 중심도시 호로그 (Khorog)에서 정부군과 무장반군 사이에서 충돌이 발생해 42명이 사망하기도 했는데, 마침 필자도 그 현장에 있을 때여서 가슴 졸이기 도 했던 적도 있었다.

그들이 사용하는 타지크어는 선조들이 사용하던 고대 페르시아어 에 가깝지만, 러시아어와 다른 소수민족어도 같이 겸용되고 있다. 특 히 러시아어는 과거의 영향으로 국어처럼 공용어로 그냥 사용하고 있다. 이들의 종교는 80% 이상이 '수니파'이지만, 동부지역의 파미르 에서는 '시아파'의 분파인 '이스마일파' 일색이라는 지역적인 특징이

1900년대 타지크 여인들의 민속의상

현대의 타지크 여인들

있다. 그러나 과거 공산주의 러시아의 영향 탓인지, 그렇게 꽉 막힌 이슬람 원리주의적이거나, 툭하면 자살테러를 감행하는 식의 극우 파적 성향은 없는 편이다. 그래서인지 나그네들에게는 술 마시는 것이 허용되고 일부 카페에서는 술이 판매되고 있다.

일반적인 타지크 남자들은 긴 재킷과 무릎까지 오는 롱부츠에 금실 또는 색실로 수(繡)를 놓은 '돕프'라는 모자를 쓰고 다닌다. 여자들은 헐렁한 바지와 함께 실크로드의 전통적인 문양의 빗살무늬의 칼라 풀한 색상의 긴 드레스를 즐겨 입고 머리에는 역시 금실로 수를 놓은 모자와 스카프를 쓰고 다닌다. 이를 두고 일부 민속학자들은 이런 민속의상이 옛 그리스계 박트리아 시대로 부터의 관습이라고 주장하고 있다. 필자가 확인한 바에 의하면 현재 힌두쿠시 산맥의 칼라쉬(Kalash) 계곡[2]에 은거하는 일부 박트리아의 후예들의 그것과 상당히 닮아 있기는 하다.

이슬람력에 따라 해마다 날이 정해지는 이들의 민속축제는, 이슬람권 공통의 '라마단'[3]을 비롯하여 '새로운 날'이라는 뜻을 가진 봄을 알리는 '나부르즈'가 가장 중요한 명절로 꼽힌다. 만물의 소생을 축하하는 뜻으로 열리는 이 축제는 음악, 연극 페스티벌, 거리예술, 민속경기 등 다채로운 행사가 열리니 때를 맞추어 방문하면 볼거리가 무궁할 것이다.

타지키스탄의 수도 두샨베(Dushanbe)의 뜻은 '월요일'이다. 인구가 70만 정도로 아담한 이 도시의 무게중심은 루다키 거리(Rudaki ST)로 모여 있다. 루다키는 타지크민족이 숭배하는, 중세 부하라 칸국(Bukhara)[4]의 궁전시인으로 도처에서 그의 동상을 볼 수 있을 정도로 중요시 되는 인물이다. 또한 민족의 국부로 대접받는 이스모일 소모니(Somoni)도 빼놓을 수 없는 중요한 인물로서 화폐이름으로

---

2) 칼라쉬 계곡의 그리스계 유민들에 대해서는 나중에 이 책의 〈힌두쿠쉬〉 편에서 별도로 이야기를 풀어나가기로 한다.

3) 라마단의 종료를 축하하는 아이둘피트르(Eid-ul-Fitr)와 동물을 도살하여 친지나 가난한 사람들과 함께 나누는 성찬제인 아이둘아자(Eid-ul-Azha)가 요란하다

4) 우즈베키스탄의 도시로 현재 부하라 주의 주도로 제라프샨 강 하류에 위치해 있는 고도로 1993년에는 구시가지가 유네스코의 세계유산으로 등록되었다. 20세기 초반까지 부하라 칸국의 수도였고 서투르키스탄에 있어서는 정치·문화의 중심지였다. 특히 근대 페르시아어 문학의 발달에 이 도시가 남긴 영향은 크다.

두산베의 중심거리 루다키 거리

타지크 도처에서 볼 수 있는 루다키와 소모니의 동상들

쓰일 정도이다. 그들은 이 둘이외에도 10세기의 철학자, 과학자, 의학자인 시나(Abu Ali ibn Sina)도 좋아하는데, 사실 이 두 인물은 현재 이란, 아프가니스탄에서도 조상으로 인식되어 있기도 하다. 또한 페르시아의 민족 서사시인 사-나메(Shah-nameh, 왕들의 책)의 저자인 피르다우시(Firdausi)와 오마르 카얌(Omar Khayyam)도 대중적인 사랑을 받고 있어서 미리 이들의 시귀절 몇 줄 외어 가면 혹 현지에서 도움이 필요할 때 큰 효과를 발휘한다.

두산베의 상업활동은 주로 바라카트(Barakat) 바자르를 중심으로 하지만, 타지크만의 특별한 물건들은 별로 눈에 띄지 않는다. 또한 두 곳의 박물관[5]과 내부장식이 훌륭한 아이니 오페라극장(Ayni Theatre) 등이 문화활동의 중심지 노릇을 하고 있다.

필자는 두산베에서 3일을 기다려 월요일에 문을 연 타지크국립역사박물관에서 알라신의 가호 탓(?)으로 뜻밖의 대어를 낚을 수 있는 행운을 맞이했다. 단아하고 소박한 규모의 이 박물관은 한적한 주택가에 자리 잡고 있었는데, 마침 그곳은 내가 비쉬케크 출발 두산베 행 비행기에서 우연히 만난 인연으로 며칠간 신세를 지고 있던 한국 사업가 권사장의 숙소에서 걸어서 10분 거리에 있었다.

그러나 내가 두산베에 도착한 때가 축제기간이라 모든 관공서가 휴업상태인지라 피같이 아까운 며칠간을 아무 일도 못하고 헛되이 시간을 보낼 수밖에 없었다. 물론 지척거리의 박물관은 별 기대를 하지 않고 있었기에 아무 때나 시간 내 가면 되겠지만, 내란 사태 때문에 한 번 실패한 경험이 있는 〈파미르여행퍼밋〉을 받는 일을 무엇보다 시급한 일인지라 그 며칠간은 정말 피를 말리는 시간들이었다. 그

---

5) 민족박물관(Museum of Ethnography)은 주로 도자기, 카펫, 보석, 악기 같은 타지크 예술을 전시하고 있고 타지키스탄 국립통일박물관(Tajikistan Unified Museum)은 역사, 고고학, 자연사에 대한 전시물을 전시하고 있다

렇게 월요일이 되자 우선 여행사로 달려가 퍼밋을 급행으로 신청해 놓고 그 다음에 박물관으로 향했다.

타지키스탄 지역은 옛 간다라문화의 진원지인 아프간과 동북쪽으로 접경을 이루고 있기에 서북쪽의 우즈벡과 같이 대승불교가 만개했던 곳이었다. 그 사실은 역대 순례승들의 기록에서도 입증되고 있는 사실이지만, 그러나 오늘날 중앙아시아 전체에서 불교적인 것은 눈에 씻고 보아도 볼 수 없다는 것은 별도로 강조하지 않아도 널리 알려진 사실이다. 그런 면에서 이번에 이 박물관에서 발견한 거대한 와불상(臥佛像)의 존재의미는 결코 적은 것이 아니었다. 물론 자료상으로는 박물관에 불상이 한 기 있다는 정보는 파악하고 있었지만, 그리 큰 기대를 하지 않았기에 이층 구석에 있는 한 방에 들어갔을 때 눈에 들어온 거대한 와불상은 놀라움 그 자체였다.

〈와불상〉은 낮고 평평한 받침대 위에, 붉은 가사(袈裟/ samgat)을 입고 누워 있는 형상이었는데, 길이가 무려 14m나 거대한 체구였다. 이 불상은 오른쪽으로 누워서 5개의 베개 받침을 베고 오른쪽 팔은 구부린 모양이고 왼쪽 팔은 죽 펴서 몸에 붙이고 손바닥은 엉덩이에 놓여 있는 모양새였다.

그런데 이 와불상을 설명하고 있는 설명문은 〈열반상〉이 아니라 〈잠자는 붓다〉로 표기하고 있었다. 하기야 비불교권 사람들에게 니르바나상(Nirvana/ 涅槃像)은 그냥 수천 년의 잠에 빠진 모습으로 보일 것이겠지만…

자료상으로 〈와불상〉은 현장법사의 붓끝에서 묘사된 아프간 중부 바미얀(Bamiyan)[6]의 것이 우선 생각난다. 물론 더 유명한 한 쌍

---

6) 대석불로 유명한 바미얀(Bamiyan)으로 아프간의 중부를 남북으로 가로지르는 힌두쿠시와 쿠히바바(Kh-i-Bb) 산맥 사이에 있는 동서로 좁고 긴 계곡 사이에 있으며 예로부터 동서교통의 요충지였다. 자료에 따라서는 범연(梵衍)·범연(帆延) 등으

쿠르곤 텝페 도시의 전경

의 〈석불입상〉은 2001년 탈레반 시절에 무참하게 파괴되었다는 사실은 이미 널리 알려진 사실이다.

필자 또한 오랫동안 바미얀 대석불을 가슴속에 품고 카이버(Kyber) 고개에서 몇 년 동안 한숨만 쉬다가 마침내 그 통한의 고개를 넘어 카불로, 바미얀으로 달려갈 수가 있었다. 물론 미국 무역센터폭파 사건과 이어진 연합국의 아프간 함락 직후였다. 그러나 그토록 그리워하던 석굴은 텅 비어 있었다. 그러므로 이제는 그 거대하고 찬란한 불상의 위용은 이미 얼굴 부분이 부셔진 상태로 찍힌 몇 장의 사진에서만 엿볼 수 있게 된 것이니, 이제 온전한 불상의 위용은 오직 현장의 붓끝에서만 다음과 같이 살아 있다.

로 표기되고 있고 혜초사문은 범인(犯引)이라고 부르며 많은 기술을 하고 있지만, 이상하게도 〈대석불〉 이야기는 빠져 있다.

와불상이 출토된
아지나 텝페 유적지 전경

바미얀(梵衍那國) 왕성 동북쪽 산의 후미진 곳에 돌로 만들어진 입불상[7]이 있다. 높이가 140~150척이며 금색이 찬란하게 빛나고 온갖 보배로 장식되어 눈을 어지럽힌다.

이어서 현장은 와불상에 대해서도 다음과 같이 적고 있다. 그러나 길이가 '일천여척(一千餘尺)'이라면 30.3cm로 곱하면 무려 3백m가 넘는다는 것인데, 선 듯 그 크기가 가늠이 되지 않는다. 다만 현장이

---

7) 동쪽의 큰 불상(53m)은 파파불(Papa夫佛)이라, 4백m 떨어져 있는 또 하나의 서쪽의 작은 불상(35m)은 마마불(Mama母佛)이라고 불렀다. 그러나 현장의 기록에서 이처럼 빛나던 불상들은 폭파되어 있었다.

입불상의 크기를 대체로 정확하게 묘사한 것을 감안하면 아무리 고대의 척산법과 과장법이라고 할지라도 이 와불상이 엄청난 크기였다는 것만은 분명하다.

그러나 이 와불상은 애석하게도 현장 이외의 그 누구도 언급하지 않았고 현재의 유적지 조사에서도 그 흔적을 발견하지 못하고 있는 것을 보면 이미 오래 전에 망각의 강 넘어 영겁의 세월 속으로 사라져 간 듯하다.

성의 동쪽으로 2~3리 떨어진 가람에는 와불상(臥佛像)이 있는데 길이가 천여 척에 달한다. 왕이 매번 이곳에서 무차대회(無遮大會)를 여는데 위로는 자신의 일족으로부터 아래로는 군신과 관료들도 창고를 열어 공양하고 다시 자기 몸을 다하여 보시를 베푼다.

2. 92조각으로 다시 현신(現身)한 와불상(臥佛像)

박물관의 와불상 설명문에 의하면 이 불상이 발견된 곳은 두산베에서 100여km 정도 떨어진 쿠르간 텝페(Kurgan-teppe)라는 도시 근교이다. 그러니 어찌 당장 달려가지 않겠는가?

이 도시는 타지크 남서부에 위치한 하틀론 주의 주도로 타지키스탄에서 세 번째로 큰 곳이라고 하지만, 인구는 10만이 채 안 되며 주로 목화의 주산지로 알려진 소박한 곳이다. 과거에는 러시아어로 '쿠르곤 투베(Kurgon-tube)'로, 현재는 타지크어로 '쿠르곤 텝파(Qurghon-teppa)'로, 영어식 이름으로는 '쿠르간 텝페'라고 불리고 있다.

와불상이 발굴된 곳은 '아지나 텝페(Ajina teppe)'라는 곳인데, 도시에서 동쪽으로 12.5km 떨어져 있다. 여기서 자주 언급되는 텝페, 텝파, 투베는 모두 조그만 언덕이나 작은 산을 의미한다.

산치의 마하 스투파(1호) 원경

　이 아지나 언덕 유적지는 최근까지도 현주민들에게는 '악마의 언덕'으로 불렸는데, 그것은 아마도 이교도의 것이기에 주민들의 접근을 꺼렸던 누군가에 의하여 고의로 불렸던 이름이 아닌가 싶다. 그 이름이야 어쨌든, 1961년부터 시작된 고고학적 발굴에 의하면, 이 유적은 7~8세기에 가장 번성하였던 사원유지로, 무려 50만 점의 부조, 조각, 벽화 등의 유물들이 출토되었다고 한다. 불교사적으로 보면 중앙아시아에서 가장 중요한 불교유적이 아닐 수 없다.

　이 유적은 현재 바흐쉬(Vakhsh) 강 유역을 따라 분포되어 있는데, 이 강은 와칸 계곡에서 파미르고원의 만년설이 녹은 물이 모여 흐르기 시작한 파미르천-판지 강-아무다리아(Amu-Darya)로 이어지는 대하의 한 지류로 예부터 소그디아의 중요한 젖줄로 뭇 중생들의 생명수가 되어 왔던 강이다.

　결론적으로 이야기를 하자면, 다른 유물들은 제외하더라도, 아지나 유적에서 발굴된 이 〈와불상〉은 현장의 붓끝에서만 살아 있는 바미얀의 것을 제외하고라도, 실물이 존재하는 세계 최대의 불상이다.

마하 스투파 근경

아래 글은 고고학 발굴 보고서와 박물관의 설명문과 기타 자료들을 참조하여 필자가 그려본 아지나 유적의 조감도이지만, 혹 번역과 윤문 그리고 주석에 큰 잘못이나 범하지 않았을까 우려된다.

불교유적이 모여 있는 회랑지대인 아지나 언덕은 바흐쉬 강 유역의 불교 전래에 대하여 아주 확실한 고고학적 증거를 보여주고 있다. 이 유적들은 시가지로부터 동쪽으로 12km 떨어져 있고 강을 따라 이어져 있다. 유적지의 전체 규모는 대략 50m×100m의 직사각형 모양으로 되어 있는데, (주거용 비하라식) 사원과 신전(예배용 차이티야식 佛堂, 法堂)의 두 부분으로 나뉘어져 있다. 각 단지의 중앙에는 건물들로 둘러싸여 있는 사각형의 뜰(정원)이 있다.

두 단지의 중앙에는 아이반(Aivan set?)[8]으로 이루어진 건물이 있고 이곳은 뜰로 서로 연결되어 있다. 아이반의 벽 뒤에는, 사각형 또는 반쯤만 사각형인 모양의 회랑이 있는데 이곳을 통해 사원의 중요한 방으로 드나 다닐 수 있게 되어 있다. 회랑의 입구는 건물 동쪽면의 중앙에 위치해 있으며, 그 건물의 현관은 경사로를 따라가면 나타난다. 사원의 안쪽은 서쪽에서 온 승려들이 모이는 장소로 쓰인 것으로 추정되고 있다.

신전은 아지나 언덕 북녘에 위치해 있는데, 복원된 설계도에 따르면, 회랑의 앞부분과 거의 같은 모양이다. 다만 다른 점이 있다면, 마

---

8) 원문에는 Aivan set라고 되어 있지만, 해석이 안 되어 눈 밝은 이들의 몫으로 남긴다.

당 중앙에 커다란 스투파(Stupa)[9]가 있다는 사실이다. 이 스투파는 '초창기의 신전(ziggurat)'의 형태를 하고 있다. 말하자면 인도 중부의 산치(Shanchi)의 마하 스투파(Maha Stupa)[10] 형태를 모방하고 있다는 말이 된다.

뜰 모서리에는 모양은 커다란 사리탑과 형태는 같지만 10배 더 작은 탑들이 세워져 있다. (이른바 '지제(支提/ Caitya)[11]라고 부르는 일종의 스투파의 시대적인 변형의 형태로 보인다. 이 작은 스투파, 즉 지제들은 사원 북쪽에도 세워져 있다.)

회랑은 화려하게 장식되어 있고 벽과 아치에는 벽화가 그려져 있고 벽의 감실(監室)에는 크고 작은 조각들이 세워져 있다. 이 중에는 머리 부분이 90cm 정도 되는 커다란 불상이 남쪽 사원에서 발견되기도 했고 수많은 작은 불상들도 모두 받침대 위에 있었다. 이들 받침대는 신전의 벽이 다 차 있을 때에는 제물을 놓는 용도로도 사용했다.

---

9) '스투파' 혹은 '탑파'는 2종류가 있는데, 「법원주림(法苑珠林)」에 의하면 "불사리(佛舍利)를 모신 것이 스투파 탑이며 그것을 모시지 않은 기념탑은 지제(支提)라고 한다"라고 하였다. 그러니까 옛적에는 구분되어 사용되었으나 현재에는 구분하지 않는다는 것이다. 초기의 그것들은 공을 반으로 잘라 엎어 놓은 것 같은 이른바 복발식(覆鉢式)의 것이었다. 스투파는 일반적으로 석존의 유골을 모시기 위해서 세워지다가 후에는 석존의 유적을 기념하기 위하여도 세워졌다고 한다. 우리의 塔은 범어 '탑파(Thupā)'의 음역이다.

10) 인도 중부 보팔 인근에 자리한 산치대탑은 인도에서 가장 오래되고 불교예술의 극치를 보여주면서 불교사를 집약해 놓은 곳이라고도 할 수 있기에 '마하'라는 호칭을 접두사로 붙인다. 본래 산치 스투파군은 20여 개였으나 현재 3탑만이 보존되어 있다. 기록에는 원래 아쇼카 왕(기원전 286~232년 재위)이 기원전 3세기에 이 탑을 세웠다고 기록되고 있지만, 그것은 조그마한 스투파로서 현재의 모습은 후대에 더욱 확장된 것으로 추정되고 있다. 아치형 문에는 주로 붓다의 다양한 삶의 에피소드를 그린 자타카(jatakas)가 아름답고 정교하게 새겨져 있는데, 여기서도 붓다의 모습이 직접적으로 드러나지 않고 다만 상징으로 표현되고 있다. 1818년 한 영국인에 의해 발견되어 1912~19년 사이에 존 마샬에 의해 현재의 형태로 복원되었다.

11) 지제(支提/ Caitya)는 유골을 묻지 않고 다만 특별한 영지(靈地)임을 표시하기 위하거나, 또는 그 덕을 앙모하여 은혜를 갚고 공양하는 뜻으로 세워진 것.

조각의 파편들이 중앙 신전에서 많이 발견되었는데, 거기에는 여러 신들과 인간의 모습들이 묘사되어 있고 통로에서도 수많은 벽화와 조각들이 발견되었는데, 이 통로의 벽 역시 위부터 아래까지 모두 채색되어 있다.

그러나 불행하게도, 조각의 대부분은 복원해서 전체 모습을 되살려내기에는 너무 잘게 쪼개져 있었다. 그러나 〈설법상〉이나 〈공양상〉 같은 아주 잘 보존된 것들도 간혹 있다. 또한 아치의 그려진 벽화에는 수많은 붓다가 열을 지어 앉아 있는 〈천불도(千佛圖)〉가 그려져 있고 사람 크기의 1.5배가 되는 좌불상도 발견되었는데, 이들은 모두 붓다 생애의 연대순으로 각각 다른 자세를 취하면서 기념비적 장면들을 상징하고 있다.

특히 〈와불상〉은 발굴과 보존과정이 무척 어려웠는데 그 이유는 아지나의 조각상들이 모두 돌이 아닌 진흙으로 만들어졌기 때문이었다. 결국 와불상은 92개의 조각으로 잘랐다가 나중에 붙여서 현재의 모습으로 재현하게 되었다.[12)]

3. 고대성채 히사르의 대상들의 숙소, 카라반세라이

일정에 여유가 좀 있어서, 파미르고원으로 들어가지 전에, 두산베 인근에 있는 의미 있는 유적지를 한두 곳을 더 답사하기로 했다. 우선 고대 성채 히사르(Hisar)와 마주 보고 있는 이슬람신학교인 매드라세 그리고 고대 대상들의 숙소인 카라반세라이였다. 물론 기원전 알렉산드로스 시대로 부터 동서소통의 역할을 했다는 히사르성채 유적과 중세 신학교가 흥미롭지 않다는 것은 아니지만, 나그네의 관

---

12) 이런 일련의 고고학적 해체작업은 타지크 국립과학원 역사고고민족학회 기술연구실의 도니쉬(A. Donish) 주도하에 진행됐으며, 마무리 복구작업은 국립유물박물관의 훠르미나(V. Formina) 주도하에 진행되었다고 한다.

이슬람신학교 매드라세 전경

히사르의 대상숙소 카라반세라이 전경

심은 아무래도 세라이에가 있었다. 그만큼 실물이 잘 보존되어 있는 것이 흔치 않았기 때문이었다.

글자 풀이를 하자면 '카라반세라이' 또는 '카라반사리'[13]는 〈카라반 (대상)+세라이(숙소)〉가 되며 타지크어로는 "대상들을 위해서 지어진 궁전"이라고 한다. 바로 실크로드의 대상들이 하루 밤을 쉬어가는 숙소를 말하는 것이다. 지금이야 실크로드의 모든 물동량을 트럭

---

13) 중동, 중앙아시아는 대체로 '카라반세라이' 또는 '카라반사리'로, 아프간은 '차이하나'라는 이름으로, 중국권에서는 객잔, 여사(旅舍)란 명칭으로 쓰고 있다. 중세시대에 대상들을 위한 숙소의 용도로 설치되었다. 낙타가 드나들 수 있을 만큼 넓은 대문이 유일한 출입구이며, 안으로 들어가면 1층에는 칸막이를 한 작은 창고들로 둘러싸인 회랑이 있고, 지붕이 없는 넓은 돌계단을 통해 아케이드 회랑인 2층과 이어져 있다. 1층은 상인들의 짐을 보관하는 데 쓰이며 한쪽 구석에 음식을 만드는 부엌이 있다. 2층에 있는 방들은 상인들이 묵는 숙소이다. 가운데 마당은 수많은 낙타나 노새를 수용할 수 있을 만큼 넓은데, 하늘을 향해 트여 있고 한가운데에 물웅덩이와 우물이 있다. 지방자치단체가 임명한 관리들이 여행자들을 보호하고 질서를 유지한다.

타시라밧의 카라반세라이

근대 대상들의 행렬

이나 기차가 실어 나르기에 옛 실크로드의 주역들이었던 대상들이나 낙타들은 무용지물이 된 지 오래이기에 쓸모없어진 그들의 숙소 또한 그 기능을 잃고 세월 속으로 사라져 버렸지만, 과거 실크로드가 활발하게 기능을 발휘했던 시절에는 이 카라반세라이는 대부분의 오아시스 마을의 무게중심을 이룰 정도로 비중이 무거웠다.

이른바 차마고도(茶馬古道)라고 알려진, 중국 남방의 마방(馬幇)

아프간식 여관
차이하나의 내부

의 행상길의 숙소가 무협영화 〈용문객잔(龍門客棧)〉[14] 스타일의 목
조형이라면, 중동형이나 중앙아시아형은 석조 또는 벽돌 구조로되
어 있는 것이 일반적이다. 대개 둥근 돔(Dome) 모양의 지붕 아래 건
물의 출입구가 있고 그 좌우로는 넓은 광장 한쪽에 칸칸이 막혀 있
는 수많은 마구간이 일렬로 늘어서 있는 구조이다. 그리고 건물의 대
청 안에는 화려하고 푹신한 카펫이 깔려 있어 대상들의 잠자리와 식
당을 겸하고 있는데, 중요한 것은 난로가 있는 대청의 중앙에는 신발
을 신고 들어갈 수 있지만, 카펫이 깔린 침상을 겸한 곳에는 신발을
벗고 올라가야한다는 점이다. 말하자면 고급형인 경우 '손님 한 명
에 방 하나'식의 호텔형도 있겠지만, 수십 명이 한 방에서 합숙하는

14) 우리나라에서는 〈용문의 결투〉이라는 이름으로 1967년 단성사에서 개봉된 영화
로 호금전 감독의 작품으로 당시 우리나라는 물론 아시아권에서 최고의 흥행기록
을 세운 무협물시리즈의 선두 주자였다. 또한 이것을 패러디하여 1992년에 개봉된
〈용문객잔〉도 이혜민 감독에 서극이 제작한 작품으로 당시 인기배우인 장만옥, 임
청하, 양가휘가 주연을 맡아 신기록을 세운 작품이다. 물론 후편의 〈신용문객잔〉이
더욱 재미있고 영화로서의 완성도가 높지만, 무협시리즈를 연 〈용문객잔〉의 역사
적 의미는 퇴색되지 않는다는 평을 받고 있다.

카라반세라이의 정경을 그린 풍속화

도미토리 형이 일반적이다. 흔히 카라반세라이와 혼동하기 쉬운 '칸 (Khan)' 또는 '차이하나(Chaikhana)'는 사람을 위한 여관이나 쉼터인 카페에 더 가깝다. 대체로 도시나 마을 경계선 안에 자리 잡은 칸은 세라이보다 작으나 좀 더 잘 꾸며졌고 음식이 제공되는 차이가 있다.

과거 어느 세라이의 하루 저녁의 정경을 그려보자면 아마도 아래와 같을 것이리라….

대상들이 많은 낙타무리를 몰고 며칠간이나 사막을 건너와서 마침내 붉은 해가 떨어지는 저녁나절 무렵 쯤 하루 밤 묵어갈 숙소에 도착하는 것으로 도입부는 시작될 것이다. 그러면 먼저 도착한 대상들과 포옹을 하면서 "앗 살람 알라이쿰!"[15]이란 알라신의 가호를 비는 인사말을 주고받고서는, 우선 자기 대신에 무거운 짐을 지고 먼 길을

---

15) "앗 살람 알라이쿰"이라는 말은 이슬람권에서 가장 보편적으로 쓰이는 인사말로 "알라신의 평화가 당신에게 깃들기 바랍니다."란 뜻이다. 이 말의 답변은 "살람 알라이쿰"이라고 한다 "당신에게도 알라신의 평안이 있기를 바랍니다."라는 뜻이다. 물론 이때 오른손 바닥을 왼쪽 가슴에 대고 머리를 조금 숙이면 더욱 금상첨화일 것이다.

대상들의 낙타행렬(김다정 畵)
〈실크로드 고전여행기〉 총서의 로고로 쓰인 것이다. 기존의 낙타 로고들이 관광객을 돈 받고 태워주는 이미지인 것에 비교하여 필자는 무거운 짐을 실은 실제의 대상들의 모습을 강조하였다.

걸어온 낙타들과 말과 노새들을 편히 쉬게 안배를 하고는 자신도 안으로 들어간다. 물론 규모가 큰 세라이에는 당연히 전속 마구간지기가 있어서 약간의 보수를 받고 대상들이 맡긴 낙타 등에게 먹이도 주고 갈기 청소도 해주며 때론 상처를 치료해주고 편자를 갈아주는 등의 허드렛일을 맡아서 해주기도 하였을 것이다.

한편 건물 안으로 들어가면 대청 중앙에는 따뜻한 난로 위에 차 항아리가 항상 얹어 있을 것이니, 우선 차이(茶)로써 목을 축이고

난 다음 일반적인 메뉴[16]인 양고기 스프인 '슈르빠'와 주식인 빵 '논(난)' 그리고 야채와 고기가 섞인 기름으로 볶은 밥인 '오쉬(쁠로프)' 그리고 고기국수인 '라그만' 중에서 한두 가지를 주문한다.

그러다가 혹 반가운 사람이라도 만나면 양고기꼬치구이인 '샤슬릭' 몇 개와 '꾸므즈(Kumyz/ 馬乳酒)'[17]라는 술 한 단지를 시켜 놓고, 세상의 끝까지 갔다가 어찌하다 지옥의 문턱에서 알라신의 도움으로 구사일생으로 돌아온 각자의 모험담을 이야기하면서 밤을 지새우기도 했을 것이다. 말하자면 살아 있는 아라비안나이트[18]의 무대가 펼쳐졌을 것이리라….

"아, 카라반세라이!"

이 소리를 들으면, 실크로드 마니아의 귓가에는 반사적으로 말방울,

---

16) 중앙아시아의 먹거리는 대개 비슷한 유형이지만, 이름은 각기 달리 부르기에 처음에는 조금 혼란스럽다. 논 또는 난(리뾰시까-러): 빵/ 샤슬릭: 고치구이/ 오쉬(쁠로프): 기름밥/ 라그만: 국수/ 슈르빠: 맑은 고기국/ 카봅: 국물있는 감자와 고기탕/ 타바카: 구운 통닭/ 츄츄바라: 작은 만둣국/ 스베지: 도마토, 오이, 야채샐러드/ 만뜨: 만두/ 쌈사: 화덕에 구운 파이 같은 만두/ 꾸므즈: 마유주

17) 말 젖을 발효시킨 중아아시아의 고유한 마유주(馬乳酒)로 그 어원은 쿠만족이 처음 만들었기 때문에 거기서 유래한 것으로 알려져 있다. 포유류의 젖은 공기 중에 놓아두면 자연스럽게 산패하면서 신맛이 도는 음료로 변하는 특성이 있는데, 말젖은 소나 양보다 '락토오스'라는 유당에 단맛 성분이 많기 때문에 발효과정을 거치면서 2~3%의 알코올을 만들어낸다. 약간 신맛이 돌지만, 목을 넘어가면서 톡 쏘는 맛은 먹어본 사람만이 진가를 안다. 그러나 말 젖보다도 낙타 젖으로 만든 '꾸므즈'가 고급으로 대접받는다. 물론 원재료가 비싸서이기도 하지만, 낙타의 것이 농도가 제일 진하기에 더 맛이 있는 것이 아닌가 한다.

18) 페르시아어의 원 제목은 '천일야화'로 '아라비안나이트'라는 이름은 18세기 최초로 번역된 영문판에서 유래한 것이다. 사산 왕조 후기에 페르시아를 비롯한 서아시아, 인도 등지의 각종 민담과 전설 등을 한데 모아 만든 "천 가지 이야기"가 그 시초였다. 이슬람 정복 이후 문화가 본격적으로 중흥하기 시작한 압바스 왕조 시대에 아랍어로 번역되면서 아랍 식으로 각색되고 아랍 설화들도 추가되기 시작하여 지금과 같은 천일야화가 되었다. 프랑스의 동양학자이자 작가였던 갈랑(Antoine Galland)이 먼저 번역해 프랑스에 소개했지만, 영국의 동양학자이자 탐험가인 버턴(Richard Francis Burton)이 소개한 영역본이 더 널리 알려져 있다.

낙타방울 소리가 들리면서 어떤 멜로디가 들려오게 마련이다. 바로 그것은 1980년대 선풍적인 인기를 끌었던, 일본 NHK의 대하다큐인 〈실크로드〉의 OST 때문일 것이다. 이 앨범에서는 '대상의 숙소'가 아니라 〈대상의 행렬〉이라고 번역되어 있지만, 하여간 이 멜로디를 들으면, 한 번 도지면 주체하기 힘든 보랏빛 역마살이 도지게 마련이다.

1970년대에 서구에 불기 시작한 '뉴에이지' 바람에 편승하여, 당시 개성 있는 음악으로 세계적인 인기를 얻고 있었던 록그룹인 산타나(Santana)가 〈카라반세라이(Caravanserai)〉라는 인상적인 앨범을 발표하여 이 방면에 첫 테이프를 끊었다. 이 음반은 옛 실크로드를 누볐던 대상들의 행렬을 서정적으로 표현한 인상적인 곡으로 서구인들에게 중앙아시아의 향수를 자극하는 기폭제가 되었다.

1980에 들어와서는 오랫동안 '죽의 장막'을 고수하던 붉은 중국이 개방정책을 펴기 시작하여 중국의 CCTV가 일본의 NHK와 합작으로 〈실크로드〉(4부작)라는, 당시로서는 이 방면의 세계 최초의 대하다큐를 만들었다. 특히 이 다큐에는 키타로(Kitaro/ 喜多郎)라는 젊은 작곡가가 주제곡을 맡아서 당시 우리에게는 낯선 건반악기인 '신디사이저(synthesizer)라는 전자음악을 사용하여 〈실크로드〉의 메인타이틀곡을 비롯하여 4부작마다 독립된 다른 테마를 작곡하여 독립된 음반으로 승화시켰다는 평가를 받았다.[19]

이 음반은 역시 NHK의 대하다큐 〈대황하(大黃河)〉(2부작)의 OST로 사용된 '오카리나(ocarina)'[20] 연주가 일품인 소지로(野村

---

19) 키타로는 이 한 장의 앨범으로 세계적인 뮤지션의 대열에 합류하여 1988년에 베스트뉴에이지 연주 부문의 후보에도 오른 적 있으며, 그룹 Yes의 보컬리스트인 Jon Anderson과도 함께 활동하기도 했다. 그리고 올리버 스톤 감독의 영화 〈Heaven & Earth〉의 음악 프로듀서로서 활동하여 1993년에는 골든 그로브 최우수 영화음악상을 받기도 했다.

20) '오카리나'라는 악기는, 이탈리아어로 '귀여운 오리'라는 뜻으로 전체적으로 오리 모

산타나 밴드의 〈카라반세라이〉 앨범 재킷

키타로의 〈실크로드〉 재킷

이스탄불 앙상블의 카라반세라이 재킷

황병기의 〈비단길〉 재킷

宗次郎/ Sojiro)[21]와 쌍벽을 이루는 것으로 지금까지도 우리나라뿐만 아니라 세계적으로 실크로드 마니아들의 꾸준한 사랑을 받고 있다. 필자 같은 경우가 그 마니아층의 '제1세대'에 속하는데, 말하자면 그 다큐의 장면들을 가물가물하지만 그 주제곡들은 지금까지도

양을 하고 있다. 주로 흙으로 빚어 구운 테라코타 형태의 취주악기로 위쪽이 뾰족하게 튀어나와 입에 물고 불 수 있게 되어 있으며 그 뒤에 울림구멍이 있다. 손가락 구멍은 8~10개이고 온음계이지만 손가락으로 조절하면 반음계도 낼 수 있다. 음색이 우아하기 때문에 널리 애용되고 있다. 오카리나는 19세기 말에 이탈리아의 도나티(Donati)가 발명했다고 한다. 같은 원리로 된 악기로는 중국 고대 악기에 공모양의 '훈(塤)'이라고 하는 도자기제의 악기가 있으며 이것은 거의 알로 만들었던 것으로 전해진다.

21) 〈대황야〉의 작곡가 겸 연주가인 노무라 소지로는 1986년 NHK 다큐멘터리 〈대황하〉의 사운드트랙에 참여하여 이름을 드러냈다. 1993년 목도·풍인·수심의 3부작 앨범으로 35회 일본 레코드 기획상 부문 대상을 수상하였고 우리나라에는 디에고 모데나와 더불어 한국에도 널리 알려져 있다.

귓가에 또렷하게 남아 있어서 역마살의 주된 동기부여가 되고 있다.

그 다음으로 기억에 남는 명반으로는 2000년에 발매된 터키의 이스탄불 앙상블(Istanbul Ensemble)의 〈카라반세라이〉가 있고 2006년 카나다 출신의 뉴에이지 여가수인 맥케니트(Loreena McKennitt)의 〈카라반세라이〉도 독특한 음색과 하프 및 타악기 등으로 구성된 반주와 철학적인 가사가 인상적인 앨범이다.[22]

우리나라에서도 드디어 KBS와 NHK-CCTV 공동제작하여 2005년 10월부터 2006년 3월까지 10부작으로 방영된 대하큐멘터리 〈신 실크로드〉의 메인타이틀곡도 빼어 놓을 수 없다. 첼리스트 요요마(Yoyoma)가 총감독을 맡아 30명의 '실크로드 앙상블' 멤버들과 함께 연주한 곡인데 비파(琵琶/ 중국), 타블라스(tablas/ 이슬람 북), 케만체(kemanche/ 중동 현악기), 두둑(duduk/ 아르메니아), 샤쿠하치(shakuhachi/ 일본 피리) 등 10개 이상의 전통악기들과 아제르바이잔의 전통노래들이 연주에 활용됐다. 다양한 악기소리를 결합해 전통에 뿌리를 두면서도 새로운 음악의 지평을 여는 가능성을 제시했다는 평가를 받고 있다.

참, 훨씬 오래 전에 우리나라에서도 1977년에는 가야금독주곡 〈비단길〉이 발표되어 국악을 지평을 넓히면서 실크로드 마니아들을 가슴을 적셔주기도 했다는 사실도 빼어 놓을 수 없다. 이 음반은 원로 국악인 황병기[23]가 "실크로드를 따라 펼쳐지는 신라적인 환상"이란 테

---

22) 유투브에 여러 가지 버전이 있다.
   http://www.youtube.com/watch?v=esr_zz0gRto

23) 황병기 선생은 1951년부터 국립국악원에서 가야금을 배우며 국악인의 길을 걸어 1962년 첫 가야금 창작곡인 〈숲〉을 내놓은 이후, 영화음악, 무용음악 등을 작곡해 창작국악의 지평을 열었다. 늘 끝없는 호기심과 실험정신으로 새로운 음색을 개척해 왔다고 평가되고 있는데, 최초의 작품 〈숲〉에서 시작된 이 탐색은 〈침향무〉와 〈비단길〉에 이르러 뚜렷한 결실을 보아 전인미답의 새로운 영역을 개척하여 우리 음악계의 거목으로 자리를 잡았다고 평가되고 있다.

마로 '신라의 미'에 대한 동경과 범아시아적인 악상을 가다듬어 작곡한 곡으로 신라 고분에서 발견되는 페르시아 유리그릇의 신비로운 빛에서 작곡 동기를 얻었다고 전해지고 있다.

4. 혜초의 발길 거친 쿨롭(Kulob)과 펜지켄트(Penjikent)

중앙아시아의 여러 나라를 떠돌다보니, 우리의 주인공들인 현장법사와 혜초사문을 잠시 잊은 듯하다. 그래서 이번에는 파미르의 나라 타지키스탄 내에 산재한 혜초의 숨결을 더듬어 보기로 한다.

본 〈실크로드 고전여행기〉 총서 권2 혜초의 『왕오천축국』 목차편에는 혜초의 발길이 다음과 같이 정리되어 있다.

여기서 26-5번 펜지켄트와 28번 쿨롭(Kulob)[24]이 바로 현 타지키

---

24) 본 〈실크로드 고전여행기〉 총서에서는 '쿠탈'이라고 되어 있으나 현지 발음으로는

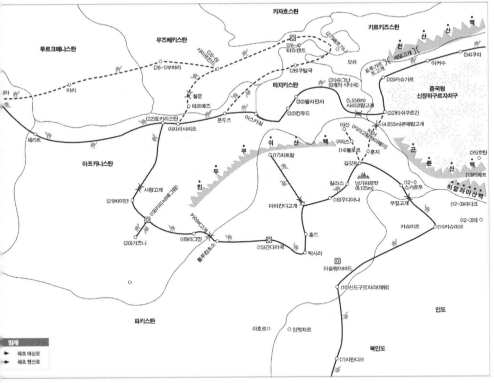

혜초 중앙아시아 순례도

스탄 경내에 있는 곳들이다. 여기서 혜초는 펜지켄트에 대해서는 하나의 호국으로 묶어서 처리했지만, 쿨롭(舊 쿠탈)에 대해서는 다음과 같은 비교적 자세한 기록을 남겼다.

또 이 페르가나국의 동쪽에 한 나라가 있으니 이름이 쿨롭이다. 이 나라 왕은 본래 돌궐의 종족이고 백성의 반은 호족이고 반은 돌궐족이다. 이 지방에서는 낙타와 노새와 양과 말과 당나귀와 면직물과 담요 등이

〈쿨랴프〉 또는 〈쿨롭〉이 정확함으로 부득이 정정하게 되었다. 이 점 독자제위에게 혼란을 드리게 된 점 머리 숙여 사과드린다. 〈총서 역자 백〉

두산베의 기차역 전경. 두산베에서 출발하여 와불상이 출토된 쿠르간 텝페를 거쳐 혜초의 숨결이 어린 쿨롭까지 이어진다.

난다. 의복은 면직물과 가죽옷을 입는다. 언어는 주민의 절반은 토화라 말을 하고 절반은 돌궐 말을 하고 절반은 본토의 말을 한다.

왕과 수령과 백성들은 삼보를 공경하고 신봉하여 절도 있고 승려도 있다. 소승이 행해진다. 이 나라는 대식국의 속국으로 통제를 받고 있다. 외국에서는 비록 이곳을 하나의 나라라고 말하나, 실은 중국의 한 개의 주(州)와 비슷할 정도다. 이곳의 남자는 수염과 머리를 깎고 여자는 머리를 기른다.[25]

혜초가 골돌국이라 부른 이 나라는 타지키스탄 중남부에 있는 도

---

25) 185) 又跋賀那國東有一國 名骨咄國 此王元是突厥種族 當土百姓 半胡半
　　186) 突厥 土地出駝騾羊馬蒱桃疊布毛毯之類 衣着疊布皮毬
　　187) 言音半吐火羅 半突厥 半當土 王及首領百姓等 敬信三寶 有寺有僧 行
　　188) 小乘法 此國屬大寔所管 外國雖云道國 共漢地一箇大州相似 此國男人
　　189) 剪鬚髮 女人在髮

호잔의 모스크와 광장

시로 현지에서는 쿨롭(Kulob, 舊 Khuttal) 또는 쿨럅(Kulyab)이라
고 부르는데, 고대로부터 실크로드의 요충지로 알려진 곳이다. 혜초
는 중앙아시아를 두루 섭렵하고 와칸주랑을 통해 중국으로 돌아가
기 위한 루트를 개척하다가 이 도시를 통과한 것으로 보인다.

이 쿨롭은 바흐쉬 강 동쪽과 하즈라티쇼흐 산맥 서쪽에 자리 잡고
있으며 최근에는 철도가 개설되어 두산베에서 와불상으로 유명한
쿠르간 텝페를 거쳐 쿨롭까지 뻗어 있다.

혜초는 이 나라의 불교에 대하여 "**왕과 수령과 백성들은 삼보를 공경하고
신봉하여 절도 있고 승려도 있는데, 소승이 행해진다.**"라고 했지만, 현재 인근
에서 사원유지가 발굴된 곳이 없다. 아마도 혜초는 와불상이 출토된 인
근의 사원을 가리킨 것이 아닌가 추정될 뿐이다.

고대 유적은 쿨롭보다는 혜초가 미국(米國)이라 부른 펜지켄트 또
는 판지켄트가 오히려 풍부하다. 사마르칸트 동편 68km 지점의 제라
프샨 강 상류에 있는 고대 도시로 기원전 5세기로부터 소그디아나의
중요 오아시스 마을 가운데 하나였던 펜지켄트는 지금도 교외에 구시
가지 유적들이 발굴작업 중에 있다. 이곳에서는 5세기 당시 불을 숭
상하는 조로아스터교인들의 사원과 무덤, 그리고 소그드의 화폐, 페

르시아 샤산왕조의 화
폐, 중원의 북주(北周)
보정(保定) 원년(561)
주조의 동전, 당나라
현종 당시의 개원통보
(開元通寶) 그리고 해
수포도경(海獸葡萄
鏡)의 파편 등이 발굴

알렉산드로스대왕과 그의 애마 부케팔로스

되어 이 도시가 고대 오아시스루트의 중요 소통로였음을 증명하고 있
다. 이 유물들은 현재 러시아의 상트페테르부르그 박물관에 보존되어
있다. 또한 유적 앞에는 작은 박물관도 있어서 여러 종류의 발굴유물
들을 전시하고 있다.

또한 타지크 북부의 중심지이며 제2의 도시인 호잔(Khojand)도 실
크로드상의 유명한 고도였다. 이곳은 2300년 이상 전에 알렉산드로
스대왕이 중앙아시아에 세운 '6개의 알렉산드리아'26)의 한 곳인 '에
스카테'였다. 그의 동방 원정은 인류 역사상 가장 웅장한 한 편의 영
웅서사시였다. 그는 B.C. 334년 페르시아 원정을 떠나 당시 세계 최대
의 제국이었던 페르시아의 다리우스 3세(DariusⅢ)를 가우가멜라 전
투에서 격퇴시키고 수도 페르세폴리스를 함락하고 아케메네스 왕조
를 무너뜨렸다.

그리고 이에 만족하지 않고 동방 원정을 떠나 아프간과 소그드 전
역을 점령하고는 점령지에 많은 식민도시를 건설하여 동서양을 아우
르는 거대한 제국을 꿈꾸었다. 그리고 발흐(Balkh)에 수비군만을 남

---

26) 현재로서 고고학적 발굴로 확인된 곳은 6곳으로 투르크메니스탄의 마리(마르기아
나), 아프간의 북부의 발흐(박트라), 서부의 헤라트, 남부에 칸다하르(이라코소름),
우즈벡의 사마르칸트(마라간타), 타지크의 호잔(에스카테) 등이다.

호잔의 시르다리야의 낙조

겨두고 자신은 인도 공략을 위해 주력부대를 이끌고 인더스 강 유역에 이르렀으나 열병에 걸려 12년에 걸친 원정을 마무리하고 귀국하는 도중에 33세의 나이로 요절을 하게 된다.

이렇게 그가 아무 사후 대책 없이 떠나자 3개 대륙에 걸쳐 있었던 대제국은 분열을 거듭하였고 따라서 발흐에 있던 주둔군도 독자적으로 그레코-박트리아(Greco-Bactria) 왕국을 세워 한 세기(B.C. 246~B.C. 138)를 풍미하게 되었다. 그러나 장기간에 걸친 내전이 계속되고 서쪽의 파르티아와 토화라와 북방계의 대월지(大月氏) 등의 침공으로 이채로운 왕조 박트리아는 '동서문화의 융합'의 산물인 헬레니즘이란 인상적인 흔적만 남긴 채 망각의 뒤안길로 사라져버렸다.

각설하고 무엇보다도 중요한 사항은 "혜초가 #27번의 페르가나(Ferghana/ 발하나국/ 跋賀那國)를 향해 갈 때 이곳 호잔을 지나갔다"라는 비정이 확실한 곳이라는 점이다. 페르가나 계곡의 입구라는 지형으로 볼 때 호국에서 호잔을 경유하지 않고 페르가나 계곡을 올라갈 수가 없다는 점이 그 근거에 해당된다.

그러나 호잔의 역사는 중세에는 몽골의 기마병들에게, 근대에는 러시아의 남하정책으로 한 차례씩 홍역을 치른다. 1929년 페르가나 계곡의 여러 도시들이 우즈벡으로 편입되는 과정에서 같은 처지의 호잔만이 타지크로 편입되면서 페르가나 지역과 분리되었지만, 그런 대로 호잔은 재건되어 현재에 이르렀다.

그 후 호잔은 지리적으로 시르다리야 강(Syr Darya)[27] 그리고 팬 산맥(Fan M.) 사이에 있기에 타지크의 내전으로 인한 약탈과 파괴를 면할 수 있어서 현재 타지키스탄의 생필품의 대부분을 생산하는 동력을 유지하면서 과거의 전통대로 부유한 지방으로 남아 있을 수 있었다. 이곳의 판치샨베 바자르는 두산베와 다른 목요일이라는 뜻인데, 볼거리 많은 전형적인 중앙아시아의 바자르로 나그네의 눈길을 붙잡는다.

또한 아름다운 강가의 공원에는 말을 탄 동상이 하나 보인다. 바로 '테무르 말리크'라는 인물로, 티무르 왕조의 아미르 티무르와는 아무 상관이 없고 그냥 12세기 초 몽골의 막강한 군대에 맞서 조국을 지키려고 마지막까지 싸우다 장렬이 전사한 호잔의 영웅이라고 한다.

그러나 호잔 순례의 백미는 아무래도 아름다운 시르다리야 강가에 앉아 떨어지는 해를 바라보는 일이다. '시르'의 뜻은 "잔잔하다"라는 말로 시르다리야는 "유유히 흘러가는 강"이 되기에 그런 면에서 소그드의 양대 젓줄인 아무다리야 강과 재미있는 대조를 이룬다. '아무'는 '미치다'란 뜻이기 때문이다.

뭐 시간과 공간에서 돌아가는 시륜(時輪)의 수레바퀴에 들어 있는 중생들이 그 어느 누군들 나그네가 아니겠냐마는, 미친 강이든 조용한 강이든, 그냥 노을지는 강가에 서서 철저하게 외로워지는 그런 시간이야말로 참다운 자기 자신으로 돌아가는 때이니까.

---

27) 중앙아시아의 소그드 지방을 관통하는 강으로서 아무다리야 강과 대칭을 이루며 고대에는 그리스어나 페르시아어로 작사르테스(Jaxartes)로 불렸다. 현재의 이름은 비교적 최근의 것으로 서구 사회에서 쓰인 작품에 페르시아어의 시르다리야라는 이름이 자주 등장하게 되면서 굳어진 것이다. 톈산 산맥에서 발원하여 북서 방향으로 약 2,212km를 흘러서 우즈베키스탄과 카자흐스탄을 거쳐 아랄 해로 들어간다.

제5장
가자, 파미르고원으로…

1. 파미르고원의 남서쪽 관문, 호로그

파미르고원으로 들어가는 방법은 크게 2가지로 나뉜다. 그 하나는 파미르고원의 북동쪽, 즉 키르키즈스탄의 남서쪽 국경도시인 오쉬(Osh)에서 출발하여 이른바 파미르 하이웨이(Pamir Highway)에 들어서서 북동쪽으로 방향을 잡아 사리타쉬(Saritash) 삼거리를 지나 곧장 남으로 달려 보르되보(4,282m) 검문소를 지나 국경선인 키질라트 고개(Kyzlart pass, 4,280m)를 넘어 타지크 경내로 내려선 뒤 왼쪽으로 보이는 중국과의 국경선철책을 따라 가다가 검은 호수 카라쿨리 호수를 지나 동북부 파미르의 역참마을 무르갑(3,630m)에서 대게 밤을 보낸다. 그리고 아침부터 다시 달려 알리츄 마을을 경유하며 고원을 횡단하여 파미르의 서남부의 거점 도시인 호로그로 입성하는 방법이 있다. 일명 'M41번 도로'로 더 많이 알려진 이 도로는 총 길이 728km나 되는 대장정이지만, 이름은 '하이웨이'이지만 그러나 빨리 달릴 수 있는 고속도로의 개념이 아니고 그냥 '하늘 위로 난 길'이란 뜻이란 점을 밝혀둘 필요가 있다. 요즘은 많이 좋

파미르 하이웨이 노선도 중요지점 및 등고선도

키르키즈스탄의 남서부인 오쉬에서 타지키스탄의 국경을 넘어 칼라쿨 호수와 무르갑을 경유하여 남동부 파미르의 관문 호로그에 도착한 뒤 아무다리아 강의 중류인 판지 강과 건너의 아프간 땅을 마주보며 장장 728km(450마일)를 달려서 타지크의 수도 두산베에 이르는 청색선이 바로 '파미르 하이웨이'(M41)이다. 그리고 그 사이에 펼쳐진 갈색 땅이 '세계의 지붕'이라는 호칭으로 불리는 파미르고원이다.

아졌지만 예전에는 악명 높았던 길이라는 것을 잊으면 안 되니 마음과 몸의 다짐이 무엇보다 중요하다. 두 곳의 역참마을 이외에는 먹고 마시고 잘 곳이 전혀 없으니 차가 고장 날 경우를 생각해서 비상식품 등을 준비해두어야 한다.

참, 물론 또 하나는 그 반대로 역행하는 방법이다. 나그네의 상황에 따라서 그 루트가 달리 할 수 있는데, 만약 비슈케크의 타지크영사관에서 〈파미르퍼밋〉을 받았다면 전자를 택해도 좋겠지만 이번 필자의 경우는 후자를 택하기로 하였다. 왜냐하면 호로그에서 몇 가지 준비할 것이 있어서이다.

호로그에서 나그네들이 해야 할 일 중에 하나는 만약 퍼밋을 받지 않고 호로그까지 왔다면 당연히 호로그에서 받아야 한다. 또한 파미르 하이웨이를 타고 오쉬로 바로 갈 경우는 필요하지 않지만, 그 외에 아무다리아 강-판지 강-파미르천의 발원지이며 자연보호구역지구인 조르쿨 호수(大淸池/ Victoria lake)를 방문하고자 하는 나그네라면 여행사를 통해 허가증을 받아야 카르구쉬 검문소를 통과할 수 있으니 이 점 주의해야 한다.

필자의 경우는 또 다른 목적이 있었는데, 그것은 바로 회한의 땅 아프간 행을 모색해보자는 의도도 있었다. 파미르행 길은 바로 호로그 이전부터 아프간 땅을 마주 보고 달리는데, 어떤 곳은 개울에 가까운 곳도 있어서 총알 맞을 각오만 되어 있다면 무단 횡단을 해도 무방할 정도이다.

그러나 정식 비자를 받는 방법이 최선책인 것만은 분명하여 호로그의 숙소 근처에 아프간영사관이 있기에 묘책을 찾을 생각으로 시간만 나면 그곳에서 서성이게 되었지만, 결국 내린 결론은 여행사를 통하면 본토인 이외에도 외국인도 비자가 가능하지만, 오직 '노 코리안'이란 기존의 정보를 확인하는 데 그쳤다. 2007년 분당 샘물교회의 무모한 선교의 악몽[1]이 아직도 이처럼 생생하게 살아 있었으니, 뭐 어쩌랴! 무거운 다리를 끌고 숙소로 돌아오는 수밖에….

---

1) 2007년 7월 19일(현지 시각) 아프가니스탄 카블에서 칸다하르로 향하던 23명(남자 7명, 여자 16명)의 대한민국 국민이 탈레반 무장 세력에 납치되었던 사건으로 피랍된 23명 중 심성민과 배형규 목사를 살해했으나, 탈레반의 협상 결과 막대한 돈을 지불하고 다른 인질 21명은 풀려나 피랍사태는 발생 42일 만에 종료되었다. 이 사건으로 피랍자들과 해외 위험지역에 선교를 하러 다니는 일부 개신교도들은 비판을 받았다.

호로그 비행장

호로그 시민공원의
한가로운 풍경

　타지키스탄 영토의 43%를 차지하고 있는 파미르 지역을 타지크의
행정구역으로는　고르노-바다크샨(Gorno-Badahkshan/ Горно-
Бадахшан/ GBAO)자치구로 부른다. 그리고 그 주도(州都)가 바로 호
로그이다. 쓰기는 '코록(Khorog)'으로 쓰지만, 여기 발음으로는 'K'는

파미르 와칸 지도

거의 발음을 하지 않기에 강한 어조의 그냥 호로그로 발음한다. 마찬가지 경우로 발흐도 발크(Balkh)라고 쓰지만 역시 K는 발음하지 않는 것과 같은 경우이다.

호로그는 인구 2만 5천 명 정도로 작고 아담하고 해발 2,000m의 고산에 위치하고 있다. 또한 판지 강의 본류와 군트 강(Gunt R)이 만나는 삼각지점의 경사지를 따라 시가지가 펼쳐진 데다가 크고 울창한 숲속에 쌓여 있어서 인근 공원 벤치에 앉아 있노라면 동양의 스위스 같은 느낌이 들 정도로 맑고 상쾌한 도시이다.

그리고 나그네들이 호로그로 오기 위해 1박 2일 또는 무박 2일의 강행군의 험로행이 부담이 된다면 두산베에서 호로그까지 비행기를 이용하는 것도 한 방법이다. 1시간도 채 안 걸리는 시간이지만, 이 조그만 프로펠러 비행기는 거대한 암벽과 깊은 계곡 사이를 마치 새처럼 날아다니는데, 어떤 곳에서는 날개 끝이 암벽에 부딪칠 것 같이 아슬아슬하며 비행기가 음영짙은 산의 그림자 속으로 빨려 들어갈 것 같은 공포감으로 인해 탑승객은 너나 할 것 없이 긴장감으로 저절로 손에 땀이 맺히게 된다.

시간적 여유가 있는 나그네라면, 호로그를 가로지르는 군트 강의 다리에 걸터앉아서 다리 아래로 빠르게 흘러가는 계곡물을 내려다보는 재미도 쏠쏠하다. 시간의 수레바퀴야 물길의 빠르기와 상관없이 흘러가겠지만, "세월도 저 물처럼 참 빠르구나" 하는 독백이 저절로 새어나오게 만든다. 특히 달라지는 물빛을 보러 아침저녁으로 다리로 달려오는 짓도 잊기 어려운 인상적인 경험이다. 이런 현상은 아침에는 만년설이 녹지 않아 물빛이 옥색을 띠지만 저녁에는 대낮에 녹은 눈 녹은 물이 흘러내려와 흐린 물빛이 된다는 이야기였다.

나그네들이 파미르를 여행할 때 반드시 알아두어야 할 불문율이 한두 가지 정도 있다. 타지크족이 대게 이슬람 '수니파'인 데 반해 여기 사람들은 '시아파(shia)'의 한 분파인 '이스마일 교파(Ismailis教派)[2]라는 점이다.

이런 사실은 여행자들이 위급한 사항에 처할 때 목숨까지도 좌지우지할 정도로 중요하게 작용한다. 여행도 운 때가 맞아야 하는 것처럼

---

[2] 이스마일파는 '시아파' 중에서도 가장 논쟁의 여지가 많고 어찌보면 흥미로운 면이 많아서, 문헌이나 소설 등의 소재로써 자주 다뤄졌던 분파로써 일명 '7 이맘파'라고도 부른다. 제6대 이맘이 죽자 후계자로 지목되던 큰 아들 이스마일이 술을 마신다는 이유로 교단은 작은 아들을 제7대 이맘'으로 추대했지만, 이에 대항하여 형인 이스마일을 지지하는 세력은 그가 계시의 신성한 능력이 있다고 믿으며 세력을 키워나가면서 '이스마일파'라고 부르기 시작하였다. 이들은 이 계승권 투쟁 과정에서 그들은, 당시 조용히 상황에 순응하며 '숨은 이맘'의 재림을 기다리는 시아파의 주류인 '12 이맘파'와는 다르게 시아파를 통합하여 압바스 왕조에 대항하여 투쟁을 벌였다. 이들 중에도 논란거리를 제공하고 있는 분파가 하나 있었는데, 바로 '암살단파(Hashshashin)'이다. '산상의 노인'이라 불렸던 이란계 지도자가 11세기 말에 파티마조와 결별을 선언하고 카스피아해 남쪽에 있는 산 속에 그 추종자와 함께 난공불락의 요새를 만들면서 명성을 얻기 시작했는데, 이들은 대마초를 복용함으로써 천당의 쾌락을 미리 맛보게 되고 임무수행에 있어서 초인간적 용기를 갖는다고 믿었다. 대마초를 뜻하는 헤시시(al-hashishin)의 유래이며 이 말은 십자군을 통하여 유럽으로 흘러들어갔다고 한다. 이 암살단파는 십자군 전쟁을 다룬 기록들이나 마르코 폴로의 동방견문록 같은 옛 문헌에서 '산상의 노인'에 대한 전설이 자주 등장하고 있다. 그들은 자객을 이용하여 정적인 수니파의 칼리파들을 살해하는 등의 극단적인 활동을 했으나, 이란을 점령한 몽골군에 의해 거의 섬멸되면서 전설만 남기고 역사 속으로 사라졌다고 한다.

호로그의 바자르 풍경

파미리의 모자

벼르고 별러서 간 여행지가 갑자기 극우파적 테러리스트로 인해 난장 판으로 변할 경우가 가끔 생기게 마 련이다. 이런 때 만약에 이슬람 신 자가 아닌 여행자가 그들에게 납치 될 위기에 처했다고 가정할 때, 그냥 '앗 살람 알라이쿰~'이란 한 마디 인사를 할 수 있다면, 더 나아가 '이스마일' 또는 '아가칸'이란 단어를 알고 있다면 적어도 최악의 처지로는 빠지지 않을 것이다. 그러나 만 약 그런 상황에서도 "할렐루야"라고 외친다면 그의 목숨은 아마도….

이처럼 "앗 살람 알라이쿰"이라는 말은 마법의 주문같은 효과를 발휘한다. 풀이하자면 "알라신의 평화가 당신에게 깃들기를 바랍니 다"란 뜻인데, 여기서 '살람'은 '평화'이고 앞에 아랍어의 정관사 '앗' 이 붙음으로써 그 격이 더 높아진다. 이 인사는 상대가 한 사람이라도 항상 복수형으로 쓰이는데, 이슬람 율법에서는 그 이유를 다음과 같이 설명하고 있다. 비록 인사를 받는 사람은 한 명이라도 그 사람의 양쪽 어깨에는 그의 선악을 기록하는 수호천사 두 명이 항상 지켜 보고 있기 때문에 그들 몫까지 합해서 복수형으로 사용해야 한다는 것이다.

이런 인사의 답변은 이렇게 하면 된다. "와알라이쿰 앗 살람"이라고….

무함마드의 사위이며 제4대 칼리파이며 시아파의 제1대 이맘인 하즈랏 알리의 초상

"당신에게도 알라신의 평안이 있기를 바랍니다."라는 뜻이다. 여기서 만약 무슬림이 아닌 타 종교를 믿는 사람이라면 '앗'을 빼고 그냥 "살람 알라이쿰"이라고 하거나 또는 아주 줄여서 "살람"이라고 말해도 된다. 이렇게 말하면 상대에게 호의를 보인다. 물론 이때 오른손 바닥을 왼쪽 가슴에 대고 머리를 조금 숙이면 더욱 금상첨화일 것이다.

중앙아시아 배낭여행이 고난도 코스로 꼽히는 이유는 우선 영어가 통하지 않는다는 것과 그놈의 악명 높은, 일부 돈 밝히는 부패 경찰들과 국경의 군인들의 시간 끌기나 달러 갈취 등이 애로사항으로 꼽히기 때문이다. 그럴 때 먼저 선수 쳐서 이 마법의 주문을 외우면, 때로는 한방에 문제해결도 되고 나아가 따뜻한 차 한 주전자와 스프와 빵과 마른과일도 하룻밤 잠자리까지도 준비될 것이다. 만약 운 때가 더 좋은 나그네라면 하늘을 나는 양탄자가 날아와 그대를 목적지까지 데려다 줄 것이다.

내친 김에 이슬람권 여행을 대비하여 복잡하게 보이는 이슬람의 많은 분파에 대해서도 공부 좀 해보자. 그 연원은 예언자 무함마드(마호

메트)[3]로 거슬러 올라간다. 살아서 제정일치를 표방하며 무력으로 아라비아반도를 통일시켜 이슬람교의 기초를 닦은 예언자가 알라신 곁으로 떠나간 뒤 후계자는 교단의 실력자들에 의해 선출되어 절대적인 권력을 쥔 '칼리파'라는 지위에 오르는 제도가 마련되었다. 이렇게 제3대까지 이어지다가 무함마드의 사위인 하즈랏 알리(Hazrat Ali, 재위 656~661)가 제4대 칼리파로 추대되었지만, 그가 반대파에 의해 암살됨으로써 그의 추종자들은 '시아파(Shia)'[4]라는 분파를 세우며, 예언자의 직계혈통만을 지도자로 인정하는 '수니파(Sunni)'[5]에서 분리하여 칼리프 대신에 '이맘(Imams)'[6]이라는 지

---

3) 영어식 표현이 마호메트이다. 그러나 마호메트교는 잘못된 이름이다.

4) 정통파로써 알려진 수니파에 대립하는 이슬람교의 일대 분파로서, 그 이름은 '시아트 알리'에서 유래한다. '시아'는 '시아 알리(Shia Ali)', 즉 '알리를 따르는 사람들'에서 나온 명칭으로 수니파의 칼리프를 인정하지 않고 다만 마호메트의 혈통을 이은 '하지랏 알라 의 혈통만을 추종하는 교파이다. 시아파는 알리와 그 자손만이 신자 공동체의 정통적인 지도자인 '이맘'이다.

5) '수니파'는 이슬람교의 최대 종파로 전체 이슬람교 신자의 83%가 속해 있다. 수니파는 무슬림 공동체, 즉 움마의 '순나(sunnah 관행)'를 추종하는 사람들이라는 뜻으로 '순'은 쿠란·하디스·예언자와 정통 칼리파의 선례에 바탕을 두고 있다. 4대 법학파(하나피·말리키·샤피이·한발리)로 나뉜다.

6) '지도자', '모범이 되어야 할 것'을 의미하는 말로써 이슬람교의 종교 공동체를 지도하는 통솔자나 집단 예배를 실시할 때 신도들을 지도하는 역할을 맡는 사람을 부르는 호칭으로 쓰인다. 그러므로 예를 들어 한 나라의 통치자도 이맘으로 불릴 수 있다. 특히 시아파 계통에 속하는 제파(12이맘파, 이스마일파, 자이드파 등)에 대해 중요한 의의를 가진다. 현재 이맘이 통치하고 있는 대표적인 나라는 1979년의 이슬람 혁명 이후의 이란으로 대통령이 있지만 대통령은 행정 수반을 맡는 데에 그치며 실제

시아파의 이슬람 성직자
이맘의 복장

도자를 내세워 세력을 키워 나갔다. 바로 지금까지 진행 중인 '수니파' 대 '시아파'의 천 년의 갈등의 시작인 것이다.

그러나 시아파는 그 뒤 교리와 수행의 견해 차이로 인해 '12이맘파'를 비롯한 여러 갈래로 분파되었다. 그러다가 제6대 이맘 대에 이르러 또다시 '이스마일파'가 갈라져 나오는데, 그들은 오직 그들의 자손들만이 정치적인 지도자인 이맘이 될 수 있다는 세습제도를 만들어 현재 제49대 이맘 대에 이르고 있다.

이스마일파는 우리가 알고 있는 이슬람의 다섯 기둥, 신앙고백(Shahada), 기도(Salat), 구제(Zakat), 금식(Saum), 성지순례(Haji), 이외에도 알라와 선지자 이맘을 향한 사랑과 헌신(Walayah), 의식에서의 몸과 의복의 정결이나 순결(Taharah)을 포함한 '7가지 의무'를 지켜야 한다.

그러나 일부 조항은 시대에 맞게 간소화한 특징도 있다. 예를 들면 하루 5번이 아닌 3번의 기도를 한다는 것과, 금식도 라마단 기간에 하지 않고[7] 자신이 원할 때 필요할 때에 한다는 식인데, 이는 전통을 중요시하는 이슬람 율법에서는 파격적인 혁신으로 이는 현재 이암의 시대정신이 반영된 대목이 아닐 수 없다.

특히 최고의 성지인 메카로의 성지순례 대신 이들의 현직 이맘이 파미르를 방문하는 행위로 대신한다. 이 행사를 '디도르(Didor)'라고 부르는데 이스마일 신자는 일생 총 3번의 디도르를 통해 메카로

로는 이맘이 강력한 권력을 행사하고 있다. 말하자면 중세시대의 제정일치에 해당되는 제도라 할 수 있다.

7) 그러니까 파미르에는 여행자들이 라마단 때문에 통째로 굶는 일은 없다는 말이다.

의 성지순례를 대신한다고 한다. 지금까지 파미르에서는 총 3번의 디도르가 열렸는데 신자들은 이맘을 더 가까이 가서 보기 위해 하루 종일 기다린 끝에 1시간 남짓의 만남의 의식을 가진다고 한다.

큰 틀에서 이슬람을 다시 정리하자면 다음과 같다. 우리는 회교(回教)라고 불렀는데, 이는 중국에서 회회교(回回敎)라고 부른 것에서 유래하지만, 당연히 앞으로는 '이슬람교'라고 불러야 할 것이다. 그리고 이슬람 교도는 남자는 '무슬림'이라고 하고 여자는 '무슬리마'라고 부른다는 것도 기본이다. '이슬람'이란 뜻은 '복종'이란 뜻으로 이 종교의 성격이 단적으로 표현된다. 경전은 쿠란(코란)인데, 이는 예언자 무함마드가 천사 지브릴(가브리엘)로부터 받은 알라신의 말을 기록한 것이라고 한다. 그리고 이슬람의 휴일은 우리의 금요일이라는 사실도 반드시 기억해야 할 사항이다. 물론 일요일도 휴일에 속한다.

현재 이슬람 인구는 전 세계 인구의 25% 정도로 세계종교 '빅 3'의 하나이다. 그 중 수니파가 80~90%를 차지하고 있다. 반면 '시아파'는 인구 분포로는 10~20% 차지하며, 이란, 이라크의 인구의 대부분, 그리고 아프간 북부와 파미르 등지에 몰려 있다. 또한 신비주의라는 독특한 슈피즘은 터키, 중앙아시아, 동남아시아에 산재되어 있다

파미르인들은 이스마일파 제49대 이맘인 아가칸(Aga Khan)을 자신들의 선지자라고 믿으며 그의 이름도 함부로 부르지 않고 사진에 키스를 하며 존경과 사랑을 표현할 정도로 절대적인 믿음을 보낸다. 아가칸은 스위스 출생으로 하버드대학 이슬람역사학과를 졸업했으나, 1957년 할아버지 아가칸 3세의 뒤를 이어 새로운 이맘이 되어 조상 대대로 축적된 재력을 바탕으로 세계적인 거부반열에 들면서 현재 자선사업가로서 '아가칸개발 네크워크(AKDN)'을 설립해 7만 명의 직원을 거느리고 전 세계 200여 기관 및 중앙아시아 대학 등의 교육기관을 운영하며 세계 35개의 나라를 지원하는 등 세계적으로 폭넓은 활동을 하고 있다. 특히 아가칸은 1992년 파미르 내전 때 반군

터키 쿤냐에 있는 메블라나 교단에서의 〈휠링 더비쉬스 페스티발(Whirling Dervishes Festival)〉 공연 장면

편에 서서 식량이 바닥난 파미르주민들을 위해 자가용 비행기를 띄워 식량을 공급해주었다. 또한 호로그에 대학을 설립하는 등 파미르에 대한 깊은 애정을 보여주었기에 그를 추종하는 파미르 주민들의 신뢰도는 광적인 수준에 달하여 그를 마치 구세주로 인식하고 있다고 한다. 그래서 '아가칸니스(Aga Khanis)'라는 분파까지 만들어 그의 율법을 마치 쿠란처럼 신봉한다고 한다.

비록 호로그가 편하고 마음에 든다고 갈 길 바쁜 나그네가 마냥 죽치고 다리 위에서 흘러가는 세월만 낚을 수만은 없는 노릇이다. 하여 길 떠날 차비를 하고 그동안 며칠 정들었던 옆방 영국친구에게 작별인사를 하러가니 무슨 노래인가를 노트북으로 들어가며 중얼중얼 따라 부르고 있었다. "무슨 노래?" 하니 〈큐자 라후티(Kujâ Rafti)〉라는 노래란다. 번역하자면 〈파미르의 노래〉라는 소리에 귀가 번쩍 열려 CD표지를 보니 중국어 버전으로 된 가사가 보이는데, 정말 〈파미르의 노래(帕米爾高原之歌)〉였다.

파미르 출신의 타지크 가수인 아쿠나자르(Aqnazar Alavatov)의 노래인데, 그 작사가가 눈에 확 띄었다. 바로 터키의 슈피(Sufi)인 그 메부라나의 루미(Mevlana J. Rumi, 1207~1273)[8]였다. 부지런히 가사를 번역을 해보았지만, 그러나 파미르에 대한 연결고리는 찾을 수 없었다.

당신의 혼 속에 영혼이 있다면, 그것을 찾아보세요.
당신의 육신 속에 보석이 있다면, 당신의 피를 살펴보시구려.
만약 당신이 그것을 바로 찾을 수 있다면,
유랑의 슈피야! 그렇게 계속 밖에서 찾지 말게나,
그것은 바로 당신의 안에 있을 테니까.[9]

우리에게는 루미는 잘 알려지지 않은 인물이지만, 적어도 실크로드 마니아라면 이슬람의 신비주의 슈피즘(Sufism)이나 나아가 빙글빙글 도는 의례적인 춤으로 유명한 그 슈피댄스는 한두 번 보았을 것이다. 바로 그 춤의 원조가 바로 루미이다. 그에 의해 신비주의적 메블라나 교단이 생겨났고 그 명상 속의 엑스터시의 표현이 '뱅글 춤'이라고 한다.[10] 이 춤은 마치 과거 히피문화가 그랬을 때처럼 구미쪽 젊

---

8) 아프간 발흐에서 출생하여 소아시아, 즉 '룸(Rum)'에서 생애의 태반을 보냈기 때문에 '루미'라는 닉네임으로 불렸다. 후에 신비주의의 수업에 진력하여 한 파(派)를 창설하고 37세의 나이부터 시를 짓기 시작하여 대서사시 『영적인 마스나위(Mathnavi-i-Ma'anavi)』를 완성하여 페르시아문학에 큰 영향을 끼쳤다고 평가받고 있다.

9) 你的魂中有靈, 尋找它吧。你的肉身內有寶石, 檢視你的血液吧。
   如果你正尋覓. 流浪的蘇非, 這些那麼別再外觀, 它就在你的內身。

10) 원래 교도들이 입었던 풍성한 옷을 말하다가 그 춤이 유명해지자, 이슬람의 시아파의 한 분파로 자리를 잡았다. 그들은 의식 때 흰 치마(슈피)를 입고 1분에 60회전을 하는 춤을 추는데, 여러 명이 빙글빙글 도는 데도 서로 부딪히지도 않으면서 엑스터

터키의 관광기념품으로
유명한 '춤추는 더비쉬스 인형'

은 친구들에게 열광적인 인기몰이를 하고 있는지 그 영국친구도 이 번 여행이 끝나면 터키에 머물며 그 춤을 배울 계획이라 한다.

이스카심으로 가는 차를 타기 전에 자주 들렀던 카페 겸 여행사에 들러 주문해 놓았던 서적들을 건너 받았다. 다행히 내게는 아주 요긴한 것들이 몇 권 있었다. 파미르에 대한 고고학연구서는 현대에 들어와서 30부만 발간된 『서부파미르, 고르노의 고고학 지도』[11]가 유일할 정도로 미답의 분야였다.

그러다가 2010년에 들어와서 미들톤(Robert Middlton)에 의해 『파미르의 고고학과 문화의 역사』[12]와 역시 같은 저자에 의해 2012년에 『파미르의 전설』[13]이 발간되어서 어렵게나마 구할 수 있다. 이

시에 이를 때까지 춤을 춘다고 한다.

11) 그동안 선구자적인 연구를 해온 마쿠스 하우설(Markus Hauser)에 의해 정리되어 그의 허락 하에 타지크 과학아카데미의 알렉세에브나(Mira Alekseyevna Bubnova)에 의해 편집되어 2000년 중앙아시아대학(The University of Central Asia(UCA)) 호로그 캠퍼스에서 발간되었다. 또한 『Archaeological Map of Gorno-Badakhshan Autonomous Oblast』라는 책은 호로그에 있는 중앙아시아대학의 역사고고학 연구소 또는 타지크의 역사고고학 연구소나 두산베의 박물관 등에서 구할 수 있다고 한다.

12) 영어명은 『The Pamirs-History, Archaelogy and Culture』(Robert Middlton, 2010).

13) 영어명은 『Legends of the Pamirs』(Robert Middlton, 2012).

파미르의 전설 책들

책은 파미르를 현재 행정구역별로 나누어 각기의 지도 위에 암각화,
성터, 스투파, 조로아스터교 유지, 고분, 고택, 고광산, 대상숙소 등을
표시하고, 순서에 의해서 간략한 설명을 곁들였다.

　그러나 이 책의 내용은 이슬람과 관계된 중·근대의 것들이 대부분
이고, 또한 지극히 편파적 시각으로 편집되었다. 예를 들면, 마르코
폴로는 보이나 현장법사 같은 세계적인 여행가의 이름은 거론조차
하지 않은 것이 문제점으로 지적되고 있다.

　그렇기에 필자같이 5~8세기 당시의 자료들, 특히 순례승들에 얽힌
자료들이 필요한 사람에게는 큰 도움이 되지 않지만 그래도 "이 책마
저 발견하지 못했으면…" 하고 중얼거리면서 여행 내내 틈틈이 꺼내
들곤 하였다.

　파미르에서의 내 관심은, 물론 두 말할 것도 없이, 순례승들의 궤적을
쫓는 일이다. 그러자면 역사, 고고학적으로 접근해야 하는데, 잘 알려진
사실이지만, 이슬람권에서는 타종교의 유적들을 도무지 남겨두지 않는

다. 그들의 타종교에 대한 파괴 행위는 어제 오늘의 일이 아니다.

이런 반달리즘(Vandalisim)[14]이라는 파괴 행위가 최고조에 달한 것이 바로 바미얀 대석불의 파괴였다. 물론 우상숭배는 당연히 배격해야 할 그들의 교리상의 의무라고 하더라도 문제는 그 우상들이라는 것들이 바로 자기의 직계 조상들이 목숨을 바쳐가면서 만들어 놓았다는 사실까지 망각하지 않기를 바라는 것이 국제사회의 바람이다. 무릇 오래된 것은 오늘 우리들의 것이 아니다. 바로 후손들에게 물려주어야 할 역사 바로 그것이니까….

2. 옛 식닉국의 고한성(苦汗城), 호로그

파미르의 관문인 현 호로그(Khrog) 지역의 현재 행정구역상의 또 다른 이름은 슈그난(Shughnān) 또는 쉬그난(Shighnān)이다. 바로 고대 구법승들이 음사하여 식닉국(識匿國)[15] 또는 시기니국(尸棄尼國)[16]이라고 불렀던 지명이다.

혜초사문과 현장법사는 와칸 계곡의 입구인 호밀국 이스카심에 먼

---

14) 문화예술 유적지를 파괴하는 행위를 '반달리즘'이라 하는데, 이 말의 유래는 5세기 초 민족 대이동 때 로마를 점령한 '반달(Vandal)'족이 지중해 연안에서부터 로마에 걸쳐 약탈과 파괴로 악명을 떨쳤던 데서 유래된 말이다. 반달리즘을 막기 위한 대표적 국제기구인 유네스코는 '문화재 보호협약' 등을 만들어 시행한다. 이 협약에 따르면 보존가치가 있는 문화재는 식별표시를 해놓고 전쟁이 발생했을 경우 문화재 집중 분포지역은 보호할 수 있도록 해놓았다. 그러나 고의적인 경우는 대책이 있을 리 없다.

15) 혜초사문을 비롯하여 기타 한문자료에는 식닉국(識匿국)을 비롯하여 슬닉(瑟匿) 『신당서』 권221하 「식닉전(識匿傳)」, 적닉(赤匿), 식닉(式匿), 『십력경(十力經)』, 또한 둔황에서 발견된 티베트자료인 『돈황연대기(敦煌年代記)』에는 Shig-nig로, 기타 아랍쪽 문헌에서는 쉬끼나(Shiqīna)를 비롯하여 쉬키난(Shikinān), 쉬끼난(Shiqinān), '쉬카나(Shikāna) 등으로 음사되었다.

16) 현장법사는 '시기니(尸棄尼/ Śikini, Śikni)'라고 불렀다.

저 도착한 것은 그들의 일정과 글의 내용으로 보아서 분명한 사실이다. 그렇다면 그들은 파미르를 넘기 위해 동쪽으로 파미르천이나 와칸천 중에서 하나를 골라서 거슬러올라가야 마땅하나 그들은 판지강을 건너 북쪽 산 속에 있는 식닉국의 도읍지인 옛 고한성인, 현 호로그로 왔다가, 이 나라에 대한 정보들만 몇 줄 정도 기록으로 남기고는, 다시 되돌아간(?)[17] 것처럼 보인다. 그리고 나서 파미르천을 따라 총령을 넘어갔다. 그들의 기록을 종합해보면 식닉국 또는 시기니국은 지금의 파미르고원의 서남쪽 경사면 골짜기 속에 있는, 크고 작은 마을들로 지금의 타지크령 호로그를 중심으로 한 고르노바닥샨(GBAO)의 중심 지역이 분명하다.

그렇다면 필자가 보기에는 그들은 현재의 호로그까지는 가지 않고 그저 판지 강 북안의 여러 골자기 중에 몇 개를 지나가며 거기서 수집한 호로그에 대한 정보만 기록하고 바로 파밀천을 따라 총령으로 떠난 것으로 보인다. 그러니까 식닉국은 반쯤은 전문국이고 반쯤은 친천국으로 보면 될 것이다.

식닉국에 대한 정보는 『신당서』 권221하 「식닉전(識匿傳)」에 구체적으로 기술되어 있다.

식닉국은 동남쪽으로 경사(京師: 長安)까지는 구천 리이고 동북방 오백 리에는 총령수착소(總領守捉所)가, 남방 삼백 리에는 호밀이, 서북방 오백 리에는 구밀(俱密)[18]이 있다.

---

17) 그렇다면 이 호로그는, 이른바 직접 가보지 않고 전해들은 것을 기록한 전문국(傳聞國)에 해당될 수도 있지만, 전문국 치고는 정보들이 너무 구체적이어서 여러 개 골짜기로 이루어진 나라에 몇 개 골짜기만 들렀다가 총령으로 올라간 것으로 보면 될 것 같다. 그러니까 반은 친천국이고, 반은 전문국이 되는 셈이다.

18) 구밀은 『대당서역기』 권1 중 구밀타(拘密陀)로, 『오공행기(悟空行紀)』 중 구밀지(拘密支)로, 아랍 문헌 중의 쿠메르(Kumedh), 쿠미지(Kumiji)로 보이는, 현 아프간

식닉국의 최초의 치소는 고한성(苦汗城)이었으나 후에는 산골짜기 이 곳저곳으로 옮겨다녔다. 큰 골짜기가 다섯 개가 있는데, 각자 수장이 다스리고 있어 '오식닉국'이라고 한다. 온 나라 이천 리 땅에 오곡은 나지 않으며, 사람들은 즐겨 지나가는 상인들을 공격하여 물건을 겁탈한다. 파밀천(播密川)의 네 개 골짜기[이 네 개 골짜기에 네 개 식닉이 있다고 추단(推斷)됨]에 대해서는 왕의 명령이 별로 소용이 없다. 사람들은 보통 굴속에서 산다.

당나라 때의 기록은 계속된다. 정관 20(646)년에 사몰(似沒)과 역반(役槃) 두 나라의 사신이 함께 내조하였으며, 개원 6(724)년에는 왕 포차파자(布遮波資)에게 오위대 장군(吾衛大將軍)직을 수여하였다고 한다.

여기서 이 기록은 혜초의, "그 근처에 두 명의 석굴 속에서 사는 왕이 있는데 중국에 투항하여 안서(安西)도호부까지 사신을 보내어 왕래가 끊어지지 않는다."와 정확하게 일치하고 있다.

그러나 혜초는 이 식닉국(識匿國)을 5개국이 아니라 9개국으로 하면서 다음과 같이 기록하고 있다.

또 호밀국 북쪽 산 속에는 아홉 개의 식닉국이 있다. 아홉 왕이 각기 군대를 거느리고 사는데, 그 중에 한 왕은 호밀국왕에게 예속되어 있고, 나머지는 다 독립해 있어 다른 나라에 속해 있지 않다.

그 근처에 두 명의 석굴 속에서 사는 왕이 있는데 중국에 투항하여 안서(安西)도호부까지 사신을 보내어 왕래가 끊어지지 않는다. 왕과 수령만 면직옷과 가죽옷을 입고 나머지 백성들은 가죽옷에 모직 상의를 입는다.

날씨가 매우 춥다. 눈으로 덮인 산 속에 사는데 다른 나라와 같지 않다.

북부 와칸 계곡의 서남부인 다르와즈(Darwaz/ 達爾瓦玆)로 비정되고 있다.

판지 강과 군트 강이 만나는 호로그의 전경

산물로는 양과 말과 소와 노새가 있다. 언어는 각기 달라 다른 나라와 같
지 않다.[19] 그 나라 왕은 항상 2~3백 명의 백성을 파밀천에 보내어 무역하
는 호족을 덮쳐서 물건을 빼앗는데 거기서 빼앗은 비단을 창고에 쌓아 두
고 못쓰게 되도록 내버려두고 옷을 지어 입을 줄을 모른다. 이 식닉국에
는 불법이 없다.

---

19) 현재 호로그를 비롯한 슈그난 일대에서 쓰는 언어는 동부 이란어 가운데 파미르 방
　언이라고 말하는 것 가운데 하나인 갈차(Ghalcha) 방언에 속한다고 하며, 예로부
　터 주민의 이동도 적어 고립된 '언어의 섬'과도 같은 지리적 상황도 있었으므로 옛
　형태를 많이 남기고 있다고 한다. 현장이 말하는 도화라의 언어도 이란어 계통의
　것이었으리라고 추정하고 있다. 현재도 깊은 계곡에 거주하는 파미르인은 다양한
　파미르 방언을 사용하고 있다고 조사되고 있다.

이 기록으로 보아서는 이 나라는 통일된 한 나라라고 보기보다 독립된 여러 산골짜기에 은거하여 노략질을 일삼는 도둑들의 소굴로 보이는데, 이는 현장도 "살육하는 것을 태연스레 저지르고 도적질을 일삼고 있고 예의를 알지 못하며 선악도 판가름하지 못한다."라고 지적하고 있다. 또한 『신당서』에서도 "사람들은 즐겨 공격하고 상인들의 물건을 겁탈한다"라고 기록하고 있는 것을 보면 이들의 정체성을 알 수 있게 해준다.

혜초는 이들 나라를 모두 9개라 했지만, 『신당서』나 『오공행기』에는 '5개의 식닉국'이라고 하였으니, '여기에 파밀천의 4개 골짜기를 더하여 9개라고 부른 것이 아닌가?'라고 비정된다.

삼장법사 역시 귀로에 이 시기니국(尸棄尼國)에 대하여,

쉬기니국의 둘레는 2천여 리에 달하며 나라의 큰 도성의 둘레는 5~6리이다. 산과 강이 연달아 이어지고 있으며 모래와 돌이 들판에 두루 깔려 있다. 보리가 많이 자라고 곡식은 적다. 나무가 성글고 꽃과 과일도 매우 적다. 기후는 매섭게 추우며 풍속은 난폭하고 용맹스럽다. 살육하는 것을 태연스레 저지르고 도적질을 일삼고 있다. 예의를 알지 못하며 선악도 판가름하지 못한다. 미래의 재앙과 복에 어두우며 현세의 재앙을 두려워하고 있다. 생김새는 천하고 가죽과 모직 옷을 입고 있다. 문자는 토하라국과 같지만 언어에 차이가 있다.

이스카심에 도착한 필자는 이미 힘들게 지나 온 호로그로 다시 돌아가야만했다. 그 이유는 조르쿨 호수(Zoro-Kul lake), 즉 빅토리아 호수를 가기 위해서는 '허가증'[20]이 필요하다는 정보를, 뒤늦게 이스

---

20) 호로그의 중심지에 있는 넓고 아름답고 거대한 가로수가 높이 솟아 있는 시민공원 귀퉁이에 있는 센터(Pamir Ecotourism Association Information Centre)에서 발

카심에서 확인했기 때문이었다. 이런 일은 혼자 다니는 배낭여행자에게는 큰 실수에 속하는 일로써, 그 아까운 돈, 시간, 체력을 모두 낭비하기 때문이다. 아무튼 백조가 날아다닌다는 새들의 왕국 빅토리아 호수를 가보기 위해서는 그놈의 허가증이 꼭 필요하다기에, 숙소에서 공짜로 주는 아침까지 거르고 신새벽에 길을 나섰다.

굳이 변병을 하자면, 처음 두산베에서 하루 낮과 밤을 달려 새벽녘에야 호로그에 도착했을 때 토요일에만 열리는 아프간바자르 날짜가 빠듯하여 마음이 조급해 급히 이스카심으로 떠나왔기에 정보수집과 준비를 제대로 하지 못한 탓이었다. 그래서 결국 호로그를 다시 찾을 수밖에 없었지만, 순조롭게 퍼밋을 받아들고 오후 늦게 다시 이스카심으로 돌아오는 길은 오히려 홀가분하였다. 모든 일은 마음먹기 나름, 일체유심조(一切唯心造)였다.

그래 혜초사문과 현장법사의 체취가 물씬 나는 그 길을 두 번씩이나 왕복하는 것도 나쁘지만은 않으니까….

이스카심과 호로그 간의 거리는 『신당서』의 기록에는 '3백 리'라고 되어 있지만, 실제로는 거의 반나절 거리이다.

그러나 숙제 하나는 풀어야 했다. 식닉국의 도읍이 과연 호로그일까 하는 문제였다. 현장은 "쉬기니국의 둘레는 2천여 리에 달하며 나라의 큰 도성의 둘레는 5~6리이다."라고 하면서 도성의 이름은 밝히지 않고, 혜초 또한 마찬가지였다.

그러나 『신당서』 권221하 「식닉전」[21]에서는 고한성이라고 찍어서

급해주고 있는데, 근처에 인도카레 맛이 좋은 델리호텔(Delhi Darba H.)도 있어서 여러 가지로 편리하다. 일반적으로 개별적인 배낭여행객이 많이 찾는 파미르롯지는 저렴하고 친절하지만, 시가지에서 너무 멀리 떨어져 있다,

21) 『新唐書』: 송나라 인종 가우 연간(嘉祐年間)에 구양수(歐陽脩), 송기(宋祁) 등이 편찬한 역사책. 이십오사(二十五史)의 하나로 당나라 때의 정사(正史)이며, 『구당서(舊唐書)』에 빠진 것을 보충하고 틀린 것을 바로잡아 엮은 책으로 225권으로 되어 있다.

기록하고는 상황에 따라서는 중심지가 옮겨다녔다고 하였으니 지리적으로 볼 때 옛 고한성은 바로 현재의 호로그로 보면 된다.

"식닉국의 최초의 치소는 고한성(苦汗城)이었으나 후에는 산골짜기 이곳저곳으로 옮겨다녔다."

3. 랄 루비광산의 애달픈 전설

호로그에서 이스카심 쪽으로 46km 지점에서 좌회전하면 가름차시마(Gharm Chashma)라는 온천이 나타나고 다시 직진하여 앤더롭(Anderob)에 이르면 유명한 루비광산이 있다. 바로 '쿠-히-랄(Kuh-i-Lal)'이다.

바로 마르코 폴로[22]가 『동방견문록(東方見聞錄)』에서 기록한 '발라스 루비'를 채굴하는 광산이다.

베네치아의 상인 마르코 폴로는 파미르고원을 넘어 중국으로 가려고 '바닥샨'[23]에 도착하여 다음과 같이 기술하고 있다.

識匿 瑟匿, 尸棄尼國, 五赤匿, 式匿, 戶棄尼國 Shughnān, Śikni/ 地名群組：古覩貨羅二十七國/ 註解：西域古國名, 屍棄尼國, 週二千餘裡。都城週五六里。山磧連野, 文字同覩貨羅國, 屬同一種東伊蘭語系。

22) 마르코 폴로(Marco Polo, 1254~1324)는 17세 때 아버지와 함께 베네치아를 떠나 중국으로 떠나 1275년 원나라의 세조가 있던 카이펑에 도착하였다. 그들이 원나라에 간 이유는 칭기즈 칸의 손자 쿠빌라이 칸의 요청으로 예수의 무덤으로 추정되는 곳의 성유와 로마 가톨릭교회 선교사들을 데려가기 위해서였다. 『동방견문록』은 마르코가 여행한 지역의 방위와 거리, 주민의 언어, 종교, 산물, 동물과 식물 등을 하나씩 기록한 탐사 보고서의 성격을 갖고 있으며, 일본에 대해서도 언급하고 있다. 하지만 내용의 진정성에 대한 비판도 있다.

23) 바로 현 아프간령 바닥샨과 타지기즈탄령 고르노-바닥샨 자치주를 합한 지역을 말한다.

쿠히랄 광산의 지도

바닥샨의 주민들은 이슬람교도로 고유의 언어를 가지고 있다. 큰 왕국으로 왕위는 세습제이다. 왕족들은 알렉산더 대왕과 페르시아의 다리우스왕의 딸[24]과의 사이에서 난 자손들로 사라센말로 '줄카넨'이라 부르고 있는데, 이는 알렉산더 대왕과 같은 호칭으로 그를 추모하여 그렇게 부르고 있다는 것이다.

값진 '발라스 루비(Balas Ruby)'가 발견되는 곳이 바로 이곳으로 사람들은 땅에 갱도를 파서 루비를 캐낸다. 이 특별한 산의 이름은 슈그논(Shugnon) 산이다. [루비는] 왕의 이익을 위해 채굴될 뿐 아무도 국외로

---

24) 짧은 생애 중에 알렉산더는 자신이 정복한 곳마다 현지 여인과 결혼을 하여 융합을 시도하였다. 먼저 페르시아왕 다리우스 3세의 딸 스타티레(Stateira)와 또한 박트리아의 왕의 딸인 록사나와도 결혼하였다. 알렉산더는 록사나를 통해 알렉산더(알루)라는 아들을 낳았다. 그리고 바르시네라는 여자를 통해 헤라클레스(헤르쿨레스)라는 서자를 낳았다. 하지만 다니엘의 예언에서는 그의 제국이 "그의 후손에게 돌아가지도 않을 것"이라고 예언하였다. 알렉산더의 가족과 그의 상속자들이 오래지 않아 모두 죽임을 당함으로 그 예언은 성취되었다고 한다.

옛날부터 유명한 발라스 루비 원석

동방견문록

청금석 라피스 라우즐리 원석

반출하지를 못한다. 왕은 이를 비장해 두었다가 주로 조공할 때 사용하지만 가끔은 팔기도 하여서 발라스 루비의 가격을 유지하고 있다. 또 이곳에는 품질이 좋은 유리의 광석이 생산되는 산도 있고 은이 생산되는 큰 산도 있어서 이 나라는 매우 부유하다.

그러나 마르코 폴로가 산 이름으로 불렀던 '슈그논'은 사실은 산 이름이 아니라 현재의 호로그를 중심으로 한 지방의 다른 이름으로 바로 혜초나 현장이 '식닉국'이라 불렀던 곳이라는 점은 정정하고 넘어가야겠다. 바닥샨 지방의 또 하나의 유명한 보석은 푸른 빛이 돋보이는 라피스 라줄리(lapis lazuli)이다. 붉은 루비와 대조를 이루며 청금석(靑金石)이란 이름으로 불린다. 라피스는 12월의 탄생석으로 필자

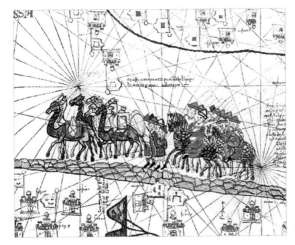

마르코 폴로의 여행지도

가 개인적으로 좋아하는 보석이다. (또한 가격도 다른 보석에 비하면 저렴한 편이다.) 그 이유는 아프간의 하늘을 닮았기 때문이다. 19세기에서 푸른 안료가 개발되기 전까지는 유일하게 푸른 색을 나타낼 수 있었던 광석으로 울트라마린(Ultramarine)의 원료가 되는 안료였다.

마르코 폴로는 또 바닥샨의 말에 대해서도 다음과 같이 기록하고 있다.

> 또한 발이 빠른 유명한 말도 생산된다. 많고 험한 길에서 다니지만, 결코 편자를 박는 일이 없다. 다른 말 같으면 빨리 달리지 못하는 내리막길도 말은 큰 발걸음으로 잘도 달린다.

마르코 폴로에 의해 세상에 널리 알려지기 이전에 이 광산에는 애처로운 전설이 서려 있었다. 와칸 계곡에서 남북로가 갈라지는 지점에 일명 '비단 성'이라는 아름다운 아부라심 성이 있었는데, 그 성의 성주는 루손나(Rukhshona)라는 아름다운 여왕이었다. 그녀는 강력한 군대와 많은 하인과 노예를 거느리고 살면서 와칸 계곡을 통치하

비단성 아부라심 성의 옹자

고 있었다. 특히 그녀의 왕국에는 보석이 생산되고 있었고, 성 아래 종 마을 근처에 바자르를 열어서 많은 재화를 축적하여 비단으로 성을 둘러쌓을 정도였다고 하였다.

그런데 힌두쿠시의 다른 쪽에서 무슬림 세력이 밀려들어오면서 산 너머의 한 무슬림 국왕은 그녀의 미모와 용기 그리고 재력에 반해 청혼을 하였지만 거절당하자, 왕은 대규모병력을 동원하여 높은 설산을 넘어서 여왕의 궁전을 포위하였다. 이윽고 전투가 벌어져 마침내 성이 함락되고 여왕은 사로잡히게 되었지만, 여왕은 청혼을 받아 드리는 대신 자결을 택하면서 붉은 루비의 전설이 시작된다.

원래 여왕에게는 랄(Lal)이라는 아들이 있었는데, 여왕은 자신의 심복에게 만약 궁성이 함락되면 왕자를 비밀통로로 피신시키라고 안배를 해두었다. 결국 성이 함락되기에 이르자 랄 왕자는 성을 빠져나와 정신없이 서쪽으로 도망을 치다가 가름(Gharm)이라는 곳에 도착해서 정신을 차려보니 그의 발 아래 반짝이는 붉은 돌들이 수없이 반짝이고 있었다. 바로 그 유명한 '랄 루비광산'의 발견이었다.

4. 옛 호밀국(胡蜜國)의 색가심성(塞迦審城), 이스카심(Iskashim)[25]

'마침내' 필자는 현장법사를 비롯하여 수많은 구법승들의 체취가 진하게 배어 있는 와칸주랑의 입구인 이스카심에 입성하였다. 여기서 '마침내'라는 어조사를 강조함은 물론 그간의 몸과 마음의 고달픔을 내비치는 것이리라….

그 다음 제일 먼저 달려가고 싶었던 곳은 그들이 건너다녔을 그 강가였다. 그리고는 그 강물로 세수를 하고 싶었다. 아니 파미르천, 즉 판지 강(Panji/ 噴赤河)을 바짓가랑이를 걷어 부치고 정강이 바람으로 건너 편의 아프간 땅으로 건너가고 싶었지만, 강가에 가까이 갈수록 강 건너의 국경참호 속에서 차가운 총구들이 나를 겨냥하는 것 같아서 뒤돌아 설 수밖에 없었다.

커다란 가로수가 늘어서 있는 이스카심 마을을 가로지르며 올라가는 와칸주랑의 도로

그래서 마을을 가로질러, 본류인 판지 강과 합류하는 작은 지류 위에 놓여 있는 다리 위에 퍼질러 앉아서 강 건너 아프간령 이스카심 마을을 한없이 건너다 보았다. 그러다가 문득 정신이 들어 우선 유일한 가이드북인 론리플레닛(L. P.)에서 미리 검색해둔 숙소(Hani G. T.)라는 곳에다 배낭을 풀고 마을구경을 나섰다. 타지크령 이스카심은 명색은 와칸주랑 최대의 마을이라고 하지만, 내가 오랫동안 상상했던 호밀국과는 너무

---

25) 자료에 따라서는 이스카슈민(Ishkāshmin)이라고도 부른다.

나 다른 모습이었다.

이스카심의 시가지를 대충 둘러보고 난 느낌은 아주 '거시기'했다. 내 머릿속에서 생각하던 것보다는 너무 작고 초라했기 때문이었다. 혜초사문을 비롯한 대개의 구법승들의 기록에서는 "와칸주랑에서 가장 번성한 호밀국의 도읍지인 색가심성"이라고 강조하고 있었기 때문에, 아마도 그런 선입관이 자리 잡게 되었는지도 모르겠다.

그러나 한편 생각하면 내 머릿속의 색가심성은 사실은 현 타지크 령의 이스카심이 아니라 강 건너 아프간령 이스카심이고, 또한 이미 '실크로드'란 동서양의 최대 소통로라도 시간의 수레바퀴가 벌써 몇 세기를 돌아갔으니, 중세기 번성기의 호밀국의 모습을 현재 여기서 찾는다는 것 자체가 '부질없구나!'라고 위안을 삼을 수밖에….

판지 강을 따라 형성된 둔치에 계단식으로 형성된 마을은 동서로 뻗어 있는 큰 길을 따라 길 양편에는 커다란 가로수가 줄지어 서 있고 그 사이로 삼색 깃발의 타지크 국기가 게양되어 있는 관공서 같은 건물들 몇 채와 작은 일용품 가게들이 몇 개 띄엄띄엄 늘어서 있을 뿐이고 민가들은 별로 보이지 않았다. 더구나 지정된 버스터미널이 없는 탓인지, 그나마 대낮에는 길 양편으로 크고 작은 각종 차량들이 주차해 있다가 손님을 태우려고 흥정을 하느라고 인파가 제법 있었지만, 오후가 되자 강변 쪽으로 나있는 골목길에 있다는 바자르까지 문을 닫은 탓인지, 거리에는 인적마저 뜸했고 대신 개들만이 활보를 하고 다닐 뿐이었다.

그런 썰렁한 거리를 할 일 없이 어슬렁거리던 해동의 나그네는 다시 거리의 중심쯤에 있는 다리 위에 섰다. 그리고는 강 건너로 눈길을 돌려 바라다보니 어스름한 어둠이 밀려오는 넓은 들판에 삼삼오오 자리 잡은 집집마다 피어오르는 저녁연기가 평화롭다.

"아! 그리 넓지도 않은 저 강을 왜 건너지 못하는 것일까? 현장법사도, 손오공도, 저팔계도, 사오정도, 그리고 우리의 혜초사문도 건너

이스카심의 중심되는 지점의 다리

다녔을 저 강을 왜 나만 건너지 못하는 것일까?"

아, 아프간!

혜초사문의 궤적을 따라 벌써 20여 년을 헤매고 다니던 필자에게
는 의미가 깊은 곳이다. 아프간은 동서양의 분수령 역할을 하면서 헬
레니즘을 받아들여 간다라문화를 이룩한 곳이고 쿠샨왕조를 중심
으로 대승불교를 만개시켰던 중앙아시아의 우담발화꽃이었다.

그러나 실크로드가 수명을 다하고 이슬람국가로 변해 버린 뒤, 더
구나 근대에는 영국의 식민지에 이어 구러시아와의 전쟁, 그리고 극
우파 탈레반의 정권수립 등 혼돈의 역사 속에 휩싸여 '금단의 땅'이
되어 버렸다.

그러다가 뉴욕 무역센타 폭파에 이은 탈레반 정권의 몰락으로

2002년 초봄 굳게 닫혀 있던 대문의 빗장이 잠시 열렸다. 그때 필자는 몇 번의 시도 끝에 카이버(Kyber) 고개를 넘어 아프간의 수도 카블에 입성할 수 있었다. 그리고 바로 바미얀 대석불이 있던 곳으로 달려가 텅 빈 석굴을 향해 삼배를 올렸다.

그리고는 발길을 북쪽으로 돌려 유서 깊은 옛 토화라국 도읍지인 발흐(Balkh)와 초대 시아파[26)]의 창시자인 알리(600?~661)[27)]의 또

---

26) 이맘이라는 직책은 이슬람 사회의 여러 분파에 따라 달리 해석되어 왔는데 이 차이는 이슬람을 수니파와 시아파로 갈라지게 한 정치적·종교적 기준이 되었다. 수니파에서 이맘은 예언자 마호메트의 계승자를 지칭하는 칼리프와 동의어로 쓰였으며 종교적 기능이 아닌 행정적·정치적 기능을 담당했다. 그러나 시아파에서 알리와 그의 계승자 이맘들은 절대적인 영적 권위를 지닌 인물로 인식되어졌다.

27) 알리 이븐 아비 탈리브, 그냥 줄여서 알리라고 부르는 인물은 예언자 마호메트의 종제로, 예언자의 딸인 파티마와 결혼하여 예언자의 유일한 핏줄을 남겼다. 제3대 칼리프가 암살된 뒤 메디나에서 제4대 정통 칼리프(재위 656~661)로 뽑혔으나 메카의 유력자들의 반대를 받아서 자객에게 암살되었다. 그의 시신을 매장한 이라크 중부의 유프라테스 강가의 나자프와 또 다른 유해가 묻혀 있다고 알려진 아프간 북부

타지크 이스카심 거리에서 바라본 판지 강 남안의 아프간 이스카심의 원경

하나의 무덤이라고 전하는, 알리모스크가 있는 마자-이-샤리프를 거쳐 아프간 령 바닥샨주의 쿤두즈(Kunduz)까지는 접근했다. 그러나 당시 뉴욕무역센터의 폭파범이라고 주목을 받고 있던, 빈라덴이 숨어 있다고 알려진 와칸주랑에는 도저히 접근할 수가 없었다.

그래서 미리 한국에서 우즈벡비자를 받아 왔기에, 처음 계획된 루트인 하이다탈[28] 국경선에 걸쳐 있는 우정의 다리를 건너 우즈벡으로 넘어가려고 하였다. 그래서 당당하게 아프간 출국도장을 받은 다음 다리를 건너려고 하였으나 뜻밖에도 다리 중간에서 우즈벡 입국을 거절당했다. 외국인은 육로입국이 안 된다는 것이었다. 어쩔 수 없

의 마자리-이-샤리프도 중요한 시아파의 성지로 꼽힌다. 현재도 시아파는 알리를 예언자의 유일하고 진실한 계승자로 인식하고 있다.

28) 교통의 요지인 마자-이-샤리프에서 20km 거리에 있는 국경마을이다.

이 카블로 되돌아가 비행기로 몇 만 리를 돌고 돌아 우즈벡의 타슈켄트공항에 내려 육로로 다시 '우정의 다리'까지 내려왔던 적이 있었다. 말하자면 다리 하나 때문에 몇 만 리를 돌아야만 했던 것이다. 정보 미확인으로 인한 그 통한의 실수담(?)과 통한의 강이 바로 필자의 눈앞에서 흐르고 있는 판지 강의 하류인 아무다리아(Amu-Darya) 강[29]인 것이다.

각설하고, 다시 이스카심의 역사 속으로 들어가 보자. 『신당서』를 비롯한 중국 쪽 자료들에서 색가심성이라는 지명으로 기록되어 있지만, 혜초는 구체적인 이름을 적지 않고, 다만 "또 토화라국으로부터 동쪽으로 7일을 가면 호밀국(胡蜜國)의 왕이 사는 성에 이른다."라고만 기록하고 있다.

혜초사문이 이렇게 원음을 한문으로 음사(音寫)하지 않은 경우는 뒤에 혜초가 파미르를 넘어 도착한 현 중국령 신장 지방의 소륵국(疎勒國)을 현지인들의 발음대로 가사기이(伽師祇離)라고 적고 있는 것과 대조를 이루는 대목인데, 이 '가사기이'는 원음 '카슈가르(Kashgar)'에 최대한 가깝게 음사하려고 하였지만,'카'발음은 적기가 어려웠던 게[30] 아닌가로 추정된다.

각설하고, 혜초가 7일 걸어 도착한 "호밀국왕이 사는 성"은 그의 일정으로 보아서 현재의 이스카심이 확실하다. 그러나 실제 거리상으로 볼 때 문제가 하나 남는데, 이는 실제로 발흐에서 이스카심까지 일주일에 주파한다는 것이 불가능하다는 사실에 근거하여 그래

---

29) 옛 박트리아 시대에는 옥수스(Oxus)라고 불렸고, 중국에서는 규수(嬀水) 또는 오호수(烏滸水)라고 불렸던 강이다,

30) 물론 현재 중국어본 지도에는 이스카심을 '이습카신(伊什卡辛)'이라고 거의 원음에 가깝게 적고 있지만, 사실 이 '카(卡)'자란 글자는 현대에 와서 '카드(卡/ Card)' 같은 현대어의 대두에 따른 필요에 의해 만들어진 글자이기에, 옛날에는 없던 글자이다. 그렇기에 가시기리에서도 '카'를 '가(伽)'로 표현하였을 것이다.

이스카심의 다리

서 학계에서는 칠일(七日)을 '이십일(二十日)'의 오사일 것이라고 비정하고 있는 쪽으로 무게가 실리고 있다.

왜냐하면 당나라의 공식법령(公式法令)에 의하면 하루에 말은 70리, 사람은 50리, 마차는 30리를 가는 것으로되어 있다. 그렇다면 토화라국의 동쪽 변경까지도 1천 5백 리 정도이니 적어도 대략 30일 이상 걸린다는 결론에 도달하기 때문이다.

현 지도상으로 이스카심은 두 곳인데, 그 하나는 아프간[31]에, 또 하나는 타지크 땅에 있다. 그리고 지금도 두 곳 모두 그냥 이스카심이라고 적혀 있기도 하고 아프간령은 '이스카셈'이라고 따로 구분하고 있는 자료도 있다. 그러니까 판지 강(Panji/ 噴赤河)을 사이에 두고 남, 북안에 걸쳐 형성되어 있었던 옛 색가심성은 강의 남안(南岸) 땅은 현재 아프간 땅이 되었고 현재 필자가 머물고 있는 북안의 마을은 타지크령으로 분리되어 주민들은 이산가족이 되었다고 한다. 그리고 실제로 현 북쪽의 타지크령에 사는 주민들은 옛날부터 살아오던 원주민 등이 아니고, 20세기 초 러시아의 중앙아시아 지배정책의 일환으로 건설된 '파미르 하이웨이'의 건설공사로 인해 이곳으로 이주한 사람들이라고 한다.

그렇지만 두 나라의 이스카심 주민들은, 옛날 그들의 선조들이 그

---

31) 타직과 아프간 사이의 와칸 계곡에는 4개의 다리가 있는데, 주로 NGO 구호물자 수송용 다리로 쓰인다. 특히 이 이스카심 다리는 가운데 섬에서 토요 바자르가 열리는데, 타직비자를 가진 외국인들도 출입할 수 있다.

아프간 토요 바자르로 가는 다리

랬던 것처럼, 지금도 완충지대인 중간 섬에서 열리는 바자르에서 만나고 있다. 그들에게 무엇보다 중요한 문제는 필생품의 조달인데, 두마을 모두 자기 나라의 대도시가 너무 멀리 떨어져 있기에 가장 가까운 두 마을끼리 서로 필요한 물자들을 그 옛날처럼 물물교환 방식으로 조달한다는 것이다. 지금도 비록 두 나라의 국내 사정에 따라 봉쇄되었다가 열리기를 되풀이 하고는 있지만 일주일에 한 번씩 열리는 바자르는 각기 다른 나라 국적을 가진 두 마을의 주민들 간의 유일한 소통의 창구이다. 바자르 구경은 언제 해도 좋다. 하물며 아프간 사람들이 법석을 이루는 바자르는 두 말해 무엇하랴….

파미르고원을 모르는 사람은 거의 없지만 파미르의 대부분이 타지크에 있다는 사실이라든가 파미르에는 타지크 사람보다는 키르기즈 유목민들이 더 많이 살고 있다는 사실을 아는 사람은 그리 많지 않다. 파미르의 서쪽과 동쪽 원주민의 외모는 극명하게 다르다. 동쪽은 키르기스계인들이 많이 살고 있고, 반면에 서쪽으로 갈수록 아프간 파슈툰 부족과 닮아 있는 신비한 초록색 눈[32]을 가진 사람들이 눈에 많이 띈다. 그래서 이들의 선조를 페르시아계로 구분하기도 한다. 알렉산드로스가 뿌린 박트리아 인종의 후예라는 얘기라는 것이다. 파미르의 타지크족은 외모는 서양인인 데 비해 키는 생각보다 작다. 이게 영양문제 때문인지 종족 고유의 특색인지는 알지 못하겠지만 수도인 두산베로 가면 체구가 큰 사람들을 쉽게 볼 수 있고 금발머리의 슬라브계도 눈에 많이 띈다.

또 다른 구분법으로 '파미리(Pamiri)', 즉 파미르인이 있다. 국적이나 인종을 떠나 현재 파미르에 살고 있는 주민들을 가리키는 방법이다. 그들은 해발 2천~4천m 사이의 판지 강의 둔치에서 반농반목(半農半牧)을 겸하여 생활을 이어가고 있다. 파미르인의 조상들은 사카족(Shaka)[33]으로 알려져 있는 유목민족으로서 기원전 2천년 경 시베리아와 중앙아시아 그리고 중국 서쪽에 거주하였다는 사실이 가장 유력하다. 또한 그들은 해와 불을 숭배하는 유일신적인 고대 종교인 조로아스터교를 숭배하다가 후에 무슬림화되었지만, 아직도 도처에 불을 숭배하는 신앙의 흔적은 남아 있다.

'파미리'들은 생김새가 아니라 언어적 분류를 통해 '슈그난-루숀', '야즈굴롬', '와칸', '이스카심' 등 '4개 권역'으로 나누어지는데, 그들은 자녀가 태어날 때 부모가 어떤 언어를 사용하느냐에 따라 4개 중에 하나로 나뉘어진다.

각설하고 다시 혜초사문의 궤적으로 돌아가 보자. 때는 726년 봄

---

32) 다큐멘터리 사진작가 스티브 맥커리가 찍은 '공포에 질려 있는, 초록눈의 아프간 소녀'의 사진은 유명하다.

33) 인도에 사는 종족의 하나. 중앙아시아의 유목 민족인 스키타이족 가운데 기원전 2세기 후반에 남하하여 인도에 정주한 종족으로, 서북부 인도에 여러 왕국을 건설하였다.

이스카심에서 서쪽(호로그 방향)으로 3km 지점의 판지 강의 섬 안에 아프간 냄새가 물씬 풍기는 토요 국경바자르가 매주 열리지만, 가끔 두 나라 정세에 따라 임시로 장터가 폐쇄되기도 하니 미리 정보를 확인하고 가야한다. 상인들은 대게 아프간이고 손님들은 대게 타지크 사람들이다.

으로 돌아간다. 앞에서 여러 번 이야기한 것처럼 혜초는 파미르고원을 넘으려고 설산을 넘을 시도를 하였지만, 가는 곳마다 도둑들이 길을 안내할[34] 정도로 창궐하여 혼자 몸으로 파미르를 넘기는 위험하다고 생각되어 안전한 루트를 모색하게 되었을 것이라고 한 바 있다. 그러다가 이란에서 뒤 돌아온 뒤 와칸주랑을 통한 가장 전통적인 루트를 택하기로 하고는 아프간 발흐-쿤두즈-화이자바드를 거쳐 와칸주랑의 시발점인 이스카심에 도착하였을 것이다. 그리고는 다음과 같은 기록과 시 한 구절을 남겼다.

---

34) '험간적도창(險澗賊途倡)'은 험한 골짜기마다 도적떼가 버젓이 나타나 길을 안내할 정도라는 뜻이다.

또 토화라국으로부터 동쪽으로 7일을 가면 호밀국의 왕이 사는 성[필자주: 색가심성]에 이르렀다. 마침 토화라국에서 [이곳에] 왔을 때 서번(西蕃)으로 가는 중국 사신을 만났다. 그래서 간략하게 4자의 운자(韻字)를 써서 오언시를 지었다.

"그대는 서번 길이 멀다고 한탄하나 나는 동쪽 길이 먼 것을 슬퍼하노라.
길은 거칠고 산마루에는 눈도 많이 쌓였는데 험한 골짜기에는 도적 떼도 많기도 하네.
새도 날아오르다 깎아지른 산에 놀라고 사람은 좁은 다리 지나가기 어렵네.
한 평생 살아가며 눈물 흘리지 않았는데 오늘따라 눈물 천 줄기나 뿌리네."

그러니까 이곳 이스카심의 객사[35]에서 서번(西蕃)[36]으로 가는 당나라 사신을 만나 회포를 풀었다는 말이 된다. 아마도 오랜만에 친숙한 중국어가 오가는 가운데에서, 그의 당면 과제인 파미르를 넘는 정보도 얻는 자리였을 것이다. 이때 시심(詩心)이 발동한 혜초는 토화라에서 지은 시도 생각났는지 그것도 기록하였다.

또한 겨울날 토하라국에 있을 때 눈을 만나서 그 감회를 오언시로 읊은 것이 있었다.

---

35) 실크로드의 대상들이나 일반 나그네들이 머무는 곳을 카라반세라이(Caravanserai)라고 하는데, 중앙아시아에는 지금도 도처에 일정한 거리를 두고 그 유지들이 남아 있다. 유감스럽게도 필자가 이스카심을 떠난 뒤 얻은 자료에 의하면, 이스카심 근교 누트(Nut)라는 곳에 6~7세기의 카라반세라이의 유지가 있다고 한다. 그렇다면 현장을 비롯한 구법승들이 머물렀던 가장 신빙성 있는 곳이 아닐 수 없다.

36) 글자 그대로의 서번은 서역제국을 가리키겠지만, 여기서는 구체적으로 어디를 의미하는지 미상이다.

"차가운 눈은 얼음과 합쳐 얼었고 찬바람은 땅이 갈라지도록 매섭구나.

큰 바다는 얼어붙어 평평한 제단이 되고 강물이 낭떠러지를 자꾸만 깎아 먹네.

용문(龍門)에는 폭포까지 얼어 붙어 끊기고 정구(井口)에는 얼음이 뱀처럼 서렸구나.

<u>불을 가지고 산 위에 올라 노래하니 어찌 파미르고원을 넘을 것인가?</u>"

배화교의 제단

위의 2수의 시구(詩句)는 혜초사문이 남긴 6수 중에서 가장 백미에 속하는 구절로 한겨울날 이역만리에서 귀향길이 막막한 나그네가 느꼈을 객수를 잘 묘사한 절창이라 평가받고 있다.

그러나 여기서 "<u>불을 가지고 계단 위에 올라</u>[37] 노래하니"에 대한 해석은 글자 해석은 겨우 할 수 있지만, 정확한 의미는 오리무중으로 필자에게도 풀리지 않는 화두로 남아 있는 중이다.

다만, 혜초가 배화교(拜火敎/ Zoroaster)의 성지인 이란의 야즈드(Yazd)까지 갔다가 온 것으로 추정되고 당시 배화교가 호국 전체에

---

37) 이잔에는 필자도 '伴火上陔歌'를 '땅 끝에 올라'라고 번역했으나 배화교의 성지들이 대게 산 위에 있다는 점을 감안하여 산 위로 정정하게 되었다. 정수일의 견해는—"불을 가지고 땅 끝에 올라 노래를 부르니"라는 해석은 이해가 잘 안 된다. 다만 이 글자를 '해(陔)'자나 '해(垓)'자의 오사로 보아 이 두 글자는 '층계', '계단'이라는 같은 뜻으로 해석하여 이 한 수를 "불을 벗 삼아 층층 오르며 노래한다마는"으로 옮겨본다—라고 해석하고 있다.

성행하고 있었으니, 이 종교에 대해 혜초는 친숙했을 것이다. 그렇기에 이 종교의 의식 중에 하나인—산 위 제단에 올라 태양신 불을 숭배하는—의식행위를 상징하는 구절이 아닐까?하는 정도로만 여겨질 뿐이다.

호밀국은 중국 측 자료에는 흔히 보이는 곳으로, 『후한서』에서는 휴밀(休密)로, 『위서』에서는 발화(鉢和)로, 『양서』에서는 호밀단(胡密丹)으로, 『당서』와 『오공행기』에서는 호밀(護密)로, 혜림의 『일체경음의』에서는 호멸(胡蔑)로, 그리고 『대당서역기』에서는 확간(鑊侃), 또는 달마실철제(達摩悉鐵帝) 등으로 표기되고 있다. 이런 명칭의 어원은 대게 산스크리트의 와카나(Wakhana)에서 유래한 것으로 알려지고 있지만, 마지막 부분의 '달마실철제'만은 '파미르의 어원'의 경우처럼, 페르시아어 다리마스티(Dar-i-masti)에서 유래한 것으로 보여서 산스크리트어계와 대조를 이루고 있다.

혜초는 이어서 호밀국의 당시 상황을 소상히 그려내고 있다.

이 호밀국왕은 병마가 미약하여 스스로 나라를 지킬 수 없기 때문에 대식국(大食國)의 통치를 받고 있어 해마다 비단 3천 필[38]을 바친다.

산골짜기에 살고 있어 주거가 협소하고[39] 백성들은 가난한 사람이 많다. 의복은 가죽옷과 모직 상의를 입으며 왕은 비단과 면직옷을 입는다.

---

38) 당대에는 말 한 마리가 비단 40필 값어치이니 3천 필이면 말 75마리에 해당된다. 다음 나라인 쉬그난(識匿節)에서 보다시피 "약탈한 비단을 썩을 때까지 창고에 쌓아둘 망정 의복을 지어 입을 줄 모른다."는 구절은 비단이 화폐를 대신해 결제수단으로 이용되었음을 의미하는 것이라고 보여진다.

39) 처소협소(處所狹小)라는 표현은 정확하다. 또한 『대당서역기』 권12에서도 "달마실철제국은 두 산 사이에 있으며 동서가 1,500~1,600여 리이고 남북은 4~5리, 좁은 곳은 1리도 채 안 된다고 한다. 호밀국은 두 산 사이에 위치하고 있으며 (역시) 토화라국의 옛 땅으로 동서로 1,500~1,600여 리이고 남북으로 넓은 곳이 4~5리, 좁은 곳은 1리도 넘지 못한다. 아무다리야 강에 임해 있으며 구불구불 굽어져 있다.

얌그 박물관

음식은 오직 빵과 보릿가루를 먹는다. 이 지방은 매우 추워서 다른 나라보다 심하다. 언어도 다른 여러 나라와 같지 않다.[40] 양과 소가 나는데 아주 작고 크지 않으며 말과 노새도 있다.

승려도 있고 절도 있어서 소승이 행해진다. 왕과 수령과 백성들이 함께 불법을 섬겨서 다른 종교는 믿지 않으므로 이 나라에는 다른 종교는 없

---

40) 호밀어는 파미르 어군에 속하는 와키(Wakhī)어로서 인근 언어들과는 구별된다. 이란 어계의 현대 방언으로 취급되는 파미르 어군에는 슈그니로샤니어(Shughnī Roshanī·Bartāngī Roshorvī=Oroshorī어 포함), 야즈굴라미(Yazghulāmī)어, 이슈카스미어(Ishkāshmī·ZēbākīSanglīchī어 포함), 와키(Wakhī)어의 4대어가 있다. 이 어군은 판즈(Panj) 강과 그 지류 유역에 널리 퍼져 있는데, 아프가니스탄의 바다흐샨 주와 타지크 공화국의 고르노바다흐샨(Gorno-Badakhshān) 자치구, 중국 위구르 자치구 서남단 등지에서도 쓰이고 있다. 호밀어인 와키어는 판즈 강안의 이슈카슈민(Ishkāshmin) 상류로부터 와칸다리야(Wakhkhān Darya) 강 유역에서 유행하며, 파키스탄령 훈자(Hunza)나 치트랄, 중국령 타슈쿠르간(Tāshukurghan) 에도 쓰는 사람들이 있는데, 이슈카슈민(Ishkāshmin)들은 19세기 이곳에 이주한 사람들이다. G. Morgenstierne, *Indo-Iranian Frontier Languages*, 2nd ed., Vol. II, Iranian Pamir Languages, Oslo, 1973, pp. 429~558 참고.

다. 남자는 수염과 머리를 깎고 여자는 머리를 기른다. 산 속에서 사는데 산에는 나무와 물도 없고 풀도 별로 없다.

여기서 해마다 비단 3천 필을 조공으로 바친다는 구절은 부연설명이 필요하다. 당대에는 말 한 마리가 비단 40필 값어치이니 3천 필이면 말 75마리에 해당된다. 현장과 혜초의 다음 행선지인 〈식닉국〉조에서 보다시피, "<u>약탈한 비단을 썩을 때까지 창고에 쌓아둘 망정 의복을 지어 입을 줄 모른다.</u>"는 구절은 비단이 화폐를 대신해 결제수단으로 이용되었음을 의미하는 것으로 보인다.

위의 혜초의 기록에서 우리는 호밀국을 비롯한 당시의 와칸주랑의 여러 크고 작은 나라들이 아랍권의 침략을 받아 통치를 받으며 조공을 바치고는 있지만, 아직 종교적으로는 완전하게 이슬람화되지 않은 채 국왕 및 백성들이 불교를 믿는 것이 허용되고 있다는 사실을 알 수 있다.

한편, 현장법사도 다음과 같이 호밀국의 지형을 묘사하고 있다.

<u>호밀국</u>(護蜜國: 達摩悉鐵帝國)은 두 산 사이에 위치하고 있으며 [역시] 토화라국의 옛 땅으로 동서로 1천 5백~1천 6백여 리이고 남북으로 넓은 곳이 4~5리, 좁은 곳은 1리도 넘지 못한다. 판지 강에 임해 있으며 구불구불 굽어져 있다. 흙더미로 이루어진 언덕이 높거나 낮게 자리하고 있고 모래와 돌이 널려 있다. 찬바람이 세차게 불고 있다.

현장이 묘사한 지형은 아주 정확하다. 두 산맥 사이라 함은 북쪽으로는 6천m 급의 대산맥들인 와칸 산맥과 남쪽으로는 힌두쿠시 산맥이 동고서저(東高西低)의 지형으로 동북쪽으로부터 서남쪽으로 가로놓여 있고 그 사이로 와칸천과 파미르천이 동에서 서로 흐르다가 합류하여 나중에 소그드의 젖줄인 아무다리아를 이룬다. 그리고 그

양대 하천을 따라 옛 대상로 및 구법로가 이어져 있는 것이다.

5. 잡초만 우거진 와칸주랑의 고성(古城)들

1) 나마드굿 마을 전설의 하하고성

와칸주랑을 통과하는 실크로드는 예부터 황금어장이었다. 외통수 길이었기 때문에 일당백의 병력으로 손쉽게 이 루트를 장악할 수 있었다. 그래서 곳곳에는 유서 깊은 이 길을 지키기 위한 거대한 성곽과 요새들이 흩어져 있었다. 물론 외적의 침입에 대비한 목적도 있었지만, 또 다른 의도는 통행세의 징수였다. 본전 안 들이고 남는 장사였기 때문에 곳곳에 통행인을 감시하기 용이한 언덕 위에 다투어 요새를 지었다. 지금은 돌보는 사람 하나도 없고 잡초만 우거진 폐허로 변했지만, 옛날 실크로드가 활발하게 그 기능을 발휘하던 때는 이 외통수 루트를 통과하는 수많은 대상들과 순례승들의 진귀한 물건 중에서 일정한 비율을 현물 또는 은화 같은 화폐로 뜯어낼 수 있었기 때문이었다. 그리고 나서야 여행에 필요한 물건들과 잠자리 등을 제공받았다. 만약 이런 통과세를 물지 않으면 대신 목숨을 내 놓아야 했을 것이다.

혜초사문의 아래 구절이 그런 상황을 잘 표현하고 있다.

또 호밀국 북쪽 산 속에는 9개의 식닉국이 있다. 아홉왕이 각기 군대를 거느리고 사는데, (…중략…) 그 나라 왕은 항상 2~3백 명의 군사를 파밀천에 보내어 무역하는 호족을 덮쳐서 물건을 빼앗는데 거기서 빼앗은 비단을 창고에 쌓아 두고 못쓰게 되도록 내버려두고 옷을 지어 입을 줄을 모른다.

또한 『신당서』 권221하 「식닉전」에도 이런 약탈의 기록이 보인다.

큰 골짜기 5개가 있는데, 각자 수장이 다스리고 있어 오식닉(五識匿)이라고 한다. (…중략…) 사람들은 즐겨 공격하여 대상들의 물건을 강탈한다. 파밀천 네 개 골짜기에는 왕의 명령이 별로 소용이 없다.

그러니까 5개 또는 9개 식닉국이란 말로만 왕국이지 실제로는 계곡의 험준한 외통수 길목에 성곽을 세워 놓고 지나가는 대상들이나 행인들에게 통과세조로 물건을 빼앗는 일종의 산적들의 집단에 불과하다고 보인다. 『당서』라는 공식기록에 그런 사실이 올라올 정도라면 그냥 좀도둑은 아닐 것이라는 점도 그런 근거의 배경이다.

각설하고, 이제부터 와칸주랑 깊숙이 숨어 있는 고성 순례를 시작해보자. 물론 그곳들은 천 년의 세월 속에 돌보는 사람 하나 없이 그냥 방치되어 잡초만 우거진 상태이겠지만, 그 이름 없는 조약돌 하나, 그 부서진 흙벽돌 하나에 서려 있을 수많은 대상들의 그 처절한 생존의 외침들과 신념을 위해 하나밖에 없는 목숨마저도 초개처럼 버렸던 그 수많은 구법승들의 숨결은 천 년의 시륜의 수레바퀴가 흘렀다 치더라도 그곳에 서려 있을 것이니, 우리 모두 고개 숙여 기도하여 그들의 붉은 넋을 어루만져 줄 큰 대비원력을 세워야 하지 않겠는가?

와칸 계곡을 비롯한 파미르고원 곳곳에는 기원전에 중앙아시아를 무대로 대제국을 건설하였던, 쿠샨시대의 성터가 여러 개 남아 있다. 그 첫째가 이스카심에서 15km 떨어진 나마드굿(Namadgut) 마을 근처에 있는데, 옛 실크로드의 바로 길가 천연 바위산 위에서 지금도 옛 실크로드를 지나는 길손들을 내려다보고 있다.

그 이름이 하하(Khakha Fortress) 요새이다. 대로변의 오른쪽 강가 산언덕 위의 지형을 이용하여 자연석과 흙벽돌로 축조되어 있지만, 많이 퇴락하여 스쳐지나가다 유심히 보지 않으면 지나치기 쉽다.

이 성곽에는 타지크의 군인들이 강 건너 아프간을 바라다보며 경계를 서고 있는데, 이곳에서 판지 강을 건너 아프간 땅을 내려다보면,

보리 밭사이로 보이는 하하 요새의 전경

누렇게 익어가는 보리밭 사이로 당나귀가 끄는 마차를 몰고 가는 사람들이 훤히 내려다보인다.

성터를 대략 둘러보고 필자가 브랑마을까지 편도로 예약한 차의 기사가 이곳 출신이어서 그의 집에 들러 간단한 점심을 먹었는데, 내가 그 폐허의 성터에 대하여 궁금해하니 그의 부친이 손짓발짓해 가며 고성의 전설을 이야기해주었다. 물론 내가 며칠 전에 호로그에서 구한 『파미르의 역사, 고적과 문화』라는 책을 달달 외우고 있지 않으면 이해할 수 없는 내용이었지만, 이미 내 머리 속에는 이 고성의 역사가 상세하게 입력되어 있었기 때문에 그의 말에 추임새를 맞추어 맞장고까지 쳐주었다. 그는 나마드굿이라는 마을 이름이 성스러운 곳이라는 뜻이란 사실도 누차 강조하였다.

전해 오는 전설을 채록한 책에 의하면, 하하 요새는 1~3세기 경

아래에서 바라본 요새의 풍경

쿠샨왕조[41] 시기에 처음 축조되었는데 판지 강가의 린(Lyn)이란 돌산 위에 있으며, 축성에 3년 동안 연인원 7만 명이 동원되었다고 한다. 소요된 벽돌을 만들 진흙은 강 건너 아르구(Argu)라는 곳에서부터 손에서 손으로 전달되어 돌산 위로 옮겨져 흙벽돌을 만들어 성곽과 성루를 만들었다고 한다.

'하하'의 표기는 알파벳으로 'Kha-kha'라고 쓰니 '카카'라고 읽어야 하겠지만, 이곳 사람들은 'K'자 발음을 못하는지 그냥 계속 '하하'라고만 되풀이한다. 별 수 있나? 나도'하하'해야지…. 마찬가지로 '와칸'도 '와한'이라고 발음해야 마땅하지만, 이미 '와칸'으로 습관화된 용어이기에 여기서도 그대로 표기하니 이 점 혼동 없기 바란다.

이야기에 의하면, 이 성을 처음 쌓은 사람들은 '하하'라는 이름의 거인 장수와 그의 부인과 딸, 그리고 두 명의 누이와 형제들이었다. 그들은 와칸 계곡을 다스리며 불을 숭배하며 살고 있었다. 그의 휘하에 모바시르(Mobashir)라고 하는 부장이 있었는데, 그는 이전에 이슬람에 전염되었기에 틈틈이 이 요새를 예언자의 힘으로 성역화하려

---

41) 월지족은 1~3세기에 인도아 대륙 북부 지역 대부분과 아프가니스탄, 중앙아시아의 일부를 지배한 민족으로 2세기에 그리스 식민지인 박트리아를 점령하고 이곳을 5개의 소국가로 나누었는데 그 중 하나가 쿠샨(貴霜)이었다. 100년 후 쿠샨의 수장 쿠줄라 카드피세스는 월지의 5개 국가를 하나로 통일하고 지배권을 장악했다. 카니슈카 1세(1세기에 활동)와 그의 후계자들 치하에서 쿠샨 왕국은 전성기에 달했다. 쿠샨 왕조는 중앙아시아와 중국에 불교를 전파하고 대승불교와 간다라 미술을 발전시켰다. 그들의 존재는 그리스·로마, 이란, 힌두, 불교 신들의 모습과 변형된 그리스 문자가 새겨진 수많은 금화동전들에 의해서 고고학적으로 밝혀지고 있다. 그러나 이란쪽에서 사산 왕조가 등장하고 북부 인도에서 토착세력들의 침공으로 쿠샨 왕조는 막을 내렸다.

는 속내를 가지고 있었다. 그런 속도 모르고 그의 주인은 그로 하여금 성안에 망루를 지어 놓고 와칸 계곡의 입구를 지나가는 나그네들 중에 녹색 옷[42]을 입은 (녹색깃발의 이슬람교도) 사람들의 침입을 감시하라고 하였다.

그러던 어느 날 성주 하하의 부하 중 한 명이 예언자 무함마드가 그의 꿈속에서 나타나 어쩌고저쩌고 떠들어대고 다니자, 하하는 그를 감옥에 가두고 아침에 사형을 시키라고 명령하였다. 그러나 그 죄수는 밤중에 탈옥을 하여 먼 아라비아의 메카(Mecca)[43]까지 3개월간 달려가 예언자를 만나 하하 요새의 실체를 고자질하면서 그들을 토벌해 달라고 요청하였다. 이에 예언자는 1만 명의 군사를 보내 그 요새를 토벌하도록 명령하였다. 이에 원정군은 오랜 행군 끝에 요새 건너편에 도착하긴 했지만, 현지 지리에 밝은 하하 군대의 야습에 의해 대부분 사로잡히거나 죽임을 당하였다.

이에 이번에는 예언자의 사촌이자 사위인 하즈랏 알리(Hazrat Ali)[44]가 직접 시종 몇 사람만을 거느리고 싸움터로 달려왔다. 그리고 내부 조력자인 모바시르를 만나서, 일이 성공하면 주군인 하하 장수의 딸을 보너스로 주겠다고 약속하였다. 그리고 그의 신분을 속여서 평범한 순례자로 가장하여 성으로 잠입하여 직접 성주인 하하를 만났다. 그리고는 여러 가지 승부내기를 하게 되었는데(이 대목에서 전설

---

42) 녹색 옷의 녹색 깃발은 무슬림의 상징적인 색깔이다. 반면에 배화교도들은 시아포쉬라고 부르며 검은 두건을 쓰고 있었다.

43) 이슬람의 창시자인 예언자 무함마드의 출생지로 알려져 있으며, 사우디의 종교·행정·상업의 중심지로 히자즈(Hejaz) 지방의 홍해 연안에서 약 80km 떨어진, 민둥산이 두 줄로 늘어선 계곡에 자리잡고 있다. 유명한 이슬람의 성지로서, 신성한 검은 돌을 모신 카바신전에는 평생 한 번은 메카를 순례해야 하는 의무를 가진 순례자들이 끊이지 않는다.

44) 예언자의 사위라면 시아파의 창시자인 그 '알리 이븐 아비 탈리브'에 해당되지만, 이 자료에서는 하즈랏으로 표기되어 있다.

요새 정상에서 바라보는 아프간 풍경

은 장황하게 그 과정을 이야기하고 있지만 이 또한 생략한다), 결국
은 각본대로 알리가 승리하여 하하 요새와 와칸 계곡의 지배권은 조
로아스터교에서 알리 편, 즉 이슬람의 '시아파'로 이동하게 되었다는
이야기로 귀결된다.

여기서 사족을 달자면, 오래된 종교적 전설답게 수많은 이름들
과 지명들이 등장하지만, 필자의 임의대로 주요하지 않은 주변 인
물의 이름을 생략하였고 줄거리도 대폭 줄여서 옮겼다. 그들의 이
름은 대체로 양분되어 있었는데, 한편은 '검은 옷(Siah-Posh: Black
robe)'[45]을 입은 잔기바르(Zangibar) 같은 '불의 숭배자'와 다른 한
편으로는 '녹색 옷'을 입은 무슬림 특유의 접두사가 붙어 있는 사람

---

45) 이슬람에 의해 와칸에서 쫓겨난 조로아스터교도들은 아프간의 누리스탄 지방으로
    옮겨가 지금도 배화교를 신봉하며 살고 있다고 한다.

들이었다. 이것을 종합해보면, 이 전설은 기득권을 가진 조로아스터를 밀어내고 이슬람이 승리하는 과정을 미화하기 위해 오랜 세월을 거쳐 여러 사람에 의해 각색되어 오면서 내려온 한 편의 거창한 에픽(epic)으로 완성된 것으로 보인다.

물론 역사적으로도 와칸주랑에도 불의 숭배사상이 전파되어 있었겠지만, 그래도 역사적인 실존인물인 이슬람 4대 칼리파이며 시아파의 알리가 실제 주인공으로 등장하는 것은 견강부회(牽强附會)적으로 전혀 어울리지 않는다. 그 한 예로, 요새의 건너편 마을에는 알리의 무덤(Shah-i-Mardan Hazrat Ali)이라는 것이 실제로 있는데, 이 또한 먼저 번에 이야기한 바 있는 마자-이-샤리프에 있는 것을 비롯하여 중앙아시아에 도처에 산재해 있는 알리의 상징적인 무덤 중의 하나에 불과하다고 해석하면 될 것이다.

나마드굿 다음 목적지는 20km 떨어진 다르샤이 다라(Darshay dara) 마을인데, 그곳 골짜기에는 6~9세기에 세워진 퇴락한 성터와 망루가 하나 있다고 해서 기사를 재촉하여 그 곳으로 차를 몰았다. 물론 성곽도 보아야 하지만, 성곽 아래 바위에는 많은 석각글씨가 새겨져 있다고 하는데, 대부분은 아랍어이지만, 개중에는 쿠샨왕국의 공용어인 카로슈티(Kharoshti script) 문자[46]라기에 부쩍 구미가 당겼던 것이다.

그러나 필자가 잠시 꼬박 조는 사이에 차는 이미 다르샤이를 지나서 그 다음 목적지에 나를 내려 놓은 것이었다. 누굴 탓하랴. 연일 강행군으로 파김치가 된 내 몸을 탓해야지 하면서도, 신강박물관에서

---

46) 러시아의 베르스탐(A. N. Bernstham)의 보고서에 쓰여 있다고 하는데, 이 카로슈티 문서는, 일명 간다라글씨체라고도 부르는데, 영국의 고고학자 아우렐 스타인이 신강의 타클라마칸 사막 니야유지에서 목각에 쓰인 글자를 대량 발굴함으로써 해독이 가능해져 쿠샨왕국의 존재를 밝히는데, 결정적인 자료가 된다는 바로 그 글씨체이다.

많이 보아왔던 그 카로슈티 글씨들이 눈에 가물거려서 한 동안 두고 두고 아쉬움을 주체할 수가 없었다.

또한 이곳 초소에서는 타지크의 군인들이 강 건너 아프간을 바라다보며 경계를 서고 있는데, 이곳에서 판지 강을 건너 아프간 땅을 내려다보면, 누렇게 익어가는 보리밭 사이로 당나귀가 끄는 마차를 몰고 가는 사람들이 훤히 내려다보인다.

이 요새를 처음 지은 쿠샨왕조의 선조들은 원래 중국서부의 현 타림 분지의 초원지대에 살던 유목민족인 월지(月氏)족이었는데, 기원전 176~160년경 북방의 흉노족에 쫓겨 서쪽으로 서쪽으로 정착할 곳을 찾아서 이동하다가 당시 발흐(Balkh)를 중심으로 한 그레코-박트리아로 몰려가 그 나라를 무너뜨리고 그곳에 뿌리를 내렸다. 여기서 '쿠샨'의 어원은 한자 '귀상(貴霜)'에서 비롯되었지만, 서양쪽 자료에서는 쿠샨으로 전해졌고, 한편 중국 쪽 사서에서는 계속 그냥 월지라고 불렸다. 중국 최초의 여행가인 장건(張騫, ?~B.C. 114)[47]의 목적지였던 바로 그 월지가 바로 쿠샨이다.

그들은 정복한 나라의 헬레니즘 문화를 받아들여 그리스를 본 따 동전을 만들고 인도양을 통한 무역과 실크로드를 연결해주는 통로 역할을 하는 등 동서양문화를 포용하여 그리스문화와 불교문화가 융합된 간다라문화를 꽃피웠고 나아가 대승불교를 동아시아에 전파하는 등 역사문화사적으로 큰 족적을 남겼다.

특히 제3대 카니슈카(Kanishka) 1세[48]는 인도의 아소카와 함께

---

47) 중국 한나라 때 여행가이자 외교관이었으며 탁월한 탐험으로 실크로드의 개척에 중대한 공헌을 하였다. 그는 한나라 때 서역으로 가는 남북의 도로를 개척하였으며, 서역의 한혈마, 포도, 석류, 복숭아 등의 물품을 가져오기도 했다.

48) 쿠샨왕조의 제3대 왕으로 아소카 왕 이래 대국가를 건설하고 페샤와르에 도읍을 정하였다. 당시에는 불교가 성하고, 그리스 조각의 영향을 받아 불상 제작이 활발하게 일어났다. 이 불교 미술은 불상이 만들어진 지방이 북서 인도의 간다라 부근

불교를 부흥시킨 전륜성왕(轉輪聖王)으로 추앙되고 있는데, 타림 분지에서의 고고학적 발굴 성과에 의하면, 제국의 후반기인 1~2세기에 그들은 북동쪽으로 세력을 확장하여 옛 선조들의 고향인 타림 분지의 일부까지 점령하면서 중국의 한(漢)나라와 문화적인 교류를 하였다고 한다. 그러니까 이때 중국으로의 길목인 와칸에 '하하' 같은 요새가 세워졌다고 비정된다.

그러니까 현재까지 와칸 계곡을 지키고 있는 이 요새의 기능성과 기원전에 세워진 연대로 감안하면 5세기 초의 법현, 6세기의 송운 혜생, 7세기의 현장, 그리고 8세기의 혜초 등 모든 입축순례승이 이곳을 통과하면서 이곳에서 행장을 다시 정비하여 인도로 또는 중국으로 떠났을 것이다. 며칠 동안 정 들었던 요새를 돌아보며, 그렇게 낙타방울 울리며 떠나갔을 것이다.

2) 언덕 위의 웅장한 파노라마, 얌춘고성

와칸주랑에는 수많은 성소(聖所/ Shrine)들이 있지만, 대부분은 이슬람교에 관련된 사적지들이다. 현재 아무 것도 남아 있지 않은 불교족의 상황과 비교된다 하겠다. 한때 불교의 전파경로로 큰 역할을 했던, 와칸의 현지인들은 '부디즘(Buddism)'이란 단어 자체를 이해하지 못한다. 그러나 '알라' 이외의 신을 철저히 부정하는 무슬림사회인 와칸의 주민들 사이에 조로아스터교(Zoroastrianism)[49]만은

이었기 때문에 '간다라 미술'이라고 불린다. 불교도는 그를 아소카 왕과 함께 불교의 전륜성왕으로 불러왔다. 그의 재위시에 제4회의 불전 결집이 행하여졌으며, 또 불교 시인 아슈바고샤(馬鳴)나 나가르주나(龍樹)가 활약했다고 한다. 그러나 카니슈카 왕이 불교와 함께 그리스 여러 신의 숭배와 조로아스터교·힌두교 등을 보호한 것은, 이들 신상(神像)이 당시의 화폐에 새겨져 있는 것을 보면 알 수 있다.

49) 기원전 7세기경에 발흐 출신의 예언자 조로아스터에 의해 창시된 종교로 이원론적 일신교의 교리를 하여 고대 인도-이란적 종교에 근원을 둔 '아후라 마즈다'를 최고 신으로 하여 우주를 선과 악의 두 원리로 설명한다. 성전은 아베스타(Avesta)로, 수

예외적이다. 그들에게 그것은 종교라기보다는 그냥 고향에 전해지는 설화 같은 이야기들이다.

그들은 조로아스터교를 '검은 두건'이란 뜻의 '시아포쉬(Siah-Posh)'라는 이름으로 친근하게 인식하고 있다. 이들 조로아스터의 성소들은 마조리 소흐 캄바라 오프톱(Mazori Shoh Kambari Oftob)라고 부르는데, 그 뜻은 '태양의 주인'을 섬기는 사당이다. 그래서인지 태양의 사당을 세운 사람도 현지인들은 이스마일파 이슬람을 랑가르에 전파한 사람으로 인식하고 있는 것이다.

그럼 불을 숭배한다는 조로아스터교는 어떤 종교일까?

혜초사문도 '호국(胡國)조'에서 "이 여섯 나라는 모두 화천교(火祆教)를 섬기며, 불법은 알지 못한다"라고 기록하고 있지만, 이 종교는 옛 페르시아에 근거를 두고 있다. 중원에는 육조(六朝) 말기에 들어와 삼이교(三夷教)[50] 중의 하나로 천교(祆教)라고 불렸는데, 혜초는 이에 '화(火)'를 강조하여 화천교로 불렀다. 일반적으로는 배화교(拜火教)로 부르는데, 독일어에서는 자라투스트라(Zarathustra)[51]라고도 부른다.

혜초가 개인적으로 이 종교를 어떻게 보았느냐 하는 것은 유감스럽게도 더 이상의 언급이 없기에 알 수는 없지만, 다만 혜초가 후에 와칸 계곡에서 읊은 시구절중에 "불을 가지고 노래한다(伴火上胘歌)"

세기 동안 구비전승으로 보존되다 3~4세기 경 Sasan 왕조 시대에 집성되었다. 한편 조로아스터의 종말론은 후에 그리스도교·불교·이슬람교의 일부 등 그 후 종교세계에 큰 영향을 미쳤다. 현재 고향인 페르시아, 즉 이란에서는 명맥만 유지하고 있으나 인도에서 '파르시'라는 이름으로 10만여 명의 교인들이 있다.

50) 중국에서는 오래 전부터 회교(回教: 이슬람) 이외에 따로 '오랑캐의 3종교(三夷教)'로 천교(祆教: 조로아스터교), 경교(景教: 그리스도교의 네스토리우스파), 마니교(摩尼教)의 하나로 꼽아서 한 때는 장안성에 많은 사원들과 신도들까지 생겨났다.

51) 제3장 각주 32) 참조.

'태양의 주인'이라는 뜻을 가진 초기 조로아스터교 사당의 입구

라는 구절과 연결시켜 보면 혜초가 배화교의 성지인 이란 야즈드(Yazd)[52]까지 갔다가 왔고 당시 그가 직전에 지나온 지역인 6개의 호국, 즉 소그드 일원에도 배화교가 성행하고 있다고 기록한 것으로 보아서는 이 종교에 대한 상당한 인식을 가지고 있었던 것이 아닐까하는 정도로 비정될 뿐이다.

각설하고 한참을 달려, 이스카심에서 72km에 떨어진 얌춘마을에 도착해서야 기사는 나를 깨운다. 다시 차를 몰아 3km 더 가다 푸툽(Ptup) 마을에서 좌회전하니 급경사 길이 앞을 가로 막는다. 그렇게 6km 정도 지그재그로 힘들게 올라가니 시야가 점점 트이며 와칸 계곡이 한눈 아래로 펼쳐진다. 이윽고 눈앞에 위풍당당한 요새가 신기루처럼 나타난다. 바로 와칸주랑 최대의 절경으로 꼽힌다는 얌춘요새이다.

얌춘고성(Yamchun古城)은 일명 쥴호모르 성(Zulkhomor Fort) 또는 '불의 숭배자의 성(Zamr-i-atish-para)'이라는 여러 가지 이름으로 불리는 요새로 이미 사진상으로는 본 적이 있지만, 짐작하던 것 이상으로 웅장하여 오전에 보았던 나마드굿의 하하 요새보다는

---

52) 이란 중부 이스파한에서 남동쪽으로 280km 떨어진 곳에 위치한 도시로 해발 1,216m 고도이다. 인구는 53만 명 정도로 조로아스터교 문화의 중심지로 유명하다. 사막환경에 적응했기 때문에 독특한 건축양식을 띠며 품질이 뛰어난 수공예품과 비단, 과자 등이 생산된다. 또한 혜초사문 순례길의 서쪽 끝 지점으로 비정되는 곳이기도 하다. (정수일 소장의 가설)

마르코 폴로 산양의 뿔을 장식하고 있는 사당 내부

훨씬 장엄하고 인상적이었다.

이 성곽 요새는 현재 와칸에 남아 있는 요새 또는 성곽 중에서 가장 큰 규모를 자랑하는 곳으로, 기원전 1~3세기 쿠샨왕국 시절부터 6~7세기, 그리고 12세기에 이르기까지 여러 번 증축과 수리를 거쳤기에, 성격이 다른 복합적인 성곽들로 이루어진 특색이 있다고 한다.

한참 때는 얌춘고성은 방이 3백 개나 되는 큰 요새로 흙과 모래를 물과 우유로 반죽하여 몰탈죽을 만들어 돌을 쌓아 올려 튼튼하게 만든 성곽에 둘러싸여 있는데다가, 동쪽에는 빅후트(Vichkut) 산에서 내려오는 거센 시냇물이 흘러내리는 깊은 계곡이 앞으로 파여 있고 다른 방향은 천연적인 절벽이었다. 그렇기에 동쪽 계곡 위에 놓아진 다리를 통하지 않고서는 요새를 출입할 수 없게 만든 천혜의 난공불락의 요새였다.

남쪽의 큰길가에서 올려다보면 여러 개의 둥근 부속 망루(Tupkhana)가 우선 눈에 들어오고 그 뒤 선으로 비록 군데군데 무너졌지만, 일선으로 연결된 성곽이 동서방향으로 뻗어 있는 형세인데, 제일 나중에 축조된 성채가 맨 앞줄에 있는 쥴호모르(Zulkhomor Fort)라고 한다.

전설에 의하면 먼 옛날 불을 숭배하는 검은 두건(Black Robed)의 '시아포쉬(Siah-Posh)'의 족장인 삼형제가 사이좋게 와칸 지역을 다스리면서 살고 있었다고 한다. 그들 중 첫째가 얌춘에 사는 잔기바르(Zangibar)이고, 둘째가 나마드굿에 살았고, 셋째가 히사르에 살았다. 그들에게는 또 두 명의 누이동생이 있었는데, 첫째는 줄하샴(Zulhasham)[53]으로 판지 강의 건너편에 살았고, 둘째 줄호모르(Zulkhomor)는 나마드굿의 모바시르(Mobashir)에게 시집을 갔다. 앞 장에서 소개한 하하 요새의 전설에 등장하는, 바로 그 주인인 하하성주를 배신하여 요새를 하즈랏 알리의 이슬람군에게 넘겨주고 주인의 딸을 보너스로 얻은 바로 그 배신자다.

앞에서 이야기란 하하의 전설은 얌춘으로 이어진다. 나마드굿의 요새를 평정한 하즈랏 알리 일행은 바로 얌춘을 정복하러 달려왔다. 이때 알리는 애마인 순비둘둘(Sumbi Duldul)에 올라앉아 보검 줄휘콰르(Zulfiqar)를 차고 부인 비비 화티마이(Bibi Fatimai)까지 대동하였다.

그런데 이때 그의 부인이 혼자서 다리를 건너 요새로 들어가자 이에 성안에 있던 보초병이 "누구인데 함부로 성안으로 들어왔냐?"고 외치면서 그 대답이 돌아오기 전에 그녀를 향해 화살을 쏘았으나 부인은 재빨리 그 화살을 손으로 훔켜잡고서 도리어 그 병사에게 던져 부상을 입혔다.

그리고는 보초병에게 성주인 잔기바르에게 할 이야기가 있으니 나오라고 말했다. 그러자 그 보초병은 성주는 지금 자는 중이라고 대답하였지만, 부인이 계속 성주를 나오라고 소리치자 그때서야 성주인 잔기바르가 나타나서 "누구인데 허락도 없이 남의 성에 들어와 소란을 떠느냐?"고 소리쳤다. 이에 부인은 "지금부터 이 성은 내 것이 되었으니 후회하지 말고 당신은 평화적으로 이 성을 떠나시오"라고 말하고는 사라졌다.

---

53) 책자마다 이들의 정체성과 철자에 차이가 많이 난다. 다른 책에는 이들 두 자매의 오빠가 나마구티의 성주 하하로써 그들 자매를 위해 각기 성곽을 지어주었다고 기록되어 있다. 첫째 누이 줄하샴의 성채가 지금 판지 강 너머 아프간 땅 칸두드에 현존하고 있어서 이쪽 편에서 바라다 볼 수 있다.

길가의 표지석에서 바라다 본 얌춘요새

그러나 성주 잔기바르는 보초병들에게 성 안의 경계를 더욱 철저히 하라고 명령하고는 성 안 깊숙한 비밀의 방으로 들어가 숨어 버렸다. 다음날 정말 하즈랏 알리가 애마 순비둘둘을 타고 얌춘요새로 들어와서 그를 소리쳐 불렀다. 그 소리를 들은 잔기바르는 말에 올라 재빨리 도망을 쳤지만, 너무 서두르는 통에 그만 늘어진 나뭇가지에 머리가 걸려 치명적인 중상을 입고 말았다. 이에 알리는 보검으로 잔기바르의 부하 몇 명을 죽이는 선에서 성을 평화적으로 접수하였다.

이렇게 한바탕 소란이 끝나자 알리는 그의 피 묻은 보검을 씻고자 보검으로 땅을 찌르자, 땅에서 뜨거운 샘물이 흘러나오기 시작하였고 이에 그의 부인이 그 물로 더러워진 옷소매를 씻었기에 그 후로부터 이 온천의 이름을 '하즈랏 알리의 부인의 옷깃이 닿은 성소'라고 부르게 되었다고 한다.

가이드 팁 하나, 요새에서 1km 정도 더 산길을 올라가면, 이 전설 속의 자연온천이 정말 나타난다. 비비 화티마이(Bibi Fatimai)온천인데, 치료능력이 있다고 소문이 나서인지 지금도 꽤 많은 병자들, 특히 아이를 못 낳은 여인들이 모여들어 목욕을 한다고 한다. 그리고 얌춘요새에 오르는 가파른 산길에는 굽이마다 여러 채의 '홈스테이(Home Stay)'라는 간판이 보이는데, 바로 민박집들로써, 온갖 이유로 온천을 찾는 사람들이 묵어가는 곳이다.

물론 그 중에는 병자들뿐만 아니라 나 같이 오래된 유적지만을 쫓

하즈랏 알리의 부인 비비 화티마이가 옷깃을 씻었다는 전설이 깃든 온천

아다니는 갈 길 바쁜 나그네들도 섞여 있는데, 우선 무거운 배낭을 내려놓고 건너편에 바라다보이는, 힌두쿠시의 금봉·은봉·옥봉을 무대로 시시각각 변하는 찬란한 낙조에 넋을 놓아보기도 하고 때론 온천에 올라가 묵은 피로도 풀 수 있으니까, 하루 이틀 쉬어가는 것도 좋을 것이다.

온천은 남녀 교대로 입장할 수 있는데, 옷은 간이 탈의실에서 벗고 들어가야 하니 타월 한 장만 준비하면 된다. 단 비누질은 하지 못하게되어 있으니 이 점 조심해야 한다. 참, 한 가지 더, 파미르 지방은 식당이나 생필품을 살 가게가 드물기 때문에, 민박집에 따라서 다르긴 하지만, 대게 소박한 아침과 저녁식사는 기본으로 나오지만, 그래도 비상식품은 별도로 준비하고 다녀야 한다.

얌춘마을 건너편에는 또 다른 호밀국의 도읍지인 혼타다성(昏馱多城)이 있다. 현재의 칸두드(Khandud)이다. 『신당서』와 혜초사문은 호밀국의 도읍을 현 이스카심인 색가심성(塞迦審城)이라고 했

자연 채광이 들어오는 온천탕 내부

는데, 현장만은 현 칸두드인 혼타다성[54]이라고 기록하고 있어서 좀 혼란이 생기지만, 도읍지는 얼마든지 시대상황에 따라 옮겨다닐 수 있으니, 현장법사 당시의 수도는 이스카심에서 칸두드로 옮겨진 것이 아닌가 여겨진다.

　호밀국은 두 산 사이에 위치하고 있으며 [역시] 토화라국의 옛 땅으로 동서로 1천 5백~1천 6백여 리이고 남북으로 넓은 곳이 4~5리, 좁은 곳은 1리도 넘지 못한다. 판지 강에 임해 있으며 구불구불 굽어져 있다. (…중략…) 혼타다성(昏馱多城)이 이 나라의 도읍인데 그 안에 가람이 있는데, 이 나라의 선왕이 바위를 뚫고 계곡에다 세운 것이다.

　그리고 이어서 현장은 과거 이 나라에 아직 불교가 전파되지 않았을 때 한 비구의 설법에 의해 인과법을 깨달은 왕에 의해 이 바위사원이 세워진 사연을 아주 장황하게 설명하고 있다.[55]

---

54) 칸두드(Khandud/ 杭都特)는 판지강 남쪽 기슭 아프간 령에 있는 부락으로써 색가심성과 동서로 약 50마일 정도 떨어져 있다.

55) 『대당서역기』 권12에 "본래 이 나라 왕에게는 사랑하는 아들이 있었는데 그 아들이 병에 걸리고 말았다. 온갖 의술을 모두 동원해서 치료해 보았지만 병이 낫지 않았다. 그러자 왕은 친히 천사로 가서 기도를 올리며 아들의 병을 낫게 해달라고 기도하였다."

얌춘고성의 전경

3) 비단의 성, 아브라심 콸라고성

대개 와칸주랑에서 유일한 불교 스투파가 있는 브랑(Vrang)에서
출발한 나그네들의 발걸음은 일반적으로 바로 랑가르 마을로 직행
하게 되지만, 해동의 나그네처럼 고적답사가 목적인 사람들은 랑가
르 도착 전 4km에 자리 잡은 조그만 마을인 종(Zong)[56]이라는 곳
에서 내리는 것도 좋다. 특히 티베트에 관심이 있는 나그네라면 당연
히 그곳을 들려야 한다. 이스카심을 기점으로 보면 113km 거리에 있

---

56) 이스카심을 기점으로 보면 113km 거리에 있는 조그만 마을이지만, 마을이 너무 작
　　아서 그냥 지나치기 쉬운 곳이다.

는 조그만 마을이어서 그냥 지나치기 쉬운 곳이니 기사에게 단단히 일러두어야 한다.

사실 '종'이란 마을이름은 서역에서는 좀 이적이다. 그래서 필자는 '종'이란 지명에 대해서 특별한 관심을 가지게 되어, 여러 가지 자료들을 검토한 끝에 이 지명이 티베트[57]에서 유래했다는 조심스런 결론을 내리게 되었다. '종'이란 '성' 또는 '요새'라는 뜻으로 현재 티베트에서도 성을 뜻하는 '··종'이란 지명은 많다.[58]

서역의 깊숙한 곳인 와칸주랑에 티베트어로 된 지명이 있다니 뭔가 어울리지 않지만, 그러나 티베트의 전성기인 토번(吐蕃) 제국 시기에 토번의 역사를 바로 이해할 수만 있다면 '종'이란 마을 뒷편의 한 고성이 토번제국의 서역주둔군의 전진기지였다는 사실이 상당히 설득력을 가진다는 것을 인정하게 될 것이다. 현재도 티베트에서는 '종'이란 용어가 많이 사용된다. 또한 토번제국의 팽창기에 토번이 파미르 일대를 점령했던 적이 있기에 '티베트어의 어원'을 가진 지명이 현재까지 남아 있을 가능성은 아주 많다.

시륜의 수레바퀴를 7세기로 돌려서 당시 토번국의 서역에서의 상황을 재구성해보자. 토번 제33대 짼뽀(王)인 송쩬감뽀(松贊干布, 617~650)는 흩어져 있던 부족들을 규합하여 강력한 중앙집권제로 내실을 다진 다음 눈을 중원 땅과 서역으

57) 티베트어는 〈시나-티베트 어족〉에 속하여 인도-아리안 어족과는 근본적으로 다르다. 티베트어는 오히려 한글이나 일본어와 같이 주어 동사의 배열순서가 같아서 친근감이 있어서 우리가 배우기가 쉽다. 숫자의 경우는 우리와 다른 것이 아주 많다. 다만, 형용사가 명사의 다음에 온다는 점 등이 다를 뿐이다.

58) 간제종(江孜宗)이나 시가째종(日喀則宗) 등이 유명하다.

로 돌려 정복전쟁에 나섰다. 당시 토번의 기마병은 '짬빠'[59]라는 보릿가루와 육포 같은 건조식품을 개발하여 별도의 보급부대가 필요 없는 빠른 기동력으로 전광석화처럼 고원 위를 누비고 다녔다. 그리하여 당시 당나라의 태종도 토번을 두려워하여 문성공주(文成公主)를 토번 왕실로 출가시켜 불가침조약을 체결하기도 하였다.[60] 더구나 제38대 티송데쩬 짼뽀에 이르러서는 한나라 이후 당나라에 이르기까지 중원의 영향력 아래 있었던 호탄, 카슈가르 등 이른바 '하서사진'과 대·소발율을 토번의 기병이 점령하고 와칸주랑의 목줄기가 해당되는 사르하드에 연운보(連雲堡)[61]요새를 세우게 된다. 이런 사실을 중국 쪽 자료에서 처음으로 밝힌 자료가 『왕오천축국전』이다.

또 카슈미르에서 동북쪽으로 산을 넘어 15일을 가면 곧 대발율국, 양동국, 사파자국인데 이들 세 나라는 모두 토번(吐蕃)의 관할하에 있다.

그러나 8세기 중엽 고선지 장군의 원정 이후 와칸주랑의 연운보와 소발율(小勃律國/ Gilgit)[62]은 당나라 세력권으로 들어오고 대발율

---

59) 짬빠는 우리나라의 미숫가루에 해당되는 일종의 건조식품으로 이동을 많이 하는 유목민족에 걸맞는 식품이다. 실은 우리의 미숫가루나 육포, 순대 등이 고려 때 몽골군, 즉 원나라를 통해서 고려에 전래되었다는 가설이 설득력이 많다고 한다.

60) 당시의 토번의 상황은 필자의 『티베트의 역사산책』에 자세하다.

61) 후에 고선지(高仙芝)에 의해 탈환한 그 연운보를 말한다.

62) 토번 제33대 임금인 송 감뽀(643~645 재위) 때 양동, 즉 지금의 응아리 지구인 샹 슝 지방으로부터 병합하기 시작하여 38대 티송데 대에 이르러서는 호탄, 카슈가르 등 하서사진과 대·소발율과 와칸계곡을 점량하기에 이른다. (김규현, 『티베트의 역사산책』에 자세하다.) 이런 사실을 중국 쪽 자료에서 처음으로 밝힌 자료가 『왕오천축국전』이다. "또 카슈미르에서 동북쪽으로 산을 넘어 15일을 가면 곧 대발율국, 양동국, 사파자국인데 이들 세 나라는 모두 토번(吐蕃)의 관할 하에 있다." 그러다가 8세기 중엽에 고선지의 원정 이후 소발율은 당 세력권으로 들어오고 대발율만 토번에 예속되게 되었다. 티베트에서는 '종'이란 용어가 많이 사용된다. 또한 토

종 마을 길가에 서 있는 아브라심 성터의 이정표 현판

만 토번에 남아 있게 된다. 아런 역사적 배경으로 하여 지금까지 티베트식의 지명이 남아 있게 된 것으로 보인다.

'종' 마을에는 또한 현지어로도 성이나 요새의 뜻이 담긴 지명이 남아 있다. 와칸에서 사용도가 잦은 단어인 '콸라'도 아프간어로 '성'이란 뜻이어서 그런지 이 마을에는 크고 작은 성터의 유지가 여러 곳 남아 있다. 그러니까 이런 지명들이 풍기는 분위기만으로도 이 마을은 실크로드 길목을 지키는 중요한 요새의 성격을 풍기고 있다.

그 중에 '비단의 성'이란 뜻을 가진 비쉼 콸라(Vishim Qala, 와키어) 또는 아브라심 콸라(Abrashim Qala, 타지크어)라고 부르는 옛 성터가 제일 우뚝하다. 이 성터로 가기 위해서는 마을 중심지에서 사륜구동차

번제국의 팽창기에 토번이 파미르 일대를 점령했던 적이 있기에 '티베트어의 어원'을 가진 지명이 현재까지 남아 있을 가능성이 아주 많다.

를 교섭하여 디르지(Dirj) 마을을 지나 북쪽 산기슭으로 한참을 올라가야 하는데, 그 고생을 충분히 보상받을 정도로 폐허의 성터에서 드넓은 와칸 계곡을 내려다보는 경치는 시원하기 그지없다.

이 성에는 서로 상반된 두 종류의 전설이 전해 오고 있는데, 그 하나는 이슬람교의 전파 과정에 대한 관한 것이고, 또 하나는 루비(Ruby)광산에 얽힌 것이다. 우선 전자부터 소개해보자.

원래 이 비단성의 주인은 루손나(Rukhshona)라는 아름다운 여왕이었는데, 그녀는 강력한 군대와 많은 하인과 노예를 거느리고 살면서 외부의 적들을 물리치며 와칸 계곡을 통치하고 있었다. 특히 그녀의 왕국에는 보석이 생산되고 있었기에 이것들을 이웃나라에 수출하고 있었고, 성 아래 마을 근처에 바자르를 열어 상당한 재화를 축적하여 비단으로 성을 둘러쌓을 정도였다고 하였다.

그런데 힌두쿠시 산의 다른 쪽에서 무슬림 세력이 점차로 와칸으로 밀려들어오자, 여왕은 그들 무슬림의 지도자들을 초빙하여 협상을 벌렸다. 이때 양쪽의 대표들은 이쉬코리시(Ishkorish)라는 곳에서 만나 회담을 하였는데, 그 결과 여왕은 참된 (이슬람) 신앙을 갖지 않은 것이 확인되었지만, 하여간 콰담그(Qadamgh)라는 곳에서 평화협정을 맺게 되었다. 그 후로 여왕은 이전의 힘을 유지하면서 살 수 있었고, 이곳 콰담그라는 곳은 후대에 역사적인 성지로 추앙받는 곳이 되었다고 한다. 말하자면 이슬람이 전파되면서 토착세력과 평화적으로 융합해 가는 과정을 그린 설화인 셈이다.

그러나 또 다른 전설은 루비처럼 붉은 색의 비극으로 마감된다. 루손나 여왕은 한 마디로 치명적인 매력을 가진 '팜 파탈'[63]한 여인이었

---

63) 팜 파탈(프랑스어: femme fatale)은 '파멸로 이끄는', '숙명적', '치명적'인을 의미하는 프랑스어 파탈(여성형 fatale)과 '여성'을 의미하는 팜(femme)의 합성어이다. 19세기 유럽의 문학에서 사용을 시작하였고, 주로 남성을 파멸적인 상황으로 이끄는 매력적인 여자의 뜻으로 쓰인다.

던지 평범하게 생을 마감할 수가 없었다. 그녀는 인근의 많은 왕들의 짝사랑 대상이 되는데, 그 중 힌두쿠시 너머의 한 무슬림왕국의 왕은 그녀의 미모와 용기, 그리고 재력에 끌려 그녀와 비단성 자체를 차지할 욕심을 내게 된다. 그래서 우선 사자를 보내 우호의 손을 내밀며 청혼을 하였지만, 여지없이 거절을 당하자 마침내 자존심이 상한 왕은 대규모 병력을 동원하여 높은 힌두쿠시 설산을 넘어서 여왕의 궁전인 비단같이 아름다운 아부라심 궁성을 포위하기에 이른다. 이윽고 선혈이 낭자한 전투가 벌어지고 양쪽에 수많은 사상자가 생긴 뒤에 마침내 난공불락의 비단성도 함락되기에 이르렀다.

한편, 루손나 여왕은 전쟁터에서 언제나 남장(男裝)을 하고 있었는데 치열한 전투 중에 그녀의 투구가 벗겨져서 신분이 노출되어 사로잡히게 되었다. 이에 왕은 그녀에게 청혼을 받아들이도록 하였으나, 루손나 여왕은 말하기를 "나는 평생 누구에게도 복종한 적이 없었다. 그러니 차라리 명예롭게 죽게 해달라"라고 하면서 자기의 검으로 자결을 해버렸다. 이렇게 비극으로 끝난 뒷 이야기—랄왕자의 보석광산의 발견담은—앞장의 쿠히랄 루비광산[64] 편에서 이미 이야기한 바 있다.

4) 토번제국의 체취가 서려 있는 랑가르의 라틈고성

여러 번 되풀이되는 이야기이지만, 와칸주랑은 북쪽으로는 와칸산맥 또는 알리추 산맥이라는 6천m 급의 고봉들이, 남으로는 힌두쿠시 산맥이 동서로 가로지른 사이에 동서로 긴 분지이다. 그 사이로 고산의 만년설이 녹아내려 이룬 파미르천과 와칸천이 합쳐진 강이

---

64) 호로그에서 이스카심 쪽으로 46km 지점 좌회전하면 가람차시마(Garam Chashma)라는 온천이 있고 직진하여 앤더롭(Anderob) 인근에 지금도 루비광산이 있어서 채굴을 하고 있다.

흐르고 있는 지형이어서 옛부터 파미르고원을 횡단하는 유일한 길로 이용되어 왔는데, 복도처럼 좁고 긴 생김새 때문에 와칸주랑(鑊侃走廊/ Wakhan Corridor)이라는 별명이 생겼다.

'종'마을을 떠나 남쪽으로 판지 강을 바라보며 달리니 얼마 되지 않아 랑가르(Lyangar)의 넓은 들판이 나타난다. 지금까지 보아오던 협곡이 아니라 시야가 확 트이는게 지금까지 지난 온 풍경과는 비교를 할 수 없을 정도로 광활하다. 여기가 자료에서 기록한 바 있는, 가장 넓은 곳인 '4~5리' 정도 되는 곳으로 보인다. 내려다보이는 판지 강도 여러 갈래로 갈라져 마치 부채꼴 모양으로 드넓게 펼쳐져 있었는데, 이스카심에서 100km 정도 좁고 길게 형성되어 뻗어 있던 와칸 계곡이 협곡에서 벗어나 드넓은 부채꼴의 삼각지로 변하는 지점이다.

> (와칸은) 동서로 1천 5백~1천 6백여 리이고 <u>남북으로 넓은 곳이 4~5리</u>, 좁은 곳은 1리도 넘지 못한다. 판지 강에 임해 있으며 구불구불 굽어져 있다.

이곳에서부터 아비판자 강은 두 갈래로 갈라진다. 동북쪽으로는 파미르천으로 동쪽으로는 와칸천으로 이름이 변한다. 따라서 우리의 주된 키워드인 '와칸주랑로'가 남북으로 갈라진다는 사실이다. 여기서 파미르천을 따라 거슬러 올라가면 그 발원지인 대용지, 빅토리아 호수가 나오고 다시 동쪽으로 총령을 넘으면 총령진, 즉 중국령 타쉬쿠르간이 나온다. 이름하여 '와칸북로'로 혜초사문과 현장법사가 귀국한 길이다.[65)]

한편 '와칸남로'는 랑가르에서 판지 강을 건너 동쪽으로 와칸천을

---

65) 이 책 〈실크로드 고전여행기〉 총서 부록의 파미르 횡단도의 # 9-2이다.

따라 길을 재촉하여 와칸 계곡 북쪽의 최대 마을인 사르하드를 지나 곧장 와키지르 고갯길을 올라 와크지르 고개를 넘어서 중국령 밍티카 마을을 거쳐 역시 총령진으로 나아간다. 혜초와 현장을 제외한 나머지 수많은 구법승들과 대상들이 주로 넘나들었던 루트이다.[66]

랑가르는 인구 2천 명도 안 되는 조그만 마을이어서 상가는 별도로 형성되어 있지 않고 다만 길을 따라 길게 띄엄띄엄 민가들이 늘어선 것이 전부여서 어디서 차를 내려야 할지 모를 정도였다. 해 떨어지기 전에 허겁지겁 숙소를 잡고 고단한 일정을 마무리하고 피곤에 겨워 골아떨어졌다. 다음날 아침 하늘은 전날과는 대조적으로 너무나 청명하였다. 눈을 부비고 마당에 나오니 북쪽으로 하늘을 반쯤 가릴 듯한 만년설에 쌓인 눈부신 설봉들이 눈을 찌르듯 파고들어왔는데, 마치 그 느낌은 온몸으로 전기가 흐르는 것과도 같은 일종의 전율이었다. 바로 눈앞에 파미르고원에서 한두 번째를 다투는 칼마르크스(Kal Marx, 6,723m)와 엥겔스(Engels, 6,470m) 산이 나타나 있었던 것이다.

상쾌한 기분으로 게스트하우스에서 공짜로 주는 간단한 아침을 먹고 길가로 나왔더니 목가적인 광경이 펼쳐지고 있었다. 어린 목동들이 방목장으로 가는지 작은 노새를 타고 수십 마리 정도의 소규모 양떼를 거느리고 길을 따라가고 있었다. 이런 광경은 참으로 평화로운 분위기를 자아내어서 특별한 일정이 없는 나그네라면 그냥 며칠 동안 랑가르에서 떠날 생각이 없어질 것이다.

대개 꼭 필요한 경비만 지니고 떠나는 개별 '백 페커(backpacker)'들에게 낯선 나라에서 가장 큰 문제는 하룻밤 비와 이슬을 피할 숙소이다. 이들에게 차비는 필수적인 지출 사항이기에 아낄 수 없지만 대신 식비나 숙박비에서 짠돌이 노릇을 해야 한다. 대신 입과 몸이 좀 고생을 하지만, 어느 정도의 고행은 즐겁게 넘길 수 있어서 진정한

---

66) 이 책 〈실크로드 고전여행기〉 총서 부록의 파미르 횡단도의 # 9-3이다.

랑가르 마을의 이정표

고수이다. 하기야 이 대목에서 '집나가면 개고생'이라는 말이 딱 어울린다 하겠지만….

그래서 나그네들은 집 떠나기 전부터 온갖 정보를 동원하여 싸고 편한 숙소를 찾아내어 메모를 하여서 신주단지처럼 지니고 다닌다. 왜냐하면 이 정보의 질량에 따라서 여행의 성과가 판가름나기 때문이다. 파미르를 중심으로 한 타지키스탄을 비롯한 중앙아시아에는 큰 도시 외에는 호텔은 보기 드물다. 물론 비싼 호텔은 걸망을 등에 맨 '백페커'에겐 그림의 떡이기에 '게스트하우스(G. H.)'가 주로 이들의 하룻밤 숙소가 되지만, 시골에서는 '홈스테이'라는 곳이 괜찮다. 그냥 민박 개념의 숙소인데, 랑가르에만 3~4군데가 문을 열고 있다. 하루 숙박비는 대략 10여 $ 정도인데, 근처에 식당이나 카페가 없기에 대개 아침, 저녁식사까지 챙겨주게 마련이다. 빵과 스프와 차 등의 기본적인 소박한 식단이지만, 가격대비 나무랄 데 없는 한 끼이기에 나그네들은 주인의 마음씨나 말솜씨에 따라서 며칠 동안 한집에 머물기도 한다.

평화로운 랑가르에서 며칠 머물며 조랑말이나 타면서 목가적인 흥취를 맛보고 싶었지만, 길 떠나지 않으면 어찌 나그네일까하여서 뒤돌아보며 다시 길 위에 오른다. 방랑의 나그네라도 그러할지언정, 하물며 먼 옛날 조국과 민족을 잃은 망국의 유민이 되어 천 리타향 이곳에서 붉은 피를 흘리며 쓰러져간, 이른바 단결병(團結兵)[67]이란 이름의 해동의 혼령들이 깃들어 있는 옛 전쟁터를 찾아가서 분향재배해야 하는 필자 같은 나그네야 어찌 게으름을 피울 수 있을까 보냐?

어렵게 대절한 사륜구동차를 타고 마을 뒷산의 급경사 길을 5km쯤 지그재그로 올라가다가 시야가 시원하게 트이는 곳에서 차가 선다. (무슨 일?) 하고 운전기사를 쳐다보니, 그는 '라튬!, 라튬 콸라!' 하면서 무언가를 향해 손짓을 해댄다. (아, 벌써 목적지에 다 왔나보다….) 혼자 중얼거리며 차에서 내려 그쪽을 바라보니, 정말 저 멀리 야성이 살아있는 고산지대의 찬란한 햇발 아래 고풍스런 고성이 듬성한 나뭇가지 사이로 바라다 보이는 게 아닌가?

과연 한눈에도 범상치 않은 난공불락의 요새였다. 삼면이 온통 깊은 협곡에 둘러싸이고 한쪽 면만이 겨우 산으로 연결되어 있는데, 그 벼랑 끝에 외로운 고성은 자리 잡고 있었다. 칼 마르크스산(Karl Marx, 6,723m)의 만년설이 녹아내리는 맑고 차가운 물이 가득 넘쳐 흐르는 수로(水路)가 그 성안으로 이어져 있는데, 그 물 흐르는 소리만 들어보아도 그 수량을 짐작하고도 남을 정도였다. 한 마디로 나그네 같은 문외한이 보아도 전략적으로 방어하기 쉽고 공격하기 어려운(易守难攻) 일당백의 천혜의 요새였다.

이 라튬콸라(城)는 역시 기원 전후 시기인, 쿠샨시대에 처음 지어

---

67) 단결병(團結兵)에 대해서는 『舊唐書』 卷43 職官二 "관내에 團結兵이 있었다. 秦, 成, 岷, 渭, 河, 蘭 6주에 살고 있는 고려와 羌兵이다."라고 기록되어 있는데, 실제로 고선지 휘하에 많은 고구려 유민이 있었다고 한다.

진 것이라고 전해 오고 있는데, 그 이름은 '첫째'라는 뜻을 가진 페르시아어의 '후라탐(Fratam)'에서 파생되었다 한다. 와칸주랑 길목을 지키는 '첫 번째 성루' 또는 와칸에서 '가장 큰 성'이라는 의미가 포함된 이름이라니 그것부터가 무언가 기대를 자아내게 만든다.

그런데 해동의 나그네가 어렵게 구해 가이드북 삼아 보는 역사책 『The Pamirs-History』[68]에는 이 성에 대해 무척 흥미로운 기록이 눈에 띈다. 그 기록으로 말미암아 내가 랑가르 답사를 오매불망 벼르고 별렀었는데, 그 것은 다름 아닌 바로 고선지(高仙芝, ?~756) 장군에 대해서 비록 간략하지만, 무척 의미 있는 기록이었다. 여기서 먼저이 부분을 번역해보자.

[라틈요새]는 아마도 747년 코리안-중국의 장군(Korean-Chinese General) 고선지(Kao Hsien-chih)가 와칸에서 티베트군[69]을 공격하려고 그리고 그들을 파미르에서 축출하기 위해 사용되었던 그의 진지중의 하나이다.[70]

---

68) *The Pamirs-History*, Archaeology and Culture, by Robert Middleton, 2010.

69) 당시의 상황은 졸저 『티베트 역사산책』 176에 자세하다. "토번과 당나라는 730년 평화조약을 체결했지만 효력은 7년을 넘기지 못하고 깨져 버렸다. 당시 토번은 37대왕 티데쭙쩬 때였는데 당이 이 조약을 어기고 운남(云南)의 토번의 영토를 침공하자, 다음 해인 735년 동맹국 돌궐이 당의 영토였던 안서(安西)와 북정(北庭)을 공격하자, 이에 토번도 행동을 같이하고자 게쌍돈줍이 출정하여 대발율(현 Scardo)을 거쳐 인더스 계곡을 따라 실크로드의 최대의 요충지인 소발율(현 Gilgit)에 도착하자 수실리디 왕은 투항하고, 이에 주위 20여 서역제국도 연이어 항복하여 토번은 실크로드의 요충지를 거의 장악하는 개가를 올렸다. 그 후 토번은 소발율국의 국왕에게 토번공주를 시집 보내는 정략적인 결혼을 맺어 힌두쿠시 산맥 이남의 맹주국이 되면서 서역의 주도권을 차지했고, 파미르고원과 힌두쿠시 산맥을 넘어서 사라센 제국과 연합하는 데 성공하여 서역의 국가들은 조공을 당나라 대신 토번에 바치기 시작했다.

70) and probably used by the Korean-Chinese General Kao Hsien-chih in 747CE as one of his bases for attacking the Tibetans in the Wakhan and ousting them from the Pamirs.

남쪽으로 판지 강을 내려다 볼 수 있는 랑가르 북쪽 산기슭, 삼면이 협곡인 곳에 라틈고성이 자리 잡고 있다.

고선지에 대한 원초적인 사료는 『신당서』·『구당서』의 「고선지열전」 같은 중국 쪽의 것이 대부분이지만, 그의 존재를 전 세계에 알린 또 다른 방계자료가 아주 없는 것은 아니다. 바로 둔황석굴을 세계에 알린 유명한 영국의 고고학자 스타인(Sir M. A. Stein, 1862~1943)[71]의 글이 그것인데, 그는 고선지의 서역원정 루트를 3회에 걸쳐 실지 답사한 뒤 『고대의 호탄(Ancient Khotan)』이란 책에서 다음과 논평

---

71) 그는 영국과 인도 정부의 지원으로 중앙아시아를 3번 탐사하여 많은 유물을 발굴했으며, 중국 간쑤 성 둔황의 막고굴 제17굴 장경동의 유물을 연구해 이를 유럽의 학계에 알려 '돈황학'을 정립한 인물로 현재도 아프간 외국인 묘지에 잠들어 있다.

이름 모를 야생화들이 피어있는 라틈고성 유지

을 하고 있다.

한니발과 (…중략…) 나폴레옹의 군대가 1796년에 이탈리아 원정을 위
해 알프스 산맥을 돌파한 것은 747년 고선지의 군대가 힌두쿠시 산맥을
넘은 것에 비하면 어린아이의 장난에 불과하다

이렇게 스타인은 고선지를 아주 높이 평가하고 있는데, 그 이유는
고선지가 알프스보다 더 높고 험한 힌두쿠시 산맥을 넘나들면서 길
깃트를 기습하는 작전을 펴서 당시 중앙아시아의 패권을 중국으로
돌려 놓았다는 데 있다.
삭막한 폐허의 고성에서 바쁘게 옛 전쟁터의 구석구석을 기웃대다

보니 벌써 해는 설산 뒤로 넘어 가려고 서쪽으로 기울고 이윽고 성벽의 그림자도 점차로 길어지기 시작한다.

그때 문득 돌담 밑에 피어 있는 이름 모를 야생화가 나그네의 눈 속으로 들어온다. 기우는 햇살을 받아 더욱 검붉게 빛나고 있었다. 아, 어느 이름 모를 해동의 단결병사의 피우지 못한 꿈이 송이송이 꽃으로 피어난 것이 아닐까?

5) 부로길(Brogil)의 고선지의 격전지, 연운보 요새

여러 번 되풀이하여 강조하지만, 와칸주랑은 파미르고원으로 흐르는 와칸천과 파밀천 둔치에 생긴 좁은 길을 따라 만들어진 길을 말한다. 그리하여 이 길을 통하여 중국 쪽에서는 높고 험한 고원을 지나지 않고도 서쪽으로 토화라를 지나 페르시아 방향으로 나아갈 수 있고, 남쪽으로 우디아나를 거쳐 간다라 지방으로 나갈 수 있고 동남쪽으로는 북인도 카슈미르를 지나 인도 대륙으로 갈 수 있다. 이렇듯 와칸주랑은 지리적, 전략적으로 요충지였기에 실크로드가 활성화되었을 옛날부터 중앙아시아의 패권을 노리는 민족들 간의 각축장이 될 수밖에 없었다.

그렇기에 당나라는 중앙아시아 제국과 교역을 하기 위해서는 반드시 지켜내야 할 요충지였고 신흥 토번제국도 애써 점령한 서역의 노른자위인 안서사진(安西四鎭)을 사수하기 위해서는 대·소발율인 스카르두와 길깃트를 잇는 보급로를 확보해야만 하였기에 와칸주랑을 지키는 토번군의 요새인 연운보(連雲堡)는 절대 빼앗겨서는 안 되었다. 이런 전략적인 목적은 욱일승천하는 교세를 중앙아시아 전체로 확산시키려는 이슬람권까지도 마찬가지였기에 와칸의 정세는 더욱 복잡하게 돌아갔다.

그래서 중원에서는 한나라 이후로 역대 황제들이 모두 서역제국

연운보 요새

한테 많은 정성[72]을 들였다. 그러다가 패기 넘치는 젊은 현종은 결단을 내려 고선지(高仙芝)에게 친히 보검을 하사하며 토번에게 빼앗긴 서역제국을 되찾으라고 칙명을 내렸다. 이에 천보(天寶) 6(747)년 소발율(小勃律)토벌작전이 시작되었는데, 그때의 원정로가 바로 연운보 요새를 지나서 남쪽의 힌두쿠시 산맥을 넘는 대장정의 루트였다.

고선지의 1만 기병은 먼저 총령수착, 현 타쉬쿠르간에 도착하여 전열한 정비한 다음 '파미르천'에 이르러 군사를 세 갈래[73]로 나누어 토번의 서역주둔군이 지키고 있는 난공불락의 연운보 앞에서 집결한 다음에 특공대를 이용하여 성을 함락하고 소발율마저 점령하고 개선하는 전공을 올렸다.

그렇다면 연운보 요새가 과연 현재 지명으로 어디인가하는 문제는 대단히 중요한 문제이다. 그러나 KBS 〈고선지 루트 1만리〉[74]를 비롯한 많은 자료들이 연운보나 파밀천의 명확한 지점을 찍어주지 못하

---

72) 당나라는 현종 개원 연간에 호밀의 왕들에게 책봉식을 해주고 742년 왕자 힐길리복(頡吉利匐)이 내조하자 현종은 그에게 철권(鐵券)까지 하사하였고 759년에는 호밀국왕 흘설이구비시(紇設伊俱施)가 당나라에 조공하러 오자 숙종(肅宗)은 이씨성(李氏性)까지 하사하였을 정도로 공을 들였다.

73) 제1진은 소륵수착사 조숭빈(趙崇玭)으로 하여금 3천 기병을 거느리고 북곡(北谷)쪽으로 진군하게 하고, 제2진은 발환수착사 가숭관(賈崇瓘)으로 하여금 적불당(赤佛堂)쪽으로 나아가게 하고, 제3진은 고선지 자신이 감군 변령성(邊令誠)과 함께 식닉국과 호밀국(護密國)을 경유하여 7월 13일 진시에 연운보 요새 앞으로 집결하도록 약속하였다.

74) KBS 공사창립 3부작으로 제작되어 2010년 3월에 연속 방영했다

고 대충 넘어가 버렸다. 사실 파밀천은 길이가 7백 리나 되는 시냇물의 이름이기에, 어느 한 좌표를 꼭 집어서 비정하기는 어려웠을 것이다. 그러나 그보다 먼저 풀어야 할 난제를 몇 가지 풀어내면 파밀천과 또한 고선지군이 세 갈래로 갈라져 연운보를 공격하기 위해 떠났다는 '특륵만천' 그리고 그들이 집결하여 공격을 퍼부었다는 연운보의 정확한 위치 비정은 그리 어렵지 않다.

우선 파밀천부터 시작해보자. 이곳은 중국 쪽『사서』에서는 자주 나타나는 곳이다.

> (…중략…) 파밀천(播密川)의 4개 골짜기는 왕의 명령이 별로 소용이 없으며 사람들은 보통 굴 속에서 산다. (『구당서』)

라고 했으니 이 기록으로는 고선지군이 주둔했던 지점을 찍어내기 힘든다.

그러나 혜초사문의 대파밀천[75]과 또한 현장법사의 파미라천이란 구절에서 는 좀 더 구체적이다.

> (식닉국의) 국경의 동북쪽으로 산을 넘고 계곡을 건너 위험한 길을 따라서 7백여 리를 가면 '파미라천'에 도착한다. 동서로 천여 리, 남북으로 백여 리이며 폭이 좁은 곳은 10리를 넘지 못한다. (…중략…) 파미라천 속에는 커다란 용이 사는 호수[76]가 있는데, 동서로 3백여 리이고 남북으로

---

75) 혜초의 정확한 표현 그대로 현대 지리학에서는 파미르고원을 대·소파미르로 구분하고 있는데, 중국 신장자치구의 접경지대의 와크지르 부근을 '소파미르(Little P.)'로, 조르쿨 호수 부근을 '대파미르(Great P.)'로 부르고 있다.

76) 조르쿨 일명 빅토리아 호수의 서쪽에서 파미르천이 서남쪽으로 흐르다가 다시 소파미르 지방에서 아프간령 와칸 계곡을 통과하여 흘러온 와칸하와 랑가르 근처에서 합류하여 아비이판자(Ab-i-Panja/ 분적하/ 噴赤河)라는 이름으로 흐르다가 소그드 지

50여 리이다. 대총령 속에 자리 잡고 있으며 염부주[77] 중에서도 가장 높은 곳이다.

그러니까 넓은 의미의 파밀천은 식닉국의 국경을 이루며 흐르는 7백 리 전체를 가리키지만, 좁은 의미는 현대 지리학에서 '대파미르(Great Pamir)'로 분류하고 있는 파밀천의 발원지인 조르쿨[78] 호수 일원을 가리키는 것이다.

다음으로 또 하나의 키워드인 '특륵만천(特勒滿川)'은 과연 어디인가? 모든 고전들은 이구동성으로 고선지군은 쿠차→총령수착→총령→파밀천→특륵만천까지 진군한 다음 그곳에서 3갈래로 군을 나누어서 연운보에서 합류하여 요새를 공격했다고 기록하고 있다. 그런데다 모든 사료들은 특륵만천을 식닉국(識匿國)이라고만 기술[79]하고 있다. 그렇다면 특륵만천은 현재 지명으로 호로그(Khorog)로 보여진다. 왜냐면 현재도 그 지역은 슈그난(Shughnān) 또는 쉬키난(Shikinān)으로 부르고 있기 때문이다. 그렇다면 특륵만천은 좁게는 호로그 인근 지역으로 볼 수 있지만, 넓게는 5개 또는 9개 쯤 되는 파미르 지역 전체 골짜기를 모두 포함한다고 할 수 있다. 그렇기에 그 정확한 위치는, 결국 연운보의 좌표에 따라서 정해질 수밖에 없을 것이다.

이제 마지막 난제인 "연운보는 과연 어디인가?"로 들어가 보자. 결

방에 이르러 아무다리아로 다시 이름을 바꾸어 내륙의 바다인 아랄해로 스며 든다.

77) 범어 잠부디파(Jambudipa: skt)라고 하며 수미산의 남쪽 해상에 있다는 대륙으로 후에 세계 또는 현세를 통틀어 이르는 말이 되었고 구체적으로는 아시아 대륙을 의미하는 것으로 보인다. 남염부제(南閻浮提), 남염부주(南閻浮洲), 염부(閻浮), 염부제(閻浮提), 염부주(閻浮洲)라고도 한다.

78) 사리쿨, 빅토리아 호수, 대용지(大龍池), 아호(鵝湖)라는 지명도 있다.

79) "特勒滿川, 即五識匿國也。"

론적으로 말하자면, 한국에서는 KBS 〈고선지루트 1만리〉의 영향력에 의해 '사르하드-이-부로길 설(Sarhad-e-Brogil 說)'(이하 '부로길 설'로 약칭한다)로 굳어진 상태지만, 중국에서는 '랑가르 설(Langgar/ 蘭加爾)'[80]도 일찍부터 대두되어 있다. 그러나 문제는 '적불당로(赤佛堂路)'[81]가 사료적인 기록이 전혀 없기에 두 가지 설 모두 숙제를 안고 있는 셈이다.

먼저 KBS 〈고선지루트〉 팀에서 주장한 '부로길 설'에 대하여 살펴보도록 하자. 이 다큐가 명품다큐 대열에 속하는 점은 인정하지만, 그럼에도 불구하고 옥에 티가 자주 보인다. 물론 접근하기 힘든 현지 지형이나 고증부족 탓으로 옛 지명을 현지 지명으로 비정하는 중요한 작업을 대충 생략하고 그냥 옛 지명 그대로 어물쩍 넘어가 버렸다는 점은 아쉬움으로 남는다. 필자도 많은 역사다큐에 직·간접적으로 참여해본 경험이 있기에 일정 부분은 이해한다 치더라도 다음 몇 가지 문제는 짚고 넘어갈 필요가 있다.

우선 고선지군의 행로를 그린 몇 장의 KBS 〈CG 행군도〉는 고전 속의 행군로[82]와는 다른 곳에 찍어 놓았다. 특히 특륵만천의 위치는

---

80) http://www.baike.com/wiki/%E9%AB%98%E4%BB%99%E8%8A%9D/互動百科/高仙芝/高仙芝兵分三路, 会攻吐蕃的连云堡(今阿富汗东北部喷赤河南源 兰加尔)

81) 고선지군은 특륵만천에서 3갈래로 나누어 연운보로 향했는데, 그 중 하나가 적불당로라고 하지만, 현재 이를 구체적으로 설명할 사료가 부족하여 필자도 이를 찾는 중이다.

82) ◆『구당서』: 自安西行十五日至撥換城, 又十餘日至握瑟德, 又十餘日至疏勒, 又二十餘日至葱嶺守捉, 又行二十餘日至播密川, 又二十餘日至特勒滿川, 即五識匿國也. 仙芝乃分為三軍 : 使疏勒守捉使趙崇玼統三千騎趣吐蕃連雲堡, 自北谷入; 使撥換守捉使賈崇瓘自赤佛堂路入 ; 仙芝與中使邊令誠自護密國入, 約七月十三日辰時會于吐蕃連雲堡.

◆『신당서』: 仙芝乃自安西過撥換城, 入握瑟德, 經疏勒, 登葱嶺, 涉播密川, 逐頓特勒滿川, 行凡百日. 特勒滿川, 即五識匿國也. 仙芝乃分軍為三, 使疏勒趙崇玼自北谷道、撥換賈崇瓘自赤佛道、仙芝與監軍邊令誠自護密俱入, 約會連雲堡.

◆『책부원귀(冊府元龜)』: 自安西行十五日至撥換城三十餘日至握瑟德. 又十餘日至疏勒. 又二十餘日至葱嶺守捉. 又二十餘日至播密川. 又二十餘日至特勒滿川仙芝乃

KBS 〈CG 행군도〉

현 지도상의 호로그의 북쪽 바르탕 계곡의 입구인 루샨(보마르)으로 보인다. 그러나 식닉국을 어느 지점으로 보느냐 따라서 KBS 〈CG 행군도〉의 오차 범위가 달라질 수 있다 하더라도, 위 지도는 3갈래 진격로의 분기점을 파미르의 시발점인 총령 근처로 그려 넣었다는 점에서 시작부터가 잘못되어 있다. 왜냐하면 고선지군은 총령, 파밀천, 특륵만천까지는 갈라지지 않고 함께 진군했기 때문에 KBS 〈CG 행군도〉 대로라면 그들은 식닉국으로 표시된 현 호로그 근처까지 함께 갔다는 서로 상충되는 모순을 떠안게 되는 것이다.

『구당서』「고선지열전」

『당서』「서역전」에는 "와칸은 폭은 4~5리이지만, 길이는 1,600리이다" 하였으니, 만약 〈CG 행군도〉가 사실이라면, 그런 먼 거리를, 그것도 평균 4천~5천m가 넘는 험준한 고산과 협곡지대를 종횡무진으로 누볐다는 것은 무리한 비정이 아닐 수 없다. 그렇기에 〈CG 행군도〉는 제3의 고선지 본진의 행로를 너무 북쪽의 호로

分爲三軍 使疏勒守捉趙崇玼統三千騎趨吐蕃連雲堡自北谷入 使撥換守捉賈崇瓘
自赤佛堂路入 仙芝與中使邊令誠 自護密國入 約七月十三日辰時會于連雲堡。

그 위까지 올라갔다가 다시 남쪽의 이시카심까지 내려와 다시 서쪽으로 방향을 틀어 '호밀국로'를 통해 연운보로 향한 것처럼 그리는 결과를 초래하였다. 사실 이 루트는 CG 지도상에서 본다면 간단해 보이지만, 실제 지형을 여러 차례 답사해 본 경험에 의하면 『당서』에 기록된 날짜[83]인 20일 안에 고선지의 기마병이 이 루트를 주파했다는 것은 거의 불가능하다고 여겨진다.

한편 필자가 본 타지크의 역사책의 기록처럼, 우리들이 다녀온 라틈요새가 고선지군의 전진기지일 거라는 가설도 자료상이나 실제 지형적으로 뒷받침할 근거가 충분하다. 우선 중국 측 포털사이트[84]는 다음과 같은 기사를 온라인상에 올려 놓고 있다.

고선지는 병사를 셋으로 나누어, 토번의 연운보[지금의 아프간 동북부의 분적하 남쪽 발원지인 랑가르(兰加尔)]를 공격하도록 하였다.[85]

다음으로 라틈요새의 지형적 모양이 기록상의 연운보를 닮았다는 사실도 무시할 수 없다. 이를 뒷받침할 근거[86]를 읽어보자.

---

83) 『구당서』 권104 「고선지열전」에 의하면 고선지군은 안서도호부(庫車)에서 특륵만천까지 100여 일 걸렸다고 하고 총령수착→20여 일→파밀천→20여 일→특륵만천으로 되어 있다.

84) http://www.baike.com/wiki/%E9%AB%98%E4%BB%99%E8%8A%9D/互動百科/高仙芝

85) 高仙芝兵分三路, 会攻吐蕃的连云堡(今阿富汗东北部喷赤河南源兰加尔)

86) http://baike.baidu.com/view/694329.htm
百度百科//唐击小勃律之战…总之, 高仙芝在特勒满川将大军化整为零, 分为三路…连云堡在今天阿富汗东北部, 建筑在一座山峰上, 东南西三面皆陡峭山崖, 只有北部是平地, 有喷赤河做屏障。山上堡内驻守的吐蕃军有一千人, 在城南侧五、六公里左右修筑有木栅护墙, 还驻扎有八九千人, 是易守难攻的险关

중국 TV 연속극 〈양귀비〉에 등장하는 고선지 관련 포스터

　　연운보는 지금의 아프간 동북부 한 산 위에 세워졌는데, 동·서·남쪽의 3
면이 모두 절벽에 둘러 싸여 있고 오직 북쪽만이 평지로 이어져 있고 [앞
으로는] 분적하가 병풍처럼 둘러 있다. 산 위의 보(堡)에는 수비하는 토
번군이 1천 명 정도 있고, 또한 6리 근처에는 목책으로 만든 진지가 있어
역시 토번군 8천~9천 명이 주둔하고 있어서 지키기는 쉽지만 공격하기는
어려운 험한 요새이다.[87]

---

87) 连云堡在今天阿富汗东北部, 建筑在一座山峰上, 东南西三面皆陡峭山崖, 只有
　　北部是平地, 有喷赤河做屏障山上堡内驻守的吐蕃军有一千人, 在城南侧五、六

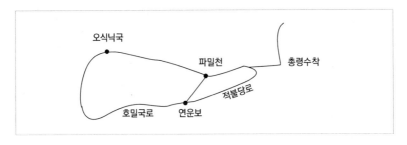

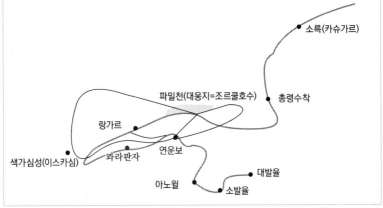

위가 KBS 원본 지도이고 아래는 필자가 수정한 행군도로 진한 선이 수정한 고선지의 행군로이고, 고딕 글씨가 고전 속 지명, 명조 글씨가 현지명이다.

그런데 밑줄 친 부분은 마치 랑가르의 라틈고성과 종의 비단성, 그리고 건너편 판쟈성을 묘사한 것과 일치한다. 그러니까 6리 밖, 즉 24km 떨어진 곳에 있다는, 또 다른 토번군의 진지도 마치 '종'의 토번군의 성을 말하고 있는 것 같다. 필자는 이미 '비단의 성' 편에서 "'종'이라는 지명이 티베트 말이다."라는 대목을 적시하였는데 기억하실 것이다.

그 다음으로 무엇보다 '랑가르 설'에 무게가 쏠리는 점은 이곳의 인근지형이 한눈에도 전략적으로 중요하게 보인다는 사실이다. 실제로

___

公里左右修筑有木栅护墙, 还驻扎有八九千人, 是易守难攻的险关

랑가르는 파밀천과 와칸천(穫侃川)[88]이 만나 판지 강이 시작되는 분기점이자 또한 두 갈래 '와칸남·북로'[89]길이 갈라지고 또한 합쳐지는 삼각지형의 요지이다. 누가 이 랑가르를 지배하느냐에 따라 실크로드 전체의 판도가 달라질 수도 있다. 다시 말하자면 공성전(功城戰)이 전투의 주된 전술이었던 중세시대라면 어느 누가 이 외통수 길목에 난공불락의 튼튼한 성을 쌓고서 통과세를 거두어들이고 싶지 않았겠는가?

랑가르와 인근 거리에 있는 '종'[90]이란 마을의 어원과 비단처럼 아름답다던 아부레심이란 성의 존재 그리고 이곳들과 마주한 분적하 건너의 아프간 땅에 아직도 의연히 서 있는 와칸 최대 요새였던 판쟈성(噴札城)의 존재도 이 심각지점의 전략적 중요성을 증명하는 좋은 근거에 해당된다. 그러므로 랑가르의 라틈요새가 연운 보일 것이라는, 그리고 특륵만천=식닉국이 현재 판쟈강 강 너머 아프간 땅에 당당히 솟아 있는 '콸라-이-판쟈(Qala-e-Panja)', 즉 판쟈성이라는 필자의 가설에 근거이다.

하여간 세 갈래로 나누어 진군하던 고선지군이 모두 연운보 아래에 도착했을 당시는 여름철이라 만년설이 녹아내린 강물이 불어 있었기에 건너기가 위험한 상황이었지만, 양단간 결정을 내려야 할 지휘관인 고선지는 잠시 고심했지만, 지체하면 더욱 불리해질 것이 자명한지라,

---

88) 아프간령 와칸의 동쪽 끝 지방인 소파미르의 호수지대에서 발원하여 와크지르천으로 흐르다가 사르하드 부로길을 경유하여 와칸주랑을 흐르다가 랑가르 근처에서 파미르천을 만나 판지 강의 상류가 된다. 고선지 열전에서는 파륵천(婆勒川)이라고 하였다.

89) 바로 졸저인 〈실크로드 고전여행기〉 총서 부록의 〈파미르 횡단도〉의 그 와칸남, 북로를 말한다. '와칸북로'는 혜초와 현장의 순례로 로서 랑가르에서 파밀천을 따라 올라가는 루트이고, 법현, 송운의 순례로인 '와칸남로'는 와칸천을 따라 바로 총령을 넘는 루트이다.

90) 바로 우리 종주기 #15번의 종의 아부레심성을 말한다.

그날 밤에 제물을 바쳐 천지신명에게 고사를 지내고는 병사들에게 3일치의 식량만 주고 새벽녘에 무조건 강을 건너라고 명령하였다고 한다. 이에 병사들이 동요했지만, 거짓말처럼 강물은 고선지군의 돌격대의 도하를 막지 못했다고 한다. 그리하여 아침 7시부터 11시까지 이어진 전투에서 절벽 위에 세워진 연운보 요새를 함락하고 토번군 5천 명을 죽이고 1천 명을 포로로 사로잡고 갑옷과 말 등 수많은 노획물을 획득하는 전과를 올렸다고 「고선지 열전」은 기록하고 있다.

참, 이때 맥도병(陌刀兵)이라는 결사대가 선두에 서서 강을 건너 요새에 기어오르고 한술사(韓術士)라는 무당이 뒷산에 올라 하늘에 제사를 지내면서 두려움에 떠는 군사들에게 필승의 사기를 북돋았다고 하는 것은 사족이 될 것 같다.

6. 파미르의 유일한 불교유적, 브랑 스투파

일반적으로 얌춘요새를 떠난 나그네들의 다음 목적지는 랑가르로 직행하지만, 시간 여유가 있고 고대 페르시아의 종교인 조로아스터교에 관심 있는 나그네라면, 이스카심에서 72km 떨어진 지점에 있는 '잠르(Zamr-i-atish-parast)' 유적지를 큰 기대는 하지 말고 잠시 들러보는 것도 좋을 것이다.

그곳에서 다시 8km를 더 가면 얌그 마을에 도착하는데, 이곳에는 조그만 박물관이 하나 있다. 뭐 정신 박물관이라기보다는, 무바라크(Mubarak Kadam Wakhani, 1843~1903)라는 슈피의 기념관인데, 그는 앞에서 이야기한 바 있는, 이슬람 시아파의 분파인 슈피즘(Sufi mystic)을 와칸에 전래시킨 사람으로 지금도 부락민들의 추앙을 받고 있다고 한다.

그는 천문학자이며 음악가이기도 했는데, 박물관 안에는 그의 무덤과 그가 쓰던 악기들과 해시계가 전시되어 있는데, 그 해시계는 지

암그의 해시계

금도 이슬람의 축제일 날짜를 결정하는 데 사용된다고 한다.[91]

다음 마을이 바로 브랑(Vrang)이다. 이 조그만 브랑 마을에 필자 같은 동북아시아의 나그네들이 잠시 들르거나 하루를 머물게 하는 이유는 다름 아닌 불교 스투파 때문일 것이다. 아마도 와칸 아니 중앙아시아 전체에서 유일한 불교 스투파이기 때문이다.

브랑 중심지에서 차에서 내리자마자 자청해서 길 안내를 해주겠다는 아이들을 따라나섰다. 그 스투파는 마을의 북쪽 뒷산 절벽 위에 자리 잡고 있는데, 마을입구에서 큰 다리를 건너기 전에 우회전하여 인공수로를 따라 쭉 올라가서 산 아래에 도착하여 우선 배낭을 내려 놓고, 카메라만 든 빈 몸으로 수로를 건너 뛰어 오른쪽으로 작은 산의 가파른 길을 한참 기어 올라가니 그곳에 사진으로만 보아왔던 그 스투파가 당당하게 서 있었다.

필자는 이 날을 위해 오랫동안 준비해 가지고 다녔던[92] 오색 깃발, '다루초(經幡)'를 배낭에서 꺼내들고 그 앞에 엎드려 넙죽이 삼배 아니 오배를 올렸다. 그 다루초는 필자가 〈실크로드 고전여행기〉 총서 출간을 기념하여 만든 것으로 그 안에는 법현, 송운, 현장, 의정, 혜초 등의 5명의 순례승의 이름과 『불국기』, 『송운행기』, 『대당서역기』, 『대당서역구법고승전』, 『왕오천축국전』 등이 일일이 적혀 있기 때문이었다. 말하자면 5분의 순례승들에게 바치는 일종의 공양물인 셈이었기에 3번이 아니라 5번의 오체투지를 올린 것이다.

---

91) 이 박물관은 대부분 문이 잠겨 있는데, 그럴 경우에는 이웃집에 물어보면 Aydar Malikmadov라는 관리인이 나타나 문을 열어준다.

92) 2012년 8월에도 근처까지 왔다가 호로그에서 총격전이 벌어져 와칸을 들어올 수가 없었기 때문이다.

오색 다루초가 걸려 있는 브랑 스투파

몇 년 전에 러시아와 타지크학자들이 참여한 고고학적 발굴에 의하면 이 스투파의 건립연대는 대략 4세기[93] 것으로 추정된다고 하니, 쿠샨(Kushan) 왕조의 말기에 해당된다. 그렇다면 천축 순례의 양쪽 길을 모두 바닷길을 택한 의정 삼장을 제외한 4분 순례승들의 발자국이 남겨져 있을 것이 확실하기에 나의 감회는 더욱 새로울 수밖에 없었다.

아이들의 도움으로 분주히 깃발을 걸고 이른바 '인증샷'을 몇 장 찍고서는, 만감이 교차하는 감정을 가라앉히고 스투파 앞에 걸터앉아 눈앞에 펼쳐지는 경치를 한참이나 바라다보았다.

천하의 모든 불탑들이 서 있는 곳이 그러하듯이 과연 명당 자리였

---

93) 일설에는 조로아스터의 것으로도 추정하는 학자들도 있지만, 그것들이 대부분 원형모양을 하고 있는 것으로 보아서 이 브랑 스투파는 불교의 것이 확실해 보인다.

브랑 스투파의 전경

다. 그곳에서는 저 멀리 여러 갈래의 판지 강의 은빛 물결이 바라다 보였고 그 위로는 힌두쿠시의 은봉, 옥봉이 위용을 자랑하며 하늘의 절반쯤 솟아 있었다. 그리고 바로 눈 아래로는 넓은 평원이 펼쳐져 있었고 그 사이로 내가 달려온 길이 동서로 뻗어 있었다.

그렇게 눈 아래 펼쳐진 브랑 평야와 판지 강을 한참을 망연히 바라보다가 다시 눈을 돌려 다시 찬찬히 스투파를 살펴보기 시작하였다. 그때서야 스투파의 전모가 눈에 들어왔지만 전 세계의 불탑을 두루 보아온 내 눈에는 역시 한눈에도 좀 문제가 있어 보이는 형태였다. 우선 3층으로 보기도 그렇고 5층으로 보기도 애매한 층수도 그렇거니와 층간의 비례도 애매하였기 때문이었다. 그보다 더 의문이 되는 점은 내가 스투파의 원조격인 아쇼카왕이 세운 산치 스투파를 비롯하여 옛 간다라 고지인 현 파키스탄이나 아프간에서 수없이 보아왔던 쿠샨시대의 전형적인 복발형의 스투파와는 너무나 거리가 먼 모습이었기 때문이었다.

말하자면 이 브랑 스투파는 한눈에도 완전히 오리지널의 원형이 아니었다. 아마도 무너져 내린 돌무더기를 근래에 새로 복원한 것으로 볼 수밖에 없는 조잡한 형태였기에 오래된 역사의 이끼냄새는 전혀 맡을 수 없었다. 순간 허탈함이 온몸으로 파고 들어왔다.

이미 잘 알려진 대로 현재 와칸 계곡에는 불교의 흔적이 거의 없다시피하다. 이교도의 것을 남겨두지 않는 배타적인 이슬람의 세력권으로 편입된 지 수천 수백 여 년이 지났으니 그것이 당연한 상황인지도 모르지만, 조로아스터교의 흔적들이 곳곳에 남아 있는 것과 대비되어 혹시나 하는 부푼 기대감으로 그곳을 찾은 해동의 나그네를 허탈하게 만들고 있었다.

물론 현장 등의 구법승들이 지나갔을 중세기에는 이곳은 불교가 분명하게 존재하고 있었다. 7세기 이곳을 지나가면서 현장은 "사원은 10여 곳이 있지만 승려들은 적다."라고 기록하고 있고, 혜초도,

　　승려도 있고 사원도 있으며, 소승법이 행해진다. 왕과 수령, 백성들 모두가 불교를 섬기며 외도에 귀의하지 않는다. 그리하여 이 나라에는 외도가 없다.[94]

혜초는 불교가 성행한 곳에 대해서는 '족사족승(足寺足僧)' 같은 표현을 즐겨 사용하였으나, 이 대목에서는 '유사유승', 즉 '절도 있고 중도 있다'고 하여 비록 거창하게 성행하지는 않지만, 외도의 견제 없이 독자적으로 왕을 비롯한 백성들이 하나같이 불교를 믿고 있음을 알려주는 대목이 아닐 수 없다. 그러니까 와칸 지역에서 불교는 8세기 후반, 이슬람의 동진 이후에 역사 속으로 사라져 버렸을 것이다.

---

94) …有僧有寺 行小乘法 王及首領百姓等 惣事佛 不歸外道 所以此國無外道…

브랑 스투파가 서 있는 산 바로 아래와 마을 건너편 암벽에는 인공 또는 자연석굴의 입구가 여러 개 보인다. 비록 기록상으로는 찾을 수는 없지만, 고고학적 발굴로는 그 중 12개 정도에서 사람이 살던 흔적이 발견되었다고 한다.

또한 지방 촌노들의 증언에 의하면 그 중 몇몇 동굴에서는 벽화의 흔적이 발견되었다고도 하고, 강 건너 아프간령 와칸, 즉 현재의 칸두드(Khandud)에서도 여러 개의 석굴이 있다고 한다. 이는 현장의 다음의 기록과도 일치하고 있다.

> 혼타다성(昏馱多城)[95]이 이 나라의 도읍인데 그 안에 사원이 있다. 이 나라의 선왕이 바위를 뚫고 계곡에다 이 사원을 세웠다.

이 구절은 예배용 차이티야(Chaitya)형 동굴과 거주용 비하르(Vihara)[96] 형의 석굴이 혼합되어 가는 시기에 만들어진 석굴이 있다는 뜻이다. 특히 거주용 석굴에 대해서는 위의 현장뿐 아니라 여러 자료에서 이구동성으로 이야기하고 있다. 먼저 『위서』「서역전」을 보자.

> 발화국(鉢和國)은 갈반타(渴槃陁) 서쪽에 있는데, 대단히 춥고 사람과 가축이 함께 땅굴 속에서 산다.

또한 우리의 혜초사문도 '9개 식닉국' 조에서는,

---

95) 현 와칸 계곡 판지 강 남쪽 기슭에 있는 부락으로 『대당서역기』에는 혼타다성(昏馱多城)이 나온다. 오늘날에도 칸두드(Khandud)라고 불리는 곳이다. 그런데 실제 현 와칸 계곡의 최대 도시인 이스카심(Iskashim/ 伊什卡辛)에 대해서는 현장의 언급이 없어 좀 더 고찰을 해볼 필요가 있다.

96) 석굴 사원은 대다수의 거주용의 승원굴, 즉 비하라와 불상 등의 예배용, 즉 차이티아로 구성되는데 대개는 한두 개의 예배용 차이티아 굴에 4~5개의 거주용 승원굴이 합쳐져 하나의 사원을 이루는 경우가 주류를 이룬다.

… 나머지는 다 독립해 있어 다른 나라에 속해 있지 않다. 그 근처에 두 명의 석굴 속에서 사는 왕이 있는데 중국에 투항하여 안서(安西)도호부까지 사신을 보내어 왕래가 끊어지지 않는다.

이 기록으로 보아 이 나라는 독립된 나라로 보기보다는 산골에 동굴에 은거하여 노략질을 일삼는, 일종의 산적들의 소굴로 보이는데, 이에 대해서 현장도 "살육하는 것을 태연스레 저지르고 도적질을 일삼고 있고 예의를 알지 못하며 선악도 판가름하지 못한다."라고 지적하고 있다. 또한 『신당서』 권221하 「식닉전」에서도, "사람들은 즐겨 공격하고 상인들의 물건을 겁탈한다"고 하였고 왕을 비롯해 이 나라 사람들은 '굴실(窟室)', 즉 굴 속에서 살기 때문에 '굴왕(窟王)', 즉 '굴 속에 사는 왕'이란 말을 쓰고 있다는 점으로도 뒷받침되고 있다.

그렇다고 해서 갈 길 바쁜 나그네가 그 많은 석굴들을 모두 둘러볼 수는 없는 노릇이라 스투파 아래에 걸터앉아 망연히 와칸 계곡을 바라보던 필자는 기울어지는 저녁 해에 쫓겨서 다음 행선지로 가기 위해 자리를 털고 일어날 수밖에 없었다. 그러면서도 머릿속은 온통 스투파를 맴돌고 떠날 수가 없었다.

그 스투파에 진리의 화신인 바이로차나 붓다(法身佛)께서 앉아 계셨다면 이렇게 말씀하셨을까?

"천여 년 만에 멀리 해동반도에서 온 나그네여! 정말 오랜만에 오체투지의 절을 받으니 반갑기 그지없네그려! …."

마을 중심지에서 차를 기다리고 있는데, 마침 아담한 카페 한 곳이 눈에 띄었다. '카페'란 단어는 내가 키릴어로 처음 배운 단어라, 그것을 보는 순간 스투파에 흥분하여 끼니도 거른 처지라 시장끼가 밀려왔지만, 그 사이에 차를 놓칠까 염려되어 망설이고 있는데, 마침 검문을 하는 경찰이 친절하게도 그곳에 들어가 있으라고 손짓을 한다. 그래서 카페에 들어가 '라그만'이란 국수와 차 한 포트를 시켜 놓고

브랑마을의 중심지 광경

지나가는 차를 기다리면서, 한편 내게 몰려들어 관심을 보이는 노인
장들에게 지도를 펴놓고 손짓 발짓으로 근처의 고적들을 탐문해보니
근처에도 고성이 하나 더 있다는 이야기였지만[97] 이미 시간상으로 어
찌할 방법은 없었다.

　그렇게 브랑에서의 아쉬운 반나절을 정리하고 경찰이 골라서 태워
주는 차에 올라타고 천년고목이 늘어서 있는 가로수 길을 따라 내달
리려는데, 문득 어디선가 날 부르는 소리가 들려오는 것 같아 문득

---

[97] 브랑에서 4km 전방에 움부그 콸라(Umbugh Qala) 성터의 유지가 남아 있다고 하
지만, 군인들이 주둔하고 있어서 접근이 불가능하다고 한다. 다시 좀 더 가다가 보
면 판지 강 건너편으로 한때 와칸에서 가장 큰 성으로 알려진 콸라이판자(Qala-i-
Panja) 성터가 보인다.

뒤돌아보았다.

그러나 역시 아무도 없었다. 단지 내가 탄 차를 따라오는 흙먼지 뿐이었지만, 그런데도 그 부름소리는 계속 귓가를 맴돌았다. 아마도 그 소리는 멀리서 누군가가 내게 보내는 전음술(轉音術)에 의한 이별사였으리라….

"해동의 나그네여, 안녕히 가시게!

아무 것도 남아 있지 않다고 그리 슬퍼 마시게, 세월처럼 무상한 것이 어디 또 있겠는가? 세월이야 물처럼 바람처럼 그렇게 흐를 수밖에 없는 법이거늘…."

7. 랑가르의 선각(線刻) '스투파'와 '만자(卍字)'

대개의 나그네들이 교통이 좋지 않는 이 랑가르를 어렵게 찾아오는 목적은 필자처럼 옛 불교 구법승들의 체취를 맡기 위해 오는 사람들보다 마을 뒷산 중턱에 넓게 퍼져 있는 암각화(岩刻畵/ petroglyphs)를 보기 위한 이들이 더 많다. 물론 파미르고원에는 수많은 암각화들이 산재해 있지만, 그 중에서 랑가르의 암각화는 질적·양적으로 이 방면에서는 널리 알려진 세계적인 보고이다.

이 암각화 군락지는 마을 뒷산인 칼 마르크스(Karl Marx, 6,723m)의 기슭급경사면에 펼쳐져 있는데 지금까지 조사된 암각화들의 숫자는 대략 6천 개 정도로 그 주제는 대개 수렵화(狩獵畵)가 주를 이룬다. 예를 들면 뿔이 둥글게 말려 있는 마르코 폴로양(M. P. 羊),[98] 일명 아르갈리양이라고 부르는 거대한 양을 말을 타고 사냥하는 광경

---

98) 중앙아시아에서 동부 몽골에 걸친 산악지대에 서식하는 몸집이 큰 양으로 몸 높이 120cm에 이른다. 거대한 나선형의 뿔을 가지는데 파미르고원의 아종은 마르코 폴로양(파미르 아르갈리양)이라는 이름으로 유명하다.

브랑마을의 천년 가로수

이나, 신석기 또는 청동기 시대의 생활상을 묘사한 간단한 풍속화 등이 주류를 이루지만, 잘 찾아보면 의외로 깜작 놀랄 만한 특이한 것도 눈에 띈다.

이번에 나그네가 찾아낸 암각화도 그런 범주에 속한다고 볼 수있는데, 그것을 보는 순간 한 눈에도 범상한 그림이 아니라고 직감하면서 흥분을 감출 수가 없었다.

우선 아래 자료사진을 보면서 그 의미를 음미해보도록 하자. 오른쪽에는 2기의 불교 스투파가 새겨져 있고 왼쪽으로는 분명히 '절 만자(卍字)'가 보이고 있는데, 그것들은 모두 간단한 선각(線刻)기법으로 새겨져 있다. 먼저 2기의 스투파를 살펴보면 기단을 포함하여 모두 3층으로 보이는데, 가운데 스투파에는 탑신 하단에 사리함을 넣을 수 있는 감실(龕室)99)까지 그려져 있었다. 이는 여러 가지 의미를 함축하고 있다.

그렇잖아도 불교 이동로의 주된 루트이며 대승불교의 진원지에서 가깝고 더구나 기원 전후의 쿠샨시대의 성터가 즐비한 이 와칸 계곡에 불교적인 흔적이라고는 딸랑 브랑 스투파 하나밖에 없는 상황에서 이 불교암각화의 출현은 상당한 의미를 갖는다.

물론 이 단순한 그림 한두 장을 놓고 확대 해석하는 것은 문제점이 있을 수 있다. 우선 시대적인 문제를 생각해보지 않을 수 없다. 대략 6천 개 정도의 암각화가 널려 있는 군락지의 제작연대가 대개 선사시대이기에 유독 중세기 불교의 것이 한두 점(?)100) 섞여 있다는 것은 이해하기 어렵다는 점이다.

그럼에도 불구하고 이 선각 불교 스투파의 제작 연도를 대략 3~7세기 정도로 추정할 만한 정황 근거는 있다. 우선 그 상한선을 중국 서부 타클라마칸의 오아시스 도시들과 교류가 빈번했던 쿠샨시대로 보고, 그 하한선을 이슬람 세력이 이곳을 점령한 시기로 볼 수 있다면 위의 제작연대 추정은 설득력이 있다. 왜냐하면 그 이후 적어도 1천 수백 년 동안 이 와칸주랑에 불교도의 인적은 끊어졌을 것이라는

---

99) 감실 또는 불감은 불상이나 경전 등을 안치하는 장치로써 일명 주자(廚子) 또는 두자(豆子)라고도 하는데 때로는 불감과 보각(寶閣) 그리고 주자를 구별해서 부르는 경우도 있다. 목재나 금속으로 집·통(筒)의 모습을 만들고 그 정면에다 여닫이문을 달아서 철이나 금박 등을 바르고 장식한 것인데 주로 나무로 된 것이 많지만, 분황사탑의 것과 같은 석조도 있다. 중국 양(梁)나라 간문제(簡文帝)가 쓴『여승정교(與僧正教)』에 의하면 양나라 때에 이미 불감제도가 있었다.

100) 암각화의 조사자들 중에 불교를 이해하는 학자가 있었다고는 보기 어렵기에 정밀 조사를 한다면 더 많은 불교적인 자료들을 찾을 수 있을 것으로 보인다.

랑가르의 암각화 군락지 전경

사실은 명백하기 때문이다.

또 하나 흥미로운 것은 이 2기의 선각 스투파가 해동의 나그네가 오색 깃발을 걸고 참배하고 온 그 브랑 스투파의 원형을 묘사했을 것이라는 가설을 세울 수 있다는 점이다. 물론 아직은 여기서 설득력 있는 증거자료나 논리를 제시할 수는 없지만, 그래도 나그네의 머릿속에서 그려보았던 브랑 스투파의 원형과 선각화의 이미지는 완전히 합치하고 있었다.

혹시나 필자의 〈실크로드 고전여행기〉 총서 주인공 중의 한 분이 브랑 스투파를 참배한 다음에 파미르를 넘으려고 랑가르를 지나가다가, 그 옛날부터 이상한 그림들이 많다는 산 위에 올라 수많은 그림들을 흉내 내어 브랑 스투파를 떠올리며 선각으로 그려본 것이 아닐까? 만약 그렇다면 브랑에 현재 남아 있는 스투파는 한 쌍이어야 마땅하다는 결론에 도달한다. 그 나머지 분신은 어디에 있는 것일까?

이 의문은 어찌 보면 필자에게 이번 생에 풀기 어려운 화두가 될 것이 분명하다. 정말 그럴 가능성이 있는 것일까?

선각 낙타 대상

선각으로 새겨진 좌만자(卍: 左旋)와 2기의 스투파 암각화

각설하고 다음으로는 선각화에 나타나는 '卍'라는 기호에 대해 이야기를 좀 해볼 필요가 있다. 왜냐하면 '卍' 또는 '卐'이란 기호, 또는 문자는 현재 우리나라에서 혼동되어 사용하는 사례가 많음으로 이를 정리할 필요가 있기 때문이다.

이 기호는 그리스, 로마, 아시리아, 인도, 중국 등과 같이 고대문명이 찬란하였던 곳에서 흔히 발견되고 있는 것으로, 결론적으로 태양에너지를 상징한다는 설이 지배적이다.

우선 동양권에서는 힌두교 3신 중의 하나인 비슈누(Vshnu)[101]신의 가슴에 난 선모(旋毛)를 상징하여 스와스티카(Svastika) 등 4가지[102]로 불리면서 사용되었다. 그러다가 초기 불교의 판테온에 도입

---

101) 힌두교 최고 3신 중의 하나로 금시조라는 커다란 새를 타고 날아다니며 우주의 평화를 유지시킨다는 신으로 물고기 등 10가지 화신으로 화현하여 세상에 나타난다고 한다. 붓다도 그 중 8번째 화신이라고 한다.

102) 인도 힌두교에서는 '卍'자의 유형을 대략 4가지 형태로 구분하고 있는데, 첫째가 길상해운을 뜻하는 일반적인 슈리밧사(Shrivatsa), 둘째는 오른쪽으로 선회하는

만자의 여러 가지 모양

티베트 융둥뵌교의 만자

우리나라 건봉사의 卐(우만자) 석각

우리나라 법당의 卍(좌만자) 석각

되어, 비슈누의 그것처럼 붓다의 53번째 신체적 특징으로 패러디되어 기원 전후의 발생된 대승불교권에서 적극적으로 받아들여 불교

머리카락 모양을 한 난디아바타라(Naady avatara), 셋째는 행복이 있음을 상징하는 스바스티카(Svastika), 넷째는 물병모양을 한 푸르나가타(Purnaghtata)로 각기 조금씩 의미를 달리하고 있다.

를 상징하는 기호로 굳어졌다.[103]

한편 불교가 중국에서 정착되면서 '卍' 또는 '卐'도 불교의 대표적인 엠블럼(emblem)으로 자리를 잡았고, 당나라 측천무후(則天武后, 624~705) 시대부터 '완(W'an)'이라는 음으로 정해져 이 음이 우리나라에 전해지면 현재 우리나라에서는 '절 만'자로 굳어져 버렸다.

이 '만'자의 모양은 중심에서 오른쪽으로 도는 좌만자(卍: 左旋)와 왼쪽으로 도는 우만자(卐: 右旋)로 나뉘어지는데, 현재 우리나라, 중국, 일본 등지에서는 구별하지 않고 혼용해서 사용하고 있다. 그러나 현재 우리 컴퓨터의 한문번역자판에서는 좌만자(左卍字)밖에 입력할 수 없어 이런 글을 쓸 때 아주 불편한 현실이다.[104]

한편 현재 티베트에서는 이들을 엄격히 구분하고 있다. 불교 전래이전의 고대 종교인 융둥뵌교(gyung drung Bön)는 좌만자(卍)로 쓰고 불교에서는 우만자(卐)를 사용하고 있다는 점이 이채롭다. 그 배경은 다음과 같다. 원래 우리의 샤머니즘을 비롯한 융둥뵌교 같은 원시종교들은 천체가 왼쪽으로 회전하고 있다고 해석하여 모든 종교적 행위를 왼쪽으로 도는 것이 순리적이라고 인식하고 있었다.

예를 들면, '탑돌이' 또는 '성지순례(꼬라/ Kora)' 같은 행위도 불교도와 반대로 왼쪽으로 회전한다는 식이다. 그렇다면 티베트식으로 본다면, 좌만자를 주로 사용하는 우리 불교는 불교가 아닌 융둥뵌교에 속한다는 아이러니가 성립된다.

---

103) 그러나 이채로운 점은 남방불교권에서는 사용된 사례가 없고, 대신 둥근 법륜(法輪)을 불교의 엠블럼으로 사용하고 있다는 점이다. 또한 현대의 서구의 불교학자들은 '원초적 에너지를 담은 신성(神性)'으로서 卍자를 풀이하고 있는데, 이 글자의 모양이 회오리바람을 닮아 있는 것으로 풀이하여 우주적 에너지의 운동법칙과 밀접한 관계를 가지고 있다고 해석하여 시원적이고 창조적인 힘을 상징한다고 한다.

104) 필자는 중국의 인터넷에서 우만자를 찾아 복사해서 쓰는 불편을 감수할 수밖에 없었다.

8. 힌두쿠시 넘어 옛 상미국(商彌國), 치트랄

옛 호밀국인 이스카심을 떠난 현장법사의 발길은 '생뚱맞게도' 상미국으로 향했다. 타지크가 아닌 현 파키스탄 북부 마을인 치트랄[105]이란 곳으로 갔던 것이다. 혜초사문이 구위국(拘衛國)으로, 송운사문이 사미국(賖美國)으로 불렀던 곳이다.

> 달마실철제리국의 큰 산을 남쪽으로 지나면 상미국에 도착한다(…國大山之南至 商彌國).

『대당서역기』 권 12 목판본 상미국 부분의 이미지

여기서 '생뚱맞게'라는 표현을 쓴 이유는 현장이 귀국로인 와칸주랑을 별안간 벗어나 버렸다는 뜻이 담겨져 있다. 그러나 이 부분의 기록을 유심히 읽어보면 상미국은 예의 '전문국(傳聞國)'이라는 것을 금세 알 수 있다. 그러니까 귀국하기 위해 동쪽으로 가기 전에 근처의 여러 나라들을 모두 기록해두고 싶은 현장의 왕성한 지식욕에서 온 일종의 보너스 '가이드 포인트'로 풀이하면 될 것이다.

그러나 반면에 우리의 혜초사문은 직접 이 나라 땅을 밟고서 다음과 같은 기록을 남겼다. 바로 그가 구위국(拘衛國)이라 부른 나라이다.

---

105) 현 파키스탄 서북쪽 산악지대의 치트랄 계곡을 말한다. 지형적으로는 페샤와르(Peshawar)에서 스와트(Swat)로 올라가는 도중에 바트케라(Bat khela)라는 분기점에서 북향하여 디르(Dir)를 지나는 루트로써, 아프간의 와칸(Wakhan) 계곡으로 넘어가는 고개가 여러 개 있다.

또 우디야나(烏長國)로부터 동북쪽으로 산으로 들어가 15일을 가면 구위국에 이른다. 그들은 스스로를 '사마라갈자국(摩褐羅闍國)'이라고 부른다. 이 나라 왕도 역시 삼보를 공경하여 신봉하고, 절도 있고 승려도 있다. 의복과 언어는 오장국과 비슷하고 모직 웃옷과 바지를 입으며 또 양과 말 등도 있다.[106)

위의 원문을 유심히 읽어보면, "又從烏長國(行)東北 入山十五日程 至拘衛國"이라고 쓰여 있는데, 이는 예의 '시문구(始文句)'에 해당되는 구절이 분명하기에 직접 가본 나라가 확실하다. 현장의 경우와 달리 혜초는 직접 가본 나라와 가보지는 않았지만 귀 동냥으로 주워들은 나라를 구별하여 적었는데,[107) 직접 다녀온 곳은 "從…行… 日… 至", 즉 "어디에서부터, 어느 방향으로, 얼마 동안 가서, 어디에 이르렀다."라는 문장양식으로 시작하고 있다.

그러나 현장은 비록 가보지도 않고 주워들은 정보를 기록하였지만, 오히려 직접가 본 혜초보다 더 자세하게 기록하였기에 지리학적인 정보로서의 가치는 오히려 더 소중하다. 우선 전문을 읽어보자.

달마실철제리국의 큰 산을 남쪽으로 지나면 상미국(商彌國)에 도착한다. 이 나라의 주위는 2천 5백 여 리에 달하며 산과 강이 사이사이에[108) 있고 구릉이 높거나 낮게 솟아 있다. 곡식은 고루 잘 자라며 보리와 콩이

---

106) 본문 17장에 "又從烏長國東北 入山十五日程 至拘衛國" 自呼奢摩褐羅闍國 此土亦敬信三寶 有"有僧 衣着言音 餘烏長國 相似 着氈衫袴等 亦有羊馬等也"

107) 이 문제는 '혜초학'의 난제 중의 하나였는데, 국내 혜초학의 권위자인 정수일 선생이 『慧超의 西域기행과 8세기 西域佛敎』(『文明交流史 硏究』, 사계절, 2002)에서 이러한 시문구가 모두 23군데 있는데, 이러한 곳들은 그가 직접 가서 보고 현지 견문록을 남긴 곳들임이 분명하다고 주장함으로 일거에 해결되었다.

108) 지도를 보면 눈에 보이지만, 북쪽으로는 힌두쿠시가, 남쪽으로는 힌두라지 산맥이 남북으로 길게 뻗어 있다.

풍작이다. 포도가 많이 나고 자황(雌黃)[109]이 생산되는데 자황은 벼랑을 뚫고 돌을 깎아 낸 뒤에 얻을 수 있다.

포악한 산신이 살고 있어 여러 차례 재해를 일으킨다. 사람들이 제사를 지낸 뒤에 산에 들어가면 평온하게 오고 갈 수 있지만 제사를 지내지 않으면 폭풍과 우박이 사납게 휘몰아친다. 기후는 춥고 풍속은 조급하다.

사람들의 성품은 순박하고 풍속은 예의가 없다. 지혜가 적고 기민하지 못하며 기능이 천박하다. 문자는 토화라국과 같지만 언어는 차이가 있다. 대부분은 모직으로 짠 옷을 입는다. 이 나라의 왕은 석가(釋迦/Sakya) 종족으로서 불법을 존숭하고 있다. 나라 사람들도 왕의 교화를 따라서 독실한 믿음을 지니지 않은 이가 없다. 가람은 두 곳이 있는데 승려는 적다.

여기서 밑줄 친 부분의 "큰 산을 남쪽으로 넘으면"의 큰 산이란 바로 힌두쿠시(Hindu Kush山脈)[110]이다. 힌두쿠시란 '힌두의 살해자'라는 뜻으로 이슬람 세력이 인도 대륙을 점령하고 수많은 힌두, 즉 인도인 노예로 잡아서 이 산맥을 넘어 아프간 땅으로 끌고 갈 때 수많은 사상자가 났기에 그런 이름이 붙었다 한다. 그러나 아프간 쪽에서는 '아버지의 산'이라는 뜻의 '코히바바(Khi-Baba)'라고 부른다.

현장과 혜초는 이구동성으로 치트랄이 불교국가임을 강조하고 있

---

109) 유황(硫黃)과 비소(砒素)의 화합물로 채색의 원료나 약용(藥用)으로 쓰인다.

110) 힌두쿠시 산계는 파키스탄과 중국 사이의 국경 근처의 동쪽 부분에서 파미르고원 지대와 접한 후 남서쪽으로 뻗어 파키스탄을 관통하고 아프가니스탄으로 들어가 아프가니스탄 서부 지방에서 몇 개의 작은 산맥들과 이어진다. 1,600km에 걸쳐 뻗어 있는 대산맥으로 파미르고원의 남쪽 경계를 이루고 있다. 최고봉인 티리치미르(7,690m)를 비롯해 높이가 7,000m 이상인 것이 24개나 된다. 이 산맥은 문화사적으로 동서양을 가르는 분수령의 역할을 해 왔고 역사적으로는 인도평원 북부 지역으로 들어가는 군사적 요충지로 중요시되어 왔다.

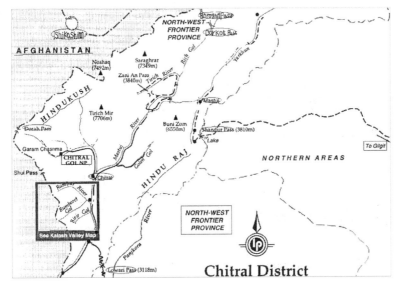

둥근 원 속의 (1)은 이스카심, (2)는 호로그, (3)은 치트랄, (4)는 길깃트, (5)는 중국 총령진 타쉬쿠르간, (6)은 앞으로의 행선지인 브랑, (7)은 랑가르를 표시한다.

지만, 이슬람화가 진행된 지 천 년이 지난 현재 공식적으로 남아 있는 불교유적은 한 곳도 없다. 그것들 모두 인위적으로 파괴되었거나 천 년이란 세월 속에 스러져 버렸을 것이다. 그러나 기록상으로 뒷받침되고 있지는 않지만, 향토사학자의 조사에 의하면, 치트랄 인근 토르코우(Torkhow)라는 곳에는 '탁발하는 돌(Mendicant of Stone, Kalandar-i-Bohtni)'이라 불리는 돌무더기가 바로 불교 스투파의 유지로 그 윗부분에 불상이 있었는데 현재 잘려 나갔다고만 전하고 있을 뿐이다.

각설하고 또한 위 기록에서 눈에 띄는 대목이 한 곳 더 있다. 혜초는 구위국이라 불렀지만, 이 나라 사람들은 "**그들은 스스로를 사마라갈자국(摩褐羅闍國)이라고 부른다**"라는 대목으로 이 명칭이 현장과 송운의 호칭인 상미국 또는 사미국의 어원으로 보인다. 여기서 '사마갈라사'는 산스크리트 'Samarājā'의 음사일 것이다.

치트랄 보로길고개 출입금지 표지판

한편 치트랄(奇特拉爾)은 중국 쪽 기록에서는 『한서』에는 쌍미(雙靡)로, 『위서』에는 사미(賖美)로, 『대당서역기』 권2와 『신당서』 권221에는 상미(商靡)로, 『오공행기(悟空行記)』에서는 구위(拘緯) 등으로 나타난다.

이미 앞에서 이야기한 것처럼 동아시아권의 입축구법승 중에서 제일 먼저 이 나라를 방문한 사람은 위(魏)의 혜생사문으로 그가 남긴 여행기를 편집한 『송운행기』에는,

[519년] 11월 중순에 사미국으로 들어갔다. 이곳으로부터 점점 총령을 벗어나게 되는데 땅이 척박하여 백성들이 매우 궁핍하였다. 길은 사람과 말이 겨우 다닐 정도였는데 험준하고 위험하였다.

라고 간단히 기록되어 있지만, 『북사』 권97에 또 다른 기록이 있어서 『송운행기』의 불완전함을 보여주고 있다.

[사미국은] 파지(波知)[111]의 남쪽 산 속에 자리하고 있으며 불법은 믿지 않고 여러 신을 섬기고 있다. 갈달국(嚈噠國, Ephthall)[112]에 부속되어 있는데, 동쪽으로는 발로륵국(鉢盧勒國)[113]이 있다.

---

111) 파지국은 『위서』 「서역열전」에는 "발화(鉢和)의 서남쪽에 있다. 땅이 좁고 가난하여 산속에 살아서, 왕이 제대로 통솔하지 못한다. 연못 3곳이 있는데, (…중략…) 제사를 지내지 않으면 심한 눈보라를 만난다."라고 하였다.

112) 제1장의 각주 12) 참조.

113) 현 파키스탄 북부의 카라코람 하이웨이(KKH)상의 교통요지인 현 길깃트(Gilgit)

치트랄 시가지 원경

현재 현장과 혜초의 길을 따라가는 우리가 머물고 있는 이스카심에서 치트랄은 이웃지간이다. 다만 중간에 힌두쿠시라는 7천m 급의 대 산맥이 가로막혀 있는 것이 문제지만, 그 산맥을 넘나드는 고개가 있으니 두 마을 간의 소통은 별 무리가 없었을 것이다. 다음 지도들을 보면 와칸에서 치트랄로 넘는 고개는 남서쪽의 도라고개(Dorh Pass)와 남동쪽의 부로길고개(Broghal pass, 3,798m) 등이 있다.

그러나 이 고개들은 중간에 아프간과 파키스탄 땅을 지나가야 하기에, 우리도 혜초사문처럼[114] 이 고개를 넘을 수 없다. 그러므로 치트랄로 가기 위해서는 파키스탄으로 건너가서 페샤와르에서 차를 타고 천불천탑의 계곡으로 알려진 스와트 계곡으로 올라온 다음 다시 로와리(Rowari, 3,118m) 고개를 넘어 반나절을 더 올라와야 한다.

로 현 파키스탄의 북부 발티스탄(Baltistan) 의 중심도시이다.『구당서』「서융전(西戎傳)」에는 발률(勃律), 발로(鉢露)라고 기록되어 있다.

114) 혜초가 치트랄에서 힌두쿠시 고개를 넘어 바로 와칸주랑을 통해 파미르고원을 넘지 않고 다시 페샤와르로 내려와서 아프간으로 넘어가서 계속 서쪽으로 발길을 돌린 이유는 아마도 도둑놈들 노략질 때문이었다는 점은 필자가 누차 이야기 한바 있다.

이곳은 현재는 여름휴양지로 각광을 받고 있는 아름다운 곳이기에 국립공원으로 지정되어 있어서 비행기를 이용할 수도 있지만, 하여간 심심산골 첩첩산중인 것만은 사실이다. 그러나 그런 고생을 각오하고서라도 가볼 만한 가치가 있을 정도로 맑고 아름다운 곳이다.[115]

근래 들어 나그네들이 이 심심산골 치트랄 지방을 심심치 않게 찾는 이유는 본토인들은 여름철의 피서휴양이 목적이지만, 나머지 이방인들은 문화인류학적 호기심으로 무언가를 찾아보고자 하는 사람들이다.

이 치트랄은 접근성의 어려움으로 근대까지 완전히 감추어진 오지였는데, 모 매스컴에 마치 전설 같은 흥밋거리 기사가 소개된 뒤부터 호기심의 대상지로 변해 이색 관광지로 변해 버렸다. 필자는 오래 전에 혜초의 발길따라 이곳을 다녀간 적이 있지만, 당시만 해도 치트랄 이외에 칼라쉬 계곡은 꽁꽁 숨겨진 곳이어서 그냥 모르고 지나가 버렸다.

이 믿거나 말거나 하는 마치 전설 같은 이야기의 배경은 다음과 같다. 알렉산드로스 대왕의 동방 원정은 인류 역사상 가장 웅장한 한 편의 영웅서사시였다는 것은 이미 널리 알려진 사실이다. B.C. 334년 마케도니아와 헬라스 동맹군을 거느리고 원정을 떠난 그들은 당시 세계 최대의 제국이었던 페르시아왕조를 일거에 무너뜨리고 힌두쿠시 산맥을 넘는 대장정 길을 떠나 아프간 전역과 사마르칸트를 비롯한 소그드 전역을 힙쓸고 점령지에 많은 식민도시, 즉 알렉산드

---

115) 오늘날의 파키스탄 북부는 흔히 코히스탄(Kohistan)이라 부른다. "산의 지방"이란 뜻으로 여기서 '코히'는 산이고 '스탄'이 물론 땅이란 뜻이다. 특히 그중에서도 치트랄, 마스츄지(Mastuj/ 馬斯圖吉), 스와트 계곡 고지대, 길깃트 서북부를 모두 아우르는 지역을 다르디스탄(Dardistān)이라고 부른다. 또한 이들의 언어는 다르딕어(Dardic)라고 부르는데, 현장과 혜초의 지적처럼, 이란어와 인도 아리안어와의 특징을 보유하면서 독자적인 정체성을 유지해온 독특한 언어를 지금도 사용하고 있다 한다.

치트랄의 중심지 바자르의 전통모자, '파콜'을 쓴 사람들
일반적으로 아프간의 반군모자로 알려진 이 모자는 실은 다르디스탄의 전통모자로 양털로 짜는데, 아
랫부분이 신축성이 있어 말려 있는 것을 내리면 귀 밑까지 덮어 쓸 수 있어 요긴하게 쓰인다.

리아[116]를 건설하여 동서양을 아우르는 거대한 제국을 세웠다.

그런 다음 그는 현재의 발흐(Balkh/ Bactra/ 縛底耶)[117]에 1만 3

---

116) 제4장 각주 26) 참조.

117) 이 박트리아에 대해서는 중국 자료들과 서양 자료들로 대별되는데, 『후한서』「서역
전」에는 "대월지국은 람씨성(藍氏城), 바로 발흐에 도읍을 정하였다. 백 년이 지나
서 귀상(貴霜/ Kushan)이라고 자칭하고 안식(安息/ Persia)을 침공하였다." 그리
고 『신당서』 권221에는, "토화라는 토활라(土豁羅) 혹은 도화라(覩貨邏)라고 하
며, 원위(元魏) 때는 토호라(吐呼羅)라고 하였다." 이런 중국 쪽 기록을 종합해보
면 기원전 2세기 전반에 대월지(大月氏)가 흉노에게 격파되어 서쪽으로 이동하면
서 대원(大宛/ Fergana)을 지나 박트리아를 무너뜨리고 쿠샨왕조를 건국하였다
는 것인데, 이는 동서양의 역사적 사실과 일치한다. 이런 역사적 기록은 현재 고고
학적 발굴로도 확인되고 있다. 옮긴이가 카불의 아프간박물관에 갔을 때 현관에
쿠샨왕조의 중흥조이며 불교를 적극 전파하여 제4차 결집을 주도했던, 카니슈카

알렉산더의 동방 원정도

천여 명의 군대를 남겨두고 자신은 인도 공략을 위해 주력부대를 이끌고 인더스 강 유역에 이르렀으나 여름철 열병이 퍼져 12년에 걸친 원정을 마무리하고 귀국하는 도중에 33세의 나이로 요절을 하게 된다.

　이렇게 알렉산드로스가 아무 대책 없이 요절하자 3개 대륙에 걸쳐 있었던 대제국은 분열을 거듭하면서 본국과의 유대관계가 멀어지게 되었고, 따라서 발흐에 있던 주둔군은 할 수 없이 독자적으로 그리스인을 지배층으로 원주민들을 피지배층으로 한, 그리스풍의 그레코-박트리아(Greco-Bactria) 왕국을 세워 한 세기(B.C. 246~B.C. 138)를 풍미하게 되었다. 그러나 후에 장기간에 걸친 내전이 계속되고 서쪽과 북쪽에서 밀려온 여러 민족들의 침공으로 박트리아는 '동서문화의 융합'의 산물이란 역사적 사명을 다하고 망각의 뒤안길로 사라져버렸다. 이때 일단의 유민들이 심심산골 힌두쿠시 산골로 들어와 정착하면서 외부와 단절한 채 고유의 혈통과 문화를 고수하면

(Kanishka/ 迦膩色迦, 78~144) 대왕의 하반신 소상이 놓여 있었는데, 이곳은 바로 발흐지방에서 출토된 것이라고 한다. 필자의 『혜초따라 오만리』(하), 여시아문, 2005에 발흐 방문기가 자세하다.

서 살게 되었다는 것이다.

또한 다른 가설은, 고대 그리스 역사가 헤로도투스(Herodotos)[118]의 유명한 『역사』에서도 등장하는 다르드(Dard)인의 정착설인데, 그들은 무슨 이유인지는 확인되고 있지 않지만, 아리아인에서 갈라져 나와 펀자브 평야에서 인더스 강 계곡을 따라 치트랄까지 거슬러 올라와 정착하게 되었다는 것이다. 이들은 길깃트 말의 방언들을 쓰고 페르시아 문자를 사용한다고 한다.

아무튼 이런 내력을 가진 원주민들이 정착해 사는 곳이 바로 3개의 골짜기로 이루어진 칼라쉬(Kalash) 계곡인데 치트랄 바로 아래에 위치한다. 그들은 14세기에 이르러 이슬람교로 개종을 강요당하기도 했지만, 아직도 대부분의 원주민은 원시종교와 조로아스터 등을 믿으며 독특한 전통을 지켜나가고 있다.

9. 판지 강의 발원지, 조르쿨 호수

와칸주랑의 초입새인 이스카심에서 120km 떨어져 있는 종(Zong)과 랑가르(Lyangar), 그리고 건너편의 아프간령 콸라이판쟈(Qala-e-Panja) 마을들이 삼각지형으로 모여 있는 곳은 와칸벨리의 중요한 분기점이다. 이곳으로부터 그 유명한 '와칸북로'[119]가 파미르천 북

---

118) 그리스 역사가로 '역사의 아버지'라고 불렀다. 페르시아 전쟁사를 다룬 『역사』에는 일화와 삽화가 많이 담겨 있으며 서사시와 비극의 영향을 받은 것으로 여겨진다. 그리스인 최초로 과거의 사실을 시가가 아닌 실증적 학문의 대상으로 삼았다.

119) 졸저 〈실크로드 고전여행기〉 총서 부록 〈파미르 횡단로〉의 그 〈와칸북로〉를 말한다. (9-2) 와칸주랑 북쪽길(Wakhan Corridor north way/ 玄奘路, 慧超路) 타쉬쿠르간을 지나 현 아프가니스탄의 와칸 계곡의 입구인 사리쿨 계곡의 서쪽 사리코람 고개(Sarikoram pass, 5,558m)를 넘어 퀴질라바드(Qizilrabad)→자티굼바즈(Jarty Gumbaz) 마을을 지나서, 서양에서는 빅토리아(Victoria Lake) 호수라 불리는, 조르쿨(Zorkul Lake/ 大龍池: 鵝湖) 호수를 따라 돌아서 이 호수에서 새로 발

쪽 계곡길을 따라 동북쪽으로 올라가고 '와칸남로'[120]는 와칸천(穫侃川, Wakhan R.)을 거슬러올라가기 때문이다. 바로 우리 〈실크로드 고전여행기〉 총서 부록의 〈파미르 횡단도 #9-2〉와 〈#9-3〉이 갈라지는 곳이라는 뜻이다.

여기서 남로와는 잠시 해어졌다가 다시 만나기로 하고 우선, 현장법사의 발길을 따라 오늘의 목적지인 대용지(大龍池) 또는 아호(鵝湖), 즉 조르쿨(Zorkul), 사리쿨(Sarikul), 빅토리아(Victoria)라는 여러 이름으로 알려진 그 호숫가로 우리도 올라가야만 한다. 그 이유야 많다. 우선 1만 명의 고선지군이 야영을 했던 곳이라지 않은가….

우리가 판지 강을 따라 올라올 때와 마찬가지로 '와칸북로'는 랑가르로부터 계속 파미르천을 사이에 두고 아프간과 경계를 이루며 상류로 거슬러 올라가는데, 그렇게 77km 쯤 더 올라가면 타지크의 국경수비대가 주둔하고 있는 카르구쉬(Khargush) 체크 포인트에 도착한다. 또 하나의 분기점으로 여기서 일단 행인들은 검문을 받아야 하는데, 그냥 계속 북쪽으로 가는 사람들은 여권과 〈파미르여행허가증(GBAO)〉을 제시하면 되지만, 필자 같이 파미르천을 따라 조르쿨[121] 호수로 가는 차량의 경우는 추가로 〈조르쿨 방문허가증(Zorkul

---

원하는 파미르천의 북안 길을 따라 대(大)파미르고원을 지나 서남쪽으로 내려가면서 카르구쉬(Kargush)→랑가르(Langar)→종(Zong)→이스카심(Iskashim/ 伊什卡辛)에서 '와칸남로'와 합류하여, 위의 사리쿨 루트와 같은 궤도를 거치며 바닥샨 주로 내려가 화이쟈바드로 나간다.

✿현장법사와 혜초사문이 당나라로 돌아올 때 경유한 루트에 해당되며 일반적으로 많이 이용된 남쪽길의 상황변화에 따른 우회로에 해당된다.

120) 이 책의 1-5-5) 참조.

121) Zorkul Nature Reserve is a 1610km² nature reserve in south-eastern Gorno-Badakhshan Autonomous Province in the eastern part of the Central Asian nation of Tajikstan, adjoining the border with Afghanistan's Wakhan District. The area was made a zakaznik in 1972 for the conservation of Bar-headed Geese and upgraded to a full nature reserve in 2000. It has also been identified

카르구쉬 검문소. 와칸북로와 파미르 하이웨이의 분기점에 있는데, 타지크의 국경수비대가 검문을 한다.

Nature Reserv Admmision)〉[122]을 제시해야 한다(사진 참조). 이런 서류를 구비하고 있으면 대개는 검문소를 무사히 통과할 수 있지만, 일진이 안 좋은 날이면 간혹 트집을 잡혀서 애를 먹기도 하니 이런 경우를 대비한 방법도 귀동냥해두는 것이 필요하다.

검문소에서 갈라진 다른 길은 북쪽으로 방향을 잡아 가파른 카르쿠쉬(4,144m) 고개를 넘어 '파미르 하이웨이(M41번 도로)'를 만나 파미르고원의 중심도시인 무르갑(Murgab)으로 가서 다시 키르기

by Bird Life International as an Important Bird Area

122) 이 서류들은 인근 나라의 타지크대사관이나 GBAO자치구의 행정중심도시인 호로그에서 받을 수 있다.

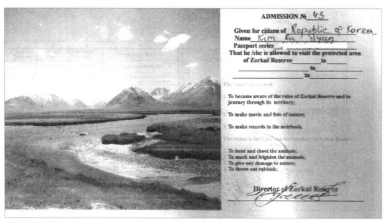

조르쿨 방문허가증(Zorkul Nature Reserv Admmision)

스스탄으로 넘어간다.

한편 동쪽 길은 다시 50여km 정도 지그재그로 계곡 길을 따라 올라가서 파미르천의 발원지인 호숫가의 초원지대로 이어진다. 현장은 그 길을 '7백 리'라고 했다. 그런데 필자가 계산해 본 바로는, 이스카심을 기점으로 하면 현재의 거리와 거의 맞아 떨어진다. 법사의 그 정확함이 증명되는 대목이 아닐 수 없다.

이 북로는 이미 먼저 번 〈고선지루트 1만리〉 편에서 살펴본 바 있듯이, 7~8세기 당시 실크로드의 주요 통로였던 와칸남로 대신에 일종의 우회로로 개발된 성격이 강하다. 이에 대해 부연설명을 좀 하자면, 당시 연운보를 비롯한 와칸주랑의 요새들이 모두 토번군에 의해 점령당하고 있었을 때이니만큼, 전쟁 상대국 나라 사람들은 비록 민간인 신분의 대상들이나 입축구법승이라 하더라도, 통행이 껄끄러웠을 것이기에 대신 좀 더 안전한 새로운 루트를 개척할 수밖에 없었을 것이다.

아마도 그런 이유로 당시의 순례승인 현장법사와 혜초사문 등은 남로 대신 북로를 이용하였던 것으로 보인다. 그 외 나머지 횡단 루트

대·소파미르 지도

들의 경우도 마찬가지 경우로 추정된다. 여기서 토번 대신에 돌궐이나 이슬람제국을 대치시켜도 이런 등식은 성립된다는 뜻이다.

그 좋은 예가, 역시 우리 〈실크로드 고전여행기〉 총서의 주인공들인 6세기의 송운, 혜생이 지나갔던 부록 〈#7번 토욕혼로〉나 〈#8번 토번로〉 같은 루트가 바로 그런 것인데, 이 새로운 길은 당시 실크로드의 실권을 토욕혼(吐谷渾國/ Tuyuhun)[123] 토번이 장악하고 있었기 때문에 그들의 협조를 얻을 수 있는 특별한 신분이나 방법이 있는 경우에만 해당되었을 것이다.

오식닉국을 두루 섭렵한 현장의 발길은 바야흐로 그의 17년 동안의 멀고 긴 순례길의 마지막 난관인 총령을 앞에 두고 이 세상에

---

123) 투유훈(Tuyuhun)으로 발음되며 원래는 선비족(鮮卑族) 모용부(慕容部)의 일파였으나, 서진(西晉) 영가 연간(永嘉年間, 307~312)에 수령 토욕혼이 부족을 거느리고 동북 도하(徒河) 지방에서 서쪽 청해호 일대로 옮겨와 강족(羌族)과 함께 살면서 복사성(伏俟城)을 도읍으로 삼은 후 비로소 칸(汗)이라고 칭했다. 당대에는 일찍이 사신을 파견하여 조공을 바쳤고, 통혼과 교역을 청했다. 그러나 663년 본거지가 토번에게 점령당하면서 흩어지게 된 민족이다.

閻境東北踰山越谷經危履險行七百餘里
至波謎羅川東西千餘里南北百餘里狹隘
之處不踰十里據兩雪山間故寒風勁春
夏飛靈薆雹風地鹹鹵多礫石播植不滋
草木稀少逯致空荒絕無人止
波謎羅川中有大龍池東西三百餘里南北
五十餘里據大慈嶺內當贍部洲中其地最
高也水乃澄清皎鏡莫測其深區帶青黑味

대당서역기 권12에 보이는
파미라천의 관헌 기사

서 가장 높은 곳에 있는 호숫가로 올라왔다. 그때 하늘에서는 지금 처럼 수많은 철새들이 편대비행을 하면서 삼장법사 현장 일행을 환영했으리라….

[식닉국] 국경의 동북쪽으로 산을 넘고 계곡을 건너 위험한 길을 따라서 7백여 리를 가면 파미라천(波謎羅川)의 [발원지에] 도착한다. 이 구역은 동서로 천여 리, 남북으로 백여 리이며 폭이 좁은 곳은 10리를 넘지 못한다. 두 설산 사이에 자리하고 있는 까닭에 찬바람이 매섭게 분다. 봄과 여름에도 눈이 날리고 밤낮 없이 바람이 휘몰아친다. (…중략…)

파미라천 속에는 커다란 용이 사는 호숫가 있는데 동서로 3백여 리이고 남북으로 50여 리이다. 대파미르 속에 자리 잡고 있으며 염부주 중에서도 가장 높은 곳이다. 물은 맑디맑아서 거울처럼 비치는데 그 깊이를 알 수 없을 정도이고 물색은 청흑색을 띠었고 맛은 감미롭다.

이 기록을 뜯어보면 현장은 그냥 조르쿨 호수 자체를 '파미라천'이라 부르면서 전체적인 지형을 설명하다가 그 다음에 커다란 용이 살만큼 깊고 넓은 그리고 검푸른 신비로운 호에 대해 언급을 하고 있다. 특히 그곳이 염부주(閻浮洲),[124] 즉 아시아 대륙에서 가장 높은 곳이라는 점에 힘을 주고 있다. 그러므로 여기서 우리는 자연스럽게 '수미산설

---

124) 범어 잠부디파(Jambudipa: skt)의 음역으로 수미산의 남쪽 해상에 있다는 대륙을 의미한다. 후에 인간 세계 또는 현세를 통틀어 이르는 말이 되었고 구체적으로는 아시아 대륙을 의미한다. 남염부제(南閻浮提), 남염부주(南閻浮洲), 염부(閻浮), 염부제(閻浮提), 염부주(閻浮洲)라고도 표기된다.

(須彌山說)'[125]에서의 아뇩달지(阿耨達池)[126]를 연상하게 되지만, 이 두 호수는 직접적인 관련이 없기에 이 주제는 다음으로 미루기로 한다.

현장은 이 호수의 동서간의 길이를 3백 리라고 했는데, 현재는 25km 정도라고 하니 천 년의 세월 속에 호수의 크기가 상당히 줄어든 것으로 보인다. 아마도 기후 환경 변화 탓일까?

또한 현장은 이 호수를 온갖 뭇 생물들의 천국으로 묘사하며 그 이름을 일일이 열거하고 있다. 그의 정밀함이 돋보이는 대목이 아닐 수 없다.

물 속에 사는 어류로는 상어와 교룡(蛟龍), 물고기, 큰 자라와 악어, 거북과 자라들이 있으며, 물 위를 떠도는 새들은 원앙, 기러기, 거위, 너새(鴇) 등이 있는데 [산란기에는] 알껍데기가 황야, 초원, 늪지 물가에 어지러이 널려 있다.

현장이 기록한 대로, 이 호수의 유역은 동서로 길게 뻗은 두 개의 산맥, 즉 북쪽의 알리츄산맥과 남쪽의 와칸 산맥 사이에 자리 잡고 있기에 만년설이 녹은 물이 풍부하게 유입되고 있다. 특히 가까이에는 남쪽으로 호수 건너편 15km 지점에 콩고드봉(Concord Peak,

---

125) 고대 인도의 신화적인 인식을 불교에서 받아드려 정립한 우주관으로 이 세상은 중심은 수미산이라는 상징적인 산을 중심으로 펼쳐 있다는 설을 말한다. 또한 '사대주설'이란 바다 가운데 중생이 거주할 수 있는 곳은 대략 4개의 큰섬이 있으니, 동쪽에는 비데하주가 있고, 남쪽에는 잠부디파(Jambudipa/ 瞻部洲)가 있고, 서쪽에는 고타니주가 있고, 북쪽에는 구루주가 있다. 금륜왕(金輪王)은 온천하를 통치하며, 은륜왕(銀輪王)은 구루주를 다스리고, 동륜왕(銅輪王)은 구루주와 고타니를 제외한 곳을 다스리며, 철륜왕(鐵輪王)은 오직 잠부디파만을 다스린다.

126) 수미산설(須彌山說)'의 모델이라고 알려진 성산 카일라스(Kailas: skt) 아래의 성호 마나사로바(Manasarova: skt)을 가리킨다. 본문의 '아뇩달지(阿耨達池)'로 무열뇌(無熱惱), 청량(淸凉池)이라고 번역하며 설산의 북쪽, 향취산의 남쪽에 있다.

조르쿨 호숫가의 구러시아 시대의 경비초소들과 녹 슨 탱크나 중장비들의 잔해들

5,469m)이 솟아 있어서 맑디맑은 거울 같은 수면에 그림자를 드리우고 있어서 더욱 신비스러움을 더하고 있다.

호숫가를 중심으로 한 남쪽 지역을 지리학에서는 '대파미르(Great Pamir)'[127]라 부른다. 원래 이 호수는 아프간의 미르(mir)라는 한 부족장의 영토였는데, 1895년 러시아와 영국의 협약에 의해 호수와 파미르천이 러시아와 아프간의 국경선으로 정해졌다고 한다.

---

127) 한편 '소파미르(Little P.)'는 아프간 와칸의 동쪽 끝, 중국령 신장 지방의 접경지역을 가리키는 것으로, 좁게는 와흐지르 지방을 의미한다.

이런 상황을 대변하듯이 호숫가로 접근하는 도로 구간에는 드문드 문 구러시아 시대의 경비 초소들과 부대의 주둔지와 녹 슨 탱크나 중 장비들이 흉물스럽게 방치되고 있어서 눈살을 찌푸리게 만든다. 그 들이 이 땅을 포기하고 완전 철수를 한 지도 벌써 수십 년이 지났어 도 한때 광기 어린 이데올로기가 빚은 전쟁의 상흔들은 아직도 치유 되지 못하고 있다. 지금의 아프간의 절망적인 상황이 바로 그것을 증 명하고 있으니까.

호수의 건너편은 지금도 여전히 아프간령 와칸이지만, 북쪽의 타 지크령 초원지대는 현재 자연보호구역(Zorkul Nature Reserve)으 로 보호를 받고 있다. 검문소에서 제시한 허가증이 바로 이 보호구 의 출입증서인데, 그 내용을 읽어보니 자연을 손상시킬 일체의 금 지 행위를 나열하고 있다. 현재 호수의 동쪽 끝 지점에는 콰라보락 (Qarabolaq)이라는 유목민 촌락이 있다고 하지만 접근하기가 쉽지 않으니 포기하자고 기사는 고개를 모로 젓는다.

근세 1838년 이 호수가에 처음 올라온 서양인은 영국의 해군장교 인 존우드(John Wood)인데, 그로 인해 이 호숫가 아무다리아(Amu Darya) 강의 발원지로 밝혀졌다. 그로부터 서양에서는 이 호수를 '파미르의 빅토리아 호수(Victoria L.)'라고 부르게 되었다.

마지막 보너스로 짚고 넘어가야 할 사항이 한 가지 더 있다. 전회에 서 이야기한 대로 『당서』「고선지열전」에서의 기록대로 1만 명의 고 선지군은 총령수착이었던 현 타쉬쿠르간에서 20여 일 행군하여 이 곳 호숫가에 도착하여 전열을 가다듬어 와칸으로 내려가 연운보 요 새를 공격했다고 한다.

아! 수천 수백여 년 전, 이 드넓은 초원 가득이 1만여 명의 기병이 며칠간 야영을 하며 그동안 강행군으로 지친 말을 쉬게 했을 것이라 는 생각을 하니 더욱 감개무량함을 금할 수 없다.

올라가면 다시 내려가야 하는 것이 만고의 진리이듯 현장의 발길

영국의 탐험가인 고든(Thomas Edward Gordon)의 수채화 〈Lake Victoria〉, May 2nd, 1874년 작

도 이제부터 내리막인 듯, 다음의 기록으로 파미르에서의 회향을 하고 있다.

이 호수의 동쪽으로 하나의 큰 물줄기가 흘러 나와 동북쪽으로 흘러 카슈가르(佉沙國: 喀什)의 서쪽 경계에 이르러 사다하(徙多河)와 합쳐져 동쪽으로 흐른다. 그런 까닭에 이 못의 왼쪽은 모두 동쪽으로 흘러간다.

그러니까 호수의 서쪽 물길은 파미르천의 원천이고, 동쪽의 물길은 중국 쪽 신장자치구로 흘러간다는 뜻인데, 이는 현재의 지리학적 사실과는 다르다. 이는 현장의 착오로 보여서 수정을 할 필요가 있다.

왜냐하면 현장은 이 동쪽 강을 카슈가르 서쪽 경계로 흘러서 야르칸드 강과 합류하는 사다하, 즉 현 타쉬쿠르간 강으로 보고 있는데, 이 강의 서쪽 상류인 카라츄쿠르(Karaf Chukur)는 파미르고원에서 발원하기는 하지만, 조르쿨 호수에서 발원하지는 않기 때문이다.

10. 힌두쿠시 넘어 대·소발율국(大·小勃律國), 길깃트

'파미르천'이라 불렸던 조르쿨 호수를 지난 현장법사의 발길은 바로 파미르 고개를 넘어가는 것이 순리적일 것이다. 그러나 『대당서역기』의 순서에는 또 다시 다소 엉뚱한 곳이 나타난다.

'파미라천' 남쪽으로 산을 넘으면 발로라국이 있는데 금과 은이 많이 난다. 특히 금의 빛깔은 마치 불과도 같다.

조르쿨 호수의 남쪽 산이라면 힌두쿠시 산맥을 말한다. 그리고 발로라국(鉢露羅國)[128]이면 현 파키스탄 북부 산악도시이며 또한 카라코람 하이웨이(KKH)[129]상의 유명한 거점도시 길깃트이니 현장의 귀국로와는 무언가 아귀가 맞지 않는다. 그러나 앞뒤를 곰곰이 헤아려 보면 이 나라는 현장에게 있어서 이른바 '전문국(傳聞國)', 그러니까 직접 가지 않고 주워들은 사실을 기록한 나라에 속한다는 사실을 금

---

128) 『신당서』 권221하 「서역전」 하 〈대소발율〉조에는, "소발율은 장안에서 9천 리 거리에 있는데, 약간 동남쪽 삼천 리 떨어져 토번 임금(贊普)의 아장(牙帳)이 있다. 서쪽 8백 리에는 오장국(烏萇國)이, 동남쪽 3백 리에 대발율이, 남쪽 5백 리에는 카슈미르가, 북쪽 5백 리에 호밀(護密)의 사륵성(娑勒城/ 사르하드/ Sarhad)이 있다."라고 되어 있다.

129) 카라코람 하이웨이(喀喇昆仑公路)는 중국 신장자치구의 카슈가르에서 시작하여 옛 총령진(蔥嶺鎭)인 타쉬쿠르간을 지나 쿤자랍고개를 넘어 파키스탄령으로 들어와 소스트(Sost), 장수촌으로 유명한 훈자(Hunza), 길깃트로 이어지는 세계에서 가장 높고 아름다운 도로이다. 1979년 완공되어 1986년부터 관광객의 통과가 가능해진 이 루트는 1,300km를 1박 2일로 달리는 대장정이지만 파미르의 설경, 드넓은 초원, 신비로운 호수를 구경하다 보면 별로 지루하지 않는 환상적인 코스로, 매년 5월 1일에서 10월 15일까지만 열리는데, 이 루트를 여행하기 가장 좋은 시기는 봄에서 이른 가을까지로 겨울에는 폭설로 인해 길이 막히고 여름 또한 많은 비가 내려 낙석 등으로 가끔 몇 길이 막히기도 한다. 이곳을 꼭 가고자 한다면 론리플래닛(Lonely Planet) 편, 〈파키스탄과 카라코람 하이웨이(Parkistan & The Karakoram Highway)〉를 참조하기 바란다.

현기증이 나는 인더스 강에 걸쳐 있는 현수교

세 알 수 있다. 말하자면 앞의 상미국, 치트랄(Chtral)과 같은 경우에
속한다. 아마도 현장은 귀국 시에 파미르고원을 지나가면서 스스로
편집한 비망록격인 지도책에 표시되어 있는, 힌두쿠시 산맥 너머 계
곡에 있을 것으로 생각되는, 17년 전 인도로 들어갈 때의 기억을 되살
려 문득 이 대목에다 발로라국 이야기를 끼워 넣은 것으로 여겨진다.

그래서 필자도 행로를 바로 수정하여 현장의 붓끝을 따라 소발율
로 선회하기로 했다. 그 이유는 먼저 회에 이야기하다가 만 '고선지
루트'의 나머지 행정을 마저 답사하려는 의도를 우선 들 수 있다. 물
론 그 이외에도 길깃트는 파미르고원의 동남쪽 끝자락에 있는 곳으
로 『왕오천축국전』이나 『송운행기』에서도 비중이 큰 곳이기도 하기
때문이다.

길깃트의 거리 풍경

　그러나 지도상으로 보면 와칸주랑에서 고선지의 행군로를 따라 힌
두쿠시의 부로길과 다르코트 고개를 넘는 루트는 실제로는 이미 오
래 전에 인적이 완전히 끊긴 봉쇄된 길이다. 그렇기에 먼 길을 돌고
돌아서 중국에서 쿤제랍 고개(Khunjerab Pass, 4,693m)를 넘어 파
키스탄으로 이어지는 유명한 횡단로인 카라코람 하이웨이를 통해 길
깃트로 향할 수밖에 없었다. 물론 이 루트는 고대에는 없었던 길이라
는 점부터 부연설명하고 넘어가도록 한다.

　오늘날의 파키스탄 북부는 흔히들 코히스탄(Kohistan)이라 부른
다. '산의 지방'이란 의미로 여기서 '코히'는 산이고 '스탄'이 땅이다.
이 말 자체에서 느껴지듯 이 지방은 엄청난 협곡지대로 유명하다.[130]

　길깃트 지방은 예부터 '보로(Bolor)'라고 부르는데, 이것을 중국식
에서 음사하여 '보루(勃律/ bo-lu)'가 되었지만 이를 우리식 한자로
읽으면 '발율'이라는 다소 엉뚱한 발음으로 변한다. 하여간 이 '발율

---

130) 코히스탄은 다시 두곳으로 분류되는데, 서북부의 치트랄, 마스츄지(Mastuj) 등
　　은 다르디스탄(Dardistān)이라고 부르고 동북부의 스카르두 지방은 발치스탄
　　(Baltistan)이라 구분하여 부른다.

길깃트 인근 칠라스의 불교 석각

국'은 우리의 혜초사문의 호칭으로는 대·소발율로 나뉘어지는데, 길
깃트가 소발율이고 인더스 강 상류 쪽의 스카르두가 대발율이다.

　현재에도 오지 중에 오지로 꼽히는 대협곡길을 예부터 대상들과
구법승들은 수시로 들락거렸다. 먼저 6세기의 북위(北魏) 나라의 사
신 송운과 구법승 혜생 일행들이[131] 그 길의 험난함을 기록하고 있다.

---

131) 『송운행기』(실크로드 고전여행기 5)는 5세기와 7세기의 시대적 공백을 이어준 여
　　행기로, 518년에 북위(北魏)의 호태후(胡太后)의 명을 받들어 송운(宋雲)과 혜생
　　(惠生) 등이 서역과 인도를 다녀와 기록한 여행기를 양현지(楊衒芝)가 편저자(編
　　著者)가 되어 여러 사람의 경험을 짜깁기해서 기록한 특이한 형식을 취하고 있다.
　　『낙양가람기』에 기록되어 있는 이 문헌은 서역과 인도의 순례기로서는 너무 짧고
　　불완전하지만 몇 가지 점에서는 의미를 찾을 수 있다. 그 이유는 5세기의 법현과 7
　　세기의 현장 사이의 6세기라는 시대적 공백을 이어주는 역할을 하였다는 점이 첫
　　번째 이유이고, 다음으로는 청해호 지방 토욕혼의 차이담 분지를 통과하는 특이
　　한 루트를 개척하였다는 점이고, 마지막으로는 미지의 대제국 에프탈에 대한 귀한
　　정보를 남겼다는 등이 다른 여행기와 차별화되어 역시 귀중한 문헌으로 꼽힌다.

L.P. 가이드 북

한 줄기 곧은 길이 발려륵국(鉢盧勒國)[132]에서 오장국으로 향해 있고 쇠사슬로 만든 [현수교] 다리를 허공에 매달아 지나다니게 하였다. 아래로는 바닥도 보이지 않고 옆에는 붙들 만한 것도 없다. 순식간에 만 길 벼랑 아래로 떨어지게 되니 지나는 사람들은 형세를 살피며 조심스럽게 이 길을 지나갈 뿐이었다.

전통적인 구법루트를 따라 내려온 송운 일행의 코스에 비교하면

---

132) 현 파키스탄 북부의 카라코람 하이웨이의 교통요지인 현 길깃트(Gilgit)로 현 파키스탄의 북부 발티스탄의 중심도시이다. 『구당서』 「서융전(西戎傳)」에는 발률(勃律), 발로(鉢露)라고 기록되어 있으며 Marco Polo는 Belor로 커닝엄(19~20세기)은 Pálor, Balor, Balti라고 표기하고 있다. 티베트어로 쓰여진 『돈황편년기(敦煌編年記)』를 보면, 소발율은 737년에 토번의 지배하에 들어갔다가 747년 고선지(高仙芝)의 서정(西征)에 의해 당으로 귀복되었다. 발률은 실크로드의 대상로의 유일한 목줄이기에 지형을 맞대고 있는 나라들에게 전략상 중요한 곳이어서 토번도 공주를 길깃트로 시집 보내 혈연을 공고히 할 정도로 중요시하였다. 또한 길깃트는 불교의 전파에도 간과할 수 없는 기여를 하여 지금도 도로변에 당시의 마애불이 즐비하게 늘어서 있다. 우리의 혜초도 발율(勃律)국으로 부르면서 많은 기술을 하고 있다. 김규현, 『혜초따라 오만리』, 여시아문, 2005, 44~60쪽에 대·소발율에 대한 정보가 자세하다.

혜초사문의 루트는 사뭇 다르다. 아니 다르다 못해 그가 직접 이곳에 정말로 왔었는가 하는 의문점이 들 정도로 좀 독특하다. 그래서 '혜초학'에서도 길깃트를 간혹 전문국으로 분류하기도 한다.

오천축국의 순례를 마치고 혜초는 북인도에서 카슈미르를 거쳐 아마도 카라코람 고개[133]—지금의 쿤자랍고개가 아닌 〈#9-6번〉 도로를 말한다—를 넘어 바로 타림 분지의 서역남로상의 호탄으로 넘어가려고 바로 대발율, 소발율국으로 올라왔던 것으로 보이지만, 무슨 이유인지 카라코람 고개를 넘어 중국으로 가지 않고, 다시 발길을 서쪽으로 돌려 아프간으로 향했다. 이 루트에 대하여 혜초는 다음과 같이 기록하고 있다.

> 카시미르국에서 서북쪽으로 산을 넘어 7일을 가면 소발율국에 이른다. 이 나라는 중국의 관리하에 있다. 의복과 풍속이나 음식과 언어가 대발율국과 서로 비슷하다. (…중략…) 대발율은 본래 소발율의 왕이 살던 곳인데 토번(吐蕃)이 침략해 오므로 소발율로 쫓겨와서 그대로 정착한 것이다. 수령과 백성들은 대발율에 그냥 남아서 따라오지 않았다.

이 구절은 학계에서도 의견이 통일되지 않고 있기에 부연설명이 필요하다. 위 본문에서 우리는 몇 가지를 검토해볼 필요를 느끼는데, 그 중 첫째는 혜초가 정말로 카시미르에서 서북쪽 산을 넘어 7일간을 걸어서 소발율국에 이르렀나 하는 것이고, 둘째로는 '대발율국을 그냥 전문국으로 보아야 하느냐?'이다. 결론적으로 말하면 기존의 학계의 가설은 후자 또는 둘 다 전문국으로 보는 의견이 우세하였지만, 필자의 가설[134]로는 두 곳 모두 친전국이 거의 확실하다.

---

133) 이 책의 1-5-8) 참조.

134) 현재는, 인도령 카시미르에서 파키스탄령 길깃트로 직접 갈 수가 없다. 그러나 정

길깃트 인근의 '카르가(Kargah) 마애불' 전경.
7세기 토번 점령 시기에 조성된 '몽골로이드' 형상의 마애석불

길깃트 시가지

밀지도를 놓고 자세히 검토해보면 스카르두와 길깃트로 통하는 길이 확연히 나타 난다. 바로 카라코람 산맥의 지류를 넘는 부질(Burzil, 4,199m) 고개를 넘어 왼쪽 으로 낭가파르밧 산을 바라보며 데오사이(Deosai) 평원으로 내려가 토번군사가 지키고 있는 대발율 성을 피해서 인더스 계곡으로 내려와 소발율로 내려왔을 것이 라는 가설의 근거에 해당된다. 그러니까 혜초는 대발율의 땅을 지나가면서 적지 않는 토번인들을 만났을 것이고 그들의 생활상을 낱낱이 기억했을 것이다. 그러나 카라코람 고개를 넘지 못하고 할 수 없이 서남쪽으로 내려와 간다라국으로 들어 갔을 것이다.

훈자의 명물 살구 말리는 광경

혜초가 여행기에서 이렇게 현 지명을 중국식 명칭과 함께 사용한 것에 대하여 둔황에서 『왕오천축국전』을 발견하고 세상에 소개한 폴 펠리오(P. Peliot)도 다음과 같이 높이 평가하고 있다.

혜초는 우리에게 8세기 전반기 인도에서의 불교의 상황을 전해주고 있다. 특히 서북인도, 아프가니스탄, 러시아령 투르케스탄, 중국령 투르케스탄(新疆)에 관해서는 기타 기록에서는 볼 수 없는 지식을 제공해준다. 중복되는 말이지만 그는 중앙아시아제국의 명칭을 통상적인 중국식 명칭과 함께 현지명을 기록해 놓고 있다. 예를 들면 소륵(疎勒)을 실제의 호칭인 카슈카르(伽師祇離國)로 적은 등이다. 이 점은 이 방면의 첫 번째이며, 또한 마르코 폴로 같은 몽골제국시대의 기록보다 5세기나 앞서는 것이다.

혜초의 이곳 사람들의 인상 묘사는 대체로 정확하였다. 다만 수염

다인요르(Dainyor) 마을의 토번고문석[135]
725년 토번군이 대·소발율국을 함락했다는 내용 등이 적힌 석각명문은 산스크리트(Sanscrit)어로 알려져 있었으나 직접 확인한 결과 티베트 고문자가 틀림없었다.

과 머리털을 깎았다는 부분만은 다르다. 현재의 길깃트인은 모두 회교도이기에 그들의 율법에 의해 부모가 준 터럭을 깎을 수 없기 때문이다. 이곳의 원주민은 전통적으로는 동·서돌궐족(Turq) 계통이나 종교적으로는 쿠샨왕조의 지배하에 있을 때부터 중국, 토번의 점령 때까지 8백 년간을 불교도로 살아왔지만 그 후로는 무슬림화되어 지금에 이르고 있다.

---

135) 다인요르 마을에서 KKH를 따라 조금 더 진행하다가 오른쪽 골목에 철판안내판
이 붙어 있어서 찾기는 쉽지만, '라피드울라(Rafid Ullah)'라는 노인의 개인 소유
이다. 글씨의 마모가 심해 판독은 어렵지만, 연대로 보아서는 당시 소발율의 왕 수

고선지군이 넘었던, 옛 탄구령이었던 다르코트 고개

소발율, 길깃트는 『신당서』 권221하 「서역전」 하 〈대·소발율〉조에
도 비중 있게 나타나는 곳이다.

소발율은 장안에서 9천 리 거리에 있는데, 약간 동남쪽 삼천 리 떨어져
토번 임금의 아장(牙帳)이 있다. 서쪽 8백 리에는 오장국(烏萇國)이, 동
남쪽 3백 리에 대발율이, 남쪽 5백 리에는 카슈미르가, 북쪽 5백 리에 호
밀(護密)의 사륵성(娑勒城)[136]이 있다.

실리디에게 시집간 토번의 공주 중마뢰에 의해 세워진 것으로 보인다. 김규현, 「티
베트의 역사산책」 〈투뵈왕조의 만개 편〉 참조 (176쪽).

136) 바로 고선지의 격전지인 와칸주랑의 연운보 요새인 사르하드 부로길(Sarhad-e-

현재도 그렇지만 과거에도 길깃트 일대는 동서양이 직접 교류하던 중 요 요충지였다. 혜초가 이 일대를 지나갔던 때에도 사정은 마찬가지였 다. 당시 이 일대 군소왕국들은 험준한 산악에 둘러싸인 지형적 여건을 이용하여 각기 독립왕국의 형태로 실크로드의 중개업으로 부를 축척하 고 있기에 강대국들의 위협은 끊이지 않았다. 당나라와 토번 그리고 서 남쪽에서 밀려들어오던 이슬람 세력이 바로 그들이었다.

혜초가 지나갈 당시는 당나라의 영향권에 있었지만 이미 전운은 감돌고 있었다. 결국 혜초가 보았던 대로 7년 후 소발율은 대발율에 이어 토번군에게 함락[137]당하지만, 그 뒤 약 10여 년 뒤 고선지에 의 해 재탈환된다.

앞에서 이야기한 것처럼, 747년 7월 13일, 고선지군은 세 갈래로 나누었던 병력을 집결하여 토번군이 지키고 있던 연운보 요새를 함 락시키고 병력의 일부를 연운보에 남겨두고 힌두쿠시 산맥의 부로길 고개(현 Broghil Pass, 3,882m)[138]와 다르코트 빙하를 넘어 소발율 국을 평정하였다. 그 뒤 소발율성에서 60리 떨어진 인더스 강의 현수 교인 파이하(婆夷河)의 등교(藤橋)를 끊어 대발율으로 부터의 원군 진입로를 차단하고는 토번의 위협에서 벗어난 후 발길을 돌려 다시 연운보로 돌아와 본대와 합류하여 귀로에 올라 안서도호부의 주둔

Broghil)을 말한다.

137) 당시 토번은 37대왕 티데줍 때였는데 재상 제쌍돈줍이 직접 출정한 토번군은 서 부 티베트를 출발하여 대발율을 거쳐 인더스 계곡을 따라 길깃트에 도착하였다. 이에 소발율의 왕 수실리디는 문을 열고 투항하였고 이에 주위 20여 군소 왕국들 이 연이어 토번에 귀속하여 토번은 실크로드의 요충지를 거의 장악하였다고 토번 사는 전하고 있다. 이 상태는 747년 고선지의 원정군이 소발율을 점령할 때까지 계속되었다.

138) 현재 지도를 보면 연보보인 아프간령 샤르하드에서 파키스탄령 길깃트를 가자면 탄구령(Darkot Pass, 4,703m)을 넘기 전에 먼저 힌두쿠시 산맥의 부로길(Broghil Pass, 3,882m)고개를 넘어야 하는데, KBS 다큐 〈고선지루트〉의 지도에는 이 고 개에 대한 언급이 전혀 없다.

지인 쿠차로 개선하였다.

그 결과로 실크로드의 헤게모니를 되찾게 되어 서역 72개국이 다시 당나라에 조공하게 만들었다. 그리하여 고선지는 명장의 반열에 올라 티베트와 아랍권에서 '산의 왕(山地之王)'으로 일컫게 되었다.

그러나 고선지의 이런 빛나는 무공은 4년 뒤인 751년 서역에서의 그의 마지막 전투에 해당되는 탈라스전투[139]에서의 패전으로 물거품이 되고 말았다. 그 결과로 실크로드의 요충지였던 와칸주랑의 패권은 영원히 무슬림의 세력권으로 편입되어 버리고 말았고 본인 자신도 다시 5년 후에 역시 현종의 명령으로 '안사의 난'에 참전했다가 감군 변영성(邊令誠)의 무고로 동관(潼關)에서 파미르원정 때의 전우인 봉상청(封常淸)과 앞서거니 뒤서거니 참수를 당하고 말았다.

또 동시대에 살았던 시성 두보(杜甫)는 〈고도호총마행(高都護驄馬行)〉이란 제목으로 고선지의 애마를 노래하며 한 많은 서역의 영웅의 영혼을 달래기도 했다.

안서도호 장군의 총마는 높은 명성 지닌 채 갑자기 와서 동쪽으로 향하였네.

수많은 싸움에서 오랫동안 적수가 없어 사람과 한 마음으로 큰 공적을 이루었네. (…중략…)

푸른 실로 갈기털 묶고 주인을 위해 늙어가려니, 언제 다시 장안 횡문을 지나 전장으로 달려갈까나?

---

139) 현 키르기즈스탄의 탈라스평원에서 벌어진 세기적인 전투로, 고선지 장군이 지휘하는 당군과 동맹군 천산 북녘의 유목민족인 카를룩군이 압바스 왕조의 이슬람군과 토번의 연합군을 상대로 탈라스 강 유역에서 중앙아시아의 패권을 두고 싸운 세기적인 전투였다. 이때 동맹군이었던 카를룩 군이 아랍 측으로 돌아섰기 때문에 당나라군은 패배하여 결과적으로 중앙아시아에서 당나라의 세력이 완전히 물러나는 결정적인 계기가 되었다.

11. 총령은 과연 어디인가?

이제 우리의 〈파미르답사기〉는 실크로드의 최대 관문인 파미르고원[140]의 분수령에 해당되는 총령[141]만을 앞에 남겨두고 있다. 그러므로 도대체 '총령'이란 정확하게 '어떤 산의, 어떤 고개를 가리키는 것인가'라는 핵심적인 의문을 먼저 정리해 둘 필요가 있다. 왜냐하면 총령에 대한 정보는 대부분 애매모호하다. 심지어는 '총령=

『대당서역기』권12. "대총령 속에 자리 잡고 있으며 염부주 중에서도 이 땅이 가장 높다."라는 구절이 보인다.

파미르'로 인식되고 있을 정도인데, 사실 이는 지금껏 총령이 어느 고

---

140) 한편 범어에서의 파미르(pamir)는 '거친 황야'를 뜻하고, 페르시아어인 바미둔야(Bam-i-dunya)는 '평평한 지붕'이라는 의미라고 하는데, 그렇다면 현재 일반적으로 쓰이는 '세계의 지붕' 뜻과 어원은, 범어의 '음'에 페르시아어의 '뜻'이 혼용되어 고착화된 것으로 보인다. 파미르고원은 힌두쿠시, 카라콜룬, 히말라야, 쿤룬, 천산 산맥 등 아시아의 거대 산맥들을 거느리고 있는 곳으로 동서문명 교류의 대동맥인 실크로드 오아시스 육로의 필수 경유지로, 오아시스 남·북 양도가 이곳을 지난다. 그리고 구법승들과 탐험가들을 비롯한 많은 왕래자들이 이곳을 목격하고 쓴 귀중한 기록들이 적지 않게 남아 있어 그 실태를 전해주고 있다. 지리학적으로 파미르고원은 '8대 평원'으로 나뉘어진다. 예부터 파미르고원을 횡단하는 길은 여러 가지 있는데 이에 대해서는 별도로 부록을 참고 바란다.

141) 총령의 유래는, "총령은 돈황 서쪽 팔천 리 거리에 있는 높은 산인데, 산상에서 파(葱)가 나므로 옛날에 총령이라고 하였다고 한다."라고 한 것을 보면 파에 관련된 지명으로 현재까지도 파미르고원의 설선(雪線) 이상의 암석 틈에서 야생파가 자라고 있다고 하니 이 유래가 신빙성이 있다고 하겠다. 현장도 이 지명에 대하여 "땅에서는 파가 많이 나므로 총령이라 부른다."고 하였다.

갯길을 가리키는지 깔끔하게 답변해준 자료가 없었기 때문에 비롯된 상황이기도 하다.

결론적으로 "총령이 정확이 어디냐?"고 묻는다면 필자는 "총령은 한 곳이 아니고 여러 곳이다"라고 대답할 것이다. 말하자면 파미르고 원을 어떤 루트로 넘느냐에 따라 넘는 사람마다 '총령의 좌표'는 달라질 수가 있다는 이야기이다.

현장의 기록에서도 그것은 확인할 수 있다. 여기서 "대총령 속에 자리 잡고 있으며"라는 구절은 총령이 꼭 어떤 고개만을 가르키는 것이 아니라 파미르에서 가장 높은 곳 모두를 의미하는 것으로 해석된다는 말이다.

파미라천 속에는 커다란 용이 사는 못이 있는데 동서로 3백여 리이고 남북으로 50여 리이다. 대총령 속에 자리 잡고 있으며 염부주 중에서도 이 땅이 가장 높다.

먼저 인류문화사상 처음으로 이 고개를 넘으며 기록을 남긴 5세기 초의 법현율사의 경우부터 살펴보자. 법현이 넘은 총령은 과연 어디일까?

이곳에서 [갈차국(竭叉國)] 서쪽으로 북천축국으로 향해 한 달을 가서 마침내 '총령'을 넘을 수가 있었다. '총령'에는 겨울이나 여름이나 눈이 쌓여 있었고, 독룡(毒龍)[142]이 있어서, 만약 그것이 진노하게 되면 혹독한 바람과 눈비가 몰아쳐 모래와 자갈이 마구 날리므로 이를 만나는 사람은

---

142) 진짜 생물학적인 실제 용이라기보다는 고산의 예측 불가한 일기 변화를 법현은 의인화하여 표현한 것이다. 현대인들의 마음속에 아직도 용이 존재하고 있는데, 수천 수백 년 전에 어찌 존재하지 않았으리..

한 사람도 온전할 수가 없다.

법현은 천축에서 돌아올 때는 바닷길을 택하였기에, 갈 때만 파미르를 넘었는데, 그는 전통적인 '서역남로'의 호탄을 경유하여 타쉬쿠르간에서 총령으로 올라갔다. 구체적인 그의 루트를 추적해보면 총령 다음에 타력(陀歷)[143]이란 곳과 인더스 강에 대한 기록이 이어지는 것으로 보아서는 그의 루트는 〈#9-3 와칸남로〉의 와흐지르 고갯길을 넘어 와칸주랑으로 들어간 뒤 부로길 마을 근처에서 좌회전하여 힌두쿠시 산맥을 넘는 〈#9-4 다르코트 고갯길〉을 택해 인더스 계곡의 옛 소발율국, 길깃트로 들어간 것으로 보인다.

그러므로 법현의 총령은 바로 '와흐지르(瓦赫吉爾/ Wakhjir Pass, 4,923m)' 고갯길이 확실하다. 이 고개에 대하여는 부연설명이 필요함으로, 이 글의 후반부에 자세한 것을 밝히기로 하고, 우선 다음 타자로 바통을 넘긴다.

법현 다음으로 파미르를 넘은 6세기의 송운과 혜생의 루트는 좀 이색적이다. 송운 일행의 길은 대체로 법현처럼 전통적인 대상로인 〈#9-3 와칸남로〉를 통해 총령을 넘어 와칸주랑으로 나아갔지만, 돌연히 행로가 앞뒤가 맞지 않게 된다. 무슨 일인가 하면, 『송운행기』의 순서상으로는 송운이 현 아프간 북쪽의 에프탈(Ephthal)[144]까지 갔다가 다시 동쪽으로 우회하여 총령을 다시 동서로 횡단했다는 식으로 기록하고 있기 때문이다.

그러나 다시 한 번 이 여행기를, 지도를 앞에 두고 꼼꼼히 대조해가면서 읽어 보면, 어쩐지 송운 일행은 와칸주랑 부근에서 두 방향으

---

143) 인더스의 본류가 아닌 지류의 하나인 키샨강가(Kishan-Ganga) 기슭에 작은 마을로 현 두란(Duran)으로 비정되고 있다.

144) 제1장 각주 12) 참조..

법현의 도착지인 산동반도의 법현 초상

로 나누어서 위(魏)나라의 사신(使臣)인 송운은 그대로 남로를 따라
서쪽으로 직진하여 아프간 발흐로 나아갔다가 후에 다시 스와트 계
곡의 오장국(烏場國), 현 우디야나(Udyana)로 돌아온 것으로 보이
고, 한편 순수한 구법승 혜생은 송운과 헤어져 와칸 계곡의 길림길인
부로길 마을에서 좌회전하여 전통적인 천축로(天竺路)인 힌두쿠시
산맥을 넘어 발화국(鉢和國),[145] 길깃트를 경유하여 우디야나로 먼
저 들어가 있다가 후에 송운과 다시 합류했을 것으로 보인다.[146] 이에
대한 원문을 우선 읽어보자.

---

145) 발화국은 분명 현 파키스탄 북부의 소발율, 길깃트이다. 그러나 기존 일부 역주본
에서는 "발화국을 『대당서역기』 권12의 달마실철제국"으로 비정하고 있으나 이
구절은 수정해야 할 부분이다. 이는 송운 일행이 파미르에서 바로 『송운행기』의
기록 그대로 와칸남로를 따라 에프탈, 즉 현 아프간의 발흐로 갔을 것이라는 가정
으로 비롯된 오류이다. 그래서 송운과 혜생이 행로를 둘로 나누었을 것이라는 가
설이 설득력을 가진다.

146) 필자의 개인적인 가설로, 구체적인 내용은 필자의 〈실크로드 고전여행기〉 총서 5
권 『송운행기』 2장에 자세하다.

8월 초에 한반타국 경계로 들어가 서쪽으로 간 지 엿새되어 '총령산'에 올랐다. 다시 서쪽으로 사흘 가서 '발화국'으로 들어갔다. 높은 산과 깊은 골짜기, 험준한 길은 변함이 없었다. 국왕이 머무는 산은 그대로 성이 되었다. 이 나라의 남쪽 경계에 커다란 설산이 있는데 아침에는 녹았다가 저녁이 되면 다시 얼어서 멀리서 보면 마치 옥봉과 같았다.

한반타국은 현 중국 신강자치구 서쪽 중심지이며 현재 파키스탄으로 넘어가는 카람코람하이웨이(KKH)[147]의 시발점으로 유명한 타쉬쿠르간(塔什庫爾干/ Tashkurghan)[148]이고 발화성은 역시 카람코람하이웨이의 파키스탄 거점인 길깃트이니 '그들의 총령' 역시 와흐지르 고개가 확실하다고 말할 수 있다. 특히 이 구절에서 길깃트의 남쪽 설산, 아마도 카라코람 연봉을 은봉(銀峯), 옥봉(玉峯)으로 묘사한 대목은 참으로 시적이다.

그럼 위에서 살펴본 대로, 법현이나 송운 일행처럼, 과거 수천 수백 년 동안 수많은 순례승들과 대상들이 모두 '와칸남로'만을 통해 천축으로, 서역으로 그리고 중원으로 넘나 다녔을까 하는 질문이 자연스레 제기된다.

많은 실크로드의 갈래길 중에서 가장 짧고 덜 험준하고 위험 부담이 비교적 적은 길이 바로 총서 부록 〈#9-3번인 '와칸남로'〉라는 사

---

147) 파키스탄의 길깃트에서 쿤제랍(Khunjerab, 4,730m) 고개를 넘어 중국령 타쉬쿠르간과 카슈가르에 이르는 총 700km의 도로를 말하는데, 이 도로는 1986년부터 외국인에게도 열렸다. 이 '국제버스'를 타면 타쉬쿠르간(竭盤陀: 石城: 蔥嶺鎭)에서―카슈가르는 290km, 쑤스트 215km, 길깃트 410km―입·출국 수속을 하고 다음날, 상대국 쪽 버스를 바꿔 타면 된다.

148) 대개의 여행기에서 나타나는 실크로드의 요충지로, 『왕오천축국전』에서는 총령진으로, 현장은 갈반타(羯盤陀)로, 법현은 갈차국(竭叉國)으로 부르면서 "갈차국에 이르러 혜경 등과 다시 만났다. (…중략…) 이 나라는 산 속이고 추운 나라여서 다른 곡식은 나지 않고 오직 보리만이 생산된다."라고 기록하였다.

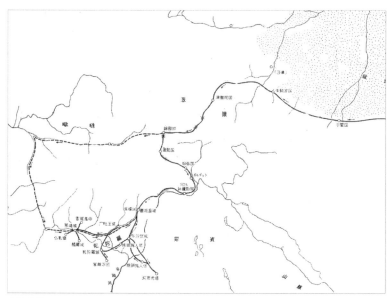

송운의 행로

실은 보편적 정보이다. 그렇기에 자연스레 이용 빈도가 가장 많은 루트가 바로 남로라는 결론은 쉽게 내릴 수 있다. 이런 이유로 이 루트에는 일찍부터 대상의 무리들이 삼삼오오 줄을 이었고 그 틈새에 섞이어 5세기 법현율사를 비롯하여 6세기 송운 일행 같은 유·무명의 '초기'의 입축구법승들도 넘나들게 되었다. 여기서 '초기'를 강조함은 '후기'의 총령은 다른 고갯길로 그 기능이 대체되었기 때문이다.

바로 〈#9-2번 와칸북로〉를 말하는 것이다. 사실 이 질문을 즉석에서 대답할 수 있는 사람은 흔치 않다. 왜냐면 고전의 원전이나 현대의 국내·외적인 자료들이 하나 같이 고개 이름을 꼭 집어서 밝히지 못하고 수천 수백 년 동안이나 그냥 막연히 "총령을 넘어서"라는 식으로 판에 박힌 애매모호한 대답으로 얼버무려 왔기 때문이다.

필자도 오랫동안 〈실크로드 고전여행기〉 총서를 번역하면서 수많은 지도를 참조하여 이른바 〈파미르 횡단도〉를 수십 장이나 고쳐가면서 그려보기 전까지는 이 문제는 자신이 없었을 정도로 아주 어려운 난제이기는 했다.

결론적으로 남로를 다시 한 번 정리해보자. 랑가르 마을 앞에서 갈라지는 갈래길에서 동쪽에서 흘러내려오는 넓은 와칸천을 거슬러 올라가는 계곡길을 따라 와칸주랑 속으로 깊숙이 올라가면 아프간령 와칸 계곡의 중심 마을인 '사르하드 이 부로길(Sarhad-e-Broghil)'에 도착하게 된다. 바로 이 마을이 앞에서 이야기한 바 있는, 고선지 장군의 격전지인 그 유명한 연운보(連雲堡) 요새 인근의 마을인데, 여기서 남쪽에 솟아 있는 힌두쿠시 산맥을 넘어 인도로 내려가는 전통적인 천축로(天竺路)[149]가 갈라진다.

다시 부로길 마을에서 계속 동쪽으로 길을 재촉하면 부지군바드(Buzi Gunbad) 근처에서 하천은 두 갈래로 갈라지는데, 그 한 쪽은 와칸천의 발원지인 콰라질가(Qarajilgha or Chaqmaqtin Lake) 호수로 올라가고 또 한 갈래는 와흐지르 천(川)을 따라, 이 시내의 발원지인 파미르고원의 분수령에 해당되는 와흐지르 고개의 빙하지대로 올라간다. 마침내 숨가쁘게 정상으로 기어오르면 그곳에 해발 4,923m의 와흐지르(瓦赫吉爾/ Wakhjir Pass, 4,923m)고개라는 낡고 녹쓴 표지판이 보일 것이다. 바로 사리콜 산맥(Sar-i-kol Range/ 色勒庫尔)[150]의 또 하나의 분수령이다. 어찌 보면 대표적인 '총령'이

---

149) 넓게 보면 실크로드이지만, 서쪽의 서역으로 향하는 루트가 주로 대상로였다면, 인도쪽으로 향하는 길은 구법로로 주로 사용되었기에 구분된 명칭이다.

150) The Sarikol Range(Chinese: 色勒库尔山脉) is a mountain range in the Pamirs on the border of Tajikistan and China. The range divides Tajikistan's GBA Province and China's Xinjiang Uyghur Region and it runs parallel with the Muztagh Range to the east. The range extends 215 miles (346km) from the Markansu River in the north to the Beyik Pass in the south. Its average elevation is roughly 5,000m and the highest point in the range is Mount Lyavirdyr at 6,351m. The range's drainage basin feeds both the Amu Darya and Tarim River. The name Sarikol has also

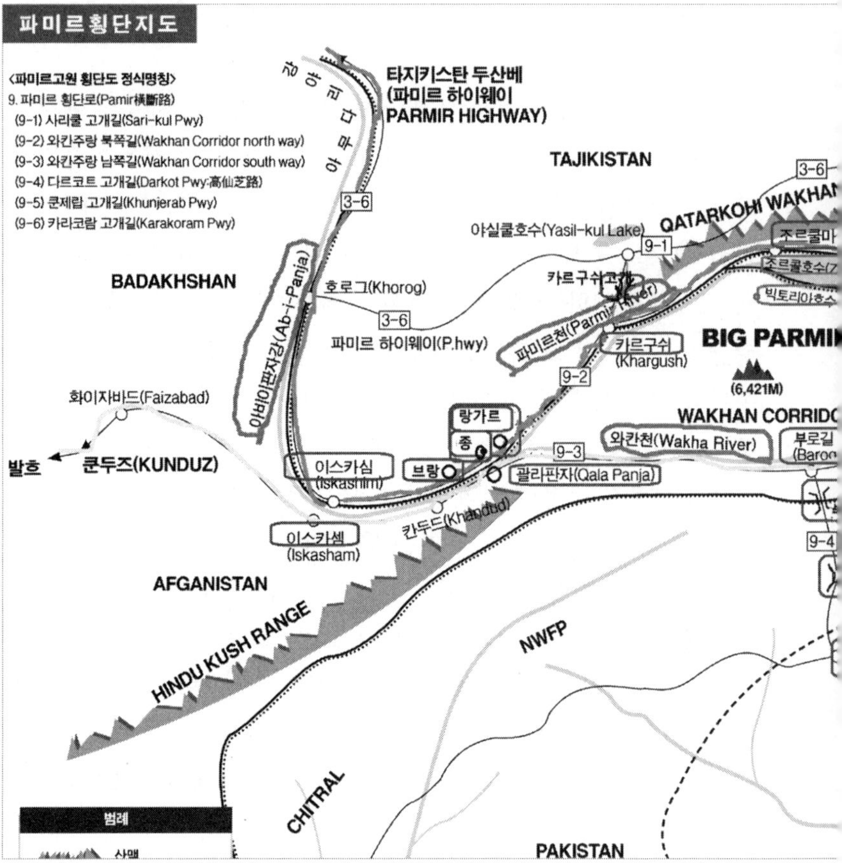
파미르횡단지도
<파미르고원 횡단도 정식명칭>
9. 파미르 횡단로(Pamir橫斷路)
(9-1) 사리쿨 고개길(Sari-kul Pwy)
(9-2) 와칸주랑 북쪽길(Wakhan Corridor north way)
(9-3) 와칸주랑 남쪽길(Wakhan Corridor south way)
(9-4) 다르코트 고개길(Darkot Pwy:高仙芝路)
(9-5) 쿤제랍 고개길(Khunjerab Pwy)
(9-6) 카라코람 고개길(Karakoram Pwy)
타지키스탄 두산베
(파미르 하이웨이
PARMIR HIGHWAY)
TAJIKISTAN
BADAKHSHAN
호로그(Khorog)
파미르 하이웨이(P.hwy)
야실쿨호수(Yasil-kul Lake)
QATARKOHI WAKHAN
BIG PARMIR
(6,421M)
WAKHAN CORRIDOR
카르구쉬
(Khargush)
와칸천(Wakha River)
화이자바드(Faizabad)
발흐
쿤두즈(KUNDUZ)
랑가르
브랑
이스카심
(Iskashim)
괄라판자(Qala Panja)
칸두드(Khandud)
이스카셈
(Iskasham)
AFGANISTAN
HINDU KUSH RANGE
NWFP
CHITRAL
PAKISTAN
범례
산맥
와칸 남북로 지도

라 부를 수 있는 고개이다.

과거 수천 수백여 년 동안, 말잔등에 비단 꿈을 가득 싣고 수많은 대상들과 구법승들이 말방울, 낙타방울을 울리며 넘나다녔을 이 고

---

been used to describe the local people who are historically known as Sarikolis: the local Sarikoli language: and Tashkurgan Town, which was historically known as Sarikol.

갯길에 진짜 '야생 파(野蔥)'가 자라는지는 확인할 방법은 없다. 그러나 '파 마루턱'이라는 우리말식 이름으로부터 총령(蔥嶺)이라는 한문식 명칭이 붙여졌다는 믿거나 말거나 식의, 마치 설화 같은 이야기는 지금도 바람결에 들려오고 있다.

이 고갯길을 넘나들던 사람이 어찌 한두 명이겠느냐마는, 그래도 이름 몇 자 기억되는 사람은 그리 많지 않다. 기존의 구분으로는 중세 베네치아의 여행가 마르코 폴로가 파미르를 넘은 루트가 이 남로로 알려졌으나, 필자의 견해로는 그의 루트는 북로에 해당된다고 생각되기에 다음 장에서 살펴보기로 하고 다음 타자에게 바통을 넘긴다.

근대에 들어와서 첫 발길을 남긴 이는 뜻밖에도 예수회 선교사였다. 베네딕트 고즈(Benedict Goëz)는 1602~1606년 사이에 선교를 목적으로 와칸주랑을 가로질러 중국으로 들어갔고, 다음으로 19세기에는 영국과 러시아의 '파워게임' 시절인 1868년 인도의 측량기사들이, 1874년에는 영국의 대위 고든 경(T. E. Gordon)이 아무다리아의 발원지를 찾아서 조르쿨 호수를 탐험하고 수채화 한 장을 그린 다음 이 고갯길을 넘나들었다.

1891년에는 탐험가 영허스밴드(Francis Younghusband)가, 그리고 1906년 5월에는 둔황학의 비조인 아우렐 스타인(Aurel Stein)이

와흐지르 계곡

중앙아시아 탐험을 위하여 백 마리의 노새를 데리고 이 고개를 넘어
갔고, 1947년에는 틸만(H. W. Tilman)이 피날레를 장식하면서 고
개를 넘었다.[151]

그리고 1895년에는 영국과 러시아의 승인에 의해 아프간과 중국
간의 국경선이 정해졌지만 두 나라는 1963년까지 모두 이를 인정하

---

151) http://en.wikipedia.org/wiki/Wakhjir_Pass/
  There is no road across the pass. On the Afghan side the nearest road is a rough
  road to Sarhad-e Broghil, about 100km from the pass by paths. On the Chinese
  side there is a jeep track about 15km from the pass, which leads through the
  Taghdumbash Pamir to the Karakoram Highway 80 kilometres away. In the
  summer of 2009 the Chinese Ministry of Defence began construction of a new
  road to within 10 kilometres of the border, for use by border guards.

와흐지르의 고갯길을 지켰던 옛 망루

지 않았다고 한다. 그렇게 인적이 완전히 끊긴 지 1백 년 동안 와흐지르 고개는 잊혀 갔고 현재는 옛 도로의 흔적마저 사라진 상태라고 하는데, 이는 국경을 마주 대하고 있는 중국과 아프간의 관계 악화가 그 원인으로 꼽는다. 그래서인지 현 상황에 대해서는 알려진 바가 없다. 다만 시절인연만을 기다릴 뿐….

한편 '와칸북로'에서의 총령은 〈#9-2의 사리코람(Sarikoram, 5,558m) 고갯길〉로 비정된다. 이 루트는 와칸주랑의 분기점인 랑가르(Lyangar) 마을 인근에서 와칸천을 따라가는 남로와 갈라진다. 그 다음 파미르천의 동북쪽 계곡길을 따라 아프간과 경계를 이루며 상류로 거슬러 올라가 대용지인 조르쿨 호수를 돌아 '대파미르고원'을 횡단하여 사리콜(Sar-i-kol) 산맥의 분수령을 넘어 타클라마칸 사막으로 나아가는 루트를 가리킨다.

이 북로는 이미 먼저 번 〈고선지루트 1만리〉 편에서 살펴본 바 있

둔황학의 개척자 아우렐 스타인의 탐험대

듯이, 7~8세기 당시 실크로드의 주요 통로였던 와칸남로 대신에 일종의 우회도로로 개발된 성격이 있는 루트이다. 말하자면 남로상의 요새들의 상황에 따라서, 비록 민간인 신분의 대상들이나 입축구법승이라 하더라도 좀 더 안전한 루트가 필요했기에 개척된 길이라는 의미이다. 아마도 그런 이유로 당시의 순례승인 현장법사와 혜초사문 등은 남로 대신 북로를 이용하였던 것으로 보인다.

물론 기타 갈래길인 〈9-1, 4, 5, 6번〉도 아마도 이런 유사한 지정학적 상황에 따라 새로이 개척되었을 것으로 비정되지만….

남로와 쌍벽을 이루었던 북로를 이용하여 총령을 넘은 구법승이 어찌 한두 명이겠냐마는 현재 확인된 기록상으로 현장과 혜초뿐이다. 그런데 그들 역시 총령의 정확한 좌표와 이름을 찍어주지 않은 것은 마찬가지이다. 다만 그들이 파미르천, 즉 조르쿨 호수에서 출발하여 바로 총령을 넘어 석두성이 있는 타쉬쿠르간으로 갔다는 사실만 기록하고 있을 뿐이다.

옛 총령진 타쉬쿠르간 입구의 표지판

현장법사가 총령을 넘은 구절은 그렇게 간단하다. 하기야 현장의 구절대로 오직 얼음과 눈뿐인 해발 5천m의 고산지대에서 아마도 산소 결핍으로 영양실조로 고산병에 걸린 채, 다만 얼어 죽지 않기 위해 무의식적으로 걸음을 옮기며 5백 리 길을 걸어갔을 것이니 제 아무리 천하의 기록광(記錄狂)이라는 현장법사라도 무엇을 기록할 수 있었겠는가?

<u>이 파미라천으로부터 '동남쪽'으로 산을 올라 험한 길을 걸어가면 사람들이 사는 마을은 없고 오직 얼음과 눈뿐인데 이곳으로 5백여 리를 가다 보면 걸반타국에 도착한다.</u>

혜초의 기록은 현장보다 더 간단해서 싱거울 정도이다. 당연히 별 도움이 되지 않기는 마찬가지이다.

타쉬쿠르간으로 가는 도로에서 바라본 사리콜 산맥의 설봉

또 호밀국에서 동쪽으로 15일을 가서 파밀천(播蜜川)을 넘으면 바로
총령진에 도착한다.

현장과 혜초의 기록이 다하였으니, '동남쪽' 그리고 '동쪽'이란 한
마디를 길라잡이 삼아 온갖 지도를 뒤지는 수밖에…. 조르쿨 호수에
서 그쪽 방향으로 난 고갯길은 대체 어디일까?

대·소파미르와 중국령 타클라마칸 사막 사이에 남북으로 길게 뻗어
있는 산맥은 사리콜이다. 그러므로 북로의 분수령에 해당되는 총령은
이 산맥의 여러 고갯길 중의 하나일 것이고, '동남쪽' 또는 '동쪽'이란 힌
트로 보면 지도상의 사리코람(Sar-i-koram, 5,558m) 고개가 가장 유력
한 후보에 속하지만, 이 역시 중국과 아프간의 관계 악화로 폐쇄된 지 오
래되어 이에 대한 정보를 찾을 수 없었다. 그 다음으로는 사리콜 산맥의
제일 북쪽에 있는 쿨마(Kulma Pass/ 闊勒買山口, 4,363m, 〈#9-1 쿨마

패스길)〉[152]도 역시 총령 후보군에 들 수 있다.

파미르고원의 분수령인 이른바 총령에서 동쪽으로 산을 내려가면 바로 옛 총령진(葱嶺鎭)이라 불렸던 타쉬쿠르간(Tashkurghan/ 塔什庫爾干)[153]에 "도착할 수 있다." 당나라 때나 지금이나 중원 대륙의 서쪽 끝의 바로 그 국경 관문이다.

말하자면 이곳에 도착한다는 것은 인도에서 귀국길에 올랐던 구법승들이 일단은 죽을 고비를 넘겼다는 것을 의미한다. 현장법사나 혜초사문의 경우가 바로 이에 해당된다. 그러나 마지막 코스를 앞두고 해동의 나그네는 뼈아픈 좌절을 맛 볼 수밖에 없었다. 위에서 "도착할 수 있다"라는 표현을 쓴 것은 이론적으로는 가능하지만 실제로는 불가능하다는 의미를 강조한 말투이다.

아! 총령진 타쉬쿠르간이 바로 저 산 넘어인데도, 옛날 순례승들이 자유롭게 넘나들었던 고개들을 막상 본인은 그곳으로 내려갈 수가 없었다는 것은 "사바세계에서 가장 높은 곳에 있는 호수"라는 조르

---

152) 현재 쿨마 고개는 인접한 두 나라 국민인—중국인과 타지크인—에게만 열려 있고 외국인에게는 금지되어 있는 고개인데, 들리는 소문에 의하면 아마도 곧 외국인에게도 개방될 것이라고 하니 고무적이 아닐 수 없다. 중국 쪽 입구는 타쉬쿠르간에서 13km 떨어진 카라수(Karasu/ 卡拉苏口岸) 체크 포인트이고 타지크족은 파미르고원의 거점지이며 파미르 하이웨이의 경유지인 무르갑(Murghab)에서 80km 떨어져 있다.

153) 제1장의 각주 18) 참조.

쿨까지 어렵게 올라간 우리의 갈 길도 현장법사나 혜초사문을 좇아서 내려갈 수가 없다는 사실을 의미한다. 물론 그 이유야 외국인에게 열려진 국경 관문이 없기 때문이다. 결국 인위적으로 그어진 국경이란 선과 각 나라마다 다른 통과의례가 문젯거리였다.

무릇 '역사'라는 것이 앞으로만 나아가는 게 아니라는 사실을 인정하고 받아들이기가 그리 쉽지 않았기에 그 좌절은 누군지 모를 대상을 향한 분노로 끓어올랐지만, 결국은 밀입국이라도 감행하고 싶은 만용을 애써 억누르면서 "막히면 돌아가라"는 단순하고도 명백한 논리 아닌 핑계로 스스로를 다독거리면서 발길을 돌려야만 하였다.

제6장
바람과 구름의 고향,
'파미르 하이웨이'를 달리다

1. '파미르 하이웨이'로 올라서다

와칸 계곡과의 분기점인 랑가르(Langar) 마을에서 파미르천을 따라가는, 고선지 장군의 행군로(와칸북로)를 따라 한참을 올라가면 길가에 바리케이드가 쳐 있다. 바로 카르구쉬 국경검문소인데, 이곳에서 타지크의 국경수비대가 검문검색을 한다. 만약 여기서 조르쿨 자연보호지구로 가는 사람은 그 허가증을 제시해야 하고 북쪽으로 올라가는 사람은 그냥 여권만 보여주면 된다.

여기서 길은 두 갈래로 갈라진다. 물론 그대로 동쪽으로 직진하면 대용지(大龍池) 조르쿨 호수로 올라가고 북쪽으로 길을 잡아 급경사를 지그재그로 한 25km 쯤 힘겹게 더 올라가면 카르구쉬(Khargush, 4,344m) 고개로 올라선다. 그 마루턱에 초쿠르쿨(Chokur-Kul)이란 작은 호숫가 보이는데 물가에 하얀 분말이 엉켜 있는 것을 보니 소금 호숫가 분명하지만 크게 인상적인 곳이 못 되어 차에서 내리지도 않고 다시 12km를 오르락내리락하면서 달리면 드디어 포장도로와

파미르고원

만나게 된다. 바로 그 유명한 '파미르 하이웨이'의 본 도로인 것이다.

　일명 'M41번 도로'라고 부르는 이 길은 이른바 고속도로 개념의 하이웨이가 아니고 '하늘처럼 높은 길'이라는 뜻으로 명명된 것이기에 잘못 생각해서 가볍게 덤벼들었다가는 큰 낭패를 보게 마련이다. 왜냐하면 대부분의 구간이 포장도 되지 않은 지방도 수준의 험한 길이고 게다가 낙석, 지반침하, 폭우, 폭설 등 다양한 악조건이 항상 도사리고 있기 때문이다.

　구러시아 당시 중앙아시아의 지배력 강화와 아프간 침공의 보급로를 목적으로 길을 닦았다고 해서 러시아 말로는 '파미르스키 트렉(Pamirsky Trakt)'이라 부른다. 이 루트는 짧게는 타지크의 호로그(Khorog)에서 키르기즈의 오쉬(Osh)까지 총 길이가 728km로 계산되지만, 멀게는 호로그에서 끝나는 것이 아니고 타지크의 수도 두산베를 경유하여 다시 서남쪽으로 우즈벡의 남부 국경도시인 테르미즈(Termiz)로 이어지고 다시 아무다리아 강에 놓여 있는 이른바 '우정의 다리'를 건너서 아프간의 마자-이-샤리프(Mazar-i-Sharif)까지 연결된다. 한편 동북쪽으로는 오쉬에서 다시 키르기즈의 수도 비슈케크를 지나 카라발타(Kara-Balta)까지 연결되어 있다. 그러니까

파미르 하이웨이 지도

4개국에 걸쳐 연결되어 있는 국제적인 도로인 것이다.

　파미르고원을 가로지르는 이 대장정은 고원지대로 올라가면, 한 마디로 황량하고 삭막하고 지루하다. 마치 무슨 혹성에 잘못 떨어진 것이 아닌가 하는 착각이 들 정도로 정말로 무미건조하다. 필자야 자타가 공인하는 '티베트통'이니 그런 것들에 누구보다도 익숙하지만, 아름답고 푸른 초원 같은 풍경과 편안한 침대와 맛있는 음식을 기대하는 여행객들 중에는 아까운 시간과 비싼 돈 들여서 여길 왜 왔는지 모르겠다고 후회하는 분들도 있다는 이야기도 들었다.

　그러니까 볼거리의 차원이 다른 것이다. 파미르고원은 우리 인간들의 무대가 아니고 구름과 바람의 고향이다. 그러므로 일단 닫혀 있던 자신의 에고를 내려놓으면, 풀 한 포기 보기 어려운 고원에서도 나름 귀한 경험을 할 수도 있다. 만년설에 덮인 설산에 반사되는, 야성이 살아 있는 햇살을 쬐여보는 것이나, 고원을 가로지르는 바람의 냄새를 맡아보는 것도, 또한 이름 없는 꽃이나 그저 그런 바위 같은 일

카라구쉬 도로와 M41번 도로가 합류하는 곳에 서 있는 부룸쿨과 야실쿨 호수 이정표

체의 삼라만상의 존재 의미를 느껴보는 것도 그런 대로 특별한 경험일 것이다. 또한 낮에는 지평선에 닿을 듯 흘러가는 구름과 경주를 해보는 재미도 쏠쏠할 것이고 밤이면 하늘을 가득 뒤덮고 있는 오색 영롱한 별천지를 바라보는 것도 참으로 인상적인 추억이 될 것이다.

지금은 현대문명의 대명사 중의 하나인 온갖 종류의 차들이 속력을 내어 내달리는 길이지만, 사실 이 도로는 많은 구간이 옛 실크로드와 겹쳐 있다. 그러므로 이 유서 깊은 고도에 찍혀 있는 수많은 낙타 발자국의 의미를 곱씹어보는 것도, 나아가 자기의 종교적 신념을 위해 목숨까지 담보로 잡혀두고 그 먼 길을 떠났을 옛 선현들의 그 치열한 구도심에 경건하게 기도를 드리는 것도 의미가 있을 것이다.

참다운 여행이란 한 조각 뜬 구름 같은 구름나그네가 되어 길가에서 만나는 이 모든 것들을 수천 수백만 화소(畫素)의 무한정한 용량을 가진 우리들의 가슴속에 영원히 잊히지 않게 저장하는 행위가 아닐까?

각설하고, 이 하이웨이는 적어도 1박 2일 정도 달려야 하는데, 때로는 간담이 서늘할 정도로 긴장되는 대협곡 구간을 통과해야 하고, 때로는 설산 사이의 펼쳐 있는 드넓은 광야를 한없이 달려야 하고, 때로는 여름에도 밤톨만한 우박이나 폭설이 내리는 변덕스러운 날씨로 인해 종종 산사태나 눈사태가 일어나 도로가 끊겨서 어떤 때는 몇 시간, 심지어는 며칠 동안이나 기다려야 하는 곤욕을 치를 수도 있을 것이다. 그래서 며칠간의 식수와 비상식 등을 준비해야 한다. 왜냐면 알리추르와 무르갑 이외에는 중간에는 아무 것도 없는 그냥 황량한 황무지이기 때문에 만약 타고 가던 차량이 고장이라도 나면 큰 낭패이기 때문이다.

랑가르를 떠난 지 반나절 만에 하이웨이의 본 궤도에 올라서자마자 왼쪽 아래로 넓은 2개의 호수가 내려다 보인다. 바로 야실쿨(Yashilkol, 3719m) 호수와 부룸쿨(Bulumkol) 호수이다. 자료에 의하면, 의외의 사실이지만 이 삭막한 고원 일대가 고대 유적지가 모여 있는 '고고학의 보고'라고 한다.

파미르의 고고학은 2000년에 들어와서야 처음으로 연구서적[1]이 한두 권 출간될 정도로 낙후되어 있었다는 사실을 앞에서 이미 이야기한 바 있다. 그 책들에 의하면 파미르고원의 인류 최초의 흔적은 20만 년 전으로 올라가는데, 대략 50명 정도의 구석기 인류가 모여 살던 거주지를 발굴하였다고 한다. 이 시기의 동굴 벽화가 하이웨이 상에서 가장 번화한 역참 마을인 무르갑의 남부 40km 지점의 드자

---

1) 선구적인 연구를 해온 마쿠스 하우설(Markus Hauser)의 답사, 연구를 토대로 타지크과학 아카데미(Tajik Academy of Sciences: A. Donish Institute of History, Archaeology and Ethnography)의 알렉세예브나(Mira Alekseyevna Bubnova)에 협조에 의해 최초의 서적이 복사본으로 30부 정도만 발간되었고, 후에 그것을 바탕으로 중앙아시아대학(The University of Central Asia(UCA)) 호로그 캠퍼스에서 『서부 파미르, 고르노 자치주의 고고학 지도(Archaeological Map of Gorno-Badakhshan Autonomous Oblast)』를 발간한 것이 유일하다.

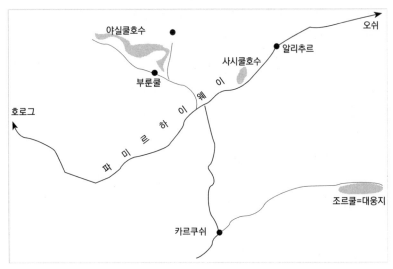

야실쿨 호수 인근의 고고학 지도

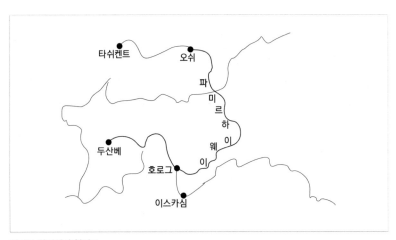

파미르 하이웨이 행선도

알리추르 마을 인근의 카라반세라이 중국인들의 고분과 생활용품들이 대량 발굴되었다고 한다. 그래서 그것을 중국인들의 공동묘지라고 부르고 있다.

르티 굼바즈(Djarty-Gumbez) 마을 근처에서 발견되었고, 알리추르 북부의 바자르다라(Bazar-dara) 계곡의 아크질가(AkJilga-Bazar Dara) 강 유역에서는 광산(mine)과 여러 곳의 부락의 취락지 그리고 초기 조로아스터교의 사당 등이 발굴[2]되었다. 또한 초기 조로아스터교의 유적들도 부룬쿨 마을 근처 마르자나이(Marjanai) 강 본류 어귀 근처에서 발견되었다고 한다.

그러나 필자같이 바람처럼 떠돌며 지나가는 나그네가 이 드넓은 고원에 흩어져 있는 고고학 발굴지를 모두 기웃댄다는 것은 현실적으로 불가능하지만, 이 호수 근처 어딘가에 옛 대상들의 숙소가 아직도 남아 있다는 정보만은 그냥 흘려 넘길 수가 없다.

---

2) GEO-ARCHAEOLOGICAL SURVEY OF ANCIENT METALLURGIC CENTRES OF THE BAZAR-DARA VALLEY (EASTERN PAMIR) Jean-Marc DEOM Laboratory of Geoarchaeology, Institute of Geology, Min of Education ant Sciences KZ

필자가 가지고 다니는 지도책을 보면, 지금 내 눈 아래 보이는 야실쿨 부룬쿨 호수에서 발원하는 알리추르(Alichur) 강[3]이 시작되는 지점인 수만타쉬(Sumantash)라는 곳에 요즘은 흔히 볼 수 없는 퇴락한 카라반세라이가 하나 남아 있다고 선명하게 표시되어 있었기 때문이었다.

운전기사를 설득하여 호숫가로 차를 몰았다. 아름답고 평화로운 그리고 너무나 조용한 곳이었다. 그곳에서 카라반세라이를 찾아다녔는데 야크떼들이 무리지어 풀을 뜯고 있는 초원의 목가적인 광경에 이끌려 이곳저곳 돌아다니다 보니 해가 벌써 앞산 너머로 넘어가려 한다. 오늘밤 묵을 예정이었던 알리추까지 갈 시간이 모자란다고 재촉해 다시 차를 타고 한참을 달려 땅거미 질 무렵에 조그만 역참마을 알리추르의 한 홈스테이에서 하룻밤을 지내게 되었다.

2. 고원 위의 역참마을, 알리추르와 무르갑

알리추르는 근래 M41번 도로를 건설하면서 중간 보급기지로 역할을 했던 역참(驛站) 마을이어서 길가에 몇몇 민박집과 간이식당, 그리고 수십 채의 유목민 가옥들이 전부인 삭막한 마을이다. 그렇지만 옛날부터 파미르고원을 넘는 대상들의 숙소를 겸한 카라반세라이가 있었던 마을이었던지 고지도[4]에도 표기되어 있고, 인근의 다른 몇몇 유적들이 그것을 증명하고 있었다.

알리추르를 중심으로 하여 서쪽에는 오늘 본 부룬쿨 호숫가의 수만타쉬(Sumantash) 인근에도, 동쪽에는 바쉬굼베즈(Bash Gumbez)

---

3) 이 하천은 야실쿨로 들어가는 내륙하천으로 근처에 수만타쉬 카라반세라이가 있다.

4) 지도에는 알리추르가 아니라 사시큐쿨(Sasiqkol)이란 이름으로 표기되어 있다. 옛 지명인 듯 하다.

알리추르의 민박집 모녀와 아침 식단

에도 북쪽에는 바자르 다라(Bazar-dara) 계곡 광산촌에도 카라반세라이가 남아 있고, 그 외에도 인근에 수많은 옛무덤들이 산재해 있다고 한다.

그러나 마을에서 더 이상의 정보는 얻기 어려웠다. 그날 밤을 지낼 숙소의 주인 딸이 초등학교 교사인데, 다행히 영어를 할 수 있다기에 기대감에 지도를 펴 놓고 근처의 옛 유적지 정보를 물어보니 그녀는 그런 쪽에는 관심이 별로 없어서 무조건 모른다고 하며, 별 도움이 안되어 미안하다고만 한다. 다만 내일 아침 무르갑으로 출발하는 차편은 책임지고 알선해준다는 것이었다.

밤이 되자 마을은 개 짖는 소리만 가득한 세상으로 변하였다. 그러나 창문 밖으로 올려다본 밤하늘은 찬란한 별세상이어서, 마치 옛날 티베트 고원의 어느 곳 같은 동화적인 분위기를 풍기지만, 전에 밤거리 산책을 나갔다가 개에 한 번 물렸던 기억 때문에 선 뜻 밖으로는 나갈 수 없었다. 그렇다고 마땅히 할 일도 없이 무료히 저녁 시간을

무르갑의 이정표

보내고 있으려니 문득 13세기 이런 막막한 고원을 횡단했던 마르코
폴로 일행이 이곳을 지날 당시의 광경이 주마등처럼 스쳐지나간다.

아침 일찍 출발한 마을차는 다음 목적지인 무르갑(Murgab)에 해
가 중천에 떠 있을 때 도착했다. 알리추르와 무르갑 사이는 평균 해
발고도가 3천m 이상의 고원이고 만만치 않은 거리임에도 불구하고
길이 설산 사이로 퍼져 있는 드넓은 광야에 거의 일직선으로 뚫려 있
기에 차에 고장만 나지 않는다면 실제 소요시간은 그리 많이 걸리지
는 않는다. 역시 그 길은 생각하던 대로 외계의 혹성처럼 삭막했지
만, 차의 단조로운 엔진소리 이외에는 변화라곤 전혀 없는 상태로 계
속 달리니 승객 모두 단잠에 빠져 목적지에 도착하고 난 뒤 흔들어
깨워야 일어난다.

무르갑은 '새들의 강'이라는 부르는 강 유역에 자리 잡은 파미르 지
역 두 번째 도시로써 해발 3,630m에 위치하는데, 실크로드가 번영
할 당시는 서역이나 인도로 나가는 오아시스 역참(驛站) 도시로 번

무르갑의 명물인 컨테이너 바자르

성하였다지만, 현재의 무르갑은 그런 옛스런 모습을 전혀 찾아볼 수 없는 삭막한 컨테이너 집합소로 변해 버렸다.

최근 들어 중국의 무지막지한 산업화가 가속되면서 키르기스와 타지크와의 교역량이 많아지면서, 그 영향으로 철로 만든 막대한 수량의 컨테이너들이 무한정 파미르고원으로 밀려드는 상황이 벌어졌다. 그래서 사람들은 어렵게 집을 짓는 대신에 값 싼 컨테이너 자체를 주택으로 사용하거나 옛 바자르 터에 두 줄로 여러 개를 일렬 횡대로 연결해서 그 중간으로 사람들이 다니며 물건을 살 수 있게 하는 상가를 조성해 놓았다. 이름하여 생소한 이름의 '컨테이너 바자르'가 생긴 것이다.

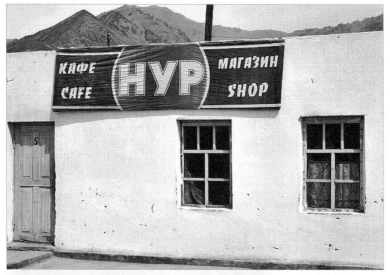

무르갑의 카페

무르갑의 파미르 선전 광고판

그래서 별로 머물고 싶은 곳은 아니나 북쪽의 키르기스의 오쉬 쪽에서 넘어오는 나그네는 해발고도 적응차, 동쪽의 중국에서 오는 현주민들은 장사차, 남쪽의 타지크에서 오쉬로 넘어가는 길손은 숨고르기차, 이 삭막한 고원도시에서 하루 이틀 머물다 가게 마련이다. 그래서 무르갑에서의 하루는 무미건조하다. 그저 하루 종일 게스트하우스에서 슬리핑백 뒤집어쓰고 그동안 밀린 잠을 자는 것이 전부이다. 유일한 낙이 있다면 저녁나절 쯤, 눈여겨보았던 카페 중에 한 곳에 들려 간단한 국수, 라그만과 맥주를 시켜서 홀짝거리며, 역시 할일 없어 그곳에 모여든 코쟁이 나그네들과 각기 지나온 곳의 정보를 나누는 정도이다. 이들 카페는 벽이나 간판에 영어로 'Cafe'라고 쓰여 있기에 찾기는 별로 어렵지 않다.

3. 마르코 폴로의 파미르고원 횡단

오늘날의 '파미르 하이웨이'의 전신이 되는 옛 길을 이용하여 파미르를 횡단한 서양인이 한 명 있다. 5~8세기 입축구법승들의 시대가 가고 중세시대가 되었을 때 베네치아의 여행가인 마르코 폴로(Marco Polo, 1254~1324)는 이 길을 거쳐 타클라마칸 서쪽 끝의 카슈가르(Kashgar/ 喀什)[5]로 나갔다.

우선 기록을 곰곰이 뜯어보자. 여기서 [ ]는 필자의 개인적인 주석이다.

바닥샨[이스카심]을 뒤로 하고 동북쪽으로 12일 동안 [판지] 강을 따라올라갔다. 이 강이 꿰뚫어 흐르는 지방은 바닥샨 왕의 형제의 나라[식닉제국]로 인가는 많은데 주민들은 모두 이슬람교도로 용감하다. (…중략…)

---

5) 현 신장위구르의 동북쪽 끝자락의 국경도시로, 서쪽으로는 파미르고원을 넘어 서역과 천축에 이르고, 동쪽으로는 타클라마칸 사막을 지나 옥문관과 양관을 거쳐 장안에 이른다. 한 무제 때 서역통로가 열린 이래 급속히 발전하여 서역 36국 중의 일국으로서 중요시되어 지금까지도 그 명성을 유지하면서 파키스탄, 키르키즈스탄, 타지크스탄 등과 국경을 맞대고 있다. 옛 자료에는 소륵(疏勒), 객십갈이(喀什噶爾), 가사라서(迦舍邏逝), 구사(佉沙)로 표기되어 왔다. 현재의 이름은 중국인들은 커스로, 현지민들은 카슈가르로 부른다.

마르코 폴로 양의 케룬

이 작은 마을[낭가르]를 뒤로 하고 동북쪽으로 3일 동안 산을 올라가면 세상에서 제일 높다는 고원에 이른다. 거기에는 두 산 사이에 호수[파밀천, 대용지, 조르쿨]가 있으며 그곳에서 흘러나온 강[파밀천]은 아름다운 목초지으로 흘러간다.

마르코 폴로의 루트는 지금 필자가 지나왔던 곳과 정확하게 일치하고 있다. 그러니까 그는 아프간 바닥샨을 지나 쿠히랄 루비광산을 지나 호밀국 이스카심에 도착하여 식닉국의 여러 골짜기를 지나 와칸의 분기점인 낭가르 마을에서 '와칸북로' 길을 택해 파밀천을 거슬러올라가 조르쿨 호수까지 간 것으로 보인다. 아니, "세상에서 제일 높은 곳에 있는, 두 산 사이에 있는 호수"는 바로 조르쿨이 분명하다.

또 그는 특별히 큰 양에 관심을 보이고, 또한 커다란 양 뿔을 신성한 장식으로 사용하는 현재까지 이어내려오는 관습도 정확하게 기록하고 있다. 이 거대한 양은 원명은 '아르갈리 양'인데 마르코 폴로의 이름을 따서 현재는 '마르코 폴로 양'이라고 더 많이 불리고 있다.

'마르코 폴로 면양'이라는 별명으로 불리는 파미르의 아르갈리 양

사나운 짐승도 아주 많은데, 그 중 아주 큰 양[6]의 뿔은 1미터 이상이 될 정도로 크다. 늑대가 많아 야생면양을 잡아먹으므로 그 뿔이나 뼈가 많이 보이며 눈이 내렸을 때의 이정표로써 길가에 이것들로 큰 무덤을 만들어두었다.

그 다음 구절에 결정적으로 '파미르'란 단어가 나온다.

이 고원은 '파미르'라고 하며 넘는 데에 12일이 걸린다. 인가도 없고 푸른 것이라고는 전혀 없는 사막이 펼쳐지며 여행자는 필수품을 전부 지참하지 않으면 안 된다. 이 고장은 매우 높고 추우므로 하늘을 나는 새의 그

---

6) 이른바 마르코 폴로의 이름을 따서 '마르코 폴로 양'이라 부르는 면양으로 그동안의 남획에 멸종위기를 맞았으나 자연보호구를 설치하는 등의 적극적인 노력으로 지금은 개체수가 유지되고 있다고 한다.

림자조차 없다. 추위가 심해지면 불도 훨훨 타지 못하며 열도 내지 못하여 요리도 잘 되지 않는다.

이로부터 [조르쿨] 길은 동북쪽으로 향하는데, 40일간이나 언덕과 계곡을 건너고 강이나 황야를 지나는 여행이 계속된다. (…중략…) 카슈가르는 옛날에는 독립된 왕국이었으나 지금은 대칸국에 속해 있다.

현제도 신성한 장소에는 커다란 양의 뿔을 장식으로 사용하고 있다.

그러면 그는 정확하게 "어떤 고개를 넘었는가?"라는 중요한 질문이 남을 것이다. 그 해답은 밑줄 친 문장 속에 있다. 다시 위를 더 꼼꼼히 들여다 보면 "동북쪽으로 40일 동안 계곡과 황야를 건너서"라는 구절의 의미는 남쪽의 총령진 타쉬쿠르간이 아닌 북쪽의 카슈가르로 입성한 것으로 보이는 대목이다. 그렇다면 그가 넘은 고개는 북쪽의 이르케스탐(# 1-5-1)이나 남쪽의 사리코람(# 1-5-4)보다는 중간의 쿨마 고개(# 1-5-3)[7]일 가능성이 더욱 크다.

마르코 폴로의 아버지 니콜로와 삼촌 마페오는 무역업을 하고 있었는데, 마르코가 6살 때 동방으로 무역을 하러 떠났다가 당시 몽골제국의 쿠빌라이칸(忽必烈, 1215~1294)[8]에게서 가톨릭 교황에게

---

7) 이 책의 1-5-3) 참조.

8) 원 세조 쿠빌라이 칸은 몽골제국의 제5대 칸이자 원나라의 초대 황제이며 칭기즈 칸의 손자이다. 1271년 국호를 원(元)으로 고치고 현재의 베이징을 대도로 정하였다. 남송을 멸망시키고 중국을 통일하였으며, 고려·버마·일본 등지에 침공하였다. 그는 색목인(중앙아시아인)을 중용하고, 서역에서 오는 문화를 중시하였으며, 티베트에서 라마교를 받아들였다. 중앙아시아, 서양인을 우대하여 통일된 다민족국가의 발전을 위해 공헌하였고, 넓은 영토를 차지한 대제국을 완성하여 성시대를 이루었다. 중국 남송의 주요 지원세력인 고려를 정벌하고 속국으로 삼기 위해, 충렬왕을 부마로

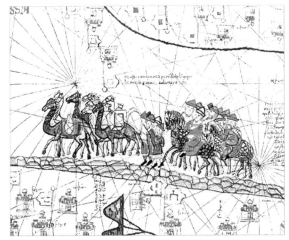

마르코 폴로의 여행지도

마르코 폴로의 초상화

요청하여 기독교의 성유와 서양지식을 잘 아는 사람을 데려오라는 임무를 맡고 돌아와서 2년 후 성유와 도미니꼬 수도사 2명과 그의 아들 마르코도 폴로 형제를 데리고 동방으로 향하게 된다. 당시 마르코 폴로는 17살인 청년이었다.

마르코 일행은 무장한 대상 행렬과 합류하며 터키를 지나 지금의 이란으로 들어가지만, 배편이 여의치 않자 육로로 여행을 계속하여 아프간에 도착하여 전통적인 실크로드를 따라 파미르고원을 지나 카슈가르에 도착하게 된다. 그리고 타클라마칸 사막을 지나 황제가 보낸 신하를 따라 여름 수도에 도착하기까지 3년 반이라는 시간이 걸렸다. 그리하여 황제의 전폭적인 신임을 얻은 마르코 폴로는 관리로서 요직을

삼았다. 그러니까 티베트 샤까사원으로 귀양 갔던 충선왕의 외조부가 되는 셈으로 우리나라와는 밀접한 관계가 있던 인물이다.

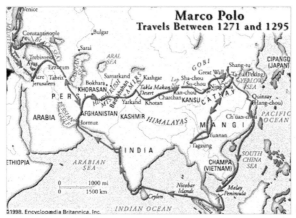

마르코 폴로의 행선지도

맡게 되며 그 후 17년 동안을 중국에 머물게 된다.

마르코는 그들이 여행한 지역의 위치와 거리, 각 지역의 언어와 생활상, 종교와 신앙, 산물과 동식물 등 다양한 방면에 대해 기록한 『동방견문록(東方見聞錄)』을 남겨서 중세 암흑기의 시대의 중요한 자료로 평가받고 있지만, 지금까지도 위서일 가능성과 일부 내용의 사실성 여부가 논란거리가 되고 있다.

참, 마르코보다 몇 세기 후에 파미르를 횡단한 중세기의 또 한 명의 서양인이 있었다. 바로 예수회 소속의 고즈(Bento D. Goz) 신부였다. 카타이(중국) 내에 기독교인이 살고 있다는 상인들의 말을 확인하기 위해 1602년 인도의 고아를 떠나 중국으로 향했지만, 당시 원나라의 멸망으로 인해 중국에 이르는 전통적인 실크로드는 이미 폐쇄된 지 오래여서 그는 아르메니아 상인으로 변장하여 대상행렬에 끼어들어, 당시 유일한 루트였던 인도 북부의 카슈미르를 출발하여 라다크의 레를 경유하여 힌두쿠시 산맥을 넘어 아프간 카블로 들어갔다. 그리고 파미르고원을 지나 카슈가르에 도착할 수 있었다. 그 뒤 카라샤르(焉耆)에 와서 이슬람 상인을 만나 당시 베이징에서 전교활동을 하고 있는, 마테오 리치의 소식을 듣지만, 그는 중국 남방 수져

우(蘇州)까지 와서 병으로 사망함으로써 베이징에는 들어가 보지도 못하고 말았다.

4. 파미르 대상들의 기록인 『타타르의 대상』

옛부터 실크로드의 대상들은 말이나 노새보다 낙타를 더 선호하였던 것 같다. 사막의 기후와 추위에 대해 적응력이 강한 면도 있지만, 무엇보다 등에 짐을 많이 실을 수 있는 효율성에 무게가 있었을 것이리라.

그러나 막상 이 글을 쓰기 위해 온갖 자료를 뒤져 보아도 대상[9]들에 관한 기록이 별로 보이지 않았다. 아니 전무 하다시피하였다. 고대뿐만 아니라 중세의 기록까지도 찾을 수가 없었다. 현장법사나 혜초사문의 경우도 탈 것에 대한 기록은 별로 남기지 않았다. 간혹 있다고 해도 단편적일 기록뿐이었다. 말하자면, 차마고도의 마방(馬幇)[10]같이 대상들

---

9) 대상(隊商)은 낙타 등에 짐을 싣고 떼지어 다니면서 특산물을 팔고 사는 상인의 집단을 뜻하며, 캐러밴 또는 카라반(페르시아어: کاروان, 영어: caravan)이라 부른다. 대상은 동아시아와 유럽을 연결하는 실크로드를 통하여 비단이나 보석 같은 귀중품이나 특산품을 운반했다. 위험하고 힘든 일이긴 하나 이익이 많은 장사여서 나중에 유럽의 향로무역과 비교되기도 했다. 지역의 지배 계층에게 신기하고 인기 있는 물품을 전해 주었으므로, 그들은 대상들이 머물 숙소를 지어 (카라반세라이) 동물들을 휴식 할 수 있게 하고 물품을 보충할 수 있도록 도와주었다. 하지만 중세에 이르기까지 대상이 운반할 수 있는 물품의 수량은 한정되어 있어서 500마리의 낙타가 운반 할 수 있는 상품이 배 한 척에 비해 절반 밖에 되지 못했기에 점차로 그 기능을 무역선에 빼앗기게 되었다.

10) 마방은 '사람을 돕는 말의 무리'라는 뜻으로, 지역적 특성을 지닌 운송조직이자 상업 집단으로 '방(幇)'이란 글자는 패거리나 동업자를 뜻하며 '방(幇)'으로도 통해 쓰기도 한다. 마방들은 대개 가족단위의 혈연이나 마을단위 지연 등으로 구성되기도 하며 큰 도시에서는 전문운송회사에 붙박이로 고용되어있기도 한다. 마방조직은 일종의 마부들 무리의 팀장 또는 조장인 마과두(馬鍋頭: 마궈터우)와 마부(馬夫)인 간마인(赶馬人: 깐마런)으로 구성되는데, 이 마부는 흔히 마각자(馬脚子: 마자오즈)란 이름으로 불리기도 한다. 대개 마부 한 사람이 거느리는 노새의 수는

중세의 대상들

은 어떻게 조직되고 운영되는 지 도무지 알 수가 없었다.

그러 때 마침 눈에 확 띄는 기록을 인터넷 검색중에 찾아 낼 수 있었다. 그런데 문제는 이것이 고대나 중세가 아닌 거의 현대에 가까운 기록이라서 아쉬움은 크지만 그래도 그것만으로도 큰 소득이었다. 이 기록에 의하면 대상들의 조직은 "낙타몰이꾼 한 명과 낙타 세 마리 그리고 뒤따르는 말 한 마리"가 기본적인 편성이라는 것이다. 그래서 필자가 〈실크로드 고전여행기〉 총서에 들어갈 로고로 쓸 낙타대상들의 이미지를 그릴 수 있었다. 물론 여러 매체에서 낙타나 대상들의 이미지를 찾아본 결과 그 숫자는 많았지만, 그것들이 모두 둔황 같은 관광지에서 관광객을 태운 사진들이고 실제 짐을 실은 카라반들의 사진은 찾기가 어려웠다. 그래서 기본적인 대상의 대열을 어떻게 배치하여 그림을 그려야 할지 막막했기 때문이었다.

1972년 '롤랑'과 '사브리나'라는 두 사람의 사진기자는 호기심 반, 취재 반 목적으로 한 달 간 키르기스의 어느 대상들과 동행하면서 대상들의 일상을 밀착 취재를 하였다. 바로 『타타르의 대상』[11]이란 책에 실린 파미르고원 답사기인데, 그 전문은 다음과 같다.

10필 좌우인데, 이 단위를 '한 줌(把: 바)'이라고 부른다. 마방행렬이 몇 '바'이냐에 따라서 마방의 전체 규모가 결정된다. 중간 규모의 마방이 대개 3~4바 정도라니 큰 규모의 마방무리의 행렬은 장관을 이룰 것이다. 차마고도의 주역들인 이 노새 또는 말이 하루 걸을 수 있는 거리가 대개 60km이기에 그 거리마다 역마참(驛馬站)이 설치되고 물물교환 시장도 생겨났다.

11) 『실크로드: 사막을 넘은 모험자들』(장 피에르 드레주, 이은국 옮김, 시공사, 1996).

낙타몰이꾼 한 명과 낙타 세 마리 그리고 뒤따르는 말 한 마리가 대상행렬의 기본적인 편성 형태이다. 라만쿨의 낙타들은 이른바 박트리아의 낙타이다. 이 낙타들은 중국, 신장, 몽고, 티베트 등지 반사막 지역에서 서식하고 있다. 이 낙타들은 키가 2m가 넘고, 몸무게가 최고 500kg이나 나가며 힘이 좋고 몸집이 크다.

이들의 발걸음은 비록 느리지만, 앞 등의 혹을 가볍게 출렁이며 정확하게 한 발자국 한 발자국 발걸음을 옮긴다. 거대한 혹은 양분저장소이다. 두 개의 혹은 100kg까지 지방질을 저장할 수 있다. 이것들은 단단해지기도 하고 다시 물렁해지기도 하는데 이것으로 낙타의 건강상태를 살펴볼 수 있다. 낙타가 기진맥진하거나 병이 들면 혹의 크기가 줄어들거나 완전히 없어진다.

낙타는 값이 대단히 비싸 여덟 마리의 야크, 또는 아홉 마리의 말이나, 양 45마리의 값이 나간다. 그도 그럴 것이 낙타는 280kg이나 되는 짐을 운반하며, 젖과 고기, 그리고 모피를 제공해 주기 때문이다. 털의 광택과 감촉은 낙타마다 차이가 있지만, 머리부터 목을 따라 다리까지 무성하게 뒤덮인 수북한 털로 낙타는 중앙아시아 고원의 혹한에도 잘 적응한다. 낙타의 털도 아름답기에 값이 비싸다.

"낙타 털은 아주 비싸기 때문에, 그것을 훔치러 오는 도둑들을 막기 위해 밤마다 낙타를 지켜야 합니다."

동행한 낙타몰이꾼은 이렇게 고충을 털어 놓았다.

우리 일행은 사르하드 사막을 벗어나 바칸 강 유역으로 접어들었다. 이 강은 폭이 500m인데, 곧 바로 협곡이 되면서 폭이 좁아졌다. 우리 일행은 말을 타고 꽁꽁 언 강 위를 건너갔다. 키르기스인은 얼음판 위에서도 통과하기 적합한 길을 직감적으로 정확하게 가려냈다. 그리고 미끄럼을 방지하기 위해 재나 모래 같은 것을 간간이 뿌렸다. 사람, 낙타, 말의 순서로 일렬을 지어 얼음판 위를 조심스럽게 지나갔다.

[길잡이] 압둘바킬은 여러 차례 바닥에 엎드려 얼음의 상태를 조심스

레 살폈다. 그리고는 조금씩 잔걸음을 걸어 얼음 위로 성깃하게 균열이 간 곳을 살펴보았다. 균열 틈으로 하얀 거품을 머금고 쏟아져 흐르는 물이 역력하게 보였다. 때로는 얼음 갈라지는 소리가 나면서 잔금이 여러 개 생겼다. 강 주위에는 깎아지른 절벽이 수직으로 높다랗게 솟아 있어서, 해가 중천에 떠야만 겨우 햇빛을 받을 수 있었다.

정오가 지나면서 비좁아진 강을 포기하고 고개를 넘기로 했다. 아이바스는 낙타들이 미끄러지지 않도록 빙판길 위에 모래를 뿌렸다. 고개가 매우 가팔랐기 때문에 짐승들은 거칠게 콧김을 내뿜었고, 사람들은 열심히 채찍질을 가다듬기 위해 50m마다 행렬을 멈추었다. 그런데 갑자기 맨 뒤에 있던 낙타가 절벽 가장자리에서 털썩 주저앉았다. 순간 낙타는 죽음에 대한 본능적인 두려움으로 온 힘을 다해 몇 미터 다시 기어오르기 시작했다. 한편 사람들도 자신들의 신상에 닥친 위험을 직감하고서는 낙타가 다시 일어설 수 있도록 짐을 풀어주었다.

어스름한 황혼이 깔리자 산들은 엄청나게 커지는 듯했고, 엄습해 오는 추위에 모두 몸을 웅크렸다. 누군가가 말했다.

"산이 너무 높아서 새조차 넘기 힘들겠군."

사람도 짐승도 모두 가파른 산허리에 꼭 달라붙었다. 마침내 정상에 다다랐다. 순간, '구름의 아들'이라 불리는 땅을 향해 굽이굽이 펼쳐진 검고 위풍당당한 산의 윤곽이 창백한 납빛 하늘을 배경으로 선명히 드러났다. 잠깐 숨을 돌리기 위해 걸음을 멈춘 나는 일순간 현기증을 느꼈다. 너무나 고요했다. 그것은 일종의 완전한 침묵 같았다.

일행은 쥐가 들끓는 동굴에서 밤을 보내야 했다. 계곡에는 동굴이 많았다. 그리고 동굴의 바깥에는 혹시 들를지 모르는 나그네를 위해 나뭇단이나 나뭇가지 묶음들이 놓여 있었다. 그것은 파미르고원을 왕래하는 여행객끼리 서로를 배려해 주는 무언의 표시였다. 그곳에서 불은 필수 불가결한 존재이다. 성냥이 등장하기 전, 대상들에게 가장 귀중했던 물건은 말 한 마리 값에 해당하는 '차크마크'라고 부르는 부싯돌이었다.

오후에 일행은 말 한 마리가 간신히 지나다닐 정도로 좁고, 바라만 보아도 현기증이 나는 바위 절벽이 즐비하게 늘어선 고갯길로 들어섰다. 나는 두려웠다. 하지만 여정을 마치기 위해 안간힘을 다해야 했던 만큼 두려움은 곧 뇌리에서 사라졌다.

원작과 출판사는 확인을 못했지만, 번역도 깔끔하게 잘 된 것 같고 읽기도 편하고 멋진 구절도 보인다. 특히 "'구름의 아들'이라 불리는 땅을 향해 굽이굽이 펼쳐진 검고 위풍당당한 산의 윤곽이 창백한 납빛 하늘을 배경으로 선명히 드러났다. 잠깐 숨을 돌리기 위해 걸음을 멈춘 나는 일순간 현기증을 느꼈다. 너무나 고요했다. 그것은 일종의 완전한 침묵 같았다"라는 구절은 인상적으로 가슴에 들어온다.

위에서 '박트리아 낙타'라고 설명하고 있는 것은 이른바 쌍봉낙타(two-humped camel, 雙峯駱駝)를 말한다. 이름 그대로 혹이 두 개 달린 낙타인데, 혹이 하나 달린 아프리카의 사하라 사막의 단봉낙타보다 강인하다고 한다. 옛날부터 중앙아시아, 몽골의 고비 사막, 중국 타림 분지 등지의 초원에서 서식하였는데, 지금은 대부분 인간에 의해 가축이나 먹이용으로 사육되고 있다고 한다.[12] 생김새는 사지는 굵고 짧으며 털이 무성하고 뻣뻣하고 발바닥이 단단하여 바위나 자갈이 많은 구릉지에 적합하다고 한다.

낙타가 사막에서 생존하기 위해 진화를 거듭한 결과 낙타는 물을 절약하는 '노하우'를 개발하여 일찌감치 조물주에게서 특허권을 따냈나보다. 열거해보자면, 고농도의 소변을 배출하여 몸 안의 물의 배출량을 줄이고, 일교차에 따른 체온조절을 함으로써 땀을 거의 흘리

[12) 한편 인간에 의해 길들여지지 않는 야생의 낙타들도 있는데, 통계에 의하면 그 개체수가 1천 마리 정도로 국제보호단체에 의해 보호되고 있다고 한다.

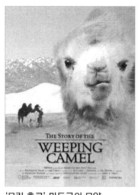 

'모린 후르' 마두금의 모양 　　　　　마두금 연주그림

어미 낙타의 등에 마두금을 하다로 묶어 놓아 교감을 유도하는 장면

지 않고, 물을 먹지 못해 혈액의 농도가 진해지면 주위 조직으로부터 삼투압현상으로 물을 흡수해서 혈액농도를 조절할 수 있고, 콧물도 콧구멍 밑의 홈을 통하여 다시 입으로 흡수하여 한 방울의 물도 허비 하지 않고, 동물적 본능으로 모래 속의 물기를 찾아내는 능력이 탁월 하고 일단 물을 마실 기회가 주어지면 빠른 시간 내에 많은 양의 물[13)]

---

13) 실험에 의하면 10분 만에 100리터의 물을 마실 수 있다고 한다.

낙타행렬 석각도

을 마셔가며 바로 체내 조직에 수분을 보충하는 능력이 있다고 한다.

물론 천하의 낙타라도 물만 마시고는 살 수 없다. 초식동물인 낙타로서는 풀을 먹어야 하는데, 그렇지 않아도 풀이 없는 사막에서 그나마 먹기 좋은 부드러운 풀은 양떼나 말이 뜯어 먹어 버리고 쐐기풀같이 먹을 수 없는 것들만 남겨둔다. 그래도 낙타는 '노 푸로 불럼', '메이 꽌시(沒有關係)'이다. 바로 이 점이 그 오랜 세월 낙타가 사막의 주인으로 살아남을 수 있는 필수적인 능력인데, 그 이유는 낙타의 혓바닥이 매우 두꺼워 어떤 가시풀이라도 뜯어 먹을 수 있기 때문이다.

뭐, 이런 생태학적 설명 말고도 낙타를 빼어 놓고 사막을, 실크로드를 그려볼 수 없을 정도로 낙타는 실크로드의 이미지에서 화룡점정(畵龍點睛)에 해당된다. 사막은 일반인들의 인식같이 바람결에 옮겨다니는 모래무더기로만 이루어진 것이 아니다. 오히려 돌무더기나 잡초가 듬성한 황무지 같은 곳이 더 많다. 그럼에도 불구하고 우리들의 머릿속에 각인된 사막의 일반적인 정경은 불타는 사막의 노을을 배경으로 끝없이 펼쳐진 사막을 가로지르며 느릿느릿 걸어가는 카라반들의 행렬이 무엇보다 먼저 떠오르게 된다. 낙타를 타고 사막을 횡단하는 카라반들은 역광으로 드리운 그림자만으로도 참으로 인상적인 황금비율의 한 폭의 그림을 만들어준다.

낙타에 대해서는 여러 명의 저명작가들이 한 마디씩 늘어놓았다. 먼저 니체(F. W. Nietzsche, 1844~1900)[14]를 비롯하여, 아직도 극과 극의 평가를 같이 받고 있는 인도의 풍운아 오쇼 라즈니쉬(Osho Rajneesh)[15]도 낙타에 대하여 『사자가 된 낙타의 반역』[16]에서 한 마디 읊고 있다.

그러나 필자의 견해는 니체나 라즈니쉬의 비유나 상징처럼 낙타는 무거운 짐만 질 줄 아는 몽매한 짐승이 절대 아니라는 것이다. 나는 낙타를 여러 번 타 본 경험이 있다. 물론 유명한 관광지에서 손님을 태우는 전문 낙타이기는 했지만 그때마다 목이 길고 너그럽지만 슬픈 눈빛을 가진 생김새에 무척 매료되어 그들에게 무언가 정신적인 교류를 시도해보기도 했다. 그리고 가끔 여러 가지 매체에서 실크로

---

14) 그는 『짜라투스트라는 이렇게 말했다』에서 그 자신의 사상적 편력이 거친 인간 정신의 세 단계를 다음과 같이 비유하여 낙타를 비유하였다.

15) 그는 인도에서 출생하였으며 21살에 나무 아래에서 깨달음을 얻어 1970년대 한때는 크리슈나무르티, 마하리쉬, 마훼쉬와 함께 세계의 스승, 혹은 성자로 불리며 인도뿐 아니라 전 세계의 사람들에게 깊은 영적인 가르침을 주었다. 그의 육신이 잠들어 있는 묘지에는 다음과 같은 글이 적혀 있다. (오쇼, 태어난 적도 없고 죽은 적도 없다. 다만 1931년 12월 11일부터 1990년 1월 19일까지 이 세상을 방문하다.)

16) 필자 또한 한때 라즈니쉬에게 열광했던 적이 있었기에, 그의 특유한 시각이 돋보이는 인상적인 대목을 한두 구절 소개하고자 한다. 전해지는 말에 의하면 짜라투스트라는 세상에 태어났을 때 웃음을 터뜨렸다고 한다. "그것은 바로 우주적인 농담이다. 이 존재 전체를 감싸 안고 있는 헛소리에 그는 웃음을 터뜨린 것이다. 그렇다. 그대의 노트에 '우주적인 농담'이라고 쓰고 밑줄을 그어라. 태어나면서부터 배꼽을 잡고 웃음을 터뜨린 짜라투스트라! 그리고 그것은 시작에 불과했다. 그의 생애가 하나의 웃음이었다. 그래서 사람들은 그를 잊었다. 고통 속에서 삶을 산 사람은 오래 기억되지만, 삶이 하나의 환희가 되고 넘치는 웃음이었던 사람은 금방 잊힌다." 오쇼 라즈니쉬, 손민규 역, 『짜라투스트라 1: 춤추는 신, 사자가 된 낙타의 반역』, 시간과공간사, 1998.

드나 몽골초원에 떠도는 낙타에 관한 전설들을 접할 때면 문득 그리움이 도지기도 했다.

그러던 어느날, 〈낙타의 노래〉라는 다큐[17]를 보게 되었다. '보도자료'로도 대단히 관심 있는 내용일 것 같아서 본방사수하면서 시청하였다. 천 년 넘게 고비사막이라는 극한의 환경에서 서로에게 의지하며 생사를 같이 해 온 낙타와 유목민의 삶을 밀착 촬영했다는 다큐인데, 막막한 고비사막의 풍광도 인상적이었지만, 특히 어린 낙타새끼에게 젖을 주지 않는 어미 낙타에게 마두금(馬頭琴)[18] 연주를 들려주자 눈물을 흘리며 젖을 물리는 장면은 가슴이 뭉클할 정도였다.

그런데 이 다큐는 2003년 몽골과 독일 합작[19]으로 몽골의 여류감독이 만든 영화인 〈낙타의 눈물(The Story of the Weeping Camel)〉[20]를 패러디한 것이 분명하여 좀 아쉬움을 남겼지만….

---

17) 〈KBS파노라마〉의 〈몽골 고원에 가다〉 2부.

18) 몽골의 민속 현악기로 우리나라의 해금과 중국의 얼후(二胡) 같은 2현의 찰현악기로 몸통 위쪽 끝에 말 머리 장식이 있어 마두금이라고 한다. 몽골어로는 '모린 후르(Morin Khuur)'라고 하는데 '모린'은 말(馬)을, '후르'는 음악을 뜻한다. 어떤 이는 마두금 소리는 글자 그대로 초원에 부는 바람 소리와 야생마가 우는 것처럼 들린다고 한다. 그래서 붙여진 별명이 '초원의 바이올린' 또는 '초원의 첼로'라고 하는데, 유네스코도 이를 인정하여 '인류 구전 및 무형유산 걸작'으로 지정한 바 있다. 바람을 닮은 초원의 악기라는 말이다.

19) 몽고 감독 뱜브슈렝 다바아(Byambassuren Davaa)와 그녀가 뮌헨대 졸업 작품으로 당시 동료였던 이태리인 Luigi Falorni와 함께 만든 영화이다.

20) 몽골의 남부, 고비(Gobi) 사막의 외딴 곳에서 양과 염소와 낙타들을 기르면서 살아가는 한 유목민 가족의 삶을 보여주는 것으로 시작된다. 마침 낙타 한 마리가 새끼를 출산하는데 출산과정이 너무 힘들었던 탓인지, 어미 낙타는 새끼에게 젖을 물리지도 않고 무조건 멀리 하려만 한다. 새끼를 살려야 하는 유목민 가족은 최후의 방법으로 '후스(Hoos)요법'을 쓰기로 결정한다. 이는 몽골의 전통악기인 마두금 연주자를 불러다가 어미에게 들려주어 모성애를 자극하여 새끼에게 젖을 물리게 한다는 기상천외한 방법을 말한다. 전통악기를 연주하는 악단들이 초빙되어 온 다음, 먼저 마두금을 '하닥'이란 파란 수건에 묶어서 매정한 어미 낙타 봉에 걸어둔다. 그러자 조금 지나자 낙타의 심장박동 때문인지는 몰라도 그 악기에서 웅~ 거리는 소

이 작품은 낙타의 모정을 테마로 하여 광활한 고비사막을 배경으로 촬영한 감동적이고 인상적인 내용으로 이미 부산국제영화제에서도 상영된 바 있었다. 다큐 스타일로 찍었으면서도 마치 한 편의 드라마 같이 진한 감동을 우리들에게 안겨주었는데, 이는 아마도 '어미와 자식 간의 사랑'이란 만고에 변치 않을 주제를 잘 살린 연출의 덕이었을 것으로 보인다.

그런 종류의 이야기가 하나 더 있다. 요즘도 몽골인들은 가족이 죽으면 풍장을 하는데, 이때 그곳에다 새끼 낙타를 같이 죽여서 묻는다고 한다. 그래서 후에 거처를 옮겨 살다가 언젠가 가족의 묘를 찾고자 할 때 그 어미낙타를 근처까지 데리고 오면 그 어미 낙타가 그곳을 기억했다가 그곳을 지날 때 슬피 울기 때문에 그 장소를 찾는다고 한다.

아! 낙타! 어느 노시인의 마지막 유언 같은 짧은 시구 절이 먼저 떠오른다.

낙타를 타고 가리라, 저승길은
별과 달과 해와 모래밖에 본 일이 없는 낙타를 타고.
세상사 물으면 짐짓, 아무것도 못 본 체
손 저어 대답하면서,
슬픔도 아픔도 까맣게 잊었다는 듯.
누군가 있어 다시 세상에 나가란다면

리가 나기 시작하는데, 그러면 그 마두금을 낙타에서 내려 악사에게 건네준다. 그렇게 연주를 시작하면 며느리가 낙타를 쓰다듬으면서 마두금 연주를 반주로 하여 애처로운 곡조로 계면조(界面調)의 노래를 부른다. 그러면 모든 사람들과 낙타들이 모여 들어 그 연주를 경청하는데, 그렇게 의식이 어느 정도 진행되면 사람들이 새끼를 어미 곁으로 데려온다. 그렇게 어느 정도 시간이 지나자 어미 낙타의 눈에 갑자기 눈물이 고이며 이윽고 눈물을 흘리기 시작한다.

낙타가 되어 가겠다 대답하리라.

—신경림의 시 「낙타」 전반부

마치 내가 남기고 싶은 유언 같아 가슴이 멍해 온다. 그런데 후반부의 다음 구절을 마저 읽고는 뭐랄까 표현하기 어려운 아련함이 몰려오기 시작한다.

모래만 보고 살다가,
돌아올 때는 세상에서 가장 어리석은 사람 하나 등에 업고 오겠노라고.
무슨 재미로 세상을 살았는지도 모르는
가장 가엾은 사람 하나 골라
길동무 되어서.

사바세계의 삶이 어찌 탄탄대로만 계속되겠냐마는, 그래도 혹 인생의 여울목에서 사막 같은 힘난한 곳을 만나더라도, 전생부터 이런 원력을 품고 태어난 눈이 선하고 너그러운 낙타 한 마리를 벗해 살아갈 수 있다면 외롭지 않을 텐데….

5. 전설의 검은 호수, 카라쿨을 지나며

무르갑을 출발하여 다시 M41도로를 타고 북쪽으로 달려 파미르 하이웨이에서 제일 높은 아크바이탈(Ak-Baital, 4,655m) 고개를 넘어 조금 더 내 달리면 카라쿨리 호수에 도착한다.

중앙아시아에는 '검다'라는 뜻의 '카라(kara)'라는 단어가 들어간 지명이 아주 많아서 이루 열거할 수 없을 정도이다. 더하여 '카라쿨'이란 똑같은 곳도 3개나 있어서 초행자의 경우 확인하지 않고 여행 스케줄을 잡을 경우 황당한 일을 당할 수 있으니 주의해야 한다.

카라쿨의 위성지도

　우선 널리 알려진 것으로는 중국 신장위구르에 있는 일명 중국인들이 카라쿨리(卡拉庫里湖)[21]라고 부르는 호숫가 떠오른다. 이 호수는 카슈가르에서 타쉬쿠르간을 거쳐 파키스탄으로 넘어가는 유명한 카라코람 하이웨이(KKH)상에 있는데 카라코람 산계에 속하는 무즈타그 아타산(7,545m)과 콩구르산(7,649m) 같은 거대한 설산으로 둘러싸여 있어서 빙하가 녹은 물이 모여 들어 이룬 아름다운 빙하호이다. 그래서 이 호수의 수면에는 항상 만년설을 이고 있는 설산이 거꾸로 투영되어 있고, 호숫가의 넓은 초원에는 낙타를 비롯하여 말, 야크, 면양, 염소 같은 무리들이 평화로이 풀을 뜯고 있는 목가적인 정경을 연출하고 있다. 그래서 요즈음은 이런 분위기에 이끌린 관광객들이 모여들어 리조트로 개발되는 중이다. 유목민들의 이동식 텐트인 유르트(Yurt)[22]에 며칠 머물며 말을 빌려 타고 건너편 설선(雪線) 아래까지 왕복하는 '승마 트랙킹'은 인상적인 추억으로 나그네의 가슴에 새겨질 것이다.

　키르기즈의 유명한 이식쿨 호수 동편에 있는 휴양도시 이름도 카라쿨[23]이다. 지금은 이식쿨이라 부르는 옛 이름에서 붙여진 지명이

---

21) 카슈가르에서 카라코람 고속도로를 타고 타쉬쿠르간으로 가는 도중에 191km 거리에 해발 3,600m에 위치한 호수로 접근성이 좋아 관광지화되고 있다.

22) 유목민들의 이동식 텐트는, 중앙아시아에서는 고향을 의미하는 '유르트', 몽골에서는 '겔', 중국에서는 '빠오(包)'라고 각기 다름 이름으로 부른다.

23) 이식쿨 호수 동편에 있는 휴양 트레킹 도시로 서편의 출폰아타에서 138km 떨어져

카라쿨 마을의 소박한 모스크

다. 나머지 한 곳이 바로 지금 우리가 도착한 타지크 경내의 파미르에 있는 산정 호수이다. 이곳 역시 파미르 알라이 산맥과 레닌봉(Pik Lenin, 7134m)이 병풍같이 둘러싸인 빙하호로 해발고도가 3,914m이니 신장의 그것보다 300m 더 높을 뿐이지만, 호수 둘레가 52km나 되는 면적과 접근성이 어렵기 때문에 분위기상으로 훨씬 더 신비로운 곳으로 다가온다. 뭐랄까 신장의 카라쿨이 목가적이라면 파미르의 카라쿨은 신화적이라고 할까?

있다. 근처에 러시아의 탐험가 푸르제발스키(Przewalski)의 기념관이 있다.

아크바이탈(4,655m) 고개 이정표

  호수의 색깔은 깊이를 가늠할 수 없을 정도로 푸르다 못해 검은 빛을 띠고 있어서 호숫가의 촌로들이 들려주는, 한 교훈적인 전설[24]이 그럴싸하게 들리고 있다.

  옛날에 한 목부가 카라쿨의 '호수의 입'이라 불리는 콜바쉬(Kol Bashy)란 곳에 왔을 때는 날씨가 매우 더웠다. 그는 그의 암노새가 풀을 마음대로 뜯도록 안장을 얹지도 않고 놓아 두었다. 그리고 그는 너무 멀리서 걸어왔기에 매우 피곤하여 풀밭에 누워 쉬다가 마침 호수에서 불어오는 가벼운 바람결에 바로 잠이 들었다.

  그런데 갑자기 목부가 어떤 움직임에 놀라 일어나 보니 아, 어떤 늠름한 회색 숫말이 그의 암노새 근처에서 서성거리는 것이 아닌가. 이

---

24) 'Legends of Sarykol' by Sultan Parmanov and Suyuntbak Tajidinov, 2007.

키르기즈의 보르되보 검문소에서 마약 탐지견을 이용해 검문검색을 하고 있다.

에 그 목부는 놀람을 가라앉히고 먼저 간단한 저녁요기를 하고는 다시 출발할 준비를 하였다. 그래서 그의 암노새를 몇 번이나 불렀지만 헛수고였기에 할 수 없이 한참을 노새와 씨름한 끝에 겨우 붙잡아서 안장을 올린 후에 출발할 수 있었다.

그런데 몇 달 뒤 그의 암노새는 회색 새끼를 한 마리 낳았는데, 그 새끼는 전에 카라쿨리 호숫가에서 만났던 그 회색 말을 닮아 있었다. 그 새끼 말은 튼튼하게 자라나서 근방에서 가장 잘 뛰는 말로 성장하였다. 이에 근방에 있는 사람들은 모두 그 회색 말을 알아보고 그 아름다운 자태를 탐을 내면서 부러워하였다.

이에 그 말의 주인 목부는 또 다시 말 새끼를 얻을 욕심이 생겨서 이번에는 암노새와 그 새끼까지 데리고 예전의 그 회색 말을 만났던 그 호숫가로 가서 예전처럼 그 말이 나타나기를 기다리면서 이전처럼 잠이 들었다. 그러다가 역시 이상한 소음에 잠에서 깨어났는데, 목부의 눈에 들어온 것은 호수의 출렁이는 물결뿐이었다. 황혼 속에서 회색 말이 다시 호숫가에 나타나기는 했지만, 이번에는 그 말이 암노새와 새끼 말까지 데리고 셋이서 호수로 되돌아가 순식간에 물결 속으로 사라져 버렸다.

그래서 카라쿨의 사람들은 그 말들이 그 호수 속에서 살고 있다고 믿고 있다고 한다.

각설하고, 호수 곁에는 유목민들의, 같은 이름의 겨울 거주용 마을이 하나 있는데, 어떤 자료에 따르면 중간에 숙박시설이 전혀 없다는 정보도 있으나, 실제로는 이 호숫가 마을에는 지나가는 나그네들이 하룻밤 묵어갈 수 있는 '홈스테이'도 몇 채 있어서 고소적응차 하루 이틀 머물면서 신화적인 분위기를 느끼면서 쉬었다 가도 좋다.

6. 마침내 파미르 하이웨이의 종착지 오쉬로 입성

검고 푸른 신비의 호수, 카라쿨을 떠난 M41길은 동쪽으로 중국과의 경계선으로 길게 쳐 놓은 철조망을 따라 한참을 달려서 마지막 고개인 키질라트(Kyzylart P., 4,280m)를 넘어 키르기즈와의 국경선을 넘어 보르되보 체크포이트에서 마약반출검사 등의 출입국 수속을 하고 중국으로의 갈림길 삼거리인 사리타쉬(Sari Tash)를 거쳐 드디어 파미르 하이웨이 동북쪽 끝 오쉬(Osh)[25]로 이어진다.

---

25) 오쉬(키르기스어: Ош, 러시아어: Ош)는 키르기스스탄 서남부 우즈베키스탄 국경 부근에 위치한 도시로 수도 비슈케크 다음 가는 키르기스스탄 제2의 도시이다.

솔로몬 산의 원경

　사방팔방으로 연결된 길을 따라 오쉬로 모여드는 나그네들은 배낭을 집어던지자마자 너나나나 할 것 없이 우선 시내 중심가에 솟아 있는 솔로몬 산에 올라 드넓게 펼쳐진 시가지를 내려다보게 마련이다. 이 솔로몬 산은 유네스코에 등재된 문화유산으로 현지인들뿐만 아니라 많은 관광객들의 참배 대상이 되어 있다.

　계단을 따라 한참을 오르면 산 정상에 도착하는데, 그곳에 작은 모스크 사원과 신통한 영험이 있다는 좁은 동굴이 있어서 히잡을 쓴 무슬림 여인들이 그곳에서 기도를 하고 동굴에서 흘러나오는 물을 아픈 곳에 바른다. 뭐 그러면 불치병도 낫는다고 믿는다는 것이다. 하기야 구약성서의 다윗왕의 아들이며 지혜가 제일 뛰어난 솔로몬 왕의 신통력이라면 시원찮은 병이야 낫지 못하게 하겠는가.

인구 약 255,800이며, 약 255,800 주민은 키르기스인, 우즈베크인, 러시아인, 타지크인 등 여러 민족을 포함하고 있다. 페르나가 분지의 비옥한 지대에 있는 오쉬는 중앙아시아에서 가장 크고 가장 혼잡한 야외시장이 있는 활기찬 곳으로 구소련 시절 동안 구축되었던 산업 기반은 연방 해체 뒤에 크게 붕괴되었다가 최근 차츰 소생하기 시작한 상태이다.

솔로몬 산 등산로 입구

산 아래에는 박물관이 한 곳 있지만, 뭐 특별한 유물은 별로 보이지 않는다. 남쪽 술레이만의 산허리에서 발견된 청동기 시대 농부들의 정착과 관련된 유물들과 잡다한 근대 민속품들이 진열되어 있을 뿐이다.

잘 알려져 있지만, 솔로몬 왕(B.C. 970~930)[26]은 고대 이스라엘 왕국을 최고로 번성케 한 인물로 매우 지혜로운 인물로 알려져 있다. 그런 실존적인 인물이 이스라엘에서 수만 리 떨어진 이곳 오쉬에 직접 발길을 직접 남겼다는 것은 이방인의 생각으로는 설득력이 떨어지지만, 오쉬의 사람들뿐만 아니라 인근의 여러 나라 사람들은 솔

---

26) 솔로몬 왕 성경 속의 등장하는 인물로 이스라엘의 다윗왕의 아들로 이스라엘 왕국을 가장 번성하게 한 왕으로 구약성경의 잠언과 아가서를 직접 쓴 지혜로운 왕으로 알려져 있다. 그런 그가 오쉬에 발길을 직접 남겼다는 일은 사실로 보기에는 설득력이 떨어지지만, 그냥 그런 전설도 의미가 있을 것이다.

솔로몬 정상의 박물관

로몬을 일명 술래이만으로 부르며 이를 사실로 믿으며 이 산을 무척 신성시 한다고 한다.

그러나 오쉬의 중요성은 그것보다는 지리적인 위치로 인해 일찍이 기원전 5세기부터 동서교역의 중심지로 성장하기 시작했고, 또한 알렉산더 대왕의 동서융합의 원대한 프로젝트가 실현된 후에 일찍이 실크로드의 중요 허브도시로 지금까지도 그 기능을 충실히 수행하고 있다는 점이다. 말하자면 지금도 중국 신장 위구르, 우즈베키스탄, 타지키스탄, 키르키즈스탄이 바로 연결되는 그야말로 교통의 요지라는 말이다

오쉬 시가지를 관통하며 흐르는 아크부라(Ak-Buura) 시냇물은 소그드 지방의 젖줄 시르다리야(Syr Darya)[27]의 시원지로 천산의 만년설이 녹아 흘러내려오기에 차갑고 수량도 많다. 필자도 당연히 다리 아래로 내려가 우선 간단히 세수를 하고 신발을 벗고 찬 물속에 발을 담그고 휴식을 취하며 아이들의 물놀이를 한참이나 바라보았다.

---

27) 시르다리야는 천산 산맥 서쪽에서 발원하여 오쉬를 거쳐 페르가나 분지를 흘러내려 속디아나의 대지를 적시며 서북쪽으로 흘러내려가다가 내륙의 바다인 아랄(Aral) 호수로 들어간다. 이 시르다리야와 아무다리야 사이의 땅을 소그드 또는 트랜스옥시아나라고 부른다.

아크부라 시내

　그리고는 수천 년 전부터 이름이 드높은 오쉬의 자이마(Jayma)바
자르 구경에 나섰다. 나는 머릿속에 생생하게 각인되어 있는 실크로
드상에 있는 유명한 바자르 만날 기회가 있을 때마다 설렘으로 가득
차 구경하기를 즐겨하곤 했는데, 그때마다 "아, 너무 늦게 왔구나!"라
고 중얼거리면서 적어도 한 세기 전에 왔었으면… 하면서 한스러워하
곤 한다. '혹시나'가 '역시나'로 변한다. 오쉬 바자르 역시 중국의 싸
구려 공장제품이 판을 치고 있었기 때문이었다.

　바자르 구경에 지쳐 목이 마를 즈음에 인근 큰 길가에 있는 뻬킨호
텔(北京) 광장으로 발길을 옮긴다. 노천카페에서 시원한 맥주 한 잔
을 마시며 내일의 교통편을 알아보기 위해서다. 뻬킨광장은 중국 카
슈가르로 넘어가는 국제버스의 종점이고, 타지크 내의 장·단거리 택
시와 미니버스인 마슈르트카 정류장이 있는 곳이다. 특히 수도 비슈
케크로 가는 마슈르트카는 아침과 저녁에 주로 출발하는데, 저녁에
출발하면 밤새 달려 다음날 아침에 역시 비슈케크 오쉬 바자르 앞에
도착한다.

또한 파미르 하이웨이를 타고 타직의 호로그까지 가는 차편[28]도 여기서 물색할 수 있다. 필자 같은 개별 여행객의 경우 더취페이식 '세어드택시(Share)' 방식이 경제적인 방법이다.

오쉬는 솔로몬이나 알렉산더뿐만 아니라 인도 대륙 최후의 대제국 무굴왕조를 세운 바부르(Babur, 1483~1530)의 고향으로 그가 특별히 애착을 가진 곳으로 바부르가 직접 세운 모스크도 현재 솔로몬산 아래 남아 있다.

오쉬는 유명한 페르가나 분지의 끝자락에 위치한다.

7. 명마의 산지인 옛 대완국(大宛國), 페르가나[29]

유서 깊은 고도 오쉬에서 페르가나는 지척이다. 다만 국경선이 하나 그어져 있어서 좀 번거로울 뿐이지만….

'페르가나'는 우즈벡의 한 시(市)의 이름이기도 하지만, 일반적으로는 분지 전체를 가리키는 지역 명으로 더 넓게 쓰인다. 중앙아시의 곡창지대인 소그디아에서도 가장 인구밀도가 높은 지역이 바로 페르가나 분지이다. 그만큼 사람이 살기 좋은 땅이란 뜻일 게다. '황금의 계곡', '흙 속의 진주', '중앙아시아의 보석'이라고 불리는 이 지역은 3방향,

---

28) '파미르 하이웨이'를 횡단하자면 우선 키르기즈와 타직을 운행할 수 있는 국제면허증을 가진 4륜구동을 구해야 하는데, 키르기즈의 비슈켁의 오쉬바자르나 오쉬의 오쉬바자르 근처에서 그런 차량을 수배할 수 있다. 이때 협의사항으로 카라쿨리 호수나 무르갑에서 일박하고 가는 옵션을 정확하게 정해야 한다. 당일에 주파하려면 너무 무리하기도 하지만, 밤에 이동하다 보면 안전문제뿐만 아니라 사진 한 장도 제대로 찍을 기회도 없기에 힘들게 파미르를 주파하는 의미가 없으니 가능하다면 중간에 일박을 권하고 싶다.

29) 현재의 페르가나(Ferghāna/ 費爾干)는 『사기』와 『한서』 같은 고대 사서 대완국으로, 『위략(魏略)』에는 발한(拔汗)으로, 원위 때는 파락나(破洛那)로, 수대는 발한국(鏺汗國)으로, 당대에는 발한나(拔汗那) 또는 영원(寧遠)으로, 명·청대에는 곽한(霍罕) 혹은 호한(浩罕)으로 불렸다.

즉 북서쪽으로 차트칼 산맥과 쿠라마 산맥이 북동쪽으로 페르가나 산맥이, 남쪽은 5,000m가 넘는 알타이 산맥과 투르키스탄 산맥으로 둘러싸인 분지 형태이다. 동서길이가 300km이고 남북길이가 150km 정도이니 면적으로 보면 하나의 독립국가가 되고도 충분할 정도이다.

더구나 이 지역은 맑은 물이 넘쳐흐르는 시르다리야(Syr Darya/錫爾河)가 분지를 관통하고 있고 기후도 늘 온화하여 농작물이 잘 자라 소그드의 곡창으로 유명하다. 더구나 예부터 질 좋은 명마의 산지로 이름이 높았다. 당연히 예부터 주변 국가들의 땅따먹기 쟁탈전이 치열할 수밖에.

페르가나 분지는 기원전부터 도시국가 형태로 실크로드의 요충지 역할을 하며 성황을 이루다가 7세기부터 돌궐 등 터키계 민족의 지배하에 들어가고 한때는 고선지 장군에 함락당해 중원의 영향을 받아오다가 다시 탈라스전투 이후에 압바스 왕조의 지배를 받으며 근세까지 내려왔다. 근대에 이르러 러시아의 점령시대를 거쳐 현재는 3개국의 영토로 분할되었다.

그런 상황은 지금도 진행형이다. 페르가나 분지의 대부분은 우즈벡에 소속되어 있는데 코칸트,[30] 페르가나, 안디잔, 마르길란[31] 시(市) 등이 몰려 있고, 남부 타지크에는 호잔이, 동부 키르키즈에는 오쉬가 자리 잡고 있는 식이다.[32]

---

30) 과거에는 35개의 메르레세와 100여 개의 모스크가 있어 중앙아시아에서 부하라 다음으로 이슬람 종교의 중심지였다. 또한 코칸트라는 지명은 알렉산드로스 대왕의 정복지 가운데 '가장 먼 곳'이라는 뜻에서 유래되었다고 한다.

31) 알렉산드로스 시대부터 번영하던 고대도시로 실크의 생산지로 유명하다. "마르길란에서 생산된 실크는 부하라 전체의 땅값과 같다"라고 했을 정도로 품질이 우수하다.

32) 크고 작은 성이 많다는 것은 이미 『신당서』 「서역전」에 나타나고 있다. "본래는 발한나(拔汗那)이고 일명 발한(鏺汗)이라고 하는데, 경사(京師)에서 팔천 리 떨어져 있으며 치소는 진주하(眞珠河) 이북에 있는 서건성(西鞬城)이다. 큰 성이 여섯 개, 작은 성이 백 개 있으며 사람들은 장수한다."

오쉬 인근 지도

1930년대 구소련 스탈린에 의해 획정된 현재의 구획은 중앙아시아 제국의 많은 문제점을 안고 있다. 민족적 구분에 의해 국경선이 정해진 것이 아니라 정치적 이해관계에 따라 구분되었기 때문이다. 예를 들면 '샤히마르단'이라는 지역이 있는데 우즈벡의 영토이긴 하나 키르기스 영토 안에 마치 3개의 섬처럼 자리 잡고 있다. 그 주민들의 불편은 긴 말이 필요 없을 것이다. 한 마디로 중앙아시아의 화약고이다.

페르가나는 또한 우리의 혜초사문의 체취가 묻어 있는 곳이어서 의미가 깊다.

<u>또 강국으로부터 조금 동쪽은 곧 발하나국(跋賀那國)이다.</u> 이 나라에는 왕이 두 사람이 있다. <u>박추대하(縛叉大河)[33] 강이 나라의 중앙을 지나</u>

---

33) 혜초는 '박추대하', 즉 현 아무다리야(Amu Darya/ 阿姆河)라고 적었으나 사실은 페르가나의 한복판을 관통하여 서쪽으로 흐르는 강은 시르다리야(Syr Darya/ 錫爾河)이다. 아마도 혜초가 이 두 강을 혼동하였거나 아니면 지리적 착각에서 오인한 것으로 보인다. 시르다리야 강의 옛 이름은 락사르테스(Laxartes)인데, 음역

페르가나 시가지

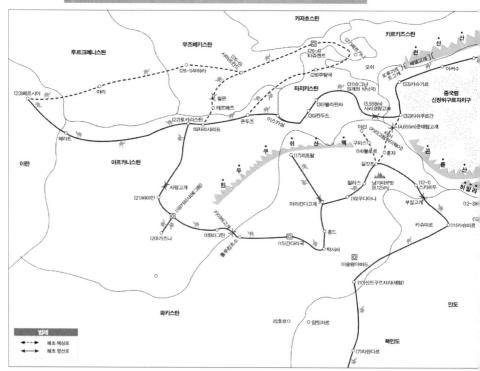

혜초 행선도

<u>서쪽으로 흐르는데,</u> 강 남쪽에 한 왕이 있어 대식국에 속해 있고, 강 북쪽에 한 왕이 있어 돌궐에 속해 통제를 받고 있다. 이 지방에서도 역시 낙타·노새·양·말·면직물 등이 난다. 의복은 가죽 옷과 면직물 옷을 입는다. 음식은 떡과 보릿가루를 많이 먹는다. 언어는 각기 달라 다른 나라와 같지 않다. 불법을 알지 못하여 절도 없고 승려도 없다.[34]

혜초는 귀국길에 강국 사마르칸트에서 페르가나를 지나 타지키스탄의 두산베 아래에 있는 쿨롭을 거처서 와칸주랑으로 들어가서 귀국했다는 사실은 이미 여러 차례 이야기한 바 있다.

그런데 이 대목에서 의문점이 하나 생긴다. 현재도 페르가나에서 오쉬를 경유하여 천산 산맥을 넘어가면, 바로 혜초의 목적지인 카슈가르가 나온다. 그렇게 일반적으로 알려진 루트인데, 혜초는 이 천산 루트를 넘지 않고 다시 남쪽으로 내려갔다가 아프간의 와칸 계곡을 넘어 파미르를 넘었다.

이런 경우는 여러 번 있었다. 그 이유가 무엇일까?

옮긴이는 이를 〈간다라국〉조의 아래 구절인 "중국 영토와 오랑캐 땅…… 돌아서 지나가지 못하여 남쪽으로 가려고 하여도 도로가 험악하고 강도들이 많다."에서 찾을 수 있었다.

이처럼 파미르고원을 넘는 일은 시기와 장소에 따라 외부적인 변동이 심하기 때문에 대부분의 개별 여행자들은 위험한 곳을 통과할 때에는 자체 경비력을 갖춘 큰 규모의 대상무리에 합류하는 것이 안

하여 '약살수(藥殺水)'(『수서』, 『신당서』)라 하고 의역하여 '진주하(眞珠河)'(『신당서』)라 하였으며, 별칭으로 '질하(質河)'(『신당서』)가 있다. 한편 또 하나의 소그드 지방의 젓줄인 아무다리야는 『대당서역기』에는 박추하로 여러 차례 언급되고 있으며, 기타 한역으로는 '박차(博叉)', '박차(薄叉)' 등으로 표기되어 있다.

34) 又從康國其東 卽跋賀那國 有兩王 有縛叉大河當中西流 河南一王屬大
寔 河北一王屬突厥所管 土地亦出駝騾羊馬疊布之類 衣着皮裘疊
布 食多餠麨 言音各別 不同與國 不識佛法 無有寺舍僧尼

대완국의 천마

전했을 것이다. 그러므로 혜초도 마땅한 일행을 만날 때까지 여기저기 기웃댄 것[35]으로 추정된다.

페르가나는 중원에도 일찍부터 널리 알려진 곳이다. 한나라 때 대완국(大宛國) 또는 발한나(拔汗那)라고 하는 곳이다. 페르가나는 장건(張騫)의 견문록에 의해 명마의 산지로 알려졌는데, 피 같은 땀을 흘린다는 한혈마(汗血馬)의 고향이었다. 사마천의 『史記』「大宛列傳」에는 장건(張騫) 자신이 보고들은 것을 다음과 같이 전하고 있다.

대완은 흉노의 서남쪽, 한나라의 서쪽 방향에 있는데 한나라로부터 약 만 리 쯤 떨어져 있다. 그들의 풍습은 한 곳에 머물러 살면서 밭을 갈아 벼

---

35) 혜초는 첫 번째는 카슈미르에서 카라코람 고개를 넘어 '서역남로'의 호탄으로, 두 번째는 길깃트에서 쿤자랍 고개를 넘어 파미르고원을 넘어 총령진―타쉬쿠르간으로, 세 번째는 우디야나―치트랄에서 고선지 원정로를 따라 힌두쿠시산 고개를 넘어 와칸 계곡을 경유해 역시 총령진으로, 네 번째는 페르가나에서 바로 천산 산맥을 넘어 바로 이른바 '현장로'를 통해 카슈가르로 넘어가려고 시도를 한 것으로 보인다. 그러나 그는 결국은 다섯 번째 길인 발흐―바닥샨―와칸 계곡―쿠탈―쉬그난―총령진―카슈가르에 도착하였다. 이런 상황은 혜초가 인도로 들어올 때 해로를 이용하여 왔기 때문에 파미르고원에 대한 '정보가 부족했기 때문이 아닐까?'로 추측하고 있다.

장건의 여행도

와 보리를 심는다. 포도주가 있고, 좋은 말이 많은데 말은 피와 같은 땀을 흘리고 그 말의 조상은 천마의 새끼라고 한다. 성곽과 집이 있으며 크고 작은 70여 개의 성읍을 관할하고 인구는 몇 십만 명 정도 된다. 대완의 무기는 활과 창이며 사람들은 말을 타고 활을 쏜다.

중국의 민간설화에서는 최초의 대여행가인 장건은 〈뗏목을 타고 별나라〉를 다녀온 초인으로 인식되어 있는데, 그는 한 무제가 흉노와 전쟁을 시작하기 전에 흉노의 적이었던 월지(月氏)와 연맹을 도모하기 위해 서역으로 파견된 인물이었다.[36]

---

36) 무제의 밀명을 받은 그는 감보(甘父)라는 흉노 길잡이를 데리고 출발하였는데, 도중에 흉노에게 끌려가 포로생활을 하면서 결혼도 하고 아이도 낳았는데, 11년이 지난 뒤 드디어 탈출에 성공했다. 그는 다시 월지를 찾아 나섰지만 월지는 이미 흉노의 공격을 받아 멀리 도망간 뒤였다. 그래서 그는 중앙아시아를 거쳐서 오늘날 아프가니스탄 지방까지 내려갔다. 거기서 월지의 왕을 만나서 무제의 뜻을 전했다. 그러나 이미 그곳에 정착해 편안하게 잘 살고 있던 월지에게 사나운 흉노인과 전쟁하기 위해 머나먼 고향으로 다시 돌아간다는 것은 생각할 수도 없는 일이었다. 결국 장건은 빈손으로 귀국길에 오를 수밖에 없었다. 이번에는 흉노에게 붙잡히지 않기 위해 남쪽으로 멀리 떨어진 길, 즉 티베트를 통과하는 길을 이용했는데 불행하게도 또 붙들리고 말았다. 흉노에서 일어난 정변을 틈타 1년 만에 탈출에 성공했고, 이

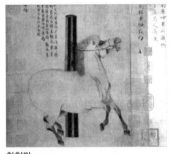

한혈마

그러나 한 무제는 6년을 기다려도 장건이 돌아오지 않자 흉노와 전쟁을 시작했다. 그러나 흉노는 예상보다 훨씬 끈질기고 강한 상대였다. 전황은 어렵게 전개되어 갔다. 바로 그때 장건이 돌아온 것이다. 그는 13년 동안 자기가 보고 들은 '서역'의 특급정보를 황제에게 보고했다. 월지가 동맹을 거부한 것이 실망스러웠지만 그 대신 중앙아시아와 서아시아에 있는 오손(烏孫)·대완(大宛)·대하(大夏)·안식(安息)·대진(大秦) 등37)의 존재를 알 수 있게 되었다.

그러나 전한이 망하자 중국은 서역제국에 대한 영향력을 상실할 수밖에 없었고, 후한이 들어선 뒤에도 지지부진했다. 그러다가 1세기 후반 반초(班超)의 활약으로 서역에 대한 패권이 회복되긴 했지만, 그 후로도 중국의 서역 지배는 단절과 연결이 반복되는 형국이었다.

중국 고대 역사서의 대명사인 『사기』와 함께 쌍벽을 이루는 『전한서(前漢書)』 「서역전(西域傳)」의 저자는 반고(班固)였는데, 그의 동생 반초(班超, 32~102)38)는 사신으로 20년 동안, 50개국이란 이역

번에는 전에 남겨두었던 처자식까지 데리고 귀환할 수 있었기 때문이다. 이렇게 해서 장건은 출발한 지 13년이 지난 기원전 126년에 마침내 장안으로 다시 돌아올 수 있었다.

37) 오손은 천산 산맥 북방에 살던 유목민이었고, 대완은 오늘날 우즈베키스탄의 수도 타슈켄트 부근의 나라였으며, 대하는 아프가니스탄 북부의 그리스인 정권 박트리아, 안식은 파르티아, 대진은 로마를 지칭했다.

38) 중국 후한의 무장으로 외교가로 한나라(漢) 때 역사가인 반표(班彪)의 아들이자, 한서(漢書)의 저자인 반고(班固)의 아우로 이 세 사람을 삼반(三班)이라 칭한다. 전한의 장건의 활약 이후 끊겼던 실크로드를 다시 개척하여 후한과 서역의 교역길을 열었다. 그의 원정대는 파르티아와 카스피 해까지 이르렀다고 한다.

만리를 누비고 다녔다. 그런데 반초의 수하인 감영(甘英)이라는 사신의 일화는 참으로 아쉬움이 많이 남는다.

감영은 기원전 97년 가장 서쪽 끝에 있다는 로마(大秦)를 향해서 출발하여 오늘날 아프간과 이란 및 이라크를 거쳐서 지중해 연안의 항구도시 조지(條支), 즉 안티오크까지 도착했다. 거기서 감영이 배를 타고 로마로 향하려고 했을 때 파르티아인의 말을 듣고 그 뱃길의 어려움에 포기를 하고 돌아오고 말았다.[39] 만약 그때 감영이 로마행을 감행하였다면 동양과 서양의 상황은 어찌 변했을까?

---

39) 파르티아인이 이렇게 과장된 말로 그를 겁준 이유는 바로 비단 때문이었다. 당시 중국은 비단의 유일한 생산지였고 로마는 그 최대의 소비지였으며 파르티아는 그 중개자였다. 파르티아인은 중국과 로마가 직접 접촉하게 될 경우 자신들의 중개무역 이익이 사라지지 않을까 우려했던 것이다

제7장
총령진, 타쉬쿠르간으로

1. 이르케쉬탐 고개를 넘어

오쉬에서의 며칠간의 달콤한 휴식 끝에 나그네는 또 다시 길을 나섰다. '낯선 곳으로 떠나지 않으면 어찌 나그네일까?' 하면서….

"좋았으면 추억이고 나빴다면 경험이다"라는 어떤 나그네의 넋두리처럼 여행은 경제적으로 만만치 않은 비용이 들어가고 가끔은 생명이 위험할 정도의 사고도 일어날 수 있고, 때로는 돌이켜 생각해보기도 싫은 언짢은 일도 벌어지게 마련이다.

그래서 남는 것에 비해 손해나는 일처럼 보이지만 한편으로 큰 틀에서 곱씹어보면 언젠가는 그 이상의 긍정적인 효과도 생길 수 있기에 크게 손해 보는 행위만은 아닐 것이다. 물론 이런 주판질은 사람마다 그 기준이 다르겠지만 적어도 필자 개인적으로는 '남는 장사'라는 확신이 있기에 여건과 시간을 쥐어짜서라도 떠나기를 반복하게 되었다. 더 솔직히 말하자면, 어쩌면 이런 이해득실과 상관없이 떠나지 않으면 안 되기 때문이라고 말할 수 있다.

키르기스의 누라 국경마을 풍경

우리 인간들은 원초적으로 호모노마드(Homo Nomad)[1] 시대의
유랑의 유전인자를 가지고 태어났다고 한다. 이 신조어(新造語)는
사전적인 의미로는 원래 한 곳에 정착하지 못하고 떠돌아다니는 유
목민을 의미하는 말로 먼 옛날에 가축들에게 먹일 풀이 있는 초원을
찾아 떠돌며 살았던 까마득한 세월에서 유전자 속에 축적되어 왔던
어떤 버릇을 강조하여 만든 것일 게다.

물론 현재 대부분 인류는 IT기술의 발달로 인해 한 곳에 정착하지

1) 프랑스의 석학인 자크 아탈리(Jacques Attali)가 『21세기 사전』 또는 「호모 노마드」
에서 사용한 가설로 '정착민'과 '유목민'에 관한 흥미로운 이야기를 다루어 세계적으
로 회자된 개념이다. 저자는 인류사에서 불, 화폐, 종교, 예술, 철학, 민주주의, 시장
경제 등의 문명은 정착민들이 아니라 유목민들이 건설했다고 주장한다.

키르기즈의 탈딕고개 표지판

않고 자신이 원하는 곳을 돌아다니면서 돈벌이를 하는 새로운 형태의 노마디즘(Nomadism)[2]의 물결 속에 휩쓸린 지 오래되었다. 이른바 '디지털 노마드'일지라도 유랑은 노마드인 것이니까. 여기서 역마살(驛馬煞)이란 기질을 들먹이지 않더라도, '누구라도 가끔은 불현듯 어딘가로 떠나고 싶다는 충동 자체가 없었던 사람은 없다'라는 사실을 자체가 그를 증명하고 있는 것이 아닐까?

누구라도 모처럼 야외에서 캠핑을 하면서 불에 구은 조금은 덜 익거나 조금은 탄 직화구이 고기를 뜯어 먹을 때는 돌도끼를 들고 뛰어 다니며 잡은 짐승을 불에 구워먹던 고인돌 시절의 아련한 유전인자가 되살아날 것이다. 또는 불빛이 전혀 없는 어느 한적한 벌판에서 북극성이나 카시오페아 같은 별자리들을 찾아 그 전설을 생각해볼

---

2) 프랑스의 철학자 질 들뢰즈(Gilles Deleuze)가 1968년 발표한 『차이와 반복』이라는 저서에서 노마드의 세계를 '시각이 돌아다니는 세계'로 묘사하여 철학용어로 쓰이게 되었다. 기존의 가치나 철학을 부정하고 새로운 것을 끊임없이 찾는 것을 뜻하며 학문적으로는 여러 분야를 넘나들며 탐구하는 것을 뜻한다. 이뿐만 아니라 현대사회 문화와 심리현상, 수학, 경제학, 신화학 등에도 사용된다.

사리타쉬 삼거리 표지판

이르케쉬탐 국경선 타지크 표지판

때도 그럴 것이다. 그리고 새로 생긴 신작로를 따라 쌍무지개가 떠 있는 저녁노을이 찬란한 서쪽 하늘을 바라다볼 때도 그럴 것이다. 그럴 때 우리는 새로운 풀밭을 찾아 유랑하던 유목민의 유전인자가 문득 새로워지는 것이다. 그러기에 우리는 떠나는 것이다.

각설하고, 오쉬에서 국제버스를 타고 중국으로 넘어 가자면 며칠 전 지나왔던 파미르 하이웨이 M41번 도로상의 삼거리인 사리타쉬(Sary Tash)를 거쳐가야 한다.[3] 이 마을도 오쉬 이상으로 옛날 실크로드의 중요한 분기점의 한 곳으로 오쉬에서 오자면 왼쪽 길은 이르케쉬탐(Irkeshitam Pwy/

---

3) 오쉬에서 중간의 굴차(Gulcha)까지를 거쳐 105km 거리로 사리+타쉬는 '노란 돌'이라는 뜻이다.

쿨마 고개의 관문 카라수 체크 포인트

伊爾克什坦)[4] 고개를 넘어 중국과 파키스탄으로 가는 길이고 오른
쪽은 타지키스탄령의 파미르고원으로 가는 옛 실크로드 길로, 바로
우리 〈파미르종주기〉의 본 궤도에 해당된다.

새벽 5시. 전날 예약했던 카슈가르행 국제버스를 타고 오쉬(Osh)를 출
발했다. 어둠 속에서 곳곳에 만년설이 녹아 생긴 개울들이 여명의 빛을

---

4) 총서 부록 〈# 3-5〉길이다. 서역북로의 서쪽 끝자락인 카슈가르에서 서행하여 울
  루그차트(Ulugchat)를 지나서 이르케쉬탐 고개를 넘어 키르기즈의 사리타쉬(Sari
  Tash)라는 마을에서 사방으로 갈라진다.
  첫 번째로는 북쪽으로 키르기즈스탄의 오쉬(Osh)쪽으로 올라가 훼르가나(Fergana)
  계곡을 따라 소그드(Sogd) 지방의 중심지인 사마르칸트로 나아가거나 두 번째로는 사
  리타쉬에서 바로 서행하여 타지키스탄의 수도인 두샨베(Dushanbe)를 거쳐 우즈벡의
  테르메즈(Termez)로 가서 아무다리아 강을 건너 아프간의 발흐로 나가 파키스탄, 인도
  또는 중동으로 향하거나 세 번째 방법으로는 이른바 '파미르 하이웨이'를 타고 남쪽으
  로 내려가 타지키스탄의 고르노바닥샨주(GBAO)로 내려가 다시 두샨베로 이어지는
  루트로 중간 지점인 타지크령 이스카쉼(Iskashim)에서 아프간 령 와칸주랑을 마주 바
  라볼 수 있다.
  ✿이 길은 현재(2012년 6월) 역시 중국과 키르기즈스탄이나 타지키스탄으로의 국경무
  역이 활발한 곳으로 동절기만 제외하고는 외국관광객들에게도 열려진 국경이고 국제버
  스도 이용할 수 있다. 단 두 번째 두샨베로의 직행길은 외국인에게 열려 있지 않다.

치니와커 호텔 구관에 도미토리형 게스트하우스가 있고 가르여행사가 있어서 편리하다.

오쉬에서 카슈가르 가는 국제버스

받아 반짝인다. 가끔은 연기가 오르는 유목민의 유르트도 보이고 또 가끔은 제법 큰 마을도 지나간다.

탈딕(Taldyk, 3,615m) 고개를 넘어 272km를 달려 6시간 만에 국경에 도착하여 출입국 수속을 마치고 중국령 신장 위구르 땅에 들어서니 정오가 된다. 다시 중국 측 이르케쉬탐에서 한 차례 더 검사를 받고 다시 차를 타고 카슈가르로 향했다. 그곳까지는 아직도 250km라 하니 만만치 않은 거리지만 대신 중국 쪽 공로는 좋아서 해거름 전에 시가지에 도착할 수 있었다.

오랫만에 돌아온 카슈가르는 여전하였다. 해동의 나그네에게 이곳은 안방처럼 친근하다. 아마도 중국 땅에서는 티베트 라싸 다음으로

이르케쉬탐 관문

많이 와본 탓도 있겠지만, 그보다도 싸고 편하고 친절한 복무원이 있는 단골 게스트하우스가 있어서 더욱 그럴 것이리라.

카슈가르와 타쉬쿠르간이 위치한 현 신강의 서쪽 지방은 위구르족의 자치구라는 이름이 의미하듯이 한족의 나라인 중국과는 너무나 이질적인 곳이다. 우선 종교적으로 이곳은 이슬람권이고 사람들의 생김새도 완전히 중국인과 다르다. 위구르족 외에 코가 높고 눈이 깊고 푸른, 전형적인 투르크족 계통의 키르기즈족, 타지크족의 고향이기 때문이다. 한눈에, 이런 사람들이 거니는 거리의 모습에서 이곳에서 가끔 분리독립운동이 벌어지는 이유가 이해가 될 정도로 중국 내의 56개 소수민족 중에서 가장 위험요소가 많은 곳으로 꼽힌다. 말하자면 한족의 중국정부가 아무리 공을 들인다 하더라도 초원의 수천 년 동안 말잔등에서 키워온 유목민의 유인인자는 쉽게 동화되지 않고 있다는 증거이다.

타쉬쿠르간 가는길

파키스탄과 중국 간의 국경인 쿤제랍(Khunjerab/ 紅其拉浦) 고개 정상 국경검문소

2. 설산 무즈타그 아타와 빙하 호수 카라쿨리 호수

파미르고원을 넘어온 구법승들의 대부분은 신장의 서북쪽 카슈가르가 아니라 서남쪽의 옛 총령진이며 '돌의 성'이란 뜻으로 유명한 타쉬쿠르간으로 입성했다는 사실을 앞에서 여러 번 이야기했다. 그러나 그들이 자유롭게 넘었던 고개를 해동의 나그네는 넘을 수 없었다는 것에 대해 통분에 쌓여서 궁시렁대었던 것도 독자들은 기억하실 것이다.

먼 옛날 현장법사나 혜초사문은 파미르고원에서 바로 사리콜 산맥을 넘어서 도착할 수 있는 곳이지만, 지금은 그 옛길로 갈 수가 없기 때문에 돌고 돌아 갈 수밖에 없었다.

해동의 나그네는 이번 답사를 하면서 여러 차례 좌절을 맛보아야 했다. 넓은 강도 아니고 돌 던지면 넘어갈 개울 너머의 아프간 땅에 발을 들여 놓을 수가 없었던 것도 그렇고, 파미르고원의 분수령까지 올라갔지만, 최종 목적지인 총령진이 바로 산 아래인데도 그곳을 바로 갈 수가 없다는 것도 그랬다. 바로 인간들이 인위적으로 그어 놓은 국경이란 것 때문이었다. 그런데 더 약이 오르는 것은 나라마다 그 기준이 '엿장사 마음대로'라는 식이었기에 더욱 그러했다. 그러나 어쩌랴! 그 대상이 후퇴하는 역사였기에 한 이방인으로는 어쩔 수 없는 일이었다.

이제 다시 중국령 신장 땅에 들어왔으니 행장을 추슬러 다시 그들을 따라잡아야 하지 않겠는가? 길이 막히면 돌아가는 방법도 있는 것이니 말이다. 그러려면 우선 '카라코람 하이웨이(KKH)'를 타고 타쉬쿠르간으로 가야만 했다.

카슈가르에서 타쉬쿠르칸 행 버스는 9시 30분과 10시 30분 하루 두 편뿐이기에 전날 표를 예매해 놓고 시간에 맞추어 터미널로 나갔다. 중간 우파르(Wupear) 마을에서 간단한 요기를 할 시간을 주기

카라쿨리 호수와 무즈타그 아타봉

에 이곳저곳 바자르 구경을 하다가 다시 차를 타고 몇 군데의 국경검문소를 통과하여 버스는 달렸다. 차창 오른쪽에 솟아 있는 사리콜 산맥의 만년설에서 흘러내려오는 시냇물인 게즈다리아를 따라 달리기도 하고 가끔은 앞길을 가로막는 모래산(쿰타흐)을 넘어 큰 호수를 지나 타쉬쿠르간으로 달려갔다.

카슈가르에서 타쉬쿠르간을 거쳐 쿤제랍(Khunjerab Pass, 4,655m, 紅其拉甫 山口)[5] 고개를 넘어가는 도로는 지구상 가장 높고 장대하

---

5) # 9-5 타쉬쿠르간에서 위의 와칸로 입구를 지나 조금 더 남쪽으로 내려와 쿤제랍 고개(Khunjerab Pass, 4,655m, 紅其拉甫 山口)를 넘어서 '카라코람 하이웨이(KKH)'를 따라 인더스 계곡의 국경마을인 소스트(Sost)→훈자(Hunja) 마을로 더 알려진 발팃(Baltit)→길깃트(Gilgit)를 거쳐 현 파키스탄의 수도 인 이슬라마바드 또는 서쪽의 간다라의 중심도시인 페샤와르(Peshawar)로 내려가서 다시 동·서양으로 갈라지는 길이다.

✿현재(2012년 6월) 중국과 파키스탄의 국경무역이 활발한 곳으로 결빙기만을 제외하고는, 6개의 파미르 횡단로 중에서, 유일하게 외국관광객들에게 열려진 국경이다.

고 아름다운 도로로 이름 높다. 특히 그 중에서도 가장 인상적인 곳을 한 군데 꼽으라면 단연 무즈타그 아타(Muztag Ata/ 慕士塔格, 7,546m) 설산과 그 아래 펼쳐진 거울 같이 맑고 검은 카라쿨리(卡拉庫力)[6] 호수가 환상적인 조화를 이룬 곳을 꼽는 데 주저할 사람이 없을 것이다. 여기서 '아타'라는 투르크어는 조상, 선조, 아버지, 신이라는 뜻이기에 여기서는 '신'이 어울린다. 그러니 설산의 이름은 '무즈타그 수호신'이라 부를 수 있다.

그러므로 당연히 타지크 사람들의 성산으로 다음과 같은 찬사가 전해 내려온다.

무즈타그 아타가 우리를 보호하고,
무즈타그 아타가 우리에게 복을 주시기를,
무즈타그 아타가 너의 길에 함께 하기를!

지금은 만년설로 뒤덮인 하얀 산이지만 타지크 신화 속에서 무즈타그 산은 온갖 풀과 꽃들이 만발한 아름다운 천상의 낙원으로 묘사되어 있다. 당연히 이 천상의 화원에는 지상의 인간들은 들어갈 수가 없었다. 그 화원을 지키는 여신이 수시로 무서운 동물로 변신하여 그곳에 들어오려는 속세의 인간들을 가로막기 때문인데, 만약 그곳에 들어오는 이가 있으면 마법의 주문을 읊어 돌로 만들어 버리거나 귀

---

6) 在克孜勒苏柯尔克孜自治州阿克陶县境内。从喀什出发沿中巴公路西行190公里，便来到了"冰山之父"-慕士塔格山下的卡拉库力湖。湖面海拔3600多米，面积10平方公里，水深30米，是世界上少有的高原湖泊。湖的四周有冰峰雪岭环抱，特别是周围的公格尔、公格尔九别峰和慕士塔格峰更为这个湖增添了神奇而美丽的色彩。在风平浪静的日子里，皑皑银峰、绿色草原和湖边畜群倒映在湖中，异常优美。每年夏秋季节，这里是登山旅游者的大本营，也是过往旅客参观游览的场所。湖边有毡房、木板房可供旅游者下榻，包括新鲜蔬菜在内的风味餐，岸边还有小橡皮船可供人们在湖中自由荡游，欣赏帕米尔高原的大好风光。

신들로 하여금 잡아먹게 했다.

그런데, 어떤 용감한 사내가 그곳을 무단 침입하여 꽃들을 꺾는 사건이 벌어졌다. 그는 사랑하는 여인의 마음을 얻으려고 꽃을 구해 올 결심을 하고 이레 낮밤을 꼬박 산으로 올라갔다. 그런데 마침 꽃을 지키는 여신이 잠을 자고 있었기에 그는 재빨리 하얀 꽃과 붉은 꽃 한 묶음씩을 꺾어서 부리나케 내려오기 시작했다. 그러나 산 중턱쯤에 왔을 때 잠을 깬 여신이 곰과 독수리 등 온갖 동물로 변신하여 그를 가로 막았다. 그는 열심히 싸웠지만 거대한 거인으로 변한 여신을 이길 수 없음을 깨닫고 대신 여신에게 눈물로 호소를 하였다.

"여신이시여, 사랑하는 여인을 위해 이 꽃들이 꼭 필요합니다. 날 보내주지 않으면 절벽에 떨어져 죽을 수밖에 없으니 제발 한 번만 눈을 감아 주십시오."

그러자 사랑하는 연인을 위해 목숨 건 그 사내에게 감동을 먹은 여신은 눈물을 흘리며 그를 그냥 보내주고 말았다. 그리하여 그가 가져온 꽃들 덕분에 지상에도 마침내 향기로운 꽃들이 피어나게 되었다고 한다.

이 전설은 그 뒤 에필로그가 오히려 짠하다. 꽃을 지키는 여신은 하늘나라의 규율을 어긴 죄로 무거운 벌을 받게 되었는데, 이때 이 여신의 오른쪽 눈에서는 그 사내의 사랑에 감동한 '행복의 눈물'이 흘러나와 '검은 호수'인 카라쿨리 호숫가 되었고 왼쪽 눈에서는 자신의 처지가 가엾어서 흘린 '비탄의 눈물'이 흘러나와서 방울방울 모두가 맑고 차가운 얼음이 되어 무즈타그 산정의 눈부신 빙하가 되었다고 한다.

또 다른 버전의 신화도 있다. 그 영웅의 이름은 '루즈타무'였는데, 일찍이 어려서 사자를 때려잡을 정도의 장사였는데, 그는 하늘을 나는 신마를 타고 다니며 지상의 모든 악의 세력과 싸워 물리쳤다. 그러나 천상에서는 여전히 빛과 어둠의 신이 끝없이 싸우고 있었기에 눈

타쉬쿠르간의 랜드마크이며 타지크민족의 영혼이라는 독수리상

보라, 비, 우박이 쏟아져 내려 햇살을 볼 수 없어 인간들은 배고픔과 추위에 떨어야 했다.

이에 영웅 루즈타무는 커다란 활을 들고 하늘로 올라가 그 전쟁을 종식시켰다. 그리하여 40일 만에 햇살이 다시 지상으로 내려오게 되었다고 한다. 그래서 이곳 원주민들은 비 내린 후에 나타나는 찬란한 무지개를 '루즈타무의 활'이라고 생각하고 있다는 것이다.

3. 타쉬쿠르간의 석두성(石頭城)에 올라

남쪽으로 파미르고원을 병풍처럼 둘러친 고도인 타쉬쿠르간은 중국령 신강위구르자치구에 속해 있지만, 이곳은 중국 사람이나 위구르사람보다 타지크족이 더욱 많이 살고 있어서 타지크족 자치현(自治縣)으로 지정되어 있다. 행정을 시행함에 한족보다 타지크족을 먼

국경도시 타쉬쿠르간 입구

저 배려한다는 취지로 자치구가 '국가'급이라면 현은 우리의 '도'에
해당되는 구역이다.

중국 내에 살고 있는 타지크족의 인구는 대략 4만 명 정도로 알려
져 있는데, 그 중 대부분이 이 타쉬쿠르간 인근에 살고 있다. 그러니
까 '소수'라는 이름으로 남의 나라에 더부살이를 하는, 중국 속의 타
지크인들의 본거지인 셈이다. 그들은 한족과는 전혀 다른 생김새를
하고 있는데, 대체로 키가 크고 하얀 피부에 매부리코를 가진 사람들
이 주류를 이룬다.

이 도시의 중심에는 커다란 독수리상이 파미르고원을 배경으로
우뚝 솟아 있다. 타지크에서 독수리는 충성과 정의를 상징하는 민족
의 대표적인 동물이다. 그들의 신화 속에서 독수리는 민족의 수호신
으로 등장하여 민족을 지켜준다. 그들은 외적이 침입했을 때 같은 비
상 시에 독수리 날개 뼈로 만든 피리를 부는데, 높고 가늘지만 강렬

시가지 인근의 옛 총령수착소였던 석두성(石頭城)의 폐허

한 그 소리는 민족을 단결시켜 목숨을 걸고 적과 싸움을 하게 만든다고 한다. 더구나 묘한 것은 그 소리를 듣고 몰려든 다른 독수리들도 타지크 사람들을 위하여 공중에서 적들을 공격한다는 것이다.

도착하자마자 필자는 숙소에 배낭을 집어 던지고 간편한 몸으로 석두성(石頭城)[7]으로 달려갔다. 그곳은 시내에서 멀지 않기에 걸어서도 오래 걸리지 않았다. 바로 당나라 총령진의 본거지였고 총령수착의 수비군이 주둔하던 성이었다. 바로 고선지 장군이 파미르 원정 길을 떠나기 위해 머물렀던 곳이기도 하다.

성은 비록 폐허로 변했지만 그 위에서 바라다보는 드넓은 타쉬쿠르간 강 유역의 초원과 여러 갈래의 시냇물이 조합을 이루는 풍경은 일망무제(一望無際) 바로 그것이었다. 현장법사가 사다하(徙多河)라

---

7) 타쉬쿠르간의 한문 의역이 바로 석성이다. 이곳 프톨레미우스의 세계 최초의 지도에도 표시되어 있을 정도로 동서교섭사에는 의미가 깊은 곳이다

고 불렀던 강이다.

수천 수백여 년의 폐허가 주는 무상함이야 어찌 한두 마디 말로 다할 수 있을 것인가마는, 더구나 수많은 양떼들까지 평화로이 풀을 뜯는 광경을 연출하고 있어서 수많은 고혼들이 잠들어 있을 옛 전쟁터의 피비린내는 맡을 수가 없을 정도로 목가적이었다. 그리고 바람결에 어디서인가 고선지 장군의 호령소리가 들리는 듯도 하였다.

타쉬쿠르간과 석성에 대해서는 고전의 자료가 너무 풍부하여 어느 것을 고르느냐를 고민할 정도이다. 그러나 아무래도 우리 총서의 맏형 격인 5세기 초의 법현율사의 기록을 먼저 소개하는 것이 도리일 것 같다.

[어마국에서] 하안거를 마치고 산으로 25일을 걸어가서 갈차국(竭叉國, 塔什庫爾干)에 이르러 혜경 등과 다시 만났다. 이 나라의 국왕은 반차월사(般遮越師)를 열고 있었는데, 이 말은 중국말로 '5년 대회'라는 뜻이라 한다.

법현 다음으로는 송운과 혜생이 지나갔다.

법현 다음으로 519년에는 북위의 송운과 혜생이 서역남로를 통해 호탄에서 이에청(葉城/ Karghalik)을 경유하여 타쉬쿠르간을 지나갔다. 그들은 이곳을 한반타국(漢盤陀國)으로 부르면서, 총령은 얼핏 보면 높아 보이지 않은 것 같아도 실제로는 하늘의 중간에 이르고 타쉬쿠르간은 바로 그 꼭대기에 있다 하면서 총령의 지형을 설명하고는 총령을 분수령으로 하여 강물은 동서로 흐른다고 하였다. 특히 현장이 사다하라고 부른 현 타쉬쿠르간 하(河)를 맹진하라고 부르면서 동으로 흘러 카슈가르에 이른다고 설명하고 있다.

석두성

신구(神龜) 2년(519) 7월 29일에 주구파국(朱駒波國)[8]으로 들어갔다. 백성들은 산에서 살고 오곡이 풍성하여 밀가루를 주식으로 하며 짐승을 도살하지 않았다. (…중략…) 8월 초에 한반타국(漢盤陀國) 경계로 들어가 서쪽으로 나아간 지 엿새되어 총령산에 올랐다.

이곳에서부터 서쪽은 길이 경사지고 천 리 비탈과 만길 낭떠러지가 이어져서 하늘에 닿은 듯 험난하였다. 총령산은 얼핏 보면 높아 보이지 않은 것 같아도 실제로는 하늘의 중간에 이르렀다. 한반타국은 바로 그 산꼭대기에 있었다. (…중략…) 성의 동쪽에는 맹진하(孟津河/Tashkurgan河)[9]가 있어 [멀리] 동북쪽의 소륵(疎勒)으로 흐른다. 총령은 높고 험준하여

---

8) 현 신장위구르자치구의 서남쪽 끝의 도시이며 범어 차코카(cakoka)의 음역으로, 중국인들은 이에청(葉城)으로, 위구르인들은 카르갈리크(哈爾碣里克/ Karghalik)로 부르는 도시를 말한다. 이곳은 현재 신장위구르의 교통요지로 이곳에서 티베트로 가는 신장공로(新藏公路)와 실크로드의 서역남로가 갈라진다.

9) 현 신장위구르의 타쉬쿠르간(Tashkurghan)에서 발원하여 사차현(沙車縣) 근처를 경유하여 동북쪽의 카슈가르(Kashgar/ 沙勒/ 疎勒)으로 흐르는 강으로 『대당서역기』 권12에서의 사다하(徒多河)를 말한다.

석두성 유지 표지판   옛 총령진 석두성의 성벽 유지

초목이 자라지 못했다. 이때가 8월인데도 벌써 날씨가 차서 북풍은 기러기를 내몰고 눈이 천 리를 덮었다.

우리의 혜초사문은 귀로에 이곳을 들러 총령진으로 부르며 다음과 같이 기록하고 있다

또 호밀국에서 동쪽으로 15일을 가서 파밀천(播蜜川)을 넘으면 바로 총령진에 도착한다. 이곳은 당나라에 속한 지역으로 지금도 병력이 지키고 있다. 이곳은 옛날의 왕이었던 배성(裵星)의 나라 땅이었으나 그 왕이 배반하고 토번으로 달아나 투항하였음으로 지금 이곳에는 그들이 없다. 외국인들은 갈판단국(渴飯檀國/ Garpand)[10]이라고 부르나 중국에서는

---

10) 갈반단국의 최초의 기록은 『위서』 「서역전」에서 찾아볼 수 있는데, "갈반타국(渴槃陁國)은 총령 동쪽, 주구파(朱駒波) 서쪽에 있는데, 강이 이 나라를 지나 북동쪽으로 흘러가고, 높은 산이 있으며 여름에도 서리와 눈이 내리고, 불도를 섬기며, 엽달에 복속되어 있다"라고 하였다. 또한 『양서』 「서북제융전(西北諸戎傳)」에는, "우전(于闐)의 서쪽에 있는 작은 나라로서 서쪽은 활국(滑國)에, 남쪽은 계빈에, 북쪽은 사륵(沙勒)과 접경해 있으며, 산중에 있는 치소는 성 둘레가 10여 리나 된다. 이 나라에는 열두 개의 성이 있으며 풍속은 우전과 비슷하다. 『신당서』 「갈반타국전(喝盤陀國傳)」에도 다음과 같은 내용의 기사가 있다. "소륵(疎勒) 서남쪽에서 검말곡(劍末谷)

목가적인 석두성 원경

총령진이라고 부르고 있다.[11]

과 불인령(不忍嶺)에 들어선 후 600리를 가면 갈반타국에 이르는데, 과주(瓜州)에서 4,500리 거리에 있는 이곳은 주구파(朱俱波)의 서쪽에 위치하여 그 남은 현도산(懸度山), 북은 소륵, 서는 호밀(護密), 서북은 판한국(判汗國)에 면해 있다. 군사는 천 명이고, 왕은 본래 소륵인이다. 총령은 속칭 극억산(極嶷山)이라고 하는데 이 나라를 에워싸고 있다. 사람들은 근기가 있고 외형이나 말은 우기와 같다. 후위(後魏) 태연(太延) 연간(435~439)에 중국과 통교하기 시작하였으며, 정관 9(635)년에 사신을 보내 조공하였다. 개원 연간에 당은 이 나라를 정토하여 안서의 가장 서변 초소인 총령수착(葱嶺守捉)을 이곳에 설치하였다. "현장도 역시 '갈반단국(渴飯檀國)'이라 부르며 "둘레는 2천여 리인데 나라의 큰 도성은 거대한 암석으로 이루어진 산봉우리에 자리 잡고 있고 사다하(徙多河)를 등에 지고 있으며 둘레는 20여 리에 달한다. 산봉우리가 서로 이어져 있고 강과 초원은 좁다."라고 그 지형을 묘사하고 있다.

11) 葱嶺鎭/ 又從胡蜜國東行十五日 過播蜜川 卽至葱嶺鎭 此是屬漢 兵馬見今〈鎭〉押 此卽舊日王裴星 國境 爲王背叛 走投土蕃 然今國界無有百姓 外國人呼云渴飯檀國 漢名葱嶺

석두성의 정문 석양

걸반타국에 대한 최초의 기록은 송운, 혜생 시대의 『위서』「서역전」에서 찾아볼 수 있다.

갈반타국(渴槃陁國)은 총령 동쪽, 주구파(朱駒波) 서쪽에 있는데, 강이 이 나라를 지나 북동쪽으로 흘러가고, 높은 산이 있으며 여름에도 서리와 눈이 내리고, 불교를 섬기며, 에프탈(Ephthall/ 嚈噠國)에 복속되어 있다고 하였다.

또한 『양서』「서북제융전(西北諸戎傳)」에도,

우전(于闐/ Hotan)의 서쪽에 있는 작은 나라로서 서쪽은 활국(滑國)에, 남쪽은 계빈에, 북쪽은 사륵(沙勒)과 접경해 있으며, 산중에 있는 치소는 성 둘레가 10여 리나 된다. 이 나라에는 열두 개의 성이 있으며 풍속은 우전과 비슷하다.

『신당서』「갈반타국전(喝盤陀國傳)」에도 같은 내용의 기사가 있다.

소륵(疎勒) 서남쪽에서 검말곡(劍末谷)과 불인령(不忍嶺)에 들어선 후 600리를 가면 갈반타국에 이르는데, 과주(瓜州)에서 4,500리 거리에 있는 이곳은 주구파(朱俱波)의 서쪽에 위치하여 그 남은 현도산(懸度山), 북은 소륵, 서는 호밀(護密), 서북은 판한국(判汗國)에 면해 있다. (…중략…)

후위(後魏) 태연(太延) 연간(435~439)에 중국과 통교하기 시작하였으며, 정관 9(635)년에 사신을 보내 조공하였다. 개원 연간에 당은 이 나라를 정토하여 안서의 가장 서쪽의 초소인 총령수착(葱嶺守捉)을 설치하였다.

4. 역사적 사실로 밝혀진 공주성(公主城)의 전설

걸반타국(朅盤陀國)은 둘레는 2천여 리인데 나라의 큰 도성은 거대한 암석으로 이루어진 산봉우리에 자리 잡고 있다.[12] 사다하(徙多河)를 등에 지고 있으며 둘레는 20여 리에 달한다. 산봉우리가 서로 이어져 있고 강과 초원은 좁다. 곡식은 넉넉히 수확되지 않으며 보리와 콩은 풍성하다. 숲과 나무들은 드물고 꽃과 과일도 적다.

총령진 타쉬쿠르간의 개괄적 이야기를 끝낸 현장법사의 이야기는 어느덧 마치 한 편의 영웅서사시 에픽(Epic poetry) 같은 속으로 깊이 들어간다. 물론 현장은 섬부주 곳곳 가는 곳마다 흥미로운 이야기가 들리기만 하면 대체로 기록해두는 편이지만, 이 '공주성 조'만큼 장황할 정도로 길고 세밀하게 기록한 경우는 없었다. 그러니까 현장 자신도 이 전설에 깊이 빠져든 것이 분명한 것 같다. 그만큼 이 이야기가 그에게 인상적이었을까?

높고 낮은 땅으로 성읍[13]은 텅 비어 황폐하다. 건국 이래 오랜 세월이 흘렀으므로 스스로를 지나제파구달라(Cina-deva-gotra(Skt), 至那提婆

---

12) 당 현종 개원(玄宗 開元) 연간에 설치한 총령수착소(葱嶺守捉所)가 설치된 곳으로 예부터 천축 그리고 서역과 중국 간의 필수 경유지로 국경을 지키던 군사들이 주둔하던 이 산성은 시내에서 2km 거리에 석두성(石頭城)이란 이름으로 불리며 현재까지 건재하다.

13) 아마도 현장은 이 공주성 유지를 직접 답사한 것으로 보이는 대목이다.

타쉬쿠르간의 파미르빈관

瞿咄羅)[14]라고 부른다. 원래 이 나라의 선조는 총령 안의 거친 평원에 자리 잡았다고 한다. 옛 파리랄사국(波利剌斯國/ Persia)의 왕이 중국에서 아내를 맞이하여 함께 돌아오는 길에 이곳에 이르렀을 때 마침 전쟁이 일어나서 동서의 길이 끊기게 되었다.

　그래서 결국 왕녀를 외딴 산봉우리에 임시로 피난시켰다. 이 산은 매우 험하고 위태로워서 벼랑에 사다리를 걸치고 오르내려야 했지만, 그래도 왕은 산 주위에 경비를 세우고 밤낮으로 경호하게 하였다. 이리하여 석 달이 지나자 반란을 일으킨 적들이 비로소 평정되었다. 그때서야 왕은 귀로에 오르려 하였는데 왕녀가 임신 중이었다. 사신은 크게 놀라서 주위 시종들에게 말하였다.

　"왕께서 명하여 부인을 맞아들이다 이런 병란에 휩쓸려 거친 평원에서 노숙을 하며 겨우 간신히 목숨을 부지하다가 이제 요망한 기운을 평정한 뒤에 본국으로 돌아가려 하는데 이렇게 왕녀가 임신을 하게 되었으니 이

---

14) 현장 자신의 원문 병주(竝註)에 "당나라 말로는 한일천종(漢日天種)이라고 한다" 라는 구절이 달려 있다.

墟城邑空曠俗無禮義人寡學藝性
力亦驍勇容貌騃毗衣服氈褐文字語言
同佉沙國然知淳信敬崇佛法伽藍十餘所
僧徒五百餘人習學小乘教說一切有部
今王淳質敬重三寶儀容整肅志切學建

國巳來多歷年其自稱云是至那提婆瞿
呾羅唐言漢此雲之先也昔者波至此時役疲乃
西路絕遠以王妻置於孤峯捍危坡怖龍處
而上下設周衛畫巡夜時經三月寇賊方
靜欲趁歸路女有娠矣懼懼謂曰憧憧

王命迎婦驚斯尤礼野火荒川朝不謀夕旦
呾羅斯國王婦今村歸國王婦有娠顯此
爲憂不知所以雪罪歸必見誅
利斯國王要漢土之先女置於孤峯

馬會比使每日正中有一丈夫從日輪中乘
乃即歸必見誅也
謙莫究其實時彼侍兒謂曰旦日輪九也
爲憂不知死地宜推首鼠或以王墓駭訊問諮

留亦難其細誅深罪待罪境外且推曰久於斯事不
細誰來討進退若何以雪罪非即石
筆上筹官起館周三百餘步環宮築城立女
爲主建官乘憲王期產男容妍母懼故

事子柵飛空控取風雲威德遐被
臀敎遠治隣城異國莫不稱臣其王薨終俗

『대당서역기』 권12
공주성 관련 기록

일로 우리들이 목숨을 잃게 될지도 모른다. 그러니 주범을 찾아서 그를 죽이는 것이 마땅할 것이다.”

그리고 나서 [용의자를] 심문을 하며 소란을 피웠지만 진실을 밝혀내지 못하였다. 이때 왕녀를 모시던 몸종이 사신에게 말하였다.

“서로 탓하지 마십시오. 이 일은 부인이 천신(天神)과 만났기 때문에 벌어진 일입니다. 매일 정오가 되면 장부 한 사람이 태양으로부터 말을 타고 이곳에 내려와서 왕녀를 만났습니다.”

사신이 말하였다.

“만약 그렇다면 어떻게 죄를 씻을 수 있겠느냐? 돌아가면 반드시 죽음을 당할 것이고 이곳에 남아 있어도 우리를 토벌하러 올 것이다. 오도 가도 못할 지경이니 어찌해야 될지 모르겠구나.”

그러자 사람들이 말하였다.

“이 일은 보통 일이 아니니 누가 감히 처벌을 받으려 하겠습니까? 국외에서 처벌을 기다리며 지금은 잠시 시간을 두고 보기로 합시다.”

그리하여 이내 돌산 봉우리 위에 거처를 마련하여 둘레가 3백여 걸음에 달하도록 궁을 에워싸고 성을 구축한 다음 왕녀를 왕으로 세웠다. 그리고 관직을 세우고 법을 제정하였다.

달이 차자 과연 여왕이 사내아이를 낳는데 용모가 아름다웠다. 여왕이 섭정이 되어 보필하면서 아들을 왕으로 모셨다. 왕이 된 아들은 장성하면서 허공으로 날아오르며 바람과 구름을 자유롭게 다루었다. 그리하여 왕의 위엄과 덕은 널리 퍼졌고 그의 명성과 가르침은 아득한 곳까지 두루 미쳤다. 이에 가까운 주변 국가에서 신하의 예를 갖추지 않는 곳이 없었다. (…중략…) 그 자손들은 대대로 오늘날까지 그 선조의 출생에 대해서 어머니는 바로 한(漢)나라 사람이고 아버지는 곧 태양신의 종족이라고 생각하고 있다. 그래서 스스로를 일컬어 '한일천종(漢日天種)'이라고 부르고 있다는 것이다. 그 왕족의 용모는 중국 사람과 같고 머리에는 네모진 관을 쓰고 있으며 호복을 입고 있다.

이 이야기는 다른 기록에는 전혀 없다. 오직 현장법사의 것이 유일하다. 조금은 장황한 이야기를 요약하면 다음과 같다.

옛날 페르시아 왕과 정략적인 결혼을 하여 머나먼 본국으로 가던 중국의 한 왕녀가 지금의 타쉬쿠르간 근처를 지날 때 마침 반란이 일어나 길이 끊겼다. 이에 왕은 공주를 한 외진 산 위로 피난을 시키고 병력을 배치하여 단단하게 지켰다. 그러다가 반란이 진정되어 막상 귀국하려고 하자 왕녀가 임신을 한 사실이 드러났고 그 상대는 태양에서 말을 타고 내려온 천인이라는 것이었다. 그리하여 오도 가도 못한 측근 시종들은 왕녀를 도와 궁을 짓고 수비성벽을 쌓고 사내아기를 낳고 길러서 왕으로 추대하여 왕국을 세워서 그 인근을 오래도록 통치했다는 내용이다.

현대적으로 해석하면 뭔가 냄새가 나기는 난다. 머나먼 낯선 이역만리로 시집가기 싫은 새색시와 측근 신하와의 불륜사건을 태양신과 연결시켜 멋지게 미화하여 한 나라의 개국신화로 처리한 연출솜씨가 돋보이는 스캔들이 분명하다.

말하자면 한 왕조를 연 개국시조의 족보를 하늘의 자손으로 이어보려는 전형적인 '천강설(天降說)'의 일종으로 보여진다. 대체적으

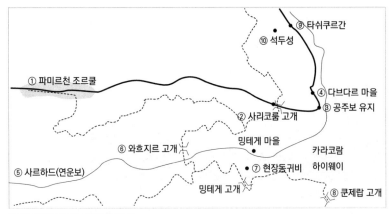

〈현장의 귀국로상의 유적지 지도〉

점선은 국경선/ '와칸남로'는 얇은 선/ '와칸북로 (현장로)'는 굵은 선으로 그려 넣었다. 관련된 지명은 원안에 아라비아 숫자로 표기함.

① 파미르천=조르쿨 호수/ ② 사리코룸 고개/ ③ 공주보/ ④ 다브다르 마을/ ⑤ 사르하드 이 부로길 =연운보 요새/ ⑥ 와흐지르 고개/ ⑦ 현장취경동귀비/ ⑧ KKH의 쿤제랍 고개/ ⑨ 총령진=갈반타국 =타쉬쿠르간/ ⑩ 석두성

로 고대의 개국신화는 그들의 조상이 하늘에서 바로 내려온 '천강설' 과 알에서 태어난 '난생설(卵生說)'로 구분되는데, 대체로 유목민족 의 경우는 전자이고 농경민족의 경우는 후자에 해당된다.[15]

한편 역사적으로 보면 현재의 타쉬쿠르간의 옛 갈반타왕국의 왕성 이었던 현 석두성 이전에 태양신의 피를 이어 받은 족보를 가진 고대 왕국이 있었다는 것이고 현장법사가 친히 이 사실을 원주민들에게 듣고 보고 확인하여 기록했다고 보인다.

현장은 타쉬쿠르간에서 두 달 간을 체류한 것으로되어 있으니 시 간적으로는 원주민들 사이에서 전해져 내려오던 이야기를 그대로 장 황하게 수록했을 가능성은 충분하다. 그러나 위 기록은 누구의 눈에 도 그냥 허구적인 전설로만 보였고 그렇게 수천 수백 년 간 그렇게 내

---

15) 그 표본적인 예가 고구려는 천강설이고 신라와 가야는 난생설이란 점을 꼽을 수 있다.

다부다르 마을 원경

려왔다.

그러나 현주민들은 여전히 '케즈쿠르간(克孜庫尔干)'이라 부르는 고성유지를 지목하고 있었다. 그 뜻은 '공주의 성(Princess castle)'이고 중국어로는 '공주보(公主堡)'로 표기되어 있다.

천여 년 동안 그냥 전설로 내려오던 이야기를, '혹시'나 하는 의문을 품은 사람이 있었다. 바로 중앙아시아 탐험과 둔황석굴을 제일 먼저 세상에 알린 영국의 아우렐 스타인(Sir A Stain)[16]이었다. 그는 죽어서도 중앙아시아를 떠나지 않고 현재 아프간 카블의 외국인

---

16) 헝가리 출생으로 영국에 귀화하여 독일과 영국의 여러 대학에서 이란학과 인도학을 전공하고, 1888년 인도 라호르 동양학교(Oriental College, Lahore) 교장이 되었고 1900~1901년 신장 지역 각지를 탐험하고, 2번째 탐험(1904) 때에는 중국 둔황에서 많은 고문서와 회화를 발견하였다. 3번째 탐험 때는 하라호토(Khara-Khoto) 폐허와 투루판 분지에 있는 옛 무덤을 발견하였다. 많은 미술품과 고고학적인 유물 자료를 발견하여, 이것의 상세한 보고서 및 연구 저서로 중앙아시아 연구에 크게 이바지하였다. 또, 서역을 휩쓴 고구려 유민 고선지 장군을 세계적으로 알린 공적이 있다.

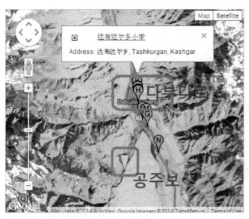

다브다르 마을과 공주성 구굴 위성지도

공주성 유지 전경

공주보 표지석 〈인터넷 바이두 검색사진〉

묘지에 잠들어 있을 정도로 '서역마니아'이다. 또한 그는 개인적으로 현장법사를 그의 호법신장, 즉 서양식으로 말하자면 수호천사로 여긴다고 술회하고 있을 정도로 현장의 마니아였는데, 그는 둔황에서 한 탕 한 뒤, 바로 1906년 5월 30일 『대당서역기』를 가이드텍스트로 삼아 현장의 발자취를 뒤쫓아가며 중앙아시아 일대를 탐사하기 시작했다.

그는 아프간으로부터 와칸주랑을 통하여 중국 신강의 타쉬쿠르간에서 공주성에 대한 현 주민들의 이야기와 현장의 기록이 '오버랩'되는 것을 확인하고 한 산봉우리의 고대 유적을 조사하기 시작했다. 그리고는 몇몇 고대 유물을 발굴하는 개가를 올렸다. 그리고 바로 그곳이 우리가 위에서 읽은, 마치 한 편의 영웅서시시 같은 스토리의 실제 무대라는 결론을 내렸다. 또한 시대적 배경이 당나라 때가 아니고 기

공주보

카슈가르에서 탐험 중의 중앙아시아 마니아, 아우렐 스타인(1906년 사진)

원전의 한(漢)나라 시대라고 추정하였다. 나아가 스타인은 케즈쿠르간 부근에서 고고학적 발굴을 통해 대량의 개량농사의 흔적을 발견하고 바로 그곳이 타쉬쿠르간의 선조들이 거주하던 곳이라는 사실을 고증했다.

그러나 스타인이 떠난 뒤 공주성의 전설은 점차 잊혀 갔다. 그렇게 세월은 흘러 1972년이 되어서야 일단의 중국학자들이 현장과 스타인의 기록을 더듬어 공주성의 유지를 찾아 나섰다. 신장 고고학 연구소장 왕병화(王炳华)였다. 그들은 또 다른 사실을 밝혀냈는데, 그곳에는 300년 된 청나라 주둔군의 흔적도 남아 있었다는 것이었다.

다부다르의 타지크 촌락의 풍경

　공주성의 타지크어 이름은 케즈쿠르간(克孜庫尔干)으로 타그흐
둠바쉬-파미르(Taghdumbash-Pamir) 계곡에서 중국 쪽으로 내려
가는 길가의 남쪽에 흐르는 시냇물 건너편 산 위에 그 성벽의 유지가
있다는 것이다. 물가에 돌출해 있는 바위산 위에 폐허가 되어 있기는
하지만 중국 변경의 요새에서 볼 수 있는 공법으로 축조한 성벽을 지
금도 분명하게 확인할 수 있다.

　공주성으로 가는 길은 그리 어렵지는 않다.[17] 타쉬쿠르간에서 차
를 대절하여 314국도를 타고 남방 70km 밍테게 마을로의 갈림길
10km 전에 위치한 다브다르(达布达尔) 마을로 가서 현 주민에게 정
확한 위치를 물어 그곳을 가봤다는 사람과 동행하면 건너편까지는
갈 수 있으나, 문제는 큰 개울을 건너는 일이다.

---

17) 사족이겠지만, 지금까지 이 공주성을 눈여겨보고 답사한 한국사람은 없는 것으로
　알고 있으니, 아마도 이 책이 최초의 기록이 될 것이다.

공주성에서 바라다 본 타쉬쿠르간하의 격류

현재 남아 있는 고성의 유지에는 대략 13개 정도의 건물잔해와 토굴, 그리고 남면으로는 동서로 150m, 높이 10m의 성벽의 잔해가 남아 있는데, 주위 지형을 종합해보면 절벽 아래로는 타쉬쿠르간하의 원류와 KKH 국경선인 홍치라포(紅其拉甫)와 밍테케(明鐵介) 분지에서 흘러나오는 카라치쿠하(喀拉其庫河)가 합쳐지는 곳이어서 한눈에도 수비하기 용이한 전략적 요충지로 보인다.

그러므로 이 요새는 실크로드가 번성하였던, 지난 2천년 간 평시에는 옛 길목을 지키는 국경수비대 기지로 사용하다가 유사시에는 농성용의 요새로 사용해 왔음을 어렵지 않게 확인할 수 있다.

5. 고대의 타지크의 역참(驛站), '지르가라(驛舍)'

옛 실크로드의 대상들이나 구법승들은 과연 어디서, 먹고, 자고, 마시고, 쉬면서 필요한 물건을 보충할 수 있었을까 하는 문제는 '실크로드학'에서는 중요한 주제에 속한다.

바로 '역참제도'에 대한 문제이다. 이는 서남아시아나 중앙아시아에서는 투르크어의 카라반세라이(Caravanseray),[18] 차이하나(Chikhana), 또는 '지르가라'[19] 같은 용어로 알려져 있으나 그 기능상으로는 중국권의 역(驛) 또는 역전(驛傳)[20]과 큰 차이가 없다.

현장법사는 타쉬쿠르간 조에서 또 다른 귀중한 기록을 남겼는데, 바로 고대 실크로드의 민간 역참제도에 대해서다. 우선 본문을 읽어 본 뒤 그 의미를 새겨보도록 하자.

거대한 암벽에서 동북쪽으로 산봉우리를 넘고 험난한 길을 지나서 2백여 리를 가면 '분양사라[奔穰舍羅(唐言福舍)]'[21]에 이른다. 이 건물은 총령의 동쪽 산등성이에 위치해 있고 사방으로 네 산에 둘러싸여 있으며 그 부속토지는 사방 백여 경(頃)에 달하는데 그 가운데는 지대가 낮다. (…중략…)

노인들의 말에 의하면, 먼 옛날 만여 명의 대상들이 낙타 수천 마리에

---

18) 자료에 따라서는 '카라반사리', '카라반사라이'라고도 표기되고 있지만, 모두 같은 뜻이다. 다만 '차이하나'는 주로 아프간을 중심으로 한 중아에서 다방, 음식점, 숙소를 아우르는 개념으로 쓰인다.

19) 타지크어로 역시 역사를 뜻한다.

20) 주로 마차를 사용한다는 구별이 있다.

21) 현지어인 타지크어로는 역사는 '지르가르'라고 한다. 다만 현장이 '복사'로 병기하여 한역한 것으로 보아서는 이 '분양사리'는 단어는 용어가 분명히 음사한 것으로 보이지만, 어떤 언어인지는 확인할 수 없다.

다부다르 마을 인근의 옛 역사

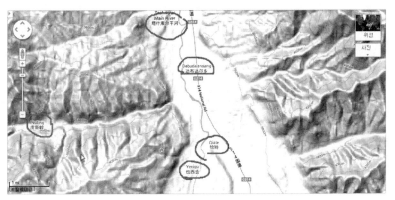
다부다르 지도

<u>금은보화를 싣고 장사를 하러 왔다가 눈보라를 만나 사람과 동물들이 모두 목숨을 잃을 지경에 놓였다.</u>

때마침 걸반타국에 대아라한이 있었는데 그가 멀리서 이들이 재앙을 만난 것을 보고 가엾게 여겨서 신통력으로 날아와 그들을 구해주려고 하였다. 그러나 아라한이 이곳에 도착했을 때 이미 그들은 숨을 거두고 난 뒤였다.

<u>이에 [그 아라한은] 온갖 보석들을 거두고 그들이 지녔던 재물을 한 데 모아 숙소(驛舍)를 세우고 나머지 재물들을 비축하여 이웃의 땅을 사서 변방의 거주민들을 돕고 [또한] 오가는 사람들에게 보시의 은덕을 베풀었다. 그런 까닭에 오늘날 행인이나 상인들은 모두 그 은덕을 입고 있다.</u>

위 구절을 요약해보면 어떤 대규모 대상들이 타쉬쿠르간 경내를 지나다가 자연재해를 당해 몰살당했는데, 이때 어떤 수행자가 그들이 남긴 재물로 땅을 사서 건물을 지어 무료급식소 겸 여행자를 위한 숙소를 운영하여 실크로드를 지나가는 대상들이나 일반 행인들, 그리고 인근의 가난한 행인들에게 보시를 베풀었다는 이야기이다.

위 기록 역시 현장이 타쉬쿠르간을 지나가면서 원주민 노인들에게

서 주워 들은 한 역사의 유래와 당시의 상황을 기록한 것으로 보이지만, 문맥으로 보아서는 현장 자신도, 그 숙소에서 며칠 신세를 진 것으로 보인다.

또한 위에서 소개한 '공주성'처럼 역시 그 건물이 현장 당시뿐만 아니라 현재까지 남아 있어서, 이 이야기는 막연한 전설을 기록한 것보다 현장 당시에는 실제로 그 기능을 유지하고 있었던 실제상황을 기록한 것으로 보인다.

현장은 현지어로 '분양사라(奔穰舍羅)'라고 하고 중국어로 번역하여 복사(福舍)[22]라고 병기(倂記)했다. 현장의 설명에 의하면 이 시설은 가난한 사람들을 위한 보시(布施)[23]를 행하는 일종의 복지시설로 보인다. 그러나 현재 타지크어로는 '지르가라(吉日尒拉)'라고 부르는데, 이 말은 순수한 역사(驛舍)를 뜻한다.[24] 바로 실크로드상의 역참(驛站)이며 투르크어의 카라반세라이이다.

실크로드가 번성했을 당시에 파미르고원의 역사들은 물론 그 숫자가 적지 않았겠지만, 현재 남아 있는 것들은 그리 많지 않다. 현재 확인된 것으로는 타쉬쿠르간 하(河)를 따라 뻗어 있는 옛 실크로드상에는 모두 6곳의 고대 역사의 유지가 보존되어 있다고 하나 그 중 비교적 온전하게 보존되어 있는 것으로는 다브다르 마을의 것을 꼽

---

22) 현장은 이 복사에 대해서 적지 않은 기록을 해두었는데, 예를 들면 『대당서역기』 권4 탁샤르(Takshar/ 책가국/ 磔迦國)조에서도 "불교 가람은 열 곳 정도 있지만 천사는 수백 곳이 있다. 이 나라에는 예로부터 많은 복사(福舍)가 있어 가난한 자들을 구제하는데, 약이나 음식을 베풀기도 하고 식량이 충분히 갖추어져 있어 나그네들이 쉬었다 갈 수 있게 하였다."라는 구절이 보인다.

23) 자비심으로 남에게 재물이나 불법을 베푸는 행위로 대승불교의 가장 중요한 실천 덕목인 '6바라밀'의 하나이다.

24) 塔吉克语"吉日尒拉"汉语为"驿舍"之意，在塔什库尔干河谷至明铁盖山口的古丝道上，遗留着6座古驿舍。其中留存比较完整的一处是达不达尔古驿舍。这个驿舍为一间房屋大小的卵石建筑物，屋门向东，屋的下部呈方形，屋顶呈尖拱状。

는데, 그 위치와 거리상으로 보아서는 현장이 기록한 바로 그 역사가 아닌가 하고 추정되기도 한다.

이 옛 역사의 주위로는 목장지대가 펼쳐져 있고 앞으로는 급한 격류가 흐르는 하천이 가로 막고 있는 지형이다. 그리고 하천 둔치에는 고대 묘지들이 산재해 있고 동쪽 언덕으로는 규모가 작은 성곽의 유지도 보이고 있다.

이 고대 역사는 크고 작은 호박돌(卵石)로 쌓아올린 네모난 석축건물로 지붕은 원추형의 둥근 돔(Dome)형으로 되어 있는데, 그 안으로 들어가 보면 지붕에는 하늘창이 달려 있어서 밝은 빛이 스며들고 있는 가운데, 사방의 벽면은 연기에 끄슬려 검게 변했고, 그 안에는 불을 피운 듯한 돌화덕도 보인다. 벽에는 창문이 없고 대문은 동쪽으로 나 있는 것은 고원 지방의 혹독한 기후환경과 관계가 있는 것으로 알려지고 있다.

'역참'이라는 것은 고대국가에 있어서 중요한 기간 도로상에, 일정한 간격을 두고, 숙박시설과 기타 편의를 제공할 수 있는 국가 차원의 통신과 교통을 겸한 시설을 관리하는 제도를 말한다. 그래서 전쟁 같은 긴급사태를 빨리 전달하거나 중앙정부와 지방정부의 소통을 원활하게 하고, 사신들이나 높고 낮은 관료들이 공무를 수행할 때 다음 행선지로 편하고 빠르게 이동할 수 있게 만들었다. 이런 네트워크는 수도라는 일정한 지점에서 동시다발적으로 드넓은 영토를 다스려야 하는 제국으로서는 필수적인 제도였다.

이 역참은 평균적으로 대개 말과 낙타의 하루 행군거리에 해당되는 40km[25]마다 설치되었는데, 이용자는 일반적으로 3일간 무료로 편의를 제공받을 수 있었다. 물론 이때 국가가 발행하는 일정한 허가

---

25) 지리적 위치나 중요도에 따라서 12~50km 사이의 편차를 보인다.

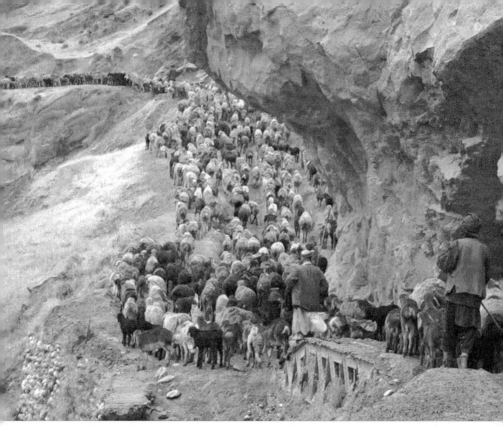

양떼들

증이나 패자(牌子)[26]—우리나라 식으로 한다면 말이 그려진 '마패(馬牌)'—등이 필요하였고, 기타의 경우, 즉 대상들이나 개인적인 여행자는 공인된 화폐나 응분의 현물을 지불하는 방식도 함께 혼용되었을 것이다.

이 역참제도는 몽골제국에 의해 전 세계적으로 네트워크를 구축하여 정착되었다고는 하지만, 중원에서는 이미 B.C. 6세기 말 춘추시대 후반에 설치되어 진(秦)이 중국을 통일한 뒤 정착되면서 중앙집권제

---

26) 원대에는 일종의 신분증이자 역참 이용 허가증이라고 할 수 있는 패를 사용하였는데 크게 4가지로 구분되었다. 1-금자원형패부 2-은자패부 3-해청부 4-원패로 해청부는 다시 금, 은, 철패로 나뉘었고, 원패는 금자와 은자로 구분됐다.

가 확립된 왕조들인 한(漢), 수(隋), 당(唐)나라로 계승되었다.

역참에는 취사 및 숙박시설뿐만 아니라 말과 마차를 항시 준비하였다가 전쟁 같은 긴급사태나 중앙의 중요한 명령을 전달할 때에는 전문 역졸(驛卒, 驛使)이 말을 계속 갈아타고 달려서 하루에 무려 450km를 달릴 수 있었다고 한다. 불을 피워 연기로 위급을 알리는 봉화(烽火)나 훈련된 비둘기 다리에 문서를 보내는 전서구(傳書鳩) 등이 위험 부담이 많은 것을 감안하면 가장 확실하고 빠른 국가 차원의 중요한 통신체계였다.

그리고 외국으로 오가는 사신들이나 고관의 부임행사 같은, 공무로 인한 왕래 시에는 말보다도 속력이 떨어지는 마차(傳)를 사용했다. 이른바 역전(驛傳)이다. 그러니까 넓게는 역참제도이지만, 엄격한 구별을 하자면 '역'은 긴급한 통신시설에 해당되며, '전'은 국가 차원의 기간산업인 교통시설에 해당된다.

그 뒤 몽골제국 때에는 강력한 군사력을 바탕으로 이 역참제도는 유라시아 전 지역을 잇는 거미줄 같은 네트워크로 구축되었는데, 통계에 의하면 제국 내에 무려 1천 5백여 개 정도가 설치되어 있었다고 한다. 특히 쿠빌라이가 제5대 대칸으로 즉위하며 수도를 현 베이징으로 옮기고 국호를 '대원'이라 바꾸고 남하정책을 시행하여 남송지역을 정벌함으로써 중원을 통일하여 세계 역사상 일찍이 유래가 없었던 대제국을 세운 후 그는 자신이 직접 통치하는 본국과 칭기즈 칸의 다른 자손들이 다스리는 4개 칸국[27]으로 분할 통치하면서 역참제를 통해 소통을 계속했다.

마르코 폴로도 이런 역참제도에 대해 놀라움을 금치 못하여 다음

---

27) 오고타이 칸국-알타이 산맥 일대, 차가타이 칸국-중가리아 분지와 타림 분지 그리고 아무다리야 강 동쪽 지역, 킵차크 칸국-동유럽 지역, 일 칸국-페르시아와 터키 지역으로 구분되었다.

과 같이 기록하였다.

　대칸의 사자가 칸발릭크(현 北京)을 출발하면 어느 길을 택하든지
40km마다 '쟘'이라고 부르는 역을 만난다. '쟘'은 역사(驛舍)라는 뜻으
로 어떤 역사에는 말 400마리가 언제나 준비돼 있다.
　길도 제대로 없고 민가도 여관도 없는 외딴 시골을 지나는 경우에도 어
디서나 역사는 세워져 있는데, 단지 그 간격이 좀 길어져서 하루의 이동거
리가 40~50km 아닌 56~72km 가량으로 늘어날 뿐이다. 정말 이 제도만
큼 대규모의 것은 일찍이 본 적이 없었다.

여기서 '쟘'으로 번역된 말은 아마도 한문 '참(站)'의 중국어 발음
인 쟌(Zhan)의 음사로 보인다.
　실은 이 획기적인 역참제도는 쿠빌라이 이전에 이미 칭기즈 칸의
후계자이며 몽골제국의 제2대 황제인 오고타이 칸[28]이 토대를 잡은
것으로 〈원조비사〉는 역참제에 대한 그의 결정을 다음과 같이 기록
해놓았다.

　그동안 사신이 왕래할 때에 백성들의 지원을 받도록 했는데, 그 결과 왕
　래하는 사신도 여행이 늦어지고 백성들도 고통스러워했다. 이에 우리는
　이렇게 결정한다.
　"여러 고장의 천호(千戶)에서 참호(站戶)와 마부를 공출해 역참일을
　보게 한다. 사신들은 아주 위급한 때를 빼고는 이 역참을 이용해서 오가
　도록 한다."

---

28) 오고타이(Ogodei/ 窩闊台, 1185~1241)는 칭기즈 칸의 셋째 아들로 1229년에 아
　　버지의 뒤를 이어 제위에 올라 몽골 중부의 오르혼 기슭을 본거지로 삼고 칭기즈
　　칸이 계획했던 대로 수도 카라코룸을 건설하여 정복전쟁을 벌였다. 그는 쟘치(站
　　赤: 몽골의 驛站制)를 통해 제국을 통치하였다고 평가 받고 있다.

원나라의 통행첩지 패자(牌子). 〈송광사 원대 티베트 글자 법지(法旨)〉

　바로 몽고제국의 대동맥이 된 역참의 공영화 조치였다. 이 시스템은 아시아, 아프리카, 유럽의 3대 대륙을 하나로 연결하여 인적 교류뿐만 아니라 다양한 정신적, 종교적, 물질적 자원이 소통하게 만들었다. 말하자면 제국의 깃발 아래 기독교, 이슬람, 페르시아, 힌두, 불교, 유교 등 동서양 모든 종교와 문화, 문명이 하나의 체제로 모여들게 만들었다는 것이다.

　몽골제국 이전에는 인류는 실크로드를 통해 부분적으로 소통을 해 왔지만, 실크로드는 사실 몇 가지 문제점을 안고 있었다. 우선 경주-장안-콘스탄티노플-시리아-로마에 이르는 불완전한 연결형이라는 점과 그 긴 루트 사이에 한 곳이라도 부분적인 문제가 생기면 전 루트가 완전히 끊기는 사태가 종종 벌어졌다는 점이었다. 그러나 몽골의 역참제도는 강력한 행정력, 군사력이 뒷받침되었기에 이런 한계를 극복하기에 충분했다. 명실 공히 세계 모든 문명과 종교를 아우르는 네트워크가 이루어진 것이다.

원나라의 역참제에 대해서는 우리나라 송광사박물관에 아주 귀중한 실물자료가 하나 소장되고 있기에 여기서 소개를 하고자 한다. 이른바 〈송광사 원대 티베트 글자 법지(法旨)〉[29]라고 알려진 것으로 고려 충렬왕 시대 송광사의 원감국사 충지(圓鑑 沖止, 1226~1292)[30]가 대원(大元) 울루스(Dai-ön ulus), 즉 몽골제국의 세조 쿠빌라이 칸에게 초빙을 받고 원나라를 여행할 때 사용하였던 첩지이다.[31] 이 쿠빌라이는 고려 충선왕의 외조부로 우리 역사와도 긴밀한 관계가 있는 인물이다.

그러니까 원감국사는 이 첩지를 제시하고 원제국 내의 모든 역참에서 적어도 3일 동안 무료로 먹고, 자고, 마시다가 다른 곳으로 떠날 때는 여러 가지 여행의 편의를 제공받았을 것으로 추정된다는 것이다.

우리나라에서도 중앙집권제가 확립되면서 역참제도가 생겼다. 가장

---

29) 『文化財目錄』(1998)에는 가로 61cm 세로 48cm, 재료: 비단, 시대: 고려 중기 등의 정보를 기재하고, 口傳되는 대로 원감국사가 몽고에서 귀국할 때 그 신분을 보장하던 여행증일 것이라고 설명하였다(52쪽). 또 『한국민족문화대백과사전』 제12권(1991)의 "송광사"의 항목에서도 「파스파 문자」라 하여 그 사진을 게재하고 있다(894쪽).

30) 고려시대 선승으로 충렬왕 때 송광사 수선사(修禪社) 제6세 사주(社主)가 되었다. 그의 선풍은 선교일치를 주장하는 지눌의 종풍(宗風)을 계승하였다. 저서로는 『원감국사집(圓鑑國師集)』 1권이 남아 있으며, 『동문선』에도 시와 글이 많이 수록되어 있다. 충렬왕이 원감국사라는 시호와 함께 보명(寶明)이라는 탑명(塔名)을 내렸다.

31) 비록 원감국사에 대해서는 자료가 많은 편이나 정작 이 문서에 대해서는 『원감집』을 비롯한 기타 자료에 일언반구가 없어서 그동안 거의 미지의 문서로 남아 있었다. 다만 〈圓鑑國師 入元時 自世祖 拜受者〉 정도로만 알고 있다가 여러 학자들에 의해 연구가 진행되어 그 실체가 차츰 밝혀지고 있다. 특히 일본의 티베트학자 나카무라준(中村淳)은 「松廣寺 元代 티베트文 法旨에 대하여」라는 논문에서 大元 울루스의 국가문서의 한 종류인 법지라는 결론을 내렸다

몽골제국의 통행증과 패자

이른 기록은 신라 소지왕 9(487)년[32) 때이다. 그리고 문무왕 8(668)
년 10월에 "왕이 욕돌역(褥突驛)에 행차하니 국원경 사신(仕臣)인
대아찬 용장(龍長)이 사사로이 잔치를 베풀고 왕과 모든 시종을 대
접하며 음악을 연주하였다."고 한 기록도 보인다. 또한 신라의 경우 9
주 5소경을 연결하는 5통(五通)과 5문역(五門驛)이 설치되어 있었
다는 보면 당시 이미 역참제가 확립되었던 것으로 보인다.[33)

물론 이렇게 실크로드상의 나라에 있어서 중앙집권제에 확립되어
있을 때는 국가의 사신들이나 관료들뿐만 아니라 대상들이나 개인

---

32) 『삼국사기』「신라본기」 소지왕 9(487)년에 "사방에 우역을 설치하고 유사들에게
명하여 도로를 수리하게 하였다."는 기록으로 보아 이때부터 역참이 확립된 것 같
다. 또한 「지리지」 고구려조에서 "압록 이북은 이미 항복한 성(城)이 11개인데, 그
하나는 국내성으로 평양에서 17개의 역을 지나 여기에 이른다."고 한 사실에서도
역참제도가 나타난다.

33) 5통은 염지통(鹽池通)·동해통(東海通)·해남통(海南通)·북요통(北徭通)·북해통(北
海通)이며, 5문역은 건문역(乾門驛)·곤문역(坤門驛)·감문역(坎門驛)·간문역(艮門
驛)·태문역(兌門驛)으로 역참이 상당히 체계적으로 설치되어 운영되었던 것을 알
수 있다. 신라의 천정군(泉井郡)에서 고구려의 옛 땅인 책성부(柵城府)까지 39개
의 역이 있었다는 기록까지 전해지고 있다.

여행자들도 이 역참제도를 이용했을 것이다. 그러나 국가권력이 느슨해진 왕조의 말기 때에는 당연히 역참제도도 그 기능을 다하지 못했을 것은 당연했기에, 이 기능을 대신할 수 있는 민간 차원의 시설이 활성화되었을 것으로 추정되지만 그에 대한 자료는 전무한 실정이다. 이름하여 객잔(客棧), 반점, 주점, 여인숙, 주막 등과 같은 여러 이름으로 불리는 숙박시설이 이 범주에 속한다고 하겠다.

그리고 사족을 하나 달자면, 흔히 우리가 '역마살(驛馬煞)'이라 부르는 말의 어원도 이 역참제도에서 나왔다는 사실도 흥미롭다 하겠다.

6. 현장법사의 귀국로에 세워진 〈현장동귀고도비(玄奘東歸古道碑)〉

위에서 살펴 본 바로는 파미르고원을 넘나드는 가장 전통적인 루트는 '와칸남로'[34]인 것으로 확인되었다. 그렇기에 일반적으로 대상들이나 순례자들은 비교적 가깝고 덜 험난하고 위험 부담이 적은 남로를 통해 중원에서 인도 대륙 그리고 서쪽의 아라비아 반도로 넘나들었다. 8세기 이전의 법현으로부터 송운, 혜생 등이 대표적인 경우이다.

그러나 8세기 이후에는 와칸주랑의 크고 작은 수많은 요새들을 점령하고 있던 토호세력들이 내·외적으로 커다란 변화를 맞이하면서 일부 요새들은 기존의 전통적인 관행인—일정금액의 통행료를 받고

---

34) 호밀국 이스카심에서 총령에 이르는 길은 판자강(Ab-i Panja/ 噴赤河) 남안을 따라 동행하는 길인데, 아프간령 칼라판자(Kala Panja/ 咯剌噴札, 현 티지크의 랑가르 건너편) 부근에 이르면 동북쪽에서 흘러오는 파미르천과 마주친다. 여기서 길이 물길을 따라 두 갈래로 나뉘는데, 남도는 아비판자 강을 따라 동행하여 와크지르(Wakhjir/ 瓦赫哲爾) 골짜기와 소파미르를 지난 후 계속 와크지르 강 남안을 따라 전진하면 패이극(貝伊克)에 이른다. 여기서 다시 북쪽으로 타쉬쿠르간 강(搭什庫爾干江, 塔赫敦巴什河)을 따라 동행하면 드디어 총령진(塔什庫爾干城)에 당도한다. 일반 여행자들은 이 길을 많이 택한다. 송운(宋雲)도 이 길로 서행하였다.

자기네 영역 내에서 필요한 음식이나 잠자리 그리고 물품을 제공해주며 통행의 안전을 보장해주던 방법—에서 변화가 생기며 남로의 통행에 큰 난관이 생기게 되었다. 그 원인 중의 하나는 바로 와칸주랑에 이슬람 세력이 밀려들어오면서 기존의 문화와 종교를 부정하면서 비롯된 변화였고 이어서 그런 어떤 혼란기에 자연스레 생기는 약탈과 파괴 행위 심지어는 살생도 한 몫을 하였을 것이다.

7세기 이후의 순례자인 현장법사의 다음 기록이 이 사실을 암시하고 있다.

쉬그난(Shighnan/ 尸棄尼國)35)의 둘레는 2천여 리에 달하며 나라의 도성의 둘레는 5~6리이다. (…중략…) 기후는 매섭게 추우며 풍속은 난폭하고 용맹스럽다. 살육하는 것을 태연스레 저지르고 도적질을 일삼고 있다. 예의를 알지 못하며 선악도 판가름하지 못한다.

또한 사실상 마지막 순례자인 8세기 혜초사문도 이를 뒷받침하고 있다.

---

35) 현재의 와칸 계곡 건너편의 파미르고원 서남쪽의 경사면 일대로 비정된다. 『신당서』권221하 「식닉전」에는, "식닉국은 동남쪽에서 곧 바로 경사(京師)까지는 9천 리이고, 동북방 5백 리에는 수착소(守捉所)가, 남방 3백 리에는 호밀이, 서북방 5백 리에는 구밀(俱密)이 있다. 최초의 치소는 고한성(苦汗城)이었으나 후에는 산골짜기 이곳저곳으로 옮겼다. 큰 골짜기 다섯 개가 있는데, 각자 수장이 다스리고 있어서 오식닉(五識匿)이라고 한다. 전국 이천 리 땅에 오곡은 없으며, 사람들은 즐겨 공격하고 상인들의 물건을 겁탈한다. 파밀천(播密川)의 4개 골짜기에 대해서는 왕의 명령이 별로 소용이 없다."를 보면 4개 골짜기에, 흩어져 사는 산악국가로 비정된다. 티베트어로된 『돈황연대기(敦煌年代記)』에는, 시그닉(Shig-nig)', '쉬키난(Shikinān)', '쉬끼난(Shiqinān)' 등 여러 가지로 음사되었다. 혜초사문도 귀로에 이곳을 통과하며 "또 호밀국 북쪽 산 속에는 9개의 식닉국(識匿國)이 있다. 아홉 왕이 각기 군대를 거느리고 사는데, 그 중에 한 왕은 호밀국왕에게 예속되어 있고, 나머지는 다 독립해 있어 다른 나라에 속해 있지 않다."라고 기록하고 있다.

또 호밀국 북쪽 산 속에는 아홉 개[36]의 쉬그난(Shighnan/ 識匿國)[37]이 있다. (…중략…) 그 나라 왕은 항상 2~3백 명의 백성을 파밀천에 보내어 무역하는 호족을 덮쳐서 물건을 빼앗는데 거기서 빼앗은 비단을 창고에 쌓아 두고 못쓰게 되도록 내버려두고 옷을 지어 입을 줄을 모른다. 이 식닉국에는 불법이 없다.

쉬그난은 바로 와칸주랑 입구의 와칸천의 북쪽 기슭에 분포되어 있던 군소왕국을 말한다. 현재의 타지크의 고르노바닥샨 지역을 말한다. 바로 파미르 하이웨이가 지나가는 파미르고원을 말한다.

아마도 그렇기에 8세기 이후의 현장법사나 혜초사문 등은 차선책으로 와칸주랑을 종주하는 '남로'를 포기하고 현 랑가르에서 파미르천을 따라 동북쪽으로 올라가 대파미르의 조르쿨 호수를 경유하여 사리쿨 산맥을 넘는 우회로인 '북로'를 통해 총령진 타쉬쿠르간으로 입성했다는 것은 필자가 여러 차례 이야기한 바 있을 것이다.

다시 한 번 확인차, 현장의 루트를 조르쿨 호수에서 부터 추적해 보자.

---

36) 혜초가 말한 9개 왕국은, 아마도 『신당서』 권221하 「식닉전」에 언급된 '오식닉', 즉 5개의 식닉국과 파밀천의 4개 골짜기에 있었을 법한 4개 식닉국을 합쳐 이른 말이라고 생각된다.

37) 현 파미르고원 속에 있는 쉬그난(錫格南)을 말한다. 『신당서』 권221하 「식닉전」에는, "식닉국은 동남쪽에서 곧바로 경사(京師)까지는 9천 리이고 동북방 5백 리에는 총령수착소(守捉所)가, 남방 3백 리에는 호밀이, 서북방 5백 리에는 구밀(俱密)이 있다. 큰 골짜기 다섯 개가 있는데, 각자 수장이 다스리고 있어 오식닉(五識匿)이라고 한다. 전국 이천 리 땅에 오곡은 없으며, 사람들은 즐겨 공격하고 상인들의 물건을 겁탈한다. 파밀천(播密川)의 4개 골짜기에 대해서는 왕의 명령이 별로 소용이 없다. 사람들은 보통 굴 속에서 산다."를 보면 4개 골짜기에 흩어져 사는 산악국가로 비정된다. 티베트어로 된 『돈황연대기(敦煌年代記)』에는, '시그닉(Shig-nig)', '쉬키난(Shikinān)', '쉬끼난(Shiqinān)' 등 여러 가지로 음사되었다. 또 현장역시 귀로에 이곳을 통과하며 시기니국(尸棄尼國)이라 부르면서, "둘레는 2천여 리에 달하며 나라의 큰 도성의 둘레는 5~6리이다. 산과 강이 연달아 이어지고 있으며 모래와 돌이 들판에 두루 깔려 있다."라고 기록하고 있다.

또한 파미르천[38]의 동쪽에서도 하나의 거대한 물줄기가 흘러나와 동북쪽으로 흘러 카슈가르(喀什)의 서쪽 경계에 이르러 사다하(徙多河)와 합쳐져 동쪽으로 흐른다.[39] (…중략…)

이곳[파미르천]으로부터 동남쪽으로 산을 올라 험한 길을 걸어가면 사람들이 사는 마을은 없고 오직 얼음과 눈뿐인데 이곳으로 5백여 리를 가면 걸반타국에 도착한다.

西界與徙多河合而東流故此巳左水皆東
流跋誕羅川南越山有鉢露羅國多金銀金
色如火自此川中東南路無人里登山履險
唯多冰雪行五百餘里至揭盤陀國
揭盤陀國周二千餘里國大都城基大石嶺
脊徙多河周二十餘里山嶺連屬川原險狹

서역기 타쉬쿠르간 부분

이 기록은 현장은 귀국 시에 기존의 '남로'를 통과하지 않고 북쪽의 조르쿨 호수를 경유하는 '북로'를 통해 걸반타국=타쉬쿠르간으로 입성한 사실을 분명하게 증명하는 구절이다.

그러나 최근 필자가 타쉬쿠르간에 대한 중국 측 자료를 검색하다가 이해하기 힘든 인터넷 기사를 발견했다. 다름 아닌, 밍테게(明铁盖, 4,709m) 고개 마루턱에 현장법사의 비석을 세웠다는 내용이었다. 이름하여 〈현장취경동귀고도비(玄奘取經東歸古道碑)〉라는 것이다.

2005년 8월 15일에 세웠다는 비석은 현장법사가 불경을 가지고 동쪽으로 돌아온 것을 기념하여 세웠다는 것으로

---

38) 조르쿨 호수 인근은 동서로 길게 뻗은 두 개의 산, 즉 북쪽의 알리추르 산맥과 남쪽의 와칸 산맥에 끼어 있는 지역에 해당된다. 한편 혜초사문은 조르쿨을 '파밀천(播蜜川)'으로 기록하고 있다.

39) 이 부분에 대한 현장의 기록은 착오로 보인다. 현장은 카슈가르 서쪽 경계로 흘러서 야르칸드 강과 합류하는 강을 현 타쉬쿠르간 강으로 보았는데, 이 강의 서쪽 상류의 하나인 카라츄쿠르(Kara Chukur) 강의 발원지는 파미르와칸 산 속에 있음으로, 파미르천이라 불렀던 조르쿨 호수에서 발원하지는 않기 때문이다. 타쉬쿠르간(Tashkurghan)에서 발원하여 사차현(沙車縣) 근처를 경유하여 동북쪽의 카슈가르(Kashgar)로 흐르는 강으로, 『송운행기』에서의 맹진하(孟津河)도 같은 강으로 비정된다.

높이가 1.4m에 무게가 500kg 되는 비석으로 전면에는 '玄奘取經東歸古道', 후면에는 이 고도의 역사와 그 과정을 새겨 놓았다고 한다.

그런데 문제는 중국 당국이 그 비를 세웠다는 지점이 '북로'상의 한 지점인 타지크와 중국 간의 접경이 아니라 다소 생뚱맞게도 '남로'보다도 더 아래인 중국과 파키스탄의 접경지대라는 데 있다. 이 고개는 '와칸남로'의 유명한 분수령이며 중국과 아프간 간의 유일한 국경선인 와흐지르(瓦赫吉爾/

〈현장취경동귀고도비〉 전경

Wakhjir Pass, 4,923m) 고개보다 더 동남쪽에 있다. 이곳은 현재의 KKH의 쿤제랍의 산군에 속하는 힌두쿠시 산맥에 속하는 고개로 19세기 영국과 러시아의 '그레이트 게임' 당시에 한시적으로 사용되었던 고개로 알려져 있다.

필자는 혹시나 하는 확인 차원에서, 이곳을 현장이 입국한 곳으로 비정하고 비석을 세우는 데 앞장선 노학자 펑치용(冯其庸) 교수의 답사보고서[40]를 꼼꼼히 읽어 보았지만, 역시 '와칸남 북로'에 대한 명확한 구분도 없이, 막연한 개연성만으로 현장이 밍테크 고개로 넘어서 중국으로 입국했다고 비정을 하고 있다.

물론 그 근거로 4가지 항목으로 나누어 몇몇 역사적 기록과 현장의 행장[41]을 비롯해서 여러 학자들의 견해를 인용하면서, 그 고갯마

---

40) 玄奘取经东归入境古道考实——帕米尔高原明铁盖山口考察记作者/ 冯其庸
今年8月15日, 我第七次去新疆。十多年来我连续去新疆七次, 都是为了一个目的：调查玄奘取经之路和丝绸之路。到目前为止, 玄奘取经之路, 在国内的部分(主要是甘肃到新疆的部分), 基本上已经清楚了, 能去的地方也都去了, 楼兰、罗布泊当然不易进入, 目前还未能去, 但我仍希望能去, 不希望留下空白。

41) 一、《大慈恩寺三藏法师传》云：从此(按指"屈浪拏国")又东北山行五百余里, 至达摩悉铁帝国。……又越达摩悉铁帝国至商弥国。从此复东山行七百余里, 至波谜罗川。川东西千余里, 南北百余里, 在两雪山间, 又当葱岭之中, 风雪飘飞, 春夏不

파미르의 양떼들

루에는 페르시아와 키르기스 유목민들의 옛 무덤과 8세기 이전의 불교시대까지 거슬러올라가는 명문석각들이 보인다는[42] 사실과 '밍테게'의 어원이 '천 마리의 야생 염소'라는 것을 제시하면서 현장이 그 이야기를 기록했다는 사실을 들고 있다. 또한 현지에는 현장의 이야기와는 또 다른 버전의 보물 이야기도 전하고 있다는 것이다.

 한 무리의 페르시아의 대상들이 일천 마리의 양떼들과 낙타를 몰고 현 밍테게 고개를 넘다가 악천후를 만나 전원 동사를 면치 못할 절대절명의 상황에서 그들은 금은보화를 모두 모아 상자에 넣고 땅속에 묻고 만약 일행 중에 한 사람이라도 살아나면 이를 찾도록 안배를 하였다. 그렇지만 결국은 한 사람도 살아남지 못하였다. 바로 현장

止, 以其地寒烈, 卉木稀少, 稼穡不滋, 境域萧条, 无复人迹。

42) http://www.gojal.net/mintika.htm

이 기록한 것과 대동소이한 버전의 이야기인데, 다른 점이 있다면 후일담이 붙어 있다는 점이었다. 그 보물의 매장 사건은 그냥 전설로만 떠돌며 내려왔는데, 후에 어떤 목동이 그 보물들을 우연히 찾게 되어 큰 부자가 되었다는 것이다.

펑 교수팀은 밍테게 고개 마루턱에는 페르시아 형의 무덤이 남아 있고 '밍테게'라는 이름도 페르시아어로 '천 마리의 염소'라는 뜻이고, 현장이 이 고사를 기록하였다는 점을 들어 현장법사가 밍테게 고개를 넘었을 것이라는 결론[43]을 내렸다.

그러나 그것은 밍테게 고개를 넘어 대상들이나 순례승들이 들락거렸을 개연성이 있다는 것이지 현장 자신이 직접 그 루트를 통해 넘어왔다는 것은 아니다. 종합해보면 현장은 타쉬쿠르간에서 20여 일 머물렀기에[44] 현지에서 떠도는 이야기를 들은 것을 기록했을 가능성이 더 많다고 볼 수도 있는 것이기에, 현장이 그 고개에 얽힌 고사를 기록했다는 이유만으로 현장이 직접 밍테게 고개를 넘어 중국으로 입국했다는 것은 개연성의 지나친 비약이기에 '북로'를 통한 현장의 타쉬쿠르간 입성이란 기존의 필자의 가설을 뒤집기는 어렵다.

이 문제의 키 포인트는, 필자의 사견으로는 역시 현장 자신의 육성 기록인 『대당서역기』의 관련된 기록인,

이곳[파미르천]으로부터 동남쪽으로 산을 올라 험한 길을 걸어가면 사

---

43) 我想据此，我们是可确证玄奘当年东归故国的路线，确是从达摩悉铁帝国经瓦罕通道，度明铁盖达坂，沿山谷间的河道(应是喀拉其库河的上游，汇入塔什库尔干河)，经公主堡再到揭盘陀的。所以我们确实可以说：我们终于找到了玄奘当年东归故国的古道！ 1998年9月6日于京华瓜饭楼

44) 《大慈恩寺三藏法师传》也有记载：从此川东出，登危履雪，行五百余里，至揭盘陀国。城依峻岭，北背徙多河，其河东入盐泽，潜流地下，出积石山，为此国河源也。其王聪慧，建国相承多历年所，自云本是脂那提婆瞿怛罗(此言汉日天种)……师在其国停二十余日。

람들이 사는 마을은 없고 오직 얼음과 눈뿐인데 이곳으로 5백여 리를 가
다 보면 걸반타국에 도착한다.

라는 구절을 무엇보다 중요한 단서로 하여 현지 지형과 비교, 비정하
는 데 있다고 보이는데, 펑치용 교수는 그 점을 간과하고 '와칸통도
(瓦罕通道)'와 밍테게고개로 바로 연결하는 루트에만 매달린 탓으
로 이런 납득하기 어려운 결론을 내린 것이 아닌가 생각된다.
  필자가 이번에 새로 정리한 〈현장의 귀국로상의 유적지 지도〉를
보면 현장의 행선 루트는 밍테게 고개와 전혀 연관이 없음을 재삼 밝
혀두는 바이다.

제8장
다시 타클라마칸 사막으로

1. 오아시스 루트(Oasis R.)의 양대 갈래길의 하나인 서역남로

　현장법사는 17년이란 오랜 세월 당시 세계 불교학의 중심지인 나란
다(Nalanda/ 那爛陀) 사원에 머물면서 그가 하고 싶었던 불교학 전반
에 걸친 연구를 마음껏 한 다음 귀중한 불교용품—불상, 불경, 사리 및
기타 중국에 없는 물건 등—을 무려 520상자[1] 싣고서 꿈에도 그리워
하던 고향 땅으로 향하였다. 그가 가지고 온 물건 품목을 보면 실로 방
대하니 아마도 별도의 짐꾼이 있었던 것으로 보인다. 비록 현장이 귀로
길에 인더스 강을 건너다 갑자기 풍랑이 일어나서 배가 흔들려서 '50
권의 패엽경 및 꽃과 과일의 꽃씨 등'을 물에 빠트리기는[2] 했지만, 하여

---

1) 불사리 150과(顆), 금불상 1구(軀), 은불상 1구, 단향목을 조각한 불상 1구 그리고 〈대승경
　전〉 224부, 〈대승론〉 190부, 〈상좌부〉의 삼장(경·율·논) 14부, 〈대중부〉의 삼장 15부, 〈삼미
　저부(三彌底部)〉의 삼장 15부, 〈미사색부(彌沙塞部)〉의 삼장 22부, 〈가섭비야부(迦葉臂
　耶部)〉의 삼장 17부, 〈법밀부(法密部)〉의 삼장 42부, 〈설일체유부〉의 삼장 67부, 〈인론(因
　論)〉 36부, 〈성론(聲論)〉 13부 등 총 657부(520상자)를 가지고 귀국하였다고 한다.

2) 『자은법사전』 권5에는 다음과 같은 구절이 보인다.
　"다시 서북쪽으로 3일 동안 걸어서 신도대하(信度大河)에 이르렀는데 강폭은 5~6

낙타 그림자

간 살아서 그 많은 물건들을 가지고 파미르고원을 넘어 당나라의 서쪽
끝인 건반타국, 타쉬쿠르간에 입성하는 데 성공하였다.

현장법사가 정관(靜觀) 19(645)년, 정월에 장안에 도착하였다고 하
였으니 타쉬쿠르간에 도착한 때는 아마도 그 전해인 644년일 것이다.
물론 중국령에 도착하였다고는 하지만 아직도 그의 최종 목적지인 장
안성까지는 '1만여 리'라는 머나먼 노정이 남아 있고 더구나 파미르고
원보다 더 무섭다는 한 번 들어가면 다시 나올 수 없다는, 대사막 타

리나 된다. 경전과 불상 및 동행한 사람들은 모두 배를 타고 건너는데, (…중략…) 배
가 강의 중간에 이르렀을 때 갑자기 돌풍에 파도가 일어나 경을 지키고 있던 사람이
놀라서 물에 빠지고 말았다. (…중략…) 50권의 패엽경 및 꽃과 과일의 꽃씨 등은 잃
어버리고 나머지만 겨우 보전했을 뿐이다."

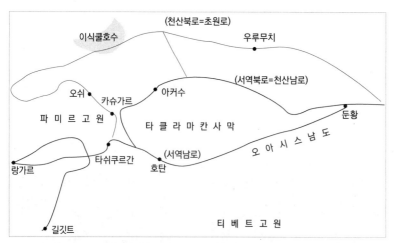

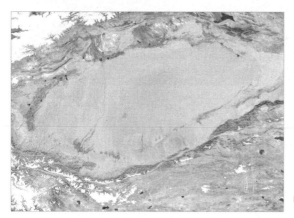

'오아시스 루트'의 서역남·북로 개념도

타클사막 위성사진

클라마칸[3]이 그의 앞을 가로막고 있었다. 물론 『서유기』에는 그 모든 어려움을 손오공(孫悟空)을 비롯한 제자들이 해결사로 나서서 문제

<hr />

3) 타클라마간(塔克拉瑪干)은 신장위구르자치구에 있는 사막으로 남쪽으로는 곤륜 산맥, 남서쪽으로는 파미르고원, 서쪽과 북쪽으로는 천산 산맥에 의해 경계가 정해 진다. 그 면적은 270,000km²에 달하며 길이는 1,000km, 폭은 400km이다. 북부와 남부 가장자리에 비단길이 있으며 근래에는 중국이 타림사막 고속도로를 건설하였 는데 남쪽의 호탄과 북쪽의 룬타이를 연결하였다.

서역남로 석양속

를 마무리하는 것으로 되어 있지만, 실은 그 모든 난관에 부딪쳤을 때 모든 결정과 그 책임은 현장 자신의 몫이었을 것이리라….

그런데 타쉬쿠르간을 떠난 현장의 발길은 이해하기 어려운 부분이 적지 않다. 잘 알려진 대로 현장은 17년 전 천축으로 나아갈 때는 '서역북로(西域北路)'⁴⁾를 경유하여 타클라마칸 사막을 건너 인도로 나아갔다.

---

4) 장안성을 출발한 대상들이나 순례승들은 하서주랑을 통과하여 둔황에 도착한 다음 다시 낙타대열을 정비하여→하미(Hami/ 哈密/ 伊吾)→투루판(Turfan/ 吐魯番/ 高昌)→엔치(Karashar/ 焉耆/ 阿耆尼國)→쿠차(Kucha/ 庫車/ 龜玆/ 屈支)→아커수(Aksu/ 阿克蘇/ 跋祿迦)→카슈가르(Kashgar/ 喀什/ 疎勒/ 佉沙)에 도착하여 여러 경로를 통해 파미르고원을 넘게 된다.

'서역북로'는 일명 '천산남로'라고도 부르는데 크게는 〈오아시스 루트〉라고 부르는 타클라마칸을 넘나드는 양대 루트의 하나이다. 천산 산맥의 남쪽과 타클라마칸 사막의 북쪽 사이의 오아시스 마을을 연결하여 카슈가르에 이르러 여러 갈래로 갈라져 파미르고원을 넘나든다. 실크로드 여러 루트 중에서 가장 보편적인 길이다.

그렇다면 현장법사는 귀로 길에도 당연히 타쉬쿠르간에서 카슈가르를 경유하여 그에게 익숙한 '서역북로'로 나아가 장안으로 입성하는 것이 순리적이다. 그리고 무엇보다 서역북로상의 고창국(高昌國)[5]에 들려서 감사의 귀국인사를 하는 게 은혜를 입은 사람으로서의 도리였다. 그러나 현장은 그러하지 않았다. 왜일까?

여기서 잠시 시계를 17년 전으로 돌려보자. 현장법사가 정관(貞觀) 3(629)년 가을, 나라의 금지조치를 어기고 몰래 여장을 준비하여 장안을 출발하였다는 사실은 잘 알려진 사실이다. 그는 전통적인 루트인 하서주랑(河西走廊)[6]을 통과하여 하미(哈密)까지 펼쳐져 있는 고

---

5) 그런데 1926년 경주 서봉총(瑞鳳塚)에서 은합의 몸체 겉면 바닥과 덮개 안쪽에 '연수 원년(延壽元年)'이란 명문이 나왔는데, 이는 신라·백제·고구려·왜·중국을 포함한 동아시아 어느 왕조에서도 확인되지 않고 다만 고창국왕 국문태(鞠文太)가 재위 5 년째인 서기 624년(신라 진평왕 42년)에 새로 선포한 바로 그 연호여서 고창국과 신라의 실크로드를 통한 교류관계를 짐작하게 해주고 있다.

6) 하서주랑은 동쪽은 오초령(烏鞘嶺)으로부터 시작해 서쪽은 옥문관(玉門關)에 이르며, 남북은 남산(南山: 기련산(祁連山)과 아미금산(阿爾金山))과 북산(北山: 마종산(馬鬃山), 합려산(合黎山) 및 용수산(龍首山)) 사이의 길이 약 900km, 폭 수 km에서 100km에 이르는, 서북-동남 방향으로 늘어선 좁고 긴 평지이다. 감숙성(甘肅省)의 난주(蘭州)와 「하서사군(河西四郡): 무위(武威), 장액(張掖), 주천(酒泉), 돈황(敦煌)」을 포괄한다. 거주하는 민족은 한족과 몽골족, 위구르족, 티베트족 등의 민족이 있다. 한의 무제가 하서를 개벽해 무위, 장액, 주천, 돈황의 사군을 연 이래, 내륙의 신강(新疆)으로 이어지는 중요한 통로이며, 고대 실크로드의 일부분으로서 고대 중국과 서방 세계의 정치·경제·문화적 교류를 진행시킨 중요한 국제 통로였다. 복도 모양과 같고 황하의 서쪽에 있어 하서주랑이라 부른다.

비(Gobi/ 戈壁) 사막[7]을 건넜는데, 이때 그는 사경을 헤매는 첫 번째 경험을 하게 된다. 『대당서역기』에는 나오지 않는 이야기이지만 『대자은사 삼장법사전』 권1에는 그의 첫 시련이 다음과 같이 그려져 있다.

아무리 주위를 둘러보아도 인적은커녕, 하늘을 나는 날짐승도 없는 망망한 천지가 벌어지고 있을 뿐이다. 밤에는 귀신불이 별처럼 휘황하고 낮에는 모래바람이 모래를 휘몰아 소나기처럼 퍼부었다.
이런 일이 일어나도 두려운 줄 몰랐다. 다만 물이 없어 심한 갈증 때문에 걸을 수조차 없는 것이 안타까울 뿐이었다. 5일 동안 물 한 방울 먹지 못하여 입과 배가 말라붙고 당장 숨이 끊어질 것 같아 한 걸음도 나아갈 수 없었다.

이때 현장은 물 대신 늙은 말의 간을 꺼내 먹기까지 하였다고 한다. 그렇게 천신만고 끝에 고창국에 도착하여 국왕의 요청으로 왕궁에서 설법을 해주며 한 달 간 머무르게 된다. 당시 고창국왕은 국문태(麴文泰, 624~640 延寿)[8]였는데, 그는 현장을 당시 서돌궐(西突厥/ 투르

---

7) 몽골과 중국 간에 걸쳐 있는 사막으로 몽골 '고비숨베르·고비알타이·도르노고비·돈드고비·바잉홍거르·수흐바타르·엄너고비' 등으로 분류된다. "고비"는 몽골어로 "거친 땅"이라는 뜻이다. 북쪽은 알타이 산맥과 스텝 지대, 남쪽은 티베트 고원, 동쪽은 화북평원으로 둘러싸여 있다. 고비 사막의 모래가 날리는 황사는 편서풍을 타고 한반도와 일본을 건너 하와이까지 가기도 한다.

8) 고대 실크로드 사역북로상의 허브 도시로 고창고성 유적은 현재의 투르판에서 북쪽으로 30km 부근에 있다. 고창은 기원전 1세기에 건설되었다. 고창은 위구르어로는 '콰라호자'라고 불린다. 서기 460년 즈음에 이웃 루란왕국에 의해 정복되어 번영을 이루다가 다시 고차(高車)의 지배 아래로 들어갔고 후에 한족출신의 국씨(쿠지아/麴嘉)가 국왕이 되었다. 바로 현장이 지나갈 때 편의를 제공했던 국문태의 선조이다. 그러다가 651년 당 태종은, 당나라보다는 돌궐족과 가깝다는 이유로 소정방을 보내 고창을 정벌한 후 서돌궐까지 항복시킴으로써 중앙아시아의 여러 나라들은 모두 안서도호부(安西都護府)에 예속되게 된다. 그 뒤 당나라가 쇠약해지며 고창국은 이슬람과 몽골의 연이은 침입을 받아 왕성이 완전히 소실되면서 역사의 뒤안길로 사라지

아직도 웅장한 모습으로 남아 있는 고창고성의 폐허

고 만다. 그러나 고대 고창의 흔적은 바로 '고창고성'과 '베제클릭 천불동'에서 그 찬
란한 불교문화를 엿볼 수 있다.

『자은전』 권1에는 현장과 고창국왕과의 인연담이 자세하게 기록되어 있는데, 630년
2월 현장은 어렵게 고비사막을 건너 이오(伊吾)에서 국문태를 만나 그의 초대를 받
아 고창국에서 1개월간 머물면서 설법을 해주고 돌궐가칸(王)이 머물고 있던, 소엽
성(현 키르기즈스탄의 토크마크)까지 도착하기까지의 후원을 받아 무사히 인도로
갈 수 있었다고 한다. 그래서 17년 후 귀환 시에 다시 고창국에 들러서 그 사례를 할
예정이었으나 당시 고창국은 이미 당 태종에게 멸망한 뒤였기(640년)에 현장은 고
창국에 들르지 않았다고 기록되어 있다. 물론 서역기의 편찬시점으로 보면 과거형이
기에 그렇게 서술한 것이겠지만, 애초 현장의 발길은 서역북로로 나아가지 않고 서
역남로로 나아갔기에 앞뒤가 맞지 않는 기록이다. 그런데 1926년 경주 서봉총(瑞鳳
塚)에서 은합의 몸체 겉면 바닥과 덮개 안쪽에 '연수원년(延壽元年)'이란 명문이 나
왔는데, 이는 신라·백제·고구려·왜·중국을 포함한 동아시아 어느 왕조에서도 확
인되지 않고 다만 고창국왕 국문태(鞠文太)가 재위 5년째인 서기 624년(신라 진평
왕 42년)에 새로 선포한 바로 그 연호여서 고창국과 신라의 실크로드를 통한 교류관
계를 짐작하게 해주고 있다.

크) 제국[9]의 대칸(大汗)[10]이 있는 소엽성(素葉城, 현 Tokmok)까지 호송을 해주었고, 그 다음에도 인도까지 무난히 갈 수 있도록 배려를 해주었다. 이렇듯 현장에게 고창국왕은 은인 중의 은인이었다. 그렇게되어 현장은 천산남·북로를 넘나드는 '현장로(玄奘路)'[11]를 통해 인도로 갈 수 있었던 것이다. 그렇기에 현장은 마땅히 귀국시에 고창국에 들려서 그가 받은 시은(施恩)에 감사표시를 해야 마땅한 것이다. 그런데 현장은 귀국로를 북로가 아닌 남로를 택했다.

---

9) 돌궐은 흉노에 이어 두 번째로 통일 유목 제국을 세워 약 2세기 동안 중앙아시아를 중심으로 동으로는 요동만, 서로는 카스피 해, 북으로는 바이칼 호, 남으로는 고비 사막에 걸친 번성했던 대제국이었다. 성립 초기부터 효율적으로 광대한 영역을 통치하기 위해 동서로 나누어 이원적 통치 체제를 실시하였으나, 후에는 동돌궐과 서돌궐로 완전히 분열되어서 세력이 약화되어 7세기 중엽 당에 의해 멸망할 때까지 두 돌궐은 적대 관계에 있었다. 그러다가 한때 걸출한 통야브구 칸(統葉護汗, 618~630)이 등극하여 재기에 성공하여 숭불정책을 취하기도 했다. 그러나 통야브구가 피살된 후 카간 계승 문제로 내분이 일어나 국력이 약해지자 당의 정토(658)에 의해 서돌궐은 망하고 만다. 그러나 돌궐족들은 끊임없이 국권회복운동을 전개하여 그들은 운중도독부의 토둔(吐屯)이었던 쿠드룩(골탈록/ 骨咄錄, 682~691)을 구심점으로 하여 막남(漠南) 지역을 중심으로 다시 제2돌궐 제국의 재건에 성공하였지만, 고질적인 내분이 끊이지 않다가 위구르, 바슈미르, 카를루크 등이 연합하여 반란을 일으킴으로써 제2돌궐 제국은 망하고, 745년 그 토대 위에서 위구르 제국이 건립되었다. 돌궐 제국의 역사를 증언하는 비문들이 제2제국 시기에 건립되었는데, 바로 널리 알려진 '오르콘비문(Orkhon Inscription)'이다.

10) 돌궐국을 다시 일으킨 통야브구 칸(統葉護汗, 618~630)은 숭불정책을 취하기도 했기에 현장을 인도로 보내주는 배려를 해주었다

11) 가칭, '현장로'에 대해서는 이 책의 부록으로 〈실크로드와 그 지류들〉에서 실크로드를 10여 개로 나누어 자세히 설명하였으니, 이를 참조하시기 바란다.
〈# 3-3 베델(別達) 고갯길: 일명 현장법사로(玄奘法師路)〉
전통적인 서역북로를 따라 내려오다가 종착지인 카슈가르 도착 직전 아커스(阿克蘇)에서 노선을 변경하여 신장의 베델(別達) 마을→보그콜도이 산맥의 베델 고개(4,284m)→키르기즈스탄의 베델(Bedel) 마을→카라세이(kara-say)→바르스쿤(Barskoon)→이식쿨 호수의 서쪽 발리크치(Balikchi)를 우회하여→키르기즈스탄의 토크마크→비쉬켁→우즈벡의 타슈켄트 등의 전통적인 천산북로의 오아시스 도시를 따라 인도로 들어가는 루트이다.

현장이 한 달을 머물며 고창왕을 위해 설법을 했다는 고창성의 대불사 사원유지

여기서 우선 『대당서역기』에 기록된 그의 귀국로를 따라가 보자. 20여 일 머물던 타쉬쿠르간을 떠나 현장은 오쇄국[12]을 지나 카슈가르(Kashgar/ 疎勒/ 佉沙國)[13]로 향하였다. 그렇기에 당연히 '서역북

---

12) 이렇게 8백여 리를 가다 보면 총령을 벗어나서 오쇄국(烏鍛國)에 이른다. 이 나라는 주위가 천여 리에 달하고 큰 도성은 10여 리에 달한다. 남쪽으로는 사다하(徙多河)에 접해 있는데 토지가 비옥하고 농사가 아주 잘 된다. 나무와 숲이 울창하고 꽃과 과일이 번성하다. 여러 가지 옥이 아주 많이 난다. 백옥(白玉), 예옥(鷖玉), 청옥(靑玉) 등이다.

13) 현장은 카슈가르에 들리지 않았음으로 전문국에 해당된다. 원문에는 병주로 "구역(舊譯)에서 말하는 소륵(蘇勒)이란 바로 그 성의 이름을 부르는 것이다. 정음(正音)으로는 마땅히 실리흘률다저(室利訖栗多底)라고 불러야 한다. 소륵(疏勒)이라는 말은 오히려 잘못된 말인 것 같다"라는 구절이 붙어 있지만 지금도 소륵이란 말은 많이 쓰인다. 현 카슈가르는 현 신장위구르의 끝자락의 국경도시로 현재도 위구르인은 '카슈가르'로, 중국인들은 '카스(喀什)'로 즐겨 부르고 있다. 동서교통의 요충지로서 서로는 파미르고원을 넘어 서역과 천축에 이르고, 동으로는 사막을 지나 둔황에 이른다. 한 무제 때 서역통로가 열린 이래 급속히 발전하여 서역 36국 중의

백룡하 다리

현장법사가 머물다가 간 라왁 사원의 전경

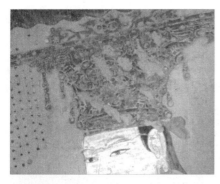

온갖 보석류로 장식을 한 호탄왕의 위풍당당한 모습. 그런데 송운의 묘사대로 "닭 벼슬과 같은 금관을 쓰고 있는데 머리 뒤로 길이 두 자 폭 다섯 치의 비단을 늘어뜨려 장식하였다." 같은 모습이다.

호탄 시가지

로'로 나가는 줄 알았는데 돌연 아무 설명이나 해명도 없이 그의 발길은 다시 남쪽으로 내려와 카르가릭(Karghalik/ 哈爾碣里克/ 斫句

일국으로서 중요시되어 지금까지도 그 명성을 유지하면서 지금까지도 파키스탄, 키르기즈스탄, 타지크스탄 등과 국경을 맞대고 있다. 옛 자료에는 '소륵국(疏勒國) 객십갈이(喀什噶爾), 가사라서(迦舍邏逝), 거사(佉沙)로 표기되어 왔다.

스타인이 발굴한 호탄 인근의 니야 유지

迦國, 현 葉城)[14]을 거쳐 호탄국으로 나아갔다. 바로 전형적인 '서역
남로'로 뒤돌아온 것이다.

　말하자면, 카슈가르까지 갔다가 되돌아 내려왔다는 이야기인데 이
는 그곳에는 직접 가지 않고 주워 들은 정보만 기록했을 것이라는, 이
른바 전문국(傳聞國)에 해당된다.

　하여간 현장은 '서역남로'로 택해 귀국을 서둘렀다. 그를 기다리는
것은 역시 생명을 위협하는 움직이는 모래산 쿰다리아(Kum-Darya)

---

14) "카르갈리크(Karghalik/ 哈爾碣里克/ 葉城/ 斫句迦國) 주위는 천여 리에 달하며,
　도성은 10여 리 정도인데 견고하고 험난한 곳에 위치해 있으며 그곳에 사는 사람들
　은 매우 많다. 산과 구릉들이 서로 이어져 있으며 자갈과 돌이 길에 가득 깔려 있다.
　두 강을 끼고 있어서 농사가 아주 잘 되며 포도·배·능금과 같은 과일들이 아주 풍성
　하다. (…중략…) 이곳에서 동쪽으로 산봉우리를 넘고 계곡을 건너 8백여 리를 가면
　구살단나국에 도착한다."

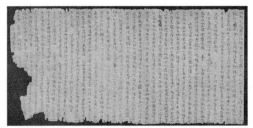
『왕오천축국전』의 마지막 부분. 뒤에서 11행째에 '개원(開元)'이란 보인다.

와 검은 바람, 카라부란(Kara-Buran)[15]이었지만 그의 발길은 거침없이 동쪽으로 나아갔다. 타클라마칸의 공포의 대명사인 이 모래산과 검은 바람에 대해서는 4세기 법현의 것이 인류역사상 최고의 기록으로 꼽는다.

사하(沙河)에는 악귀와 열풍이 심하여 이를 만나면 모두 죽고 한 사람도 살아남지 못한다. 하늘에는 날아다니는 새도 없고 땅에는 뛰어다니는 짐승도 없다. 아무리 둘러보아도 망망하여 가야 할 길을 찾으려 해도 어디로 갈지를 알 수가 없고 오직 언제 이 길을 가다가 죽었는지는 모르지만 그 죽은 사람의 마른 해골만이 길을 가리켜 주는 표지가 될 뿐이다.

하여간 현장은 남로의 최대 요충지인 호탄(Khotan/ 于闐/ 和田/

---

15) '사하'란 바로 현지어로 '쿰 다리아'인데, '쿰'은 모래를, '다리아'는 강물을 의미하여 '모래가 강물처럼 흐르는 모래의 강'이란 뜻으로 바람에 따라 움직이는 지형을 말한다. 현장도 이에 대해 다음과 같은 기록을 남겼다. "온통 모래뿐인데 바람 따라 모이고 흩어진다. 발자국이 남지 않아 길을 잃는 수가 많다. 그래서 그곳을 왕래함에 있어서는 유해(遺骸)를 목표물로 삼는다. 바람이 일기 시작하면 사람 짐승 할 것 없이 눈을 뜨지 못하며 때로는 노랫소리가 들리고 때로는 울부짖는 소리도 듣게 되는데 그것을 듣는 사이 어디로 가는지 모른다. 이렇게 해서 가끔 목숨을 잃는 경우가 많은데, 이는 모두가 악귀의 소행이다."

니야 유적지

瞿薩旦那國)[16]에 무사히 도착하여 그 비중에 걸맞게 장황한 기술을
남겨 놓는다.

　호탄은 지금도 옥의 산지로 유명한 서역남로의 최대 도시인데, 기원전
부터 번영을 누려왔기에 모든 순례기에 빠짐없이 등장한다. 우선 법현

---

16) 호탄은 현 신강위구르자치구 남부의 서역남로상의 요지였다. 기원전 138~126년 장
건(張騫)이 처음으로 서역으로 갈 때 이미 잘 알려져 있었는데, 『한서』「서역전」에
는 "우전국(于闐國)은 장안으로부터 9,670리 거리에 있으며 가구 3천 3백 호에 인
구 1만 9천 3백 명, 군사 2천 4백 명을 가지고 있다. (…중략…) 옥석(玉石)이 많고
서쪽으로는 피산(皮山)까지 380리이다."라고 하였다. 또한 법현도 당시 14개의 대
사찰을 비롯한 수백 개의 사찰이 있었으며 그 중 하나인 왕신사(王新寺)에는 높이
가 75미터나 되는 탑이 세워져 있었다고 하였고 또한 『송운행기』에는 불법을 불신
하던 우전왕이 어떻게 불교에 귀의하여 독실한 불자가 되었는가 하는 과정을 서술
하고 있다. 혜초사문도 역시 우전이라 부르며, "또 안서를 떠나 남쪽으로 호탄국까
지 2천 리를 가면 역시 중국 군대가 지키고 있다. 절도 많고 승려도 많아 대승이 행
해진다."라고 하였다.

을 비롯하여 송운, 혜생, 그리고 현장에 이르기까지 그러하다.

호탄국은 주위가 4천여 리이며 모래와 자갈이 태반을 이루고 있다.[17] 농사가 잘 되며 온갖 과일이 많이 난다. 양탄자와 가는 모직물을 생산하는데 가늘게 실을 뽑아내는 기술이 특히 뛰어나다. 또 백옥(白玉)과 예옥(瑿玉)이 많이 난다.[18]

기후는 온화하고 화창하며 회오리바람이 불어서 먼지가 날아다닌다. 풍속은 예의를 알며 사람들의 성품은 온화하고 공손하고 학문을 좋아하고 예능을 익히며 여러 기술에 널리 통달해 있다. 나라에서는 음악을 숭상하고 있으며 사람들도 춤과 노래를 즐긴다.[19]

현장이 경유한 것으로 확인되고 있는 라왁 사원 유지는 호탄 북서쪽 60km 지점에 있다. 아마도 현장 당시는 사막은 아니었는데, 그 후 진전되어 사막화되었을 것으로 보인다. 현재 라왁 유지는 흙으로 만든 거대한 탑만이 남아 있었는데, 발굴 당시에는 탑 주변을 에워싸고

---

17) 현 호탄은 티베트 고원의 곤륜산으로부터 눈 녹은 물이 두 줄기 강물을 이뤄 흘러내리는, 동쪽의 위룽카시 다리야(Yurung Kash Darya/ 白玉河)와 서쪽의 카라카시 다리야(Kara Kash Darya/ 黑玉河)와의 사이에 위치한 비옥한 지역이다. 이 두 강은 이윽고 사막에서 합류하여 호탄하(和田河)라고 불린다. 현재의 신(新)호탄은 백옥하에 가까운 지점에서 동쪽의 회성(回城)과 서쪽의 한성(漢城)으로 이루어져 있고 구 호탄은 지금의 한성(漢城: 新城)의 서문으로부터 약 5마일 떨어진 지점에 있는 요두강(姚頭岡/ 요트칸/ Yot-kan)이란 작은 부락에 산재한 폐허로 비정되고 있다.

18) 예옥은 검은 옥을 말한다. 호탄에서는 서역 냄새가 물씬 풍기는 바자르와 다양한 종류의 옥(玉)도 볼 만하였지만, 역시 호탄 최대의 관심거리는 역시 기원 전후에 번성했던 오아시스도시였던 고대 정절국(精絶國)의 유적지인 니야(尼耶)이다. 20세기 초 영국의 스타인(Steien) 탐험대에 의해 3차에 걸쳐 발굴된 니야 유적지에는 수많은 고대 실크로드의 유물들이 그 실체를 드러내었는데, 그 중 가장 중요한 것은 '카로슈티(Kharosthi)' 문자목간(木簡)으로 그 숫자가 8백여 개에 달해 현재는 학자들에 의해 거의 해독이 되어 당시 서역의 면모를 그려볼 수 있게 한다.

19) 쿠차와 함께 호탄의 음악도 유명하다.

있는 장벽에는 불상과 불화가 남아 있지만, 보존을 위해 모래로 덮어 두었다고 한다.

역시 서역북로로 귀향하던 혜초사문도 아무 설명이나 해명 없이 호탄에 대해 짧은 기록을 남기고 있다. 그러니까 혜초에게 호탄은 '전문국'이라는 설이 제기되는 이유이다.

또 안서를 떠나 남쪽으로 호탄국까지 2천 리를 가면[20] 역시 중국 군대 가 지키고 있다. 절도 많고 승려도 많아 대승이 행해진다. 이들은 고기를 먹지 않는다. 여기서부터 동쪽은 모두 당나라의 땅이다. 누구나 다 알고 있어 말하지 않아도 다 알 것이다.

위의 구절과 자료사진은 『왕오천축국전』의 마지막 부분인데, 뒤에 서 11행 줄에 '개원(開元)'이란 연호가 보인다. 이로써 북로를 택한 혜초와 작별하고 우리는 계속 현장법사의 안내를 받으며 남로길로 계속 나가보도록 한다.

호탄에서 현장은 다시 동쪽으로 발길을 재촉하여 치라(Chira/ 策勒/ 媲摩城)[21]와 니야(Niya/ 尼雅/ 尼攘城)[22]를 거쳐 다시 전설 속

---

20) 옥의 산지로 유명한, 현 호탄은 서역남로의 요충지로 혜초의 귀향 루트인 서역북로 와는 완전히 루트가 다른 길이고 거리도 2천여 리나 되는데, 어째서 혜초는 쿠차와 옌치 사이를 가다가 갑자기 호탄으로 행선지를 바꾸었는지에 대해서는, 학계에서 는 아직까지도 의문으로 남아 있기에 그래서 혜초가 호탄을 가보지 않고 전해 들은 전문국(傳聞國)으로 분류하고 있다.

21) 현 호탄(和田/ Khotan)과 위탄(于田/ Keriya)의 중간에 있는 치라(Chira Bazar/ 책륵/ 策勒)으로 비정된다.

22) 현 서역남로 상의 유명한 유적지인 니야(尼雅/ Niya)를 가리키는데, 니야 유적은 1901년 영국의 M. A. 스타인에 의해 발굴되어 다수의 카로슈티 문서가 출토되었 다. 782점에 이르는 이 문서들은 공문, 지령, 편지, 계약서, 장부 등 다양한 내용으 로 이루어져 있으며, 이를 해독한 결과 이 유적은 3~4세기경 로프노르 호반의 크 로라이나를 수도로 하여 번영하였던 선선왕국의 서쪽 끝에 위치한 오아시스였음이

누란고성 유지석

의 옛 누란(樓蘭)[23] 유지를 거쳐 드디어 하서주랑(河西走廊)[24] 으로 나아가 장안으로 발걸음을 내딛는다.

2. 카라부란에 묻혀 버린 천 년 왕국 누란

인류역사상 최대의 대하여행기인 『대당서역기』는 다음과 같은 구

판명되었다. 이를 계기로 고대의 서역남도에 있었던 여러 국가의 실체가 밝혀졌으며, 중국의 여러 왕조와의 정치, 경제, 문화관계도 분명해졌다.

23) 한(漢)나라 이래 누란(樓蘭)에 수도를 설치한 선선국(鄯善國)을 말하는데, 5세기에는 청해성에서 차츰 강대해진 토곡혼(吐谷渾)에게 멸망당하였다. 수나라는 토곡혼을 무너뜨리고 선선군을 설치하였으며, 당나라 초기 아직 그 세력이 서역에까지 미치지 못하였던 당 태종 정관 초년에는 강국(康國) 소그디아나의 수령이 이곳에 들어와 식민지를 세운 바 있다. 이 같은 시기에 현장이 이 지역을 통과하고 있는 점으로 본다면 그가 납박파의 옛 땅이라는 말을 사용한 것은 서북 인도에 원류를 두고 있는 카로슈티 문자를 사용하는 과거의 나라를 가리키는 것으로 보아야 할 것으로 비정된다.

24) 동쪽은 오초령(烏鞘嶺)으로부터 시작해 서쪽은 옥문관(玉門關)에 이르는 길이 900km에 이르는, 서북-동남 방향으로 늘어선 좁고 긴 평지이다. 복도 모양과 같이, 황하의 서쪽에 있어 하서주랑이라 부른다. 구역을 잇는 다른 정의로는 감숙성(甘肅省)의 난주(蘭州)와 하서사군(河西四郡)의 무위(武威), 장액(張掖), 주천(酒泉), 돈황(敦煌)을 잇는 루트를 말한다. 한나라 이후로 고대 실크로드의 일부분으로서 중국과 서방 세계의 정치·경제·문화적 교류를 진행시킨 중요한 국제 통로였다.

절로 대미를 장식한다.

이곳은 바로 옛 차르첸(沮末國, Charchan)의 영토[25]로 성곽은 우뚝 솟아있지만 인적은 끊어졌다. 다시 이곳에서 동북쪽으로 천여 리를 가면 납박파의 유지에 도착하는데 바로 누란의 땅이다.

이노우에 『돈황』 편집본

그러니까 현장법사는 "바로 누란의 땅이다(即樓蘭地也)"라는 짤막한 구절로 끝을 맺고 있지만, 이 말 속에는, 할 말은 많지만 줄인다는 뉘앙스를 풍기고 있다. 현장이 왜 이런 말투로 마감을 했는가 하는 의문은 아래에서 밝혀진다.

누란(樓蘭/ Loulan)[26]은 범어로는 크로라(Krora 또는 Kroraina, 曷勞落迦)로 알려진 나라로 서역남·북로의 분기점이라는 지리적 요

---

25) 현 서역남로의 체말(且末/ Charchan)로, 차르첸 강 연안에 있는, 현재 광업과 목축업을 주로 하는 마을로 근처에 옛 체모의 유적지가 있다.

26) 누란은 타클라마칸 사막 속에 있던, 서역남로의 허브도시 역할을 했던 오아시스 도시로 현재까지 밝혀진 바로는 기원전 176년 흉노의 선우가 한나라에 보낸 편지와 장건의 귀환 보고서에서 기록되어 있는 것으로 보아 이미 기원전 2세기부터 번성하였다. 기원전 115년 한나라가 하서(河西) 지역과 타림 분지의 왕국들을 점령하기 시작하여 기원전 77년에는 국명을 선선(鄯善)으로 바꾸어 속국으로 두면서 둔전(屯田)을 실시하여 서역공략의 전진기지로 활용하였고 이런 상황은 4세기 전반까지도 계속되었다. 그러나 로프노르의 수량의 감소와 물길의 변화에 따라 신비스런 전설만 남기고 자취를 감추었다. 현재 옛 성터의 유적이 움직이는 호수로 유명한 로프노르 호수의 서안에 남아 있는데, 스벤 헤딘과 아우렐 스타인이 탐사를 하여 다량의 목간본 카로슈티 문서를 찾아내어서 그것들을 해독하여 누란왕국의 실체를 밝혀내었다. 이들은 헬레니즘의 문화를 이룩한, 인도 유러피언어족에 속한 민족으로 밝혀졌는데, 이는 최근에 이 지역에서 발견된 많은 미이라들의 DNA 분석으로 확인되었다.

충지에서 수세기 동안 번영하던 곳이기에 『사기』를 비롯한 중국 사서에서 비중 있게 다룬 곳이다. 당연히 현장도 이 나라에 대하여 기록할 정보가 많았겠지만, 이미 치라(Chira/ 策勒)조의 갈로락가성의 전설에서 아래와 같이 이야기한 바 있기에, 말미에서는 중복을 피하기 위해 잡다한 정보는 생략한 것으로 보인다.

'누란'하면 먼저 필자가 젊었을 때 인상 깊게 읽었던 일본의 유명한 역사소설가 이노우에 야스시(井上靖, 1907~1991)가 이 누란왕국의 역사를 소설화 한 『누란』[27] 그리고 『둔황』이 먼저 떠오른다.

그 다음으로 꽃의 시인 김춘수의 시구절도 떠오른다. 그는 〈고비사막의 울음소리〉에서는 "옥문(玉門)을 벗어나면서 멀리멀리 삼장법사 현장도 들었으리."[28]라고 읊었고 이어서 〈명사산〉에서는 전설적

---

27) 역사적 사실과 상상력을 잘 버무려 만들어낸 소설로써 그 스토리는 다음과 같다.
로프노르 호숫가에는 누란이라는 작은 오아시스 나라가 있었다. 누란 사람들은 소금호수인 로프노르에서 소금과 물고기를 얻어 사막을 지나는 사람들에게 팔며 평화롭게 살았다. 그러나 언제부턴가 이들은 흉노와 한나라 사이에서 눈치껏 살아가야 하는 처지가 되었다. 왕의 아들 중 하나는 흉노에, 다른 하나는 한나라에 인질로 보내야 하는 상황이었다. 누란 왕이 죽게 되자, 흉노에 인질로 갔던 왕자인 안귀가 왕위에 올랐다. 안귀는 왕위에 오른 뒤 한나라를 멀리하고 흉노와 가까운 정책을 폈다. 그러자 화가 난 한나라는 안귀를 살해하고, 한나라에 인질로 가 있던 안귀의 동생 위도기를 왕위에 앉힌다. 그러나 왕이 된 위도기는 한나라의 협박으로 어쩔 수 없이 나라를 로프노르에서 멀리 떨어진 선선이라는 곳으로 옮겨야 했다.
누란 사람들은 자신들의 생명과도 같은 호수 로프노르를 떠나 원하지 않는 이주를 해야 했다. 그러나 이주하기 며칠 전, 안귀의 부인이 스스로 목숨을 끊었다. 조상 대대로 뿌리내리고 살아오던 로프노르 호숫가의 정든 땅을 버리고 떠날 수 없었기 때문이다. 누란 사람들은 부인의 시신을 로프노르 호수가 바라보이는 언덕에 묻어준 뒤 누란의 땅을 떠났다. 그렇게 누란이라는 나라는 모래 속에 묻힌 채 지상에서 사라져갔다. 누란이 없어지자, 로프노르 호수도 점점 물이 마르더니, 아예 자취도 없이 사라져버렸다. 이제 누란과 로프노르는 그렇게 사람들의 기억에서 사라져 버리게 되었다는 스토리이다.

28) 〈과벽탄(戈壁灘)〉
고비는 오천 리(五千里) 사방(四方)이 돌밭이다. 월씨(月氏)가 망(亡)할 때, 바람기둥이 어디선가 돌들을 하늘로 날렸다. 돌들은 천년(千年)만에 하늘에서 모래가 되어 내리더니, 산 하나를 만들고 백년(百年)에 한 번씩 그들의 울음을 울었다. 옥문(玉

인 누란왕국을 '양파 꽃'으로 비유하며 그리워했다.

아, 양파 꽃 같은 나라! 누란! 누란! 누란!

그 명사산(鳴沙山) 저쪽에는 십년(十年)에 한 번 비가 오고, 비가 오면 돌밭 여기저기 양파의 하얀 꽃이 핀다. (…중략…)[29] 언제 시들지도 모르는 양파의 하얀 꽃과 같은 나라. 누란

무슨 암호 같이 함축성 있는 위 구절은 『대당서역기』 권12의 치라(Chira/ 策勒/ 媲摩城)[30]조—이미 우리들이 지나쳐 왔지만 제대로 소개하지 못한—의 전설과 겹쳐 읽어야 '언제 시들지도 모르는 양파의 하얀 꽃'이라는 의미가 드러난다.

옛 결전장에서 동쪽으로 30여 리를 가면 비마성에 도착한다. 전단(栴檀)나무에 새긴 입불상이 안치되어 있는데 높이는 두 길 남짓하고 영묘한 감응이 자주 일어난다. (…중략…) 전설에 의하면 이 불상은 옛날 여래께서 세상에 계실 때 코삼비[31]의 오타연나왕이 만든 것인데 여래가 세상

門)을 벗어나면서 멀리멀리 삼장법사(三藏法師) 현장(玄奘)도 들었으리.

29) 〈명사산(鳴沙山)〉이란 제목의 시의 (…중략…)은 사기의 한 구절로 다음과 같다. 삭운(朔雲) 백초련(白草連). 서기(西紀) 기원전(紀元前) 백이십년(百二十年). 호(胡)의 한 부족(部族)이 그곳에 호(戶) 천오백칠십(千五百七十), 구(口)만 사천백(萬四千百), 승병(勝兵) 이천구백이십갑(二千九百二十甲)의 작은 나라 하나를 세웠다.

30) 현 호탄(和田/ Khotan)과 위탄(于田/ Keriya)의 중간에 있는 치라(Chira Bazar/ 책륵/ 策勒)으로 비정된다.

31) 현 인도 북부 유피주(州) 알라하바드의 서쪽 60km에 위치한 갠지스 강의 지류인 야므나 강 북안에 있는 유적으로 코샴(Kosam)또는 코삼비(Kosāmbī)라고 부르는 곳이다. 불가세존 재세시대에는 바지국(Vajji)의 수도로 경전에도 나타나고 있는 도시였다. 현재 대규모의 발굴조사가 진행 중에 있는데, 성내 동북에 아소카왕 석주가 서 있다. 현장은 이 나라에 대해 자세한 설명을 하고 있다. "교상미국의 둘레는 6천여 리이며 나라의 큰 도성의 둘레는 30여 리이다. 토지가 매우 비옥하고 지리(地

을 떠나신 뒤 그곳에서 허공을 날아 이 나라 북쪽 갈로락가성(曷勞落迦城/ Krora/ 樓蘭)[32]으로 왔다고 한다. 처음 [불상이] 성에 도착했을 때 이 나라 사람들은 여래의 가르침을 귀하게 여기거나 공경하지 않았다. (…중략…)

후에 어떤 아라한이 와서 이 불상에 예배를 하였는데 이 나라 사람들은 이 낯선 사람에게 모래와 흙을 뿌렸지만, 한 사람만이 몰래 그 사람에게 음식을 주었다. [그랬더니] 그 아라한이 말하기를, "내가 떠난 지 7일이 지나면 흙모래가 비처럼 쏟아져 내려 이 성을 가득 메울 것이니, 살아남을 자가 한 사람도 없을 것이오. 그대에게 그 일을 알려주니 서둘러 빠져나갈 계책을 세우시오." (…중략…) 그런데 과연 7일째가 되던 한밤중에 모래와 흙이 비처럼 내리기 시작하더니 온 성 안을 가득 메웠다.

앞에서 우리는 누란의 범어명이 크로라(Krora 또는 Kroraina)라는 것을 이미 알 수 있었는데, 이 구절에서는 누란의 한어명은 갈로락가성이란 것을 확인할 수 있다. 그러니까 기원전부터 실크로드의 허브도시로 번영을 누리던 누란이 돌연 자취 없이 사라져 버린 이유를 현장은 떠도는 전설을 소개함으로써 은유적으로 설명하고 있는 것이다.

그 전설이란 다름 아닌 불법을 믿지 않은 '괘씸죄'로 인해 엄청난 검은 모래폭풍, '카라부란'에 의해 모래산으로 변해 버렸다는 내용이다. 또한 현장이 『대당서역기』 마지막에서 "바로 누란의 옛 땅이다."라고 짧게 언급한 이유도 이제는 설명이 되는 것이다. 법사는 이어서 모래

利)가 풍요롭다. (…중략…) 성안의 옛 궁에는 커다란 정사가 있는데 높이는 60여 척에 달하며 전단나무를 조각한 불상이 있는데 위에는 석개(石蓋)가 걸려 있다. 오타연나왕(鄔陀衍那王)이 만든 것으로써 영험이 간간이 일어나고 있으며 신령스러운 빛이 이따금 비친다.

32) 범어로는 크로라(Krora 또는 Kroraina)로, 바로 고대왕국 누란(樓蘭)을 가리킨다.

모래 폭풍

산으로 변해 버린 누란왕국의 후일담에 대해서도 이야기하고 있다.

갈로낙가성(樓蘭)은 지금은 커다란 구릉이 되어 있는데 여러 나라의 왕이나 귀족들이 보물을 발굴하려고 여러 차례 시도했지만 바로 그 근처만 가도 맹렬한 바람이 사정없이 불고 자욱한 연기와 구름이 사방에서 일어나 길을 잃게 만든다.

사막의 길손들이 막막사막에서의 공포의 대명사인 '카라부란'을 얼마나 두려워했는지는 다음 구절에 잘 나타나 있다.

카라부란이여! 아 공포의 검은 폭풍이여!
나의 고향을 빼앗고, 나의 고향을 파묻고,
내 사랑하는 처자식들을 뿔뿔이 흩어지게 했던
아, 카라부란이여!
너의 검은 마수에 온 누리가 사막이 되었구나.
아름다운 내 고향이여. 언제 다시 볼 수 있으랴,
　　　　　　　　　　　—위구르 민족 구전시, 〈카라부란의 노래〉

그럼 과연 현장의 이야기처럼 불법을 믿지 아니 한 일종의 '괘씸죄'로 인해 누란왕국이 하루아침에 모래더미로 변했을까?

그러나 현장이 이야기하는 그냥 전설일 뿐, 사서들이 전하는 누란왕국의 부침은 다음과 같이 정리된다. 중국 사서에 '누란'이라는 이름이 최초로 나타난 것은 한 문제 4(B.C. 176)년 『사기』 「흉노열전」

에 수록된 편지 중에서였다. 그것은 북방 초원의 맹주인 흉노의 황제 묵돌선우(冒頓單于)[33]가 보낸 것으로 흉노가 대월지를 격파하고 누란, 오손, 호게 및 근처의 26국을 평정하여 누란을 포함한 서역 여러 나라에 세금을 부과하고 하서회랑에 수만의 군대를 두어 그 교역을 지배한다는 사실을 한나라에 선언하고 있는 내용이다.

그러나 B.C. 141년에 한 무제가 즉위하면서 대 흉노정책을 강경책으로 선회하여 막북초원은 전운이 깃들기 시작한다. 그래서 흉노를 협공하기 위해서 당시 흉노족에게 쫓겨 서쪽으로 민족이동을 하던 대월지와 동맹을 맺기 위해 장건(張騫, ?~B.C. 114)[34]을 파견하였는데, 그 견문록에서 누란이란 이름이 다시 나타난다. 이어서 한나라는 B.C. 121년에 표기 장군 곽거병(霍去病, B.C. 140~B.C. 117)[35]이 출병하여 흉노와의 싸움에서 큰 전과를 올리고 서역사군을 설치하고는 본격적으로 서역으로 진출을 하기 시작한다.

---

33) 선우(單于/ Shanyu)는 흉노제국의 황제의 호칭으로 왕중왕(王中王) 즉 중국의 천자 또는 황제에 해당하는 흉노제국의 대군주이다. 선우 밑에 여러 명의 왕을 두었는데, 이 왕은 평화 시에는 번왕이나 제후로서 다스리고 전쟁 시에는 장군으로서 싸웠다. 한서 흉노전에 의하면 선우라는 호칭은 탱리고도선우(撑犁孤塗單于)의 약칭으로, 탱리는 하늘, 고도는 아들, 선우는 광대함을 뜻한다. 이는 흉노가 강성하던 진나라, 한나라 시대 이래로 중국인들이 자신들의 군주를 천자(天子), 즉 하늘의 아들이라고 불렀던 것과 비슷하다. 하지만, 흉노의 뒤를 이은 유목 부족들인 유연, 돌궐 등은 선우라는 명칭을 쓰지 않고, 카간이라는 명칭을 사용하였고 흉노의 언어도 규명되지 않았기 때문에 '선우'의 어원은 불명확하다.

34) 중국사상 최초로 서역교통을 개척한 사람으로서 무제(武帝)의 명을 받고 흉노를 협공하기 위해 일리강(江) 유역에 있던 대월지(大月氏)와 동맹하고자 장안을 출발하여 도중에 흉노에게 붙잡혔으나 탈출하여 대완(大宛)·강거(康居)를 거쳐 이미 아무다리야 북안으로 옮긴 대월지에 도착하였다(B.C. 129년경). 그러나 대월지는 흉노를 칠 의사가 없어 동맹에 실패하고 귀국하던 중 다시 흉노의 포로가 되었다가 B.C. 126년 귀국하였다.

35) 전한(前漢) 무제 때의 명장으로 대장군 위청과 함께 흉노족을 물리치고 관군 후에 봉해졌다. 3년 후에는 표기 장군이 되어 여러 차례 흉노 토벌에 나서 한나라의 영토를 넓히는 데 큰 공을 세웠다.

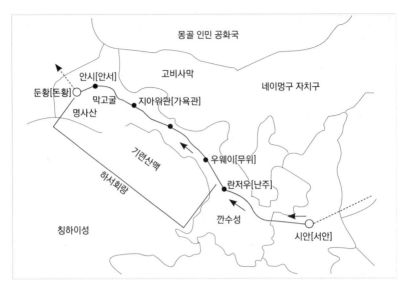

몽골 인민 공화국

고비사막

네이멍구 자치구

안시[안서]

둔황[돈황]

막고굴

지아위꽌[가욕관]

명사산

기련산맥

하서회랑

우웨이[무위]

란저우[난주]

칭하이성

깐수성

시안[서안]

하서회랑도

누란 유지

그러나 누란을 비롯한 몇몇 서역제국은 한나라의 진출을 꺼려하며 오히려 흉노와 가깝게 지내는 정책을 펼친다. 그러자 이를 빌미로 하여 한 무제는 B.C. 109년 대군을 보내 누란을 침공해 국왕을 사로잡고 왕자 1명을 인질로 데려 왔다. 그러자 이번에는 흉노가 누란을 공격하여 역시 인질을 데려 오고 조공을 받아내었다. 이렇게 한과 흉노의 패권다툼은 오랜 기간 계속되었고, 그 사이에서 누란은 힘겹게 줄다리기를 되풀이할 수밖에 없었다.

그러다가 B.C. 77년에 누란에 큰 변화가 나타난다. 당시 흉노에서 인질로 잡혀 있었던 국왕 안귀가 사망하자, 한나라는 그 틈을 이용하여 장안에 인질로 잡혀 있던 동생 위도기를 새로운 국왕으로 추대하고 나라이름도 선선(鄯善)으로 바꾸고 도읍도 옮기는 등 완전하게 속국으로 만들었다. 이 상황은 전한(前漢)이 끝날 때까지 계속되었는데, 당시 상황도 역시 『한서』 「서역전」에 자세히 나타난다.

선선국(鄯善國)은 원래 누란이라 불렸는데, 장안에서 6천 리 양관에서 1천 6백 리 지점에 있다. 가구 수는 1,570호, 인구는 14,100명, 군인은 2,912명이다. 관리로는 선선도위(鄯善都尉)을 비롯하여….

그러나 6세기의 『낙양가람기』에서는 선선이 티베트계의 토욕혼에 점령되어 있는 상황으로 나타난다.

토욕혼에서 서쪽으로 3천 5백 리를 가서 선성성(鄯善城)에 도착하였다. 원래 자신들이 왕을 세웠으나 토욕혼(吐谷渾)에 병합되어, 지금 성의 주인은 토욕혼 국왕의 둘째 아들 영서 장군(寧西將軍)으로 삼천 부락을 거느리고 서쪽 오랑캐들을 방어하고 있다.

그러나 현장이 도착했을 누란은 이미 폐허가 되어 있었다고 하니, 그렇다면 누란의 쇠락은 토욕혼(Tuyuhun/ 吐谷渾)[36]의 지배를 거치고 난 7세기 이후에 시작된 것으로 보여진다.
중국 측의 사서에 의존하여 누란의 역사를 구성해 보자면, 이렇

---

36) 토욕혼은 현재의 청해성을 중심으로 하던 유목민족이 세운 나라로 285년 모용 토욕혼이 창시하였으며, 중국에서 하남국(河南國) 또는 백란(白蘭)으로 알려졌고 수도는 칭하이 호의 서쪽에 있었으며, 부사(伏俟)라고 불렸다. 티베트에서는 아시(阿柴/ Azha)라고 불렸다. 한때 서역으로 세력을 뻗히기도 했지만, 7세기 초부터는 점차 세력이 약해지며 당나라에 무릎을 꿇고 종속국이 되었다가 다시 663년 토번의 침공으로 멸망하였다 .

스벤 헤딩

누란의 미녀 미라

듯 누란왕국은 흉노와 한나라의 틈바구니에서 힘들게 생존하다가 한나라에 귀속된 것으로되어 있지만, 근래 계속되고 있는 고고학적 발굴에서는 이와는 전혀 다른, 뜻밖에 사실들이 드러나고 있어서 누란의 전설화를 부추기고 있다. 그 요인의 양 날개는 이른바 '방황하는 호수(The Wandering Lake)라는 로프노르(Lopnor/ 羅布泊/ 蒲昌海)[37]와 또 하나는 근래 발굴된 수많은 미이라에서 비롯되고 있다. "아니, 세상에 호수가 방황을 하다니…" 실크로드 마니아가 아니더라도 흥미가 땡기지 않을 수 없는 대목이다.

이런 환상적인 전설에 매료되어 방황하는 호수 로프노르와 누란왕국의 실체를 찾아 나선 사람이 있었으니, 바로 스웨덴의 탐험가 스벤 헤딩(Sven Heding)이었다. 그는 1901년 겨울 배를 타고 타림 강을 거슬러올라간 뒤 사막을 횡단해 로프노르에 도착하여 호수 북쪽에 있던 누란의 왕성(扜泥城)과 호수 남쪽의 다른 유적지(Miran/ 伊循城)에서 다량의 유물과 카로슈티(Kharoṣṭī)[38]문서 등을 발굴하

---

37) 타클라마칸 사막 동쪽 타림 분지 안에 있는 마른 호수로 1950년대까지만 해도 2,000㎢ 정도의 호수였으나 수원지가 되던 타림강의 중간에 저수지가 생김으로써 물이 끊김으로써 완전히 말라 바닥이 드러나 버렸다. 1980년 C-14연대 측정법으로 조사한 바에 따르면, 약 2만 년 동안 때에 따라 크기가 변하는 호수가 이 지역에 존재했다고 한다. 현재 염분으로 덮인 '야르당(yardang : 불규칙적인 모양의 소금 둔덕들)'이 널려 있다. '노르(nor)'는 '호수'를 뜻하는 몽골어 'nuur'에서 나왔다 스벤 헤딩이 이곳을 탐사하고 방황하는 호수라는 인상적인 호칭을 지어주었다.

38) A.D. 500년경 이전에 인도 북서부 지방에서 쓰인 문자로 오늘날 남아 있는 가장 오

고는 이 호수는 1600년을 주기로 이동을 한다고 결론을 내렸다. 말하자면 "사막을 방황하고 있는 호수"라는 인상적인 이름을 붙여주었던 것이다.

이어서 영국의 오럴 스타인(Aurel Stein) 등의 발굴이 이어지다가 제2차 세계대전과 국공내전 및 공산화 등으로 누란은 다시 세상의 관심에서 멀어져 갔다.

그러다가 1979년에 중국 CC-TV의 신실크로드 제작팀과 고고학자들이 외국인은 출입 금지된 이 지역으로 들어가 탐사를 시작하여 '태양고분군'이라 불리는 곳에서 〈누란의 미녀〉라고 널리 알려진 미라를 발견하는 개가를 올렸다. 금발머리와 붉은 피부, 긴 속눈썹과 얇은 입술, 큰 눈을 가진 서양 미인의 모습으로 머리에 두건 같은 모자를 쓰고 있는데 깃털 달린 띠로 둘러져 있다. 몸은 마로 덮여 있고 속에는 두 장의 비단옷이 입혀져 있었다. 하반신 역시 여러 겹의 비단과 마로 된 치마를 겹쳐 입었고 발에는 비단으로 만든 실내화가 신겨져 있었다.

탄소연대측정법으로 조사한 결과에 의하면 이 미라는 지금으로부터 3800년 전에 매장된 것으로, 나이는 약 40세 신장은 155㎝로 추정했는데, 놀랍게도 이들이 모두 유럽계 백인종이라는 것이었다. 그러니까 한나라 사서의 기록보다 무려 1800년 이상 앞서는 시기에 살았던 사람들이 상당한 문화를 지닌 유럽계인이라는 사실은 놀라움을 금치 못하게 만든다.

이 미라들은 현재 우루무치의 위구르박물관 유리관 안에 진열되어 있는데, 한눈에도 중국인이나 몽골인과는 전혀 생김새가 다른 가느

래된 비문은 B.C. 251년이며 가장 나중은 A.D. 4~5세기의 것이다. 이 문자는 인도 북서부가 페르시아의 지배를 받던 B.C. 5세기에 아람 문자에서 유래한 것으로 보이는데, 아람 문자는 자음을 나타내는 22개의 자모로 이루어진 셈 문자인 반면, 카로슈티는 음절문자이며 자음과 모음이 결합한 음절을 나타내는 252개의 기호를 갖고 있고 오른쪽에서 왼쪽으로 쓰는 초서체이며 상업적·장식적인 용도로 쓰였다.

스름한 얼굴에 노란 머리칼을 가진 인종이다. 또한 같이 매장된 부장
품들은 고대 인도, 그리스 문명의 흔적이 농후한 유물이 많다는 것이
다. 말하자면, 문헌 속의 한나라의 속국과는 전혀 다른 유럽 계통의
문화를 이룩한 고대의 사막도시 누란이 사막의 모래 속에서 3800년
동안 묻혀 있었던 것이다.

이렇듯 누란왕국은 방황하다가 사라져 버린 호숫가를 무대로 존재
하다가 역시 호수와 함께 역사의 뒤안길로 들어가 버리고 지금도 환
상적인 전설로만 남아 있게 되었다.[39]

아, 양파 꽃 같은 나라! 누란! 누란! 누란!

3. 회향(廻向)[40]

마침 내 삼장법사는 장안성에 도착하였다. 무려 17년 만에….

그의 귀향은 나라의 법도를 어기며 몰래 떠날 때처럼 초라하지 않
았다. 오히려 황제에게 노고를 치하 받을 정도의 금의환향이었다.

정관 19(645)년 정월 6일 곤명지(昆明池)에서 장안으로 들어오는 샛
강 위에 한 척의 배가 정박을 서두르고 있었다. 배 위에는 많은 짐과 이상
한 차림의 복장을 한 승려 한 사람이 타고 있었는데 이가 바로 고난으로
점철된 17년의 여행을 성공적으로 완수한 현장법사였다. 이에 태종황제

---

39) 누란의 멸망에 대한 가설은 현재로서 '외족침입설', '하류와 실크로드 변경설', '자
연환경변화설', '기후악화설', '수원고갈설' 등으로 갈라져 있다.

40) 『대당서역기』 원문에는 없는 목차지만, '회향(廻向)'은 불가에서 주로 쓰는 용어로,
사전적인 정의는, "자기가 닦은 공덕을 중생에게 널리 베풀어 중생이 깨닫도록 하
다."라는 뜻이다. 옮긴이는 이 단어를 삼장법사 현장의 17년간의 고난의 천축순례
의 공덕을 기리는 뜻으로 사용하면서 실질적인 현장의 순례를 마감하는 의미로 사
용하였음을 밝혀둔다.

는 반기면서 그의 노고를 위
로하였다.

현장법사의 일평생의 오기
와 집념이 응집된 『대당서역
기』 권12 끝부분에는 이 책
의 편찬자인 변기(辯機)가
쓴 〈기찬(記讚)〉이라는 부분
이 있는데, 그곳에 다음과 같
은 법사의 평전이 실려 있다.

무릇 현장법사는 사람 됨
됨이는 훌륭한 덕의 상서로
움을 체현하고 있고 중용을

대자은사의 현장법사의 거대한 석상. 서역에의 그리움
으로 두 눈을 먼 서쪽 하늘을 바라보고 서 있다.

잃지 않는 순수함을 간직하였습니다. 게다가 그의 복덕은 이미 전생부터
인연이 맺어 있었고, 그의 운명은 바야흐로 탁 트인 세상을 만나게 될 운
세였습니다. (…중략…)

정관 3(639)년 중추 초하루 아침, 옷자락을 걷어 올리고 출발하여 석장
을 끌고 아득한 여행길에 올랐습니다. (…중략…) 그러나 세월은 속절없
이 지나가 버리고 여름과 겨울이 몇 번이나 반복되자, 법사는 안락한 고
국이 그리워지고 망향의 정을 떨칠 수 없었습니다. 이에 [여러 가지 물건
을 가지고][41] 위없는 가르침을 널리 펼치기 위해 험하고 위태로운 길을 지

---

41) 불사리 150과(顆), 금불상 1구(軀), 금불상 1구 단향목을 조각한 불상 1구 단향목
을 조각한 불상 1구, 은불상 1구, 금불상 1구 단향목을 조각한 불상 1구와 나아가 〈대
승경전〉 224부, 〈대승론〉 190부, 〈상좌부〉의 경·율·논 14부, 〈대중부〉의 경·율·논
15부, 〈삼미저부(三彌底部)〉의 경·율·논 15부, 〈미사색부(彌沙塞部)〉의 경·율·논
22부, 〈가섭비야부(迦葉臂耶部)〉의 경·율·논 17부, 〈법밀부(法密部)〉의 경·율·논

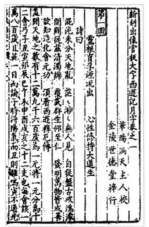

16세기에 목판으로 출판된 판타지 소설 『서유기』 이미지본. 명나라 때의 작가 오승은(吳承恩)이 당시까지 구전되어 오던 현장의 이야기를 채집하여 소설로 집대성한 것이다.

나 고국을 향해 길을 서둘렀습니다. 그리하여 총령의 가파른 언덕을 넘어 사막의 험한 길을 건너 정관 19(645)년 정월 장안에 돌아와 천자를 배알하였습니다.

또한 인류역사상 그 무엇과도 비교될 수 없는 대하 다큐여행기인 『대당서역기』를 저술하게 된 동기, 방법, 목적을 끝부분에서 서술하고 있다. 그리고 초 대작의 탄생의 기본이 '메모광(狂)'에서 비롯되었다는 대목도 다음과 같이 내비치고 있다.

그래서 머물거나 도착한 곳마다 간략하게 그곳에 관하여 대체적인 줄거리를 기억했다가 보고 들은 것까지 모두 기록하였다.

특히 마무리 에필로그에 해당되는 구절은, 마치 작가 자신의 육성 같은 일인칭의 화법—(소납 현장은)—으로 일관하면서 그의 모든 공덕을 모두 황제에게 돌리고 있어서(廻向) 눈길을 끈다. 비록 이 구절이 그의 조국 대당(大唐)이란 거대한 제국에 대한 자부심과 절대 권력자에게 바치는 아부성 멘트라고 하더라도 이 문장하나로 그의 위대한 업적이 빛을 발하는 데 지장을 받지는 않을 것이다.

[소납 현장은] 각 나라의 산천을 명백히 밝히고 그 국토들을 두루 고찰

42부, 〈설일체유부〉의 경·율·논 67부, 〈인론(因論)〉 36부, 〈성론(聲論)〉 13부 등 총 520상자, 657부를 가지고 귀국하였다고 한다.

하여 그 나라의 풍속이 거칠고 강한지, 부드럽고 순박한지를 상세하게 살펴보고 각처의 기후와 자연환경을 엮어보려고 생각하였다. (…중략…)

"태양이 지는 곳에서부터 이곳 동쪽까지 모든 사람들은 대 당나라의 은혜를 누리며 모두 폐하의 성덕을 우러러 받들고 있사옵니다. 천하가 대동을 이룩할 수 있게 통일을 이루시지 않으셨다면, 어찌 제가 혼자만의 힘으로 이역만리 머나먼 여정을 무사히 마칠 수 있었겠나이까?"

서유기 이미지

현장은 장안에 도착한 뒤 황제의 배려로 장안성 교외의 대자은사(大慈恩寺)[42]에서 머물며 그가 열반에 들기 전날까지 10여 년 동안 그가 가져온 법어로 된 불전을 한역하는데 마지막 집념을 불살랐다. 그리하여 『대반야바라밀다경』을 비롯하여 무려 74부 1,335권을 번역하여 사바세계의 뭇 중생들에게 널리 회향(廻向)하였다.

삼장법사가 머나 먼 서역과 천축 길을 누비고 다녔던 7세기로부터 시간의 수레바퀴인 깔라짜끄라(Kala chakra/ 時輪)는 무심히 흘러 벌써 수천 수백 년이 지나갔다. 그러나 지금도 타클라마칸 사막 언저리에 사는 원주민들 사이에는 서산에 해가 뉘엿뉘엿 지는 붉은 석

---

42) 수나라 대흥성에 있던 한 사원 터에 태종 정관 22(648)년 황태자 이치가 모친의 영가를 천도하기 위해 건립한 사원으로 인도에서 불경을 가져와 귀국한 현장이 주석하면서 전문 번역기관인 번경원이 설치되어 역경사업의 중추적인 사원이 되었다. 특히 652년에 장안의 랜드마크가 된 대안탑이 건립되어 현장이 가져온 불상이나 경전이 수장되었다.

양 속에서 가끔 신기루 같은 환영들이 나타나는 것을 보았다고 하며 또 어떤 이는 바람결에 그 누구를 부르는 목소리를 들었다고도 한다.

"오공아, 오능아, 오정아! 아직도 오늘 밤 묵을 객점은 보이지 않는데, 벌써 해님은 총령산 너머로 넘어 가려고 하지 않느냐. 그러니 어서 발걸음을 좀 서둘러야겠구나."43)

〈大尾〉

---

43) 현장을 주인공으로 하는 유명한 『서유기(西遊記)』는 명나라의 오승은(吳承恩, 1500~1582)의 작품으로 알려져 있다. 삼장법사가 천축에서 경전을 구하여 온다는 이야기가 골자로되어 있는데, 스승인 현장과 세 제자인 손오공(孫悟空), 저오능(猪悟能), 사오정(沙悟淨)이 기상천외의 요마들을 물리치고 무사히 불경을 가지고 장안으로 귀향한다는 스토리텔링이다. 현장의 발길이 거친 여러 지방의 전설을 바탕으로 하여 작가의 천재적인 상상력과 뛰어난 각색이 가미되어 환타지 소설의 장르를 여는, 큰 획을 그은 작품으로 평가되고 있다.

부록
참고도서 목록(출판년도순)

『一切經音義』卷100 「往五天竺國傳」卷3, 大正新修大藏經刊行會, 1928.

王忠, 『新唐書吐蕃傳箋證』, 科學出版社, 1959.

(晉) 劉詢 等撰, 『舊唐書』, 商務印書館 百納本, 1967.

(宋) 歐陽修 等撰, 『新唐書』, 商務印書館 百納本, 1967.

王忠, 『松贊干布傳』, 上海人民出版社, 1976.

(宋) 陽億 編纂, 蘇晉仁 等 校證, 『冊府元龜』, 四川民族出版社, 1982.

(宋) 司馬光 撰, 蘇晉仁 編, 『通鑑吐蕃史料』, 1982.

이규태, 『실크로드를 따라, 성자의 발길 따라』, 동광출판사, 1985.

『실크로드』(전10권), 삼성당 편집부, 1987.

NHK 편, 이명성 역, 『실크로드』, 서린문화사, 1987.

S. 헤딘, 정성환 역, 『실크로드』, 금성출판사, 1987.

陳舜臣, 서석연 역, 『실크로드』, 해동문화사, 1987.

Che Muqi, 『The Silk Road』, Foreign Languages Press China, 1989.

나가사와 가즈도시, 이재성 역, 『실크로드의 역사와 문화』, 민족사,
　　　1990.

王炳華, 『絲綢之路考古研究』1, 新疆人民出版社, 1993.

문명대, 『중국 실크로드 기행: 서역 실크로드 탐사기』, 한언출판사,
　　　1993.

김원경, 『먼 서역 실크로드의 하늘에서』, 민족문화사, 1994.

이길구, 『新실크로드』 1~2, 수문, 1994.

황인경, 『돈황의 불빛』, 삼진기획, 1996.

권삼윤, 『태어나는 문명』, 조선일보사, 1997.

周菁葆·邱陵, 『絲綢之路宗教文化』 11, 新彊人民出版社, 1998.

김찬삼, 『황허의 물은 천상에서 흐르고』, 디자인하우스, 1998.

_____, 『실크 로드를 건너 히말라야를 넘다』, 디자인하우스, 1998.

마르코 폴로, 김기홍 편, 『동방견문록』, 마당미디어, 1998.

김호동, 『황하에서 천산까지』, 사계절출판사, 1999.

김상영, 「慧超의 求法旅程檢討」, 『혜초학술세미나자료집』, 가산불교문
     화연구원, 1999.

김규현, 『티베트의 신비와 명상』, 도피안사, 2000.

피터 홉커스, 김영종 역, 『실크로드의 악마들』, 사계절, 2000.

(唐) 慧立·彦悰, 『大慈恩寺 三藏法師傳』, 中華書局, 2000.

최종열, 『또 다른 꿈을 향하여 나는 달린다』, 청홍, 2001.

양현지, 서윤희 역, 『낙양가람기』, 눌와, 2001.

진순신, 조형균 역, 『페이퍼 로드』, 예담출판사, 2002.

정수일, 「慧超의 西域기행과 8세기 西域佛敎」, 『文明交流史 硏究』, 사
     계절, 2002.

리히터·바우만·리프너, 박종대 역, 『실크로드 견문록』, 다른우리, 2002.

최미애 글, 장 루이 볼프 사진, 『루이와 미애, 318일간의 버스여행』(1~2),
     자인, 2002.

김규현, 『티베트의 역사산책』 1, 정신세계사, 2003.

리처드 번스타인, 정동형 역, 『뉴욕타임스 기자의 대당서역기』, 꿈꾸는
     돌, 2003.

베르나르 올리비에, 임수현·고정아 역, 『나는 걷는다』, 효형출판, 2003.

김영종, 『반주류 실크로드사』, 사계절, 2004.

김　순, 『앗살람 아라비아』, 두물머리, 2004.

이주형, 『아프가니스탄, 잃어버린 문명』, 사회평론, 2004.

장준희, 『중앙아시아 대륙의 오아시스를 찾아서』, 청아출판사, 2004.

정수일, 『혜초의 왕오천축국전』, 학고재, 2004.

김규현, 『혜초따라 5만리』, 여시아문, 2005.

平措次仁, 『西藏歷史年表』, 民族出版社, 2005.

잭 웨더포드, 정영목 역, 『칭기스칸, 잠든 유럽을 깨우다』, 사계절, 2005.

배석규, 『칭기스칸 천년의 제국』, 굿모닝 미디어, 2005.

정수일, 『실크로드 문명기행』, 한겨레출판, 2006.

아리프 아쉬츠, 김문호 역, 『실크로드의 마지막 카라반』, 일빛, 2008.

Bradley Mayhew, 『Central Asia』, Lonly planet, 2010.

Robert Middlton, 『The Pamirs-History, Archaelogy and Culture』, 2010.

Robert Middlton, 『Legends of the Pamirs』, 2012.

정수일 편저, 『실크로드사전』, 창비, 2013.

바움·문윤정, 『걷는자의 꿈, 실크로드』, 2013.

현장, 김규현 역주, 『대당서역기』(실크로드 고전여행기 1), 글로벌콘텐츠, 2013.

혜초, 김규현 역주, 『왕오천축국전』(실크로드 고전여행기 2), 글로벌콘텐츠, 2013.

법현, 김규현 역주, 『불국기』(실크로드 고전여행기 3), 글로벌콘텐츠, 2013.

의정, 김규현 역주, 『대당서역구법고승전』(실크로드 고전여행기 4), 글로벌콘텐츠, 2013.

송운·혜생, 김규현 역주, 『송운행기』(실크로드 고전여행기 5), 글로벌콘텐츠, 2013.

파미르고원 횡단도

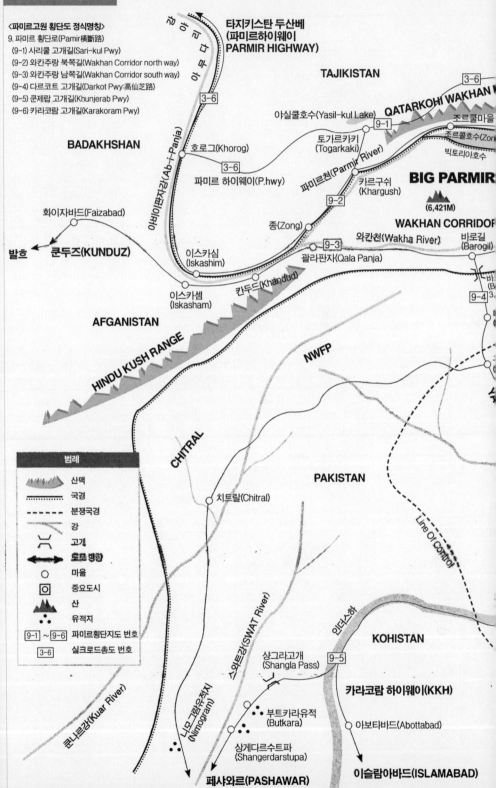

〈파미르고원 횡단도 정식명칭〉
9. 파미르 횡단로(Pamir橫斷路)
　(9-1) 사리쿨 고개길(Sari-kul Pwy)
　(9-2) 와칸주랑 북쪽길(Wakhan Corridor north way)
　(9-3) 와칸주랑 남쪽길(Wakhan Corridor south way)
　(9-4) 다르코트 고개길(Darkot Pwy:高仙芝路)
　(9-5) 쿤제랍 고개길(Khunjerab Pwy)
　(9-6) 카라코람 고개길(Karakoram Pwy)

타지키스탄 두산베
(파미르하이웨이)
PARMIR HIGHWAY)

TAJIKISTAN

3-6

QATARKOHI WAKHAN

야실쿨호수(Yasil-kul Lake)

조르쿨마을

9-1

조르쿨호수(Zor

빅토리아호수

BADAKHSHAN

호로그(Khorog)

토가르카키
(Togarkaki)

3-6

파미르 하이웨이(P.hwy)

파미르천(Parmir River)

카르구쉬
(Khargush)

BIG PARMIR

(6,421M)

화이자바드(Faizabad)

종(Zong)

WAKHAN CORRIDOR

9-2

발흐

쿤두즈(KUNDUZ)

이스카심
(Iskashim)

9-3

괄라판자(Qala Panja)

와칸천(Wakha River)

바로길
(Barogil)

이스카셈
(Iskasham)

칸두드(Khandud)

9-4

3

AFGANISTAN

HINDU KUSH RANGE

NWFP

범례

산맥	
국경	
분쟁국경	
강	
고개	
효묘 방향	
마을	
중요도시	
산	
유적지	
9-1 ~ 9-6	파미르횡단지도 번호
3-6	실크로드총도 번호

CHITRAL

치트랄(Chitral)

PAKISTAN

Line Or Control

인더스하

KOHISTAN

콰르강(Kuar River)

스왓트강(SWAT River)

샹그라고개
(Shangla Pass)

9-5

카라코람 하이웨이(KKH)

니모그람유적지
(Nimogram)

부트카라유적
(Butkara)

아보타바드(Abottabad)

상게다르수트파
(Shangerdarstupa)

페샤와르(PASHAWAR)

이슬람아바드(ISLAMABAD)